지옥설계도

지옥설계도

이인화 장편소설

해냄

파우스트 : 나는 우선 그대에게 지옥에 관해 묻겠노라.

　　　　　말하라, 사람들이 지옥이라 부르는 장소는 어디인가?

메피스토 : 천국 아래에 있도다.

파우스트 : 세상 만물이 다 천국 아래 있지. 글쎄, 그게 어디냐고?

메피스토 : 그것은 우리 자신의 내부에 있도다,

　　　　　우리가 영원히 괴로워하며 살아가는 곳.

　　　　　지옥은 경계도 없고 정해진 자리도 없으니

　　　　　우리 자신이라는 장소, 우리가 있는 곳이 지옥이라.

　　　　　지옥이 있는 곳에 우리도 당연히 있는 법.

　　　　　전 세계가 사라지는 그때

　　　　　모든 피조물은 정화되고

　　　　　천국이 아닌 모든 곳은 지옥이 되리라.

파우스트 : 흥, 지옥이란 건 다 꾸며낸 얘기로군.

메피스토 : 그렇게 생각하고 있으라, 경험이 그대의 마음을 바꿔놓
　　　　　을 때까지.

　　— 크리스토퍼 말로, 『닥터 파우스투스의 비극적인 이야기』 (1588년 작) 중에서

차례

1

사건 현장

백 년 만의 큰 폭우가 내렸다는 7월의 어느 날이었다.

열을 지어 심어진 가로수 길을 두 남자가 걷고 있었다. 정오에는 나무 그늘도 짧았다. 서울은 강남 한복판이 물에 잠기고 산사태가 났다는데 대구 거리는 쨍쨍한 햇볕에 바람 한 점 없었다. 지열 때문에 아스팔트까지 끈적거렸다.

팔봉식당은 예전 골목길에 그대로 있었다. 식료품 가게, 담배 가게, 인쇄소, 의료기구상을 지나 골목으로 꺾어 들자 고기 냄새와 마늘 굽는 냄새가 훅 하고 끼쳐왔다. 건물도 전과 똑같은 살림집 건물이었다. 안방과 거실에 수수한 앉은뱅이 식탁이 여덟 개. 메뉴는 20년째 안창

살구이 하나. 마당의 대추나무가 만드는 어스레한 그늘 밑에서 빗물받이가 녹슬어가고 있는.

김호는 넥타이 매듭을 늘이며 감개무량한 표정을 지었다. 구재용은 손수건으로 목덜미를 훔치면서 빙그레 웃었다.

김호는 키가 크고 구재용은 키가 작았다. 공채 한 기수 선후배로 신입 시절부터 이상하게 자꾸 붙어 다녀 사람들이 장다리와 거꾸리라고 했다. 그러다 서울과 대구로 근무지가 갈린 것이 11년 전이었다.

식당으로 들어간 두 남자는 점심으로 안창살 2인분에 소주 한 병을 나눠 마셨다. 둘은 조용했다. 간간이 옛 동료들의 근황을 묻고 대답했지만 그런 대화는 주위 소음에 묻혀 들리지 않았다. 식당에는 셔츠 앞자락을 풀어 헤치고 담배를 피워대는 외로운 남자들이 삼삼오오 둘러앉아 떠들고 있었다. 택시 기사들, 자영업자들, 인근 대학병원의 수련의들. 경기가 어려운 탓인지 옆 테이블 두 개는 비어 있었다.

"형님이 맡으셨다니까 걱정이 되어서 하는 말인데요."

구재용이 속삭이듯이 입을 열었다.

"이 사건…… 해결이 안 돼요."

구재용은 나이가 들면서 혈색이 좋아졌다. 어깨는 벌어지고 가슴엔 살집이 올랐다. 약간 튀어나온 눈매가 무서웠는데 눈썹 옆에는 새로 생긴 상처도 있어 더 험상궂게 보였다. 세상이 어떤 장난을 치든 어림없다고 말하는, 다부진 눈이었다.

김호는 입술에 소주를 흘려 넣을 뿐 대꾸가 없었다. 그의 눈꺼풀은 붉게 충혈되어 있었다. 그는 지난밤 용의자를 심문하느라 잠을 자지 못했다. 내려오는 기차에서 눈을 붙였지만 서울 대구 간 KTX는 겨우 1시간 40분이었다.

구재용은 물끄러미 김호를 살피다가 말을 이었다.

"형님이 중국어 전문가라고 맡긴 모양인데…… 이거 기소 못 해요. 증거들이 앞뒤가 안 맞거든요. 전부. 게다가 현장을 보면 살벌하죠. 그래서 경찰과 검찰 애들이 우리에게 떠넘긴 거라고요. 엠병. 우리더러 뭘 어쩌라고? 우리가 뭐 이병헌인 줄 아나? 거 왜 우리 회사 다룬 웃기는 드라마 있잖아요. 이병헌이 하고 김태희 나오던 거. 걸핏하면 권총 쏴대고, 걸핏하면 건물 폭발하고, 자동차 140킬로로 몰고 가서 꽝꽝 들이받고. 여보세요. 세상에 그런 게 어디 있나. 우리 7급 공무원 뽑아서 피피티 문서 만드는 회사예요."

김호가 반응을 보이지 않자 구재용은 슬그머니 입을 다물었다.

못 보던 사이 왕년의 사수는 더 삭았다. 안색은 창백했으며 코는 날이 서고 눈은 움푹 들어갔다. 두 손은 수갑을 찬 것처럼 조용히 무릎 위에 놓여 있었다. 구재용은 그가 담배를 끊었음을 알았다.

과거 김호는 담배를 피울 때 한 번도 재를 털지 않는 버릇이 있었다. 입으로 열변을 토하고 오른손을 이리저리 움직이면서도 약지와 중지 사이에 담배를 긴 왼손을 꼿꼿이 고정시킨 모습이 인상적이었다. 보는 사람은 그 위태로운 재로부터 눈을 뗄 수 없었다.

그 무렵 김호는 수사과의 전설이었다.

범죄에 대해 과민할 정도로 날카로운 촉수가 있어서 무엇을 조사하고 무엇을 버려야 할지 즉시 알았다. 게다가 대단한 노력가여서 새

사건 현장

벽에는 언제나 학원에서 외국어 강의를 듣고 있었다. 국내와 국외에서 그가 투입된 작전들은 이루 셀 수가 없었다. 모두 김호는 수사과장이 될 거라고 했다.

그러나 세상은 그렇게 간단하지 않았다. 정권이 바뀌면서 사장이 바뀌었고 사내에서는 잔인한 파워 게임이 벌어졌다. 전쟁은 말단 현장까지 번져 모든 부서가 피를 흘렸고 대북첩보국 같은 곳은 통째로 조직이 날아갔다. 그런 와중에 김호를 신임하던 간부들이 모두 해고되었다.

사회적 삶이라는 수수께끼 앞에 김호는 어느 때보다도 더 고독해졌다. '사생활을 둘러싼 잡음'이라고 하는 사건도 있었다. 김호가 스물두 살의 여대생과 그렇고 그런 사이가 되었다는 것이다. 김호는 승진에서 탈락하고 가정도 깨졌다. 올해 말에 권고사직으로 잘리게 된다는 것이 정통한 소문이었다.

"구 반장은 사건을 언제 알았나?"

김호가 낮은 목소리로 말을 꺼냈다.

"어제 아침이죠. 출근해 보니 리젠트 호텔에 살인사건이 발생했다는 겁니다. 용의자는 중국인인데 도주했다고. 그래서 야 지금 바빠 죽겠는데 이걸 우리가 왜 맡니, 경찰 외사과나 검찰 외범대(외국인범죄수사대)가 맡아야지, 그랬죠. 그랬더니 총기 살인이래요. 할 수 없이 현장에 갔는데, 아 이건 정말…… 보고서는 읽으셨죠?"

"읽었지."

"그놈 잡았다면서요. 자오얼?"

"누가 신고를 했어. 동대구역에서 인상착의가 똑같은 중국인이 서울행 KTX를 탔다고. 서울역에서 경찰이 체포했지."

"어떻게 됐어요?"

"아무것도 안 나왔어. 오늘 아침까지 열아홉 시간이나 심문했는데."

김호는 씁쓸하게 웃었다.

"시내 구경을 하고 돌아오니까 호텔방에 모르는 사람이 죽어 있더래. 그래서 겁이 나서 도망쳤다고."

"말이 안 되는데요."

"말이 안 되는 게 많아."

김호가 호주머니에서 스마트폰을 꺼냈다. 액정 화면이 뿌옇게 보일 정도로 낡은, 요원용으로 개조되어 도청을 막는 데이터 암호화 기능이 들어 있는 제품이었다.

김호는 진땀을 흘리면서 더듬더듬 서툰 손놀림으로 문서 파일을 구동시켰다. 자오얼의 심문 조서였다.

자오얼赵二

중화인민공화국, 한족, 남성, 32세. KIS 11-09398. 주소 : 상해시 포동 신구 세기대로 91호 금성중심1루 120-115.

생년월일 : 1980-4-18. 출생지 : 사천성 평무현 소하구. 신장 : 178센티미터. 몸무게 : 79킬로그램. 직업 : 사업가. 입국 : 2011-7-24. 입국목적 : 관광.

이력 : 소하구에서 소학 졸업. 평무현에서 중학 졸업. 사천성 성도와 감숙성 란주에서 민공民工 생활. 2006년 9월 청화대학교 입학. 2010년 2월 청

화대학교 생물의학공정 졸업. 2007년 7월 상해에서 푸리마^FURIMA 캐피털 매니지먼트 설립(상해시 포동 신구 육가취 금융무역구 환구금융중심 76-045). 2010년 4월 푸리마 캐피털 매니지먼트 매각. 대표이사직은 유지. 2011년 7월 1일 대표이사 사직. 현재 휴양 중.

"이 평무현 소하구라는 곳, 판다 서식지야. 판다곰 말이야. 국가자연보호지구라더군. 주민은 화전민이고. 천으로 된 바지는 명절 때만 입고 평소엔 남녀 없이 짚으로 엮은 치마를 걸치고 일하는 곳이래. 이런 벽촌 청년이 청두^成都와 란저우^蘭州로 흘러가서 부랑노동자가 되었는데 몇 년 후 청화대에 입학했다는 거야. 중국의 MIT라는 청화대에. 재학 중에 회사를 설립해 경영했고 조기졸업까지 했어요. 어떻게 생각하나?"

"거짓말이죠. 하하하, 어처구니가 없네."

중국에는 호구제^戶口制라는 것이 있어서 거주지에 따른 신분의 등급이 아홉 개로 나뉜다. 직할시, 대도시, 지역시^地級市, 현성, 진, 교외, 농촌, 산촌, 빈곤산촌. 각 등급과 등급 사이에는 뛰어넘기 힘든 장벽이 있다. 호구가 틀리면 결혼도 힘들고 벽촌 출신은 명문대 진학이 거의 불가능하다. 호구별로 입학 정원 할당이 다르기 때문이다. 그런데 자오얼은 이 모든 제약을 이겨내고 최하층에서 최상층으로, 7년 만에 무려 아홉 계단을 뛰어올라 갔다는 것이다.

"저는 청화대보다 이게 더 웃기네요. 관광."

구재용이 손가락 끝으로 입국목적을 톡톡 치며 말했다.

"경주도 아니고 대구에 나흘씩이나 숙박하면서 뭘 관광하죠? 삼십 대의 팔팔한 남자가 여자도 없이 혼자."

"그래. 미심쩍은 진술투성이야."

김호는 순순히 고개를 끄덕였다. 그런 다음 의자에 등을 기대고 허공을 지그시 바라보았다. 표정이 딱딱하게 굳어 있었다. 그는 시선을 구재용에게 옮기면서 툭 던지듯이 말했다.

"그런데 자기 이력을 거짓으로 꾸며냈다면 왜 이렇게 믿을 수 없는 이야기를 했을까?"

"그거야 우리가 알 수 없죠. 그냥 중국 대사관에 넘기세요. 그러면 꿔안國安(중국 국가안전부)이 조사하겠죠. 이 기회에 걔들과 거래를 해보자고요. 정보가 나오면 우리한테도 좀 나눠줄 거 아닙니까."

"피살자도 이상해. 명함을 보면 피살자는 심비아틱Symbiotic이란 회사의 이사라고 되어 있어. 그런데 법인 등록 명부에는 그런 회사가 없거든. 4대 보험을 검색해 보니 피살자는 지역의료보험 가입자야. 서류상 법인에 소속되지 않은 사람이라는 거지."

"뭐, 유령회사인가 보죠."

"또 있어. 피살자가 살던 오피스텔에 가봤는데…… 단서가 될 만한 것이 아무것도 없어. 수첩이며 공책은커녕 메모지 한 장 없었다고. 그래서 피살자가 쓰던 컴퓨터를 열어보았지. 누가 아예 하드 드라이브를 갈아 끼웠더군. 이상하지 않아?"

"아니, 그럼 형님은 이놈이 범인이 아니란 말인가요?"

구재용은 멀뚱히 김호를 쳐다보았다. 김호는 어깨를 으쓱하고는 입을 다물었다. 구재용이 허허허 웃고는 일어서서 밥값을 계산했다. 두 사람은 큰길로 나와 택시를 불러 세웠다.

리젠트 호텔은 시내 한복판에 있었다.

호텔 앞은 도심 공원. 동쪽과 서쪽은 올망졸망한 상가 건물. 뒤쪽은 먼지 낀 창들이 늘어선 식당 골목이었다. 인구는 정체되어 있는데 도시는 신도심 위주로 자꾸 확장되고, 그러다 보니 점점 건물은 비고 행인은 뜸해진, 전형적인 지방 대도시의 구도심이었다.

통유리로 외벽을 마감한 호텔이 여름 햇살을 튕겨내고 있었다. 여느 호텔처럼 진입로나 메인 게이트, 차단용 정원수 같은 것이 없어서 더욱 후덥지근하게 느껴졌다. 건물 좌측의 조그만 현관이 호텔로 들어가는 입구였다.

입구로 걸어가며 구재용이 건물을 설명했다. 호텔은 8층부터 23층까지라고 했다. 7층은 스파와 피트니스 센터. 6층은 게놈 연구소, 5층은 임대 사무실, 4층부터 1층까지 예식장, 지하 1층은 푸드 코트, 지하 2층부터 6층까지는 주차장이었다. 현관에 30평 정도의 안내 공간이 있고 거기서 엘리베이터가 곧바로 8층으로 올라갔다.

8층의 호텔 로비는 화사하고 정갈했다. 모든 비품들이 반들반들 윤이 나서 호텔이라기보다 부잣집의 거실 같은 내밀한 분위기가 감돌았다. 살인사건의 현장이라는 느낌은 전혀 없었다. 형사들도 요원들도 보이지 않았다.

무스를 바른 짧은 머리의 프런트 매니저가 다가왔다. 그는 긴장한 표정으로 구재용에게 속삭였다.

"사건 때문에 나오신 분들은 모두 오피스에 계십니다."

접수 데스크를 지나 오피스로 들어가자 샐러드와 샌드위치로 간단한 점심 식사가 차려진 방이 나왔다. 식사를 마치고 커피를 마시고 있던 요원들이 두 사람을 보고 벌떡 일어났다.

"저희가 로비에 있으면 영업이 어렵다고 어찌나 사정을 하는지요."

오늘 서울에서 함께 내려온 정인영 요원의 말이었다. 김호는 고개를 끄덕이고 나오라고 눈짓했다. 정인영과 구재용 수사반의 요원 세 사람이 따라 나왔다.

"피해자 이유진 씨 모친을 만나봤습니다."

정인영이 앞장서서 엘리베이터 쪽으로 걸어가며 말했다.

"피해자는 외아들입니다. 부친은 어릴 때 돌아가셨고 모친은 병원에서 간병 보조인 일을 했습니다. 본인은 지방대학 졸업 후 서울로 와서 알바 일을 했습니다. 그러다 1년 전 심비아틱에 취업했고 모친에게 매달 돈도 보냈답니다."

"심비아틱에 대해 알아봤나요?"

"그게…… 잘 모르겠습니다."

"잘 모르겠다니?"

"렉시스-넥시스(법률 정보 포털)로 검색하면 케이만 군도에 있는 합명회사GP가 하나 나옵니다. 회사 홈페이지에 활동상이 소개되고 있는데 사업 내용이 환경생태학 위탁 연구라고 되어 있습니다. 이런 일로 어떻게 돈을 번다는 건지 모르겠어요. 케이만 군도의 그 주소에는 회사 건물도 없습니다. 기업 자체가 비과세 데이터의 흐름으로만 존재하는 무형無形 법인 같습니다."

정인영은 어릴 때부터 밴쿠버에서 자란 여성 요원이었다. 법학대학원을 중퇴하고 밴쿠버 경찰에 들어갔다가 '진지하게 일을 배우고 싶어서' 한국으로 취업했다. 그녀의 꿈은 변호사 자격증이 있는 사설탐정 회사를 경영하는 것이었다. 캐나다 사회는 '너무 촌스러워서' 30년을 일해도 제대로 경험을 쌓을 수 없을 거라고 했다. 그녀는 못생긴 것도 아니고 눈에 띄는 미인도 아니었는데 얼굴이 묘하게 고요한 빛으로 빛날 때가 있었다.

김호는 가끔 그녀에게 자신이 어떻게 보일까 생각했다. 그는 수사 사례가 대단히 풍부한 사회, 상하좌우가 알뜰하게 썩어서 곳곳에 불결한 악이 번성하는 사회에서 일을 배웠다. 아마 자신도 그런 사회의 일부, 악에 마비되어 절망도 고통도 감지하지 못하는 인간으로 보일 것이다.

"네이버, 다음, 네이트에 공문 보낸 거는 어떻게 됐나요?"

"회신 왔습니다."

"아, 그래요? 잘됐군요. 피해자의 이메일에서 단서가 될 만한 것은 무엇이든 뽑아주세요. 다른 사람들은 뭐 하고 있나요?"

"이종민 씨는 호텔 CCTV 자료를 분석하고 있습니다. 조희수 씨는 현장에서 수거된 샘플과 피해자의 신용카드 사용 내역을 추적하고 있고요."

23층에 내렸다. 엘리베이터가 있는 대기 공간에서 복도로 나오면 오른쪽이 프리미어 라운지라는 특실 고객 전용의 휴게 공간이고 왼쪽이 객실 공간이었다. 사건 현장은 두 번째 객실인 2302호였다. 김호는 구두 커버를 신고 라텍스 장갑을 낀 뒤 '출입금지 – 공무수행 중'을 넘어 들어갔다.

넓은 거실이 딸린 프리미엄 스위트였다.

인테리어는 고급스러운 오크 색상으로 통일되어 있었다. 시내의 야경이 내려다보이는 멋진 전망의 창문 앞에 은색의 금속제 스탠드와 인터넷 케이블 부스가 딸린 책상이 있고 그 옆에 벽걸이 텔레비전과 미니바와 옷장이 있었다. 모던한 디자인의 6인용 소파와 의자는 뻣뻣한 펠트 천의 그레이 화이트였다.

별다른 특징은 없지만 쾌적하고 편안한 객실이었을 것이다. 그저께까지는.

지금은 매캐한 구리 냄새가 객실 안을 떠돌고 있었다. 유출된 지 38시간이 지난 피 냄새였다. 벽과 유리창과 가구가 부서져 있었다. 집기들이 파손되었고 욕실의 강화유리 칸막이는 남김없이 부서졌다.

난장판이 된 방. 산산조각이 난 물건들. 김호는 현장에서 이해할 수 없는 부자연스러움을 느꼈다. 이상했다. 왜 그런지는 말할 수 없었다. 그렇지만 뭔가 이상했다.

구재용이 입을 열었다.

"이 시점부터 수사 지휘권을 서울에서 오신 김 팀장님 팀에 넘깁니다. 대구 팀의 수사 결과를 정리해 드릴까요?"

손바닥을 위로 내밀어 어서 하시라고 말하는 정중한 몸짓.

사건 현장

"자세한 내용은 보고서에 있으니 생략하겠습니다. 23층에는 이런 특실이 네 개 있습니다. 2301호, 2302호, 2303호, 2304호. 어제, 그러니까 화요일 01시 10분, 2303호 투숙객으로부터 프런트로 2302호가 시끄럽다는 전화가 왔습니다. 당직 지배인이 총지배인을 깨웠습니다. 01시 39분경 두 사람은 엘리베이터 앞에서 2302호 투숙자 자오얼과 마주쳤습니다."

구재용은 잠시 말을 멈추었다. 김호는 무표정하게 고개를 끄덕였다.

"총지배인이 방에 무슨 일이 있느냐고 물었는데 자오얼은 대답하지 않았습니다. 그는 황급히 엘리베이터를 타고 아래로 사라졌습니다. 두 사람은 마스터키로 2302호 방문을 열고 들어갔고 피살자의 시체를 발견했습니다."

구재용은 왼팔을 뒤로 돌려 왼손 엄지손가락으로 자신의 등을 가리켰다.

"피살자는 콜트 45구경으로 등 뒤에서 딱 한 발 맞았습니다. 심장을 관통했죠. 총알에 탄도 흔적은 있습니다. 그런데 콜트 45, 이게 워낙 오래된 모델이라서…… 한때 대한민국 육해공군 장교들이 모두 이걸 썼고 지금도 일부 쓰고 있죠. 컴퓨터로 탄흔 데이터베이스를 돌려봤는데 같다고 뜨는 권총이 14정이나 나와요. 그 14정 모두 조사 중인데, 아직까지 나온 게 없습니다. 문제는 콜트 45의 경우 데이터베이스에 없는 권총도 많다는 거죠."

"경찰이 신고를 받은 시각은?"

"02시 정각입니다. 경찰이 초동수사를 하고 자오얼을 수배한 게 03시

50분. 자오얼이 동대구역에서 KTX를 탄 것이 05시 47분입니다."

"시끄럽다고 전화한 2303호 투숙객은 누굽니까?"

"세경 그룹 회장비서실의 이덕근 실장입니다. 과장도 함께 자고 있었는데요. 실장은 회장님이 그 옆방, 즉 2304호에 투숙하고 있어서 신경이 쓰였다고 합니다."

"회장이라면 세경 그룹의 최성한 회장?"

"예."

"최성한 회장은 총성을 못 들었나요?"

"회장은 6층에서 모발 이식수술을 받은 직후였습니다. 국부마취의 영향 때문에 정신없이 잤답니다."

"모발 이식수술?"

"대머리에게 머리카락을 심어주는 성형수술 말입니다. 6층 게놈 연구소는 모발 이식 클리닉을 겸하고 있어요. 유전자 정보를 적용한 모발 이식수술을 발명해서 미국에서도 의사들이 기술을 배우러 오는 유명한 곳이죠. 수술을 받으려면 예약하고 2년은 기다려야 합니다."

"2301호에는 누가 있었습니까?"

"벤자민 S. 모리. 일본계 미국인이고 변호사입니다. 사건 다음 날 자기 방 욕실의 샤워 부스에서 뇌졸중으로 쓰러진 채 발견되었어요. 의식불명이라 호텔 측이 미국 대사관에 연락해서 데려갔습니다. 연락처와 인적사항은 받아두었습니다."

김호는 스마트폰을 꺼내서 전자수첩 어플을 열었다. 그러고는 구역질을 억지로 참는 사람처럼 입을 바싹 오므리고 양손 엄지를 더듬더

사건 현장

듬 움직였다. 옆에서 보는 사람이 괴로워질 만큼 느린 입력이었다.

1. 2304호 최성한 회장. 수술 후 수면.

2. 2303호 비서실장. 01시 10분 소음 청취(비서실 과장).

3. 2302호 자오얼. 01시 39분경 23층에서 목격됨.

4. 2301호 벤자민 S. 모리. 뇌졸중, 의식불명.

이 몇 자 안 되는 메모를 하는 동안에도 김호의 목구멍은 수축과 이완을 반복했고 이마에는 힘줄이 불거졌다. 잔뜩 찌푸린 눈에는 약간의 눈물까지 고여 있었다.

"그냥 종이에 쓰세요. 왜 사서 고생을 하시나."

구재용이 말했다.

"스, 스마트 시대에 적응해야지."

적응은 개뿔. 구재용은 주머니에서 휴지를 꺼내 카악 하고 가래를 뱉었다. 메모를 마친 김호는 손등으로 땀을 훔쳤다. 그리고 천천히 방 안을 둘러보기 시작했다.

시체가 있었던 자리는 분필로 윤곽만 표시되어 있었다. 대부분의 핏자국이 그곳에 집중되어 있었다. 그 주위로 샘플이 있던 자리에는 'ㅅ' 자 형으로 접은 종이 표식들이 붙어 있었다. '파손 노트북', '파손 유리잔', '트렁크', '책1(영어)', '책2(중국어)'……. 문을 닫은 객실에서는 외부 소음이 거의 들리지 않았다. 가끔 무거운 고요 속에서 차량의 경적음만 희미하게 들려왔다.

김호는 천천히 걸어 다니다가 문제의 카펫 앞에 멈춰 섰다. '족흔적'이라고 씌어진 종이 표식이 있었다. 육안으로는 보이지 않지만 현장 감식반이 방에 루미놀 반응 검사를 했을 때 혈흔과 함께 발자국이 나타난 부분이었다. 김호는 스마트폰을 열어 루미놀 시약 때문에 드러난 형광의 발자국 사진을 들여다보았다. 발자국은 거실에서 침실로 들어가는 입구에 찍혀 있었다. 유선형으로 좁아지다가 앞코가 날렵하게 각이 지는 발자국 반쪽이었다.

김호는 스마트폰을 가로로 눕히고 감식반의 관련 보고서를 클릭해서 불러냈다. 그리고 보고서에 첨부된 다른 이미지 파일을 엄지와 검지로 벌려서 확대시켜 보았다. 이것은 신발 밑창의 완전한 형태를 컴퓨터 그래픽으로 복원한 사진이었다.

이 항목에 새로운 보고 내용이 있었다. 구글 닥스로 작성되는 보고서는 24시간 웹에 걸려 있어서 수사 결과가 실시간으로 업데이트된다. 7분 전에 감식반이 족적 검색 데이터베이스에서 일치하는 발자국의 데이터를 찾아냈다.

일제 히로미치 나가노 101, 265mm(추정)

체포되었을 때 자오얼이 신고 있던 구두는 발리 와블러 10 블랙. 270밀리미터. 비슷한 가격대의 고급 구두이고 사이즈는 오차 범위 내에서 같다고 할 수 있다.

그러나 구두에 대한 취향이 너무 다르다는 것이 꺼림칙했다. 히로

미치를 사는 사람이 과연 발리를 살까. 히로미치는 히피 문화에 대한 오마주가 물씬 풍기는 스팀펑크 룩이고 발리는 사업가들이 좋아하는 보보스 룩이었다.

감식반과 법의학팀의 채증 항목들을 찬찬히 확인하고 문과 창문의 이음매를 살폈다. 그리고 벽으로 눈을 돌려 구재용의 수사팀을 절망시킨, 문제의 'SS^Sign of Struggle(격투 흔적) No. 22'를 보았다.

사건 현장에는 『크리미날리틱스(법의학) 랩 매뉴얼』에 사례 사진으로 써도 좋을 만큼 다양한 격투 흔적이 남아 있었다. 가해자와 피살자는 스물세 군데에 격투 흔적을 남겼다. 22번은 그중 하나였다.

창문 좌측 코너에서 피살자는 주먹을 휘둘렀다. 주먹은 벽을 때렸는데, 마감재를 부수고 콘크리트로 된 벽체에 직경 18센티미터, 깊이 2.1센티미터의 구멍을 냈다. 법의학팀이 구멍을 조사해서 피살자 주먹의 상피세포를 찾아내지 않았다면 해머로 타격한 흔적이라 생각했을 것이다.

"증거들이 설명이 안 되지요."

구재용이 나지막이 중얼거렸다.

"상식적으로 이 정도 격투 흔적이 있으면 피살자의 사체는 엉망진창이어야 합니다. 어깨 탈골, 손목 골절, 늑골 골절, 연골 손상, 위장 파열…… 뭐 그런 거죠. 사건 현장도 이럴 수가 없고, 튀어 흩어진 비산 혈흔, 방울져 떨어진 적하 혈흔이 엄청나게 많아야 합니다. 그런데 피살자 사체에는 총알이 관통한 곳을 빼면 찰과상 정도가 남아 있을 뿐입니다. 현장도 보시다시피 피가 적은 편이죠."

구재용은 손가락을 들어 격투 흔적 22번을 가리켰다.

"피살자는 저런 말도 안 되는 괴력을 지녔어요. 가해자와 피살자는 서로 격렬하게 공격했습니다. 그런데 둘 다 거의 다치지 않았습니다. 이걸 법정에서 어떻게 설명하죠? 어떤 검사가 기소해 주겠습니까?"

김호는 대구에 도착하자마자 들른 시체 공시소의 이유진을 떠올렸다. 죽은 이유진은 피부가 깨끗한 미남이었다. 얼굴은 쭉 뻗은 코와 각진 턱에도 불구하고 전체적으로 온화해 보였다. 부드럽게 빛나는 이마와 뺨 때문인 것 같았다. 173센티미터의 중키에 날씬한 체격. 그러나 운동선수 같은 근육질의 몸은 아니었다. 현장 사진을 보면 적갈색 정장을 입고 있었고 허리띠, 바지 단추와 지퍼까지 모두 단정하게 잠겨 있었다. 아무리 봐도 이렇게 방을 산산조각 부숴버릴 사람 같지 않았다.

"흡착 롤러를 밀어봤습니까? 정말 샘플이 피살자와 자오얼 것밖에 없던가요?"

"그럼요. 모든 샘플이 두 사람 것입니다."

"여기가 자오얼의 객실이었으니 그의 지문이 나오는 건 당연하잖아요. 격투 흔적에서는 자오얼의 샘플이 추출되지 않았다고 하던데."

"격투 흔적은 그렇습니다."

"이 정도의 격투 흔적에 가해자의 샘플이 없다……."

"그렇죠. 하지만 그건 자오얼이 범인이라는 증거도 됩니다."

구재용은 약간 상기된 얼굴로 강조했다.

"가해자가 현장에 아무것도 안 남길 수는 없습니다. 아주 작은 미세 증거물이라도 남게 마련이죠. 비듬 한 톨, 머리카락 한 올이라도 남아요. 그런데 다른 사람의 샘플은 없단 말입니다. 게다가 CCTV상으로 자오얼이 호텔로 돌아온 기록이 없습니다. 외출했다는 말은 거짓입니다. 그는 처음부터 피살자와 함께 2302호에 있었던 거예요."

구재용은 주위를 둘러보았다. 다른 요원들이 고개를 끄덕였다. 모두에게서 빨리 사건을 끝내고 싶어 하는 마음이 느껴졌다. 너무 비현실적인 사건이 유발하는 불쾌감이 사람들의 얼굴에 스멀스멀 배어나오고 있었다. 구재용은 시선을 돌려 김호를 찾았다.

김호는 카펫에 무릎을 꿇고 있었다. 격투 흔적 22번 아래 카펫의 혈흔을 들여다보는 중이었다. 그는 아까부터 이 혈흔이 수상하다는 생각을 하고 있었다. 사람 얼굴만 한 크기로 말라붙은 혈흔의 적갈색이 부위별로 조금씩 차이가 있다. 뭔가 정상적인 혈흔들과 다르다.

"조명을 있는 대로 다 켜봐요."

김호는 재킷 주머니에서 소형 망원경처럼 생긴, 30배율의 스펙웰 정밀 확대경을 꺼냈다. 오른쪽 눈을 정밀 확대경에 대고 왼쪽 눈을 감은 상태로 혈흔을 들여다보았다. 적갈색이 희미해진 부위에는 카펫의 보풀들이 다른 부위보다 2밀리미터 정도 더 일어나 있었다. 일어난 보풀에는 일직선의 가느다란 결이 있었다.

김호의 얼굴이 눈에 띄게 변했다. 표정은 딱딱해졌고 눈썹은 잔뜩 찌푸렸으며 골똘한 생각이 담긴 시선이 허공을 떠돌았다.

확실한 것은 스펙트럼 9000(야광 탐색기)을 비춰봐야 알 수 있었다. 그러나 김호는 이미 어떤 직감에 사로잡혔고 그 느낌은 순간 그를 당황스럽게 했다.

가짜.

사건 현장이 허위의 냄새를 풍기면서 삐걱거리고 있었다. 동시에 모든 진실이 가짜로 꾸며진 이 현장에 있는 것 같았다. 이 주변 여기저기에 흩어져 있는 것 같았다.

법의학팀은 정말 이걸 못 봤을까? 그는 스마트폰을 꺼내 구글 닥스의 보고서를 다시 불러냈다. 혈흔의 색깔에 대해서는 아무런 기록이 보이지 않았다.

그 대신 감식반의 다른 보고서가 새로 올라와 있었다. 2302호에서 수거한 메모패드 앞장에 남아 있던 글씨의 흔적을 재생시킨 필흔 조사 보고였다.

서울에서 압수된 자오얼의 스마트폰에는 피살자 이유진과 관련된 어떤 연락처 메모리도, 통화 기록도 없었다. 자오얼이 다른 유선전화를 이용했다면 메모지에 연락처 같은 것을 남겼으리라는 생각에서 지시한 필흔 조사였다.

메모지에 글씨를 쓰면 그 종이를 찢어 가져가도 뒷장에 필기구의 압력이 남는다. 뒷장에 얇은 특수 비닐을 바르고 진공 상태에서 정전기를 발생시키면 과거에 압력을 받은 흔적을 따라 요철이 생긴다. 여기에 흑연가루를 뿌리면 원래 앞장에 씌어 있던 글씨가 나타나는 것이다.

메모지에서 재생된 내용을 보고 김호는 눈살을 찌푸렸다. 그것은 전화번호가 아니었다. 중국어와 영어가 섞인, 네 줄로 된 메모 같은

사건 현장

문장이었다. 그러나 메모도, 노래 가사도, 낙서도 아니었다. 도무지 의미를 알 수가 없었다.

유도자誘導者 inducer ＝ 누군가에 의해 낯선 세계로 들어가면

형성자形成者 weaver ＝ 자기가 자기 세계를 만들고

변신자變身者 trickster ＝ 자기가 자기를 속이고

처단자處斷者 killer ＝ 자기가 자기를 죽인다

네메시스를 위하여

바람이 잠잠해지는가 싶더니 서쪽으로부터 먹구름이 날아왔다. 하얀 요트들이 정박한 레이크 유니언에도, 모래사장이 아름다운 알카이 비치에도 어둠은 구석구석 혀를 내밀었다. 오후가 되자 빗방울이 떨어지기 시작하더니 점점 더 굵어졌다. 5시가 좀 넘었을 무렵 시애틀 하늘은 빗줄기 말고는 아무것도 보이지 않았다.

폭스바겐 티구안 한 대가 5번 주간州間고속도로를 시속 90마일로 달리고 있었다. 빗길을 가던 차들이 기겁을 하고 욕설을 퍼부었다. 이 사륜구동 SUV는 타코마 공항으로 빠지는가 싶더니 거칠게 차선을 바꿔 다시 5번 도로로 올라섰다. 잠시 후 101번 도로로 빠진 폭스바겐은 나들목의 커브를 아슬아슬하게 통과해서 바닷가의 도시 애버딘을 향해 달려갔다.

차 안에는 속도계 바늘보다 더 놀라운 것이 있었다. 그것은 차를 운전하고 있는 여자의 뇌였다. 여자의 뇌에서는 기능성 자기공명영상 f-MRI을 찍어보았다면 의사들을 충격으로 몰아넣을 현상이 일어나고 있었다.

여자의 아드레날린 분비 체계는 미끄러지는 차바퀴를 교묘하게 제어하는 신경활동에 전념하고 있었고 도파민-세로토닌의 신경전달물질 체계는 복잡한 추억을 떠올리고 있었다. 한편 코르티솔 호르몬 체계는 다른 신경신호를 활성화시키면서 시애틀 다운타운에서부터 그녀를 미행하고 있는 은회색 세단에 대해 대책을 강구하고 있었다. 뇌가 스마트폰의 어플리케이션들과 같은 다중 실행을 하면서 동시에 세 가지 일에 집중하고 있는 것이다.

이 가상의 자기공명영상에서 가장 밝게 보이는 부분은 대뇌 양쪽 측두엽 피질의 해마, 즉 기억을 불러내는 영역이었다.

새라, 나를 잊고 존과 결혼하세요……. 나와 함께하면 당신은 행복할 수가 없어요. 영원히 과거를 지울 수 없을 테니까.

오늘처럼 비가 내리던 싱가포르의 오차드 거리. 아르플뢰르 레스토랑에서의 마지막 저녁. 이유진은 그렇게 말했다. 서로가 꼼짝하지 않고 얼굴을 외면하고 있던 잔인한 침묵을 깨뜨리면서.

행복이라고요? 지금 내가 원하는 건 죽어버리는 것뿐이에요.

여자의 목소리는 스스로에게도 비통하게 들렸다. 그 목소리에 이유진은 놀랐고 누구보다 여자 자신이 가장 놀랐다.

새라 워튼은 혈관에 수은이 흐를 것 같은 여자다. 그녀는 늘 눈꺼풀을 반쯤 감은 고요한 시선으로 상대를 바라본다. 사람들 사이에 섞여 들어갈 때는 예외 없이 불쾌감을 느낀다. 그녀는 자신이 살의를 품지 않고는 그 누구와도 이틀 이상 같은 방에서 지낼 수가 없는 사람이라고 생각해 왔다. 그런 그녀가 내면의 긴장을 잃고 시답잖은 감상을 토해 냈던 것이다.

새라는 그때 이유신이 거짓말을 하고 있다고 생각했다. 비겁하게. 이 사람은 다른 여자를 사랑하고 있다. 자신의 아이를 가졌다는 이유로. 이 사람이 도대체 누구인지, 어떤 사람인지도 모르는 멍청한 여자를. 그래서 나를 버리려는 것이다…… 이 생각이 물에 떨어진 돌멩이처럼 그녀의 존재 전체를 뒤흔들며 잔물결을 일으켰다.

그리고 두 달이 흘러갔다. 새라는 정말 존과 결혼을 했다. 그리고 신혼여행을 갔다. 불과 38시간 전까지 그녀는 아무것도 모르는 남편과 이스탄불을 걸었고 화사한 고급 호텔의 침대에서 뒹굴었다. 행복한 부부 놀이, 잔혹함과는 거리가 먼 정상적인 사람들의 인생을 즐겼다. 이유진에게 복수한다고 생각하면서.

그리고 이유진이 죽었다는 것을 알았다.

두 달 사이 고통은 그녀에게서 싱가포르의 기억을 거의 지워버렸다. 짙은 안개를 뚫고 혼자 홀랜드 빌리지의 호텔로 돌아오던 택시. 혼자 호텔방에 앉아 있을 때 느낀 외로움. 가슴을 쥐어짜는 것 같던 괴로움. 자신의 담배 연기. 호텔 테라스에서 멀리 보이던 컨트리클럽의 불 켜진 창문들. 그런데 이유진이 죽자 그 모든 것이 다시 떠올랐다.

끼이이익.

측면으로 끼어드는 차 때문에 아슬아슬하게 충돌을 면한 새라의 차가 격렬하게 흔들리며 비명을 질렀다. 새라는 사이드미러를 보았다. 끼어들려다 실패한 은회색 세단은 빗길에 좌우로 흔들리면서 기를 쓰고 그녀의 뒤로 따라붙었다. 그악스러운 모습이었다.

흉측한 욕설들이 새라의 뇌리를 스쳐갔다.

대뇌피질의 전전두엽이 분홍빛으로 달아오른 심층의 대뇌변연계를 필사적으로 타일렀다. 이봐, 저들은 단서야. 틀림없이 이유진의 죽음과 연관되어 있어. 그러니 화를 내면 안 돼. 저들을 잘 유인해서 배후를 캐야지. 그러나 전전두엽의 목소리가 갑자기 지워졌다. 가슴속에서 적개심이 짐승처럼 울부짖었다.

새라는 곡예를 하듯 차선을 바꿔 폭스바겐을 애버딘 초입의 상점가 주차장으로 몰아넣었다. 그리고 힘껏 브레이크를 밟았다. 빗물 때문에 마찰력이 약화된 아스팔트는 유리의 표면 같았다. 폭스바겐은 크게 물보라를 일으키며 옆으로 미끄러져 십여 미터를 밀려갔다. 차는 결국 주차되어 있던 현대 에쿠스의 앞 범퍼를 들이받고 극적으로 정지했다.

새라는 운전석의 차문을 열고 비안개의 포말로 자욱한 습한 공기를 들이마셨다. 그리고 우산도 핸드백도 없이 차에서 내렸다.

새라 워튼은 서른여섯 살로 기재된 영국 여권을 가지고 있었고 진짜 유럽 여성처럼 보였다. 160 정도의 작은 키. 베이지색 바지 위에 오피스 룩의 검은색 반팔 블라우스를 입고 굽이 낮은 단화를 신고 있었다. 불빛에 반짝이는 연갈색의 긴 머리카락이 어깨 위로 흘러내렸다. 그러나 그녀의 짙은 눈썹과 선명한 콧날, 옥처럼 매끈한 피부에는 무엇인지 모를 부자연스러움이 느껴졌다.

새라는 검은색의 차가운 눈으로 간선도로를 쏘아보았다.

시야를 가리는 빗발 너머 간선도로에는 구릿빛 어둠이 깃들어 있었다. 이윽고 상점가 초입에서 안간힘을 다해 속력을 줄이는 은회색 세단의 헤드라이트가 나타났다. 그녀는 돌아서서 상점 건물로 걸으며 바지 주머니에서 고무줄을 꺼냈다. 그리고 앞머리와 옆머리를 정수리께에서 하나로 모은 뒤 포니테일로 묶어버렸다.

상점가는 버드와이저 광고판이 빛나는 퍼브, 데리야키 식당, 침실 및 욕실 용품점, 애견용품점, 러버스라는 성인용품 체인점이 전부인 조촐한 규모였다. 비 내리는 계단을 올라가면서 새라는 젖은 흙냄새와 소나무 껍질 냄새를 맡았다. 상점가 왼쪽에 사방 백 미터 남짓한 작은 숲이 있었다.

새라는 여전히 자신이 화나지 않았다고 생각했다. 그녀의 처절한 오만함은 자신이 저 하찮은 인간들에게 분노하는 것을 용납할 수가 없었다. 저런 우둔하고 멍청한 벌레들, 아니 버러지만도 못한 미물들에게? 내가? 이라크에서 새 삶을 얻은 후 그녀는 자신이 아득히 높은 산정에서 인간의 희로애락을 내려다보고 있다고 생각해 왔다. 그러나 안타깝게도 이유진과 결부된 일들만은 달랐다.

새라는 술집에 들어가려는 사람처럼 퍼브 문 앞에 잠시 서 있다가 천천히 왼쪽으로 걸었다. 등 뒤에서 그녀를 발견하고 주차 구역을 가로질러 오는 은회색 자동차의 엔진 소리가 들렸다. 세단은 둔탁한 소리를 내면서 서둘러 커브를 틀었다. 그리고 불과 십 미터 떨어진 지점에서 끼이익 하고 급정거하는 소리가 들렸다.

순간 새라는 몸을 날렸다. 상점가 건물의 가장자리를 돌아 쏜살같이 달리기 시작했다. 그와 동시에 은회색 세단의 차창에서 소음기 달린 권총이 불을 뿜었다. 스미스 앤드 웨슨 9밀리 권총이었다. 표적에 맞는 순간 상처 궤적이 1.5배로 늘어나는 엑스티피^{XTP} 총탄, 일발필살이 가능하게 제작된 권총탄이 두 발씩 세 번, 여섯 발이 발사되었다. 상점가의 유리창이 요란한 소리를 내며 부서졌고 건물 안에서 누군가의 겁에 질린 비명 소리가 들렸다.

사격자는 희끗희끗한 곱슬머리의 덩치가 큰 흑인이었다. 곱슬머리는 담배 냄새 풍기는 입을 벌리고 고래고래 소리를 질렀다. 내려! 쌍년이 튀었어. 숲으로 튀었다고. 그는 자신의 눈을 의심하지 않을 수 없었다. 도망친다고 느끼는 순간 여자가 너무나 빨리 사라져버렸기 때문이다.

뒷좌석에서 곱슬머리가 내리고 운전석과 조수석에서 남자 두 명이 더 내렸다. 검붉은 얼굴의 건장한 백인 하나, 양미간에 인도차이나 계통의 문신을 새긴 백인 하나. 둘은 비닐 우의의 옷자락에 소음기 붙은 우지 기관단총을 숨기고 날렵하게 움직였다.

숲은 칠흑 같은 어둠에 잠겨 있었다.

거센 빗소리, 나뭇잎에 빗방울 부딪히는 소리. 어디론가 흘러가는 물소리. 여자의 발자국 소리는 들리지 않았다. 검붉은 얼굴의 남자가 포켓백에서 나이트 스카우트 적외선 야시경을 꺼내었다. 어둠을 뚫고 영상들이 보이기 시작했다. 세 남자는 야시경을 가진 남자를 엄호하면서 한 덩어리가 되어 전진했다. 막상 들어와 보니 숲은 꽤 넓었다. 남자들은 초조해졌고 차츰 사이가 벌어졌다.

야시경을 가진 남자는 오른손에 기관단총을 들고 왼손으로 야시경의 적외선 발사기를 조절하다가 불꽃이 번쩍하고 눈앞에 일어나는 것을 느꼈다. 사타구니로부터 얼굴까지 갑자기 온몸이 마비되었다.

이상한 슬로모션을 그리며 야시경과 기관단총이 손을 떠났다. 그리고 등이 축축한 흙바닥에 닿으면서 더 짙은 음영으로 서 있는 나무들이 보였다. 그다음에야 무시무시한 고통이 그를 덮쳤고 그는 숨길을 놓아버렸다.

단 한 번의 돌려차기였고 고환 파열로 인한 쇼크사였다. 야시경을 쓴 남자는 자신을 죽인 여자를 보지 못했다. 자신을 죽인 것이 북한의 제15호 격술연구소에서 가르치는 살인태권도 기술이라는 것도 몰랐다. 그러나 양미간에 문신을 새긴 두 번째 백인 남자는 달랐다.

그의 좌측 후방에서 뒷목을 향해 날아온 여자의 수도목치기는 위력적이었지만 그를 제압하지 못했다. 남자의 목 근육이 상상 이상으로 강건해서 급소를 살짝 빗나갔던 것이다. 남자는 극심한 통증 때문에 아무것도 보이지 않고 아무것도 들리지 않는 상태에서 반사적으로 우지 기관단총의 방아쇠를 당겼다. 그리고 머리와 몸과 총을 든 팔을 재빨리 왼쪽으로 포탑처럼 돌렸다.

타다다다닷.

분당 900발을 뿜어대는 우지의 파라블럼 탄환이 불꽃을 피워 올리며 좌측 후방을 초토화했다. 그러나 그가 무슨 낌새를 느끼고 얼굴을 더 좌측으로 돌렸을 때 그의 시야가 미치지 않는 사각에서 여자의 검지가 뻗어왔다. 여자의 손가락은 그의 안구를 후비고 들어가 시신경을 꿰뚫은 뒤 대뇌의 외슬상체를 파괴했다. 문신의 남자는 비명도 못 지르고 절명했다.

곱슬머리의 흑인 남자는 우지 기관단총에서 뿜어 나온 불빛의 번쩍임을 보고 달려왔다. 두 손으로 쥔 스미스 앤드 웨슨을 좌측과 우측으로 잇달아 겨누면서 다급하게 주변을 살폈다. 좌측에서 스륵하고 검불을 스치는 소리가 들렸다. 곱슬머리는 지체하지 않고 그쪽으로 네 발을 발사했다.

그때 뻑 하는 소리와 함께 뒷목이 부러져 나가는 통증이 찾아왔다. 나무 밑동에 쪼그리고 숨어 있었던 여자는 그가 지나가자 몸을 소리 없이 허공으로 솟구쳤다. 그리고 오른발을 반원형을 그리며 밖으로 후렸다가 남자의 뒷목에 내려찍었던 것이다. 남한의 태권도는 사용을 금지하고 있는 '반달찍기'였다. 남자는 얼굴을 땅에 처박고 엎어졌다.

"누가 시켰지?"

새라는 바닥에 엎드린 남자를 무릎으로 찍어 누르며 물었다. 곱슬머리는 헐떡거리며 부들부들 떨고만 있었다. 새라는 곱슬머리의 땀에 전 셔츠를 찢어 입을 틀어막았다. 그리고 두 손으로 남자의 오른손을 쥐고 새끼손가락을 힘껏 부러뜨렸다. 입이 막힌 남자가 가래 끓는 소리로 비명을 지르며 발버둥을 쳤다. 새라는 다시 같은 방법으로 왼손 새끼손가락을 부러뜨렸다.

새라 워튼은 곱슬머리의 귀에 대고 속삭였다. 그녀의 맥박은 빠르게 뛰었지만 호흡은 거의 흐트러지지 않았다.

"날 죽이라고 한 사람이 누구냐? 말해. 그러면 더 괴롭히지 않을게."

"몰라. 정말로……."

그때 숲 밖에서 사람들의 말소리가 들렸다. 새라는 낭패한 표정으로 입술을 깨물었다. 암살자들을 좀더 한적한 곳으로 유인하지 못한 것은 잘못이었다. 이렇게 앞뒤 생각 없이 총질을 하리라고는 예상치 못했던 것이다. 상점가의 사람들이 경찰에 신고를 했을 것이다.

한 차례 더 귀를 기울이던 새라는 미련을 버렸다. 그리고 옆에 있던 수박만 한 돌을 들어 곱슬머리의 정수리를 내리쳤다. 곱슬머리는 단 한 방에, 뭍에 나온 물고기처럼 부들부들 떨다가 뻣뻣하게 굳어버렸다.

새라는 나뭇잎에 고인 물로 피 묻은 손을 씻고 옷에 달라붙은 검불과 흙을 대충 털었다. 그리고 고무줄로 묶은 머리를 푼 뒤 숲을 나왔다. 주인인 듯한 남자가 퍼브의 문을 열고 서서 빗속을 바라보고 있었다. 그 뒤에 손님의 얼굴도 보였다. 그러나 숲으로 다가가는 사람은 아무도 없었다. 새라는 주차 구역을 최대한 멀리 우회해서 자신의 폭스바겐으로 돌아왔다.

운전석에 앉자 따뜻한 커피 한잔 생각이 간절했다. 뜨거운 물로 샤워를 할 수 있다면, 피 냄새를 씻고 뭉친 근육을 풀 수 있다면 얼마나 좋을까. 그러나 오늘은 그럴 수 없었다. 공항에 예정된 타깃이 있었다.

밤 10시. 시애틀 타코마 국제공항.

오후부터 퍼부어댄 장대비로 공항 앞 도로에는 작은 실개천이 생겼다. 비행기에서 내린 승객들은 대부분 공항 지하철로 빠지고 택시 승강장에는 열 명도 안 되는 사람들이 서성거리고 있었다.

서늘해진 밤공기를 가르며 사이렌 소리가 일어났다. 서울발 시애틀행 여객기에서 응급 환자 한 명을 들것에 싣고 내려온 구급차였다. 미리 수속을 마쳐둔 구급차는 활주로와 연결된 비상 출입구를 빠져나왔다. 그리고 바로 속도를 높여 다운타운으로 통하는 5번 도로로 달려갔다.

구급차 환자실에는 세 사람이 타고 있었다. 의식불명 상태의 벤자민 S. 모리와 닥터 마리노 파치니, 그리고 캘빈 라자크였다.

"1분 정도 기다려야 합니다."

구급차 뒷좌석에서 닥터 마리노가 중얼거렸다. 그는 환자의 가슴에 대고 있던 스마트폰을 들어 측정값이 제대로 전송되었는지 들여다보았다. 1분이란 스마트폰으로 송신한 데이터를 병원 측이 분석해서 심전도 결과를 알려주는 시간을 의미했다. 그 말에 입에 휴대용 간이인공호흡기를 달고 있는 환자가 보일 듯 말 듯 눈을 떴다. 안색은 창백했고 이마에는 땀이 흥건했다.

벤이라 불린 환자는 여자처럼 얼굴이 해사한 삼십 대의 동양인이었다. 복근과 가슴 근육이 돋보이는 몸매는 그리스 조각 같았다. 그러나 그는 지금 실신 직전에서 간신히 정신을 붙들고 있는 것 같았다. 눈은 다시 감겼고 입에서 흐느낌과 헛소리의 중간쯤 되는 알 수 없는 웅얼거림이 흘러나왔다.

병원에서 전화가 왔고 마리노는 지체 없이 약물을 주사했다. 5분쯤 지나자 환자의 호흡이 눈에 띄게 길어졌다. 눈가의 긴장이 풀리고 땀도 잦아들었다. 잠이 든 것 같았다. 마리노가 환자의 눈꺼풀을 열어 망막을 살피는데 캘빈이 물었다.

"어때? 이제 깨어날 수 있을까?"

"아뇨. 낙관할 수 없어요. 문제는 더 이상 이걸 주사할 수 없다는 겁니다. 이미 규정량을 심각하게 넘겼어요."

마리노는 서릿발이 돋은 표정을 짓고 있었다. 그의 체격은 의사라기보다 레슬러처럼 보였다. 눈썹도 짙고 이목구비가 모두 큼직큼직해서 술집에서 싸움이라도 났을 때 옆에 있으면 든든할 친구였다. 그가 지금처럼 골똘한 표정으로 쏘아볼 때는 금방이라도 주먹을 휘두를 것처럼 느껴졌다.

"도대체 어떻게 된 일입니까? 나는 벤이 한국으로 출장 간 사실도 몰랐습니다. 나를 이렇게 따돌리다니. 내가 응급실 인턴입니까?"

"진정해."

캘빈은 숱이 적은 반백의 머리를 뒤로 쓸어 넘기며 한숨을 쉬었다. 그리고 곤혹스러운 표정을 감추기 위해 차창으로 얼굴을 돌렸다.

"벤이 가야 한다고 판단했던 거야. 나도 정확한 내막을 몰라. 벤이 팀장이잖아."

벤자민 S. 모리가 이끄는 팀은 두 개의 파트로 나눠져 있었다. 하나가 캘빈이 책임지고 있는 정보수집 파트, 다른 하나는 마리노가 책임지고 있는 연구지원 파트였다. 두 파트는 3년째 함께 일하고 있었고 원칙적으로 모든 정보를 공유하게 되어 있었다.

"이번 출장은 정례적인 정보수집이 아니었어요. 그랬다면 캘빈 당신도 동행했겠죠. 벤이 한국에 간 목적이 뭡니까?"

"천사장과 창조천사를 만나러 간 걸세."

"세 사람이 모인 이유가 뭡니까?"

캘빈은 입을 다물었다. 마리노의 얼굴이 일그러졌다. 그는 두툼한 손바닥으로 자신의 얼굴을 쓸어내렸다.

"이봐요. 우리는 한 팀이라고요. 같은 배를 탄 사람들이란 말입니다. 내가 자초지종을 모르면 어떻게 벤을 치료합니까. 뇌 영상을 찍어봐야 알겠지만 내가 보기에 벤은 지금 뇌졸중이 아니라 강력한 최면에 걸린 상태예요."

"나도 그렇게 생각해."

"그러니 이해가 안 되는 상황이죠. 벤은 최고 수준의 강화인간이에요. 누가 벤에게 최면을 걸 수 있습니까?"

캘빈은 한숨을 쉬면서 안경을 벗었다. 그리고 손수건을 꺼내 안경알을 닦기 시작했다. 마음이 혼란스러울 때 그가 하는 버릇이었다.

마리노를 믿을 수 있나. 벤이 의식불명인 지금 그것은 캘빈이 판단해야 할 문제였다. 캘빈은 물끄러미 상대를 바라보다가 입을 열었다.

"마리노. 하나만 물어봐도 되겠나?"

마리노는 긴장했다. 뭔가 본질적인 문제로 넘어간다는 느낌이었다.

"자네는 왜 이 일을 하나?"

"뭐라고요?"

"자네는 2002년부터 다르파^{DARPA}(미 국방성 고등연구계획국)에서 뇌 기능 강화를 연구했지. 그 연구 때문에 우리 팀에 합류했고. 그런데 왜 이런 연구를 하는 거지? 나는 첨단기술 같은 거는 아무것도 몰라. 나 같은 사람도 알아들을 수 있게 설명해 주게. 십 년이나 이 일을 하고 있는 이유랄까 꿈 같은 게 있을 거 아닌가?"

뜻밖의 질문에 마리노는 당황했다. 그는 생각을 붙잡으려는 사람처럼 주위를 두리번거리다가 입을 열었다.

"갑자기 그런 걸 물으시면…… 꿈이 있죠. 당연히. 우리 연구는 사람들을 고통에서 해방시킬 거예요. 사람들은 뇌 기능 강화로 대부분의 질병과 신체장애를 치유할 수 있습니다. 지금도 집중력을 높이면 호흡만으로 혈압과 맥박을 조절하잖아요. 우리가 목표로 하는 수준까지 뇌를 강화시키면 이제까지 잠재의식으로만 느껴지던 많은 것들이 의식으로 탐지됩니다. 그래서 자기 몸의 호르몬 분비나 생리적 대사를 의식적으로 조절할 수 있어요. 이 연구는 인류를 행복하게 할 겁니다."

"정말 그럴까?"

캘빈은 의식을 잃고 있는 벤을 잠시 바라보았다. 그리고 쓸쓸한 표정으로 말을 이었다.

"내 생각은 회의적이야. 난 이 연구가 우리 직장과 똑같다고 생각해. 우리는 안보기관이야. 우리가 하는 일은 미국의 적을 찾아내는 거지. 우리는 안보를 위해 차별을 만들어. 건전한 시민에 가까운 사람들과 테러리스트에 가까운 사람들을 구별하지. 하지만 알지 않나. 세상에는 악하기 때문에 비난받는 것이 아니라 우리가 비난하기 때문에 악한 사람들이 많아. 우리는 악을 구별해 낸다고 하면서 실제로는 악을 창조하고 있지."

"분명히 말하지만 그런 말에는 동의할 수 없어요. 난 연방공무원이고 연방정부를 신뢰합니다."

"끝까지 들어보게. 내 말은 뇌 기능 강화기술도 이런 구별을 생산한다는 거야. 이 기술은 '우둔하고 멍청한, 머리가 나쁘고 무능하고 불완전한 사람'을 만들어. 어제까지 멀쩡하고 착실했던 보통 사람을 갑자기 경멸받아 마땅한 존재로 만드는 거야."

"그런 건 좌파 지식인들의 헛소리예요."

마리노가 볼멘소리로 캘빈의 말을 끊었다.

"20년 전의 IT 기술에도 세대 격차가 있었고 빈국과 부국의 격차가 있었어요. 어떤 기술이든 독점과 불평등의 위험은 있는 겁니다. 그렇지만 기술은 시간이 갈수록 저렴해져요. 그래서 혜택이 모두에게 골고루 돌아가게 된단 말입니다. 위험이 있다고 해서 발전의 기회까지 포기할 수는 없어요."

"BT는 IT와 달라. 전혀 다르다고. 열 배 더 빠른 인터넷이 사회에 위협이 되지는 않아. 그러나 열 배 더 지능이 높은 인간은 어떨 것 같나. 강화인간 종種. 우리가 암호명 '천사'라고 부르는 호모 사피엔스 마그

누스^{Homo sapiens magnus}. 이 새로운 인간 종은 보통 사람의 생존을 위협
한다고. 경쟁 자체가 무의미할 만큼 지능이 높은 인간들이 보통 사람
들에게 함께 경쟁사회를 살아가자고 하는 거야. 어떻게 사회가 유지
될 수 있겠나.”

“나 원.”

마리노가 화를 내며 고개를 절레절레 저었다.

“나랑 첨단기술과 사회라는 주제로 토론하고 싶으세요? 사양하겠
어요. 그런 복잡한 이야기는 대통령이나 하원의원들하고 하시라고요.
나는 그냥 인지신경학자예요. 내가 알고 싶은 건 벤에게 무슨 일이
일어났느냐는 거라고요.”

“지금 내가 말하려는 게 그거야.”

캘빈의 얼굴에 단단한 바위처럼 옹골진 표정이 떠올랐다. 평소에
는 보지 못하던 모습이었다. 반쯤 벗겨진 봉긋한 이마의 그늘에서 힘
찬 눈빛이 반짝거렸다. 캘빈은 주먹 쥔 두 손을 자신의 얼굴 앞으로
가져왔다.

“두 진영 간의 전쟁이 있어. 한쪽은 안보기관들이야. 그들은 지금
의 체제 안에서 이 지능 강화기술을 이용하고, 되도록 독점하려고 하
지. 다른 한쪽은 강화인간들이야. 이들은 인류 공동의 운명을 걱정
해. 그래서 이 기술이 사회를 파괴하기 전에 이 기술을 이용해서 사
회를 개조하려고 하지. 자, 마리노. 내 질문은 이거야. 이런 전쟁이 있
다면 자네는 누구 편에 서겠나?”

마리노는 충격을 받은 얼굴로 생각에 잠겼다. 마리노의 처지에서는

자신이 지금 어느 쪽에 서 있는지 당연히 헷갈렸다. 그는 안보기관에 근무하는 연방공무원이면서 동시에 강화인간의 친구였다.

마리노를 노려보다가 캘빈은 먹먹한 표정으로 환자실의 쪽창으로 고개를 돌렸다. 도로와 자동차 위로 떨어져 내리는 비의 습한 광채 속에서 아메리카의 밤이 의지할 데 없는 불빛으로 빛나고 있었다.

키가 크고 등이 꾸부정한 캘빈 라자크는 예순셋이었다. 그는 어릴 때 레바논의 베이루트에서 살았다. 사람들로 꽉 들어차서 참을 수 없을 정도로 숨이 막히던 도시. 시궁창의 악취를 풍기는 골목과 굶주린 동족들. 그는 처음 미국에 도착했을 때 느낀 감격을 기억한다. 캘빈은 열심히 공부했고 열심히 일했다. 직장에서 퇴근한 후에도 밤늦게까지 다른 일을 하는 투 잡 생활을 은퇴할 때까지 계속했다.

그러나 서브 프라임 사태가 터진 뒤 그가 소유한 두 채의 주택은 구입 가격의 절반으로 내려앉았다. 모기지 금융의 펀드에 맡겼던 돈은 65퍼센트의 손해를 보았다. 일평생 고생한 끝에 그의 재정 상태는 50년 전으로 되돌아갔다. 그는 은퇴한 지 4년 만에 다시 일하러 나와야 했다. 허리에는 심한 좌골신경통이 있었고 집에는 파킨슨병을 앓는 아내가 있었다.

그나마 캘빈은 운이 좋은 편이었다. 재취업을 못한 동료 중에는 집이 은행에 압류된 사람들이 많았다. 퇴직금 관리를 맡겼던 투자 회사가 파산하면서 빈털터리가 된 사람도 있었다. 주 재정은 어디 할 것 없이 적자이고 감옥은 만원이며 공원과 도서관은 더럽고 학교는 가난해졌다. '그러니 당신도 참아야 한다'라는 견인주의가 아메리카의 밤을 지배하고 있었다.

　잠시 침묵을 지키고 있던 마리노가 입을 열었다.

　"사회를 개조한다고요? 어떻게요?"

　"세계 연방, 세계 문화, 완전 고용, 양성 평등, 지구 부활."

　캘빈은 비밀스러운 주문을 외우는 사람처럼 엄숙한 표정으로 말했다. 그는 밀봉된 유리병에서 편지를 꺼내는 사람처럼 조심스럽게 그 단어들을 설명했다.

　"첫째는 유엔을 개조해서 단일한 행성 규모의 정치 체제, 즉 세계 연방을 발족하는 거야. 둘째는 단일한 탈근대 세계 문화를 장려해서 종교, 인종, 민족의 융합을 꾀하고 모든 형태의 근본주의를 억제하는 거지. 셋째는 일자리가 없는 모든 성인을 세계 연방이 고용하는 거야. 넷째는 양성평등촉진법을 제정해서 정부기관과 공기업은 물론 사기업과 군대까지 모든 직장에서 남녀 직원 비율 5대 5를 의무화해. 다섯째는 지구 온난화와 오존층 파괴, 사막화를 저지하고 생태계를 복원하는 걸세."

　캘빈은 긴장한 표정으로 말했지만 마리노는 별로 놀라지 않았다. 평소에도 조금씩 들은 바가 있었기 때문이다. 마리노는 고개를 끄덕이면서 되물었다.

　"무조건 고용. 그게 가능할까요?"

　"실업은 절대악이야. 모두에게 나쁜 악. 모든 악을 만드는 악. 이슬람의 테러 전쟁도 결국은 실업 문제지. 마드라사에서 코란만 배우고 나온 젊은이들에겐 직장이 없거든. 전쟁 비용을 생각하면 그까짓 인건비가 얼마나 되겠어. 연방정부가 경기 부양을 한답시고 대기업들에 퍼준 돈의 십 퍼센트면 돼."

"그까짓 인건비라뇨? 연방정부가 그런 돈을 줄 리가 없잖아요."

"우리는 줄 수 있어. 자네는 무슨 말인지 알지? 강화인간들은 할 수 있어. 우리는 1년에 1조 달러도 만들 수 있어."

"지구 부활. 먹고살기도 바쁜 사람들이 그런 거에 공감할까요?"

"사람들은 지구 온난화를 북극곰에게 닥친 불행이라고 생각하지. 그저 여름이 더 더워지고 해수면이 좀 높아지는 거로 알고 있어. 하지만 지구 온난화는 사막화이고 물 기근이고 세계적인 식량 위기야. 지금의 체제로는 해결책이 없어. 어떤 정치 지도자가 유권자에게 자기 나라의 경제를 희생하면서 지구를 구하자고 강요할 수 있나."

캘빈의 초연한 듯하면서도 모순으로 가득한 눈빛은 지식으로 무장한 청년의 눈빛이었다. 그것은 마리노가 마주 대하기에는 벅찬 시선이었다.

"인간은 영하 273도의 우주에 살고 있어. 하늘로 몇 킬로미터만 올라가도 도저히 살아남을 수 없지. 인간들은 우주선 지구호를 타고, 은혜로운 푸른 하늘의 얇디얇은 이불을 덮고 간신히 살고 있는 거야. 지금은 완전히 새로운 힘이 나타나서 이 이불의 구멍을 막아야 할 때야."

마리노가 조금 질린 표정으로 어깨를 으쓱하며 물었다.

"그 새로운 힘이 뭡니까?"

"심비아틱 플래닛 파티Symbiotic Planet Party(더불어 사는 행성 당). SPP, 그냥 공생당共生黨이라고도 해."

"공산당 같은 건가요?"

"천만에. 우리의 관심은 오직 행성에 있어. 인류의 대다수가 가난해졌고 자존심과 인생의 목표를 잃어버렸어. 지구 환경은 점점 악화되고 행성의 종말이 눈앞에 다가왔지. 그런데도 이 행성의 미래에 관한 결정들은 어떤 정부보다도 많은 돈을 주무르면서 돈만을 유일한 기준으로 삼는 인간들, 선거에 의해 뽑히지도 않는 인간들에 의해 내려지고 있네. 우리는 이 구조를 바꾸려는 거야."

마리노는 떨떠름한 얼굴로 고개를 끄덕였다. 많은 근심들이 그의 머리를 스쳐갔다. 뇌 인지과학과 약리학만 알면 되었던 실험실의 안정감이 그리웠다. 병원과 실험실을 한 발짝만 벗어나도 이런 정치의 바다가 있었고 이 바다엔 마음의 갈피를 잡을 수 없게 하는 혼란의 파도가 소용돌이쳤다.

바닷속에서 솟아난 물건에 해조류가 엉켜 있듯이 소위 '미래 전략 기술'이라는 것들에는 언제나 정치가 엉켜 있었다. 이데올로기의 편린들이 온갖 거짓을 거느리고 솟아올라 의기양양하게 으스대면서 실제의 사실에 뒤섞였다. 그리고 이제까지 편안하게 받아들였던 가치와 정체성을 뒤흔들었다.

더불어 사는 행성 당……. 마리노는 듣기만 해도 유치하다고 생각했다.

캘빈 같은 이민 1세대의 가장 큰 공포는 인생에 실패해서 자국으로 돌아가는 것이다. 그들은 이 공포로부터 달아나기 위해 죽어라 노력한다. 미국에 대해 과도하게 기대했고 금융 위기가 그 기대를 좌절시킨 후에는 과도하게 절망했다. 그래서 저런 새로운 환상이 나타나면 현실감각을 잃고 몰입하는 것이리라.

마흔다섯 살인 마리노 파치니는 메릴랜드 주 볼티모어 출신이었다. 그가 태어난 뒤 그곳에서는 18만 명이 일자리를 잃었다. 철강산업이 몰락하면서 그와 연관된 무수한 제조업체들이 파산했기 때문이다. 주민의 반은 실업수당으로 살았고 다른 반은 하루 벌어 하루를 살았다. 만약 주택 융자금을 갚을 수 있다면…… 하는 문장은 한탄 끝에 항상 따라오는 '인생의 후렴'이었다.

마리노에게 금융 위기 따위는 정말 아무것도 아니었다. 인도가 부서지고 가로등이 깨지고 오물과 진흙에 뒤덮인 도시의 어두운 영혼은 곧 그의 영혼이었다. 어린 시절의 그 친근한 비애감이었다. 이 슬프고 더럽고 가난한 미국에 내가 속해 있다는 생각은 마리노에게 변태적인 행복감마저 안겨주었다.

"저도 공생당에 찬성합니다. 저도 과학자이고 지식인인데 그런 정당에 어떻게 반대할 수 있겠어요. 진정한 진보란 그런 것이겠죠."

마리노는 입가에 미소를 머금고 태연한 얼굴로 말했다. 마리노와 같은 덩치가 우렁우렁 큰 소리로 말하면 마치도 진심으로 뿌리 깊은 열정을 토해 내는 것처럼 들렸다. 마지막에 마리노는 작은 소리로 중얼거렸다.

"하지만 우리 국가정보국이 알면 좋아하지 않겠군요."

캘빈은 순한 소와 같은 표정으로 솔직하게 고개를 끄덕였다.

"그렇지. 그리고 중국의 국가안전부도."

캘빈은 눈을 끔벅거리며 고민하다가 마리노를 바라보았다. 마리노는 주의 깊게 캘빈의 안색을 살피고 있었다. 결국 엄중한 기밀을 요하는 사항이 나와야 했다.

"벤과 천사장과 창조천사 세 사람이 만난 것은 카마엘 때문이었네."

"카마엘이라고요?"

"카마엘의 부대가 대학살을 준비하고 있다는 첩보를 받았지. 세 사람은 대책을 마련하기 위해 모였어. 그런데 뭔가 잘못되었네."

"잘못되다뇨?"

"나도 몰라. 창조천사는 총에 맞아 죽고 천사장은 살인 용의자로 한국 기관에 체포되었네. 벤은 보다시피 의식불명 상태가 되었고. 만약 두 사람이 창조천사를 죽인 거라면 우린 큰일이야."

"큰일이라뇨?"

캘빈이 무거운 표정으로 오른쪽 검지손가락을 세웠다.

"능천사."

마리노는 심장이 덜컥 내려앉았다.

천국에는 9개 계급의 천사들이 있고 그 가운데 능품 천사, 혹은 듀나미스라고 불리는 능천사들이 있다. 능천사는 신에 의해 최초로 창조된 천사들로 제1천계과 제2천계 사이의 위험한 경계 지역에 살면서 세계를 지배하려는 악마들로부터 인간과 다른 천사들을 지킨다. 그들 가운데 일부는 악마와 싸우다가 내면의 암흑과 만나게 되고 완전히 악에 오염되어 버리기도 한다.

강화인간 중에 능천사만큼 자신의 암호명과 잘 어울리는 사람은 없었다. 그녀는 피도 눈물도 없는 파괴자이자 징벌자였다. 전쟁의 천사이며 죽음의 천사였다. 내가 왜 이런 일에 말려들어야 하는 거지? 내가 무슨 관계가 있다고? 벤의 옆에 있다는 단순한 우연이 목숨이 열 개 있어도 모자랄 위험으로 변하고 있었다. 네메시스, 복수의 여신이 찾아온다는 것이다.

"만약 벤이 창조천사를 죽였다면 능천사가 우릴 모두 죽일 거야."

"벤이…… 정말 창조천사를 죽였을까요?"

"아니라고 생각해. 창조천사만 죽은 게 아니거든. 지난 40시간 사이에 로마, 방갈로르, 상하이, 베이징, 런던, 오사카, 모스크바에 사는 천사들이 모두 당했네. 일부는 습격을 받아 살해되고 나머지는 벤처럼 의식불명 상태가 되었어. 누군가가 우리를 동시에 공격하고 있는 거야."

마리노는 흥분으로 벌겋게 달아오른 얼굴을 숨기려고 고개를 돌렸다. 그리고 운전석을 향해 난 조그만 창으로 밖을 응시했다. 멀리 전방을 향해 달리는 자동차들의 미등이 루비처럼 빛나고 있었다. 도심의 스카이라인이 멀리 음산하게 비치고 그 양옆으로 광활한 암흑이 펼쳐지고 있었다.

캘빈이 침울한 목소리로 말했다.

"마리노, 벤을 살려야 하네. 벤이 없으면 누가 능천사와 얘기하겠나. 우리는 세계 곳곳에 활동가 조직을 건설했고 많은 정부에 동지를 얻었어. 500인 이사회가 24시간마다 한 번씩 영상회의로 모이지. 하지만 강화인간들이 다 죽으면 모든 것이 물거품이 돼."

그때였다. 기적처럼 벤이 눈을 번쩍 떴다. 캘빈은 환희의 비명을 지르며 덥석 그의 팔을 붙잡았다. 벤의 눈은 멍하니 허공을 응시하고 창백한 이마에는 진땀이 번져 나오고 있었다. 캘빈이 그의 눈앞에 얼굴을 갖다 대고 물었다.

"벤, 정신이 드나? 벤, 이게 어찌 된 일인가?"

마리노가 벤의 입에서 인공호흡기를 치웠다. 캘빈은 긴장과 초조 때문에 봇물처럼 말을 쏟아내었다.

"벤, 도대체 어떻게 된 일인가? 누가 창조천사를 죽인 거야? 그리고 워싱턴에서 뭔가 눈치챘어. 열 시간 후에 사일러스가 여기로 온다고 하네."

벤의 눈은 캘빈을 향했지만 그에게서는 아무런 말도, 반응도 없었다. 눈동자만이 쉴 새 없이 움직이고 있었다. 내면에서 뭔가 심각하고 숨 가쁜 상념이 전개되고 있고 그 때문에 외부 세계의 모든 정보들이 마음의 표면에서 튕겨 사라지는 것 같았다.

마리노의 단호한 손길이 캘빈의 팔을 잡아 벤으로부터 떼어냈다. 마리노는 침착하게 벤의 동공을 관찰했다. 그리고 입을 벤의 귀에 갖다 대고 물었다.

"벤, 지금 뭐가 보입니까?"

그러자 벤의 입술이 달싹거렸다. 마리노는 더 큰 소리로 다시 물었다.

"벤, 지금 뭐가 보입니까?"

"성城……."

네메시스를 위하여

"성? 무슨 성인가요? 누구의 성입니까?"

"기리쓰보 성."

마리노와 캘빈은 깜짝 놀라 서로의 얼굴을 처다보았다.

일본인이 아니지만 둘 다 기리쓰보는 알고 있었다. 기리쓰보는 『아라비안나이트』, 『롤랑의 노래』, 『니벨룽겐의 반지』와 더불어 중세 세계문학의 4대 걸작 중 하나인 『겐지 모노가타리』의 여주인공이다. 미천한 신분으로 천황의 사랑을 받아 히카루 겐지를 낳았으나 황후의 질투를 받아 죽게 되는 비련의 여인. 그녀에 대한 그리움 때문에 히카루 겐지는 계모 후지쓰보와 한 많은 근친상간의 사랑에 빠져든다.

캘빈이 숨을 죽이고 물었다.

"기리쓰보 성에…… 누가 있습니까?"

"한 여자가…… 울고 있소…… 나 때문에."

캘빈의 얼굴이 일그러졌다.

본래 벤자민 S. 모리는 하버드 법학대학원 출신으로 매사에 거만하고 고집이 세며 자신만만한 청년이었다. 지난 4년 사이 초고속 승진을 하면서 잘난 체하는 꼴은 차마 눈뜨고 볼 수 없을 정도였다. 선배를 예의 바르게 대하지도 않았고 후배에게 친절하지도 않았다. 모두가 눈을 흘기면서 그에게 앙심을 품었다.

캘빈과 마리노도 누구 못지않게 벤을 싫어했는데 1년 전 생각이 바뀌었다. 두 사람은 밤늦게 회사 근처의 술집에 들렀다가 혼자 위스키를 마시고 있는 벤을 만났다. 그는 이미 취해 있었다. 도쿄에 있는 동생이 교통사고로 죽었다고 했다. 두 사람은 벤이 자신의 배다른 동생에게 자주 선물을 보내고 전화를 거는 것을 알고 있었다.

마사키는 겨우 열네 살입니다. 그 말끝에 무어라 표현할 수 없는 절망의 바다가 아른거렸다. 세상사에 닳고 닳은 캘빈은 마사키가 사실은 벤의 아들이라는 것을, 아니 동생인 동시에 아들이라는 것을 눈치챘다. 벤에게도 인생은 힘들었던 것이다. 그때부터 캘빈은 자기보다 서른 살이 어린 상관에 대해 연민을 느끼기 시작했다.

"마리노, 지금 어떻게 돌아가고 있는 거지?"

마리노는 눈을 내리깔고 잠시 아무 말도 하지 않았다. 그는 착잡한 표정을 지으며 말했다.

"최악이죠. 최면의 자가 증식 Self-replicating Trance. 최초의 최면에 벤 자신의 기억이 보태져서 점점 복잡해지고 있어요."

캘빈은 절망감으로 눈살을 찌푸렸다. 그는 오른손으로 관자놀이를 두드리며 이 사태를 냉정하게 생각해 보려고 했다.

그때, 쿵 하는 충격과 함께 그와 마리노의 몸이 안전벨트에 매인 채로 들어 올려졌다. 둘은 머리를 차 천장에 박은 뒤 운전석 쪽으로 고꾸라졌다. 차체 바닥과 크랭크와 배기구가 금속성의 비명을 질러 댔다.

"누구야! 이런 엿 같은……"

구급차 운전기사가 쌍욕을 하며 차문을 여는 소리가 들렸다. 다음 순간 퍽 소리와 함께 누군가의 몸이 격렬하게 차체에 부딪혔다. 쨍하고 유리 깨지는 소리도 들렸다.

캘빈은 급히 환자실의 쪽창을 내다보았다. 구급차는 시애틀 다운

타운으로 들어와 있었다. 목적지인 그레이브스 종합병원으로 가는 한적한 지선도로까지 와서 정지신호를 받고 서 있던 중이었다. 캘빈은 다시 차량 후방의 차문 쪽을 내다보려고 했다. 그러나 그럴 겨를도 없이 딱 하고 잠금쇠가 부서지며 차문이 열리고 누군가가 환자실로 들어왔다.

흙물과 핏물로 더럽혀진 베이지색 바지를 입고 손에 차량 휴대용 쇠지레를 든 여자였다. 그녀의 얼굴에도 핏방울이 묻어 있었다. 캘빈은 무언가가 배 속을 찌르르하게 후벼 파고 두 다리에 힘이 쭉 빠지는 것을 느꼈다. 그는 쓰러지지 않기 위해 차체의 안전벨트를 잡았다. 마리노는 이미 기절해서 차 바닥에 뻗어 있었다.

여자가 냉혹하게 웃었다.

"오랜만이에요, 캘빈."

단돈 1조 달러

경찰서는 일제시대 건물들이 남아 있는 구 시가지에 있었다.

김호는 녹음이 우거진 경상감영공원과 이제는 역사관이 된 조선식산은행 건물을 하나하나 더듬으며 걸어갔다. 얽히고설킨 작은 길들. 당구장과 다방과 술집과 이런저런 가게들이 들어선 골목. 어디선가 풍겨오는 막걸리 냄새.

중앙통의 대로로부터 불과 한두 블록 떨어져 있을 뿐인데 경찰서 주위는 이상하게 느껴지리만큼 고요했다. 멀리서 들려오는 도시의 온갖 소음은 희미하고 은은해서 오히려 정적의 일부분인 듯했다.

김호는 문득 이 도시가 자신의 고향이라는 것을 생각했다. 아주 늙어버린 영혼이 되어 꿈에서 깨어난 기분이었다. 그는 이 도시에서 태어나서 성장했다. 마이클 잭슨이 〈빌리 진〉을 부르던 시절 그 문워커 댄스를 흉내 내며 이 거리를 걸었었다. 그 뒤 서울로 대학 공부를 하러 갔고, 취직을 해서 내려왔다가 다시 올라갔다.

소리 없이 스며드는 막걸리 냄새는 그 자신의 추억의 냄새였다. 그에게서 도시로, 도시에게서 그에게로 아련한 비애감이 번져갔다. 지독한 상사병에 걸린 촌색시처럼 반 세기 동안 박 대통령만 사랑한 도시. 이제는 남에게도 자기 자신에게도 난처한 존재가 되어 '고담 시티'라고 불리는 도시. 김호와 이 도시는 서로 닮았다. 똑같이 혼란스럽고 똑같이 난해하고 똑같이 불행했다.

지난해 김호는 두 달 동안 병가를 내고 입원했다. 수면유도제 졸피뎀 중독을 치료해야 했기 때문이다. 정신병원 약물병동과 약물중독 전문 재활원을 전전하면서 김호는 자주 이 거리를 생각했고 프로포폴 과다 투여로 숨진 마이클 잭슨을 생각했다.

경찰서 건물은 방치된 유적처럼 옛날 그대로였다. 낯익은 사무실들이 보이고 낯익은 얼굴들이 보였다. 책상에 죽치고 앉아 있던 늙은 형사들이 김호를 보고 눈을 휘둥그렇게 뜨며 반색을 했다.

리젠트 호텔 사건의 초동수사를 맡았던 차병선 경감도 아는 사이였다. 호랑이 담배 피우던 시절 '관계기관 대책회의'라는 것이 있어서 김호는 제일 상석에, 그다음은 육군 보안사령부, 그다음은 검찰, 차 경감의 경찰은 제일 말석에 앉았던 적도 있다. 나이는 오십 대 후반. 눈꼬리에 잔주름이 진 인상 좋은 얼굴에 날카로운 눈빛이 번뜩이고 있는 전형적인 강력계 수사관이었다.

김호는 종이컵 커피를 마시면서 차 경감과 십 분쯤 잡담을 나누었다.

"김 팀장도 연조가 꽤 되셨어. 이제 다른 부서로 안 갑니까?"

수사 계통은 회사의 권력 구조에서 찬밥이 아니냐는 말이었다.

"글쎄요, 전 사실 이 일이 좋았지요. 우리 계통에는 어쨌거나 확실한 죄가 있다고 생각했거든요. 죄지은 놈은 벌을 받아야 한다고. 사건 앞에서는 누구나 평등하다고요. 지금은 잘 모르겠지만요."

사무실 한쪽의 TV에서 남부순환도로가 강으로 변한 이 시각 서울의 대홍수 장면이 나오고 있었다. 베니어판 뗏목에 올라타 노를 젓고 있는 사람들의 모습과 종이 상자처럼 참혹하게 구겨진 차량들이 보였다. 두 사람은 잠시 그걸 지켜보다가 리젠트 호텔 사건으로 화제를 돌렸다.

"경감님 죄송합니다만 사건 당일 밤 11시 30분부터 다음 날 새벽 1시 40분 사이 경부고속도로 상행 칠곡 휴게소의 CCTV를 좀 조사해 주실 수 있을까요?"

"용의자의 알리바이 때문인가요?"

차 경감은 대뜸 용건을 알아차렸다.

"예, 살인사건이 일어난 시각에 자오얼은 알리바이가 없습니다. 그냥 시내 구경을 하며 돌아다녔다고 말하고 있어요. 그런데 제보가 하나 들어왔습니다. 한 택시 기사가 사건 당일 밤 자오얼과 비슷하게 생긴 남자를 칠곡 휴게소까지 태워줬다고 합니다."

"그 시간에 칠곡 휴게소? 뜬금없는데요."

"예, 좀 의심스럽습니다. 그렇지만 일단은 한번 CCTV를 확인해 보고 싶습니다. 자오얼의 용모는 특이해서 정말 칠곡 휴게소로 갔다면 식별이 가능할 것 같습니다."

김호는 가지고 온 서류철을 경감에게 넘겼다. 차 경감은 서류철에 담긴 자오얼의 사진들을 묵묵히 들여다보았다. 김호는 그 눈빛에서 뭔가 말하고 싶은 눈치를 느꼈다.

"뭔가 생각나는 게 있으십니까?"

"아, 아닙니다."

차 경감은 망설이다가 입을 열었다.

"이 사람, 중국 정보기관에 관계되어 있는 사람인가요?"

"글쎄요. 아직 뭐라고 단정하기는 어렵습니다. 그럴 개연성은 있죠."

김호는 태연한 얼굴로 말했지만 마음속으로는 경감의 질문에 놀라고 있었다. 김호는 나지막한 목소리로 물었다.

"그런데 그걸 왜 물으시나요?"

차 경감은 잠시 손으로 턱을 어루만지다가 대답했다.

"댁의 회사에서 아주 신속하게 개입했으니까요."

"경찰과 검찰이 요청했다고 들었는데요."

"그래요? 제가 알기로는 아닙니다. 요청할 시간도 없었고요. 제가 직접 새벽에 초동수사를 하고 돌아가서 잤지요. 9시쯤 경찰서로 나와서 이걸 어떻게 할까 생각하고 있는데 지시가 내려왔어요."

"지시가요?"

"예, 우리보다 훨씬 윗선에서 내려왔습니다. 우리 쪽 라인으로는 아직 보고를 올리기도 전이었어요."

김호는 관자놀이가 따끔거리는 것을 느꼈다. 차 경감의 말은 구재용의 말과 전혀 달랐다. 차 경감은 거짓말을 할 이유가 없는 사람이었다. 자신의 회사가 능동적으로 사건을 떠맡아서 처음에는 구재용을, 그다음에는 김호 자신을 수사 책임자로 지명했다면 이건 무슨 의미인가. 어수선한 의문들, 혼란스럽고 복잡한 생각들이 꼬리를 물고 일어났다.

그리고 보니 김호가 중국어 전문가이기 때문에 맡겼을 거라는 구재용의 말도 믿기 어려웠다. 자신이 그 정도로 상부의 신뢰를 받고 있다고는 생각되지 않았다. 이런 일은 사실 관계를 정확하게 봐야 한다.

객관적으로 이 사건은 조사할 것이 그렇게 많지 않았다. 사건 개요는 다 나와 있다. 자오얼의 지문이 있는 콜트 45만 나오면 끝나는 사건이다. 상부가 관심을 가질 만한 요소가 있다면 자오얼이라는 인물 자체뿐이다. 그러나 자오얼이 정말 범인가? 그를 살인 용의자로 만든 리젠트 호텔의 사건 현장. 그것은 전문가가 아니면 식별할 수 없을 만큼 정교한 조작이었다.

김호는 차 경감이 호기심에 가득 찬 눈으로 물끄러미 자신을 보고 있는 것을 깨달았다. 김호는 크게 고개를 끄덕이고 자리에서 일어섰다.

"경감님, 조사실을 쓸 수 있을까요? 여기서 피살자 가족들을 만나기로 했습니다만."

"아 예, 정인영 요원에게 들었습니다. 이리 오시지요."

차 경감은 김호를 사무실과 맞붙은 조그만 방으로 안내하고 손수

생수 한 병을 갖다주었다. 김호는 고맙다고 말하고 백지에 뭔가 쓰는 척했다. 혼자 남겨지자 김호는 펜을 집어던졌다. 팔꿈치를 테이블에 받치고 두 손으로 턱을 괴었다. 그리고 자오얼과 그가 진술했던 이야기를 생각하기 시작했다.

자오얼은 기묘한 남자였다.

그을린 피부에 머리털은 한 올도 없고 눈썹도 터럭이 거의 없었다. 뒤통수에는 백 원짜리 동전만 한 크기의 거북 구龜자 닮은 문신이 있었다. 텔레비전의 개그 프로에서 튀어나온 것 같은 희극적인 용모였다. 그런데 이야기를 하다 보면 이 사람은 중요한 사람이고 기품이 있다고 느끼게 되는 무엇이 있었다.

경찰로부터 그의 신병을 넘겨받아 심문에 들어간 것은 어제 오후 1시였다. 그로부터 밤을 꼬박 새운 오늘 오전 8시까지 열아홉 시간 동안 자오얼은 거의 흐트러지지 않았다. 슬림한 디자인의 검은색 여름 정장에 하얀 실크 셔츠, 발리 구두를 신고 있었는데 마치 실내복을 입고 자기 집 거실에 앉아 있는 사람 같았다.

그는 어떤 음식도, 커피도, 심지어 물조차도 사양했다. 무엇을 물어도 조용하게, 세련된 말씨의 표준 북경어로 대답했다. 금테 안경 너머에 있는 그의 눈빛은 너무 고요해서 심문하는 쪽이 불안해질 정도였다. 가장 놀라운 것은 그의 어법과 기억력이었다. 그는 차분하게 김호의 눈에는 보이지 않는 데이터를 검색하고 그 의미를 끊임없이 자기만의 지식으로 만들고 끊임없이 자신의 오감으로 재현하는 사람 같았다.

수갑이 채워진 채 형사들에 의해 끌려다니고, 철망 박힌 봉고차에 태워지고, 짐짝처럼 꼼짝없이 대기하고, 다시 이리 치이고 저리 떠밀린 뒤 살인 혐의자로 취조의 자리에 앉았을 때 이런 침착성을 유지할 수 있는 사람은 극히 드물다.

이자는 평범한 민간인이 아니다. 프로다.

그런데 무슨 일을 하는 프로인가. 그것이 심문하는 내내 김호의 머릿속을 떠나지 않은 의문이었다. 펀드 회사의 경영자였다고 말하는 그의 진술에는 거짓말이라고 생각하기 힘든 생생한 정열이 묻어 있었다. 그러나 그 진술의 내용은 진짜라고 믿기 어려웠다.

"푸리마 캐피털 매니지먼트는 뭘 하는 회사입니까?"

"펀드 회사입니다."

"그건 압니다. 어떤 일을 하는 펀드 회사입니까?"

"미국 회사들의 전환사채를 사고팝니다."

"좀 구체적으로 말해 보세요."

"2007년 7월 4일은 미국 독립기념일이었습니다. 다음 날인 5일 출근을 하자 은행 직원들은 오전에 애널리스트 차트를 확인하고 약속이나 한 것처럼 모기지 대출업자들에게 더 이상 대출은 안 된다고 말하기 시작했습니다. 낮은 이자로 은행에서 돈을 빌려 높은 이자로 개인에게 빌려주던 대출업체들은 사색이 되었죠. 7월 17일 오후에 베어스턴스의 두 헤지펀드 회사가 부도가 났습니다. 8월 1일까지 주택 모기지 대출에 기초한 채권들은 거의 대부분 연쇄적으로 부도가 났습니다. 뉴센추리 파이낸셜 같은 회사들이 쓰러졌고 메릴린치, 모건스 탠리, 뱅크 오브 아메리카가 파산 위기에 몰렸습니다. 8월 25일은 공포가 최고점을 찍었습니다. 그날 아부다비, 싱가포르, 서울, 상하이 네 개 도시가 그 미국 회사들부터 상당한 규모의 우선주를 높은 수익률을 보장받고 매수했죠. 푸리마 캐피털도 그 일을 했습니다."

"아부다비, 싱가포르, 서울, 상하이는 성공했습니까?"

"9월 3일부터 주식시장은 회복세로 들어섰고 승승장구했습니다. 10월 11일 오후에는 다우지수가 14000을 넘었죠. 사람들은 완전히 안심을 했습니다. 아내에게 루이비통을 사 주거나 추수감사절 휴가를 즐겼습니다. 우리는 주식을 몽땅 현금으로 바꾸고 빠져나왔습니다. 11월 1일 목요일 오전 11시 30분, 시장은 다시 패닉 상태에 빠졌습니다. 30분 만에 300포인트가 빠졌으니까요. 그 뒤 26일간 다우지수는 계속 떨어졌습니다. 하락하고 하락하고 또 하락했습니다. 12월 2일 우리는 다시 우선주를 매입했습니다. 파도는 잠잠해진 듯했고, 이듬해인 2008년 2월 7일 오후 5시 미 의회가 경기 부양안을 의결하자 시장은 회복과 진정의 기미를 보였습니다. 우리는 다시 주식을 팔아치우고 빠졌습니다."

김호에게 아주 섬뜩하고 기괴한 느낌이 찾아온 것은 이때였다. 그것은 자오얼의 표정 때문이었다. 자오얼의 표정은 아무래도 인간 같지가 않았다.

기억력이 무척 좋은 사람이라면 자오얼처럼 말을 할 수 없는 것은 아니다. 그러나 인간에게는 생각해 내기, 리마인딩^{reminding}이라는 과정이 있다. 눈을 약간 가늘게 뜨고 허공의 한 점을 보면서 기억을 더듬는 표정이 나타나야 하는 것이다. 그런 뒤에 입을 열어 과거의 어떤 날짜와 시간을 말하게 된다. 왜냐하면 인간의 기억은 일련의 수치 정보들을 묶어서 장면을 만들고 다시 그 장면들을 종류별로 묶어서 '기억 조직 패킷'이라는 것을 만드는 방식으로 진행되기 때문이다. 구체적인 수치를 말하려면 인간의 뇌는 패킷에서 장면으로, 장면에서 다시 숫자로 돌아가는 과정을 거친다.

그러나 자오얼은 달랐다. 자오얼은 무의식적으로 기억된, 자기도 모르게 입에 익은 노래 가사를 흥얼거리듯이 날짜와 숫자를 말했다. 표정의 변화가 없었다. 아무런 리마인딩이 없이 머릿속에 계속해서 홀연히 정보가 출현하는 사람 같았다. 상식적으로 우리는 이런 형태의 지능 구조를 갖춘 존재를 사람이라고 부르지 않는다. 그는 기계 같고 괴물 같았다. 김호는 두려움을 억누르고 용기를 내어 되물었다.

"우리란 누구를 가리키는 겁니까?"

"저와 똑같은 사업을 하는 사람들이죠."

"당신은 한갓 청화대 학생이었는데 무슨 돈이 있어서 메릴린치 같은 회사의 우선주를 샀습니까?"

"저는 거래 전략가에 불과합니다. 돈은 투자자들의 돈이었죠."

"어떤 사람들이 당신의 회사에 투자했습니까?"

"저희는 고객의 신상을 말하지 못하게 되어 있습니다."

당연한 대답이었다. 그러나 그 말을 하는 자오얼의 목소리, 너무도 온화하고, 너무도 진지하고, 너무도 사려 깊게 들리는 목소리에 김호는 소름이 쭉 끼쳤다.

"그러면 그 후에는 어떤 일을 했습니까?"

"2008년 9월 15일 월요일 새벽 2시에 기회가 왔습니다. 이번엔 리먼 브러더스가 파산했습니다. 아부다비, 싱가포르, 서울, 상하이는 또 우선주를 매수했죠. 미국 정부가 AIG의 파산을 막겠다고 나섰습니다. 2008년 11월 24일 미국 정부의 공적 자금 투입액은 7조 달러(1경 500조 원)를 넘어섰죠. 우리는 다시 현금을 회수하고 빠졌습니다."

김호는 혼란을 느꼈다. 자오얼이 말하고 있는 것은 평범한 펀드 회사가 아니었다. 국가의 통제하에 엄청난 규모의 자금을 동원하는 국부 펀드(소버린 펀드)이거나 그에 준하는 초대형 펀드 회사였다.

쓰촨성 깡촌 출신의 대학 재학 중인 청년이 이런 펀드를 움직인다? 자오얼이 중국의 정보기관에서 사장으로 내세운 요원이라면 가능할 수도 있다. 그러나 자오얼은 기관원이 아니다. 김호 같은 사람들은 동업자를 금방 알아본다.

기관원들은 정신병동의 환자 같다. 성미가 까다롭고 열등감이 심하며 음울하다. 그래서 항상 국익이라든가 절차라든가 권력 같은, 소셜 네트워크가 파괴해 가고 있는 구시대의 엄폐물 뒤로 몸을 사리는 것이다. 어느 나라 할 것 없이 판에 박은 것처럼 똑같다.

그런데 자오얼은 환자 같지가 않고 의사 같다. 휴고 보스 여름 정장이 저렇게 잘 어울리는 기관원은 없다.

이자의 정체는 무엇인가? 김호는 다시 한 번 용기를 내어 논쟁적으로 나가기로 결심했다. 상대의 정체를 드러내기 위해 상대를 감정적으로 자극해서 동요시키는 방법이었다.

"그거 참 불쾌한 이야기군요."

김호는 눈썹을 잔뜩 모으고 못마땅하다는 표정을 지었다. 자오얼은 입을 다물고 예의 그 신중한 얼굴로 돌아가 눈을 깜박거렸다. 김호는 양손을 의자의 팔걸이에 올리고 등을 등받이에 기대었다.

"사람들은 당신 같은 무리들을 그레이브 댄서라고 부르죠. 남이 죽으면 좋다고 무덤에서 춤추는 인간들이라는 거요. 나는 마흔일곱 살입니다. 당신들이 없던 때를 잘 알고 있다는 뜻이죠. 세상은 그때가 더 좋았어요. 우리 아버지들은 정규직으로 직장에 들어가 별 탈 없이 정년까지 근무했습니다. 그렇게 아버지가 혼자 벌어도 자식들을 교육시킬 수 있었어요."

김호는 갈수록 자신의 목소리가 작아지는 것을 깨닫고 당황했다. 그는 주먹을 불끈 쥐고 목에 힘을 주었다.

"그런데 당신들이 금융공학이라는 걸 들고 나타났어요. 당신들은 수학공식으로 사기를 치면서 쓰레기 같은 파생상품들을 만들어 팔았소. 남의 소중한 직장을 투기시장의 매물로 바꿔버렸지요. 많은 중산층들이 자살했고, 또 실업과 가난과 불안한 삶 속으로 추락했소. 당신이 호텔에서 사람을 죽였다고 해도 놀랄 사람은 아무도 없어요. 알겠소? 당신들이 평소에 하는 짓이 사람을 죽이는 일이기 때문이오!"

자오얼은 김호의 말을 반박하지 않았다. 그 대신 웃으면서 김호를 바라보았다. 김호는 겉으로 내보이지는 않았지만 서서히 불안해지기 시작했다. 자오얼의 얼굴에 나타난 것은 냉소도 득의에 찬 웃음도 아니었다. 잔잔한 미소였다. 이윽고 자오얼이 조용한 목소리로 입을 열었다.

"그런 불쾌감은 충분히 이해합니다. 그러나 감정과 사실은 다릅니다. 저는 사람을 죽이지 않았어요. 이 사실은 제가 아무리 혐오스럽다 해도 달라지지 않아요. 혐오감은 문제를 해결해 주지 않습니다. 월 스트리트를 점령하라는 플래카드를 흔든다고 뭐가 달라질까요?"

자오얼은 재미있는 농담을 하듯이 오른손을 살살 흔들었다.

"정부는 민심을 달래려고 몇 가지 규제안을 만들겠죠. 세율도 좀 바꾸고. 멋진 이름의 새로운 세법도 나올 겁니다. 그러나 정치인들은 세상을 책임질 능력도 없고 의지도 없습니다. 그들은 도덕적으로 더 열등하다는 것 외에는 보통 사람들과 다른 점이 하나도 없어요. 세상을 책임지고, 세상이 붕괴하지 않게 지탱하고 있는 것은 우리들입니다."

그리고 자오얼의 눈에서 뭔가가 번뜩였다.

"그레이브 댄서라고요? 맞습니다. 그러나 우리가 춤을 멈추면 어떻게 될 것 같습니까? 뉴욕이 파산해서 상하이가 돈을 벌고 두바이가 파산해서 런던이 돈을 버는 동안은 아직 괜찮습니다. 세상은 돌아가요. 가장 끔찍한 것은 우리 중 누구도 돈을 못 버는 상황이죠. 이때는 세상이 무너집니다."

김호는 메모하고 있던 펜을 내려놓고 잠시 멍하게 앉아 있었다. 평생 처음 들어보는, 가장 어처구니없고 뻔뻔스러운 소리였다.

"당신의 전공은 펀드가 아니라 궤변이군. 당신들과 세상의 운명은 아무 관계가 없어요. 당신들이 춤을 멈추고 떠나면 우리는 정말 행복할 거요."

"불행히도 그렇지 않습니다. 자본주의 세계는 호황과 불황이 주기적으로 교차해요. 처음에는 상품을 생산하고 시장을 개척하는 실물 경제가 팽창하죠. 그러나 곧 과열 경쟁이 이윤을 떨어뜨려 불황이 찾아옵니다. 그러면 돈을 쥔 손들이 투기로 몰려가서 금융 팽창이 시작되죠. 그것도 흐름이 다하면 경쟁 관계에 있는 자본들이 국가를 동원해 전쟁을 합니다. 승리한 국가를 중심으로 새 판이 짜이고 다시 실물 팽창이 시작됩니다. 실물 팽창, 금융 팽창, 전쟁. 이 순환이야말로 14세기 제노바에서 은행업이 시작된 이래 700년 동안 반복되어 온 패턴입니다. 역사의 철칙이죠. 우리가 아무도 돈을 못 번다면 그다음은 전쟁입니다."

자오얼을 자극하겠다는 생각과 반대로 얼굴이 벌게진 것은 김호였다.

"철칙은 무슨 놈의 철칙! 핵무기가 있는 이 시대에 어떤 미친놈이 전쟁을 일으킨다는 거야!"

김호는 자신의 목소리가 단호하다 못해 귀에 거슬리게 들렸다. 그에 비해 김호를 바라보는 자오얼의 눈은 바람 잔 호수처럼 고요했다.

"바로 그렇게들 생각하기 때문에 전쟁이 일어나는 겁니다. 선생님은 2001년 9.11 테러를 예측하셨나요? 2004년 태평양 쓰나미를 예측하셨어요? 2011년 동일본 대지진과 원전 폭발을 예측했습니까? 오늘날과 같은 복잡성의 세계는 사람들이 절대 그럴 리가 없다고 생각하는, 바로 그런 일이 항상 일어납니다. 멀리도 말고 우리를 보세요. 제 계파 챙기는 것 외에는 아무것도 할 수 없는 얼간이에게 주석이니 대통령이니 총리니, 터무니없는 직함을 주고 있지 않습니까. 낡은 국민 국가 체제의 약점이죠. 그 직함의 뉘앙스 때문에 얼간이들은 자기가 실제로 뭘 이끌고 있다고 착각합니다. 지지율이 떨어지면 국민감정을 자극하려고 말썽을 일으키죠. 중국과 한국과 일본에 장차 무슨 일이 일어날 것 같습니까? 세상은 우연히 일어나는 극단적이고 충격적인 일들에 의해 움직입니다. 그럼에도 불구하고 사람들은 일상적이고 반복적인 것을 학습하는 데 대부분의 시간을 소비하죠. 그리고 그런 쓸데없는 지식으로 미래를 예측합니다. 슬픈 일이죠."

김호에게 두 번째로 섬뜩하고 기괴한 공포가 찾아든 것은 이때였다. 이자는 머리 회전이 빠르고 합리적이고 효율적이며, 어떤 경우에도 마음이 흐트러지는 일이 없다. 자연스럽게 당면한 문제에만 마음을 집중하고 있다. 김호의 변화를 예민하게 포착하고 거기에 가장 적절하게 대응할 수 있는 태도를 불러낸다. 은유적으로 말하면 생각에 감정이라는 외부의 이물질이 들어와서 일어나는 면역 거부반응이 없는 것이다. 이것이 인간일까.

자오얼은 여전히 온화하고 진지하고 사려 깊은 목소리로 말을 이었다.

"중국의 GDP에서 수출이 차지하는 몫은 40퍼센트이고 미국과 유럽에 대한 수출은 그중 40퍼센트입니다. 유럽과 미국이 망가져서 그들의 성장률이 해마다 1퍼센트씩 줄어든다고 합시다. 중국의 수출은 2.5퍼센트 감소하고 GDP 성장률은 0.4퍼센트 감소할 것입니다. 이 정도의 감소가 중국에 나쁜 일일까요? 솔직히 말해서 별로 나쁠 것도 없습니다.

반대로 빈부 격차, 부정부패, 티베트 문제, 파룬궁法輪功 문제, 농민공 문제, 이런 것들이 폭발해서 중국에 내전이 일어납니다. 그 여파로 북한과 한국도 전쟁에 휩싸입니다. 약 3년간 동아시아에서 드라마틱한 수요가 창출됩니다. 이런 전쟁이 미국과 유럽에 나쁜 일일까요? 나쁘지 않습니다. 그 3년간의 혁신적인 수요는 미국과 유럽의 제조업을 완전히 부흥시킬 겁니다.

전쟁은 끔찍한 재난이지만 충분히 일어날 수 있습니다. 우리는 그 아마겟돈을 막고 있는 천사들입니다. 우리는 사람들이 지갑을 두둑한 상태로 유지하도록 보호하죠. 우리가 실패하면 세상은 폐허와 잔해와 시체 더미로 바뀔 겁니다."

김호는 훅 숨을 내쉬었다. 자오얼의 논리는 유려했지만 속속들이 불쾌했다. 거기에는 인간에 대한 확고부동한 경멸이 깔려 있었다. 인간은 탐욕스럽고 무가치한 존재이며 언제나 공포에 떠는 겁쟁이라는 것이다.

"당신은 그걸 천사라고 부릅니까? 상식적으로 우리는 그런 것을 악마라고 부르지요. 사탄이라고. 인간을 조금도 존중하지 않는 자, 인간은 지갑이 비면 견디지 못하는 돼지라고 생각하는 존재가 바로 악마란 말이오."

자오얼은 고개를 끄덕였다. 김호가 그렇게 말하는 것을 이해한다는 의미 같기도 했고 그런 비난은 하나도 대수로울 것 없다는 의미 같기도 했다. 김호는 분노를 느끼며 말을 이었다.

"사탄 루시퍼가 본래 천사였다는 이야기 알고 있소? 하느님이 인간을 창조하시고 천사들을 불러 인간에게 머리를 숙이라고 하셨소. 루시퍼는 명령을 거부했어요. 신성한 빛으로 창조된 우리더러 어떻게 먼지와 흙으로 빚어진 인간 따위에게 머리를 숙이라고 하십니까 하면서. 루시퍼는 하느님의 징벌을 받아 지옥으로 떨어졌소. 깊고 어두운 지옥의 밑바닥으로. 그리고 더러운 진창에서 뒹구는 흉칙한 피조물이 되었소. 미스터 자오, 이게 누구의 이야기 같습니까? 이게 바로 당신 같은 사람들의 이야깁니다."

자오얼은 소리 내어 웃었다. 비웃는 소리 같기도 하고 슬픈 울음소리 같기도 한 묘한 웃음소리였다.

"말씀대로 인간은 먼지와 흙으로 빚어졌습니다. 생명기계인 거죠. 종족 보존을 위해 양들은 새끼를 낳고 풀들은 꽃을 피웁니다. 남자들은 여자와 같이 자요. 그것은 생명기계에게 가장 중요한 작업이고 살아 있는 동안 가장 전력을 다해 이루려는 목표입니다. 돈을 추구하는 것도, 권력이나 명예를 추구하는 것도 결국은 여자와 같이 자기 위해서입니다. 그런 것이 있으면 여자와 자기 쉬우니까.

제 친구 중에는 단돈 1조 달러만 있으면 세상을 천국으로 만들 수 있다고 말하는 사람들도 있어요. 저는 그 말을 믿지 않아요. 남자가 마지막으로, 단 하나 추구하는 것이 여자인데 어떻게 천국이 만들어질 수 있나요? 여자라는 것도 똑같은 먼지와 흙이니까요. 추구하면 할수록 가슴을 답답하게 하고, 몸을 움츠리게 하고, 할 말을 잃게 합니다.

루시퍼는 지혜로운 천사였습니다. 그는 인간도 알고 하느님도 알았죠. 그는 다른 어떤 천사보다도 하느님을 더 사랑하고 존경했습니다. 그래서 그는 하느님 이외의 어떤 존재에게도 머리를 숙일 수 없었던 겁니다. 루시퍼는 벌을 받아 지옥으로 떨어졌습니다. 루시퍼가 지옥에서 겪는 고통은 자신이 사랑하는 하느님을 영원히 볼 수 없다는 것입니다.

사탄아 물러가라. 사탄은 마지막으로 들은 그 목소리, 사랑하는 하느님 목소리의 추억에 의지해 살아갑니다. 천상에 남은 아첨꾼들이 이런 고귀함, 이런 순수함을 이해할 수 있을까요? 사탄은 자신의 사랑이 만든 지옥에서 돌처럼 차갑고 캄캄한 허공으로 두 팔을 뻗어 이 세계의 한 축을 떠받치고 있지요.

그렇습니다. 우리는 사탄입니다. 우리는 음지에서 보이지 않게 이 세상을 지탱하는 사람들, 위엄을 갖춘 희생자들, 최후에 승리하는 패배자들, 타락한 현실에 대해 선善을 주장하는 무법자들입니다."

김호는 심문 조서를 보면서 볼이 오목해지도록 생수를 들이켰다.

이자는 심문을 받으면서 전부 사실을 이야기했어.

그것은 수사관의 직감이었다. 그리고 그것이 심문을 마치면서 느꼈던 세 번째의 공포, 가장 소름끼치는 공포였다. 자오얼이 진술한 그의 신상, 그가 했던 일, 그의 생각들은 모두 사실일 것이다. 그에게 이 생각은 조금도 불합리하지 않다. 우리는 길에서 만난 개나 고양이, 혹은 지렁이에게 굳이 거짓말을 하지 않는다. 그럴 필요가 없기 때문이다.

그것이 자오얼이 김호를 대한 방식이었다.

김호는 화가 나고 혼란을 느꼈으며 동시에 우울했다. 김호는 자오얼을 심문할 능력이 없었다. 자오얼은 김호가 추리하고 분석할 수 있는 한계 바깥에 있었다. 이것은 쉰이 다 된 나이에 직업 외에 아무것도 없는 남자, 집도 재산도 가족도 친구도 없는 남자가 마지막 남은 직무상의 자존심마저 짓밟혔다는 의미였다.

노크 소리와 함께 조사실의 문이 열렸다. 피해자 가족들이 문 앞에 얼어붙은 것처럼 서 있었고 그 옆에 김호의 팀원들이 있었다. 김호가 정중하게 인사하고 자리를 권했다.

테이블 왼쪽에 넥타이를 단정하게 맨 이종민 요원이 앉고 그 옆에는 조희수 요원이 파마한 머리를 긁으며 앉았다. 테이블 맞은편에는 정인영 요원이, 그 옆에 피해자 이유진의 모친과 약혼자가 다소 경직된 자세로 앉았다.

이유진의 모친은 억세 보이는 몸매의 예순이 넘은 아낙이었다. 볼에 농 진 기미가 좀 보였지만 생김새는 반듯한 편이었다. 평소보다 깨끗하게 차려입은 듯한 청색 원피스는 아들을 잃은 처지 때문에 더 슬프게 보였다. 모친은 경계심이 가득한 눈으로 김호를 살피고 있었다.

약혼자는 키가 작고 예쁘장하게 생긴 여자였다. 그녀는 이미 서울에서 이유진의 방을 조사하는 데 협조했다고 들었다. 김호 팀의 요원이 그녀와 같이 이유진의 방을 조사하면서 제자리에 놓여 있지 않은 것들이 있는지 확인해 달라고 부탁했다. 그녀는 평소 노트북 위에 쌓여 있던 공책들과 아이패드가 없어졌다고 진술했다.

오늘 그녀는 청바지에 굽이 낮은 플랫 슈즈를 신고 줄무늬 셔츠를 입은 수수한 옷차림이었다. 생머리에 화장을 하지 않은 앳된 얼굴, 어깨에 맨 크로스백 때문에 대학생처럼 보였다. 그럼에도 불구하고 여자의 얼굴에는 뭔가 사람의 마음을 강하게 잡아끄는 것이 숨어 있었다.

"서울에서도 협조해 주시고 이렇게 대구까지 와주셔서 정말 감사합니다. 저는 이유진 씨 사건을 맡은 사람입니다."

"저어, 먼저 말씀 좀…… 여쭤봐도 될까요?"

약혼자라는 아가씨가 머뭇거리다가 작은 소리로 말했다.

"우리 오빠 일을 왜 아저씨들이 조사하시나요? 어머님도 저도 이상해서…… 아저씨들은 본래 간첩 잡는 사람들 아닌가요?"

김호는 순순히 고개를 끄덕였다.

"예, 간첩 잡는 사람들 맞습니다. 그런데 일부 범죄에 대해서는 경찰 같은 일도 합니다. 형사소송법 197조에 나오는 특별사법경찰관이라는 게 저희를 가리키는 말이에요. 그 일부 범죄는 여섯 가집니다. 내란죄, 외환죄, 암호 부정사용죄, 군사기밀보호법 위반, 국가보안법 위반, 군형법상의 반란죄입니다. 이유진 씨는 권총으로 살해되었어요. 국내에도 많이 보급된 콜트 45라는 권총입니다. 용의자는 중국인이고요. 내란죄를 의심할 수 있는 단서들이죠."

"내란죄요? 오빠가요?"

약혼자의 아랫입술이 움찔거렸다. 입가로 손수건을 가져갔지만 작은 흐느낌이 새어 나왔다. 김호는 당황하여 손을 내저었다.

"추정일 뿐입니다. 확실한 것은 아직 아무것도 없습니다."

여자의 눈에서 눈물이 흘러내려 뺨을 적시더니, 뚝뚝 테이블 위로 떨어졌다. 한번 눈물이 흘러내리자 다음은 걷잡을 수 없었다. 그녀는 한 손으로 입을 막고 다른 한 손으로 테이블을 짚고는 앞으로 몸을 구부린 채 마치 토하는 듯한 자세로 서럽게 울었다.

모친이 손을 내밀어 그녀의 어깨를 껴안았다. 모친의 팔 안에서 그녀의 어깨는 부들부들 잔물결 치듯 떨리고 있었다.

김호는 스마트폰으로 정인영이 입력한 여자에 대한 면담 기록을 읽었다. 잠시 후 김호는 씁쓸한 표정으로 여자의 배를 살폈다. 그러고 보니 조금 표가 났다.

고은아. 1990년 1월 14일생. 현재 피해자의 아이를 임신 중. 5개월.

그 밑의 기록을 읽다가 김호는 적이 놀랐다.

전과 1범. 2008년 7월 11일 체포. 2009년 9월 19일 서울동부지방법원 제3호 법정에서 성매매 특별법 위반으로 징역 6월에 집행유예 1년, 벌금 300만 원 선고(공판기록요약 20091219-SE3990). 항소 포기.

고은아가 고개를 들었다. 그러나 김호는 자기도 모르게 손가락으로 파란색 글씨로 되어 있는 '(공판기록요약 20091219-SE3990)'의 링크를 건드리고 말았다.

사건 개요…… 피고인 고은아는 2008년 6월부터 7월에 걸쳐 소공동 조선 호텔 주변에서 11회에 걸쳐 일본인 남성 및 내국인 남성에게 성매매 제공. 호텔 측의 신고로 출동한 경찰에 체포. 1차 조사……. 다음 장을 넘기자 바로 사진 파일로 삽입된 공판 속기록의 피고인 진술이 나왔다. 돈이 없었는지 재판에서 변호인 선임을 못 했던 것 같았다.

한 번만 용서해 주시면 다시는 하지 않겠습니다. 정말 죽고 싶은 심정으로 말씀드립니다.

열아홉 살 때 너무 대학에 가고 싶어 채팅으로 성매매를 하게 되었습니다. 합격은 했는데 등록을 못 했습니다. 그때 채팅했던 사람이 돈을 준다기에 혹해서 호기심으로 만났습니다. 그런데 그 사람이 말을 듣지 않으면 경찰에 고발하겠다고 협박해서 겁이 났습니다.

저는 시키는 대로 화장을 하고 조선 호텔 커피숍에 서 있었습니다. 그렇게 시작되었습니다. 등록금 500만 원만 모이면 하지 않으려고 했습니다. 경찰서에 잡혀가서는 정말 많이 울었습니다. 조서를 꾸민 뒤 경찰 아저씨가 이제 더 이상 연락 안 올 거라고 해서서 저는 정말 다행이라고 생각하고, 다신 하지 말아야겠다고 다짐했습니다.

그런데 올해 집으로 우편물이 날아왔는데 보니까 법원에서 보냈더라고요. 받는 순간 눈물이 나고 온몸이 떨렸습니다. 재판장님 저 1년간 정말 많이 반성했습니다. 저는 아직 스무 살입니다. 한 번만 기회를 주세요. 지금 수능 공부를 하고 있습니다. 제발 전과자만 면하게 해주세요…….

불쌍하지만 그리 특별한 사건은 아니었다.

법이 왜 있는지 아는가? 법이란 없이 사는 주제에 있는 자의 삶을 넘보는 것들을 잡아 죽이려고 있는 것이다. 이것이 법의 숨겨진 무의식이다……. 작가 스탕달의 말이 머리를 스치고 지나갔다. 적어도 김호가 알게 된 이 땅의 법은 그러했다. 그는 그런 법과 국가를 지키기 위해 22년을 일해 온 것이다. 실로 무의미한 인생이 아닐 수 없었다.

김호는 공판 기록을 닫고 다시 정인영이 입력한 면담 기록으로 돌아왔다.

고은아는 현재 서울에서도 몇 손가락 안에 드는 명문 사립대학의 분자생명과학부 1학년에 재학 중이었다. 이 부분은 좀 특별했다. 법은 전과를 부여함으로써 여자가 계속 인터넷의 음지를 떠돌며 생의 누추屢屢를 더해가다가 뒷골목에서 폭행을 당해 죽거나 골방에서 약물에 절어 죽기를 기대했다. 이 여자는 어떻게 이런 기대를 저버릴 수 있었을까.

"저는 누가 오빠를 죽였는지 알아요."

"네?"

김호가 놀라서 고개를 들었다. 고은아의 입술이 바르르 떨리고 있었다.

"아저씨, 약속하세요."

그녀의 눈물이 그렁그렁한 눈빛에 어떤 결의 같은 것이 번뜩였다.

"내란죄도 좋고 반역죄도 좋아요. 아시겠어요? 그딴 거 상관없으니까 그놈들 잡아줘요. 우리 오빠 죽인 놈들. 그놈들을 잡아달라고요."

고은아는 두 주먹을 불끈 쥐고 부들부들 떨면서 같은 말을 되풀이 했다.

"그놈들이 누굽니까?"

그녀의 몸이 파르르 떨렸다. 가슴이 작고 가냘픈 몸이었다. 튀어나온 광대뼈와 선이 굵은 입매에서 심지가 굳은 성격이라는 것이 느껴졌다. 그러나 슬픔에 뒤흔들려 그녀 안쪽에 있는, 상처받기 쉬운 스물두 살의 순진함이 드러나고 있었다.

"저는 던킨 도너츠에서 아르바이트하다 오빠를 만났어요. 제가 직원이고 오빠가 매니저였어요."

"그게 언젠가요?"

"2009년 5월요."

2009년 5월이라면 아마도 고은아의 재판이 시작될 무렵이었을 것이다.

"이유진 씨는 던킨 도너츠에서 오래 일했나요?"

"아뇨. 그런 곳은 사람이 자주 바뀌어요. 매니저라고 해봐야 시급이 좀 많을 뿐이거든요."

"그럼 두 분은 2009년 5월부터 사귄 건가요?"

"처음엔 그냥 같이 일하는 사이였어요. 그러다가 7월에, 여름에 오빠가 교통사고를 당했어요. 마을버스에 치여서 응급실로 실려 갔죠. 그때 옷을 챙겨준다고 오빠가 자취하는 고시원 방에 갔었는데요, 방이 어찌나 썰렁하던지……."

고은아는 시선을 옆으로 돌렸다. 감정을 삼키느라 목울대가 움직이고 있었다. 애잔함이 김호를 엄습했다. 처음으로 죽은 이유진이 가까이 있는 존재로 느껴졌다. 살벌한 현실의 숲 한가운데 따뜻한 사랑의 햇살이 있는 빈터. 가난한 연인들이 서로를 애처로이 바라보고 서로 아껴주는 세계. 권총에 맞아 죽은 남자는 그런 세계에 살고 있었던 것이다.

"보름 후에 퇴원을 하고 저희는 매일 만났어요. 교통사고 위로금이 있어서 참 좋았어요. 둘이 커피를 마실 돈이 있고 영화도 보러 갈 수 있었으니까요. 저는 그때처럼 행복했던 때가 없었어요."

"그 후에는 안 좋은 일이 있었나요?"

"9월에…… 제가 돈 삼백만 원이 필요하게 되었어요."

그 말을 하면서 고은아는 비통한 표정으로 김호를 바라보았다. 김호가 자신의 기록을 읽은 것을 여자의 직감으로 알고 있었던 것이다. 고은아의 고개가 서서히 수그러졌다. 그녀는 내부로부터 허물어지고 있었다.

"오빠가…… 바보 같은 오빠가…… 그 돈을 줬어요. 자기…… 몸을 팔아서."

그녀는 두 손에 얼굴을 묻고 통곡했다. 모친도 이미 알고 있는지 두 여자가 함께 울기 시작했다. 두 사람이 간신히 감정을 추스르는 데 시간이 오래 걸렸다.

"그런 돈인 줄 알았으면…… 절대 안 받았을 거예요."

"그런 돈이 어떤 돈입니까?"

"오빠는 임상실험에 자원했어요."

"임상실험?"

"오빠는 교통사고로 입원했을 때 뇌 사진을 찍었어요. 그 사진에 나온 뇌 구조가 자기들이 개발하고 있는 약물에 적합하다고 하면서 사람들이 찾아왔어요."

"사람들?"

"중국인 두 사람이었어요. 한국말을 하는."

"둘 중에 하나가 이 사람인가요?"

김호는 스마트폰으로 자오얼의 사진을 띄워 보여주었다.

"아니에요. 하지만 느낌은 비슷해요."

"그래서 어떻게 되었나요?"

"임상실험에 참여해 주면 사례금 천만 원을 주고 회사에 정규직으로 취업을 시켜준다고 했어요. 오빠는…… 정말 바보같이 착하기만 한 오빠는…… 좋아했어요. 선금 삼백만 원을 받던 날 저를 비싼 레스토랑으로 데리고 가서 파스타를 사주었어요. 제가 좋아하는 갑오징어 먹물 리조토를. 그리고 그 돈을 제게 줬어요."

"이유진 씨가 입원해서 사진을 찍은 곳이 어느 병원입니까?"

"청목병원요."

"담당 의사의 이름은?"

"그건 몰라요."

김호가 눈짓을 했고 이종민 요원과 조희수 요원이 일어서서 밖으로 나갔다.

"고은아 씨 생각은 그 중국인들이 이유진 씨를 죽였다는 건가요?"

"그래요. 그 새끼들이 오빠를 이용하고…… 죽였어요."

"왜 그렇게 생각하시나요?"

"왜냐하면 그건 사람이 먹을 수 있는 약이 아니었으니까요!"

고은아의 목소리에는 켜켜이 서린 원한이 묻어났다. 투약이 시작되면서 이유진은 눈도 보이지 않고 귀도 들리지 않는 증상이 나타났다고 한다. 그뿐이 아니었다. 임대한 강원도의 호스피스 병동에서 실험이 진행되었는데 고은아가 가면 이유진은 양손으로 머리를 움켜쥐고 바닥에 쓰러져 있곤 했다. 옷은 땀으로 흠뻑 젖어 있었고 혀를 깨물어 입에서는 피가 나고 있었다. 밤새 이리저리 뒹굴며 경련을 일으키는 때도 있었다. 고통을 견디다 못해 스스로 뽑아버린 머리털이 뭉치째 흩어져 있기도 했다. 그 모습을 지켜보면서 고은아는 몇 번이나 벽에 머리를 찧었는지 모른다고 했다.

"난 중단시켜 달라고 제발 중단시켜 달라고 했어요. 하지만 중단하면…… 중단하면 목숨이 위험하다고…… 그 새끼들이 그랬어요."

"얼마 동안 그런 상태였나요?"

"열흘 넘게요. 2주일 정도 지나자 오빠는 더 이상 비명을 지르지 않게 되었어요. 하지만…… 더 끔찍한 일이…… 일어났어요."

"더 끔찍한 일이라뇨?"

"2주 후 오빠는 완전히 다른 사람이 되었어요. 더 이상 웃지도 않고…… 눈빛도 달라졌어요. 뭘 생각하는지 짐작도 할 수 없는 사람이 되었어요. 어떨 때는 낯선 유령을 보는 것 같아 무섭기까지 했어요."

그 말을 하는 여자의 얼굴에 강렬한 쓸쓸함이 떠올랐다. 그것은 이제까지의 슬픔과는 다른 눈빛이었다.

"예전에 오빠는 바보같이 착하기만 했어요. 무신경하고 게으른 사람이었죠. 시간만 나면 PC방에 가서 게임을 했어요. 늘 게임 이야기, 〈무한도전〉이나 〈무릎팍도사〉 이야기를 했는데…… 임상실험이 끝나고 회사에 나가기 시작한 뒤부터는 통 말이 없고…… 입을 열어도 책과 논문 이야기만 했어요."

"어떤 이야기들이었습니까?"

"핵융합 발전과 헬륨 쓰리, 뇌-기계 인터페이스…… 죄송해요. 설명하라면 못 하겠네요. 제가 이해하기에는 너무 어려운 이야기들이었어요."

"핵융합 발전, 뇌-기계 인터페이스…… 그거 말고 은아 씨가 기억하는 이야기는 없나요?"

"곧 전쟁이 일어날 거라고 했어요. 단돈 1조 달러만 있으면 그걸 막을 수 있다는 얘기도."

"단돈 1조 달러?"

김호가 긴장한 목소리로 되물었다.

"네. 오빠의 말이 그랬어요."

김호는 화끈 달아오르는 뺨을 손으로 어루만졌다. 이거다 싶은 느낌이었다. 자오얼이 무심결에 했던 말과 고은아가 전해주는 이유진의 진술 사이에 예기치 못한 실마리가 있었다.

"이유진 씨는 그 1조 달러에 대한 생각을 누구에게 들었을까요?"

"오빠 자신의 생각 같았어요……. 오빠는 늘 인터넷에서 논문들을 보고 있었어요. 영어 논문이랑 독일어 논문, 개중에는 일어와 중국어로 쓰인 것도 있었어요. 어디서 읽은 내용인지도 모르죠."

"이유진 씨가 그런 공부를 할 이유가 없지 않나요? 회사에서 그런 일을 시키지는 않을 텐데요."

"그냥 재미로 하는 거였어요. 오빠는 글도 쓰고 동영상 같은 것도 만들어서 유튜브에 올렸어요."

"잠깐 유튜브라고 하셨나요? 그 동영상, 뭐로 검색하면 나옵니까?"

"심비아틱 플래닛, 같이 사는 행성."

김호는 다시 땅이 꺼져라 한숨을 쉬면서 스마트폰을 열었다. 그리고 입꼬리를 일그러뜨리고 콧구멍을 씰룩거리면서 더듬더듬, 손가락두 개를 이용하는 독수리 타법으로 영어와 한글을 쳐 넣었다. 입력이 끝나자 김호는 헛기침을 하며 미안한 표정을 지었다.

"실례되는 질문인데요, 이유진 씨에게 다른 여자는 없었나요?"

고은아는 갑자기 기운을 잃은 것 같았다. 어떻게 말하면 좋을지 모르겠다는 표정이었다.

"있었…… 던 것 같아요."

모친이 눈을 크게 뜨고 고은아를 쳐다보았다. 고은아는 가슴이 죄어드는 얼굴로 손을 떨었다. 김호가 다그쳐 물었다.

"있었던 것 같다니요?"

"오빠가 전화하는 소리를 들은 적이 있어요. 엿들으려고 했던 건 아니었는데……."

"다른 여자에게 전화를?"

"아뇨. 안준경 씨라고 오빠와 친한 남자 후배랑 하는 전화였어요. 하지만 전화 도중에 그 여자 이름을 말하는 걸 들었어요."

"잠깐, 안준경이라고요? 그 사람 연락처를 아시나요?"

"몰라요. 그리고 준경 씨는 지금 아부다비에 있는 걸로 알아요."

"흠, 좋습니다. 그 전화 내용이 구체적으로 어떤 것이었나요?"

"우리가 얼마나 고독한지 은아는 짐작도 못 해. 그래, 새라는 이해하겠지……. 저는 그 말을 듣고 죽고 싶어졌어요."

"새라가 누굽니까?"

"몰라요. 오빠는 여자와 국제전화를 했어요. 중국어로 얘기했지만 저는 알 수 있었어요. 새라라는 여자와 얘기하고 있다는 걸."

"그래서 어떻게 되었나요."

"정말 슬프고 화가 났어요. 울면서 그만 만나자고 했죠. 애를 지우고 헤어지자고. 오빠는 절대 아니라고 했어요. 저를 사랑한다고. 이 여자는 지금 사경을 헤매고 있는 불쌍한 여자다. 그래서 친절하게 대해 주는 것뿐이라고."

"그래서요."

"그 말이…… 사실이라고 믿고 싶었어요. 하지만 오빠가 정말로 불쌍하게 생각한 건 그 여자가 아니라 저였겠죠. 오빤 제가 알바를 그만두고 대학에 가게 해줬어요. 약혼을 한 것도 제가 부담을 느끼지 않게 해주려는 마음에서였을 거예요."

여자의 마지막 말은 너무 스산하게 들렸다. 다른 누군가의 힘으로도 해소해 줄 수 없는 쓸쓸함이 느껴졌다. 김호는 민망해서 모친 쪽을 돌아보았다.

"어머님, 조금 전에 고은아 씨가 말한 것처럼 아드님이 평소에 공부를 좋아했나요?"

그러자 모친의 몸은 눈에 띄게 뻣뻣해졌다. 모친은 머뭇거리면서 무슨 말인가를 하려고 하다가 다시 고개를 숙였다. 너무도 처량한 모습으로 머뭇대는 품이 무슨 큰 죄라도 지은 사람 같았다. 이윽고 모친은 떨리는 목소리로 입을 열었다.

"유진이는 착한 아덜이었시유. 늘 엄니를 챙겼지유. 고등학교 때부터 안 해본 아르바이트가 없고…… 돈이 생기면 늘 엄니 좋은 거 사 드려야지, 하면서……."

모친의 눈언저리가 거멓게 죽어 있었다. 한마디만 더 하면 와락 울음을 터뜨릴 것 같아 김호는 묵묵히 기다렸다. 그러나 모친은 너무 위축되어 울 힘도 없는 듯했다. 그녀의 분위기에서 온갖 험한 일을 당하며 살아온 가련한 부엌데기의 모습이 얼핏얼핏 느껴졌다.

"근데…… 우리 아덜이 공부를 잘한 건 아니었어유. 어릴 때부터 노는 걸 좋아했지유. 맨날 게임만 하고. 에휴, 암튼 성적이 말이 아니었시유. 사범대학에 들어갔을 때는 지가 천만다행이라구 했지유."

"대학을 졸업하고는 어땠습니까?"

"시방 사범대를 졸업을 하믄 머혀요. 임용이 돼야 말이쥬. 편의점두 다니구, 공사판두 다니구 허다가 서울로 갔어유. 첨엔 일이 있다가 없다가 하는 눈치였고 밥이나 먹고 다니는지 걱정이었쥬. 그러다가 작년부터 엄니 생활비라고 매달 백오십만 원을 꼬박꼬박 부쳐줬시유."

김호는 약혼자를 돌아보았다.

"고은아 씨, 이유진 씨는 직장에 만족했나요?"

"월급이 많았어요. 저희는 다음 달에 결혼할 예정이었는데 직장에서 전세금 대출도 해준다고 했어요."

여자는 초점이 없는 눈으로 생각에 잠겼다.

"하지만 직장에 만족했는지는 잘 모르겠어요. 스트레스가 심한 것 같았어요."

"그걸 어떻게 알았습니까?"

"오빠의 머리카락이 빠졌거든요. 처음에는 원형 탈모증인가 싶었는데 나중에는 눈썹까지 빠지기 시작했어요."

김호는 정인영 요원과 함께 경찰서 입구까지 두 여자를 배웅했다. 두 사람이 떠나자 김호는 택시들이 서는 보도블록 길의 경계로 걸어갔다. 그리고 정인영 요원에게 속삭였다.

"구글에서 이미지 검색을 좀 해야겠어요. 검색어는 볼드^{bald}와 헤어로스$^{hair loss}$."

"볼드?"

"대머리 말입니다. 자오얼과 이유진은 공통점이 하나 있어요. 둘 다 머리카락이 빠졌거나 빠지고 있었다는 거지. 여러 명의 대머리가 같이 서 있는 사진을 찾아봐요. 중국 혹은 한국에서 촬영된 사진이라야 해요. 그리고…… 정인영 씨, 리젠트 호텔 6층을 좀 다녀와야겠어요."

"6층요?"

김호는 허공의 한 점으로 시선을 옮겼다. 하늘이 이제 캄캄하게 어두워졌다.

"게놈 연구소. 거기를 생각하지 못했어요. 자오얼은 대구에 3일을 머물고 있었단 말입니다. 그런데 자오얼은 대머리고 6층은 모발 이식 수술을 하는 곳이에요. 무슨 관계가 있을 것 같지 않아요?"

카산드라 포인트

비르고 스타는 미국 알래스카 주의 케나이 반도 남방 4킬로미터 해상에 정지해 있었다.

캐나다 근해로부터 이틀 사이 16노트의 속력으로 북상해 온 배였다. 컨테이너에 화물이 별로 없는지 선복이 해수면으로부터 많이 올라와 있었고 선교도 40미터 정도 높이였다. 서류상으로는 심비아틱 합명회사 소유의 상선. 겉보기에 수없이 이 근해를 왕래하는 평범한 2만 9000톤 급 대형 화물선 가운데 하나였다.

새라 워튼은 검은 고어텍스 방한복을 입고 선교에 서 있었다. 그녀는 망원경을 들고 알래스카의 고독한 정경을 보고 있었다. 춥고 황량한 비인간非人間의 바다. 빙산들. 빙산의 하얀 표면에 꽂히는 햇빛. 드문 드문 염주 알처럼 떠 있는 고기잡이 배. 끼룩거리며 나는 새들. 그리고 해안.

얼음이 5월 말부터 녹기 시작하는 알래스카의 해안에는 강물이 유유히 흐르고 있었다. 모래와 진흙과 자갈, 녹이 슨 그물망. 뒤집혀진 나룻배. 말라 죽은 나무 위에 회색 어치새 한 마리가 거만하게 발밑을 내려다보고 있었다. 7월 말의 알래스카는 밤이 사라진 백야였고 지금 시간은 새벽 2시였다.

새라는 막 괴로운 회의로부터 도망쳐 나왔다.

무의미하고 어리석은 토론이 촉발한 스트레스가 그녀의 뇌에 새로운 색채를 만들어내고 있었다. 보통 사람들은 스트레스를 받으면 뇌의 가장 깊은 곳에 있는 시상하부가 자기공명영상MRI에서 연보랏빛으로 변한다. 감정적인 반응과 강박적 충동이 일어나는 것이다. 반면 계획하고 분류하고 현실적인 결정을 하는 전두엽 전구, 즉 우리 앞머리에 있는 대뇌피질은 회색이 된다. 인지 사고 기능이 정체되고 방해를 받는 것이다.

그러나 새라의 뇌는 달랐다.

시상하부가 연보랏빛으로 빛났지만 전두엽 전구도 하늘색의 연푸른빛으로 더 밝게 빛나고 있었다. 감정적 반응이 인지 사고 기능을 오히려 강화시키면서 평소에는 제대로 인식하지 못했던 영혼의 심오한 이미지들을 만들어내고 있었다. 새라는 자신은 완전히 발전시키지 못했지만 이유진은 자유자재로 구사했던 강화된 뇌 기능, 즉 최면과 텔레파시의 원리를 알 것 같았다.

그 이미지는 짧은 환각처럼 보였다.

먼저 새라의 망원경 렌즈에 여름에는 잘 보이지 않는 황금빛 빙광氷光이 잡혔다. 빙원에 햇빛이 반사되어 수평선 위의 하늘에 나타나는 노르스름한 빛이었다. 가까운 어딘가에 육지의 평평한 얼음 벌판이 있음을 알려주는 신호였다. 그런데 새라는 그 빙광 속에 뭐가 움직이고 있음을 깨달았다.

이유진이었다.

이유진은 빛 속에서 까만 벌레 같은 그림자가 되어 빛을 등지고 어딘가로 가고 있었다. 길을 잘못 들어선 사람처럼, 혹은 슬픔이나 두려움 때문에, 그는 얼음의 잠들지 않는 황금빛을 뒤로하고 사라지려 하고 있었다.

새라는 자신이 환각을, 파타 모르가나(천공의 신기루)를 보고 있다는 것을 알았다. 그럼에도 불구하고 그것에 마음을 빼앗기고 말았다. 자신이 신기루를 보는 것처럼 이유진도 신기루를 보았다. 70억 인류 모두가 행복하게 사는 세계의 신기루. 그는 자신의 신기루를 좇아 스스로 세상으로부터 떨어져 나갔던 것이다.

이유진을 생각했지만 눈물은 나지 않았다. 강화인간에게 인간의 감정과 욕망과 가치관 같은 것은 모두 신경생리학적 구조물이었다. 슬픔 따위는 가장 기계적이고 해부학적인 팩트, 언제든지 재조정할 수 있는 팩트였다. 신경생리의 레벨에서는 슬픔도, 갈등도, 절망도 존재하지 않는다. 대뇌피질의 신경전달물질을 배열하고 재배열하는 문제만이 있을 뿐이다.

혼자되고 버림받고 방황한다. 새라는 자신과 이유진을 연결시켰던 것은 사랑이 아니라고 생각했다. 그것은 고독의 엄혹한 동질성이었다. 새라는 이유진의 고독을 느꼈다. 그래서 그를 이해했다. 사랑은 중요하지 않았다. 그를 알았다는 것, 이해했다는 것이 중요했다. 세상에 이해만큼 치명적인 것은 없었다.

"이사님, 뭘 그리 오래 구경하십니까?"

선장이 갑자기 선교에 나타나 말을 걸어왔다. 말쑥하게 면도를 한 사십 대 후반의 네덜란드 남자. 금발에 큰 키, 장밋빛을 띤 흰 피부가 옷깃과 손목에 여우털을 달아 멋을 부린 선장 제복과 아주 잘 어울렸다. 스스로를 매력적인 남자라고 믿어 의심치 않는 선장은 만면에 미소를 지으며 다시 물었다.

"알래스카는 처음이신가요?"

새라는 선장을 쳐다보았지만 대답 없이 고개를 돌려버렸다. 굳게 다문 입술, 붉게 충혈된 눈, 핏줄이 일어선 이마. 정체를 알 수 없는 분노로 딱딱하게 경직된 얼굴이었다. 선장은 갑자기 쑥스러워져 헛기침을 했다. 그리고 새라가 보고 있는 방향을 함께 주시했다.

"이사님, 상임위에서 이사님을 부르십니다."

그때 선실로부터 한 남자가 나타나 덜덜 떨면서 말했다. 이 추위와 어울리지 않는 신사복을 입고 넥타이를 맨 흑인이었다. 비르고 스타에는 스물한 명의 선원이 있는데 이 남자는 배의 운행이 아닌 '내부'를 담당하는 여덟 명 가운데 한 사람이었다. 서늘하게 크고 검은 눈매,

공단처럼 윤이 나는 잘생긴 얼굴, 반들반들한 머리를 가진 카메룬 사람이었다.

"나는 출석을 거부하는 중이에요."

"의장님이……."

남자는 잇달아 재채기를 했다. 적절한 어휘를 고르느라 그의 눈이 복잡하게 움직였다.

"이사님께 사과하시겠답니다. 꼭 좀 내려와 달라고 하십니다."

새라는 코끝에 콧물을 달고 있는 남자를 따라 선실로 들어갔다. 두 사람은 선교 뒤에 있는 기관실로 갔고 기관실을 가로질러 선교루 갑판으로 나아갔다. 선교루 갑판에는 위성항법 장치의 보조 장비처럼 보이는 구조물 하나가 있었다.

새라와 남자는 구조물의 뒷문을 열고 들어갔다. 위장된 엘리베이터를 타고 네 개 층을 내려가 보안 장치들을 통과하자 그곳이 '내부'였다. 축구장만 한 넓이의 주거 공간. 그곳은 상갑판 아래층을 통째로 개조한 공생당 당무위원회의 본부였다.

공생당이 이 낡은 화물선을 구입해서 당무위원회의 새라 워튼에게 맡긴 것은 불과 여섯 달 전이었다. 그런데도 이미 이 배는 바다의 어두운 사회에서 '유령선'으로 소문이 자자했다. 유탄 발사기와 기관단총으로 무장한 수마트라 해적들이 인도네시아 영해에서 배를 납치하려고 한 적이 있었다. 그 불운한 해적들은 배에 오른 뒤 영영 행방불명이 되었다.

비르고 스타는 오대양을 누비는 4만 6000여 척의 화물선들에 섞여 언제나 어디론가 가고 있었다. 전 세계 4000여 개의 무역항 가운데 어느 한 곳으로 가고 있었고 지구 표면적의 85퍼센트를 차지하는, 도저히 추적할 수 없는 바다 어딘가에 떠 있었다. 로이드 보험협회에 종합보험료는 꼬박꼬박 냈다. 그러나 세상의 어떤 용선 계약자도, 해운업자도, 중개업자도, 선원도, 화주도 이 배를 찾지 않았다.

새라는 150미터가량 곧게 이어지는 중앙 통로를 걸어갔다.

상갑판으로부터 자연광이 들어오는 제2갑판의 중앙 통로에는 나무와 꽃들이 심어져 있었고 좌우로 숙소, 사무실, 식당, 피트니스 센터, 도서관, 극장, 미용실, 매점 등이 있었다. 상임위 회의실은 사무실 구역의 중심에 있었다. 문을 열자 약 40명 정도가 앉을 수 있는 커다란 회의실이 보였다.

회의실에는 한쪽 벽면을 다 차지하는 18미터 길이의 대형 스크린이 있었고 그 앞에 타원형의 회의 테이블이 있었다. 타원형 테이블을 감싸는 형태로 원목 색깔의 부채꼴 회의 테이블이 두 줄 배치되어 있었다. 회의실에 살과 피로 된 육체의 인간은 아무도 없었다.

그 대신 원격 화상을 중개하는 대형 스크린에 비친 눈이 크고 깊은 미모의 중년 여성 한 명이 새라를 바라보고 있었다. 공생당의 상임위 의장이었다. 인도의 소설가이자 반전운동가로 노벨 평화상 후보에도 오른 바 있는 의장은 새라에게 정중하게 자리를 권했다. 새라는 고어텍스 방한복을 벗고 검은 재킷에 진청색 블라우스, 진청색 여성용 넥타이를 맨 정장 차림으로 의자에 앉았다.

"새라 위튼 이사가 왔습니다. 회의를 속개하겠습니다."

의장의 얼굴이 가로 1.5미터 세로 2.6미터로 축소되어 중앙으로 오고, 대형 스크린 좌우의 나머지 칸은 가로 1.5미터 세로 1.3미터의 직사각형 22개로 분할되었다. 각각의 직사각형마다 크림색 가죽의자에 울적하게 앉아 있는 사람들이 보였다.

　전 세계의 환경운동 단체, 기아추방 NGO, 반세계화운동 단체, 시민운동 조직에서 추천되어 입당한 뒤 이사회의 투표로 선출된 상임위원들이었다. 그들은 지금 지구 곳곳에 흩어져 있는 서로 다른 도시의 원격 회의실에 앉아 있었다.

　"아까는 지나친 말을 해서 미안합니다. 그것은 실수였습니다."

　새라는 그렇게 말하는 의장의 표정에서 우정과 경멸이 뒤섞인 모순된 감정을 읽었다.

　이 자리에 새라만큼 이질적인 사람도 없었다. 상임위원들은 대부분 선량한 인권운동가로 세상의 소외된 사람들을 위해 일하는, 힘들고 별 소득이 없는 인생을 살아왔다. 양심의 지킴이들이었고 빈민의 대변자들이었다. 그에 비해 새라 워튼은 과거 미국의 크루즈미사일과 국제통화기금의 수표장이 가로지르는 십자선 위에서 살았다. 그녀는 '기관들'이 활용하는 총이었고 돈만이 그녀의 친구였다.

　의장은 눈길을 돌려 다른 위원들을 보았다가 다시 새라를 보았다.

　"상임위는 워튼 이사에 대한 신뢰를 재확인합니다. 그러나 이사님. 아직도 이해하지 못하는 위원들이 있습니다. 미안하지만 그 최면 공격에 대해 좀더 쉽게 설명해 주시겠습니까?"

　희미하게 윙 하는 배의 엔진 소리만이 조용한 방 안에 흐르고 있었다. 타원형 테이블 위로 세 개의 조명이 더 켜지면서 그 불빛이 새라 워튼의 얼굴을 창백하게 비추었다. 새라는 의장과 위원들을 노려보다가 입을 열었다.

"그렇게 하겠습니다. 여러분, 세상에서 가장 무서운 테러 무기는 무엇일까요? 수소폭탄? 레이저 광선? 가미카제 여객기? 사린 가스? 아닙니다. 그런 것들은 모두 강화인간이 예측할 수 있고 대응할 수 있습니다. 실행에 옮기기도 전에 저지할 수 있습니다. 강화인간도 막을 수 없는 무기는 바로 메타포, 은유입니다."

새라는 과연 위원들이 이 말을 어디까지 이해할 수 있는지 의심스러웠다. 보통 사람들에게 강화인간의 정신 역동을 설명하는 것은 거의 불가능에 가깝다. 그럼에도 불구하고 새라는 그 일을 해야 했다.

"강화인간들은 치명적인 약점을 가지고 있습니다. 그것은 일반인의 수십 배에 달하는 그들의 이해력입니다. 강화인간은 말 한마디, 몸짓 하나만으로도 말하는 사람의 욕망과 의도를 알아차립니다. 의미를 압축한 아주 작은 메타포 하나만 던져도 즉시 말하고자 하는 전체를 이해합니다. 만약 그 메타포가 교묘한 최면 어구라면 강화인간은 자신의 높은 지능 때문에 손쓸 겨를도 없이 최면에 걸려버립니다."

새라는 잠시 말을 멈추고 위원들 하나하나를 바라보았다. 위원들은 모두 골똘한 표정으로 새라를 주시하고 있었다.

"48시간 전 그런 최면이 저를, 우리 당의 강화인간들을 공격해 왔습니다. 그것은 말로 된 메타포가 아니었습니다. 그것은 말보다도 훨씬 더 강력한, 텔레파시를 통해 전달되는 영상의 메타포였습니다."

"영상의 메타포가 어떻게 최면이 되고 그 최면은 또 어떻게 강화인 간을 죽이게 됩니까?"

질문한 사람은 멕시코 사파티스타 민족해방운동의 활동가인 사십 대의 여자였다.

"영화나 드라마들은 최면에 대한 잘못된 인식을 퍼뜨렸습니다. 최면술사가 강제로 최면을 걸면 우리가 수동적으로 최면에 걸린다는 생각입니다. 그러나 사실은 그렇지 않습니다. 인간의 정신은 그처럼 무력하게 조작되지 않습니다.

최면을 거는 사람과 최면에 걸리는 사람은 유도자inducer와 형성자weaver의 관계입니다. 유도자가 우리를 최면의 세계로 유도하면 우리는 그 유도를 이해한 후 스스로 형성자가 되어 최면 내부의 상상 세계를 건설합니다. 유도자는 트랑스trance라고 불리는 최면 세계의 기본 골격, 즉 베이스라인 리얼리티만을 만듭니다. 최면 세계의 모든 씨실과 날실을 짜고 생생한 꿈과 같은 세부, 즉 드림 리얼리티를 만드는 것은 형성자, 바로 우리 자신입니다.

그래서 최면의 더 깊은 레벨로 내려가면 갈수록 우리는 점점 더 내밀한 자기 자신을 만나게 됩니다. 최면의 가장 깊은 레벨에는 우리의 에로스 충동과 타나토스 충동이 사람의 모습을 하고 움직이고 있습니다. 삶과 사랑의 욕망을 표상하는 변신자trickster와 죽음과 안정의 욕망을 표상하는 처단자killer입니다.

변신자는 카멜레온처럼 변신을 거듭하면서 최면 세계를 현실이라고 믿고 애착을 가지도록 우리 자신을 속이는 역할을 합니다. 처단자는 우리를 죽임으로써 불안과 걱정을 지우고 우리를 죽음의 궁극적인 평화로 데려가는 역할을 합니다. 변신자와 사랑을 나눈다면 우리는 극단의 환희를 느끼게 될 것입니다. 반대로 처단자에게 죽는다면 우리의 심층 심리는 자기 파괴 명령의 완성을 느끼게 됩니다. 최면에 취해 있던 현실의 나도 실제로 죽는 것입니다.

최면 공격에 피습당한 우리의 강화인간들이 지금 이 레벨에 있습니다. 그들은 의식불명 상태로 가장 깊은 레벨의 최면 세계를 살아가고 있습니다. 만약 최면 세계에서 처단자에게 죽임을 당한다면 그들은 현실 세계에서도 사망합니다."

회의실은 무거운 침묵으로 가득 찼다. 위원들의 표정을 비추는 스크린은 보이지 않는 한숨에 부딪혀 금방이라도 금이 갈 것 같았다. 사파티스타 민족해방운동 출신이 다시 질문했다.

"그들이 가장 깊은 최면 레벨에 있다는 것을 어떻게 확신하십니까?"

"제가 바로 그 앞의 레벨에서 빠져나왔으니까요."

새라는 심호흡을 하고 눈살을 찌푸렸다. 설명이 점점 더 난해하고 복잡한 대목으로 흘러가고 있었다. 새라는 짧고 간결하고 요령 있는 설명을 위해서는 자기 이야기를 해야 한다고 판단했다.

"48시간 전 저는 이스탄불 톱카프 궁전 근처의 대바자(시장)에 있었습니다. 신혼여행 중이었죠. 저는 기념품 가게에 서서 술탄 아흐메드 사원에 쓰인 것과 같은 정교한 문양의 푸른색 타일을 살까 말까 하며 꼼꼼히 들여다보고 있었습니다. 그때 갑자기 캄캄한 스크린 위에 영화 화면이 떠오르듯이 눈앞에 어떤 영상이 나타났습니다. 텔레파시에 의한 최면 유도^{induction}였습니다. 만약 그때 제가 잠을 자고 있었거나 가만히 책상에 앉아 있었다면 꿈이거나 불현듯 떠오른 생각이라고 착각했을 것입니다. 그랬다면 저는 지금 이 자리에 없었겠죠.

첫 번째 최면 레벨은 광막한 우주였습니다. 우주 공간에서 천사들의 우주선과 악마들의 우주선이 서로 레이저 광선의 포탄을 쏘면서 싸웠습니다. 그리고 천사 군단이 전멸했습니다.

두 번째 최면 레벨은 침엽수림이 울창한 타이가 지대였습니다. 우주 전쟁에서 살아남은 단 한 명의 천사가 인간 세계로 들어와서 재기를 도모하고 있었습니다.

세 번째 최면 레벨은 초원지대였습니다. 악마의 추격대가 나타났고 천사는 이에 맞서 싸웠지만 패했습니다. 그는 마지막에 인간 세계를 구하기 위해 자신을 희생했습니다.

그 유도는 아주 강력했습니다. 첫 번째 최면 세계를 인지하는 순간 바로 다음 레벨의 최면으로 내려가고 그걸 인지하면 다시 그다음 레벨로 내려가는 식이었습니다. 레벨이 세 단계 심화되는 시간이 번개가 한 차례 번쩍할 정도의 짧은 순간이었습니다. 저는 본능적으로 이건 굉장히 위험하다고 느꼈습니다. 그래서 그 자리에 주저앉아 필사적으로 정신을 집중했습니다. 덕분에 간신히 네 번째 최면 레벨 앞에서 빠져나왔던 것입니다."

"번개가 한 차례 번쩍할 정도라면 고작 일이 초가 아닙니까. 그사이에 천사가 어쩌고저쩌고하는 그 많은 일들을 어떻게 알 수 있습니까?"

"최면 속에서는 마음이 두 배로 빠르게 움직입니다. 텔레파시로 전달되는 최면이라면 거기서 또 두 배 빠르게 움직이지요. 최면의 레벨이 깊어지면 더욱 더 빨라집니다. 최면이 가장 깊은 레벨까지 내려가면 현실의 한 시간은 최면 세계의 3.2년, 즉 2만 8032시간이 된다고 합니다.

최면 텔레파시가 위험한 것은 이런 속도 때문입니다. 페로몬 같은 신체방출물질, 근육의 전기장, 텔레파시 같은 초감각 물질을 지각할 수 있는 강화인간들은 초감각 물질을 이용해 다른 사람에게 자기 생각을 전달하고 전달받을 수 있습니다. 우리는 이것을 에스퍼ESPER, 초감각적 지각Extra Sensory PERception이라고 합니다.

에스퍼를 이용한 공격에 대해 강화인간은 나름대로 대비책을 세우고 있습니다. 감각 정보와 의식 사이에 수십분지 1초의 완충 장치를 두고 누가 공격성 암시를 던지지 않는지, 즉 최면을 걸지 않는지 경계하고 방어하지요. 그러나 방심해서 그 수십분지 1초를 놓치면 카산드라 포인트가 찾아옵니다.

트로이의 무녀 카산드라에게는 자기도 모르게 미래를 알아버리는 예견력이 있었습니다. 강화인간도 자신의 의지와 상관없이 최면 메타포의 의미를 알아버리는 순간이 있습니다. 그것을 카산드라 포인트라고 합니다. 이해는 치명적입니다. 한번 알아버리면, 이해해 버리면, 카산드라 포인트를 넘어버리면, 메타포는 폭발합니다. 마치 빅뱅을 만드는 아일럼(1세제곱센티미터에 1조 킬로그램의 중량이 나가는 우주 시원 물질)처럼 팽창해서 의식을 완전히 다른 시공간으로 뒤덮어버립니다. 우리 당의 강화인간들은 그렇게 당한 것입니다."

스크린의 영상은 찬물을 끼얹은 것 같았다. 한숨을 쉬는 사람, 두 손에 얼굴을 파묻는 사람, 주먹 쥔 손을 부르르 떠는 사람 등 제각각이었다. 새라는 차디찬 이해의 눈으로 그 모습을 지켜보았다. 상임위원들은 그동안 강화인간에게 너무 의존하고 있었다. 강화인간들이 갑자기 사라진 지금 이들은 목자를 잃은 양 떼에 불과했다.

"워튼 이사님, 그 최면 텔레파시에 당해 의식불명 상태에 빠진 강화인간 중에는 당신보다 훨씬 일찍 지능 강화를 한 사람도 있습니다. 그분들은 왜 위험을 직감하지 못했을까요?"

이 질문을 한 사람은 콧수염을 기른 쿠르드 족 자치운동 출신의 상임위원이었다. 인구 2500만인 쿠르드 족은 현재 나라가 없어서 차별을 받고 있는 민족 가운데에는 최대 규모였다.

"위원님, 지능하고 재능은 다릅니다. 아이큐가 300이 된다고 해서 모두가 상대성원리를 발견할 수 있는 것은 아닙니다. 재능은 개인마다 다른데 저의 재능은 인간들의 사악한 의도를 빨리 감지하는 것입니다. 지능이 강화되었을 때 당이 제게 발전시키라고 요구한 재능도 그것이었습니다. 의장님, 그렇지 않습니까?"

새라의 갑작스러운 질문에 의장은 놀랐지만 즉시 동의를 표했다.

"그렇습니다. 당무위원회를 맡고 있는 워튼 이사의 암호명은 듀나미스, 능천사입니다. 위험한 경계 지역에 살면서 세계를 지배하려는 악마로부터 인간을 수호하는 천사이지요. 전쟁의 천사. 죽음의 천사. 파괴의 천사. 복수의 천사. 그게 그녀의 직분입니다."

쿠르드 족 위원은 물러서지 않았다.

"의장님, 위튼 이사가 그녀만의 재능으로 위험을 직감했다는 것은 알겠습니다. 하지만 어떻게 그것으로부터 벗어났는지 알고 싶습니다."

새라는 의장의 지시를 기다리지 않고 대답했다.

"최면 유도를 당하는 순간 저는 즉각 대응 조치를 취했습니다. 저 자신의 사이키를 재구성해서 의식을 둘로 나눴습니다. 즉 최면에 오염된 의식을 격리된 단기 기억의 버퍼로 돌리고 최대한 감속 상태에서 그것을 수용하도록 했습니다. 그리고 저 자신은 깨끗한 의식으로 빠져나와서 일종의 메타프로그래머로서 제가 걸린 최면을 모니터했던 겁니다."

"죄송하지만 무슨 말인지 하나도 못 알아듣겠습니다."

"강화인간은 일반인보다 뇌의 의식 영역이 훨씬 방대합니다. 그래서 최면이 덮쳐도 최면에 걸리지 않는 부분이 남고 그것을 이용해서 자기 복구를 수행할 수 있습니다. 빨리 감지하면 할수록 자기 복구도 빠릅니다. 저는 자기 복구를 시작하고 약 30분 후에 완전히 최면에서 빠져나올 수 있었습니다."

"의식불명 상태에 빠진 다른 강화인간들도 당신과 같은 방법으로 최면에서 빠져나올 수 있을까요?"

"아닙니다. 그들은 이미 늦었습니다. 제가 한 것 같은 방법으로는 그들을 구할 수 없습니다."

새라 위튼은 냉정하게 말했다.

"우리는 세 가지 일을 해야 합니다. 재조직, 숙청, 각성입니다. 첫째, 재조직은 살아남은 아군과 연결을 확보하는 것입니다. 연락이 끊어진 아부다비 지부는 아직 희망이 있습니다. 거기에는 권천사와 가브리엘, 두 사람이 있습니다. 둘째, 숙청은 우리를 살해하고 있는 적과 내부의 배신자를 제거하는 것. 셋째, 각성은 의식불명이 된 천사들을 최면에서 깨우는 것입니다. 셋 중에 제가 특별히 말씀드려야 할 것은 숙청입니다."

새라는 자리에서 일어서서 회의실 탁자 앞으로 걸어갔다. 오른손으로 거기 두었던 신문을 집어 얼굴 옆으로 치켜들었다. 이유진 살인 사건이 보도된 한국의 일간지였다.

"공격은 48시간 전 창조천사, 이유진 의장의 살해로 시작되었습니다. 우리는 이 사건을 면밀히 따져봐야 합니다. 당시 그 호텔에는 우리 당의 강화인간이 두 사람 있었습니다. 하나는 재정위원장 자오얼, 암호명 천사장. 다른 하나는 미래 연구 사업본부장 벤자민 S. 모리, 암호명 치천사. 저는 이 두 사람 중 하나가 적과 내통했을 가능성을 배제할 수 없습니다."

상임위원들 사이에서 마치 현실의 공간에 모여 있는 군중 같은 웅성거림이 일어났다. 새라는 말을 계속했다.

"일곱 시간 전 저는 시애틀에서 치천사를 조사했습니다. 그는 의식 불명 상태에서 잠깐씩 순간적인 각성이 일어나는 에페소스Ephesos 트랑스 현상을 보였습니다. 저는 그 짧은 각성을 이용해 그에게 다시 최면을 걸고 살인사건의 진상을 추궁했습니다."

새라는 망설임 때문에 미간을 찌푸렸다. 이 사람들에게 이런 이야기까지 할 필요가 있을까.

"그런데 아니었습니다. 치천사의 의식 속에는 이유진을 살해한 기억이 없었습니다. 치천사에 대해서는 조사가 더 진행되어야 할 필요가 있습니다. 하지만 보다 시급한 것은 한국에 있는 천사장에게 동일한 최면 심문을 하는 것입니다."

"의사진행발언입니다. 위기를 해결할 구체적인 실천 방법은 다음 문제라고 생각합니다. 이미 시간이 많이 지체되었습니다. 좀더 본질적인 문제로 넘어가는 것이 어떻겠습니까?"

남아프리카 소웨토 흑인해방운동 출신의 상임위원이 손을 들고 이야기했다. 온화한 인상의 늙은 흑인인 그는 의장의 승인을 얻자 곧바로 질문을 던졌다.

"이사님은 엄청난 권한을 요구하면서 상임위에 보고도 하지 않겠다고 말하고 있습니다. 완전히 독자적인 활동을 하겠다는 것입니다. 그것은 어쩌면 범죄가 될 수도 있을 것입니다. 이것은 우리 당이 감내하기에 너무 큰 부담입니다."

"맞습니다. 그러나 대안은 없습니다. 우리는 모든 것을 잃을 각오를 해야 합니다. 첫째, 당에는 배신자들이 있습니다. 위원님은 불과 48시간 만에 당의 강화인간들이 거의 죽고 무력화된 것이 우연이라고 생각하십니까? 일일이 보고를 하면서 이 위기를 대처할 수는 없습니다. 둘째, 말씀대로 적대 행위를 막는 과정에서 범죄를 저지를 수도 있습니다. 그럴 경우 그것은 저 개인의 책임이 되어야 합니다. 공식적으로 저를 당에서 출당시켜 주십시오. 이것이 저의 제안입니다."

말을 마친 새라 워튼은 꼼짝도 하지 않고 서 있었다. 장내가 소란스러워졌다. 서로 의견을 주고받는 상임위원들의 표정은 하나같이 험악했다. 티베트 저항운동 조직의 승려 출신 상임위원은 폭풍을 머금은 구름처럼 얼굴을 찌푸리고 있었다. 녹색당 간부 출신의 독일인 여성 상임위원도 못마땅하다는 듯 입술을 오므리고 있었다.

의장이 새라에게 잠시만 그 자리에서 기다려달라고 요청했다. 새라는 씁쓸하게 좋다고 했다. 모든 화면이 꺼졌다.

그로부터 한 시간 동안 새라는 회의실 안쪽의 소파에 혼자 시무룩하게 앉아 있었다. 얼마나 더 기다려야 하나. 계속 시간을 낭비하고 있다는 불쾌감이 그녀를 사로잡았다.

새라가 공생당에 입당한 것은 7개월 전 이라크에서였다. 당시 그녀는 총에 맞아 죽음의 문턱까지 갔다가 돌아온 상태였다. 이유진은 그녀를 구해주고 공생당의 비전을 이야기해 주었다. 그의 열정은 치명적이었다. 그 열정 앞에서 새라는 자신을 버렸다.

총탄이 헤집어 놓은 살점으로부터 스스로의 인생에 대한 경멸감과 구토감이 일어났다. '기관'들이 명령한 임무를 수행하면서 끝없이 이어지는 자잘한 걱정 속에 파묻혀 얼어붙어 있는 자기 자신을 다시 돌아보았다. 국가권력이 원하는 대로, 아무런 감동도 없이, 똑같은 발걸음으로, 똑같은 길을 따라온 모든 사람들의 삶이 다시 보였다. 그 무열정, 무감정이 이제는 참을 수 없게 느껴졌다.

공생당은 그녀에게 자기 방기였다. 스스로를 완전히 놓아버리고 싶은 욕망, 돈과 권력의 냉철한 현실주의로부터 인간에 대한 사랑이라는 비현실로 떨어져보고 싶은 욕망의 표현이었다.

아, 착하게 살아보리라.

세상 모든 사람들은 형제이며 태어난 이상 누구나 살 권리가 있다는 저 황당무계한 헛소리 속에서 스스로 소멸해 보리라. 평생 한 번도 경험해 보지 못했던 모든 것을 한순간만이라도 누리리라. 가슴속이 불꽃으로 활활 타오르는 게 느껴졌다.

그렇게 7개월이 지났다. 마음 깊은 곳에 피로감이 깔리고 있었다. 허망한 느낌이 가슴을 죄어들었다. 새라는 아무리 노력해도 착한 양이 될 수 없었다. 될 수 없을 뿐더러 되기도 싫어졌다. 위기가 닥치자 양들은 절망에 빠져서 징징대는 말만 늘어놓았다. 새라는 자신이 뼛속까지 늑대라는 것을 알았다. 흉폭한 늑대는 즉각 반격한다. 늑대는 전쟁 외에 다른 대안은 없다는 것을, 이 세상의 본질은 전쟁이라는 것을 이해한다.

선량하고 무능한 양들. 그들은 현대적 삶의 본질적인 심각성을 모른다. 우리는 성과를 내기 위해 행동하며 그 행동 때문에 자신이 전혀 의도하지 않은 결과까지 책임져야 한다. 우리가 성공할 때는 칼날 바로 끝에서 성공하며 우리가 죽을 때는 손에 든 그 칼 때문에 죽는다.

노크 소리와 함께 카메룬 남자가 다시 나타나 생수를 갖다주었다. 새라가 그 물을 다 마시고 타원형 회의 테이블을 네 바퀴쯤 돌았을 때 화면이 다시 켜졌다.

중앙의 긴 직사각형 분할 화면에 오른손에 문서를 쥔 의장이 일어서 있었다. 그녀는 장내를 둘러보며 더 이상 질의가 없는지 물었다.

또 마지막으로 상임위 결정이 번복되어야 한다고 생각하는 사람이 있는지 물었다. 소근거리는 목소리는 많았지만 공개적인 발언은 없었다. 조용히 문서를 매만지던 의장은 고개를 끄덕이고 상임위의 공식적인 결정을 읽어 내려갔다.

상임위는 새라 위튼 이사를 당의 사업 방침에 따르지 않은 책임을 물어 이사회 이사직에서 해임합니다. 아울러 당기위 의결을 거쳐 2011년 7월 29일부로 새라 위튼 당원을 출당시키는 바입니다.

스크린이 다시 변했다. 분할 화면의 다른 칸이 모두 꺼지고 의장의 영상만이 남았다. 의장은 다른 한 장의 문서를 들고 읽었다.

상임위는 새라 위튼을 비상대책위원회 위원장에 임명하며 다음과 같은 임무를 부여합니다.

첫째, 우리를 공격하는 적은 누구인가? 중국 국가안전부인가? 미국 국가정보국인가? 아니면 다른 조직인가? 적의 실체를 파악할 것.

둘째, 모든 수단을 동원해서 적의 테러를 저지할 것.

셋째, 살아남은 천사들을 보호하고 최면으로부터 각성시킬 것.

상임위는 상기 임무를 수행하기 위한 활동에 한하여 비상대책위원회에 240시간 동안 필요한 모든 권한을 위임합니다.

공생당 상임위원회 의장 마드리 아난다마이

카산드라 포인트

그리고 서명이 낭독되었다. 11개 조직의 책임자들이 서명을 했다. 수장이 죽거나 무력화된 빈민 금융 사업부, 지구 환경 사업부, 재정위원회, 미래 연구 사업부는 대리자가 서명하고 있었다. 새라 워튼은 이 문서로 공생당의 모든 조직에 대해 열흘 동안 무제한의 권력을 행사할 수 있게 되었다.

새라 워튼은 테니스 백 하나 가득 추적 방지 장치가 내장된 피처폰 40개를 넣었다. 그리고 고물에 설치된 대빗을 내려 7미터짜리 쾌속정을 바다에 띄웠다. 250마력 엔진을 단 쾌속정은 시속 40노트로 달려 새라를 5분 만에 낡은 도요타 캠리 한 대가 대기하고 있는 해안에 내려주었다.

새라는 캠리 안으로 들어갔다. 그리고 미리 작성한 작업 리스트를 하나하나 체크하면서 19개의 휴대폰으로 19통의 국제전화를 했다.

예산 8000만 달러를 인출해서 일련번호가 이어지지 않는, 추적 불가능한 현금으로 바꿨다. 그리고 그 가운데 1000만 달러를 위장 계좌를 거쳐 세계 곳곳에 있는 다섯 곳의 구좌에 각각 200만 달러씩 입금했다.

새라는 세계 곳곳의 '전문가들'에게 도움을 요청했다. 오늘날 마약, 무기, 방사능 물질, 밀입국이라는 4대 '모험산업'의 전문가들은 서로서로 돕고 산다. 각 산업은 매년 수조 달러의 수익을 발생시키는데 이 수익은 세탁되어야 하고 합법적인 활동에 재투자되어야 한다. 전문가들끼리의 거미줄 같은 글로벌 네트워크에 끼지 못하면 아무것도 할 수가 없다. 국제분쟁이 일어나도 대부분 우호적인 협상을 통해 해결된다. 불필요한 잔학 행위를 해서 물의를 일으키는 기업은 지구촌 모험경제의 치열한 경쟁에서 살아남을 수 없기 때문이다.

이런 전문가들은 돈을 준다고 해서 움직이지 않는다. 그러나 이 세계에 이름이 알려진 또다른 전문가가 정중한 존경을 표하면서 '처녀처럼 깨끗한 200만 유에스 달러'의 선금과 함께 부탁할 때는 이야기가 달랐다. 새라 위튼은 오랜 통화 끝에 죽련방(대만)과 신성왕관연합(시칠리아)에게서 '즉각적인 협력'을 약속받았다. 신의안(홍콩)과 보즈쿠르트(터키), 메데인 카르텔(콜롬비아), 무슬림 동포단(이란), 모스크바 센터(러시아)도 우정을 확인해 주었다.

새라는 먼저 카마엘을 현상수배했다. 그가 죽지 않는 한 상황은 끝나지 않기 때문이다. 그리고 런던, 로마, 상하이를 비롯해 천사들이 피습당한 모든 곳에 부대를 투입했다. 새라는 공생당 살해에 가담했던 사람은 남김없이 죽어야 한다는 원칙을 재삼재사 확인했다. 마지막에는 한국에 전화를 했다. 한국에는 그녀의 직할 부대가 있었다.

"자오얼은 지금 '회사'에 들어가 있어. 자오얼의 신병에 접근할 수 있는 권한을 가진 실무 책임자를 찾아서 협조를 받아야 돼. 김호라는 사람이야. 잠깐만."

새라는 유창한 한국어로 말했다. 그녀는 메모를 확인하면서 김호의 주민등록번호와 현주소, 공식적으로 등록된 휴대전화 번호와 등록되지 않은 번호, 그리고 그 가족들의 상세한 인적 사항과 현주소를 불러주었다. 전화 저쪽에서 뭐라고 말하는 소리가 들렸다. 새라는 그 말을 중간에 끊었다.

"안 돼! 그런 흐리멍덩한 방법은."

강화되지 않은 인간들과의 대화라는 중노동은 이제 짜증을 불러왔다. 새라는 험악한 목소리로 명령했다.

"이혼한 남자의 약점은 자식에 대한 죄책감이야. 잔소리 말고 딸을 납치해."

새라는 한적한 벌판으로 차를 몰고 갔다. 차에서 내려 19개의 휴대폰을 버리고 기름을 부은 후 직접 불태웠다. 그리고 다시 차를 몰아 자가용 비행기가 기다리는 앵커리지 공항 쪽으로 사라졌다.

오늘 아침에 창조된 세계

경찰서를 나온 김호는 택시를 타지 않고 경상감영공원 옆의 텅 빈 한길을 천천히 걸었다. 저녁이 다 되어가는데 뙤약볕이 고집스럽게 도시를 뒤덮고 있었다.

손님을 기다리며 넋을 잃은 채 허공을 바라보는 횟집 사장. 손에 비닐봉지를 들고 버스를 기다리는 아주머니. 세 명의 아이를 데리고 겨우겨우 차도를 가로지르는 젊은 엄마.

대구 지하철 1호선 중앙로역이 보이는 큰길에는 석양을 등진 플라타너스 그림자가 달아오른 아스팔트에 드리워져 있었다. 바람이 없는 탓에 나무 그림자는 노면의 얼룩처럼 보였다.

서울의 빈 아파트가 생각났다. 사흘 전 뒷정리할 여유도 없이 급히 빠져나왔다. 이혼한 뒤에 세를 든 작은 아파트였다. 바퀴벌레가 꼬이지 않게 음식물 쓰레기는 잘 치웠던가. 비가 스며들지 않게 창문은 잘 닫았던가. 나날의 자잘한 걱정거리들을 생각하다가 김호는 웃고 말았다. 낡은 아파트 곳곳에는 이미 보기 괴로운 얼룩들이 있었다. 주인의 얼룩진 인생처럼.

김호는 주머니에서 스마트폰을 꺼내었다. 아까 피살자 가족을 조사하고 있을 때 들어온 문자메시지가 있었다.

> 아빠
> 생신 축하드려요. 이제 정말 담배는 끊으신 거죠? 건강 조심하세요.
> 연경

키가 크고 머리가 긴, 웃을 때면 생각이 많아 보이는 외동딸. 부모가 이혼하는 시기에 마음고생을 하다가 입시를 망치고 말았다. 서울에서 나고 서울에서 자랐건만 대학은 춘천에서 법학부를 다니고 있었다. 그런데도 좌절감을 내색하지 않고 오히려 아버지를 걱정하면서 이것저것 신경을 쓴다. 만나면 참새처럼 조잘대면서 아버지에게 마음의 평정을 주려고 애쓴다.

문자를 읽은 김호는 날카로운 칼에 찔린 사람처럼 몸을 떨었다. 깊은 정글 속 오솔길을 혼자 걸어가는 것처럼 허허로운 생각들이 찾아왔다.

가족은 남자에게 남는 마지막 사치다. 자식은 크면 아버지가 필요 없다. 자신의 삶과 미래를 생각하기도 바쁘다. 아내도 생활만 안정되면 남편이 필요 없다. 여자는 남자보다 훨씬 똑똑하고 사교적이다. 반면 대부분의 늙은 남자에게 친구는 아내와 자식뿐인 것이다. 친구라니. 얼마나 사치스러운가.

리젠트 호텔로 돌아온 김호는 8층의 총지배인 사무실을 찾아갔다. 문을 열어보니 파가니니의 바이올린 협주곡 〈라 캄파넬라〉가 흐르고 있었다. 두 사람이 대화를 나누고 있었다. 총지배인과 함께 있는 사람은 구재용이었다.

"호텔 측에서 영업을 걱정해서 제가 수사 절차를 설명하고 있었습니다."

구재용은 갑자기 들이닥친 김호를 보고 당황했지만 곧 태연한 표정으로 총지배인에게 말했다.

"지배인님, 걱정하지 마세요. 김 팀장님은 저의 선배이시고 최고의 베테랑이십니다. 조용하고 빈틈없이 잘 해주실 겁니다."

"팀장님, 신한나라고 합니다. 잘 부탁드립니다."

총지배인은 진심으로 낭패한 표정을 지으며 말을 이었다.

"같은 말을 반복해서 죄송하지만 걱정입니다. 여름휴가 시즌은 이 호텔의 최성수기예요. 휴가 동안 모발 이식을 하려는 고객들 때문에 항상 방이 모자라죠. 살인사건 수사 때문에 실적이 떨어지면 저는 잘리게 돼요."

신한나는 키가 늘씬한 삼십 대 후반의 여성이었다. 세련된 차콜색 정장 재킷에 하얀 셔츠를 입고 있었다. 굉장한 미인은 아니지만 눈이 아름답고 치열도 가지런하다. 그런데 어딘가 간부급 호텔리어와 어울리지 않는, 거친 느낌이 있었다. 그것은 김호가 살짝 진땀이 배어 나오는 그녀의 이마와 붉게 달뜬 눈 주위, 창백한 안색에서 받은 직감이었다.

"알겠습니다. 좀 앉아도 될까요?"

사무실은 그리 크지 않았다. 그러나 민무늬 사암 탁자는 반짝반짝 닦여 있었고 책상 위의 서류나 파일들은 깔끔하게 정리되어 있었다. 모든 집기와 비품들이 방금 청소를 한 방처럼 제자리에 단정하게 놓여 있었다.

"여쭤볼 게 있어 찾아왔습니다. 지배인님은 사건 당일 01시 10분에 23층 고객으로부터 전화를 받으셨지요. 시끄러운 소리가 난다고. 01시 39분에 23층으로 올라가셨고 거기서 자오얼을 목격했어요. 그리고 02시 정각 경찰에 신고했습니다. 제 말이 맞나요?"

"네, 그런데 01시 10분에 고객의 전화를 받은 건 제가 아니고 당직 지배인이었어요."

"세경 그룹은 7대 기업 중 하나이니 최성한 회장 같은 분은 아주 중요한 고객 아닐까요?"

"그렇습니다."

"그런 고객이 투숙한 층에서 연락이 왔는데 30분 후에 확인을 하러 가셨군요."

신한나의 얼굴이 살짝 자줏빛으로 달아올랐다.

"하지만 시간이 새벽 1시였잖아요. 당직 지배인이 저를 호출하는

데도 시간이 걸렸고요."

"이런 호텔 체인의 업무 매뉴얼을 본 적이 있습니다. 그런 전화가 온 경우 당직 지배인은 총지배인을 호출하는 것이 아니라 자기가 올라가서 먼저 상황을 체크하지 않나요?"

"하지만 브이브이아이피^{VVIP}가 투숙할 때는 제가 숙직을 하니까요. 당직 지배인에게 23층에서 호출이 오면 제게 알리라고 말했죠."

"39분에서 40분 사이에 살인을 확인하셨는데 20분 후에 신고하셨어요. 대개 피와 시체를 본 사람들은 놀라서 반사적으로 경찰을 찾는데 말이죠."

"호텔의 다른 고객들이 놀라지 않았는지 확인하느라 조금 늦었을 뿐입니다."

신한나는 대답을 하면서 얼굴을 찌푸렸다. 여성이 시체를 보고 놀랐는데 20분 정도를 늦었다고 할 수는 없죠…… 라고 거드는 구재용의 얼굴도 불만이 가득했다. 김호는 고개를 끄덕이며 자리에서 일어섰다.

"신 지배인께선 여기 부임하기 전에 어디 계셨습니까?"

"남아프리카 더반에요. 저는 홀리데이 인 그룹에 있었습니다. 리젠트 호텔 그룹으로 옮긴 지는 2년 되었죠."

"전에도 이런 사건을 겪은 적 있습니까?"

"아뇨."

"처음 겪는 일인데도 대단히 침착하게 확인했군요."

"형님, 신한나 지배인은 피해자입니다! 간접적인 피해자!"

구재용이 거센 입김을 토하며 김호를 노려보았다. 김호는 순순히 고개를 끄덕이며 두 사람에게 사과했다.

"구 반장, 미안해. 죄송합니다. 마음이 급하다 보니 질문이 좀 무례했어요. 사과드리겠습니다."

리젠트 호텔을 나온 김호는 택시에 올라탔다. 김호는 기사에게 대구 지부의 사무실 주소를 불러주고 잠시 생각에 잠겼다. 차창 밖으로 여름이 청록색 띠처럼 지나가고 있었다. 창을 조금 내리자 뜨거운 공기가 불어 들어온다. 달아오른 아스팔트 냄새, 흘러가는 물 냄새, 제비들이 몸을 널어 말리는 바람 냄새. 이 더위에도 서로 꼭 껴안은 젊은 남녀들이 둥둥 떠다니는 부유물처럼 차창을 지나쳐간다.

김호는 하늘 높이 공중그네를 뛰는 제비들을 바라보다가 스마트폰을 꺼내었다. 유튜브 검색창에 영어로 '같이 사는 행성'을 입력하자 두 개의 동영상이 떴다.

같이 사는 행성 — 〈390ppm〉
같이 사는 행성 — 〈게르니카〉

김호는 큰 기대 없이 〈390ppm〉을 클릭했다.

영상은 아프리카 케냐 북부의 코어 지구에 있는 작은 마을에서 시작했다. 등에 때묻은 플라스틱 물통을 지고 물을 길러 가는 아낙네들과 소녀들이 보였다. 이들은 매일 네 번씩 15킬로미터 밖에 있는 우물로 물을 뜨러 다닌다는 자막이 떴다.

영상은 비극적인 내용에도 불구하고 너무 아름다웠다.

그것은 사실의 기록이라기보다 마치 영상을 보는 자신의 내면 풍경처럼 느껴졌다. 극사실적으로 줌인 되는 여자들의 어두운 표정. 그녀들의 눈길을 따라 풍경 속으로 쓸쓸함과 괴로움, 황량함과 가난이 서서히 스며들었다. 그리하여 조금 후에는 모래바람 부는 코어 땅의 모든 존재가 안개 같은 우수에 휩싸이고 모든 풍경에 음산한 죽음의 그림자가 길게 늘어졌다. 놀라운 연출 기법이었다.

기후 온난화의 다큐멘터리 같던 동영상은 노을에 물든 하늘, 금빛으로 출렁이는 드넓은 대지의 장면에서 일변한다. 조용하면서도 전달력이 높은 목소리의 내레이터가 등장하는 것이다.

화자는 전형적인 한국 억양의 영어로 사막화에 따른 물 부족이 800명이 살해되고 수십만 명의 난민이 발생한 케냐의 종족 갈등을 어떻게 악화시키는지 설명한다. 코어 땅에 사는 사람들이 2005년 대기근 이후 얼마나 아슬아슬하게 삶을 이어가고 있는지 말한다. 키쿠유 족과 루오 족의 갈등, 고질적인 부패 구조, 독재정치, 2011년 현재 9억 명이 넘는 굶주리는 사람들과 환경 난민들, 그리고 기아와 사막화를 악용하는 다국적 기업들에 대해 이야기한다. 기후 문제는 사회 문제로, 정치 문제로, 식량 위기와 세계 체제의 문제로 연결된다.

영상이 바뀌면서 이번에는 티베트 고원의 얄룽창포 강이 나타난다. 댐을 건설하기 위해 측량을 하는 모습이 비춰지고, 컴퓨터 그래픽으로 댐이 완성되었을 때의 모습을 보여준다. 글자 그대로 하나의 산맥 같은 댐. 카메라는 줌아웃으로 뒤로 빠지면서 얄룽창포 강의 흐름을 따라간다.

카메라는 점프컷으로 빠르게 사태를 요약한다. 얄룽창포 댐 때문에 브라마푸트라 강의 수원이 마르고, 갠지스 강의 수원이 마르는 영상. 인도와 방글라데시, 파키스탄에서 지금도 물 기근 때문에 발생하고 있는 전쟁들을 담은 영상. 2009년 농업용수를 구하지 못한 1500명의 농민이 함께 농약을 먹고 자살한 인도 펀자브의 한 마을을 비추는 영상과 자막. 1996년부터 2008년까지 12년 동안 20만 명의 인도 농민들이 농업용수를 둘러싼 분쟁으로 살해되거나 자살하는 영상과 자막.

그다음부터 자막은 오륙 초간 떠올랐다가 타이틀백으로 흐르고 영상은 물 부족과 식량 기근에 신음하는 세계 곳곳을 훑는다. 북한, 필리핀, 캄보디아, 러시아, 조지아, 세르비아, 이라크, 브라질, 칠레, 이집트, 수단, 소말리아, 에티오피아, 르완다……. 너무 굶어서 뼈만 남은 콩고 어린이의 애처롭고 망연한 표정이 보는 이의 가슴을 후벼 판다.

영상은 생생한 감정을 불러일으켰지만 김호는 그다지 큰 감동을 받지 않았다.

세상이 언제 악천후 아닐 때가 있었던가. 세상은 늘 변화의 태풍 속에서 비바람에 찢기고 있었다. 항상 어렵고, 항상 더할 수 없이 나쁘고, 항상 종말 직전이었다. 사람들이 이런 종말론적 고뇌를 공감한다고 해서 달라지는 것은 아무것도 없다.

그런데 신기한 일이 일어났다. 김호는 화자가 마치 자신의 마음을 들여다보고 있는 것 같은 착각에 빠졌다. 영상이 페이드아웃으로 어두워지면서 화자가 이렇게 말했기 때문이다.

사람들은 이렇게 말합니다.

언제는 세계의 종말이 엄청난 속도로 다가오고 있다고 말하지 않은 때가 있었느냐. 그것이 체제의 모순이건, 신성한 우주의 힘이건, 관찰 가능한 과학적 사실이건 대책이 없기는 마찬가지가 아니냐.

그래, 세계는 0.1퍼센트의 금융자본이 99.9퍼센트를 지배하는 체제로 달려왔다. 그렇다고 이 어려운 경제 상황에서 체제 자체를 뒤집어엎을 수는 없지 않느냐. 대기 중 이산화탄소 농도는 인류 생존의 마지노선이라는 350ppm을 이미 초과하여 390ppm에 도달했다. 해마다 2ppm씩 높아지고 있다. 지구의 식량 생산은 해마다 줄고 있다. 점점 많은 국가들이 굶주리게 될 것이고 사람들은 단순히 먹기 위해 전쟁을 하게 될 것이다. 그렇다고 이 복잡하고 거대한 변화를 어떻게 인위적으로 저지한단 말이냐. 제발 호들갑을 떨지 말자. 저 카인과 아벨로부터 끝없이 흘러 내려오던 피가 우리 시대에도 흐르는 것뿐이다.

그러나 그렇지 않습니다.

종말을 향해 다가가는 엄청난 긴장으로 가득 찬 미래는 우리의 유도자일 뿐입니다. 우리는 우리가 살아갈 세계를 스스로 형성합니다. 우리가 사는 세계 체제는 변할 수 있습니다. 환경은 악화를 멈출 수 있습니다.

해결책은 이미 우리의 머릿속에 있습니다. 우리는 이미 알고 있는 지식을 문제에 적용시키는 방법을 모르고 있을 뿐입니다. 우리는 자신이 선물

받은 능력의 진실을 알지 못하고 있는 것입니다…….

머릿속에 자동차가 충돌한 것 같은 굉음이 울렸다. 김호는 손가락으로 동영상을 멈추었다. 택시 안은 무덤처럼 조용했다.

미래는 우리의 유도자일 뿐입니다. 우리는 우리가 살아갈 세계를 스스로 형성합니다……. '유도자'라는 단어는 흔히 쓰는 말이 아니다. 자오얼은 이유진을 전혀 모르는 사람이라고 했다. 그러나 자오얼이 호텔에서 쓴 메모지에는 이 단어가 있었다. 유도자, 형성자. 맥락도 똑같다.

이유진과 자오얼. 둘 사이에는 뭔가 내밀한 관계가 있다. 그게 무엇일까.

유도자와 형성자, 이 알쏭달쏭하고 수수께끼 같은 말의 의미는 무엇일까. 다시 재생을 누르자 그 뒤의 말이 이어졌다.

우리가 사는 이 우주는 오늘 아침에 창조되었습니다. 모든 사람을 위한 가짜 기억과 과거 137억 년에 걸쳐 일어난 사건들에 관한, 완벽하게 날조된 고고학적 증거와 함께. 우리는 더 위버weaver, 형성자입니다.

이 무슨 황당한 말인가. 이제까지 몰입해서 듣고 있던 화자에 대한 강한 불신이 일어났다. 화자의 내레이션은 거기서 끝났다. 그러자 이제까지 영상 때문에 잘 들리지 않던 배경음악이 귀에 들어왔다. 음악은 불안과 공포, 슬픔과 우울과 두려움…… 무의식에 잠재되어 있던,

소름 끼칠 정도로 적나라한 감정들을 환기하고 있었다.

비올라를 중심으로 한 무거운 느낌의 현악기로 시작해서 거대한 운명의 진행을 묘사하는 것 같은 심벌즈와 북 등의 타악기가 섞여 들면서도 오르간과 브라스의 경쾌하고 신비로운 리듬이 일말의 꺼지지 않는 희망을 표현하고 있었다.

김호는 〈390ppm〉을 끄고 그 밑에 있는 동영상 〈게르니카〉를 켰다.

게르니카의 영상은 잔물결의 신비로운 빛을 떨치고 있는 스페인 카탈루냐 지방의 에브로 강에서 시작했다. 화면은 변변한 나무 한 그루 없이 무한히 펼쳐진 벌판을 비치다가 서서히 심란한 기도 소리가 삽입되면서 어두워져갔다. 디졸브 된 화면 위로 자막이 떠올랐다.

에브로 강 1938년 7월 19일

기록 영상에 디지털 효과를 입힌 스페인 내전의 지옥도가 펼쳐졌다. 한 달 사이에 12만 5000명이 죽어간 강변과 고지들. 파시스트 공군의 무자비한 폭격. 어쩔 줄 모르고 우왕좌왕하다 죽어가는 시민군. 전투는 군인과 군인 사이에서 일어나지 않는다. 하늘을 나는 의기양양한 기계와 도망자 역할을 하는 인간 사이에서 일어난다. 부서지는 문, 박살 나는 유리창, 떨어진 팔, 가슴 아래가 사라진 시체.

카메라가 서서히 뒤로 빠지면서 화면에 잡힌 영상들이 3차원의 추상적인 입체로 변해간다. 쌍발 프로펠러의 폭격기는 두 눈을 부릅뜬

황소로 변한다. 폭발하여 걸레처럼 짜부라진 차량은 목을 길게 늘어 뜨린 말로, 땅바닥에 쓰러진 군인은 산산조각 난 전사로 변한다. 황소의 머리, 말의 주둥이, 전사의 칼을 쥔 손, 말의 꼬리가 삼각형을 이루는 선 주위에 정리된다. 피카소의 〈게르니카〉다.

새로운 자막이 뜬다.

1937년 4월 26일 게르니카

일단 피카소의 〈게르니카〉로 정지되었던 영상은 다시 해체되어 핏빛 교향악으로 살아 움직인다. 전쟁터의 시체, 시체, 시체, 시체들. 투우장에서 죄 없이 황소의 뿔에 받혀 쓰러지며 울부짖는 말, 말, 말, 말들, 깊은 절망에 흐느껴 우는 엄마, 엄마, 엄마의 얼굴들. 교수대에 매달려 있는 자들의 그림자.

영상은 시대를 바꾸어가면서 수많은 전쟁에서 학살당하는 수많은 영혼들의 그림자로 건너간다. 기독교도에 의해 학살당하는 무어인들, 방화, 약탈, 강간, 통곡, 절규…… 화자는 이런 전쟁 영상의 피사체들을 일일이 설명하지 않고 철학적인 이야기로 넘어간다.

1830년 프랑스의 역사가 쥘 미슐레는 『세계사 서론』에서 인간의 역사는 끝없는 전쟁의 역사라고 규정했습니다. 인간과 인간의 전쟁, 인간과 자연의 전쟁, 정신과 물질의 전쟁, 자유와 숙명의 전쟁. 인간은 언제 어디서나 전쟁을 해왔고 전쟁을 하고 있다는 것입니다. 미슐레의 말은 인간의 삶을 전쟁이라는 틀로 이해하는 새로운 패러다임을 보여줍니다.

우리들은 흔히 전쟁을 폭력적이고 남성적이며 압제적인, 야만적인 과거의 유물이라고 생각합니다. 문명사회는 전쟁을 극복해 냈으며 모든 사람들의 협력과 조화, 평화로운 공존에 의해 움직이고 있는 것처럼 보입니다. 그러나 이것은 겉으로 드러나는 현상일 뿐입니다.

현대인은 끊임없이 실질적인 성과로 계측되고 평가받습니다. 아무리 평화주의적인 반전운동도 그것이 성과를 목표로 삼는 순간 내면화된 전쟁의 영역에 발을 들여놓게 됩니다. 전략과 전술의 냉혹한 논리 아래 준비하고 싸우고 승패가 갈리는 생활이 기다리고 있는 것입니다.

나폴레옹은 이렇게 말했습니다. "나는 전쟁과 똑같은 방식으로 정치를 한다. 적을 둘로 나눈다. 그리고 하나를 격파하기 위해 다른 하나와 사귄다." 세상에 이보다 더 심오한 말은 없습니다.

오늘날 전쟁은 모든 사회적 조직화의 원리입니다. 선거전, 판매전, 경쟁, 대치, 경합, 승리, 패배 같은 전쟁의 수사학은 단순한 은유가 아닙니다. 축적amass, 조직organizing, 방어defense, 책략artifice, 공격offense. 전투력을 축적하고 부대를 조직하고, 지키고, 속이고, 쳐들어간다. 경쟁적 환경에서 성과를 추구하는 인간의 모든 활동은 이 다섯 가지 원리로 수렴됩니다.

전쟁은 일시적이고 예외적인 상황이 아니라 전 지구적이고 영구적인 현실입니다. 거대한 개미 무덤 같은 자본주의 체제에서 우리는 어릴 때부터 공부하며 전투력을 축적합니다. 시험을 치르면서 경쟁자와 접전하고 합격하고 떨어지면서 승리와 패배를 경험합니다. 그리고 다른 일에 도전하면서 전장을 이동합니다.

오늘 아침에 창조된 세계

성인이 되어서는 사업체를 차려 시장에 나가면서 전투를 시작하고 본인의 사업을 홍보하면서 선전 선동을 하며, 시장 환경을 살피면서 정찰하고, 팀을 조직하면서 부대를 편성합니다. 필요한 사람들과 협력하면서 동맹을 체결하고, 경쟁 조직의 사람을 빼오면서 적군을 포섭하며, 경쟁 업체의 은밀한 정보를 입수하면서 첩보전을 전개하고, 때로 시장을 떠나 작전상 후퇴를 하기도 합니다.

우리는 모두 우리 자신의 게르니카, 수많은 게르니카를 살아갑니다. 우리는 너무 깊이 전쟁 원리에 지배되고 전쟁을 일상화한 나머지 자기 생의 비참함을 의식하지도 못합니다. 주입식 시험공부와 무의미한 경쟁, 쓸모없는 구직 활동, 집단의 억압, 위선적인 규칙에 시달리면서 현대인은 점점 더 강하게 두려움과 분노와 시기심의 전장 심리에 사로잡힙니다. 투쟁욕의 노예가 된 나머지 죽을 때까지 만족과 기쁨을 느끼지 못하고 눈앞의 싸움에 버둥대다가 전장에서 쓰러집니다.

스스로를 이해하기 위해 우리는 우리의 내면을 형상으로 보여주는 새로운 우주와 만날 필요가 있습니다. 그 우주에서는 전쟁이 벌어지고 있고 그 전쟁은 인간이 전쟁터에서 기계의 보충물로 변해 버린 현대전이 아닙니다. 새로운 우주에서 우리는 몸과 몸이 부딪치는 전쟁을 구체적인 현실로 겪어야 할 것입니다.

오늘 아침 당신은 잠에서 깨어나 주위를 둘러보았습니다. 한 사람의 관찰자가 되어 이 세상을 본 것입니다. 순간 당신의 관찰은 아원자subatomic 입자로 이루어진 이 세계를 하나의 고유한 상태로 변화시켰습니다. 여러 개의 상태, 여러 개의 가능성이 혼합되어 있던 세계는 하나의 순수한 단일 상태로 수축했습니다.

양자역학의 용어로 말하면 당신의 관찰이 이 세계를 움직이는 파동함수를 수축시켰고 그 결과 이 세계가 창조된 것입니다. 모든 사람을 위한 가짜 기억과 과거 137억 년에 걸쳐 일어난 사건들에 관한, 완벽하게 날조된 고고학적 증거와 함께.

이 최종 결과물, 이 눈에 보이는 세계를 되돌려봅시다. 병사에 대한 기계적인 운송 수단이 도입되기 이전의 우주로 가서 그 시대를 살아봅시다. 우리는 무거운 무기와 군장을 짊어지고 전장까지 행진해야 할 것입니다. 극심한 피로와 굶주림에 시달리면서 춥고 불편하며 궁상스럽게 밤을 보내야 할 것입니다. 감기와 설사병에 시달리면서 무거운 판금 갑옷을 입고 선 자리에서 쉬어야 할 것입니다. 바로 옆에서 사랑하는 전우들의 죽음을 보아야 할 것입니다. 바로 옆에 있는, 다른 살아 있는 사람의 목숨을 빼앗는 죄를 저질러야 한다는 부담과 공포를 느낄 것입니다.

이 가상의 전쟁은 우리로 하여금 깊은 내면에서 전쟁 원리를 거부하고 진정한 진보를 열망하게 할 것입니다. 모든 민족, 국가, 국민 단위는 우리의 비참을 더하고 진보를 가로막는다는 것을 알게 할 것입니다. 그리하여 이 석유 중독으로 죽어가는 행성 위에서 70억의 인류가 어떻게든 멸종을 피해야 한다는 과제에 대해 생각하게 할 것입니다.

영상은 끝나고 택시는 목적지에 도착했다. 기사가 뭐라고 말을 하는데 김호는 귀에 그 말이 들려오지 않았다. 파동함수의 수축, 가상의 전쟁이라는 것이 도대체 무엇인지 이해할 수 없었다. 그러나 혼돈의 검은 심연 속에서 한 가지 생각이 불빛처럼 김호를 사로잡고 있었다. 내가 아는 어떤 사람도 이런 동영상을 만들 수는 없다……. 신선한 충격과 이해할 수 없는 불안이 공존하는 동영상이었다.

기사가 다시 다그쳤고 김호는 그제야 현실로 돌아왔다.

요금을 치르고 택시를 내렸다. 대구 지부 건물로 들어간 김호는 1층 로비의 화장실로 들어갔다. 얼굴에 물을 끼얹을 필요가 있었다. 손과 얼굴을 씻고 페이퍼 타월로 물기를 닦고 있는데 전화벨이 울렸다. 김호는 화면을 확인하지 않은 채 바로 홈 버튼을 눌렀다. 그리고 어깨와 귀 사이에 스마트폰을 끼고 전화를 받았다.

"여보세요?"

"음, 음, 요운교이 아아아부니히임 대, 대, 대, 대시나아아요."

처음엔 잘못 걸려온 전화라고 생각했다.

"어디 거셨나요?"

"요운교이, 기임, 요운, 교이, 아아부니힘."

목소리에 알 수 없는 절박함이 묻어 있었다. 김호는 귀에서 전화를 떼고 화면을 보았다. 발신자 표시가 있었다.

'연경이'.

이건 잘못 걸려온 전화도 아니고 뭘 팔려는 전화도 아니다. 연경이가 자원봉사를 다니고 있는 정신장애인 사회복귀센터 소망의 집. 그곳에 있는 한 사람이 김호에게 전화를 건 것이다. 오싹하는 전율이 김호의 다리를 타일 바닥에 굳어 붙게 만들었다.

"예, 맞습니다. 내가 김연경 아버집니다. 무슨 일인가요?"

전화기 저쪽에서 누군가 다른 사람이 외치는 소리가 들린다. 전화를 건 사람도 뭐라고 소리친다. 투닥 하고 전화기가 땅에 떨어지는 소리, 투닥투닥 전화기를 다시 주워 드는 소리.

"여보세요?"

"아, 여보세요. 죄송해요. 전에 인사 드렸죠? 저 김연경 학생과 함께 일하는 소망의 집 홍 선생이에요. 우리 원우님이 이상한 생각을 해서 전화 드린 거예요. 걱정을 끼쳐서 죄송해요. 잠시 김연경 학생이 없어져서 그랬어요."

"없어지다뇨?"

"저희가 지금 중도유원지 근처 의암호에 야외 활동을 나와 있거든요. 김연경 학생이 저를 도와주고 있었는데 한 시간 전부터 보이지가 않아서요. 전화기랑 가방은 있는데 사람이 없어요. 뭐, 별일 아닐 거예요. 갑자기 급한 일이 생겼겠죠."

아무 말도 없이 사라질 애가 아닌데.

"잠깐만요. 원우님이 이상한 생각을 했다는 게 무슨 말입니까?"

"아, 누가 연경이 잡아갔다고……. 에이, 그렇지만 아닐 거예요. 정신이 온전치 못한 분들이라."

지옥으로 가다

일생에 사랑이 몇 번 찾아올까.

열 번? 백 번? 터무니없다. 그런데도 사람들은 앞으로 더 좋은 일이 있을 거라 생각하면서 여든 살, 아흔 살까지 살아버린다. 내일은 무한히 다양하고 극적이고 경이로울 것이며, 아마도 또 사랑이 있을 것이라 생각한다.

강화인간은 이런 거짓말에 속지 않는다. 눈을 뜨면 행복이 꿈처럼 아련하게 남아 있는 아침. 내가 진실로 그 사람의 사랑이었고 그 사람의 일부였고 그 사람의 존재가 줄 수 있는 모든 은혜를 다 받았다는 느낌이 이어지는 아침. 천사의 그림자가 어른거리는 아침. 그런 아침은 일생에 한 번만 온다.

전화벨이 울렸을 때 안준경은 자신의 일생이 끝났음을 알았다. 천사는 떠나갔다. 은혜는 사라졌다.

준경은 아아 소리를 지르며 쓰러지고 말았다. 그가 길바닥에 몸을 던진 곳은 두바이의 이슬람 사원 옆에 있는 작은 공원이었다. 그는 콘크리트 블록에 얼굴을 부비며 통곡했다. 짠 눈물에 젖은 살갗이 따끔거릴 때까지.

아랍 전통 의상을 입은 노인이 다가왔다. 무에친(사원지기)이었다. 노인이 그의 어깨를 흔들었지만 준경은 깨닫지 못했다. 이틀 전 총알이 뚫고 지나간 어깨의 통증조차 느끼지 못했다.

이게 울리면 자기는 도망쳐야 돼.

켈리는 피처폰을 주면서 준경에게 그렇게 말했었다. 그리고 준경의 손을 끌어다 자신의 뺨과 입술에 대고 비볐다. 손가락 사이로 켈리의 불안한 숨결이 느껴졌다.

그건 내가 죽고 없다는 뜻이야. 암살자가 들이닥치겠지. 그러니 어디에 있든지 거기를 떠나야 해. 도망쳐. 무사히 살아서 어디든 도착하거든 나를 생각해 줘.

무에친이 준경을 일으켰다. 그리고 옷의 먼지를 털어주었다. 준경은 숨을 몰아쉬며 무에친을 보았다. 노인은 중얼중얼 코란을 암송하고 있었다. 알라를 믿으라. 믿는 자는 천국으로 갈 것이요, 믿지 않는 자는 영원의 불구덩이로 떨어질 것이라……

준경은 노인의 곁을 떠나 걷기 시작했다. 현재는 불행의 밑바닥이

지옥으로 가다

아니었다. 불행의 어두운 수직갱은 이제 겨우 시작되었을 뿐이었다. 준경은 무릎을 떨며 걸어갔다. 걸어가면서 떨어져 내려갔다. 켈리가 없는 인생이라는 캄캄한 비극 속으로.

나를 죽이고 나면 남편은 내 방의 금고를 부술 거야. 그 안에 뭐가 있는지 늘 궁금해 했거든. 금고 속엔 이 휴대폰 번호가 적힌 종이 한 장만 있어.

준경은 걷고 또 걸었다. 아무 생각도 없이 더 외진 골목을 택해 걸었다. 그가 정신을 차린 것은 무슬림 구역 특유의 향신료 냄새 때문이었다. 가난뱅이들이 모여 사는 데이라 수크 지구의 우중충한 주택가. 여기엔 두 사람이 위급할 때 사용하기 위해 임대해 둔 작은 아파트가 하나 있었다.

그는 한참 동안 현관과 계단을 관찰했다. 평범해 보이는 2층 건물. 2층의 아파트로 들어서는 1층 현관 옆에는 낮에는 시럽에 절인 대추야자 열매와 코코넛 밀크로 만든 푸딩을 팔고 저녁에는 쿠브즈(아랍 빵)를 파는 가게가 있었다.

이론상으로 이 아파트의 존재를 아는 사람은 켈리와 준경밖에 없었다. 그러나 그것은 어디까지나 이론이다. 켈리가 죽은 지금 이곳도 안전하다고 할 수 없었다. 켈리의 협력자들 가운데 한 사람 정도는 이 아파트를 알았을 가능성이 있고 그들이 켈리의 남편 바그다디에게 밀고했을 수도 있다.

그럼에도 불구하고 준경은 길을 가로질렀다.

곧 이사회가 열리는 시간이었고 준경은 이사회에 이 상황을 보고 해야 했다. 준경은 뛰지 않고 걸어서 계단을 올라갔다. 아파트에 다른 사람의 흔적이 없음을 알고 안도의 한숨을 쉬었다.

아파트는 방 두 개에 거실 하나 욕실 하나의 간소한 규모였다. 가구 역시 단출했다. 초고속 인터넷 케이블이 올라와 있는 테이블 하나와 의자 두 개. 소파 하나. 침대 하나. 그 옆의 협탁. 전화나 텔레비전조차 없었다. 침실 창문은 주차장으로 사용되는, 나무가 몇 그루 심어진 뒷마당을 향하고 있었다.

준경은 현관 신발상을 열고 신발장 뒷면 벽에 붙어 있는 전기 배선 장치를 옆으로 밀었다. 그리고 조그만 여행 가방만 한 공간에 숨겨놓은 노트북을 꺼냈다. 노트북을 테이블로 가져와 유선 인터넷을 연결했다. 부팅을 하고 암호를 입력하고 윈도우를 구동시켰다.

시간 나는 대로 방을 꾸며보고 싶어요. 석양빛에 뜨개질도 하고. 차를 마시면서 혼자 책을 읽어도 좋겠어요.

갑자기 켈리의 목소리가 들려왔다. 준경은 망연자실하여 의자 등받이에 기대었다. 켈리는 이 검소한 아파트에서 보내는 낮 시간의 부드러운 평화를 좋아했었다……. 미칠 것 같은 생각이 들어 두 손에 얼굴을 파묻었다.

잠시 후 마음을 진정한 준경은 탐색기의 '숨긴 폴더 보기'를 열고 구석진 폴더에 꽁꽁 숨겨놓은 화상회의 프로그램을 구동시켰다.

"여기는 아부다비 지부. 암호명 천사 가브리엘 보고합니다. 현재 두바이에서 접속 중입니다. 저와 암호명 권천사가 각기 다른 곳에서 피습당했습니다. 공격자는 알 아살라 오일 에이전시의 회장, 핫산 알 바

지옥으로 가다

그다디. 권천사는 살해된 것으로 추정됩니다."

영상통화 화면의 뒤편에서 술렁거림이 들렸다. 곧바로 이사회 화면이 꺼지고 연갈색 머리의 유럽 여자가 나타났다. 새라 워튼이었다. 그녀는 전에 없이 반갑게 인사를 했다.

준경도 진심으로 반가웠다. 귀의 연골을 떼어내 얼굴에 집어넣는 골 이식수술을 너무 많이 해서 귀가 헝겊 조각처럼 너덜거린다는 새라 워튼. 그 부자연스러운 얼굴, 전설적인 오만함, 피로 얼룩진 과거 때문에 평소에는 결코 가깝게 느껴지지 않던 여자였다.

새라는 이유진에게 빠져 있었고, 이유진은 준경이 아는 한 그녀로부터 도망치려 하고 있었다. 유진에게 새라가 마음을 정리할 수 있도록 빨리 고은아와 결혼하라고 충고한 것도 준경이었다. 남자들은 새라 같은 여자를 좋아하지 않는다. 안타까운 것은 새라 본인만 그것을 모른다는 사실이다.

오늘 새라는 고급스러운 회색 정장과 흰 셔츠를 입고 있었다. 얼굴에는 한 번도 보지 못한 위엄과 긴장이 깃들어 있었다.

"어떻게 위로를 드려야 할지 모르겠어요. 당신도 각별한 사이였지만 저도 켈리를 좋아했어요. 정말 좋은 사람이었죠……. 그런데 준경 씨, 비슷한 일이 많이 일어났어요. 당은 지금 위기에 처해 있죠. 저는 비상대책위원회를 맡았어요."

비상대책위원회? 처음 들어보는 기구였다. 그때 새라의 영상이 일그러지다가 꺼져버렸다. 잠시 후 영상이 다시 켜졌다. 그제야 준경은 그녀의 머리 위에 하얀 플라스틱 덮개 같은 것이 보이고 덮개 위에서 주홍색의 작은 램프들이 빛나고 있는 것을 알았다. 새라는 어딘가로 날아가는 비행기의 승객석에 앉아 있었다.

"기류 변화 때문에 기내 인터넷이 불안정해요. 준경 씨, 12시간 안에 바그다디를 만나볼 사람들을 보내겠어요. 저는 지금 당을 보호하기 위해 모든 조치를 취할 수 있는 권한을 갖고 있습니다. 시간이 없으니 상황을 간단히 알려드릴게요.

48시간 전 한국에서 사고가 있었죠. 유진 씨가 대구에서 살해되었어요. 등 뒤에서 총을 맞았는데 지금 경위를 조사 중입니다.

40시간 전 암호명 천사장이 한국 정보기관에 의해 이유진 살해 용의자로 체포되었습니다.

39시간 전 암호명 주천사, 런던 지부장 겸 빈민 금융 사업본부장이 캔터베리에서 자동차 사고로 사망했습니다. 15톤 트럭이 그의 승용차를 밀어버렸죠.

39시간 전 암호명 좌천사, 로마 지부장 겸 지구 환경 사업본부장이 총격으로 사망했고 누군가에 의해 시체가 테베레 강에 던져졌습니다.

34시간 전부터 암호명 대천사, 방갈로르 지부장이 코마 상태입니다.

33시간 전부터 암호명 치천사, 시애틀 지부장 겸 미래 연구 사업본부장이 코마 상태입니다.

25시간 전 암호명 지천사, 상하이 지부장이 코마 상태에 있다가 살해되었습니다. 침대에서 머리에 총을 맞았죠.

20시간 전부터 암호명 역천사, 베이징 지부장이 코마 상태입니다.

1시간 전 암호명 천사 뮤리엘, 오사카 지부장이 30시간 이상 계속

된 코마 상태 끝에 사망했습니다.

1시간 전 암호명 천사 제바오스, 모스크바 지부장이 30시간 이상 계속된 코마 상태 끝에 사망했습니다.

그 밖에 5개 지부가 본부와 연락이 끊어졌습니다. 현재 대책위에서 상황을 파악 중입니다."

그저께부터 불길한 예감이 준경의 머릿속을 맴돌고 있었다. 준경은 단지 확인하고 싶지 않았을 뿐이다. 그럼에도 불구하고 준경은 충격을 받아 정신을 잃을 뻔했다. 준경이 고개를 떨구자 모니터 영상에서 얼굴이 사라졌다. 새라가 걱정스러운 목소리로 그를 불렀다.

"준경 씨? 괜찮으세요? 듣고 있나요?"

대답을 하려고 침을 삼켰지만 말이 나오지 않았다.

이유진.

이사회 의장, 암호명 창조천사. 그는 준경에게 친형보다 더한 사람이었다. 준경을 이끌어주고 희망을 준 사람이었다. 유진은 준경을 '당근아' 하고 불렀고 준경은 유진을 '강냉이 형' 하고 불렀다. 아픔이 뼛속까지 스며들어 준경의 얼굴은 땀으로 젖었고 다시 땀방울이 되어 뚝뚝 떨어졌다.

켈리가 죽었다. 강냉이 형도 죽었다. 소리 없는 고통의 절규가 아파트 빈 벽을 메아리쳤다.

"아부다비에 일자리가 있어."

1년 전 이유진이 이렇게 말했을 때 준경은 술자리의 농담으로 알았다. 그러나 이유진의 표정은 진지했다. 준경은 정말 놀랐다.

이유진은 자타가 공인하는 폐인이었다. 아르바이트만 끝나면 곧바로 달려와 게임에 접속하는 PC방 죽돌이. 휴일이면 아침은 새우깡, 점심은 짜파게티, 저녁은 컵라면. 모두 마우스를 움직이면서 먹어치우는 게임 덕후.

준경이 이유진을 만난 곳도 '길드워'라는 게임 속 세계였다. 둘은 죽이 잘 맞아서 6년이 넘도록 함께 눈 덮인 쉬버 산을 넘고, 던전에 뛰어들고, 여러 나라의 쟁쟁한 게이머들과 싸웠다.

역삼역 뒷골목의 대나무 삼겹살집에서 현모(현실모임)를 하면 이유진은 고정 출석자였다. 늘 구질구질한 패딩 점퍼 안에 운동복 추리닝을 입고, 사람이 아니라 좀비처럼 보이는 우둔한 얼굴로 앉아 있었다. 다른 사람이 나타나면 두 눈을 껌벅거리다가 삐죽이 웃는데 그 모습에는 보는 사람의 마음을 정말로 따뜻하게 위로하는 것이 있었다. 아, 세상에는 나보다 더한 병신도 저렇게 멀쩡하게 사는구나……. 아무리 슬퍼도 죽지는 말자.

그런 이유진이 나타나 갑자기 아부다비에 일자리가 있다고 말하는 것이었다.

준경이 놀란 것은 그의 말이 아니었다. 그의 존재 그 자체였다. 삐죽한 웃음은 그대로였지만 그 표정에는 진지하다 못해 냉정한 분위기가 감돌았다. 이유진은 단추를 두 개 푼 하얀 셔츠에 핏이 딱 맞는 청바지, 검은색 컨버스 운동화, 짙은 색의 핀스트라이프 재킷을 입고 있었다. 게다가 그의 몸에서는 애프터셰이브와 바디워시 냄새가 났다. 강냉이가 바디워시라니! 세상 말세였다. 하늘이 무너지고 땅이 꺼질 일이었다.

"아랍에미리트^{UAE}는 일곱 개 토후국의 연합국이야."

이유진은 안주머니에서 볼펜을 꺼내더니 식당의 냅킨 위에 어그 부츠처럼 생긴 아랍에미리트 지도를 그렸다. 그리고 세 곳에 X자 표시를 했다.

"걸프만 해저 광구를 포함해서 이 세 곳에 유전을 가지고 있어. 외부에는 십억 배럴 규모라고 선전하지. 석유 채굴권을 나눠주는 UAE 국영석유공사가 아부다비에 있어. 그리고 국영석유공사에 고객을 알선해 주는 알 아살라 오일 에이전시도 아부다비에 있지. 알 아살라의 회장 핫산 알 바그다디는 두바이 국왕 알 마크툼의 처삼촌이야. 알 마크툼은 처도 많고 처삼촌들도 많지. 바그다디도 부인이 열한 명인데 그중에 한 명은 한국 여자야."

강냉이는 말을 잠시 멈추고 씨익 웃었다.

"켈리 씨라고 예쁜 여자지. 켈리 지선 박. 우리와 같이 일을 하는 사람인데 아랍에는 여자가 나서기에 불편한 일들이 너무 많아. 그래서 네 도움이 필요해. 너는 이 알 아살라 오일 에이전시에 취직하는 거야."

"나 아랍어 한마디도 몰라."

"알 바그다디는 국왕과의 친분 외에는 아무것도 없는 사람이야. 계약서 종이 위에 서명은 할 거야. 나머지 회사 일은 너와 켈리 씨가 처리해야 해."

"나 아랍 말 못 한다니까. 그리고 석유 회사가 뭔지도 몰라."

"그건 걱정하지 마."

"어떻게?"

"지능을 강화하는 거지. 너의 뇌가 지능 강화에 적합한지 검사하고 약을 먹자."

"헐, 미친 거 아냐?"

준경은 너무 황당해서 웃음도 나오지 않았다.

"뇌를 정밀하게 검사할 거야. 전산화 단층촬영CT, 자기공명 영상촬영MRI, 자기공명 분광촬영MRS, 양전자방출 단층촬영PET, 자기뇌파 촬영MEG. 이 다섯 가지 결과를 대조해서 절대 안전하다는 확신이 있을 때 투약할 거야."

"싫어! 무섭다고!"

준경은 기절할 것 같은 표정으로 손사래를 쳤다.

준경은 이유진 못지않은 순도 백 퍼센트의 찌질이였다. 인근 여고의 여학생들이 멀찌감치 피해서 돌아가는 똥통고를 나와 열에 아홉은 그 학교가 어디 있는지 모르는 묻지마대학을 다니다 휴학했다. 그렇다고 속 시원하게 놀아본 것도 아니다. 언제나 궁상맞고, 언제나 자신 없고, 언제나 너절했다.

어쩌면 준경은 씻고 빗고 차리고 나서면 미남으로 보일 수도 있는 유진보다 더 암울했다. 주눅 든 시선은 아래로 깔린 눈꺼풀 끝에 괴어 있고 피부는 군데군데 살색 반창고를 붙인 것 같았다. 어깨는 꾸부정했으며 입술은 두껍고 코는 컸다.

준경의 유일한 취미는 바다가 내려다보이는 집 근처 공원에서 엄마에게 편지를 쓰는 것이었다. 바닷바람이 불어서 편지 쓰는 공책이 계속 흩날렸다. 다 쓰면 그 페이지를 찢어 한국 서해의 바람을 담은 편지를 헝가리로 부쳤다.

준경의 아버지는 1988년 서울올림픽이 끝나고 해외여행 자유화 조치가 시행되자 바로 한국을 뛰쳐나간 배낭여행 1세대였다. 아버지는 파리에서 헝가리인인 어머니를 만나 결혼했고 두 사람은 한국에서 준경을 낳았다.

어머니는 준경이 다섯 살 때 이혼하고 부다페스트로 돌아갔다. 준경은 중학교 1학년 때 역사를 가르치던 여선생을 짝사랑해 열병을 앓았다. 선생님이 사진에서 본 엄마와 닮았다고 생각했다. 준경은 그 뒤 계속 연상의 여자들을 좋아했지만 한 번도 사랑이 이루어진 적은 없었다. 언제나 머뭇거리고, 언제나 우물쭈물하고, 언제나 부끄러웠다.

"당근아."

이유진은 두 손을 깍지 끼고 준경을 향해 몸을 숙였다. 그리고 준경의 눈을 뚫어져라 쳐다보았다.

"너 언제까지 그렇게 살래?"

준경은 울컥 화가 나서 이유진을 째려보았다. 내가 뭐? 내가 어때서? 그러나 이유진의 눈빛은 골똘했고 준경은 침을 꿀꺽 삼켰다.

게임에서 준경은 '당근이쥐'와 'Carrot'이란 아이디를 썼고 이유진은 '완빤치쓰리강냉이', '3teeth'라는 아이디를 썼다. 강냉이 이유진은 전 세계 57개국에 흩어져 사는 360만 길드워 게이머들의 좁디좁은 세계에서, 소위 말하는 '지존'이었다.

길드워에서는 전투가 시작되기 직전에 두 부대가 서로 인사를 하곤 한다. 강냉이가 "포스가 그대들과 함께하기를 May the force be with you" 하고 인사하면 어느 나라 부대든 모든 채팅이 뚝 끊어진다. 그리고 잠시 후 입에 담을 수 없는 욕설이 터져 나온다.

SOL Shit, Out of Luck (에잇, 재수 없어), 갓 뎀 코리안. 머더 퍼커, 선 오브 비치, 너드 코리안 고 어웨이……. 세상에서 절망에 빠진 적군의 욕설보다 더 달콤한 것은 없었다.

게이머들은 강냉이 같은 사람을 '타깃 콜러 Target Caller'라고 불렀다. 준경은 한 번도 타깃 콜링을 해본 적이 없었다. 목표를 호명하고 공격을 명령하기 위해서는 동물적인 감각과 용기가 필요했다.

강냉이는 게임에서는 완전히 딴사람이었다. 기회를 읽는 강냉이의 눈은 날카로웠고 "들이대!", "고! 고! 고!"를 외치는 지휘는 과감했다. 준경은 강냉이를 따라다니면서 영웅광장의 왕좌에 백 번도 넘게 올랐고 지위는 랭크 12가 되었으며 두 사람의 아바타 위에는 불사조를 뜻하는 황금빛 피닉스의 오라가 감돌았다.

"너, 사람에게 제일 중요한 게 뭔지 아니?"

이유진은 지능 강화를 안 하겠다는 준경을 잡아먹을 것처럼 노려보며 말했다. 준경은 어깨를 움츠렸다.

"들이대는 거야. 역동성을 갖는 거라고. 일자리가 없는 건 단순히 돈을 못 버는 게 아냐. 역동성을 잃는 거라고. 인위적으로 다리가 부러져 있는 상태란 말이야. 고여서 썩고 있는 거지. 생각해 봐. 너 제대

로 된 일자리를 가진 적이 있어? 네 친구들 중에 제대로 된 일자리를
가진 놈 있어?"

"아니……."

"세상이 이래도 된다고 생각해? 기업은 어떻게든 저임금으로 미친
듯이 상품을 과잉생산해. 상품이 안 팔려서 불황이 돼. 불황이 되어
또 일자리가 줄어. 네가 아부다비에 가서 할 일은 이런 세상을 바로
잡는 일이야. 너 한 사람이 노력하면 세상의 많은 사람들이 역동성을
가질 수 있어."

"내가 할 수 있을까?"

"해. 해보라고. 세상에 가장 쓰레기 같은 인간이 요 모양 요 꼴로
살자는 놈이야. 정말로 가치 있는 것은 재능도 아니고 돈도 아니라고.
그건 바로 행동이야!"

준경은 고개를 수그렸다.

그리하여 준경은 넋도 진도 다 빠질 만큼 뇌 영상을 찍었다. 이유
진이 준 약도 먹었다. 고통이 수반되었지만 2주일 만에 준경에게는
충격적인 변화가 일어났다. 준경은 아랍어, 영어, 중국어, 일어, 말레이
어를 자유롭게 구사하고 석유 개발 사업의 세부를 손바닥처럼 꿰는
비즈니스맨이 되어 아부다비로 날아갔다.

지금의 준경을 만든 사람. 그가 강냉이였다. 그는 준경의 형이자 아
버지였고, 친구이자 스승이었다.

준경은 모니터 앞에 얼어붙은 채 생각에 잠겨 있었다. 새라가 죽거

나 코마에 빠졌다고 말한 사람들은 모두 강화인간들이었다. 공생당의 핵심이고 이사회를 움직이는 사람들이었다. 새라의 말대로라면 당은 궤멸된 것이나 다름없었다.

"누가 이런 짓을 했을까요?"

"카마엘인 것 같아요. 그 쓰레기 같은 스파이. 인간의 감정이 없는 인간. 한 번도 고귀한 이상에 헌신한 적이 없는 속물. 혁명을 말하면서 항상 반동적 힘만을 보호해 온 권력의 개새끼 말이에요."

새라의 신랄한 증오심. 준경은 그녀의 직업적 삶을 암시하는 그 증오심을 싫어했다. 그것은 너무 사사롭고 즉자적이며 동물적인 감정인 것 같았다. 그러나 예전과 달리 새라의 말이 껄끄럽지 않았다. 그의 마음속 깊은 심연으로부터 새라와 똑같은 증오가 피어오르고 있었다.

"카마엘은 죽음으로 대가를 치러야 할 거요."

준경의 목소리는 단호했다. 표정에는 도저히 아까와 같은 사람이라고 생각할 수 없는 결의가 서려 있었다.

"카마엘이 직접 이유진을 죽였나요?"

"누군가를 시켰겠죠."

"그놈이 누굽니까? 이유진을 죽인 놈."

"아직 몰라요. 유진 씨가 살해되던 날 대구의 호텔에는 세 사람이 모였어요. 유진 씨와 자오얼과 벤. 유진 씨는 등에 총을 맞고 죽었고, 자오얼은 살인 용의자로 체포되었고, 벤은 최면 공격을 받아 의식불명이 되었어요.

단서는 벤이 당한 최면에 있어요. 벤자민 모리는 지능 강화 게이지가 나보다도 높은 사람이에요. 최고 수준의 강화인간이죠. 그는 대체 어떻게 최면에 걸린 걸까요?

첫 번째 가설은 유진 씨와 자오얼이 함께 텔레파시로 벤을 최면 공격했다는 거예요. 둘 중 한 사람만의 힘으로는 안 되니까요. 그렇다면 사건의 진상은 유진 씨와 자오얼이 벤을 최면 공격으로 쓰러뜨린 후 자오얼이 유진 씨를 죽였다는 거겠죠.

두 번째 가설은 유진 씨와 자오얼이 서로 텔레파시로 싸우다가 그 최면의 파장으로 벤이 쓰러졌다는 거예요. 한 사람의 최면을 다른 사람이 튕겨서 빗나가게 할 때 그 최면은 반탄력 때문에 몇 배로 강력해져요. 이 가설이 옳다면 자오얼은 유진 씨의 최면을 튕겨내었고 그 때문에 벤이 쓰러진 걸 테죠. 그 후 자오얼은 유진 씨의 등을 쏘아서 죽였고요. 이 두 가지 가설 가운데 뭐가 옳다고 생각하세요?"

"둘 다 틀렸어요."

준경은 조금도 망설이지 않고 대답했다.

"첫 번째 가설은 말도 안 돼요. 당은 결행파와 점진파로 나뉘어 대립하고 있잖아요. 자오얼은 금융시장을 공격해서 세계 자본주의를 파산시키고 즉시 개혁에 착수해야 한다는 결행파를 대표해 왔죠. 유진 형은 현재와 같은 방법으로 천천히 1조 달러를 모으자는 점진파를 대표하고 있어요. 지금까지는 유진 형의 생각대로 당이 운영되어 왔고 벤은 유진 형을 지지하고 있죠. 유진 형이 자오얼과 함께 벤을 공격한다는 것은 있을 수 없는 일이에요."

새라는 예상하고 있었다는 듯이 고개를 끄덕이며 되물었다.

"그럼 두 번째 가설은요?"

"그 가설도 틀렸죠. 유진 형이 자오얼의 최면을 튕겨내었다면 말이 됩니다. 그러나 자오얼이 유진 형의 최면을 튕겨냈다는 건 말이 안 됩니다. 강화인간이라면 누구나 최면 공격은 할 수 있지만 최면을 다른 방향으로 빗나가게 하는 건 아무나 할 수가 없어요.

우리는 모두 지능을 강화했지만 각자 잘할 수 있는 것이 다 다릅니다. 새라, 당신은 물리적 대응력을 발전시켰고 나는 최면 속 세계를 다니는 능력을 발전시켰습니다. 유진 형은 자신의 암호명처럼 최면의 상상 세계를 창조하는 능력을 발전시켰죠. 자오얼의 특기는 금융심리학이라고 할까, 그런 것 아닙니까? 그는 전 세계의 투기자본이 움직이는 군중심리에 대한 분석 능력을 발전시켰죠. 비록 자오얼이 최초의 강화인간이고 누구보다 강화 게이지가 높은 사람이지만, 그에게 유진 형의 최면 공격을 튕겨낼 능력이 있을까요."

"유진 씨가 자오얼의 최면을 튕겨낸 것은 아니에요. 벤이 당한 것이 유진 씨가 만든 최면이었기 때문이죠. 내가 직접 시애틀에서 벤을 조사했어요. 벤은 각성 상태와 최면 상태 사이를 오락가락하고 있었죠. 그가 사로잡힌 최면은 인페르노 나인(지옥 9층)이라는 유진 씨가 구상하던 가상 세계였어요."

"인페르노 나인……."

새라의 이야기는 준경의 기억을 이끌어내었다……. 오늘날의 세계는 지옥이 되었어. 인페르노 나인이 되었다고. 이젠 어떤 정치적인 힘도 다국적 자본의 호전적이고 치외법권적인 권력을 통제하지 못해.

지옥으로 가다

9.11이야말로 우리 시대를 상징하는 사건이지. 왜냐하면 우리 시대에는 자본가들이 약하고 불운한 사람들에 대해 테러리스트가 되기 때문이야……. 이유진은 그 이야기를 눈빛을 빛내며, 조금도 흥분하지 않고 여러 번 되풀이해 말했다.

"새라 씨가 어떻게 인페르노 나인을 알죠?"

"유진 씨에게 들었어요. 인페르노 나인은 지옥 9층이라는 뜻이지만 유황불에 그을리고 등에 채찍을 얻어맞는 그런 지옥은 아니죠. 그 세계는 겉으로 아주 아름답고 풍요로워 보여요. 하지만 일단 들어가면 거기엔 전쟁이 지배하고 있어서 인간이 무의미한 고통을 겪고 무의미하게 죽어가는 유배지예요. 아닌가요?"

준경은 고개를 끄덕여 동의를 표했다. 준경은 인페르노 나인을 좋아하지 않았고 개인적으로 그런 생각에 집착하는 이유진이 안타까웠다.

그는 왜 우월한 강화인간으로서 멋지게, 행복하게 살지 못했을까. 돈도 얼마든지 벌 수 있고 원하는 쾌락은 무엇이든 누릴 수 있었는데. 유진은 이 세상의 빛나는 중심에서 살 수 있었다. 그런데 그는 가장 바깥쪽에 있는 멸시받는 사람들의 자리, 가난과 질병과 고통과 죽음이 이웃한 자리를 맴돌았다. 죽을 때까지 그 좆같은 놈의 대한민국에서 일용직 노동자로 일하던 자신의 옛 정체성을 간직했다……. 준경은 괴로운 나머지 고개를 돌리고 아무 의미 없이 손을 내저었다.

"유진 형은 누군가를 공격하기 위한 최면으로 인페르노 나인을 만든 게 아니에요. 형은 우리의 최면 능력이 일종의 치유몽治癒夢이 될 수 있다고 말하곤 했어요. 사람들의 슬픔을 치유해 주는 꿈 말이죠."

준경의 입이 떨리면서 괄호처럼 굽은 주름 두 개에 둘러싸였다. 그는 강화인간이 된 후 처음으로 감정 조절의 어려움을 느끼고 있었다.

"유진 형은 인간이란 모두 지옥에 떨어진 유배인이라고 했죠. 진정한 세계로부터 유배되어, 덧없는 세상에서 귀양살이를 하면서 고통스러운 생활에 희생되어 마음에 상처를 받는 존재라고. 인페르노 나인은 사람들의 신경증적 패턴 내부로 진입해서 이상적異常的인 심리 요소를 전쟁으로 재현하고 그런 미메시스 행위를 통해 마음을 치유해 주는 최면이었어요."

"준경 씨 말이 맞아요. 하지만 불의의 공격을 받아 생명이 위태로울 때는 그것을 최면으로 방사해서 자기방어를 할 수밖에 없었겠죠. 사람들에게 따뜻한 식사를 제공하기 위해 만든 칼도 칼은 칼이니까요."

두 사람은 잠시 대화를 멈추었다. 각자의 슬픔에 잠겨 서로 다른 환승 열차를 기다리는 여행자처럼 침묵을 지켰다. 다시 입을 연 것은 새라였다.

"그래서 세 번째 가설이 등장해요."

"세 번째 가설?"

"그날 밤 그 호텔에 우리가 모르는 또 하나의 강화인간이 있었다는 거죠. 그는 유진 씨만큼이나 최면의 상상 세계에 능통한 사람이에요. 그가 유진 씨와 텔레파시로 싸웠고 유진 씨의 최면을 튕겨내었어요. 벤은 그 최면에 당했죠. 그 강화인간 혹은 그와 함께 온 일당이 등 뒤에서 유진 씨를 쏘았어요."

지옥으로 가다

준경의 표정이 딱딱하게 굳었다. 경직된 얼굴에서 눈빛만이 날카롭게 빛났다.

"그 가설이 옳은 것 같아요."

"왜 그렇게 생각하죠?"

"얼마 전 유진 형과 대화를 한 적이 있어요. 그때 유진 형이 말했죠. 우리가 모르는 또다른 강화인간이 있는 것 같다고. 아주 잠깐이지만 싱가포르 공항에서 강력한 최면의 공격을 받은 적이 있다고요."

이번에는 새라의 눈빛이 강렬하게 반짝였다. 그녀는 모니터 화면의 프레임 밖으로 오른손을 뻗었다. 그리고 어디선가 말보로 담뱃갑을 들고 와 한 개비를 입에 물더니 라이터로 불을 붙였다. 비행기 기내임에도 불구하고 전혀 개의치 않는 모습이었다. 눈썹을 찡그린 그녀의 표정은 스산했다. 그녀는 화면 가득 길게 담배 연기를 내뿜은 뒤 입을 열었다.

"자오얼은 살인범을 알고 있을 거예요. 내가 자오얼을 직접 조사하겠어요."

"좋아요, 새라. 나는 인페르노 나인으로 내려가겠어요. 거기에 살인범이 남긴 증거가 있을 거예요."

그 말에 새라는 돌처럼 굳어버렸다.

"당신이 가주면 코마에 빠진 강화인간들도 각성시킬 수 있겠죠. 아마 살인의 진상도…… 하지만 그게……."

"확실하게 진상을 알아낼 수 있어요. 최면의 틀을 제공하는 것은 유도자이지만 거기에 정서적 의미를 채우고 자신의 고뇌에 상응하는 상징들을 만들어내는 것은 최면 대상자, 즉 형성자예요. 유진 형의 최면은 범인을 공격했던 것이고 최초의 형성자는 그 범인이에요. 그것을 튕겨내는 짧은 순간에도 범인의 흔적은 인페르노 나인의 세계에 남아요. 그 세계에서 역사적으로 가장 오래된 이야기, 노래, 유적을 찾으면 됩니다. 그런 고대의 유물은 범인의 의식에서 나온 것이니까 범인의 흔적을 담고 있지요."

"하지만 준경 씨…… 알아야 할 사실이 있어요. 우리는 의식불명인 강화인간들의 뇌 영상을 분석했습니다. 고준위 뇌파 측정기에서 강화인간들의 유발전위 뇌파가 매우 빠르게, 매우 높게 나타나고 있어요. 그들은 의식불명인 상태에서 엄청난 양의 텔레파시를 외부로 방사하고 있어요."

"그게 무슨 뜻입니까?"

"코마 상태의 강화인간들이 텔레파시에 의해 연결되어 지금 모두 인페르노 나인에 살고 있다는 뜻이에요. 벤에게서 방출된 텔레파시가 첫 감염자를 최면 상태로 만들었습니다. 첫 감염자는 의식불명 상태에서 스스로 텔레파시를 방출해서 두 번째 감염자를 최면 상태로 만들었고요. 두 번째 감염자는 세 번째 감염자를…… 이런 식으로 의식불명인 천사들은 텔레파시의 수신자이자 송신자가 되어 있는 겁니다. 그들은 지금 토끼굴에 빠진 앨리스처럼 인페르노 나인에서 함께 살고 있어요."

30초 남짓, 준경과 새라는 묵묵히 비행기의 실내 조명 속에 흔들리는 담배 연기를 바라보고 있었다. 새라는 고뇌에 찬 표정으로 입을 열었다.

"그리고 준경 씨, 인페르노 나인은 이제까지 우리가 알던 최면과는 차원이 달라요.

첫째, 유도자가 유진 씨예요. 보통의 최면 세계는 기껏해야 한 동네의 넓이 정도죠. 하지만 유진 씨의 기억력과 연상능력으로 만들어진 인페르노 나인이라면 어쩌면 크기가 한 대륙, 아니 한 행성만 할지도 몰라요.

둘째, 형성자가 많아요. 코마 상태에 빠졌던 사람들은 모두 형성자가 될 테니까요. 최소한 일곱 명의 형성자가 있습니다. 범인과 벤, 코마 상태에 빠졌다가 죽은 상하이 지부장, 오사카 지부장, 모스크바 지부장, 그리고 아직도 코마 상태에 빠져 있는 방갈로르 지부장, 베이징 지부장. 아마 더 있을지도 모르죠. 마음의 상처가 만들어내는 신경증의 힘은 섬세하고 강력하죠. 그런 힘의 선들이 일곱 개 이상 엉켜 있는 겁니다. 준경 씨는 그 속에서 범인의 흔적을 가려내야 해요.

셋째 변신자와 처단자도 많을 거예요. 가장 깊은 레벨의 최면에 빠진 사람은 각자 변신자와 처단자를 만들어낸다는 것을 아시죠? 그렇게 거대하고 복잡한 최면 세계에서는 준경 씨가 변신자와 처단자에 대항할 힘을 가진다는 보장이 없어요. 인페르노 나인은 그만큼 위험한 세계라는 거죠."

"내가 죽을 수도 있겠군요. 이해합니다."

새라가 담배를 재떨이에 비벼 끄고 준경을 바라보았다. 준경은 비장한 표정으로 말을 이었다.

"그래도 들어갑니다. 유진 형을 죽인 놈을 밝힐 수 있다면."

새라가 어떻게 말하면 좋을지 모르겠다는 곤혹스러운 표정으로 준경을 바라보고 있었다. 살인범을 잡아야 한다고 생각한 것은 그녀 자신이었다. 그녀는 스스로의 혼란을 부끄러워하는 것 같았다.

준경은 갑자기 새라가 자신보다 훨씬 어린 소녀처럼 느껴졌다. 그럼에도 불구하고 자신은 이 소녀에게 이야기해 줄 것이 하나도 없는 듯했다. 준경의 말문이 막히자 새라는 슬픈 표정으로 그를 바라보았다. 은연중에 왼쪽 귀가 그의 말이 나오는 스피커를 향해 기울어져 있었다. 준경이 웃음을 지으며 말했다.

"대신 새라 씨는 저를 도와주셔야 해요."

"말씀하세요. 뭐든지 도울게요."

"최면의 설계도를 찾아주세요."

"설계도?"

준경은 쓸쓸하게 웃었다. 새라는 거의 최면 공격을 해본 경험이 없다고 들었다. 그녀는 강화인간이 된 후에도 물리적 대응력을 선호했다. 부득이 텔레파시를 사용할 때도 상대방의 혈압을 상승시킨다든지, 공황장애를 일으킨다든지 하는 쪽을 택했다. 그것은 최면보다 훨씬 더 간단한 바이오-피드백 루프였다.

"최면 세계는 우리의 인생과 흡사합니다. 인생은 과거에서 현재로, 현재에서 미래로 흘러가는 것 같지만 사실은 반대죠. 인생은 최초의 존재 이유를 향해 흘러갑니다. 내가 왜, 어떤 목적 때문에 이 땅에 왔는지를 인식하는 지점을 향해 흘러가는 거죠. 공자의 용어로 그것을 천명天命을 안다고 합니다. 내가 인페르노 나인에 왜 들어왔는지 그 세계에서 나의 존재 이유는 무엇인지를 말해 주는 설계도가 있습니다. 그것을 알고 그 목적을 성취하면 저는 그 세계에서 죽어도 소멸하지 않아요. 다시 현실 세계에서 깨어날 수 있죠."

"설계도는 어떻게 생겼나요?"

"이야기로 되어 있죠."

"이야기? 스토리 말인가요?"

"네. 최면은 대상자의 대뇌에서 하나의 세계를 상상으로 형성할 수 있을 정도로 엄청나게 많은 기억들을 불러내야 합니다. 인간의 방대하고 복잡한 기억들은 모두 이야기 구조로 되어 있어요. 이야기는 신문 기사나 보고서 같은 정보와 달리 쓸데없는 묘사가 많습니다. 그러나 그 쓸데없어 보이는 묘사들은 사실 듣는 사람의 기억의 어딘가에 부착되기 위해 동원된 인덱스(표지)들이에요. 모든 이야기들은 듣는 사람에게 오래오래 기억되는 것을 목적으로 하고 있죠."

"설계도의 이야기가 대상자의 머릿속에 있는 이야기를 불러낸다는 건가요?"

"그렇습니다. 기억을 불러내는 방법은 네 가지가 있습니다. 처리 기반 상기, 목표 기반 상기, 계획 기반 상기, 다중 맥락 상기. 이야기는 다중 맥락을 갖는 기억 방식입니다. 그래서 이야기만이 이야기를 상기시킬 수 있죠."

"무슨 말인지 알 것 같아요."

"최면의 설계도에는 최면 대상자의 존재 이유를 말해 주고 그의 기억을 불러내는 이야기가 있습니다. 그것은 거대한 세계를 담고 있는 짧은 이야기일 테고 그 이야기에는 이야기의 핵, 모티브가 있게 마련이죠. 전체 이야기가 어떻게 전개될 것인가를 미리 예고하는 방향성 같은 거랄까요."

"어디 가면 그 실계도를 찾을 수 있을까요?"

"유진 형의 주변을 뒤져보세요. 어떤 형태로든 메모해 뒀을 겁니다."

"그것을 입수한 뒤 어떻게 전달하면 좋죠?"

"나는 이미 최면 세계에 내려가 있을 테니 텔레파시로 전달해 주셔야 합니다."

"만약 설계도를 못 찾으면 어떻게 되나요?"

준경은 자기도 모르게 몸을 떨었다. 산울림처럼 그의 마음속에서 크게 울리는 기억이 있었다.

"그것도 인생과 똑같습니다. 인생은 자신의 존재 이유를 알기 위한 긴 대기 시간입니다. 우리는 행복과 사랑과 성공을, 그리고 죽음을 기다리며 삽니다. 그러나 그 행복과 사랑과 성공과 죽음도 자신의 존재 이유를 말해 주지 않을 때가 있습니다. 그렇게 되면 우리는 영원히 소멸하겠죠."

"설계도가 없으면 모두 최면 상태에 빠진 채로 죽는다는 말인가요?"

"반드시 그런 것은 아닙니다만…… 설계도가 없으면 최면 세계의 의미를 모르고 어떻게 최면을 끝낼 수 있는지도 모릅니다. 그런 상황에서도 최면에 걸린 사람을 각성시킬 수는 있죠. 그러나 그러려면 그 세계 전체를 파괴해야 합니다."

지옥으로 가다

준경은 코마 상태가 된 강화인간을 각성시키기 위해 가장 깊은 레벨의 최면으로 들어간 적이 있다. 설계도를 찾지 못한 상태였다. 그곳은 실라리엔Sillarian이라 불리는 동양풍의 조그마한 고대 왕국이었다.

실라리엔은 그가 살아생전에 본 것 중 가장 아름다운 세계였다.

달 밝은 밤이면 멀리 비비드 마운틴의 산그늘이 병풍 그림처럼 은은하게 보였다. 현등을 높이 단 노던 리버 주변의 크고 작은 가게들. 등불은 바람에 하늘거렸고 달빛에 물든 강은 잔잔하여 기름을 뿌린 것 같았다. 피리를 부는 남자가 있고 노래를 하는 여자가 있었다. 주루에서 들리던 딩딩디리딩 향비파 소리, 유쾌하고 순진한 웃음소리. 그 모든 소음들이 적요한 달빛과 물빛과 산 그림자에 스며들어 묘한 정겨움을 빚어내고 있었다.

실라리엔의 아침은 또 어떠했던가. 금빛 첨탑, 은빛 발코니, 수정을 녹인 듯이 푸르른 호수 하이네스의 물빛, 내려 꽂히는 하늘빛을 반사하여 은 조각처럼 빛나는 물비늘, 산호와 마노와 오팔이 박힌 다리들, 물가를 따라 늘어선 눈부신 호반 저택들, 백구, 공작, 사리, 비둘기들이 지저귀는 물푸레나무 숲, 거대한 항구에 정박한 악기만큼이나 정교하게 만들어진 배들.

준경은 12년 동안 뒤졌지만 이 거대한 상상을 유발한 최초의 이미지를 찾을 수 없었다. 결국 코마에 빠진 천사를 각성시키기 위해 왕국 전체를 불태우지 않을 수 없었다.

준경은 고향처럼 느껴지는 실라리엔의 수도 소울에 불을 지르고 거주민을 남김없이 학살했다. 왕국의 모든 마을을 폐허로 만들었다.

자신의 의지에 의해 세상에 다시없을 아름다움이 사라지던 그 순간의 강렬한 슬픔, 가슴이 터질 것 같은 괴로움과 뼛속에 사무치는 애수는 아직도 준경의 기억 속에 생생하게 남아 있었다.

천사는 각성시켰지만, 실라리엔의 멸망은 그 천사에게도 준경에게도 지울 수 없는 상처가 되었다. 두 사람은 모두 격심한 우울증에 시달렸다. 한 달 후 깨어난 강화인간은 강물에 몸을 던져 스스로 목숨을 끊었다.

준경은 가방 하나를 메고 비칠비칠 아파트 밖으로 걸어 나왔다. 그의 얼굴은 아까보다 더 창백해져서 마치 시체처럼 보였다. 그는 메마르고 후끈한 바람만이 오가는 골목의 어둠 속으로 스며들었다.

고개를 숙인 채 걷는 그에게 보이는 것이라곤 땅바닥에 수없이 널려 있는 뾰족한 돌멩이와 먼지뿐이었다. 고개를 들어 본들 눈앞에 펼쳐져 있는 풍경이 무의미하게 느껴질 것은 뻔했다.

삶에 의미를 부여하고 욕망을 불태운다는 것은 힘을 요하는 일이었다. 그러나 지금 준경에게는 그럴 힘이 없었다. 사랑하는 사람들이 모두 죽어버린 지금 만물의 본질적인 의미가 어떤 불길한 원심력에 의해 지평선 저 너머로 흩어진 것 같았다. 머리 위에 펼쳐져 있는 짙푸른 중동의 하늘, 불덩이같이 뜨거운 그 하늘을 그는 고개를 들어 마주 보고 싶은 마음이 없었다. 그래 나는 지옥으로 간다. 인페르노로 내려간다.

2

암호명 카마엘

"예, 그 정신장애인 진술 받았습니다. 어떤 남자가 차에 태워서 데려갔다고 하는군요. 그런데 남자가 하나라고도 하고 셋이라고도 해요. 좀 신빙성이 없습니다. 일단 각 지구대에 수배는 다 해놓았습니다. 팀장님, 조금만 더 기다려보시죠. 남자친구를 따라간 것일 수도 있으니까요."

"내가 알기로 연경이는 남자친구가 없어요. 설사 있다고 해도 그렇게 무책임한 애가 아닙니다."

"부모가 다 알지는 못하는 겁니다. 그 나이에는 또 가끔 그럴 때가 있지 않습니까. 허허."

춘천경찰서의 박 경감은 웃으며 김호를 위로했다. 별일 아닐 것이니 걱정 말라는 반응이었다. 김호는 숨을 고르다가 참지 못하고 비상계단으로 걸어갔다. 그리고 편의점에서 산 담배에 불을 붙였다. 3년 만에 마시는 담배 연기에 머리가 어찔했다. 잇달아 기침이 터져 나왔다.

저녁 7시 30분.

연경이가 사라졌다고 한 시간으로부터 다섯 시간이 지나고 있었다. 다섯 시간. 시간이 이렇게 애타게 흐를 수도 있다는 걸 처음 알았다. 당장이라도 춘천으로 달려가고 싶었다. 그러나 김호는 연경과 관련된 일에는 쉽사리 고개를 들이밀지 못했다. 이혼한 뒤에는 더욱 더. 10시 30분까지 세 시간만 더 기다려보자. 그래, 세 시간 동안은 다른 것을 생각하자. 다른 일을 하자. 김호는 이제 마음의 움직임 하나하나에 일일이 지시를 해줘야 하는 사람처럼 중얼거렸다.

지상 5층 지하 2층의 회백색 대구 지부 건물은 낡았지만 편안하고 현대적으로 꾸며져 있었다. 도심에서 조금 벗어난 조용한 거리에 위치해 있고 간판이라든지 회사 로고는 전혀 없었다. 겉으로 보면 회계 법인이나 법률 회사처럼 생겼다. 김호는 3층의 회의실로 돌아와 책상에 코를 박았다. 대구 지부가 김호의 수사팀을 위해 내어준 방이었다.

김호가 쓰는 큰 책상에는 확대경이 달린 스탠드가 붙어 있고 조간 신문 크기의 커다란 백지가 펼쳐져 있었다. 백지 위에는 부서진 노트북, 부서진 스마트폰, 부서진 아이패드, 사용하지 않은 양말, 칫솔과 세면도구, 어깨끈이 달린 남성용 소형 여행 가방, 지갑, 운전면허증 등이 널려 있었다. 사건 현장에서 수거된 피살자의 소지품들이었다.

김호는 정밀 확대경을 들고 부서진 부품 조각 샘플에 하나하나 넘버를 매겼다. 그러다가 문득 플라스틱 조각 하나에서 마음의 동요를 느꼈다. 산산이 부서진 노트북의 부품 조각 34개 중에 끼어 있던 손톱만 한 조각이었다. 이 검은색 조각은 다른 검은색 조각들보다 더 짙고 윤이 났다.

김호는 왼손에 면봉, 오른손에 핀셋을 잡았다. 그리고 플라스틱 조각의 구겨진 부분을 조심스럽게 폈다. 반으로 접힌 플라스틱 조각을 조심스럽게 열었을 때 갑자기 그의 온몸을 내리누르던 피곤이 싹 가셨다. 흥분으로 손가락 마디마디가 찌릿해 왔다. 유에스비 단자의 황금빛 금속성 줄무늬들이 보였기 때문이다.

이 조각은 노트북 부품이 아니었다.

스마트폰의 뒷부분 케이스를 열고 장착하게 되어 있는 칩, 유심USIM이라 불리는 메모리칩이었다. 소유자의 연락처와 신용카드, 교통카드 정보뿐만 아니라 운이 좋다면 소유자가 스마트폰으로 작성한 문서까지도 읽을 수 있었다.

요원들을 부르고 김호는 유리창 앞으로 다가갔다. 도시는 고요하고 투명한 여름밤의 정적에 잠겨 있었다. 주택가의 얽히고설킨 작은 길들, 도로변의 당구장과 PC방과 제과점. 한산하고 평화로운 거리. 가로등만이 흐릿한 불빛을 발하면서 졸고 있었다. 여기서 보면 이유진 살인사건이 나무랄 데 없이 잘 그린 그림 위에 떨어진 먹물 한 방울처럼 느껴졌다.

나직하게 속삭이는 대화 소리가 들리다가 문이 열렸다. 김호와 함께 일하는 세 요원이 들어왔다. 네 사람은 곧바로 회의 테이블에 앉았다.

"게놈 연구소는 자오얼이 그들의 환자가 아니라고 말합니다. 환자 차트를 요구했지만 영장이 없으면 보여줄 수 없다고 합니다."

정인영 요원은 말하면서 한숨을 내쉬었다.

"이유진의 주민등록번호로 개설된 이메일을 다 열어봤지만 아직까지 단서가 없습니다. 아마 우리 손이 닿지 않는 이메일 계정을 쓴 것 같습니다."

정인영의 목소리는 갈수록 작아졌다. 유리창 쪽으로 얼굴을 돌린 김호의 표정이 심한 치통을 앓는 사람 같았기 때문이다. 정인영은 한바탕 질책을 예상하고 몸을 떨었다. 그러나 김호는 조희수에게로 눈길을 옮겼다.

"이유진의 은행 계좌와 신용카드 기록은 어떻게 되어갑니까?"

"아무것도 안 나왔습니다. 이유진이 다른 명의로 된 신용카드를 쓴 것이 아닐까 의심이 갑니다. 월급과 같이 정기적인 보수가 들어온 입출금 기록이 없거든요."

김호는 조희수의 느릿느릿한 말에 울컥 화가 치밀었다. 조희수 요원은 두툼한 입술과 중간이 뾰족하게 솟은 독특한 모양의 눈썹을 지닌 남자였다. 그는 의과대學을 졸업하고 인턴 과정을 밟다가 '일이 너무 힘들어서' 도망쳤다고 말하는 의사 면허 소지자였다. 그 뒤 3년쯤 테헤란로의 IT 업체에서 일했는데 거기도 일이 힘들어서 '월급은 적지만 편한' 공무원이 되었다고 했다.

김호는 피어싱을 한 조희수의 귓바퀴를 노려보다가 비닐봉지에 넣은 메모리칩을 내밀었다.

"조희수 씨, 피살자의 부서진 스마트폰에는 유심이 사라지고 없었죠. 이게 그 메모리칩 같아요. 물리적 손상이 심하지만 반드시 복구해야 합니다. 알겠습니까? 부탁인데 이번에는 좀 성과를 내주세요."

다음은 이종민 요원이었다. 이종민은 말없이 책상을 가리켰다. 김호가 의자를 가까이 가져가자 이종민은 이미 부팅을 해놓은 노트북을 열어 김호 쪽으로 돌려놓았다. 보여만 줄 뿐 설명은 일체 없었다. 김호는 다시 속이 끓었다. 이 친구는 언제쯤에나 수사팀에 적응이 될까.

김호도 키가 크지만 이종민은 더욱 컸다. 190이 넘는 것 같았다. 나이는 서른다섯. 널찍한 어깨에 날카로운 생김새, 쏘는 듯한 눈. 어딘가 피 냄새 같은 것이 풍기는 음울한 표정. 모르는 사람들은 자연스럽게 위압감을 느낄 남자였다.

이종민은 본래 수사 계통 요원이 아니었다. 직렬로는 해외 담당이었고 직분은 B601. 즉 비밀공작이었다. 김호가 알기로 그는 러시아와 중국, 리비아에서 공작에 참여했고 그 과정에서 말 못 할 일들을 많이 겪었다. 마지막 공작은 실패했고 해외 직렬에서 축출되었으며 납득하기 힘든 이유로 두 달 전 김호의 수사팀에 배치되었다. 상부에서 보기에 김호의 팀은 조직에서 매장되어야 할 직원들이 입관 준비를 하는 부서인지도 몰랐다.

뭘 보라는 말이냐는 의미를 담아 김호가 이종민을 노려보았다. 그러자 이종민은 무선 마우스를 조작해서 호텔 입구를 비추는 CCTV

동영상 파일을 빠르게 돌렸다.

컴퓨터 모니터에는 안내 데스크 뒷벽에서 건물 1층의 리젠트 호텔로 들어오는 현관을 넓게 잡은 장면이 보였다. 동영상 파일은 계속 돌아갔다. 아무 일도 없었다. 정적인 장면뿐이었다.

"이 사람아, 대체 뭘 보라는 거야?"

견디다 못한 김호가 화를 내었다.

"영상 아래쪽의 시간 표시를 보십시오."

동영상은 계속 돌아갔다. 여전히 아무 일도 없었다.

그러다가 순간 동영상 아래쪽의 시간을 표시하는 아주 작은 디지털 숫자가 살짝 이지러졌다. 시간 부분이 정확히 무슨 숫자인지 알아볼 수 없는 이지러짐이 약 7, 8초간 계속되었고 디지털 숫자는 다시 정상으로 돌아왔다. 7월 26일 00시 29분 23초.

"저게 뭐야?"

이종민은 말없이 동영상을 약간 앞으로 되돌린 다음 디지털 숫자가 이지러지는 부분을 24배속으로 느리게 돌리기 시작했다.

정적인 화면에는 변화가 없었다. 그러나 이번에는 시간을 표시하는 디지털 숫자의 변화가 분명하게 보였다. 시간은 00시 29분 15초에서 23시 23분으로, 다시 21시 30분으로, 다시 21시 43분으로, 계속 빠르게 변하다가 마지막에 다시 00시 29분 23초로 돌아왔다.

"초치기?"

김호가 신음 소리와 함께 물었다. 이종민이 고개를 끄덕였다.

이종민은 모니터의 작업 대기줄에 걸려 있던 다른 동영상을 열었다. 이번엔 23층의 복도 장면을 촬영한 CCTV였다. 앞서와 비슷한 시간 표시의 이지러짐이 26일 00시 33분 09초에 나타났다. 이지러짐은 10초 정도 지속되다가 정상화되었고 00시 34분 30초에 다시 나타났다가 5초 정도 후에 정상화되었다.

김호는 머리가 지끈거렸다. 초치기는 자신이 몸담고 있는 회사의 전문 영역, 즉 첩보공작 분야의 수법이었다.

촬영된 영상에서 일부분을 지우고 다른 시간대의 정지화면을 넣으면 금방 들킨다. 촬영화면은 화소들이 앞뒤로 계속 뛰어다니지만 정지화면은 아무것도 안 움직이기 때문이다. 그래서 정지화면을 촬영된 화면으로 위장하는 여러 가지 방법이 동원된다. 영어로 비트 이레이징이라고 하는 초치기는 0.1초 단위로 정지화면을 연달아 집어넣어 촬영된 화면처럼 화소의 움직임을 만드는 것이다.

"26일 00시 29분이라면 살인사건이 발생했다고 추정되는, 즉 2303호 고객이 시끄러운 소리가 난다고 전화했던 01시 10분으로부터 40분 전이군. 사건 발생 40분 전의 리젠트 호텔 현관 영상이 8초 동안 잘려 나갔다…… 그렇다면 26일 01시 39분의 호텔 현관 영상도 확인해 봤나?"

김호가 눈을 부릅뜨며 물었다.

"예 확인했습니다. 01시 39분은 자오얼이 리젠트 호텔로 돌아왔다고 주장했던 시각입니다. 그 시간대의 영상에서도 같은 조작을 발견했습니다."

이종민은 중개인이 부동산 계약서를 읽어주는 것 같은 무뚝뚝한 목소리로 말했다. 김호는 고개를 끄덕였다.

"그렇다면 이런 추정이 가능하군. 진짜 범인은 26일 00시 29분에 호텔로 들어왔다. 진범은 자신이 호텔로 들어오는 CCTV 영상을 지웠고 자오얼을 범인으로 만들기 위해 자오얼이 01시 39분에 호텔로 들어오는 영상도 지웠다. 이 추정을 반박할 만한 증거가 있을까?"

"없는 것 같습니다."

김호는 양복의 단추를 만지며 곰곰이 생각에 잠겼다. 안색은 창백하고 표정은 돌처럼 딱딱하게 굳어 있었다. 화가 난 것 같기도 하고 궁지에 몰린 것 같기도 한 얼굴이었다.

여기가 갈림길이군.

김호는 눈썹 위에 깊은 주름을 새기면서 속으로 중얼거렸다. 여기서 한 발짝만 더 내디디면 수사는 되돌아갈 수 없다. 움직일 때마다 새로운 사실이 나타나고 거짓은 붕괴된다. 수사는 스스로 급물살을 타서 마지막 진실, 어쩌면 모두가 원하지 않을지도 모르는 진실이 밝혀질 때까지 멈추지 못한다.

할 것인가, 말 것인가. 이 문제를 계속 파볼 것인가, 아니면 철수할 것인가……. 김호는 갈등했다.

나는 셜록 홈스도 아니고 매그레 경감도 아니다. 되려고 한 적도 없다. 나는 그냥 공무원이다. 임금님 행차에 사람 수나 늘리는. 공손하고, 조심성 많고, 궁상맞고, 좀스러운. 공무원은 이렇게 뭐가 튀어나올지 모르는 사건을 싫어한다. 마땅히 피해서 걸어갈 일이다.

하지만 무엇을 위해?

이 사건은 내가 맡는 마지막 사건이리라. 이곳은 내 고향이고 앞에는 정인영이 신중한 탐색의 눈빛으로 나를 보고 있다. 이상한 낌새를 느낀 개처럼 고개를 갸우뚱한 채. 이종민도, 조희수도 마찬가지였다.

김호는 용기를 내어 정인영의 눈을 마주 보았다.

"사건 현장이 뭔가 이상했어."

김호는 깊은 숨을 들이마신 뒤에 말을 이었다.

"뭔가 이상하다고 느꼈는데 이유는 몰랐지. 나중에 카펫에 묻은 혈흔을 보고 의문이 풀렸어."

김호의 얼굴에는 자신이 지금부터 하는 이야기를 진심으로 유감스럽게 여기는 괴로운 표정이 떠올랐다.

"누가 가해자의 샘플이 남았을 성싶은 흔적을 진공청소기로 긁었어. 그리고 먼지통에 들어온 파편들을 잘 닦아서 다시 흩어놓은 거야. 자연스러운 혼돈 상태를 인위적으로 만드는 것은 불가능하지. 파편들은 지나치게 주의 깊게 어질러져 있었어. 모든 게 자연 상태보다 조금씩 더 힘이 들어갔지. 뭔가 이상하다는 느낌은 그 때문이었어. 내 의식은 모르고 지나쳤지만 내 무의식이 알았던 거지."

"샘플이 남을 만한 파편들을 닦아서 다시 흩어놓을 정도라면 육안으로는 안 됩니다. 야광 검색기를 썼다면……."

조희수가 대화에 끼어들려고 했다. 김호는 오른손 검지손가락을 치켜들어 그의 말을 막았다. 요원들은 김호의 뜻을 금방 알아차렸다. 여기는 회사였고 이 방도 도청될 수 있었다.

"예단은 안 돼. 절차대로 진행하지."

암호명 카마엘

김호는 양복에서 펜을 꺼내 들고 메모지에 뭔가를 빠르게 써 갈겼다. 그리고 아무 말 없이 종이에 씌어진 글씨를 세 요원들에게 보여주었다. 요원들의 표정이 얼음처럼 굳어졌다. 김호는 스마트폰을 들고 자리에서 일어서며 말했다.

"철저하게 뒤지면 샘플은 결국 나와. 이건 수사의 철칙이야. 먼저 리젠트 호텔에 대한 압수수색영장을 신청해. 내일 아침 9시에 바로."

그리고 세 사람에게 하나하나 보강 수사를 지시했다. 세 요원들이 바쁘게 방을 빠져나갔다.

김호는 회의실에 혼자 남아 리젠트 호텔의 샘플들을 계속 검사하려고 했다. 그러나 일이 손에 잡히지 않았다. 김호는 자주 방 안을 서성거렸고 움푹 꺼진 두 눈에는 불안한 눈빛이 명멸했다.

레지던시(지부 조직) 특유의 느슨한 분위기도 김호의 작업을 방해했다. 늦은 밤까지 퇴근하지 않은 몇 명의 지인들이 문을 두드리고 삐죽이 얼굴을 내비쳤던 것이다. 그러면 김호는 문으로 걸어가 몇 마디 안부를 나누어야 했다.

주눅이 든 얼굴도 있었고 아직 야심만만해 보이는 얼굴도 있었다. 김호도 그들도 한결같이 늙고 황폐해 보였다. 옛날에는 싸우기도 많이 싸웠는데…… 이제는 피차 아무도 사랑해 주지 않는 사십 대 남자들이 되었다는 사실이 애잔하게 느껴졌다. 한 사람이 조붓한 얼굴로 김호에게 물었다.

얼굴빛이 나쁘네. 어디 아픈 건 아니지?

김호는 화장실로 가 손을 씻었다. 얼굴을 비추는 세면대 앞 거울에서는 헤아릴 수 없는 시간의 냄새가 풍겨왔다.

김호는 방으로 돌아오다가 구재용을 보았다.

구재용은 다른 두 남자와 함께 김호가 일하는 방 앞에 서 있었다. 그들은 문을 반쯤 열고 입을 굳게 다문 얼굴로 방 안을 들여다보고 있었다. 김호가 다가가자 구재용은 문을 닫고 머쓱한 낯빛으로 허허 웃었다.

"의외로 조사가 오래 걸리네요. 여태 퇴근도 못 하고…… 고생이 많으시네요. 숙소는 잡으셨어요? 대구는 호텔들이 변변찮아서. 피곤하시겠어요."

구재용은 김호의 시선이 거북하기라도 한 듯 눈길을 이리저리 던지면서 빠르게 말했다. 김호는 그렇게 말하는 구재용의 얼굴이 더 푸석하다고 생각했다. 구재용의 뒤에 서 있는 남자들을 보았을 때 김호는 깜짝 놀랐다.

"첼로님?"

두 남자는 기획관실의 수사기획팀장 암호명 '첼로'와 수사기획팀 선임 암호명 '비바체'였다. 두 사람은 입꼬리를 추켜올리면서 김호를 향해 삐뚜름한 미소를 지었다.

"오늘 서울에서 브이아이피들이 많이 내려오셨어요. 허허허. 이거 술자리라도 한번 잡아야겠는데요."

구재용이 두 손을 흔들어대면서 호들갑을 떨었다. 김호는 뭐라고 꼭 집어 말할 수 없는, 모호하고도 기분 나쁜 느낌에 사로잡혔다. 그것은 어떤 종류의 위험한 동물들이 불러일으키는 공기의 흐트러짐

같았다.

 첼로가 김호 앞으로 다가왔다. 단정한 와이셔츠에 넥타이를 매고 있었는데 오른팔은 부목을 대고 압박붕대를 감아 목에 걸고 있었다. 첼로는 오른쪽 어깨를 떨어뜨리는 엉거주춤하고 우스꽝스러운 자세를 취해서 부상당한 오른손으로 악수했다.

 "블루님, 안녕하세요. 그동안 잘 지내셨지요?"

 블루는 김호의 암호명이었다. 첼로는 성한 왼손으로 내밀지도 않은 김호의 손을 꼭 쥐고 다정하게 흔들어댔다.

 "첼로님, 오랜만에 뵙습니다. 팔은 어쩌다가?"

 "아, 고속도로에서 살짝 차사고가 있었습니다. 하하."

 "그런데 대구는 어쩐 일이십니까?"

 "아 예, 기획관님을 수행하고 있습니다. 늦은 시간에 정말 죄송한데 기획관님이 팀장님께 미팅 가능하신지 여쭤보라고 하십니다."

 "기획관님이 여기에?"

 "네, 거제와 옥포에 출장을 오셨다가 잠시 들르셨습니다."

 김호는 잠깐만 기다려달라고 말하고 서둘러 화장실 거울 앞으로 돌아갔다. 그리고 넥타이를 고쳐 매고 머리를 매만졌다.

 "기획관이 무슨 일이야?"

 계단을 이용해 5층으로 올라가면서 김호는 구재용에게 살짝 물었다. 구재용은 허줄그레하게 웃으면서 말했다.

 "저도 몰라요. 뭐, 형님 내려와 계시니까 격려 차원에서 부르는 거겠죠."

세 사람은 김호를 데리고 5층으로 올라가 간부 회의실로 쓰는 작고 썰렁한 방으로 안내했다.

기획관은 8인용 회의 테이블에 혼자 앉아 있었다. 김호가 들어가자 회의실 문이 밖에서 닫혔고 기획관이 천천히 일어나 악수를 청했다. 김호는 고개를 숙이면서 정중하게 그 손을 마주 잡았다. 기획관이 먼저 인사를 했다.

"선배님, 수고가 많으시군요. 수사는 잘되어 가시지요?"

"네, 겨우 시작 단계입니다. 현장 점검을 마치고 샘플 조사를 하고 있습니다."

기획관이 눈짓을 하자 구재용과 두 남자는 방을 나갔다.

"제가 좀 자주 찾아뵈어야 하는데…… 서울에서는 통 만날 시간이 없고 오히려 여기서 뵙게 되는군요. 잘 지내셨는지요?"

"예, 기획관님 덕분에…… 잘 지내고 있습니다."

기획관은 여느 때와 다름없이 온화했다. 앞머리가 조금 벗겨지고 말끔하게 면도한 턱 언저리에는 주름이 져서 겉늙어 보이는 얼굴이었다. 와이셔츠의 소매가 삐져나와 있는 두 손을 테이블 위에 올려놓은 채 작고 모가 난 날카로운 눈으로 김호를 바라보고 있었다.

기획관의 암호명은 '오페라'였다.

김호의 대학 2년 후배이고 입사도 늦었지만 지금은 상사였다. 그는 프락치라고 불리는 학원잠입요원 출신으로 승진이 빨랐고 지금은 회사에서 다섯 손가락 안에 드는 '쎈 사람'이 되어 있었다. 김호 같은 공채 출신과 기획관 같은 특채 출신은 별로 사이가 가깝지 못했다.

80년대 민주화운동을 기억하는 사람들은 학원잠입요원에 대해 별로 진지하게 생각하지 않는다. 밀고자, 배신자, 음모가, 비열한 스파이 같은 모욕적인 말로 욕을 하고 잊어버린다. 그러나 프락치들은 결코 보잘것없는 사람들이 아니다. 이들은 세상이 어떻게 변해도 살아남아서 출세의 길을 걷는다. 전환기의 한복판에서 한 당파를 이끌기도 하고 기업체에 들어가 최고경영자가 되기도 한다. 대통령이 되는 사람도 있다.

도덕 문제에 대한 감상적인 판단을 유보하고 세상을 움직이는 실제의 힘, 즉 인간 의지의 강도라는 것을 생각해 보면 이들이야말로 가장 강한 두뇌의 소유자들이라는 사실을 알게 된다. 프락치는 표면 뒤에 상상을 초월할 만큼 깊은 심도를 지니고 있어서 보통 사람은 모든 상황이 종료된 뒤에야 그의 진짜 의도를 깨닫게 되는 그런 사람들이다. 이들은 권력의 비밀을 꿰뚫어 보며 사물을 꼼꼼하게 연구한다. 대담하고 빠르게 변신하며 예측을 불허하는 풍부한 책략을 구사한다.

기획관은 80년대에 상당히 이름이 알려진 민족해방[NL]계의 좌파 이론가였고 아직도 진보 진영에서 위장 신분을 유지하고 있었다. 국가보안법 위반죄로 감옥에 갔다가 대통령 취임 기념 공안 사범 특사로 풀려나기도 했다. 회사 안에서도 기획관의 이름과 얼굴을 아는 사람은 열 명 남짓했다. 김호는 기획관을 대하면 항상 서릿발 위에 떨어진 낙엽처럼 마음이 얼어붙곤 했다.

"거제와 옥포 출장 중이시라고요. 항상 바쁘시군요."

김호는 공손하게 덧붙였다.

"아닙니다. 시시한 뒤치다꺼리지요."

한국은 세계 최대의 컨테이너선 조선국이고 거제와 옥포는 그 중심지였다. 세계 경기 침체는 선박 수주의 감소와 선박 가격의 하락을 야기했다. 선박 가격은 대당 수천억 원에 이르고 선박을 인수하면 잔금을 치러야 한다. 선박의 현재 가격을 담보로 사업을 하는 해외의 선주들은 어떻게든 인수 시기를 늦추려고 하고 한국의 조선업자들은 어떻게든 계약대로 인도하려 했다. 그래서 선주들에게 선박의 하자 정보를 팔거나 고의로 트집거리를 만들어주는 산업스파이들이 설쳤다.

잠시 동안 침묵이 흘렀다.

기획관은 두 손을 책상 위에 올려서 깍지를 끼고 있었다. 대면할 때마다 항상 저런 모습이었다는 생각이 들었다. 그의 자세는 단단히 고정되어 있었다. 마치 돌처럼 손가락 하나 움직이지 않고 하루 종일 그렇게 앉아 있을 수 있는 사람 같았다. 저 멀리 거리의 소음이 들려왔다.

"제가 뵙자고 한 것은 리젠트 호텔 사건 때문입니다."

"아, 예……."

김호는 몸을 움츠렸다. 머릿속에서 비상경보가 울렸다. 기획관 같은 고위직이 수사에 개입하는 것은 매우 이례적인 일이었기 때문이다.

"그 중국인 용의자…… 자오얼이라고 했나요? 다른 사람도 아닌 선배님이 맡으셨으니 수사가 잘될 것 같은데요. 언제쯤 기소하실 예정인가요?"

"그게…… 진범이 아닐 가능성이 높습니다. 추가로 증거가 나타나지 않으면 석방할 생각입니다."

"그래요?"

기획관은 이맛살을 찌푸리며 한 손으로 턱을 괴었다.

"그거 참 뜻밖의 결론이군요."

김호는 지금까지 밝혀진 사실들을 기획관에게 설명했다. 그러다가 문득 어떤 무서운 생각이 뇌리에 떠올랐다. 기획관은 우리 팀의 수사 진행 상황을 이미 다 알고 있는 것이 아닐까. 기획관의 침착한 눈빛 때문이었다.

김호의 설명을 다 들은 기획관은 고개를 끄덕였다. 그리고 자기 생각을 강조하려는 듯 힘 있는 눈빛으로 김호를 바라보았다.

"선배님, 잘 알겠습니다. 하지만 자오얼의 석방은 안 됩니다."

기획관의 얼굴에 심상치 않은 긴장이 나타났다. 그의 얇은 입술은 적의를 드러내듯 굳게 다물어졌고 눈빛에는 누가 건드리기만 하면 물어뜯을 것 같은 흉포성이 떠올랐다. 김호는 만약 이 문제에 항의하면 그의 권력에 대한 정면도전으로 간주하겠다는 암시를, 맹수의 위험한 냄새를 느꼈다.

"그렇게 말씀하시는 이유가 있겠지요?"

"있습니다. 이걸 좀 봐주시지요. 중국 대사관의 요청입니다. 자오얼은 거액의 공금을 횡령하고 도주한 자이니 즉시 중국으로 국외 추방해 달라는 겁니다."

기획관은 책상에 미리 덮어두었던 종이 두 장을 김호에게 내밀었다. 대사관의 외교 공문과 거기에 딸려온 상하이 공안국의 안정보고 案情報告(사건보고서)였다. 비밀취급허가 스탬프가 딱 한 개 찍혀 있었다. 김호는 내용을 꼼꼼히 읽고 기획관에게 돌려주었다. 기획관은 종이를 받아 다시 덮고 말했다.

"그런데 오늘 미국 대사관의 비선秘線 쪽에서도 전화가 왔습니다. 백악관 정책결정 라인까지 올라가는 고급 라인입니다. 내용은, 자오얼은 미 연방정부의 협력자이니 자기들 쪽으로 넘겨달라는 겁니다."

"기획관님."

김호는 정색을 하고 입을 열었다.

"두 쪽 모두 말이 안 됩니다. 살인사건은 이곳에서 발생했고 자오얼은 용의자입니다. 그의 신병에 관한 권한은 형법상의 속지주의에 따라 우리에게 있습니다. 형법에 따라 우리가 수사하고 혐의가 없으면 우리가 석방해야 합니다."

"선배님……."

기획관이 갑자기 목소리를 낮추며 말했다.

"이런 문제에 원칙은 없습니다. 오직 상황이 있을 뿐이죠."

김호는 눈을 기획관에게 고정시키고 미동도 하지 않았다.

"무슨 말씀이신지 저는 잘 이해가 안 됩니다."

"리젠트 호텔 사건은 단순한 총기 살인사건이 아닙니다."

기획관은 천천히 몸을 일으켰다. 그리고 옆의 의자에 놓아둔 가방에서 황토색 서류 폴더 하나를 꺼내었다. 기획관은 그것을 책상에 놓고 오른손 집게손가락으로 조용히 김호 앞으로 밀었다. 김호는 폴더를 펼쳐 보고 깜짝 놀랐다.

"카마엘? 사건의 배후가 카마엘이란 말입니까?"

"그렇습니다."

김호는 도저히 믿어지지 않는다는 표정으로 고개를 저었다.

카마엘의 나이는 여든에 가깝다고 알려져 있다. 그는 중국 국가안전부가 마오쩌둥의 공안부이던 시절부터 대외공작을 담당해 왔다. 본명은 아무도 모른다. 카마엘이란 미 국가정보국이 그에게 붙인 암호명이었다. 그의 활약상은 동아시아 첩보 세계의 신화였다.

카마엘은 열아홉 살 때 영국령 홍콩에서 중국공산당 지하조직에 가입했다. 본토에서 견습 기간을 보낸 다음 베트남 전쟁에 뛰어들어 라오스, 캄보디아, 베트남 등지에서 특수 임무를 맡았다. 그 뒤에는 소련과 미국을 오가며 국가안전부의 대외공작을 지휘했다. "죽음을 두려워하지 않는 고담영웅孤膽英雄의 기개로 홀로 제국주의 진영 한가운데 뛰어들어 분투하였으며 만난萬難을 극복하고 기적을 창조하였다"라는 공로로 장쩌민 주석으로부터 국가 훈장을 받기도 했다.

카마엘은 40년 동안 중국의 국익과 관련된 거의 모든 국가에 대적 첩보망을 구축했다. 첩보 조직을 빈틈없이 관리하고 작전 행동을 지시했으며 상상할 수 있는 모든 수단으로 연결을 유지했다. 그의 첩보망은 업계 용어로 '단단한 놈'이라 불리는 것, 즉 고도의 스파이 활동을 동반한 일류 정보만을 생산했다. 신문 기사, 인터넷 기사와 큰 차이가 없는 쓰레기나 수집하는 이류들과는 차원이 달랐다.

노태우 정권의 북방 외교가 시작된 직후 카마엘은 한국에도 세포를 심었다. 한국 정부와 기업의 극비 정보들이 중국으로 흘러 들어가기 시작했다.

한국의 고위 관리가 대규모 국책 토건사업의 비리 정보를 중국에 팔려고 한 적이 있었다. 정관계 요인 및 기업 대표들의 치명적인 약점을 담고 있어서 한국과의 협상에서 요긴하게 활용될 수 있는 무기였다. 돈이 목적이 아니라 남의 칼을 빌려 적대 파벌을 죽여버리려는 차도살인借刀殺人이 목적이었기 때문에 제시한 가격도 아주 저렴했다. 그럼에도 불구하고 그의 제안은 국가안전부 측으로부터 간단하게 거절당했다. 그가 제공하려는 정보는 이미 국가안전부에 입수되어 있었던 것이다. 이 정보는 '에스케이세븐SK7'이란 암호명으로 불리는 카마엘의 스파이에 의해 중국에 넘어간 것으로 밝혀졌다.

김호의 회사는 에스케이세븐을 색출하기 위해 혼신의 힘을 기울였다. 김호도 그 임무에 1년이나 매달려 있었다. 그러나 수사는 결국 실패했고 에스케이세븐 사건은 2년이 지난 지금까지도 미해결 사건으로 남아 있다. 카마엘의 첩보망은 이런 수준이었다.

"이것은 올해의 가장 큰 공작이 될 겁니다. 리젠트 호텔 사건이 그 출발이죠. 수사가 잘 끝나면 선배님에게도 큰 변화가 있을 겁니다. 제가 보증합니다."

김호는 서류 폴더를 뚫어져라 들여다보면서 기획관의 말을 귓전으로 흘리고 있었다. 김호는 한편으로 흥분하고 한편으로 의심스러웠다. 요원이란 자신이 목표로 하는 공작 대상의 사악함 때문에 자부심을 느끼고 의욕을 불태우는 미묘한 존재이다. 그러나 몇 겹의 베일 속에 있던 카마엘이 이렇게 갑자기 나타났다는 이야기는 순순히 믿어지지 않았다.

"설사 살인범이 아니라 해도 자오얼은 카마엘과 관련이 있습니다. 그러므로 그를 석방하면 안 됩니다. 미국으로 넘기든 중국으로 넘기든 최대한 오랫동안 신병을 확보하면서 최대한 많은 정보를 제공받아야 합니다."

"무슨 정보를 제공받아야 한다는 겁니까?"

"이야기가 좀 긴데 들어보시겠습니까?"

김호는 고개를 끄덕였다. 기획관은 양복 윗단추를 풀고 김호 쪽으로 의자를 더 끌어당겼다.

"카마엘 조직의 이야기는 20년 전으로 거슬러 올라갑니다."

1991년 베이징의 주중 미국 대사관에 중국인 망명자가 하나 나타났습니다. 이 사람은 암호명 '차오차오'라고 명명되었습니다. 1989년 천안문 사건 이후 반체제 성향의 중국 지식인들이 수없이 미국으로 건너가던 끝물이었죠.

그는 안후이성 허페이에 있는 중국과학기술대 교수로 생물학 박사였고 《네이처》에 논문을 발표한 사람이었습니다. CIA가 그를 맡아서 심문을 했고 얼마 후 망명을 받아들였지요. 차오차오는 미국으로 건너와 카네기멜론 대학 연구원으로 취직했고 강의도 하나 맡았습니다. 계속 연구 업적을 냈고 5년 후에는 기업체로 자리를 옮겼습니다. 다시 3년 후에는 진 바이오테크라는 생명공학 회사에 연구책임자로 영입되었죠.

　당시 미국에서는 중국인 망명자들에 대한 관리가 방만했고 보안은 엉망이었습니다. 중국이 이렇게 빨리 미국의 경쟁자가 되리라고는 아무도 예측하지 못했던 거죠. 만약 그때 베이징 게놈 연구소^{BGI}가 세계 최고의 생명공학연구소가 될 거라고 말하는 사람이 있었다면 미친놈 소리를 들었을 겁니다.

　워싱턴 DC에서 포토맥 강을 건너면 버지니아 주 알링턴 시가 나옵니다. 거기 미 국방성 고등연구계획국^{DARPA}, 다르파가 있다는 건 아시지요?

　그 무렵 다르파는 인간의 생물학적 강화 프로젝트에 엄청난 연구비를 퍼붓고 있었습니다. 테러와의 전쟁이 선포된 직후였거든요. 10초 안에 출혈과 통증을 멈추게 하는 백신이라든가, 자지 않아도 72시간 동안 집중력을 잃지 않게 하는 약물이라든가, 인체의 재생력을 극대화하는 생리작용 촉진제 같은 것들이 개발되었습니다.

　진 바이오테크도 이런 프로젝트의 참여기관이었습니다.

　진의 과제는 인텔리전스 도핑, 즉 일시적 지능 강화였어요. 운동선수 같은 사람들이 체력을 일시적으로 높이기 위해서 심장흥분제나 근육증강제를 먹는 것을 도핑이라고 하지 않습니까. 암페드린 같은 것이 대표적인 도핑 약물이고요. 전투 능력을 극대화하기 위해서는 체력뿐만 아니라 지능과 감각을 같이 끌어올려야 하는데 이게 인텔리전스 도핑입니다. 보안을 위해 그냥 '강화기술'이라는 내부 명칭으로 불렀죠.

그런데 강화기술의 1차 성과물들이 나온 2004년, 차오차오가 증발했습니다. 13년 만에 중국으로 돌아가 버린 거죠. 그는 베이징 게놈 연구소 근처에 국가안전부가 엄중히 관리하는 융합생물공학연구소를 창설했습니다.

미 정보기관은 그제야 사태의 진상을 깨달았습니다. 차오차오의 망명, 미국에서의 활동, 이직, 승진, 중국으로의 복귀, 융합생물공학연구소의 창설, 이 모든 일들의 배후에 카마엘이 있었던 것입니다.

융합생물공학연구소는 미국이 상상도 못 했던 혁신을 이루었습니다. 미국에서는 신약 하나가 FDA(미국 식품의약국)의 승인을 얻는 데 평균 15년이 걸립니다. 독성실험, 권장복용량실험, 기본안전성검사, 광역무작위검사 등등 한차례 임상실험의 허가를 받는 데 시간이 한없이 소요됩니다.

중국에서는 정부의 판단에 따라 그 모든 절차가 생략됩니다. 게다가 가난해서 약을 먹을 기회가 거의 없었던 사람들, 즉 깨끗한 데이터가 나올 수 있는 실험 대상이 얼마든지 있습니다. 차오차오는 자신의 연구를 위해 감옥의 장기수와 사형수를 거의 무제한으로 쓸 수 있었습니다.

중국이 지능 강화기술에서 미국을 추월했다는 첩보가 입수된 것은 2008년이었습니다. 이미 2006년에 극비리에 임상실험에 성공했다는 첩보였죠. 카마엘의 승리였습니다. 아니, 미국과 중국의 신냉전이 시작된 이래 MSS^{Ministry of State Security}(중국국가안전부의 약칭)가 거둔 가장 큰 승리인지도 몰라요.

미국과 중국은 초인간 지능이라는 궁극의 무기를 놓고 경쟁을 벌였던 겁니다. 마치 옛날에 미국과 독일이 원자폭탄 제작을 놓고 경쟁했듯이 말입니다. 양쪽 모두 상대편에서 어떤 일이 벌어지고 있는지 알았고 서로 연구 성과들을 훔치기도 했습니다. 그리고 중국이 이겼습니다.

2009년 백악관 국가안보회의 직속 전담팀이 꾸려졌습니다. 그들에게는 무조건 카마엘 조직에 침투해서 지능 강화기술을 입수하라는 엄명이 하달되었습니다.

리젠트 호텔 살인사건은 이 지능 강화기술 첩보 전쟁에서 일어난 소규모 전투입니다. 2301호에 투숙했던 벤자민 모리가 바로 국가안보회의 직속 지능 강화기술 전담팀의 팀장입니다. 살해당한 이유진과 용의자로 체포된 자오얼은 카마엘 조직원이죠. 저는 살해당한 이유진이 우리가 오랫동안 추적해 온 에스케이세븐이 아닐까 생각합니다. 벤자민 S. 모리, 이유진, 자오얼 세 사람 모두 지능 강화를 경험했을 가능성이 있습니다.

"그러니까 자오얼을 석방하지 말고 심문하면서 계속 정보를 얻어야 한다는 말씀인가요?"

"그렇습니다. 이 사건은 의외로 복잡합니다. 이유진의 살인은 지능 강화기술과 연관되어 있을 뿐만 아니라 지능을 강화한 인간들의 조직체와도 연관되어 있습니다."

"지능을 강화한 인간들의 조직체요?"

김호의 목소리가 자기도 모르게 딱딱하게 경직되었다. 그는 기획관의 정보력에 내심 혀를 내두르고 있었다. 우리 세계에서 누구도 이런 고급 정보를 공짜로 얻을 수는 없다. 거래를 해야 한다. 얻는 게 있으면 주는 게 있어야 한다. 기획관은 누구에게 뭘 넘겨줬을까.

"선배님, 만약 어떤 인간의 지능이 보통 사람들의 몇 배로 강화된다면 어떤 일들이 벌어질까요?"

"글쎄요."

"먼저 기억력과 주의력이 급상승합니다. 지능이 강화된 인간은 한 장씩 빠르게 넘겨보는 것만으로도 30분 만에 사전 한 권을 전부 암기할 수 있습니다.

그다음으로 다중 작업 능력이 생겨납니다. 강화인간은 문서 작성과 서류 대조와 프로그래밍이 포함된 열한 개의 복잡한 작업들을 마치 하나의 작업을 하는 것처럼 동시에 수행합니다.

또한 독해력이 거의 전인全人의 수준에 도달합니다. 강화인간은 생체모방공학, 금융공학, 미세집적공형학 등 첨단기술 관련 논문들을 어린이 그림책을 읽듯이 즐겁게 읽고 이해합니다.

끝으로 육체의 제어 능력이 발달합니다. 근력 자체는 강해지지 않지만 신체기관 각 요소 간의 협조성이 증가해서 몸이 상상을 초월할 정도로 빠르게 움직입니다. 영화 〈매트릭스〉나 〈인셉션〉의 주인공들을 생각하시면 될 겁니다."

김호의 눈이 크게 떠졌다. 기획관의 말은 리젠트 호텔의 사건 현장에 대한 가장 개연성 있는 설명을 제공하고 있었다.

"그렇다면 강화인간은 거의 괴물에 가까운 초능력자가 아닙니까?"

"맞습니다. 이런 초능력자들이 하나의 조직으로 뭉치면 어떻게 될까요? 그들 눈에는 이 세상이 어떻게 보일까요? 자본의 완벽한 독재가 이루어진 세상. 자본은 어디로든 움직일 수 있지만 개인은 어디로도 자유롭게 움직일 수 없는 세상. 절대다수가 실업과 가난과 고통의 집단적 결핍 속에서 살아가는 디스토피아로 보이지 않겠습니까? 그들의 초인간적 지능은 오늘날과는 전적으로 다른 대안적 사회를 설계할 수 있습니다. 그리고 그 계획을 실천에 옮길 수 있습니다."

"지금 말씀하시는 것은 가설입니까, 사실입니까?"

"사실입니다. 강화인간의 조직은 실제로 있습니다. 처음에 강화인간은 카마엘이 관리하는 지능 강화 프로그램에 의해 육성되었습니다. 그러나 카마엘도 결국은 보통 사람입니다. 보통 사람의 열 배가 넘는 지능을 가진 강화인간을 통제하기는 불가능합니다. 어느 순간부터 강화인간들은 비밀리에 자체적으로 강화인간을 만들기 시작했습니다. 그리고 이들은 심비아틱 플래닛 파티, 공생당이라는 지하당 조직을 만들었습니다. 리젠트 호텔 살인사건은 카마엘이 자신의 통제를 벗어난 강화인간들을 제거한 사건이 아닐까요? 저는 그렇게 생각합니다."

"카마엘이 자기 수하를 통제하지 못한다는 것은 믿어지지 않는 이야긴데요. 도대체 강화인간의 지능이라는 것을 어떻게 측정합니까? 보통 사람의 열 배가 넘는다는, 그 열 배라는 수치는 어떻게 나온 겁니까?"

암호명 카마엘

"뇌파죠. 뉴로 피드백 검사를 해보면 강화인간은 인지작용에 동원되는 감마파가 일반인보다 10.3배 빨리 나옵니다. 이 열 배라는 건 아주 보수적으로 잡은 수치입니다. 왜냐하면 기억력 테스트를 해보면 일반인의 34배라는 더 충격적인 수치가 나오기 때문입니다. 지능의 가장 중요한 요소가 기억력이라고 말하는 학자들도 많습니다. 지능이란 새로운 경험을 처리하는 데 도움을 줄 수 있는 정확한 과거 경험, 지식, 정보를 기억해 내는 능력이니까요."

기획관은 매사를 적극적으로 처리하는 유능한 남자의 미소를 지으며 고개를 끄덕였다. 할 이야기는 다 했다는 뜻이었다.

"선배님, 대구 현장 조사는 전부 정리하시고 서울로 돌아가 주세요. 자오얼을 한 번 더 철저히 심문해 주십시오. 분명히 뭔가 나올 겁니다. 아시겠습니까?"

"알겠습니다."

대답을 하는 김호의 얼굴은 어두웠다.

머리를 흔들며 두 손을 들고 싶은 심정이었다. 사건은 복잡한 정도가 아니라 어안이 벙벙해서 입을 다물 수 없을 정도였다. 베이징에서 시작된 이야기가 실리콘밸리로 갔다가 다시 베이징으로 돌아오더니 그다음 워싱턴으로 갔다가 대구로 왔다. 그리고 기획관은 서울로 돌아가라고 한다.

기획관은 김호와 다시 한 번 정성스럽게 악수를 하고 의미심장하게 목례를 했다.

"지원이 필요하시면 언제든지 전화 주십시오. 대학 후배 좋다는 게 뭡니까. 이제부턴 제가 좀 챙겨드리겠습니다."

기획관은 반대쪽 문으로 방을 나갔다. 김호는 회의 테이블에 남은 카마엘 문건을 내려다보며 한동안 뭔가를 생각했다.

사건의 실마리가 과거에 있는 것은 사실이다. 그러나 김호는 어쩐지 그 해답을 이곳, 대구에서 찾게 될 것 같은 예감이 들었다. 그의 얼굴에 그늘이 서리면서 눈, 입술, 주름 등 모든 것이 더 깊어지고 어두워졌다. 살갗마저 윤기를 잃고 잿빛으로 변한 것 같았다.

그는 양복 안주머니에서 비닐을 한 장 꺼내어 카마엘 문건을 싸서 들었다. 회의실을 나오려고 할 때 문자 수신음이 울렸다. 중부경찰서 차 경감이 보내온 메시지였다.

사건 다음 날 00시 32분 경부고속도로 상행 칠곡 휴게소 5번, 6번, 9번 CCTV에 각각 자오얼로 추정되는 인물이 잡혔습니다.

에페소스의 잠

벤은 기리쓰보 성의 꿈에서 돌아왔다.

하지만 아무것도 머릿속에 들어오지 않았다. 깊이 침잠했던 최면의 세계에서 지금 막 빠져나온 것이다. 조금 전까지 헤매 다니던 황막한 설산의 모습이 어른거렸다. 가슴 깊은 곳에 한없는 슬픔이 감돌았다.

벤은 자신이 병원 침대 위에 드러누워 있는 것을 깨달았다. 눈을 질끈 감고 다시 떠보았다. 흔들리던 방 안의 광경이 점점 제자리를 찾아갔다. 병원 같은데…… 여긴 어디일까. 하얀 벽. 블라인드가 반쯤 올라간 노만 셔터의 유리창. 희뿌연 아침 햇살.

밖에는 비가 내리고 있다. 처마에서 떨어지는 빗방울 소리에 벤의 생각은 다시금 기리쓰보 성으로 돌아간다. 벤은 머리를 흔들고 두 손으로 자신의 팔과 가슴과 얼굴을 쓰다듬어본다. 팔다리마저도 꿈속의 감촉을 기억하고 있다. 기리쓰보 성의 여자를.

최면의 세계에는 도저히 끝까지 걸어갈 수 없을 것처럼 넓은 대륙이 있고 눈 덮인 산이 있고 그가 사는 기리쓰보 성이 있다. 그는 성의 주인이다. 그리고 성에는 그를 위해 울고 있는 여자가 있다.

안 돼, 슈이치. 안 돼, 제발! 죄의식으로 달아오른 그녀의 얼굴. 겁에 질리면서 동시에 반응을 보이는 그녀의 몸. 손가락이 부푼 젖꼭지를 쥐면 열락과 절망의 경련으로 숨을 멈춘다. 손을 잡아 일으켜 세우면 어쩔 수 없이 그가 이끄는 대로 침대로 다가가는 그녀. 칠흑 같은 어둠 속에 몸을 누이는 두 사람.

그녀가 떠나려 한다는 사실을 알면서도 달리 어떻게 해볼 도리가 없는 남자의 난폭하고 필사적인 사랑의 행위. 그녀의 육체가 그녀 자신을 배신하는 한순간. 그녀의 수치심. 그녀의 절정. 그녀의 절망.

벤은 세상에서 가장 용감했던 남자를 알고 있다. 그의 이름은 히카루 겐지. 어려서 생모를 잃고 계모인 후지쓰보와 근친상간의 사랑에 빠져들었던 『겐지 모노가타리』의 주인공이다. 그 남자는 이 엄청난 사랑의 공포를 이겨내었던 것이다. 아무렇지도 않은 사람처럼 조용한 생활인의 얼굴을 하고 늙어갔던 것이다.

사랑의 공포 속에서 사는 것보다는 전 세계를 지배할 권력을 얻는 것이 쉽다. 바그너의 가극 〈니벨룽겐의 반지〉에서 라인의 황금을 지키는 세 처녀들은 이렇게 노래한다. 사랑의 힘을 부정하며 사랑의 기쁨을 우습게 아는 자, 그 사람만이 이 황금으로 세상을 지배할 반지를 만들 수 있노라……. 사랑을 부정하기 위해서 남자들은 세상 따위를 지배하는 하찮은 일을 한다. 전쟁을 일으킨다. 과거의 모든 것이 화염 속에 누워 불타는 광경을 보기 위해서.

사랑하는 사람들은 영원히 세상으로부터 등을 돌린다. 사랑하고 사랑받는 세계. 타인을 승인하고 타인의 눈동자 속에 있는 자기를 승인하는 그런 세계에서 '나'라는 것은 사라진다. 너와 나의 경계가 사라지기 때문이다. 개인이 사라지는 미망의 세계에서 사회는 작동할 수가 없다. 모든 사회가 인세스트 터부(근친상간 금기)를 갖는 것은 이 금기를 범한 사람들이 가장 깊은 사랑, 가장 깊은 미망에 도달하기 때문이다.

현실에서 벤은 영원히 세상을 등진 자의 정체성을 잘 감추며 회한에서 회한으로 점철된 자신의 길을 걸어왔다. 그런데 이제 어떤 가상세계가 나타나 여자의 숨죽인 울음소리가 황막한 설산으로부터 들려오는 것이다. 아주 조용한 소리. 어둠 속 깊숙한 어딘가로부터 들려오는 흐느낌 소리. 그녀가 나 때문에 울고 있는 것이다.

벤은 손을 뻗어 침대 옆 협탁을 더듬었다. 손가락 끝에 금속제 약통의 차가운 감촉이 느껴졌다. 벤은 알약 두 알을 꺼내 입에 털어 넣었다.

기리쓰보 성은 인페르노 나인에 존재하는 성이다.

이유진이 죽으면서 벤의 머릿속에 심어버린 자가 증식의 최면에 존재하는 성이다. 거기에는 아름다운 숲도 있고 험준한 산도 있고, 맑은 강과 망망한 바다도 있었다. 인페르노 나인을 지옥으로 만드는 것은 자연이 아니라 전쟁이었다. 가책과 절망과 고통이 만들어내는 전쟁. 광활하고 풍요로운 자연은 곧바로 황량하고 처절하며 안식과 평화가 없는 지옥이 된다. 진정한 세계로부터 추락했으면서도 헛된 가치를 좇아 욕망을 불태우며 서로 죽고 죽이는 인간들의 지옥.

인페르노 나인에는 카이나, 안테노라, 프톨로메아, 유데카의 4개 대륙이 있다. 제1대륙 카이나에는 열한 개 주^{州}와 네 개의 변방 속주가 있었다.

암피온^{Amphion}, 비셴^{Bishen}, 레테나^{Lethena}, 시에네^{Syene}, 스틱시아^{styxia}, 오르시니^{Orsini}, 말라코다^{Malacoda}, 타니스^{Tanis}, 사이스^{Saith}, 가딘^{Gardin} 그리고 미르^{Myrrh}의 열한 개 주.

아에록^{Aerok}, 키니라스^{Cinyras}, 크로이웬^{Kroywen}, 렘노스^{Lemnos}의 네 개 변방 속주.

벤은 레테나 주의 마보로시에 기리쓰보 성을 건설했다. 맑고 깨끗한 하늘과 일 년 내내 눈이 녹지 않는 산과 광활한 침엽수림의 타이가가 있는 풍광명미한 땅이었다. 그리고 기리쓰보는 그녀를 쏙 빼닮은 높고 견고하고 아름다운 성이었다.

그녀가 그 땅을 선택했다.

여기 사는 것이 좋겠어요, 하고 그녀가 말했다. 만일 그녀가 요구하지 않았다면 벤은 그곳에 정착하지 않았을 것이다. 망각의 강 레테가 흐르는 땅 레테나는 쓸쓸한 곳이었다. 주도^{州都} 에오스를 지배하고 있

에페소스의 잠

는 '저주받은 여자' 세멜레는 무장한 종교 집단을 이끄는 일개 여사제였다. 황제가 파견한 총독도, 대공도, 대군단을 움직이는 군령軍令도 아니었다.

인페르노 역사의 도도한 발전에서 비켜나 한쪽 구석에 마치 고아처럼 멍하니 서 있는 고독한 지역. 너무 오래 주류에서 빗나간 나머지 이제는 돌이킬 수도 없게 된 고장. 그것은 누구의 탓도 아니다. 누가 나쁘달 수도 없는 노릇이고, 누가 구제할 수 있는 것도 아니다. 레테나는 그저 그렇게 첫 단추가 잘못 채워진 채로 있었을 뿐이다.

스틱시아 제국은 쇠락했고 군령 세력은 통제 불가능한 수준으로 커졌다. 군령의 지지자들은 황제의 직할령인 암피온 주, 거대한 상업 제국을 일구어 정치적 중립을 유지하는 타니스 주를 제외한 모든 지역에서 발호하고 있었다.

북방군령 그리즐리, 남방군령 카론, 동방군령 드라기, 서방군령 티데우스. 각기 수백만 대군을 동원할 수 있는 4대 군령들은 전면전으로 치달을 것이고, 혼란은 포화점에 달할 터였다. 머지않아 레테나가 전란의 소용돌이에 삼켜지게 되리라는 것은 불을 보듯이 분명했다.

이런 서글픈 땅에 누가 정착하겠는가? 하지만 우리는 정착했다. 우리 여기 살아요, 하고 그녀는 말했다. 저 하늘 위에서 우리의 마음이 이랬잖아요. 우리는 가슴속 깊은 곳에서 긴긴 빙하기를 살아왔죠. 여기가 바로 우리의 땅이에요.

'저 하늘 위'란 벤이 침대에 누워 있는 이곳, 이 현실 세계였다.

빙하기는 벤의 나이 16세에 시작되었다. 벤은 3년 동안 그녀와 같은 집에서 살다가 도망치듯 미국으로 건너왔다. 미국에서 대학을 나오고 대학원을 나오고 취직을 했으며 시민권자가 되었다. 그 세월 동안 그는 수없이 많은 꿈을 꾸었다. 그녀와 그녀가 낳은 마사키를.

인페르노 나인에서는 그녀에 대한 자신의 기억이 어떤 종류의 현실성을 띠게 된다. 인페르노 나인으로 돌아가면 그녀를 다시 볼 수 있었다. 마사키도 다시 볼 수 있었다. 벤은 마음속 깊은 곳에서 그것을 간절히 바랐다. 다시 베개에 머리를 누이고 눈만 감으면 끝나는 일인 것이다. 그 용이함이 더할 수 없이 무서운 공포였다.

지난 2년 동안 그는 새 여자를 만났고 시애틀 근교 오번 웨이에 골프장을 끼고 있는 조용한 집을 얻었다. 그리고 또 세계를 구원한다는 거대한 꿈을 좇아 전력을 다해왔다.

그다지 희망적인 시도는 아니었다. 미국에 온 뒤 몇 번이나 어디선가 여자를 만나고, 노력하고, 여자가 그에 대해 무슨 말인가를 하고, 마음을 열기도 하고. 그렇게 기적을 기대하고 그렇게 시간을 보내고 또 그렇게 절망하고 헤어져갔다. 공생당의 꿈도 마찬가지일 것이다.

그러나 이것은 현실이었고 현재였다. 마약을 먹지 않고 살아가는, 고통스럽지만 깨끗한 시간이었다……. 그때 문이 열리고 빛이 새어들어 왔다. 애쉴리였다.

"벤."

벤은 몸을 일으켜 앉았다. 애쉴리는 벤이 걷어 젖힌 시트를 끌어당겨 다리를 덮어주고 손을 그의 이마에 얹어 열을 재었다.

"애쉴리, 여기가 어디지?"

"그레이브스 병원이에요."

"내가 어떻게 여기에?"

"캘빈이 의식을 잃은 당신을 데려왔어요."

거울에 비친 자신의 모습을 보듯 벤은 애쉴리를 바라보았다.

애쉴리는 일본계 미국인이었고 벤보다 열두 살 어렸다. 갓 대학을 졸업하고 시내의 소프트웨어 회사에서 회계 일을 하고 있었다. 매출을 합산하고 경비를 계산하고 직원들 개인별로 급여명세서를 만든다. 직장에 대한 이야기는 피차 자세하게 묻지 않았지만 대충 그러한 느낌의 일자리였다. 중요한 것은 벤과 같은 계통이 아니라는 점이었다. 그녀는 정직한 사람들의 세상에 살았다.

벤은 애쉴리에게 자신이 아시아 관련 소송 대행을 하는 변호사라고 말했다. 여러 군데 거래처를 다니기 때문에 출퇴근이 자유롭고 출장이 잦다고. 벤은 그런 위장 신분으로 애쉴리의 부모를 만나고 치매에 걸린 그녀의 귀여운 할머니도 만났다. 할머니는 벤에게 이제 막 말을 배우는 아기처럼 쫑알거렸다.

우리 아빠 1929년에 시애틀 오번에 왔다. 아빠 오번에서 농사지었다. 요기서 나 낳았다. 전쟁 때는 군인들이 우리 일본 사람이라고 모두 잡아가서 수용소에 가뒀다. 나 철조망 있는 학교에서 초등학교 나왔다…… 애쉴리의 할머니는 웃는 두 눈이 반달처럼 동그랬다. 오번은 일본에서 이민 온 농부들의 마을이었다. 할머니는 죽을 때까지 오번에서 농사를 지은 농부의 딸이었고 애쉴리는 그런 할머니의 손녀였다.

애쉴리는 손을 들어 벤의 머리카락을 어루만졌다.

"벤, 어떻게 된 일이에요?"

그 다정한 목소리에 벤은 모든 것을 털어놓고 싶었다. 그러나 뭘 어떻게 털어놓을 수 있을까. 자신이 정보기관에서 일하는 연방공무원이라는 것 따위는 하찮은 거짓이다. 인페르노와 렘노스와 기리쓰보 성을 어떻게 설명한단 말인가.

기리쓰보 성에서 벤은 행복하고 또 불행했다.

기리쓰보 성의 여자를 사랑했고 또 무서워했다. 그리하여 때때로 가눌 길 없는 슬픔에 압도되어 홀로 말을 타고 성을 도망쳐 나와버리지 않을 수 없었다. 벤은 북풍이 몰아치는 먼 들길을 헤매고 다녔다. 그러던 어느 날 길도 없는 숲에서 벤은 피로와 갈증 때문에 쉴 곳을 찾게 되었다. 보름달이 하늘 높이 떠오른 청명한 밤이었다. 벤은 고요한 숲 속의 자그마한 동굴에 모닥불을 피우고 앉아 어슴푸레하게 스며드는 달빛을 보다가 꾸벅꾸벅 잠이 들어버렸다.

꿈은 몇 가지 장면들로 이어졌다.

몹시 흔들리는 차 안에 벤이 누워 있었다. 캘빈과 마리노가 걱정스럽게 그를 들여다보고 있었다. 이유진이 왜 죽었냐고 다그치는 여자가 있었다. 새라 워튼이었다. 닥터 마리노가 그의 팔에 강심제를 놓았다. 그리고 꿈의 그다음 장면은…… 지금. 병원 침대에서 애쉴리를 만나고 있다.

에페소스 수면 상태.

벤은 그것을 깨닫고 잠시 망연해졌다.

에페소스의 잠

로마 데시우스 황제 시대에 일곱 명의 기독교인들이 박해를 피해 에페소스의 동굴로 피신했다. 성경에 '에베소'라고 나오는 터키의 그 에페소스이다. 그들은 불안 속에서 하룻밤을 자고 나왔는데 동굴 밖의 세계는 이백 년이 흘러 있었다.

최면 공격을 당해 의식을 잃은 사람은 최면이 끝날 때까지 깨어나지 못한다. 그런데 아주 드물게 잠깐잠깐 의식이 돌아오는 경우가 있다. 그에게는 깨어난 현실 세계가 에페소스 동굴에서 꾸는 꿈처럼 느껴진다. 동굴을 나가 다시 최면 속의 세계로 돌아가면 이백 년이 흘러 있는 것이다. 이것을 에페소스의 잠이라고 부른다.

"애쉴리, 캘빈에게 전화를 걸어줘요."

"안 돼요. 당신은 아파요. 나 오늘 직장을 쉬고 당신 옆에 있을 거예요."

"애쉴리, 내가 나중에 다 설명할게요. 지금은 내가 여기 있는 게…… 위험해요."

사일러스는 링컨 타운카 리무진을 타고 도착했다. 캘빈은 셔츠 안에 땀이 주르륵 흐르고 설사가 나올 것처럼 속이 울렁거렸다.

사일러스는 55세쯤 되어 보였다. 짧게 깎은 회색 머리에는 거친 은과 같은 윤기가 흐르고 있었다. 얼굴은 상앗빛이고 주름살이 없었으며 칼로 깎아낸 것처럼 날카로운 느낌을 주었다. 고급스러운 검은 정장에 넥타이를 바짝 죄어 맨 모습에는 범접할 수 없는 위엄이 엿보였다.

사일러스와 그를 수행하는 백악관 국가안보회의 요원들, 광택이 번쩍거리는 검은색 리무진은 후줄근한 오로라 거리와는 도무지 어울리지 않았다. 그들이 1962년 시애틀 엑스포 시절에 지어진 모텔들, 쓰레기가 뒹구는 도로, 녹물이 흐르는 광고판, 회색빛 하늘을 배경으로 이쪽을 노려보고 있는 모습은 컬트 영화의 한 장면 같았다.

"어서 오십시오, 보좌관님. 이쪽입니다."

사무실은 1960년대에 지어진 4층짜리 창고를 개조한 것이었다. 입구에는 흰색 회벽에 검은 글씨로 '아시아 관련 청구 재판 대행 및 자문Asian Claims & Consulting'이라고 씌어 있었다.

캘빈은 문 위에서 위협적으로 아래를 쏘아보는 카메라를 향해 빨리 열라는 손짓을 했다. 입구의 유리문이 열리자 공항 검색대 같은 금속 탐지기와 소지품을 통과시켜야 하는 투시대가 있었다. 사일러스와 그의 수행원들은 금속 탐지기가 비명을 지르는 가운데 그냥 지나갔다. 두 보안요원들이 일어서자 캘빈이 손짓으로 그들을 저지했다. 보안요원들은 미간을 찌푸리며 길을 열어주었다.

사일러스가 1층 로비에서 캘빈에게 물었다.

"닥터 모리는 어디 있습니까?"

"사장실에서 기다리고 계십니다."

사일러스의 얼굴에 경계심이 떠올랐다. 직속상관이라고도 할 수 있는 국가안보회의 일본-한국 담당 보좌관의 방문이다. 그가 워싱턴에서 이 쥐똥 냄새를 풍기는 엑스트라(외곽 조직)까지 왔다는 사실 자체가 매우 이례적인 일이었다. 그는 신문에 나오는 공인이었고 모리는 문제가 생기면 "우리 정부는 그런 조직을 모른다"로 처리되는 엑스트라의 팀장이었다.

그 팀장이 아직 자기 방에 앉아 있다는 것은 무슨 꿍꿍이속일까. 저항할 생각? 어쩌면 닥터 모리를 1층으로 내려오라고 하는 편이 안전할 것 같았다. 그러나 사일러스는 사장실을 향해 올라갔다.

조지, 이 작전은 최대한 신속하게 움직여야 해.

24시간 전 아시아 담당 선임보좌관 폴 덱스터는 말했다. 모래 빛깔의 빳빳한 머리카락을 가진 덱스터는 쉰아홉이지만 아직도 머리에 두건을 두르고 오토바이 질주를 즐길 만큼 위풍당당한 사내였다. 빠르고 단호한 행동력을 자랑하는 이 남자는 국가정보국DNI 시절부터 조지 B. 사일러스의 상관이었다. 같은 예일 대학 동문이었고 같은 친중파였다.

제거와 청소. 이걸 여러 곳에서 수행해야 하네. 리더를 제거하고 적의 조직을 깨끗하게 정리하는 거지.

이라크 전쟁 같네요. 우리가 군대가 된 건가요?

사일러스는 덱스터에게 하하하 웃어 보였다. 그러자 덱스터는 진지한 얼굴로 손가락을 곧추세웠다.

조지, 시대가 변했어. 우리의 적은 군대 조직에서 게릴라 조직으로, 다시 네트워크 조직으로 진화했네. 공생당은 네트워크 조직이야. 개미나 벌의 무리와 같이 형체가 없이 곳곳에 산재해 있지. 네트워크와 싸우기 위해서는 우리도 분산된 네트워크가 되어야 해. 흩어져서 신속하게 움직이는 거지.

덱스터는 오른손 손바닥을 칼날처럼 만들어서 목을 치는 시늉을 했다.

이 기회에 친일파를 좀 정리해야 해. 그 시애틀 팀의 연구지원 담당 닥터 마리노는 우리 사람이야. 지능 강화기술은 우리가 이미 확보한 셈이지. 그러니 그자들은 이제 필요가 없어.

친중파는 부시 행정부 내내 힘을 쓰지 못했다. '크리샌터멈(국화) 그룹'이라 불린 친일파가 워낙 막강했다. 국무부 부장관 리처드 아미티지와 아-태 담당 차관보 제임스 켈리는 도둑 일당처럼 가까웠고 둘 사이에는 비밀이 없었다. 일본을 후원하고 중국을 견제해야 한다는 둘의 정책에 토를 다는 인간들은 쥐도 새도 모르게 책상이 사라지곤 했다.

정권이 바뀐 뒤에도 이 구도에는 큰 변화가 없었다. 오바마는 부시를 비판했고 다원적 리더십을 복구하겠다고 약속했다. 그러나 그는 먼저 부시가 아프가니스탄과 이라크에 싸놓은 똥들을 치워야 했다. 러시아를 상대로 병신 같은 전쟁을 벌인 조지아도 도와야 했다. 유럽연합을 팽개치고 자꾸 러시아와 제휴하는 독일도 저지해야 했다. 베네수엘라를 시작으로 브라질, 아르헨티나 등 무려 7개국에 좌파 정권이 출현한 남미도 위기였다. 오바마는 아시아 태평양 정책을 재조정할 여유가 없었다.

그런데 1년 전 중요한 변화가 일어났다.

민주당 하원의원들이 집중적으로 지원사격을 퍼부어 친중파 하나를 아시아 담당 선임보좌관 자리에 진출시켰다. 작지만 역사적인 승리였다. 그들은 2008년 이래 대중국 수출이 50퍼센트 이상 급증한 지역구 출신이었고 주미 중국 대사 저우원중周文重의 로비 리스트에 1급으로 올라 있던 '저우 장학생들'이었다.

그 선임보좌관이 폴 덱스터였다. 덱스터는 보직과 업무 범위를 교묘하게 재조정했다. 외곽의 태스크 포스 팀들을 직접 챙기면서 현장에서 많은 일을 재가했다. 이렇게 비빌 언덕이 생기자 이런 외곽의 실무 팀들은 가능하면 자기 조직의 운영 장부를 노출하지 않으려고 했다.

공식적인 결재 선상에 있는 친일파들은 서서히 말라 죽기 시작했다. 비밀취급 사이트에 뜨는 그들의 결재 폴더에는 점점 문건들이 줄어들었다.

덱스터가 챙기는 그런 외곽 조직들 중의 하나가 이곳으로, 공식 명칭은 '다르파 팀' 혹은 '고등연구계획국 문제 특별대응팀'이었다. 덱스터가 보기에 이곳은 아직도 친일파의 입김이 먹혀드는 조직이었다.

사일러스 일행은 두 군데 보안 장치를 더 통과해서 4층으로 올라갔다. 4층 복도에는 알루미늄 스틸 재질의 열두 칸짜리 책장들이 좌우로 늘어서 있었다. 책장들에는 라벨에 관리번호가 붙은 서류 폴더들이 촘촘히 들어차 있었다. 햇빛은 전혀 들어오지 않았다. 밀실공포증에 걸릴 것 같은 엽기적인 분위기였다. 복도 끝에 높은 천장이 있는 사장실이 있었다.

벤이 등을 돌리고 책상에 나란히 놓인 네 대의 컴퓨터 모니터를 보며 앉아 있었다. 바닥에는 수수한 노란색 리놀륨 타일이 깔려 있고 문과 창문을 제외한 모든 벽이 복도와 똑같은 재질의 책장들로 메워져 있는 살풍경한 방이었다. 책상에는 천장에서 내려온 케이블, 전압

보호기, 다양한 외장형 하드디스크 드라이버, 종이 서류들이 어지럽게 널려 있었다. 책상 주변은 페덱스 택배 상자, 피자헛 상자, 코카콜라 상자, 책과 서류 무더기의 북새통이었다.

앞장서서 벤에게 다가간 캘빈은 가슴이 철렁했다.

벤은 간신히 의식을 회복했지만 어젯밤보다 더 창백했다. 더 지치고 더 늙고 더 심란해 보였다. 넥타이도 매지 않은 와이셔츠에 낡은 가디건 차림. 면도하지 않은 얼굴. 흐린 눈빛. 더부룩한 머리카락. 의자를 돌린 벤은 코카인에 취한 사람처럼 멀뚱멀뚱 손님들을 쳐다보고만 있었다.

캘빈은 벤의 의자 옆으로 가서 섰다. 입꼬리를 끌어올려 억지로 미소를 지으며 두 손을 모아 쥐었다. 유리창 밖 멜랑콜리한 도심 뒷골목의 풍경을 곁눈질하면서 속으로 비명을 질렀다. 오, 하느님.

벤은 아흔이 넘은 노인처럼 몸을 움츠리고 천천히 의자에서 일어났다. 그리고 엉거주춤 사일러스를 향해 창백한 손을 내밀었다. 그뿐이었다. 악수가 끝나자 인사말도 없이 무너지듯 의자에 앉아버렸다.

어색한 침묵이 방 안을 지배했다. 캘빈이 벤 대신 사일러스에게 자리를 권했다. 그리고 구내전화를 들어 커피를 가져오라고 말했다.

사일러스는 방의 유일한 손님용 의자에 다리를 꼬고 앉았고 두 명의 수행원은 그 뒤에 버티고 섰다. 사일러스는 모리를 노려보다가 입을 열었다.

"닥터 모리, 어제 귀국했다고 들었네. 출장은 즐거웠나?"

벤은 대답이 없었다.

"요즘 만사가 잘 되어가는 것 같던데. 출장 결과는 어땠나?"

벤의 입은 굳게 닫혀 있었다. 캘빈은 숨이 막혀 죽을 것 같았다. 그는 참지 못하고 대신 입을 열었다.

"출장은 성공적이었습니다. 보좌관님."

"그래요? 어떤 의미에서 성공이죠?"

사일러스의 눈동자가 번쩍하고 빛났다.

"강화기술에 관한 중요한 정보들을 입수했습니다."

"입수한 게 아니라 넘겨줬겠지."

"네?"

"당신들은 중국 정보부 내부에 협력자를 확보해서 강화기술 정보를 입수하고 있다고 말해 왔습니다. 그런데 사실은 이 팀이 적에게 포섭되어 우리의 일급 기밀을 적에게 넘겨왔다는 제보를 받았소. 내 말잘 들으시오. 벤, 그리고 캘빈, 당신들을 이중간첩 혐의로 체포합니다. 두 사람 다 권총을 꺼내 바닥에 내려놓으시오. 엄지와 검지 두 손가락만으로."

말이 떨어지기가 무섭게 사일러스의 수행원들이 권총을 들어 캘빈과 벤을 겨누었다. 캘빈은 충격을 받았다. 반박을 해야 하는데 할 말이 떠오르지 않았다. 그의 눈길은 허공을 헤매고 있었는데 무엇을 보기 위해서가 아니라 너무 화가 나서 사일러스를 바라볼 수 없기 때문이었다.

"보좌관님, 저희는 권총이 없습니다. 저희는……."

사일러스가 수행원 중 하나에게 눈짓을 했다. 그는 벤과 캘빈에게 두 손을 들라고 하고 겨드랑이와 가슴, 엉덩이, 발목을 손으로 살피고 물러섰다. 캘빈은 분노와 경악 때문에 부들부들 몸을 떨었다. 그런데 그때 누군가의 손이 캘빈의 팔을 살짝 잡았다. 캘빈은 오른쪽을 돌아보고는 더 이상 말을 잇지 못했다. 벤이었다.

벤에게 어떤 드라마틱한 변화가 일어나고 있었다. 어젯밤부터의 망연자실하던 얼굴이 사라지고 눈빛이 형형했다. 입 언저리는 오만하고 냉소적인 웃음을 머금고 있었다.

"보좌관님. 쓸데없는 짓 그만하시지요."

벤의 첫마디였다. 그 목소리에는 다른 사람은 도저히 흉내 낼 수 없는 박력이 실려 있었다. 그는 어느샌가 원기왕성하고 정력적이면서 스스로의 예리한 지성을 자랑스럽게 생각하는, 교만하고 신랄하며 공격적인 평소의 벤자민 모리로 돌아와 있었다. 캘빈은 마치 기적을 보는 사람처럼 멍해졌다.

"이중간첩이라뇨. 그게 무슨 웃기는 농담입니까. 하하하."

"혐의를 부인하는 건가?"

"부인하고 말고도 없지요. 침투공작은 항상 정보가 두 방향으로 흐릅니다. 적군에서 아군에게, 또 아군에서 적군에게. 신뢰를 받으려면 적처럼 행동해야 하고 적에게 정보도 줘야 합니다. 당연히 우리 쪽의 정보를 넘겨줬지요. 그러나 대체 어떤 꼴꼴난 정보를 우리가 받은 것에 비교할 수 있겠습니까. 그들은 저를 강화인간으로 만들어줬습니다. 살아 있는 데이터를 넘겨준 겁니다. 뭐가 이중간첩이란 말입니까."

"우리는 오래전부터 이 팀의 성과에 대해 두 가지 의문을 품어왔소. 첫째, 중국 정보부 해외공작국은 왜 벤을 신임했는가? 둘째, 중국 정보부 해외공작국은 왜 벤을 강화인간으로 만들어주었는가? 이 문제에 대해 벤은 그럴 듯한 스토리를 준비했소. 즉, 벤은 중국 정부가 운영하는 2000억 달러 규모의 중국투자공사^{CIC}가 큰 수익을 올릴 수 있는 정보를 중국 정보부를 통해 제공했고 이것으로 결정적인 신임을 얻었다고."

"그 공작은 사전에 승인을 얻어 진행된 것이고 결과도 이미 보고했습니다. 자세하게."

"맞아. 그러나 선임보좌관님과 나는 중국 정보부의 해외공작국에 새로운 소스를 확보했소. 누구라고 하면 이름을 다 아는 최고급 소스요. 그를 통해 우리는 무서운 진실 하나를 알게 되었소."

사장실은 막 불이 붙어 타들어 가는 방처럼 팽팽한 긴장으로 가득 찼다. 사물이 부서져 새로운 빛 아래 알맹이를 드러내기 시작하는 순간의 긴장이었다.

"그것은 중국 정보부의 어떤 부서도 벤자민 S. 모리를 알지 못한다는 사실이오. 지난 2년 동안 벤이 침투하고 신임을 얻고 지능 강화 처치를 받았던 조직은 중국 정보부가 아니었소. 그것은 같이 사는 행성 당, 일명 공생당이라고 불리는 비밀 테러 단체였소. 이 사실을 부인하겠나. 모리 팀장?"

"공생당은 중국 정보부와 밀접한 관련이 있습니다. 그리고 누가 공생당을 테러 단체라고 말합니까? 강화인간들이 저능아처럼 폭탄 따위나 던질 것 같습니까?"

벤은 침착한 표정으로 중얼거렸다. 그러자 싸늘한 냉소가 사일러스의 얼굴을 스쳐갔다.

"초인간 지능이 일으키는 테러는 폭탄 따위가 아니지. 그건 전 세계의 파멸을 야기할 무서운 재앙이야. 바로 그게 똑똑한 당신들이 의도하는 바일 테지."

"무슨 소릴 하는 겁니까?"

"불과 한 달 전까지도 중국 정보부는 단 한 명의 강화인간만을 알고 있었소. 바로 자오얼이란 남자요. 그는 중국 정보부가 신경성장인자^{NGF} 촉진제 투약 실험에 수차례 실패한 끝에 최초로 성공해서 만들어낸 강화인간이었소. 그는 초인적인 지능으로 중국투자공사에 놀라운 수익을 안겨주었고 푸리마 캐피털 매니지먼트라는 국부 펀드도 운영했소. 그가 벤을 포섭한 것도 이 때문이오. 자오얼은 자신의 투자를 위해 월 스트리트의 내부 정보를 원했고 벤이 그것을 구해주었소."

"그것은 무해한 정보였습니다. 2008년에 수익을 낸 두 펀드 매니저들의 거래 내역이었지요. 제임스 시몬스와 마크 스피츠나겔. 상부에 보고했고 승인도 얻었습니다. 우리는 두 사람의 자료를 에랍^{ERAB}(백악관 경제회복자문위원회)에서 받았단 말입니다."

"그 승인은 매우 잘못된 결정이었소. 첩보 분야 책임자들이 금융 시장에 대해 너무 무지했기 때문에 일어난 일이었단 말이오. 2008년은 월 스트리트의 금융공학 시스템 전체가 무너지던 해였소. 베어스턴스는 파산했고 워싱턴뮤추얼도 파산했고 리먼 브러더스도 파산했소. 모건스탠리는 사경을 헤매었고 AIG도 마찬가지였지. 주가가 곤두박질치고 모든 펀드들이 엄청난 손실을 보았소. 그런데 시몬스와 스피츠나겔이 운용하던 펀드들은 각각 80퍼센트와 150퍼센트의 수익을 내면서 큰돈을 벌었지."

"그것은 전혀 대단한 정보가 아닙니다. 그것은 과거의 일이고 두 사람의 성공 사례도 일반화할 수가 없어요."

"만약 비정상적이고 초인간적인 지능의 존재를 배제한다면 그 말이 맞을 거요. 시몬스는 금융공학의 기존 모형을 버리고 지속적으로 펀드에 인위적인 실험을 가하면서 매 시각 이 펀드가 돈을 버는가, 벌지 못하는가에 집중했소. 그들은 많은 돈을 벌었소. 스피츠나겔은 정상적인 수학 모형의 정규분포곡선 밖에 존재하는 0.1퍼센트의 가능성, 소위 검은 백조Black Swan에 집중했소. 극단적인 외가격 풋옵션들을 매수했고 그 덕분에 리먼이 붕괴한 직후 떼돈을 벌었지.

누구나 이런 의문이 들 것이오. 만약 초인간적 지능이 있어서 이 두 가지 사례를 발전시킨다면 어떻게 될까? 누가 매 시각 펀드에 실험을 가하면서 모든 치명적인 예외들을 매개변수로 집어넣고 모형을 만든다면 어떻게 될까? 그들은 무적의 투자자가 될 것이며 세계의 모든 돈을 갖게 될 것이오.

자오얼이 구상했던 것이 바로 그것이었소. 그는 이 모형을 완성하기 위해서는 한 명의 강화인간으로 부족하다는 것을 깨달았지. 그래서 비밀리에 강화 약물을 연구해서 'NGFA 플러스'라는 개량된 약물을 만들었소. 그리고 이 약물을 이용해서 중국 정보부가 모르는 강화인간들을 만들었소. 자오얼의 활약은 여기에 그치지 않았지. 시장을 뒤흔들 정치적이고 비합리적인 극단 사례, 즉 0.1퍼센트의 가능성을 모두 계산해 내기 위해서는 미국의 빅 데이터들이 필요하다는 것을 알았소.

그래서 그는 벤을 강화인간으로 만들어 이중간첩으로 활용했지요. 그렇지 않나, 벤? 자네는 우리 국가정보국이 작성한 기밀을 자오얼에게 넘겼어. 26개국의 정책결정권자 1835명에 대한 내부 정보와 비공개 데이터베이스, 그리고 미국 정부가 미국 기업들의 해외사업과 국제적 이해관계를 보호하기 위해 실행했던 비합법 활동의 리스트."

"강화기술을 넘겨받는 대가였어요. 그런 정보들은 도대체가 비밀이라고 할 수도 없습니다. 비합법 활동의 리스트요? 미국의 정보기관이 해외에서 수행한 암살, 공공연한 살해, 돈세탁, 침투, 유선 도청, 무선 도청, 전산 데이터 조작, 위증, 매수, 쿠데타, 우익 테러에 대해 출판된 책들을 모으면 도서관 하나가 가득 찰 겁니다. 갑자기 우리가 착한 척만 하기로 방침을 바꾼 건가요? 누가 믿어준다고?"

"닥쳐. 둘 다 체포해!"

사일러스가 버럭 소리쳤다. 방 안의 공기는 일촉즉발의 긴장으로 팽팽해졌다. 수행요원들은 모든 신경을 벤에게 집중하며 권총을 겨누고 한 걸음 다가왔다. 반항하면 언제라도 권총이 불을 뿜을 태세였다. 벤은 곧바로 고함을 질렀다.

"안 됩니다!"

벤은 카리스마 넘치는 표정으로 사일러스 일행을 하나하나 노려보았다.

"독직과 권력 남용으로 재판 받고 싶습니까. 우리는 연방공무원이고 판사의 영장 없이 우리를 체포할 수 없습니다."

"괜찮아. 기밀 누설의 위험이 현저한 내부 요원의 경우 체포 후 영장 신청이 가능해."

"지금 당신들의 감시 아래 있지 않습니까. 무슨 기밀을 누설한단 말입니까? 그러지 말고 우리에 대한 혐의를 납득이 가게 설명해 주세요. 그러면 순순히 따라가겠습니다."

사일러스의 경직된 얼굴에 망설임이 스쳐갔다. 그는 떨리는 입술을 지그시 깨물고 벤을 노려보았다. 캘빈은 덜덜 떨면서 벤이 쓸데없는 짓을 하고 있다고, 이건 통할 리가 없다고 생각했다. 상대는 작정을 하고 왔고 권총까지 꺼내었다. 도저히 이야기로 결말이 날 분위기가 아니지 않은가. 그런데 뜻밖에 사일러스는 고개를 끄덕였다.

"좋아. 소원이라면 말해 주지. 보름 전 자네와 자오얼은 뉴욕에서 합류했네. 그리고 함께 세 사람을 만났지. 본드 킹Bond King, 채권의 제왕이라 불리는 톰 그로스, 골드만삭스의 그리니치 펀드 책임자 피터 헤슬러, 도이치뱅크의 뉴욕 지사장 게르트 호프만. 우리는 이 문제로 고민이 많았네. 대체 이 세 사람의 조합이 무엇을 의미하는 것일까?"

사일러스는 거기서 말을 끊었다. 기묘한 정적이 방 안을 지배했다. 캘빈은 벤의 창백한 얼굴빛에서 이상한 느낌을 받았다.

"세 사람은 1조 달러 이상의 자산을 움직일 수 있네. 만약 이 세 사람이 딱 30분 동안 동시에 매도 주문을 낸다면 어떻게 될까. 전 세계

채권시장은 일순간에 붕괴되지. 그 여파로 2008년 금융 위기를 능가하는 신용 쓰나미가 발생해. 만약 누군가가 이때 극단적인 외가격의 풋옵션 매수를 한다면 그는 상상을 초월하는 수익을 내겠지."

"억측입니다. 억측으로 사람을 체포할 생각입니까."

"너희들은 최면을 사용하잖아! 신체방출물질과 텔레파시를 통해 일반인의 정신을 지배할 수 있다고. 너희들의 존재 자체가 증거야. 이건 억측이 아니라 미국의 안보와 세계의 평화에 사실로 존재하는 위협이야."

"그렇다면 그런 무서운 위협이 국가정보국과 국가안전보장회의의 주도 아래 발전되었다는 이야기군요. 우리를 체포하고 언론에 잘 해명해 보시지요. 아마 전 국민이 의회 청문회를 시청할 겁니다."

"헛소리하지 마!"

"사실입니다. 보좌관님, 냉정해지셔야 합니다. 만약 워싱턴에서 그런 의혹이 제기되고 있다면 이런 식으로는 사태가 수습되지 않습니다. 보좌관님과 선임보좌관님에겐 두 분의 정책결정이 정당했다는 것을 입증할 근거가 필요합니다."

벤의 말투가 위엄을 갖추기 시작했다. 그리고 단어와 단어 사이에 점점 더 규칙적이고 단조로운 리듬이 나타났다.

캘빈은 벤의 목덜미에 송송 돋아난 땀방울을 보고 놀라 소리를 지를 뻔했다. 사일러스가 화를 내고 있었지만 벤의 목소리는 점점 더 가라앉으면서 한곳으로 정신을 집중하고 있었다.

최면을 걸고 있다.

에페소스의 잠

벤은 스스로 지옥 9층의 최면에 걸려 정상이 아닌 상태에서 사일러스와 수행원들에게 최면을 걸고 있었다. 이런 무리가 과연 가능할까? 벤의 단조로운 목소리는 정신의 클로랄(수면제)이었고 사일러스가 화를 내는 것은 최면을 느끼고 거기에 반발하는 무의식의 작용일 터였다. 캘빈의 추측을 증명이라도 하듯 사일러스는 또 목소리를 높였다.

"걱정해 줘서 고맙군. 본인들 앞가림이나 하시지."

"물론 보좌관님은 우리를 죽여버릴 수 있습니다. 저는 공생당 사람들을 제거하고 있는 것이 카마엘만이 아니라는 걸 알고 있습니다. 상당수는 국가정보국의 공작이죠. 그러나 그런다고 모든 증거와 증인들을 다 묻어버릴 수는 없습니다. 우리를 이중간첩으로 모는 것보다 더 멋진 시나리오가 있습니다. 우리와 보좌관님은 공생당과 중국 정보부에 잠시 속은 겁니다. 그들의 위협을 충분히 인식하지 못했죠. 그러나 그것을 인식한 뒤에는 미국의 국익을 위해 싸웠습니다. 워싱턴은 이런 스토리를 훨씬 좋아할 겁니다."

벤은 사일러스가 생각할 시간을 주지 않았다. 그는 책상으로 돌아앉더니 볼펜을 들어 메모지에 빠른 속도로 몇 줄을 끄적거렸다.

"캘빈, 보좌관님께 이 서류들을 가져다주세요."

벤은 메모지를 캘빈에게 건네주고 빙그레 웃었다. 귀찮은 시비는 해결되었고 자기 입장은 확고해졌다는 표정이었다. 캘빈은 메모를 들고 서류 파일이 있는 책장으로 걸어갔다. 사일러스와 수행원들은 그를 제지하지 않았다

"보좌관님의 명령으로 저희는 상하이의 푸리마 캐피털 매니지먼트

에 침투했던 겁니다. 그곳이 중국 정보부의 외곽 조직으로 모든 해외 공작의 돈줄인 것은 틀림없는 사실입니다. 우리는 푸리마를 통해 중국 동해함대의 첨단무기 부품 구매, 북한으로의 비밀 송금, 파키스탄으로의 비밀 송금, 미국 내 협력 조직에 대한 송금 등 중국 정보부의 모든 해외공작을 파악할 수 있었습니다."

벤의 목소리는 지나칠 정도로 조심스러웠고 정중했다. 캘빈이 일곱 개의 두툼한 서류 폴더를 가져와 사일러스의 발아래 내려놓았다. 합쳐서 천 페이지 정도로 보였다.

"푸리마의 모든 거래 장부, 간부들의 신상 기록 파일, 송수신한 문자메시지 감청 보고서, 이메일 해킹 보고서, 날짜별 정보 일지, 작전 보고서, 기타 내부 문건 사본입니다. 도움이 된다면 좋겠군요."

사일러스는 불신과 당혹이 뒤섞인 표정으로 폴더를 펼쳤다. 일부는 영어 문건이었고, 대부분은 중국어 문건이었다.

이런 게 진짜일 리가 없어.

사일러스는 예일대에서 중문학 학사, 도쿄대에서 비교문화학 석사, 하버드대에서 동아시아학 박사 학위를 받았다. 북경대와 서울대에서는 연구원 생활을 했다. 친중파로서 다양한 파이프라인을 가지고 있는 사일러스는 어휘 하나의 미세한 실수에서도 문서의 진위를 판별할 수 있었다. 잡상인들이 가져오는 위조문서, 동맹국이 모종의 의도를 가지고 흘려주는 미끼 문서는 그를 속일 수 없었다.

사일러스는 자신이 방문한 의도를 어느새 잊어버렸다. 그는 무엇에 홀린 듯이 문서에 집중해서 벤에게 정보의 출처와 허점을 캐물을 생각을 하고 있었다. 그런데 손이 떨리기 시작했다. 문건의 내용과 넘버링이 사일러스를 놀라게 했다.

경험이 없는 정보 분석가들은 '뜨거운' 정보 하나를 수집하는 데 급급한다. 그런 인상적인 정보 하나로부터 얼기설기 첩보 가설을 세우고 그것을 기계적으로 적용하려고 한다.

그러나 숙련된 정보 분석가는 디테일을 모은다. 어떤 사태를 만들어내는 힘의 선線은 사람과 물건과 조직과 소문들 사이로 얽혀 있고 뻗어 있다. 진짜 분석가는 이런 디테일들을 모아 정리하고 번호를 붙임으로써 그 상호관계적 방정식의 매트릭스를 재구성한다.

사일러스의 이마에서 식은땀이 흘렀다. 문서들은 진짜였을 뿐만 아니라 디테일을 모아서 만든 진짜였다.

신상 기록 파일 폴더에는 푸리마 임원의 여행 기록, 회의 기록, 추진 중인 계약 내용 같은 것들이 MSS 요원들의 출장, 휴가, 병가 기록과 대조되어 있었다. 문건들은 그 자체로 이 임원이 MSS와 어떻게 연결되어 있으며 앞으로 어떻게 움직일 것인지를 말해 주고 있었다.

정보는 파괴공작요원이라면 즉시 활용할 수 있도록 보기 쉽게 분류되어 있었다. 이 서류만 보면 도청을 하거나 함정을 만들 수 있고, 허니트랩(미인계)을 걸 수도 있고, 자동차 사고로 죽일 수도 있었다.

"자오얼이 강화인간을 만들고, 강화인간들이 공생당을 만들고, 공생당이 미국 금융시장에 침투하고…… 그런 스토리는 너무 복잡합니다. 낯선 기술에, 이념에, 금융시장이라니 너절하기만 하고 감동이 없습니다. 같은 이야기를 지금 보여드린 자료로 설명하면 얼마나 좋습니까. 단순하고 애국적이고 인상적이죠. 푸리마에서 일어난 국가정보 국과 중국 국가안전부의 첩보전."

그때 결정적인 변화가 일어났다. 사일러스가 아무 말 없이 고개를 끄덕였던 것이다. 그리고 파일을 무릎에 세우고 골똘한 표정으로 생각에 잠겼다.

"그리고 또 있습니다."

"뭔가?"

"공생당과 관련된 핵심 정보입니다."

벤은 자신의 책상에서 종이 한 장을 집어들었다. 그리고 사일러스를 따라온 수행원들을 둘러보았다.

"지금부터 제가 보좌관님께 말씀드릴 내용은 일급 기밀입니다. 미안하지만 비밀취급 허가를 받지 않은 분들은 좀 나가주셔야겠습니다. 이제 오해가 풀렸으니까 그 권총은 좀 치우세요. 그리고 보좌관님은…… 여기 서명해 주셔야 합니다."

벤이 종이 한 장을 꺼내 사일러스 앞으로 내밀었다. 보안 서약서였다.

나는 오늘 앤젤 문건 822호, 소스 카마엘의 내용을 전달받았음을 확인합니다. 이 문서의 내용을 누구에게도 발설하지 않겠으며 소스 카마엘의 존재조차 언급하지 않겠습니다. 만약 이 문서의 내용이 누설되고 있다면 그것을 인지하는 즉시 보고할 것을 서약합니다.

벤의 손가락이 서약서의 아랫부분을 가리켰다. 사일러스는 시키는 대로 펜을 들고 그곳에 서명을 했다.

"함께 오신 분들은 잠시 나가 계셔야 합니다."

"잠시 나가 있게."

사일러스가 수행요원들을 돌아보며 말했다. 수행원들은 납득이 가지 않는다는 표정으로 서로의 얼굴을 마주 보았다. 캘빈은 깊은 숨을 들이쉬었다.

"국무회의에서 절대 보안을 명령한 내용으로 알고 있습니다. 모두 나가시지요."

캘빈은 화가 나서 뺨이 분홍색으로 변한 사일러스의 부하들을 데리고 함께 사장실을 나왔다.

면담은 오후 3시가 넘어서 끝났다. 사일러스는 어깨를 축 늘어뜨리고 사무실을 걸어 나왔다. 벤은 배웅조차 하지 않았다. 사일러스는 캘빈과 말없이 악수를 하고 차에 올라탔다. 리무진이 천천히 거리를 빠져나가는 동안 사일러스는 경악, 분노, 비참, 통탄의 감정적 물결들이 아주 맹렬한 속도로 회오리치는 것을 느꼈다. 그 물결이 지나가고 나자 술에 만취해서 기억이 끊어졌던 사람처럼 지난 네 시간 동안 자신이 정확히 무슨 말을 들었고 무슨 말을 했는지 알 수 없게 되었다.

다시 사장실로 올라갔을 때 캘빈은 방 한가운데에 음산한 모습으로 서 있는 벤을 발견했다. 온몸에 기력이란 기력은 다 빠져 사라지고 껍데기만 남은 모습이었다. 벤은 퀭한 눈으로 캘빈을 바라보며 잠자코 고개를 끄덕였다. 캘빈은 그가 그대로 앞으로 꼬꾸라질 것 같아 얼른 가서 팔을 붙잡았다.

"벤, 고생했네."

"실패하는 줄 알았어요."

"사일러스는 해결했지만 폴 덱스터가 우리 말을 믿을까?"

"아뇨. 사일러스도 조금 지나면 의심할 겁니다. 제 힘이 떨어져서 수행원들에게는 최면이 안 먹혔어요."

"그러면 큰일 아닌가?"

"그의 내부에 최면으로 한 개의 피드백 루프를 심어놓았어요."

벤은 힘들게 대답하고 눈을 감았다. 캘빈은 그게 사일러스에게 건 마지막 최면을 뜻하는 말이라는 것을 알았다.

"그는 여섯 시간 후에 혈압이 급상승해서 뇌졸중으로 죽게 될 겁니다."

캘빈은 몸을 떨면서 눈을 크게 떴다.

"전쟁을 시작한 건 저들이에요. 어쩔 수 없잖아요."

벤은 숨을 헐떡이면서 간신히 말을 이었다. 캘빈은 찡그린 얼굴로 고개를 저었다. 벤은 캘빈을 책망하려고 반걸음 앞으로 나왔으나 그대로 의식을 잃어버렸다. 1층에 있던 닥터 마리노가 4층으로 달려 올라왔다. 다시 30분이 지나자 요란한 엔진 소리를 내며 사무실 앞으로 구급차가 들이닥쳤다.

텅 빈 거리

김호가 걸어서 렉스 호텔에 도착한 것은 10시 반이었다. 지부 사무실로부터 세 블럭 떨어진 비즈니스 호텔이었다. 프런트에서 그의 수사팀이 예약한 방 세 개를 확인하고 그중 하나의 키를 받았다.

객실은 낡았지만 그런대로 깨끗했다. 실내 슬리퍼가 보이지 않았으나 그런 것을 따질 처지가 아니었다. 뜨거운 물로 한참 샤워를 하고 나서야 겨우 다리의 감각이 돌아오는 것을 느꼈다.

목욕 가운을 걸치고 소파에 앉은 김호는 종이 한 장을 꺼내어 메모를 하기 시작했다.

7월 28일 수사 항목

　1. 중부경찰서 차병선 경감을 찾아가 CCTV에 잡힌 자오얼의 영상을 조사할 것. 자오얼의 알리바이보다도 그 시간에 거기를 왜 갔느냐가 중요함.

　2. 리젠트 호텔 6층 게놈 연구소를 측면에서 우회적인 방법으로 조사할 것. 자오얼과의 관계 여부를 확인할 것.

　3. 리젠트 호텔에 대한 압수수색영장을 발부받고 경찰에 협조를 요청해 압수수색을 준비할 것. 법의학팀 반드시 필요.

　4. 나는 28일 05시 기차로 춘천에 감. 3번의 실행은 추후 전화로 지시하겠음.

종이에 적고 보니 장황했다. 김호의 얼굴은 이걸 스마트폰으로 옮겨 이종민에게 문자로 보내야 한다는 부담감 때문에 뜨겁게 달아올랐다. 김호는 입술을 깨물고 눈을 부릅떴다. 그리고 쌕쌕 숨소리를 내면서 메모한 내용을 스마트폰의 전자수첩 어플리케이션에 옮겨 입력했다. 작업이 끝나자 김호는 등을 소파에 기대고 입을 벌려 아 하는 소리를 냈다. 끝났다. 이제 문자메시지에다가 복사해서 보내기만 하면 되는 것이다.

김호는 받은문자함을 열어 연경이가 보낸 문자들을 읽어보았다. 얘는 이 무더운 여름밤에 전화기도 가방도 놔두고 어디에 가 있는 것일까. 문자메시지 하나가 눈에 들어왔다.

아빠 이제 아프지 마세요. 저는 늘 건강해요. 아빠 화이팅!

텅 빈 거리

위경련이 일어났다. 불꽃처럼 뜨거운 기운이 뒤통수에서 꽁무니뼈까지 찌르르 흘렀다. 눈앞이 캄캄해지고 척추가 뒤틀려서 온몸이 마비될 것만 같았다. 김호는 일어나서 비틀비틀 창문으로 걸어갔다. 유리창을 열고 심호흡을 하며 숫자를 세었다.

위경련이 가라앉자 이번엔 구토가 일어났다. 김호는 얼른 휴지통을 들어 입 언저리에 갖다 대었다. 하지만 아니었다. 쓸개즙 한 줄기만이 따갑게 목을 태우고 있었다.

눈앞에 뭔가가 자꾸 아른거렸다.

레드불 몇 모금과 졸피뎀 여섯 알. 그것만 생각하면 온몸의 핏줄이 죄어들었다. 그걸 먹고 소파에 누우면 시간이 흐름을 멈춘 것 같은 부드러움과 평온함. 몸이 따뜻한 물속에 둥둥 떠 있는 것 같은 행복감. 김호는 한때 그 감각이 없으면 살 수가 없었다.

두 달 전 딸을 보러 춘천에 갔을 때 연경이는 아빠를 역까지 바래다주었다. 열차가 들어오자 연경은 아빠를 감싸 안고서 이제 다시는 졸피뎀 먹지 말고 몸조심하라고 했다. 연경이는 아기에게 하듯 아빠의 등을 토닥여주었다. 마치 아빠의 커다란 덩치 안에 겁에 질린 꼬마가 들어앉아 있기라도 한 것처럼.

플랫폼에서 손을 흔드는 딸이 멀어져 밝은색의 얼룩으로 흐려질 때 김호는 자신도 작아지는 것처럼 느꼈다. 점점 더 쪼그라들어 결국에는 길게 뻗은 커브 길 뒤로 사라져버릴 것 같은 느낌이었다. 그때 이 문자메시지가 왔던 것이다.

연경이는 춘천에서 대학을 다니면서 일주일에 세 번 정신장애인 사회복귀센터에 나가 시설을 청소하고 직원들을 도왔다. 그녀는 대화가 필요한 원우들에게는 책을 읽어주었다. 우윳빛 피부. 단정하게 자른 앞머리로 이마를 가린 얼굴. 파마를 하지 않은 생머리를 어깨까지 늘어뜨리고 있었다. 입을 다물어도 항상 미소를 짓고 있는 것 같은 딸의 표정은 언제나 밝고 순수해 보였다.

딸의 얼굴은 항상 크고 풍요로운 세계를 연상시켰다. 지금은 잃어버린 세계. 밝은 햇빛. 순백색 꽃 사이로 피어나는 라일락 향기. 호수 위로 맑은 물보라를 튀기며 날아가는 비둘기. 그 반대편에 사라진 애인 쿼트린의 황량한 세계가 있었다.

마흔네 살에 스물두 살 난 여자를 사랑하게 된다는 황량한 고독의 세계. 아내의 분노, 증오, 언쟁, 이혼. 자잘한 일상에 파묻혀 있던 생활이 갑자기 텔레비전 드라마처럼 변하는 경험들. 영원히 스마트폰 앞에서 손끝을 떠는, 영원한 한기에 신음하는 나이 든 남자가 되는 것.

쿼트린은 대학교 졸업반 학생으로 김호를 만났다. 졸업 후 쿼트린은 취직을 했고 신입사원 연수가 끝나던 날 김호의 전화번호를 수신 차단했다. 왜 떠나는지 무엇이 문제인지 아무런 설명이 없었다.

마지막 만나던 날 김호는 쿼트린에게 연수 가서 입을 하얀 반코트를 사 주었다. 그날 밤에도 둘은 서로를 꼭 껴안고 잠들었다. 난폭할 정도로 사랑을 나눈 후에. 브람스가 은은하게 흐르는 침실에서.

그 후 김호는 쿼트린을 보지 못했다. 그녀는 어릴 때 판타지 소설 『하얀 로냐프 강』에 심취했다. 특히 천한 신분의 음유시인 '이아젠'을 사랑해서 조국 로젠다로와 부귀영화를 버린 기사 '쿼트린'을 좋아했다. 그녀도 퀴트린처럼 용감했다.

나는 그동안 당신을 많이 사랑했지만 이제 더 이상 사랑하지 않아요. 그녀는 단호한 행동으로 이렇게 말했다. 인생에서 사탕발림을 찾지 않았고 오직 용기와 결단만을 추구했다.

지난 3년간 김호는 술을 잘 마시는 남자들이 부러웠다. 그들은 취할 때까지 마셔버릴 수 있으니까. 술만 마시면 병이 나는 김호는 그럴 수 없었다. 세 시간이고 네 시간이고 몸이 녹초가 되어 머릿속에 생각이 없어질 때까지 걸었다. 어느 날은 추억이 되어버린 회한의 그림자를 느끼며 홍대 앞을 방황하다가 성산대교를 건너 계속 걸어간 적도 있었다. 날이 밝아서 주위를 둘러보니 안양이었다. 그 후 김호는 졸피뎀을 먹기 시작했다…….

호텔 유리창을 닫은 김호는 커피포트에 한가득 물을 끓였다. 피로가 몸을 휘감아 왔지만 잠이 올 것 같지 않았다. 뭔가 마음을 돌릴 것이 필요했다. 이럴 때 김호는 대개 눈꺼풀이 바위보다 무겁게 느껴지고 의식이 까무룩히 흐려질 때까지 일을 했다.

김호는 가방에서 노트북을 꺼내 유리창 앞의 작은 책상에 놓았다. 인터넷 케이블을 연결하고 부팅 버튼을 눌렀다.

커피포트의 뜨거운 물을 컵에 붓고 호텔방에 비치된 커피믹스를 풀었다. 그리고 가방의 작은 수납 포켓에서 소금 맛 캔디를 꺼내 먹었다. 담배와 약물을 끊은 후에 습관적으로 먹는 것이었다. 목젖을 달래주는 캔디의 짠맛과 뜨겁고 달달한 커피 맛을 음미하면서 김호는 기획관이 보여준 상하이 공안 경찰의 안정보고를 생각했다.

안정보고의 내용은 열네 줄이었다. 자오얼이 푸리마 캐피털 매니지먼트의 대표 이사로 있으면서 아부다비, 푸켓, 싱가포르, 홍콩, 케이만 군도에 법인을 설립하고 회사 공금을 빼돌렸다는 내용이었다.

뭔가 석연치 않은 게 있었다. 자오얼이 푸리마를 매각한 것은 15개월 전의 일이다. 그동안 그의 횡령 사실이 알려지지 않다가 하필 그가 한국에 체류하는 도중에 수배가 내려졌다. 그의 신병 인도를 요구하기 위해.

그 안정보고 내용은 가짜다. 김호는 확신했다. 그런데 무엇에 기초한 가짜인가. 누군가의 신상에 관한 허위 정보를 만들 때 모든 팩트를 다 가짜로 만들지는 않는다. 그렇게 하면 디테일이 너무 왜곡되어 금방 거짓이 드러나기 때문이다. 남에게 신뢰를 줄 수 있는 가짜 정보는 85퍼센트 정도의 진짜에 15퍼센트 정도의 가짜를 섞어 만든다.

김호는 회사의 웹사이트에 접속했다. 로그인을 하고 노트북에 달린 카메라에 얼굴을 갖다 대어 홍채 인식 절차를 거쳤다. 그리고 자신의 열람 권한이 허용하는 최상층 레벨로 올라갔다.

김호는 검색창에 커서를 놓고 잠시 생각한 뒤 자오얼이 법인을 설립했다는 다섯 군데 도시 중 '싱가포르 홍콩 케이만 군도'를 입력했다. 그 세 군데가 요즘 각광받는 조세 피난처라는 공통점이 있었기 때문이다. 검색 범위는 2007년 7월부터 현재까지로 설정했다. 자오얼이 푸리마를 설립한 이후였다.

각기 다른 비밀취급 등급을 가진 150여 건의 자료가 올라왔다. 김호는 정신을 집중했다. 정치적 동향 보고와 사회 문제 정보를 그냥 지나쳤다. 그는 자오얼과 관련되었을 법한 네 가지 카테고리를 열람했다. 자본 수출, 탈세, 뇌물 증여, 돈세탁. 무려 49건의 보고서가 있었다. 세 지역의 인기를 확인하는 대목이었다.

김호는 눈시울이 따끔거리는 것을 느끼며 49건의 보고서들을 훑어갔다. 서너 페이지 정도를 읽고 닫거나, 목차만 보고 그냥 닫기도 했다. 딱히 작정하고 뭘 찾겠다는 생각도 없었다. 그런데 그때 번쩍하고 한 개의 보고서가 눈에 들어왔다. 검색어 위치를 표시하는 직사각형의 커서 음영은 보고서 문건 제목의 각주에 걸려 있었다.

문건 제목 : 싱가포르 비버티 퍼시픽[1] 송금 추적(SAO8895-101)

김호는 각주를 살펴보았다.

각주 1) 싱가포르에 소재한 비버티 퍼시픽^{Vivaty Pacific}은 직원 22명의 조촐한 소프트웨어 개발사. 이 소프트웨어 개발사는 홍콩에 소재한 물류회사 글로벌 윈드의 소유. 글로벌 윈드는 케이만 군도에 소재한 무역회사 블루 인서트의 소유. 블루 인서트는 상하이에 소재한 펀드 회사 볼터 앤 카스단 인베스트먼트의 소유.

뭔가 냄새가 났다. 김호는 다른 웹브라우저를 띄워 구글의 검색창에 볼터 앤 카스단 인베스트먼트를 입력했다. 회사의 홈페이지에 들어가 보았다. 마치 돈의 요새처럼 투자자들을 속이기 위한 일반적인 장식들, 인사말, 회사 소개, 펀드 정보, 투자 정보, 언론 보도 따위를 건너뛰었다. 페이지 제일 밑의 회사 주소를 읽었다.

상해시 포동 신구 육가취 금융무역구 환구금융중심 76-046

얼음처럼 찬 기운이 선뜩 몰려왔다. 볼터 앤 카스단은 자오얼의 푸리마 캐피털 매니지먼트와 똑같은 상하이 세계금융센터 76층에 있었다. 푸리마의 바로 옆이었다. 김호는 회사의 웹사이트로 돌아가 본문을 읽기 시작했다.

관련 문건 : 2009년 12월 7일 미국 국가정보국으로부터의 업무 협조 요청(관련보고서: NBO458-120045)

사건 개요 : 상기 요청에 근거하여 매달 마지막 금요일에 두바이에서 서울로 송금되는 월례 대체입금에 대한 수사를 진행했음. 미 국가정보국은 이것을 중국 국가안전부의 해외공작을 위한 비자금 계좌라고 판단했음.

돈은 두바이의 석유 컨설팅 회사 알 아살라 오일 에이전시로부터 영국 국적의 여성 새라 워튼(36)이 대표로 있는 법인 계좌로 입금되었음. 입금된 돈은 예금주 본인에 의해 전액 인출된 후 환치기 중개상을 거쳐 싱가포르의 비버티 퍼시픽으로 송금되었음.

최초 불입일은 2009년 9월 25일. 처음엔 소액이다가 점점 커졌고 2010년 4월부터는 매달 2550만 달러로 고정됨. 2011년 1월 28일 송금 추적 실패 이후 거래선 변경되고 루트 사라짐.

텅 빈 거리

보고서에 따르면 2011년 1월 28일, 김호의 회사는 미국 국가정보국의 요청으로 새라 워튼에게 사냥개(미행 전담팀)를 붙였다. 34명의 보행조, 승용차 2대와 오토바이 2대의 차량조, 밴 1대와 포스트 3곳의 감청조, 그리고 지휘조가 동원되었다.

하나은행 역삼동 지점에 택시를 타고 나타난 새라 워튼은 암청색 선글라스에 긴 금발 머리를 휘날리고 있었다. 베이지색 반코트에 스니키 진 차림이었다. 그녀는 여느 때처럼 창구에 여권과 계좌번호와 OPT 암호를 제시하고 돈을 일억 원권 원화 양도성예금증서 285장으로 전액 인출했다. 두바이에 소재한 석유 컨설팅 회사 알 아살라 오일 에이전시에서 서울에 있는 법인 명의 계좌에 수출입 대금 명목으로 입금한 돈이었다.

은행을 나온 새라 워튼은 택시를 탔고 외환은행 코엑스 지점 앞에서 내렸다. 그녀가 들어간 곳은 외환은행 옆 증권회사의 VIP 고객실이었다. 미리 와 있던 오십 대 남자에게 양도성예금증서를 건네주었고 방에서는 확인 작업이 이루어졌다. 남자가 어딘가로 전화를 걸어 돈을 받았다고 보고했다. 그러자 즉시 비버티 퍼시픽이라는 싱가포르 IT 회사의 해외 계좌에 투자금 명목의 달러화 2125만 달러가 입금되었다. 환치기 수수료를 땐 전액이었다.

외환은행을 나온 새라 워튼은 코엑스 쇼핑몰을 걸었다. 특별히 혼잡한 곳을 골라 다니지도 않았고 미행을 눈치챘다는 낌새는 전혀 없었다. 오히려 해야 할 일을 마치고 홀가분해진 사람 같았다.

그녀는 한 가게에서 스카프를 샀다. 그다음 가게에서는 장난감 인형을 샀다. 보행조는 너무 바싹 따라붙어서 들키지 않으려고 신경을 썼다. 그녀는 다시 대형 의류 매장에 들어갔다. 그런데 거기서 감쪽같이 사라져버린 것이다.

사냥개들이 미친 듯이 사방으로 달려갔지만 찾지 못했다. 저렇게 눈에 띄는 금발 머리 여자가 증발한다는 것이 가능한 일인가? 회사는 이틀 후에야 CCTV 자료와 현장검증으로 새라의 동선을 재구성할 수 있었다.

의류 매장에 들어간 새라 워튼은 옷을 구경하는 척하다가 갑자기 여자 화장실로 뛰어들었다. 그리고 신속히 움직였다. 먼저 소매의 버튼을 눌러 옷 색깔을 베이지 색에서 검은색으로 바꾸었다. 그녀의 옷은 히텍스, 온도 변화를 일으켜 색깔을 바꾸는 스마트 의복이었다. 그리고 쇼핑한 물건 전부와 휴대전화를 제외한 소지품 전부, 그리고 금빛 가발을 버렸다.

흑갈색 머리에 검은색 반코트 차림으로 나온 새라 워튼은 비상계단을 미친 사람처럼 뛰어 내려갔다. 주차장까지 내려간 후에는 반대편 비상계단으로 달려갔고 이번에는 백 미터 달리기 주자처럼 여섯 개 층을 뛰어 올라갔다. 비상계단 끝에서 화재 대피용 비상구를 부수고 나가 지하철 삼성역과 연결되는 통로로 뛰어들었다.

새라 워튼은 많은 사람들을 엄폐물로 삼아 천천히 걸어서 지하철 개찰구까지 갔다. 바를 뛰어넘어 플랫폼으로 내려갔고 비좁은 지하철에 올라탔다. 그리고 다시는 나타나지 않았다.

텅 빈 거리

김호는 소금 맛 캔디 하나를 더 먹었다. 구토 증세는 어느새 사라지고 없었다. 그 대신 긴장 때문에 팔다리가 뻣뻣했다. 본문 밑에는 작전 책임자의 소견이 있었다.

제안 사항 : 두바이, 서울, 싱가포르의 송금 루트(이하 루트 새라)에 대한 별도의 보강 수사가 요망됨. 루트 새라는 세 가지 이유에서 심각함.

첫째는 돈의 액수. 미국 국가정보국은 MSS의 해외공작 자금이라고 말하고 있으나 매우 의심스러움. 이 정도 액수의 자금이 움직인 전례가 없음. MSS의 해외공작은 대개 1회에 일이천 달러 단위의 송금이 주류를 이루고 있음.

둘째는 돈의 속도. 양도성예금증서 발행 즉시 FIU(금융정보분석원)에서 추적을 시작했음. 그러나 돈은 곧바로 환치기 중개상에게 넘어갔고 인수 즉시 싱가포르에 투자금 명목으로 입금되었음. 입금과 거의 동시에 비버티 퍼시픽 해외 계좌에서 인출, 증발되었음. 비버티 퍼시픽 해외 계좌에는 복권 당첨금, 부동산 대금, 수출입 대금, 투자금 등의 명목으로 매달 비슷한 액수의 돈이 입금되고 있음.

셋째는 자금 운반책. 새라 워튼은 침착하게 50명이 넘는 미행 전담팀을 따돌렸음. 여섯 개 층의 계단을 22초에 달려 올라갔고 잠긴 비상구를 한 차례 발길질로 부수었음. 이런 여자가 한갓 자금 운반책으로 투입된 공작이라는 사실이 사건의 심각성을 단적으로 말해 줌.

작전 책임자의 분석은 옳았다. 대중국 첩보 활동에 투입되었던 김호는 중국 정보부의 정보활동비 계좌 내역을 여러 번 보았다. 수년에 걸쳐 거래 내역을 분석했기 때문에 송금한 계좌번호만 봐도 용도를 알았다. 이것은 파룬궁 조직 내의 협력자 포섭공작, 요것은 티베트 망명정부 파괴공작, 저것은 미국의 중국계 과학기술 인력에 대한 신원 조회, 하는 식이었다. 그런데 루트 새라로는 김호가 아는 해외공작금의 총액보다도 많은 돈이 한 번에 오가고 있었다.

김호는 보고서 제일 밑에 있는 작전 책임자의 등록번호를 보았다. 그리고 시계를 보았다. 12시 오 분 전이었다. 김호는 잠시 망설이다가 벗었던 양복을 다시 입고는 가방에서 피처폰 하나를 꺼내어 호텔방을 나섰다. 호텔을 나와 도심 쪽으로 십 분 정도를 걸어갔다.

거리는 텅 비어 있었다. 가로등은 아무도 없는 보도를 비추며 침체된 대도시의 쓸쓸함을 연출하고 있었다. 멀리 무전기와 대화를 나누며 금속성 목소리로 윙윙거리는 순찰차 소리만이 희미하게 들려왔다.

김호는 24시간 편의점 근처에서 외우고 있던 전화번호를 입력하고 통화 버튼을 눌렀다.

"세욱이, 나야. 김호."

"이 밤중에 웬일이야?"

잠기운이 가시지 않은 코맹맹이 소리가 들려왔다. 김호는 곧바로 통신보안 확인에 들어갔다.

"어머님 건강은 어떠신가?"

"덕분에 완쾌되셨네. 아주 깨끗하셔. 오늘도 확인했지."

"우리 아버님도 좋아지셨다네. 한밤중에도 24시간 편의점에 다니시지."

그제야 김호는 본론을 꺼내었다.

"자네의 훌륭한 보고서를 읽다가 감명을 받았어."

"이 친구, 뭔 헛소리야. 하하하. 어떻게 지내? 어디 과부라도 하나 찾았나? 아직 힘 남아 있을 때 대책을 마련해야지."

"고마워. 내가 지금 대구의 총기 살인사건을 맡고 있는데 살인 용의자가 중국인이야. 용의자를 조사하다 보니 자네 사건이 나오더라고. 올해 1월 거야. 싱가포르 비버티 퍼시픽 송금 추적."

전화 저편에서 머뭇거리는 기색이 느껴졌다. 김호는 얼른 목소리를 높였다.

"자네 말마따나 이건 당연히 추가 수사를 할 만한 사건인데 어떻게 되었나?"

"그거 종결되었네."

"왜?"

"상부 지시야. 미국과 중국의 분쟁이 될 것 같아서 우린 빠진다는 거야."

"이해가 안 가는데. 이건 정말 큰 건이잖아."

"크지. 내가 평생 수사한 것 중에 가장 큰 건이었지. 내 어머니, 할머니를 합친 것보다도 컸어. 서울 한복판에서 벌어진 사건인데 미국과 중국이 처리할 거라더군."

상대의 목이 쉰 듯한 목소리에서 분노가 묻어났다.

"외환관리법 위반으로 그 환치기 중개상을 잡으면 되잖아."

"그자는 못 건드려."

"왜?"

"싱가포르에서 매달 그 정도 달러를 조달하는 한국인이라고. 누군지 짐작이 안 되나? 외환관리법 같은 소리 허구 있네. 그자를 소환하면 나는 그날로 옷을 벗게 될 거라더군."

"누가 그런 지시를 했지?"

"넘버 파이브."

"기획관은 우리 두 사람 사건에 다 관심이 많군."

"자네에게도 같은 지시를?"

"그런 셈이지."

조세욱은 국내 수사 파트에서 함께 일했던 옛 동료로 김호와 같은 공채 출신이었다. 이 업계 사람치고는 마음이 따뜻하고 다혈질이었다. 한 번도 자신의 의견을 입 밖에 내어 말하지 않고 한 번도 뭔가를 스스로 해보지 않은 채 살금살금 정년을 향해 기어가는, '대과 없이 공직 생활을 마무리'하려는 사람들과는 부류가 달랐다. 그 결과 요즘은 김호와 비슷한 처지였다.

"그 후에 뭐 알아낸 거 없나?"

"보고하지 못한 게 좀 있지."

"뭐?"

"그 돈. 루트 새라가 전부가 아냐. 돈줄이 더 있어. 엄청난 돈들이 볼터 앤 카스단의 레저렉션(부활) 펀드로 들어갔네. 그리고 그 돈은 아직 아무 데도 투자되지 않고 있어. 요즘 같은 투자 환경에서는 드문 일이지."

"엄청난 돈이라면 얼마나?"

"지난달 기준으로 282억 달러야."

"1조 달러에 비하면 작은 돈이군."

"무슨 소리야?"

"내 사건의 피살자는 1조 달러가 있어야 한다고 말했다더군. 지구를 부활시키기 위해서는 그 정도 예산이 필요하대."

"재미있군. 정보가 더 나오면 나눠주게. 아, 그리고 그 여자."

"새라 워튼?"

"응, 그 여자 중국인이야."

"그걸 어떻게 알았나?"

"여자가 코엑스 지하의 의류 매장 화장실에 버리고 간 가발 안쪽에 본인의 머리카락이 몇 가닥 있었거든. 머리카락에는 모근과 모낭이 붙어 있었고. 그걸 PCR(DNA 단편 복제 검사)에 돌려서 유전자 지문을 찾았지. 인터폴의 유전자 지문 데이터베이스에 매칭 케이스가 있더군."

"그 여자 누군가?"

"본명 장웨이張薇. 실제 나이는 서른아홉이야. 2009년 2월 이란의 핵 과학자 암살범으로 수배되면서 유전자 지문이 노출되었지. 그 전까지는 어느 기관도 얼굴을 모르는 전문가였어. 나이도, 국적도, 경력도, 본명도 몰랐어. 새라 워튼을 비롯한 몇 개의 가명만 알려져 있을 뿐이야. 총을 쓰지 않는 암살자로 유명해. 새 시대에 적합한 전문가라고

나 할까. 요즘 공항의 보안 검색도 그렇고 탄도 흔적 검사, 화약 흔적 검사 돌리면 총잡이들은 다 잡히잖아."

"사진은 유럽 여자 같던데?"

"여러 차례 성형을 해서 그래. 이마와 광대뼈에 골 이식을 하고 코는 완전히 다시 만든 것 같아. 본래는 양자강 유역 홍호洪湖 옆에 있는 호북성 전리현 기반향 출신의 한족 여자야. 2남 3녀 중 막내딸이었는데 아버지가 빚 때문에 호북성 형주시의 사창가에 딸 셋을 함께 팔았어. 거기서 창녀 생활을 하다가 암흑가로 넘겨졌고 다시 중국 공안에 넘겨져 암살자로 훈련받았지. 중국에 초빙되어 왔던 북한 최고의 격술 전문가 박세찰 상좌에게 배웠어. 그녀는 국가안전부 소속 특수 부대에서 격술 교관을 하기도 하고 홍콩에서 파룬궁 요인을 암살하기도 했어. 그 뒤 행방불명되었다가 미국 정보기관의 일을 하기 시작했지. 경력이 중국과 미국에 걸쳐 있는 셈이야."

"원한도 중국과 미국에 걸쳐 있겠군. 그나저나 딸 셋을 한꺼번에 창녀로. 지독한데."

"시골이 그렇지 뭐. 농사꾼 딸이 무슨 금지옥엽이겠어."

후베이湖北성 우한에 1년간 해외공작요원으로 파견되었던 때가 생각났다. 홍호 인근 지역에서 온 농민공을 만난 적이 있다……. 현의 간부들이 고리채를 놓는데 이자가 한 달에 3부예요. 100위안을 빌리면 1년 후에 136위안을 내야 한다고요. 고향 마을에는 모두 서른아홉 가구가 있는데 내가 나올 때 농사를 짓는 집은 여섯 집밖에 없었죠. 집에 팔아먹을 여자가 없으면 도망쳐야죠. 농사는 지을 수가 없어

텅 빈 거리

요. 지어봤자 빚만 느니까.

"고마워. 큰 도움이 되었어. 또 정보가 나오면 좀 알려줘."

김호는 도시의 침묵에 둘러싸인 채 울퉁불퉁한 콘크리트 보도 위를 걸었다.

교차로에 다다르면 걸음을 멈추고 달빛에 드러난 풍경을 둘러보았다. 상자 같은 집들. 촘촘히 박혀 있는 불 꺼진 창들. 시커먼 음영을 드리운 아파트에는 언뜻언뜻 도깨비불 같은 텔레비전 화면이 깜박거렸다. 낮 동안 차량의 물결로 붐비던 거리가 지금 달빛에 비쳐 말라붙은 강바닥처럼 허옇게 드러나 있었다. 그 쓸쓸함이 김호의 마음에 와 닿았다.

인내심은 요원이 지녀야 할 첫 번째 의무이다. 그러나 언젠가 때가 되면 요원은 더 이상 인내심을 발휘하지 못한다. 그 위험성을 자기 자신보다 더 정확하게 감지하는 이는 없다.

한참 수사를 하는데 어떤 정치적인 힘이 문을 닫아버리는 것만큼 기분 나쁜 일은 없다. 살아 움직이는 진실은 문 뒤편으로 가리어진다. 저쪽에서 행하는 은폐는 이쪽에서 당하는 거세가 된다. 요원은 알아선 안 되는 비밀과 얼토당토않은 전쟁에 공연히 발을 들여놓은 바보가 되는 것이다.

김호는 호텔 입구에 이르렀다. 그때 갑자기 등 뒤에서 발자국 소리가 울렸다. 누가 그를 불렀다.

"김호!"

김호는 몸을 돌렸다. 상고머리의 뚱뚱한 남자. 얼굴이 검고 이마에 주름살이 깊은 남자. 오른쪽 눈가에 칼자국이 있는 남자. 전등 불빛을 옆으로 받고 있는 세 남자의 모습에서 뭔가 잔인하고 무시무시한 분위기가 풍겼다.

상고머리가 돌진해서 왼손으로 김호의 양복을 붙잡고 오른손으로 전기 충격기를 들이밀었다. 김호는 반사적으로 몸을 피하면서 그의 목을 힘껏 수도로 내리쳤다. 상고머리가 쓰러졌다. 다음 순간 칼자국이 휘두른 곤봉이 김호의 머리를 갈겼다. 눈앞에 불이 번쩍했다. 두이 번 주먹을 날렸지만 검은 일굴과 칼사국의 곤봉은 비틀거리는 김호를 번갈아 가격했다.

어둠에 잠긴 길모퉁이에서 헤드라이트를 끈 12인승 카니발이 달려왔다. 김호는 질질 끌려가서 차에 실렸다.

죽어가는 행성의 마지막 불꽃

노을이 지는 저녁.

사륜구동차 한 대가 두바이 데이라 수크 지구의 주택가를 빠져나왔다. 낡아빠진 흰색 도요타 크루저였다. 도요타는 두바이의 엉망진창인 교통 때문에 몇 번이고 경련을 일으키면서 도심을 빠져나왔다. 교외의 사막으로 들어섰을 때는 섭씨 50도에 육박하던 더위도 서서히 수그러들고 있었다.

도요타는 제벨 알리를 향해 남쪽으로 곧게 뻗은 길을 달려갔다. 두바이 특유의 적갈색 모래가 바다를 이룬 것 같은 망망한 사막이었다. 바위도 잡초도 없었다. 꺼져가는 태양만이 하늘과 땅에 황혼의 붉은

빛을 수놓고 있었다. 어디선가 낭랑한 나팔 소리가 들려왔다. 교외 곳곳에 흩뿌려진 외국인 노동자 숙소 같았다. 냉방도 안 되는 컨테이너에서 여섯 사람씩 먹고 자는.

도요타는 아부 마레카 인근에서 포장이 안 된 길로 들어섰다. 한참을 달리자 물이 마른 와디가 보였다. 와디의 강줄기가 꺾어지는 지점에는 폐허가 된 작은 건물이 있었다. 거기서 도요타는 동쪽으로 방향을 돌려 지도에 아무 표시도 없는 지역으로 들어갔다.

캠프 마다 인샬레는 아랍인 운전기사들도 잘 몰랐다. 현지인들은 거의 가지 않기 때문이다. 마다 인샬레에는 바비큐 파티도 없고 캠프파이어도 없었다. 류트 리듬에 맞춰 요염하게 허리를 흔드는 댄서도 없었다. 시샤(물담배)에 해시시(대마초)를 넣어 피우는 약쟁이들만 우글거렸다.

역사학자 마이크 데이비스는 말했다. 두바이는 지구라는 죽어가는 행성이 아랍산 석유 중독의 환각 상태에서 태우는 마지막 삶의 불꽃이라고. 그 말이 맞는다면 캠프 마다 인샬레는 그 불꽃의 꺼진 심지였다.

두바이는 신자유주의가 만든 모든 흉물스러운 건축을 한눈에 파노라마처럼 볼 수 있는 도시였다. 세계에서 가장 높은 빌딩, 세계에서 가장 큰 테마파크, 세계 최대의 인공 섬, 세계 최초의 해저 호텔……이 유치한 판타지가 전 세계의 사기꾼들을 불러 모았다.

그 무모와 탐욕과 한탕주의를 조합한 투기적 금융 체제가 팽창할 대로 팽창했다가 폭발한 것이 2009년 11월 국영 두바이월드의 파산이었다. 캠프 마다 인샬레에는 파산 이후 방향을 잃은 두바이의 광기와 울분이 퇴적되고 있었다. 사람들은 마다 인샬레에서 해시시, 필로폰, 코카인, LSD, 그 밖에 여러 가지 약물을 했다. 환각에 빠질 수 있다면 무엇이든 했다.

사막의 진청빛 어둠 속에 더욱 선명하게 검은 띠 하나가 나타났다.

가느다란 흙벽이었다. 입구에 백열등 하나가 가물거리는 모습이 마치 고대의 공동묘지 같았다. 흙벽 좌우로 갈대를 엮은 울타리가 1킬로미터쯤 이어져서 하나의 캠프를 이루고 있었다.

진입 차량을 통제하는 차단 바에 아랍 전통 의상을 입고 이스라엘제 우지 기관단총을 조끼 안에 숨긴 경호원들이 둘 서 있었다. 도요타는 차단 바 옆으로 돌아 길옆 공터에 주차했다.

캠프 주변으로 오두막집들이 십여 채 있었는데 어둠에 묻혀 거의 보이지 않았다. 바람은 남쪽으로부터 똑바로 불어와 황폐한 산을 넘어갔다. 바람에 실려 다니는 먼지의 장막만이 밤하늘에 희뿌옇게 너울거렸다.

머리에 아랍식 체크무늬 두건을 쓴 경호원이 다가왔다. 야세르 아라파트 의장이 쓰고 다니던 케피야라는 두건이었다. 남자는 준경의 얼굴을 알아보았다.

"시샤? 마지리스?"

물담배만 하겠는가, 따로 객실이 필요한가.

"마지리스."

경호원이 고개를 끄덕였고 준경은 도요타에서 내렸다.

경호원이 문을 두드리자 안에서 안내인이 나타났다. 캠프 내부는 미로 같았다. 나지막한 아치형 문을 지나 어두침침한 홀로 들어가자 작은 뜰이 나타났다. 코를 찌를 듯한 백합꽃 냄새와 시큼한 하수도 냄새가 한데 섞여 풍겨왔다. 준경은 안내하는 남자를 따라 뜰을 가로 질러 긴 돌계단을 올라갔다.

별채에 들어서자 내부로 통하는 출입문 사이로 휘황찬란하게 불이 켜진 작은 방들이 쭉 늘어서 있는 것이 보였다. 어디선가 대마초 연기 의 향긋한 냄새가 풍겨왔다. 문이 열린 마지리스(아랍식 객실)에는 바 닥에 깔아놓은 양탄자 위에 사내들이 빼곡히 앉아 있었다. 다들 베 자루처럼 생긴 전통 의상 칸두라를 입고 있었다.

안내인이 준경에게 칸두라를 주었다. 물담배 냄새가 옷에 스미는 것을 막기 위해 덧입는 것이었다. 준경은 칸두라를 입고 안내인이 열 어주는 작은 마지리스로 들어갔다. 양탄자가 있고 커다란 방석과 한 세트가 된 등 쿠션이 두 개 벽에 놓여 있었다. 잠시 후 차와 대마초가 섞인 물담배를 들여왔고 준경은 돈을 치렀다.

마다 인샬레에는 한 가지 중요한 미덕이 있었다. 선금만 치르면 손 님이 사흘을 널브러져 있건 일주일을 널브러져 있건, 죽지 않은 이상 그냥 내버려 둔다는 것이었다. 가끔 시체로 발견되는 손님들은 소문 나지 않게 어딘가로 잘 처리해 줬다.

어디선가 14현 현악기 우드 뜯는 소리가 나른하게 들려왔다.

준경은 차를 한 모금 마시고 주머니 속에서 플라스틱 약통을 하나 꺼내었다. 손안에 감싸쥘 수 있을 만큼 작은 약통이었다. 준경은 약통을 열어 진줏빛을 띤 작은 알약 두 개를 꺼냈다. 준경은 그것을 손바닥에 놓고 골똘한 표정으로 들여다보았다.

"이 시점에서 또 금융 위기를 만들면 석 달 안에 최소한 8000만 명이 죽을 거야. 굶어 죽는 거지. 전쟁이 일어날 거야."

나흘 전 블러드스톤 늪에서 만난 강냉이 형은 그렇게 말했다. 어떤 도청도 감청도 불가능해서 두 사람이 자주 이용하는 길드워의 게임 속 세계였다. 전 세계가 하나의 서버인 길드워가 두바이와 서울을 카카오톡처럼 이어주고 있었다.

"2008년 금융 위기 직후 하루 두 끼도 먹지 못하는 사람들 수가 9억 7000만 명을 넘었어. 구제금융이 식량 원조에 쓰던 돈을 다 빨아들였지. 이걸 다 알면서도 결행하자는 게 말이 되니?"

"형, 결행파의 이야기에도 일리가 있지 않아? 잠깐은 고통스럽겠지만 주주자본주의를 일격에 붕괴시키는 게 인류를 위해 가장 좋은 방법인 건 맞잖아. 밀턴 프리드먼이 말했지. 기업에게는 사회적 양심도 국가적 의무도 필요 없다고. 기업이 짊어져야 할 단 하나의 책임은 주주들을 위해 가능한 많은 돈을 버는 거라고. 주주자본주의로 통일된 세상이 점진적으로 나아질 수 있을까. 전격전으로 단칼에 박살 내면 우리는 지구를 부활시킬 자금을 갖게 되고 적은 패망하게 될 텐데."

"너도 결행파냐?"

강냉이가 결기를 돋우며 화를 냈다.

"어디까지가 주주자본주의고 어디부터가 아닌데? 이건 암세포를 수술하는 것하고 차원이 달라. 금융 환경은 모든 정부와 사회와 가정에 연결되어 있어. 그런 전격전으로 자본가들을 패배시킬 수 있다고 생각하니? 두 번의 세계대전, 다섯 번의 공황, 수백 번의 혁명을 겪어도 살아남은 것이 자본가들이야. 죽어난 것은 전부 없는 사람들이었잖아. 어떤 변혁도 사람을 굶겨 죽일 권리는 없어."

"그만하자. 나는 한번 얘기해 본 거야. 결행파의 방안이 불가능하다는 건 형도 알잖아. 우리 돈은 300억 달러도 안 되고 결행하려면 그 전부를 투자해도 모자라지. 뿐만 아니라 우리 기금의 50퍼센트 이상을 사용하려면 상임위 과반수가 찬성해야 해. 그런 일이 일어날 리가 없잖아."

"결행파는 바보가 아니야. 마음에 걸리는 건 우리가 모르는 강화인간이 하나 더 있다는 사실이야."

강냉이의 목소리에 불안감이 배어나고 있었다.

"그자는 나를 감시하고 있어. 그의 능력은 나를 능가해."

"설마. 형은 가장 먼저 지능 강화를 시작한 1세대잖아. 형보다 먼저 강화를 시작한 사람은 자오얼밖에 없어."

"나도 몰라. 그는 2세대 가운데 한 사람일 수도 있어. 시작의 우세가 반드시 결과의 우세를 의미하는 건 아닐 테니까. 중요한 것은 그의 의도야. 그는 우리 당 자체를 부정하고 있어."

"설마."

"그저께 그는 내게 경고 메일을 보냈어. 살아 있는 성인에게 무조건 임금을 주는 것은 역선택이라는 거지. 그런 보장임금제도는 자연선택에 의해 도태되어야 할 열등인자를 존속시켜 사회의 퇴보를 가져온다는 거야."

"조야한 사회진화론이군. 네오 나치인가."

"문제는 우리가 아직도 그의 신원조차 모르고 있다는 거지."

"그 미스터 나치는 자오얼 아닐까?"

"그럴지도 모르지. 오늘 저녁에 나 자오얼을 만나. 혹시 모르니까 앞으로 48시간 동안은 약을 먹지 말아줘."

"무슨 소리야?"

"만약 자오얼과 우리가 합의에 도달하지 못한다면, 혹은 갑자기 미스터 나치가 습격해 온다면 나는 인페르노 나인을 열어서 대항할 수밖에 없어. 인페르노 나인의 에스퍼는 너무 강력해서 다른 강화인간들까지 해칠지도 몰라. 무슨 말인지 알지? 상황이 확실해질 때까지 넌 약을 먹으면 안 돼."

"너무 위험한데. 내가 지금 한국으로 갈 테니 하루만 기다려."

"아냐, 이건 의장으로서 내가 해야 할 일이야. 넌 켈리 씨와 거기에 있어야 해."

강냉이 형의 여자 아바타는 처연하고 또 다정해 보였다. 컴퓨터 그래픽이 만든 바람정령마법사의 제피르 튜닉이 정글에서 불어오는 열대 습지의 바람에 진짜처럼 나부꼈다. 준경은 알 수 없는 불길함을 느끼고 긴 한숨을 내쉬었다. 컴퓨터 모니터 오른쪽 상단부에 아이템 교환 창이 떴다.

"?"

"난 이제 이게 필요 없을 것 같아. 기념으로 네가 가져."

강냉이 형의 아바타가 자신의 손가락에 끼고 있던 다섯 개 반지를 차례로 뽑아서 아이템 교환 창에 올려놓았다. 함께 영웅광장의 왕좌를 제패하면서 얻은 반지들이었다. 블러드스톤 늪을 감도는 스산한 기운이 컴퓨터 모니터로부터 준경의 가슴으로 스며들었다.

"나 간다. 켈리 씨에게 안부 전해줘."

켈리는 죽었다.

강냉이 형도 죽었다.

켈리 지선 박. 아부다비의 알후슨 팰리스 호텔 옆에 있는 레스토랑 킹 파이살에서 처음 만났다. 그녀는 바로크 스타일의 실내 장식이 깔끔한 레스토랑 테라스의 프라이빗 룸에 앉아 있었다.

서른 정도로 보였고 대단한 미인이었다. 착 달라붙는 검은 치마, 하이힐, 흰색 블라우스 차림이었고 목에는 금색과 검은색이 어우러진 샤넬 스카프를 두르고 있었다. 귀엽게 살짝 올라간 들창코에 눈이 컸고 하얀 피부는 진주처럼 빛났다. 기품이 느껴지는 사람이었다.

동시에 그녀의 얼굴에서 뭐라 설명할 수 없는 슬픔이 느껴졌다. 여자들이 어떤 권리도 기회도 가질 수 없는 이곳에서, 얼굴과 몸을 가리지 않으면 밖으로 나갈 수가 없기 때문에 열다섯 명의 여학생이 불난 학교에서 질식사하는 아라비아 반도에서, 열한 명의 처첩 가운데 한 사람으로 살고 있는 한국 여자.

그런 모순된 감정의 한가운데서 준경은 자신이 상실한 것의 크기를 뼈저리게 느꼈다. 부드럽고 따뜻하고 은은하고 매혹적인 것. 아주

어린 시절 잃어버렸던 삶의 알맹이였다.

"와주셔서 정말 고마워요."

그녀는 누군가와 얼굴을 마주하고 한국어로 이야기하는 것이 정말 오랜만이라며 웃었다. 그녀는 다른 사람이라면 숨기고 싶었을 과거 이야기를 솔직하게 털어놓았다.

대학 다닐 때 좋아하는 언니가 있었는데 그 언니를 따라 업소에 나가게 되었어요. 학자금 대출도 있고 아버지의 부채도 있고 빚이 너무 많았거든요. 업소에서 두바이에 사는 언니를 알게 되었고 그 언니의 소개로 결혼을 하게 되었죠. 여기요? 답답하죠. 지능 강화 제안을 받았을 때 선뜻 하겠다고 한 게, 그냥은 도저히 아랍어를 못 배울 것 같아서였어요.

켈리는 사귐성이 좋은 만큼 외로움을 많이 타는 사람이었다. 공생당에 대한 그녀의 충성도 화상회의에서 만나는 사람들에 대한 애정 때문인 것 같았다. 그녀의 이념적 입장은 공생당의 인쇄된 강령 그대로였다.

"우리는 가져도 가져도 늘 모자라는 소유욕의 노예죠. 자신의 정체성을 자기가 하는 일이 아니라 소유한 물건에서 찾고 있어요. 인간은 이렇게 반사회적 정신이상 상태로 계속 살지 않을 거예요. 인간은 스스로 기쁨을 느끼는 일을 하고 서로 사랑하고 대화하고 즐기면서 살게 될 거예요. 우리 당은 그런 세상을 만들고 있어요."

"켈리 씨, 먼저 제가 할 일에 대해 좀 얘기해 주시겠어요? 알 아살라 오일 에이전시는 아랍에미리트 국영석유공사에 고객을 알선해 주고 수수료를 받는다고 들었는데요."

"맞아요. 국영석유공사는 외국인들에게 석유를 탐광하고 채취할 권리를 승인해 주고 이권료를 받습니다. 탐광 면허를 신청하는 회사가 많을수록 많은 돈을 벌 수 있어요. 우리가 그 신청 회사를 늘려주는 일을 하는 거죠. 국영석유공사의 마케팅 부서라고나 할까요?"

"유전이라면 당연히 신청자가 많지 않나요?"

"그렇지 않아요. 이웃나라 바레인의 유전은 이미 1998년에 석유가 고갈되었습니다. 셸과 브리티시 석유는 아랍에미리트를 믿을 수 없다는 분위기죠. 대형 석유 회사들은 계약 연장을 포기하고 떠나고들 있어요."

"그럼 이 나라도 망하는 건가요?"

"아뇨. 신흥공업국의 정치인들이 있거든요. 저희들은 마케팅 대상으로 26개국 1830명의 정책결정권자들에 대한 내부 정보와 비공개 데이터베이스를 가지고 있어요. 그 정치인들은 자원 협약을 간절히 바라죠."

"왜요?"

"원금의 열 배를 남기려면 장사를 하고, 백 배를 남기려면 도박을 하고, 천 배를 남기려면 정치를 하라는 말이 있잖아요. 국가 자금을 해외의 개인 은행 계좌로 전용하는 데 해외 유전 개발만큼 좋은 게 없거든요. 유전이 경제성을 띨 확률이 없어도 괜찮아요. 석유가 안 나와도 상관없고요. MOU 체결하고, 탐광 면허와 개발 면허 사고, 사진 찍으면 나랏돈이 움직이고 본인 계좌에 돈이 쌓이죠."

"그건 사기 아닌가요?"

"이 행성은 석유 중독증으로 죽어가고 있어요. 마약에 중독된 사람은 아무리 값이 비싸져도 약을 사려고 하죠."

켈리는 상아 담뱃대에 필터 담배를 꽂아 입에 물었다.

"사기라는 말이 맞지만…… 그 정치인들의 사기지요. 저희는 그들이 원하는 그림을 만들어주고 돈을 벌어요. 이라크와 니제르에도 지사를 두고 매달 4000만 달러에서 1억 달러씩 합법적으로 벌고 있습니다. 이것이 공생당의 종잣돈이 되고 당의 활동가들이 세계 곳곳의 금융시장에서 이 종잣돈을 늘리고 있죠. 우리의 목표는 1조 달러예요."

준경은 고개를 끄덕였지만 이상하게 슬픈 마음이 들었다.

"우리가 만들려는 세계와 지금 우리가 하는 일은 너무 괴리가 크군요."

켈리는 아무 대답도 하지 않았다.

당은 아름다운 세계를 만들려고 한다. 세계 연방을 출범시키고 단계적으로 화석연료 사용을 금지할 것이다. 핵융합 발전소를 짓고 지구 둘레의 바깥쪽 정지궤도에 거대한 집광판과 태양전지를 배치해서 거기서 만들어진 에너지를 극초단파 형태로 지표면에 전달하는 태양력 인공위성 시스템을 만들 것이다. 3억 명의 직원들을 동원해서 사막으로 변해버린 열대우림의 벌채 지역에 다시 나무를 심고 숲을 가꿀 것이다. 삼림과 습지대도 재생시킬 것이다. 지구의 기온을 낮춰서 침수되었던 해변의 저지대도 복구할 것이다.

그러나 그런 세계를 만들면서 준경과 켈리는 어떻게 변해갈 것인가? 착한 아이들이 자라날 것이다. 새로운 에너지와 새로운 체제가 새로운 세대의 육질과 영혼에 깊이 파고들 것이다. 그러나 준경과 켈리는 그 현기증 나는 진보의 뒤안길에서 화석연료 시대의 추한 유물로 남지 않을까? 석유 중독의 후유증으로 일그러지고 개미굴 같은 음모의 미로 속에서 짓이겨진.

"켈리 씨."

"네?"

갑자기 사방이 조용해지고 킹 파이살은 따뜻한 오후의 햇살로 가득 찼다. 테라스 밖으로 보이는 호텔 정원에는 종려나무와 무화과나무가 바닷바람에 살랑거리고 있었다.

"이렇게 사는 거 행복하세요?"

켈리가 물끄러미 준경을 쏘아보았다. 준경의 생각이 에스퍼로 켈리에게 건너갔다. 왠지 당신이 애처롭고 위태로워 보여요. 켈리의 생각이 에스퍼로 전해져 왔다. 준경의 머리에 켈리의 머릿속에 있는 수십 문장의 생생한 말들이 떠올랐다.

난 행복해요. 아무려면 한국에서보다 불행할 수가 있겠어요. 휴대폰 요금을 낼까 아니면 방세를 낼까 고민하면서 보내는 이십 대가 어땠을 것 같아요? 지능을 강화하고 갑자기 똑똑해져서, 도덕적으로 열등한 인간들을 뜯어먹게 되어 즐겁고 행복해요. 내일 따위는 아무래도 좋아요…….

그러나 그런 말들과 상관없이 가슴이 먹먹해진 켈리의 감정이 초감각으로 전해져 왔다. 준경은 어떤 말도 하지 못했다. 켈리와 앉아

죽어가는 행성의 마지막 불꽃

있는 킹 파이살이 마치 이 세상과 동떨어진 하나의 망명지 같았다. 켈리 외에 아무도 없는 것 같았다. 발밑에 땅이 있지도 않고 머리 위에 하늘도 없었다. 시간이 종이 위에 인쇄된 글자처럼 죽은 듯이 정지해 있었다.

공포가 이끌어가는 사랑을 겪어본 적이 있는가. 평온함과는 가장 거리가 먼, 무섭고 황홀하고 조마조마하고 격렬한 시간을?

켈리는 아랍 남자의 아내였고 아랍 여자와 통정한 외국인은 투석형이었다. 돌에 맞아 죽는다는 것은 어떤 경험일까. 매일이 무섭고 매시간이 무서웠다. 켈리를 다시는 보지 못하게 될까 봐 무서웠고, 그녀를 보다가 발각될까 봐 무서웠다. 질식할 것 같은 공포 속에 그녀를 안으면 그때마다 태양이 폭발해서 준경을 덮쳤다.

나는 어디에 있는 걸까? 바다 밑에? 시간 밑에? 아니 세상의 밑에? 기쁨과 슬픔이 회오리바람처럼 서로 섞였다.

두 사람은 생각할 수 있는 모든 핑계를 만들어서 만났다.

두바이, 사르자, 알아인에서 만났고 카타르 도하에서 만났다. 준경이 모는 아우디를 타고 전통 시장을 둘러보았고 내륙으로 들어가 아름다운 와디를 구경했다. 아랍인 피아니스트가 유키 구라모토를 연주하는 심야의 바에도 들렀다.

함께 사막으로 갔다. 저무는 해를 바라보며 모래 무늬가 끝없이 계속되는 지평선에 둘의 발자국을 남기며 걸었다. 해안가 언덕에 차를 세워놓고 같이 아라비아 만의 밤바다를 내려다보았다.

"켈리 씨, 고백할 게 있어요."

"그게 뭔데?"

"요즘 내가 좀 달라진 것 같지 않아요? ……처음에 난 1830명의 생각과 행동 패턴과 감정의 정동적 범위를 꿰뚫어 볼 수 있었어요."

켈리는 준경의 눈을 한참 들여다보았다. 그리고 천천히 고개를 끄덕였다.

"당연하지. 자기는 지능을 강화했으니까."

"아뇨. 그런데 이제 그게 잘 안 돼요."

"뭐? 왜?"

"그게 안 되는 게 켈리 씨부터예요. 켈리 씨의 경우에 내 안에서 판단 정지가 일어나요. 이건 내가 당신을 진심으로 사랑하게 되었기 때문이죠. 그래서 당신을 알 수가 없고 판단할 수가 없어요."

"자기, 거짓말하는 거 아냐?"

"정말이에요. 우리 강화인간들은 컨스펙터스Conspectus를 할 수 있어야 해요. 개관, 즉각적으로 전체를 인식하는 능력이죠. 엄마가 다섯 살짜리 딸의 마음을 개관하듯이, 늙은 면접관이 젊은 응시자의 내면을 개관하듯이 우리는 다른 사람들을 개관해요. 정신적 성숙의 더 높은 단계에 있는 사람은 더 낮은 단계의 사람들의 일상에 감춰진 패턴들을 읽어낼 수 있죠. 그런데 요즘 나는 그게 안 돼요."

켈리는 재미있다는 듯이 생글생글 웃었지만 준경의 표정은 곤혹스럽게 변해 있었다. 그는 하늘의 초롱초롱한 별빛을 보고 다시 고개를 돌려 땅을 보았다. 멀리 두바이의 불빛이, 뿌리를 빼앗긴 사물들의

죽어가는 행성의 마지막 불꽃

슬픔이 빛나고 있었다.

"인간에게는 다른 사람과의 교류를 통해서만 발전할 수 있는 덕성이 있어요. 혼자서는 결코 실현할 수 없는 덕성이죠. 컨스펙터스 능력은 이 덕성을 실현해야 할 때는 저절로 소멸해 버려요. 켈리 씨…… 나는 좀 무서워요. 당신을 만난 뒤 나는 달라졌어요. 나는 세상의 내부로 뚫고 들어갈 자신이 있었어요. 그러나 지금 나의 정신력은 계속 외곽을 맴돌고 있어요. 내일의 모든 것이 무지와 두려움과 신비에 쌓여 있어요. 당신이 갑자기 사라진다면 나는 완전한 절망 속에 죽을 거예요."

켈리는 기쁨과 안타까움이 뒤얽힌 표정으로 그를 쳐다보았다. 그리고 그의 목에 두 팔을 감고 입을 맞추었다.

"자기, 무슨 말인지 잘 모르겠지만 멋진 고백이야."

며칠 후 파국이 찾아왔다.

강냉이와 길드워에서 마지막으로 얘기를 나눈 다음 날이었다. 그날 아침 바다가 보이는 주택가 코디시 로드의 도로들은 널찍널찍했고 잔디밭을 따라 늘어선 집들은 아담하고 포근해 보였다. 집집마다 싱싱한 이파리를 우산처럼 뻗은 종려나무들이 자라고 있었고 대문 앞에는 고급 승용차들이 세워져 있었다.

아우디로 걸어가던 준경은 뜨끔했다. 뭐가 잘못되었다고 꼭 집어서 말할 수는 없었다. 그러나 뭔가 이상했다. 뭔가가 있어야 할 것이 제자리에 있지 않은 듯한 이상한 느낌. 그러나 이미 때는 늦었다.

준경은 몸을 돌려 조금 전에 상냥한 미소로 목례한 청원경찰을 보

있다. 지난 1년 동안 매일 봐온 남자. 검은 머리에 숱이 많은 아랍식 콧수염을 기르고, 단단하게 조여 맨 가죽 허리띠 밖으로 배가 튀어나온, 사람 좋은 얼굴의 그 남자가 준경을 주시하고 있었다. 그의 오른손이 허리춤에 찬 권총 위에 올라가 있었다.

동시에 주택가 모서리에서, 맞은편 상점 안에서, 종려나무 그늘에서 사내들이 나타났다. 모두 준경을 향해 권총을 겨누고 있었다. 사내들은 놀라서 소리를 지르는 행인들도 구경꾼들도 신경 쓰지 않았다. 그 여유 만만한 모습은 그들이 경찰이라는 것을 말해 주고 있었다. 노동자의 85퍼센트가 공민권이 없는 아랍에미리트에서 무소불위의 권력을 행사하는 경찰.

시동 걸어.

사내 가운데 한 사람이 명령했다. 준경은 시키는 대로 자신의 차에 탔다. 그리고 시동 버튼을 눌렀다. 사내들도 따라 올라탔다. 집 앞을 출발해 종려나무 그늘 아래를 빠져나왔을 때 준경은 하릴파샤 거리로 통하는 입구에서 낯익은 차를 보았다. 준경의 평범한 아우디와 대조되는 은회색 마이바흐 57이었다. 준경은 마이바흐 옆에 아우디를 갖다 대었다.

마이바흐의 유리창이 내려가고 바그다디 회장의 다갈색 얼굴이 나타났다. 하얀 전통 의상 디시다시를 입은 바그다디는 아바나산 시가를 깊이 한 모금 빨아들인 후 생각에 잠긴 표정으로 준경을 바라보았다. 그 차분한 표정에서 준경은 이것이 치정 문제가 아님을 알았다. 그래도 무슨 말이든 하지 않을 수가 없었다.

"왜 이런 장난을 치십니까?"

"그동안의 노고를 고맙게 생각하네."

육십 대의 바그다디는 상당한 거구였고 손도 큼지막했다.

준경의 조직과 손을 잡기 전까지 그는 두바이 국왕 알 마크툼의 수많은 처족 중 하나에 불과했다. 그는 아부다비 항구에 몸 파는 여자들이 출근하는 클럽 하나를 운영했다. 클럽에서는 술만 팔았다. 남자들이 들어오면 여자들이 가서 같이 앉고 손님이 여자에게 술을 한잔 샀다. 이야기가 잘 끝나면 여자는 손님과 함께 가고 180불을 받았다. 여자들은 90불을 클럽에 참가비로 냈다.

이 클럽이 바그다디의 진짜 사업을 포장하는 외피였다. 때로 그는 자신의 클럽에서 마약 매매 대금을 세탁하러 온 탈레반들의 뒤를 봐주었고 아시아 여러 나라의 정치인들, 또 폭력단 보스들과도 거래했다. 그러나 본업은 '인력 양성 사업'이었다. 그는 파키스탄과 인도에서 실업자들을 백여 명씩 데려와 여권과 비자를 뺏고 죽지 않을 정도로 때려서 겁을 준 뒤 건설 현장에 인부로 팔아넘겼다.

바그다디는 대부분의 국왕 인척들과 똑같았다. 무식하고 잔인했으며 탐욕스러웠다. 그는 십여 건에 달하는 남아시아 노동자 실종사건의 배후로 여겨지고 있었다. 다만 그는 이 막되어먹은 토후국 특권층의 세계 안에서는 신중하게 행동했고 다른 사람들을 불편하게 하지 않는다는 평판을 얻고 있었다. 말하자면 가지 말아야 할 곳에는 가면 안 된다는 사실을 알고 있는 보기 드문 인척이었다. 그것이 공생당이 그를 선택한 이유였다.

"난 자네를 좋아했어. 이렇게 헤어지게 되어 애석하군."

"당이 가만있지 않을 겁니다."

"그렇지 않아."

준경은 바그다디의 검고 차가운 눈동자를 바라보았다. 거기에는 냉혹한 확신이 빛나고 있었다.

"당은 어리석은 짓을 했네. 그래서 자네를 어려운 지경으로 몰아넣고 말았지."

바그다디는 진심으로 애석하다는 듯이 혀를 찼다. 준경은 초감각적 지각을 시전했고 바그다디가 마음에 감추고 있는 말을 알아차렸다. 사람들의 이해관계를 꿰뚫어 볼 수 있다면 전 세계 어디든 분산된 네트워크의 군대를 조직할 수 있다. 그게 공생당이 일하는 방식이었다. 이제는 적들이 그 방식을 가로채버린 것이다.

준경과 켈리가 사라지고 당이 보복하지 못한다면 알 아살라 오일 에이전시의 수익은 온전히 바그다디의 것이었다.

바그다디가 시가를 들지 않은 오른손으로 운전석을 두드렸다. 유리창이 올라가면서 마이바흐는 물이 흐르듯이 움직여 앞으로 사라졌다. 준경의 옆에 앉아 있던 경찰이 총구로 준경의 머리를 툭툭 쳤다.

한 시간 후 준경의 아우디가 멈춘 곳은 숨소리가 크게 들릴 정도로 인적이 드문 사막이었다.

한 사내가 작은 야전삽을 던져주고 파라고 했다. 짙푸른 하늘. 발밑의 모래. 심장이 정신없이 쿵쾅거리고 있었다. 침을 삼키는 소리가 천둥처럼 들렸다. 얼마가 지났을까. 준경이 무릎 깊이 정도의 구덩이를 팠을 때 뙤약볕에 서 있던 사내들의 인내심이 바닥을 드러냈다.

한 사내가 권총을 들고 준경의 등 뒤로 돌아갔다.

그때 준경의 몸이 구덩이를 박차고 허공으로 도약했다. 어떤 계산이 있어서 사내를 공격한 것이 아니었다. 준경에게 지금이다 하고 명령한 것은 머리가 아니라 몸이었다. 언젠가 이유진이 말하던 신체적 의식이었다.

너 소매틱 칸셔스니스somatic consciousness(신체적 의식)라는 말 들어봤어?

아니.

너는 인텔리전스 도핑을 통해 지능을 강화했어. 지능이 강화되면 신체가 따라서 강화되지. 강화된 지능은 우리 몸안에 일어나는 신경 전달물질의 분비를 의식하고 조절할 수가 있어. 그걸 신체적 의식이라고 해. 지금은 잘 모르겠지만 언젠가 너 자신의 몸에 대해 놀라게 되는 순간이 찾아올 거야.

사이코가 된다는 소리 같은데?

그게 아냐. 누군가를 주먹으로 때린다고 생각해 봐. 그 동작은 신체의 열 개 기관이 협조해서 이루어져. 구타 대상의 턱으로부터 반사된 빛이 눈의 각막에 접촉해서 수정체, 유리체, 망막, 시세포, 시신경을 거쳐 대뇌로 들어가. 그리고 근육 반응의 명령이 대뇌에서 척수로 나와서 운동신경을 거쳐 팔의 근육을 움직이지. 강화된 지능은 근력 자체를 강하게 하지는 못하지만 육체 각 기관의 협조성을 증대시켜 반응속도를 높일 수 있어.

이걸 계측하는 '신속 임펄스 1'이라는 것이 있어. 이것은 생후 6개월 된 아이의 의식적 근육 반응속도를 의미해. 신속 임펄스 125면 반응속도가 0.3초라는 뜻이야. 지속적인 훈련을 한 천사 중에는 최고 신속 임펄스 387까지 도달한 사람도 있어. 의식적 근육 반응속도는 0.096초가 되지.

구덩이에서 솟구친 준경의 야전삽이 총검처럼 사내의 미간을 찔렀다. 그 충격에 사내는 뒤로 쓰러지면서 권총의 방아쇠를 당겼다. 연기가 피어오르면서 시큼한 화약 냄새가 진동했다. 총성으로 인한 공기의 진동이 멈추기도 전에 준경의 삽날이 놀라움으로 눈이 휘둥그레진 두 번째 사내의 경동맥을 잘랐다. 자신의 목을 움켜쥔 사내의 두 손바닥 사이로 콸콸 피가 쏟아져 내렸다.

세 번째 사내는 준경에게 조준 사격을 가했다. 그러나 준경은 가슴에 총탄을 맞으면서도 발로 그의 명치를 힘껏 걷어찼다. 사내는 그대로 기절해 버렸다. 준경은 모래 위에 떨어진 권총을 주웠다. 그리고 쓰러져 있는 세 사내를 모두 사살했다. 시체를 자신이 판 구덩이에 넣고 파묻었다.

매장이 끝났을 때 준경은 갑자기 뒷통수 아래쪽이 따끔거리는 것을 느꼈다.

가슴이 답답해지고 자기도 모르게 몸이 움츠러들었다. 그것은 초감각적 지각에 의한 충격이었다. 자신의 영혼의 일부와도 같은 누군가가 죽은 것이다. 켈리가 죽었다는 직감이 공포와 함께 그의 가슴을 때렸다. 준경은 총상의 충격과 초감각적 지각의 충격으로 의식을 잃고 말았다.

신체적 의식이 준경을 다시 깨어나게 했다.

준경의 신체적 의식은 총상으로 인한 출혈을 최소화하고 상처의 염증 반응을 막도록 바이오 모듈레이션Bio modulation(생체 조절)을 진행했다. 준경 자신은 의식을 잃고 있었지만 신체의 모든 생체 조직, 피부, 뼈, 신경, 연골, 인대, 힘줄은 상처의 통증과 출혈을 억누르기 위해 움직였다. 정신을 차렸을 때 준경은 출혈이 멈추었고 고통스럽지만 걸을 수 있다는 사실을 발견했다.

준경은 두 손을 덜덜 떨면서 켈리의 별장이 있는 두바이를 향해 차를 몰았다. 경찰의 검문을 피하기 위해 두바이 교외에 아우디를 버렸다. 지나가는 승용차를 얻어 타고 두바이 시로 들어왔다. 시내에 들어와서는 택시를 갈아타고 주메이라 모스크에서 내렸다. 그러나 켈리의 집을 향해 열 걸음쯤 걸었을 때 전화벨이 울렸다. 준경은 외마디 비명을 지르며 그 자리에 무릎을 꿇었다.

준경은 해시시를 피우면서 손바닥의 알약을 들여다보았다.

옷 하나를 덧입었지만 한기가 느껴졌고 몸이 부르르 떨렸다. 마지리스는 춥지 않았다. 그것은 켈리가 없는 세상의 한기였다.

달콤하고 예쁘고 나긋나긋하고 부드러웠던 여자. 자기 자신이 아침 이슬처럼 연약하면서 오히려 내가 죽을까 봐 걱정하고 피처폰을 건네준 여자. 그 견딜 수 없이 사랑스러운 어리석음.

자기 나 좀 꼭 안아줘. 죽으면 날 안아줄 수 없잖아. 아, 내가 죽으면 자기가 불쌍해서 어쩌나. 얼마나 외로울까! 만일 내가 죽고 없거든 나를 꼭 기억해 줘. 나를 그리워해 줘. 어떤 여자도 내가 사랑했던 것만큼 자기를 사랑할 수 없다는 걸 알아줘.

켈리와 함께 본 아부다비의 밤바다가 준경의 가슴을 찢어놓았다.

검은 망토 같은 물결 위에 금빛으로 명멸하던 불빛들. 춤추는 듯한 불빛들은 지평선 이 끝에서 저 끝까지 어둠 속에 촘촘히 박혀 있었다. 우리도 저 수백만의 불빛 중에 하나를 가질 수 있었다. 고요한 생활. 아름다운 밤. 우리는 행복해질 수 있었다.

왜 이런 일이 일어난 것일까.

그날 저녁 아부다비의 불빛들은 아스라이 펼쳐져 있었다. 그러나 준경은 자신이 켈리와 함께 거기에 가 닿을 수 없다는 사실을 알았다. 인간이 사는 세계에는 두 개의 왕국이 있고 준경은 다른 왕국에 살고 있었다. 고요한 생활과 아름다운 밤이 있는 평범의 왕국은 손에 잡힐 듯 펼쳐져 있지만 준경은 그곳에 속할 수 없었다.

준경과 켈리는, 그리고 천사들은 극단의 왕국에 살고 있었다. 그 왕국은 이제까지 인류가 한 번도 밟아보지 못한 정신세계, 사이키 psyche의 가장 높은 산정에 있다.

이 두 번째 왕국에서는 매순간 희귀하고 비일상적인 사건들이 느닷없이 나타나 모든 것을 바꿔버린다. 나비의 날갯짓 같은 작은 변수 하나가 엄청난 폭풍을 몰고 온다. 과거의 경험에 의존한 판단은 아무 소용이 없고 고도의 카오스와 프랙털 원리가 지배하는 미지의 지식,

죽어가는 행성의 마지막 불꽃

반反지식이 잇달아 펼쳐진다.

지옥 9층.

준경은 깊은 비애와 피로의 빛이 뒤섞인 해쓱한 얼굴로 손바닥의 알약을 들여다보았다. 이유진은 끝내 그 충격의 세계를 열어버린 것이다. 그런 것이 존재할 수 있다는 가능성조차 짐작할 수 없는 극단의 세계. 인류의 모든 과거의 경험과 모든 기대 영역의 바깥에 놓여 있는 세계.

그것은 초인간의 지능으로 인간이라는 종족의 기억을 꿰뚫어 보고 그 통찰을 공간으로 그려낸 세계였다. 진정한 세계로부터 추락하고 타락하여 헛된 세계에서 인생을 낭비하는 인류의 통곡이 아로새겨진 세계였다.

이 알약을 복용하는 사람들을 에이-휴먼a-Human, 강화인간, 혹은 천사라고 부른다. 그들은 이유진이 만든 블랙홀 같은 세계로 빨려 들어갔고 자가 증식의 최면 상태 속에서 사투를 벌이고 있을 것이다. 어쩌면 이것으로 강화인간은 멸종할지도 모른다.

넌 켈리 씨와 잘 지내라……. 이유진은 준경이 사랑하는 여자와 함께 행복하게 머물기를 바랐다. 그러나 그것이 가능한 일일까.

켈리를 잃어버린 준경에게 세상은 두 번 다시 이전과 같은 장소일 수 없었다. 설령 잔류인간r-Human의 세계에 머문다 한들 자신이 보고 접촉한 것을 현실로서 받아들일 수가 없을 것이다. 그는 세상을 너무 깊게 보고, 또 너무 많이 보았다. 이미, 어쩔 수 없이, 절대로 돌이킬 수 없이.

준경은 손바닥의 알약 두 개를 삼키고 차를 마셨다.

인텔리전스 도핑 초기에 오는 맑은 각성 상태.

모든 감각이 살아나고 주의력과 집중력이 높아진다. 어두운 극장에 차례로 불이 들어오듯이 수학적 추론 능력, 논리적 추론 능력, 언어적 커뮤니케이션 능력, 공간 시각화 능력이 깨어난다. 고도로 복합적인 사고를 만들어내는 패턴 인식 및 연관성 파악 능력이 깨어난다.

그러나 다음 순간 트랑스.

누군가의 상념이 틈입해 들어온다. 누군가의 상념이 준경의 의식을 유도한다. 수많은 세계가 있다. 하나의 세계는 다시 다른 세계로 이어지고 그런 이동이 무한히 숨 가쁘게 계속된다. 사고의 세계에서 펼쳐지는 풍경에는 반복이 없다. 계속 새로운 땅이 전개되고 위험의 예감은 점점 더 커진다. 준경은 자신이 과연 되돌아올 수 있을지 무서워진다.

드디어 하늘도 땅도 없는 공간.

죽어가는 행성의 마지막 불꽃

종족의 기억 공간

제1천계의 카르미나 전투.

13일째 되던 날 승부가 결정된다. 안전지대로 이동하던 병력이 매복을 만난다. 수백 분의 일 초 사이 천사들은 적의 대부대에 포위된다. 적군 사령함 미카엘이 나타난다. 유황의 우박이 폭풍을 이루고 불의 파도가 아군을 난타한다. 기선을 제압당한 천사들이 차례차례 쓰러진다.

안드로메다의 은하를 가르며 수천 줄기 빛의 군대가 미카엘로 최후의 돌격을 감행한다. 백만 분의 몇 초 사이 12만이 넘는 천사들이 죽는다. 세마엘이 타고 있던 지휘선이 가지고 있던 탄두를 폭발시키며 자폭한다.

살아남은 천사들이 자폭의 순간을 연막 삼아 시공을 탈출한다. 그러나 폭발의 잔인한 불길이 순식간에 천사들을 삼켜버린다. 한 천사가 불가능하다고 여겨질 만큼 복잡한 사차원의 미로를 뚫고 초공간으로의 도약에 성공한다.

인간계. 이름 모를 땅.

천사는 안개가 낀 계곡과 협곡, 하늘이 보이지 않을 정도로 울창한 숲에 떨어진다. 미개한 문명을 영위하고 있는 인간형 종족들과 만난다. 그들은 천사를 신이라고 생각한다. 천사는 그들과 함께 살면서 공포에 떤다.

결국에는 적이 그의 탈출을 알아차릴 것이다. 추격대가 은하계를 가로질러 그를 찾아올 것이다.

그때 뜻밖의 행운이 찾아온다. 천사가 숲에서 변신 능력자 종족을 발견한 것이다. 하나는 곰, 하나는 호랑이다. 둘은 아직 동물의 낮은 계층에 머물고 있다. 천사는 그들을 설득한다.

여러분은 왜 사십니까? 무슨 목적으로 살아가십니까? 여러분은 자기 자신과 이 우주의 운명에 대해 생각해 본 적이 있나요?

우주의 모든 생명은 그 자체로 완전한 전체인 동시에 더 큰 전체의 일부입니다. 생명의 목적은 자신을 초월해서 더 큰 전체로 진화하는 것입니다. 우주 안의 모든 생명은 가장 큰 전체인 신神에 이를 때까지 계속 자기를 초월하고 있습니다.

그러나 세상에는 오만한 생명이 있습니다. 오만한 생명은 스스로 전체이기만을 원하며 더 크고 고귀한 전체의 일부이기를 거절합니다. 지금 그 오만한 자들이 저를 찾아서 죽이려고 합니다. 여러분이 자기를 초월해서 상위 계층으로 변신해 준다면 저는 살 수가 있습니다.

곰과 호랑이는 천사를 돕기로 한다. 둘은 쑥과 마늘을 가지고 잠재의식으로부터 더 높은 계층의 영혼을 조형할 수 있는 동굴의 어둠 속으로 들어간다. 호랑이 조랄은 실패한다. 곰 아이카딘이 성공한다. 천사가 아이카딘과 결합한다.

초월.

천사는 엄청난 힘을 얻는다. 그 힘으로 모든 악을 분쇄할 최종병기를 제작한다. 그리고 군대를 조직한다. 그러나 군대가 완성되기 전에 추격대가 도착한다.

천사의 군대와 어둠의 군대가 여러 대륙의 산하에서 격돌한다. 가공할 대지진이 일어나고 끔찍한 역병이 야영지를 휩쓴다. 불길은 사방에서 타오르고 나무들이 새까맣게 그을어 스러진다. 싸락눈 같은 재가 흩날리고 뜨거운 피가 긴 개울을 이루며 흐른다.

125일째 되던 날 천사의 군대가 무너진다. 둑이 터진 듯이 적의 대군이 엄습한다. 쫓기면서 사람들이 죽어간다. 나무들이 모두 불탄 검은 계곡에서 천사가 아이카딘을 위해 마지막 전투를 준비한다.

고귀한 여인이여 용기를 잃지 마세요. 나의 사랑이 영원히 그대와 함께할 것입니다. 그대는 이제까지 없었던 위대한 왕을 낳을 것입니다. 그는 신의 검을 들어 암흑을 물리치고 흩어졌던 사람들을 다시 모을 것입니다. 모든 이방이 떨며 그의 앞에 서리니 그의 아이들은 인간의 대지를 지키는 등불이 될 것입니다.

말을 마치고 천사는 적진으로 돌격한다. 아이카딘이 울면서 남쪽으로 도망친다. 모래바람에 덮여 죽어가는 들꽃. 밤의 어둠 속으로 사라져가는 노을.

천사가 쓰러진다. 화살과 창과 칼날이 쏟아진다. 고통이 살을 찢고 뼈를 부수며 온몸을 관통한다. 천사의 마음이 유례가 없을 만큼 빠르게 회전하기 시작한다. 의지에 반하여 치명적인 인식이 자꾸 머릿속에 떠오른다.

자기 파괴 명령어.

스스로 자신의 파괴를 유발하고 자신의 지옥을 열어버리게 하는 내면의 암호. 천사는 필사적으로 연상 작용을 멈추려고 하지만 이 단어를 삭제하는 것은 불가능하다. 천사는 마침내 기력이 다한다. 자기 파괴 명령어가 그의 입에서 흘러나온다.

"엄…… 마!"

천사는 추락한다. 추락하면서 초공간이 열린다. 천사의 영혼이 몇십 분의 일 초 동안 반물질 단위로 분해되었다가 재조립된다.

눈앞이 밝아진다.

협조

12

카니발은 왼쪽 차선으로 붙으며 속도를 높였다.

누가 뒷좌석에 모로 누운 김호를 일으켜 세웠다. 김호는 두 손이 등 뒤로 돌려져 플라스틱 수갑이 채워지고 머리 위에서 어깨까지 검은 두건이 씌워진 상태였다. 두건이 벗겨졌다.

차창 밖은 어둡고 잿빛이 감도는 캄캄한 밤이었다. 멀리 앞장서서 달려가는 자동차의 빨간 미등이 보였다. 한밤중이었다. 새벽 3시쯤 되었을까. 도로 표지판은 보이지 않았다. 김호는 자신의 시계, 휴대폰, 지갑, 허리띠, 기타 소지품이 모두 사라진 것을 알았다.

김호의 맞은편 의자에는 정장을 입은 여자가 앉아 있었다. 그리고 그를 때려서 차에 태웠던 우락부락한 셋과 또다른 남자들이 있었다. 운전석과 조수석에 두 사람. 김호의 뒤편 좌석에 세 사람. 납치범들은 자신만만하게 김호가 곁눈질하는 것을 허용했다. 아무도 마스크나 복면을 쓰고 있지 않았다.

맞은편에 조용히 앉아 있는 여자는 신입사원을 면접하는 대기업의 인사 담당 간부 같았다. 젊고 우아하고 세련된 분위기가 풍겼다.

"김호 팀장님, 이렇게 거칠게 모셔서 미안합니다."

여자의 한국어에서 중국어 억양이 느껴졌다. 그녀의 시선은 침착하고 노련했다. 그녀의 얼굴을 보던 김호는 놀라서 숨을 멈추었다. 세상에 이런 우연이. 여자는 오늘 저녁 조세욱의 서류에서 본 새라 워튼, 장웨이였다. 김호는 속마음을 감추고 물었다.

"당신들 누구요?"

"자오얼의 친구라고 해두죠."

"공생당? 아니면 국가안전부?"

"팀장님은 그런 거 알 필요 없어요. 우리를 자오얼이 구금된 곳으로 안내해 주세요. 그리고 그를 데리고 나오시면 됩니다. 협조해 주시면 현금으로 30만 유에스 달러를 드리겠습니다."

여자가 조수석의 등받이를 노크하듯이 두드렸다. 조수석으로부터 등에 멜 수 있는 검은색의 백팩이 하나 넘어왔다. 여자는 백팩의 지퍼를 열어 안을 보여주었다. 백 달러짜리 낡은 지폐가 가득 들어 있었다.

"팀장님은 곧 은퇴하시죠? 이건 추적이 안 되는 깨끗한 돈입니다."

"자오얼을 풀어주면 나는 범법자가 되는 거요."

"재미없는 말씀 마세요. 증거가 없어서 풀어주었다고 해도 되고, 조사하려고 데리고 갔는데 도망쳤다고 해도 돼요. 변명거리는 얼마든지 있잖아요."

"거절하겠소."

"다시 제안하죠. 50만 유에스 달러 드리겠습니다."

김호의 표정이 굳어졌다. 그는 크게 심호흡을 한 번 하고 입을 열었다.

"공자님이 그러셨죠. 나물 먹고 물 마시고 팔 베고 누우면 그게 행복이라고. 나도 그냥 연금 타서 먹고 살겠소."

"그래?"

그때까지 깍듯이 경어를 쓰던 여자가 갑자기 주먹을 휘둘렀다. 그 주먹은 믿어지지 않을 만큼 빠르게 김호의 명치를 갈겼다. 눈앞에 불이 번쩍하면서 귀가 멍해졌다. 마치 총을 맞은 듯한 충격이었다. 김호는 정신줄을 놓아버릴 것처럼 가쁜 숨을 몰아쉬었다.

여자는 등받이 쪽으로 몸을 눕히면서 앉은 자세 그대로 김호를 걸어차기 시작했다. 능숙하고 빠른 발길질이었다. 김호는 외마디 비명을 질렀다. 여자의 발이 배와 갈비뼈, 허리를 파고들었고 사타구니를 짓이겼다. 여자의 타격이 어떻게 이런 고통을 일으킬 수 있는가. 몸이 몇 개인가의 각기 다른 부분으로 절단되어 가는 듯한 통증에 김호는 급기야 비명조차 지를 수 없었다. 혀가 입천장에 달라붙고 눈꺼풀이 저절로 감겼다.

여자가 자세를 바로잡았다. 그녀는 옆에 두었던 핸드백에서 스마트폰을 꺼내 김호의 눈앞에 들이밀었다. 헐떡거리면서 밑으로 수그러지던 김호의 고개가 갑자기 꼿꼿해졌다. 동영상이었다.

손이 뒤로 묶인 젊은 여자가 일그러진 얼굴로 울고 있었다. 그녀의 목울대 바로 앞에 시퍼런 칼이 겨눠져 있었다. 여자의 얼굴 옆으로 보이는 배경은 지하실 혹은 빛이 들지 않는 골방 같았다.

"아빠, 아빠, 살려주세요. 흑, 흑, 저 좀 살려주세요. 제발."

연경이었다.

울컥 피가 머리끝까지 역류했다. 김호는 소리를 지르며 여자를 향해 박치기를 시도했다. 그러나 뒷좌석에 앉은 남자 하나가 예상했다는 듯 김호의 목에 철사를 걸어 잡아당겼다. 여자는 아무 감정이 없는 목소리로 다시 말했다.

"마지막으로 묻죠. 협조하겠습니까, 그냥 죽겠습니까? 당신이 죽으면 당신 딸도 죽어요. 딸은 컨테이너 밑바닥에 묶어서 중국으로 보냅니다. 거기서 산 채로 배를 가르고 간, 콩팥, 심장, 안구를 적출한 뒤 쓰레기 소각장에 버릴 거예요."

김호는 눈앞이 캄캄했다. 어두운 고통이 그의 내부로 번져가 절망을 뿌리내리고 있었다.

"내가 협조하면 딸을 돌려준다는 것을 어떻게 보증하오?"

"보증? 흥, 어차피 당신은 선택의 여지가 없어요. 하지만 안심하세요. 자오얼만 확보하면 바로 딸을 풀어줄 겁니다."

김호는 고개를 떨어뜨렸다. 노여움과 혼란스러움, 무자비한 발길질이 그의 기운을 앗아갔다. 최고의 요원이라 자부하고 있었는데 이렇게 속절없이 무너지는가. 예상치 못한 피랍, 구타, 6억 원의 제안, 딸의 납치가 그를 공황 상태로 몰아넣었다. 어떻게 하면 좋을지, 무슨 말을 하면 좋을지 아무 생각도 나지 않았다.

"이봐요. 당신도 여자가 아닙니까."

김호는 여전히 한국어로 말했다. 이 와중에도 여자의 정체를 아는 척하는 것은 위험하다는 생각이 들었다.

"당신도 고생할 만큼 한 사람 같은데 왜 같은 여자를 겁박합니까. 내 딸은 아무 죄가 없소. 자오얼은 내가 책임지고 넘겨주겠소. 먼저 딸부터 풀어주시오."

차 안은 싸늘한 침묵에 사로잡혔다. 여자가 쓸쓸한 표정을 지었다. 김호는 자신을 둘러싼 사람들에게서 뿜어 나오는 보이지 않는 살기를 느꼈다.

"우린 오늘 19명을 죽였죠. 런던과 로마와 상하이에서. 당신이 한 번만 더 헛소리를 하면 21명이 됩니다. 당신과 당신 딸이 추가되는 거죠."

여자가 다그쳐 물었다.

"자오얼 지금 어디 있습니까?"

"딸부터 풀어주시오."

"마지막으로 묻습니다. 자오얼 어디 있습니까?"

여자의 지극히 가식적인 정중함이 김호에게 최후의 일격을 가했다. 김호는 질끈 눈을 감았다. 인간의 마음 깊은 곳에서 얼마나 큰 절망이 생겨날 수 있는지를 예전엔 미처 알지 못했다. 절망은 날카로운 발톱으로 목을 쥐어뜯었다. 이 상황에서 그를, 그의 딸을 도와줄 사람은 아무도 없었다. 김호는 정말로 외롭게 절망했다. 그리고 신음하듯 내뱉었다.

"경기도 용인 제191특별구치소."

"주소를 말해 봐요."

김호는 주소를 말했고 여자는 운전석을 향해 그것을 큰 소리로 알렸다. 조수석의 사나이가 내비게이션을 조작했고 카니발은 속도를 높였다. 하얀 중앙선 분리대의 표식들이 묘하게 시간을 끌며 차창으로 날아오다가 획획 단속적으로 스쳐갔다. 조그마한 표식 하나가 김호의 눈에 들어왔다. '대전 36킬로미터'.

"협조해 주셔야 할 게 하나 더 있습니다."

여자가 좀더 편안한 표정이 되어 말을 꺼냈다.

"왜 또 말이 틀려지는 거요?"

"팀장님은 가족 때문에 직장을 배신한 처지잖아요. 이건 자오얼의 석방에 비하면 아무것도 아닌 일입니다."

"멋대로 지껄이는군. 그게 뭐냔 말이오."

"팀장님은 이유진 살인사건을 맡고 있죠? 수사 과정에서 이유진이 쓴 메모가 하나 나왔을 겁니다. 그걸 우리에게 넘겨주세요."

"나더러 수사 기밀까지 넘기라는 거요?"

"수사 기밀이 아닙니다. 사건과는 아무 관계가 없고 우리에게만 필요한 정보죠. 이유진이 직접 쓴 메모 가운데 인페르노 나인이라는 단어가 나오는 게 있을 거예요. 우린 그걸 설계도라고 부르는데 옛날이야기나 연대기처럼 보이는 기록입니다. 인페르노는 라틴어로 지옥이란 뜻이니까 내용은 지옥의 이야기 같은 것이랄까요."

"지옥의 이야기? 그런 게 왜 중요한 거요?"

"그건 알 필요 없어요."

"단테, 밀턴, 스베덴보리…… 지옥 이야기는 얼마든지 있지 않소."

"우리에겐 이유진이 쓴 이야기만이 중요해요."

"이유진은 일개 회사원이었습니다. 그의 생각이 왜 그렇게 중요합니까?"

새라의 눈빛이 날카롭게 빛났다. 강화인간 특유의 초감각적 지각으로 김호가 무지를 가장하고 있다는 의혹을 느낀 것이다. 김호도 예민하게 여자의 변화를 느꼈다.

"찾아주겠소. 내 손을 풀어주시오."

여자는 대답이 없었다.

"내 손을 풀어주고 휴대폰을 주시오. 지금 그 메모를 찾도록 지시하겠소."

여자는 김호를 노려보다가 핸드백에서 잭나이프를 꺼내었다. 그리고 김호에게 돌아앉으라고 말했다. 김호는 등에 칼이 꽂힐 것 같은 불안을 느끼며 천천히 몸을 돌렸다. 오륙 초 정도 침묵이 있었다. 김호는 긴장 때문에 배의 근육이 뒤틀리는 것을 느꼈다. 이윽고 여자의 칼이 플라스틱 수갑을 잘랐다.

영동고속도로 인터체인지에서 그리 멀지 않은 용인시 동쪽에 십여 미터 높이의 거목들이 들어찬 울창한 숲이 있다. 인공적으로 조성한 숲이 아니고 고려 시대부터 주요 인사들의 묘역으로 사용되면서 자연스럽게 이루어진 삼림이다. 숲의 경계 안은 자연휴양림 지구, 정광산 산행 지구, 일반 주거 지구의 세 지역으로 나뉘는데 산행 지구와 휴양림 지구 사이에 자그마한 군사보호구역이 들어서 있다.

매달 수만 명의 수도권 거주자들이 방문하는 숲의 다른 지역과 달리 이곳은 등산로가 없고 철책 문으로 통제되는 2차선 포장도로 하나가 있을 뿐이다. 이 군사보호구역은 군부대가 아니라 특별사법경찰 관할의 제191특별구치소였다.

구치소 내부에는 세 팀의 수사반이 사용하기에 충분한 조사센터와 하루 24시간 감시 체제를 운용할 수 있는 열두 명의 경비원들을 위한 경비센터, 합숙소, 식당이 있었다. 용의자들이 들어가는 수용센터는 경비센터와 철제문 하나로 연결되어 있다. 수용센터에는 최대 6인까지 유치할 수 있었다. 욕실이 딸린 독방 여섯 개와 각 독방과 이어진 체련장 여섯 개가 있고 각각의 독방들은 3미터 높이의 담장으로 상호 격리되었다.

김호는 천안이 가까워질 무렵 경비센터에 방문을 통보했다. 새벽 3시였지만 급한 조사를 위해 단순히 방문하는 것이라고 했기 때문에 당직은 별로 의심을 하지 않았다. 김호는 조사센터의 사무실에 가서 자오얼을 서울로 데려가 조사한다는 가짜 신병 인도 서류를 만들 생각이었다.

천안을 지나자 비가 오기 시작했다. 신갈 분기점이 가까워지자 빗발은 굵어졌고 차창 밖의 어둠은 더욱 짙어졌다. 고속도로의 가로등이 비안개에 젖어 뿌옇게 빛났다.

새라 워튼은 용인 인터체인지에서 김호를 미리 대기하고 있던 그랜저에 옮겨 태웠다. 김호에게 운전을 맡기고 자신은 조수석에 탔다. 그러나 막 카니발의 문이 닫히려 할 때 김호는 자신을 납치한 남자들이 낚시 가방에서 꺼내는 물건을 보고 깜짝 놀랐다. 중국제 신형 9밀리 기관단총, 그것도 여러 정이었다. 수류탄도 있었다.

"당신들 미쳤소?"

김호가 카니발 쪽을 가리키며 소리쳤다. 반쯤 열린 차창으로부터 비보라가 김호의 얼굴을 때렸다.

"저게 뭡니까. 여기가 미국인 줄 아나? 여기선 카빈 한 정만 나와도 나라가 발칵 뒤집어져요. 당장 치우시오."

"만약의 경우를 대비한 거죠. 당신이 성공하면 아무 일 없을 거예요."

새라 워튼은 천연덕스럽게 말하고 말보로의 하드 케이스에서 담배를 꺼내 불을 붙였다. 그러고는 아기를 다독거리는 듯한 말투로 이야기했다.

"걱정 말고 어서 운전해요."

김호는 차를 출발시켰다. 도로는 느슨한 곡선을 그리면서 가로등이 없는 한적한 교외로 이어졌다. 김호에겐 서울에서 수십 번을 다닌 익숙한 길이었다. 어둡다고 해서 방향을 잘못 들 염려는 없었다.

운전을 하면서 옆을 보니 새라 워튼은 눈을 가늘게 뜨고 차창 밖을 응시하고 있었다. 새라 워튼이 힐끗 김호를 쳐다보더니 말보로를 내밀었다. 김호는 담배를 끊었다고 말하려다가 순순히 한 개비를 뽑았다. 담배는 입에 썼고 차 안은 역겨운 냄새로 가득 찼다. 갑자기 새라 워튼이 말을 걸었다.

"그 살인사건 말이에요."

"응?"

"자오얼이 살인범인가요?"

김호는 긴장했다. 너무 모르는 척하는 것은 부자연스럽다는 생각이 들었다.

"그건 아닌 것 같소."

"왜죠?"

"이유진이 살해되던 시각에 그가 고속도로 휴게소에 있는 장면이 CCTV에 잡혔소. 그가 호텔로 돌아오는 장면을 녹화한 CCTV 영상이 누군가에 의해 지워진 것도 발견되었고."

"그러면 누가 이유진을 죽인 건가요?"

"아직 모릅니다. 더 조사해 봐야죠."

"범인이 아니라면 자오얼은 석방해야 하겠군요."

김호는 갈등했다. 기획관의 이야기를 털어놓고 그녀에게 정보를 구해야 할까. 그러나 아직 위험하다는 생각이 들었고 김호는 주제를 돌렸다.

"하지만 그는 뭔가 감추고 있는 게 있어요. 빈곤산촌 출신이 청화대학교를 나오고 상하이에서 펀드 매니저를 하고 있어요. 중국에서 그런 출세에는 대개 권력이 개입하지요."

김호가 새라 워튼에게 되물었다.

"자오얼을 아시오?"

그러자 그녀는 입안에 담배 연기를 머금은 나지막하고 듣기 좋은 저음으로 말했다.

"심계心計가 깊은 사람이죠."

새라 워튼은 이제 거침없이 중국어 표현을 사용했다. 자신의 정체에 대해 의심하건 말건 상관없다는 태도였다. 김호는 그녀의 입가에 씁쓸한 미소가 떠오르는 것을 보았다.

"그는 간쑤성 란저우의 화학고무 공장 노동자였어요. 사장이 근무 태도 불량으로 해고하자 칼을 들고 담을 넘어갔어요. 다툼 끝에 사장 아들을 죽였고 살인강도죄로 사형을 언도받았죠. 공식적으로 그는 형이 집행되어 총살당한 사람이에요."

"비공식적으로는?"

"국가안전부가 그를 빼내서 지능 강화 약물을 투약했죠. 티엔차이 퀴화天才規劃라는 게 있었어요. 천재 양성 계획. 카마엘이 지휘했던 백일몽 같은 프로젝트였죠.

중국은 경제가 나아졌다고 하지만 기업 소득만 크게 늘고 노동 소득은 상대적으로 비중이 더 줄었어요. 지역 간 불평등도 심화되었죠. 상하이와 구이저우의 평균 소득 격차는 열한 배가 넘어요. 그 모든 원한과 분노를 경제성장이 달래고 있죠. 중국의 안정은 매년 8퍼센트씩 경제가 성장하는 데 달려 있는데 갈수록 이게 어려워져요. 수출 환경은 악화되고 무역 흑자는 줄고 실업율은 점점 높아지죠. 그래서 나온 게 티엔차이 퀴화예요.

카마엘은 인위적으로 천재들을 만들어 1년 안에 새로운 세계 1위 기술 백 개를 얻는다는 계획을 세웠어요. 신기술을 적용한 공장 천 개를 동시에 세우고 고임금을 견딜 수 있는 일자리 백만 개를 창출하자는 계획이죠."

운전대를 쥔 김호의 두 팔이 뻣뻣해지기 시작했다. 왜 이런 이야기를 내게 해주는 것일까? 자오얼을 확보하는 데 이용하고 나면 나는 죽는 것인가. 내가 죽으면 연경이는 어떻게 되나. 김호는 부자연스럽게 어깨를 으쓱하며 되물었다.

"그래서 성과를 얻었나요?"

"사람이 많이 죽었죠. 강화 약물의 임상실험 대상이 되어서. 사형수들, 장기수들, 창녀들, 정치범들……. 자오얼이 첫 번째 성공 사례였어요. 카마엘은 감격해서 춤이라도 추고 싶었겠죠.

자오얼은 머리에 복사기가 있는 사람 같았어요. 온갖 책들을 엄청난 속도로 읽어치웠고 모든 내용을 소화했어요. 수학적 추론, 논리적 추론, 언어 능력, 공간 시각화 능력이 인간이 측정할 수 있는 한계를 넘어섰죠. 외교, 경제, 사회, 산업 각 분야의 주제를 가지고 모든 전문가들이 놀랄 만큼 굉장한 보고서들을 잇달아 내놓았어요.

자오얼은 황송하게도 중앙외사영도소조中央外事領導小組까지 불려갔어요. 중미 FTA에 대한 그의 발제를 들려주지 못해 유감이군요. 자오얼은 결국에는 금융이 경제 전체를 지배한다고 말했죠. 중국이 미국에 금융의 헤게모니를 내주고 제조업 상품을 파는 것은 자멸 행위이다,

우리에겐 미국의 금융에 대항할 무기가 필요하다고 말이에요. 중국을 움직이는 최고 권력자들이 열렬히 박수를 쳤어요. 정말 훌륭하고 감동적인 연설이었죠. 호호호. 아무튼 북경은 자오얼의 제안을 수용해서 새로 소버린 펀드의 설립을 허가했어요. 그게 푸리마였죠."

새라 워튼은 잠시 말을 끊었다. 그리고 입꼬리를 길게 늘이고 웃으면서 보기만 해도 오싹해지는 이상한 눈빛으로 김호를 바라보았다. 김호는 하마터면 도로 밖으로 차를 몰아갈 뻔했다. 새라 워튼은 목이 쉰 듯 음산한 목소리로 말했다.

"그리고 자오얼은 그들을 배신했죠. 철저히. 비밀리에 다른 회사를 설립하고 교묘한 분식회계로 돈을 빼돌렸어요. 또 전 세계의 기능성 자기공명영상 데이터를 검색해서 뇌 구조가 강화 약물에 가장 적합한 실험 대상을 찾았어요. 그리고 스스로 부작용이 더 적은 강화 약물을 개발해서 자기만이 아는 강화인간들을 만들었죠. 그 첫 번째가 이유진이에요."

"왜 그렇게 위험한 짓을. 이해가 안 가는군요."

"왜냐하면 역겨워서 도저히 참을 수가 없으니까. 강화인간의 눈에 당신 같은 기관원들이 얼마나 역겨워 보일지 상상해 봐요. 당신네들은 보통 사람이라고 불리는 정박아들 가운데서도 최악이죠. 거울을 좀 봐요. 당신네들은 국가적 이해관계의 비극적인 꼭두각시예요. 출세하면 할수록 점점 더 많은 제약에 얽매여 결국에는 실타래 같은 규칙들과 하나가 되어버리는 인형들. 당신들은 살아 있는 것 같지만 사실은 죽은 시체들이죠. 자기를 포기하고 구조에 결박되어 있는 좀

270 | | 271

비들. 자오얼은 그 구토를 경험한 거예요."

김호는 기분이 나쁘지 않았다. 오히려 모욕을 당하니 조금 안심이 되는 면이 있었다. 경계와 분노로 창백하게 변해 있던 얼굴빛이 조금 정상으로 돌아왔다. 정말 무서운 것은 새라 위튼이 자신을 정중하게 대할 때였다. 새라가 새 담배에 불을 붙이면서 물었다.

"자오얼이 이유진에 대해 뭐라고 하던가요?"

"전혀 모르는 사람이라고 했소."

"그래요?"

새라 위튼은 방약무인하게 깔깔 웃었다.

"당신이 물렁해 보였나 보군요. 자오얼과 이유진은 사이가 좋지 않았어요. 아니, 사이가 좋지 않은 정도가 아니라 둘 사이에는 해소할 수 없는 갈등이 있었어요."

"둘은 어떤 관계였소?"

"이봐요, 김호 아저씨. 안 그래도 되니까 그러지 마요."

"뭘 말이오?"

"일부러 모르는 척하지만 당신은 우리를 알 만큼 알고 있어요. 당신 근육의 전기장은 거짓말을 못 하죠. 그렇죠? 난 당신이 우리를 알든 모르든 관심이 없어요. 단지 사실을 확인하는 게 중요하다고요."

"무슨 사실 말이오?"

"따지고 보면 나는 당신과 같은 입장이에요. 누가 이유진을 죽였는지를 알려는 거예요. 나는 그것만 알면 돼요."

"담배 하나 더 주시오."

협조

김호는 자동차의 시거 잭을 눌러 담뱃불을 붙였다. 창을 열고 있음에도 불구하고 타들어 가는 담배 연기로 차 안은 불이라도 난 것 같았다. 머릿속이 혼란스러웠다. 창밖은 비와 안개와 어둠과 폭풍우를 동반한 무채색이었다. 새라 워튼은 중국어로 자신이 추리한 모든 정황을 이야기했다. 그날 밤 일에 대한 세 가지 가설까지도. 그녀의 말은 갈수록 혼잣말처럼 들렸다.

"이유진은 평범한 지능을 가진 여자와 결혼하려고 했죠. 어떻게 그럴 수가 있었을까. 당신들이 보통 사람이라고 부르는 부류를 우리는 알-휴먼r-human, 잔류인간이라고 불러요. 유진 씨는 잔류인간의 우매한 지성, 느린 사고력, 미숙한 감정 조절, 통제되지 않는 충동을 참아내고 심지어 부부로 살려고까지 했던 거예요.

자오얼은 이유진을 감상주의자라고 말했죠. 강화되지 않은 인류는 진정한 인간이 아니라고까지 말했어요. 그것은 진정한 인간의 부분적인 형태, 잠정적이고 추하고 비천한 형태일 뿐이라고. 그렇다고 강화되지 않은 인류가 살 가치가 없다는 말은 아니에요. 진정한 인간은 자만심을 극복한 사랑의 인간이니까. 강화인간은 잔류인간을 사랑하고 용인해야 해요. 하지만 그렇다고 해서 살을 맞대고 살면서 매일매일 대화를 해야 할 필요는 없잖아요."

김호는 새라의 음색에서 또 하나의 중요한 사실을 직감했다. 이 여자는 이유진에게 특별한 감정을 가지고 있었던 것이다. 그녀는 보통의 범죄자보다 몇 배 더 위험하다. 왜냐하면 그녀의 무의식이 복수를 열망하고 있기 때문이다.

"이유진은 그런 비판에 대해 뭐라고 했습니까?"

"귀신 씻나락 까먹는 소리를 했죠. 새로운 문명은 저절로 나타나지 않는다. 누군가 하늘의 불을 훔쳐서 인간에게 줘야 한다. 프로메테우스가 있어야 한다. 그것이 우리다. 하지만 우리야말로 잠정적이고 일시적인 존재라는 것을 잊어서는 안 된다고 했어요.

마르쿠스 아우렐리우스는 최고의 지능을 가지고 있었다는 얘기도 했죠. 그는 로마의 가장 뛰어난 학자였고 황제가 되어서도 선정을 베풀었으며 마지막에는 전쟁까지 훌륭하게 지휘했다. 그러나 이 높은 지능의 인간이 후세에 남긴 것은 책 몇 권뿐이다. 같은 시대를 살았던 나사렛의 목수는 마르쿠스 아우렐리우스보다 훨씬 무식했고 지능도 낮았다. 하지만 그 목수는 오늘날까지도 인류의 도덕적 재생의 원리로 남아 있다……. 그런 말도 안 되는 소리를 했어요."

"두 사람은 같이 일할 수가 없었겠군요."

"원칙적으로는 그랬죠. 그래도 자오얼은 이유진이 공생당을 조직하는 것을 내놓고 반대하지는 않았어요. 공생당이 이용 가치가 있다고 생각했으니까요. 그가 이유진을 죽였다면 그건 이제 공생당과 우리, 다른 강화인간들이 필요가 없어졌기 때문이에요."

"필요가 없어졌다니?"

새라 위튼은 씁쓸한 목소리로 공생당의 분열을 설명했다. 자오얼이 구상했던 금융공학 모형이 여러 강화인간들의 공동 작업으로 완성되었다는 것, 그 후 금융시장의 투자를 둘러싼 결행파와 점진파의 갈등이 빚어졌다는 내용이었다.

"당신은 이유진을 지지하고 자오얼에 반대했나요."

"반드시 그렇지는…… 난 평소에 자오얼의 말이 맞다고 생각했어요. 잔류인간들만으로는 아무것도 할 수 없다면 그건 그들의 운명이에요. 오늘의 위기가 부적격자를 자연도태시키고 적격자를 선택하는 진화의 한 과정인지도 몰라요. 왜 우리가 진화를 가로막아야 하나요. 공생당의 잔류인간들은 지금도 공포에 질려 벌벌 떨고 있어요. 그들이 한 유일한 일은 나를 비상대책위원장에 임명한 거예요."

"그런데 당신은 왜 이유진이 조직한 공생당을 위해 일하는 거요? 왜 이유진의 살인범을 잡으려는 거요?"

"왜냐하면 이유진은 나의 은인이니까요."

잠시 말을 멈춘 새라 워튼의 얼굴에 고독한 표정이 떠올랐다. 마음의 저 밑바닥을 훑고 있는 눈이었다. 그녀의 고요한 침잠이 김호를 당황하게 만들었다.

"나는 이라크의 바스라에서 양키들에게 배신을 당해 죽어가고 있었어요. 네 군데에 총상을 입었죠. 이유진이 나를 다시 이 세상으로 데려왔어요. 그리고 나를 강화시켜 주었죠."

그랜저는 이제 억수같이 쏟아지는 빗방울을 뚫고 나아가고 있었다. 새라 워튼은 그 무엇에도 연연하지 않는 허허로운 눈빛으로 뿌옇게 피어오르는 비안개를 바라보았다. 캄캄한 밤 풍경 속에서 언젠가 이유진이 했던 말이 환청처럼 들려왔다.

장웨이. 지능이 강화되면서 점점 더 품성이 고결해지는 사람이 있고 그렇지 않은 사람이 있어요. 당신은 전자일 거예요. 나는 그걸 확신해요.

당신은 야생화를 닮았어요. 인간은 겨울이 가고 봄이 오는 이치를 알지만 막 피어나는 야생화는 그걸 모르죠. 야생화에겐 모든 것이 혼돈이고 불안이에요. 그럼에도 불구하고 야생화는 자기실현을 방해하는 혼돈의 흙덩어리로부터 스스로를 분리시키기 위해 몸부림치죠. 가느다란 물관부로 수액을 빨아올려 중력의 어두운 끈을 조금씩 조금씩 떨쳐버리고 마침내 싹을 틔워요.

장웨이. 당신은 그런 야생화처럼 살 거예요. 빛을 향한 동경 속에서, 알지도 못하고, 이름도 없는 착함善을 갈구할 거예요. 내가 정말 꽃을 피울 수 있을지 아니면 온도와 영양과 바람이 모자라 꽃받침이 시들어버릴지도 모르면서. 그러나 그런 불확실한 미래를 감내하면서 당신은 작지만 어떤 아름답고 보람 있는 것을 낳으려고 노력할 거예요. 당신은 그렇게 살고 그렇게 죽을 거예요.

새라 워튼은 긴 한숨을 쉬며 입을 열었다.

"난 알아요. 이유진은 바보이고 그의 꿈은 백에 하나도 이루어질 수 없다는 걸. 그래도 그는 나의 은인이에요. 그래서 내가 지금 공생당을 위해 이런 바보짓을 하고 있는 거예요."

그랜저는 초부리에서 45번 국도를 벗어나 동쪽 고지대로 들어갔다. 시간은 새벽 4시 30분을 지나고 있었고 빗발은 조금 가늘어졌다. 도로는 이쪽저쪽 한 대의 차량도 보이지 않았다. 자연휴양림 입구에서 북쪽으로 빠진 그랜저는 곧바로 제191특별구치소의 진입로로 들어섰다.

김호는 철책 문에서 신분증을 제시하고 경비초소에서 누가 나오거나 초소 위의 감시 카메라가 자신을 향해 움직이기를 기다렸다. 그러나 아무런 움직임도 없었다. 김호는 감시 카메라 쪽으로 향한 자동차 헤드라이트를 깜박여 보았다. 상향등과 전방등을 교차해 보았다. 초소는 여전히 요지부동이었다.

김호는 차에서 내려 비를 맞으며 철책 앞으로 걸어갔다. 하늘은 어둡고 낮았다. 사방에서 다가오는 비 냄새가 자연의 것이라는 생각이 들지 않을 만큼 이상하게 부담스러웠다. 그때 김호는 철책 문의 걸쇠가 풀려 있는 것을 발견했다. 문이 열려 있었던 것이다.

김호는 문을 열고 안으로 들어가 보았다. 백열등이 켜진 감시초소에는 아무도 없었다. 불길한 생각이 김호의 머리를 무겁게 짓눌렀다. 이런 일은 한 번도 없었고 근무 수칙상 있을 수도 없는 일이었다.

김호는 차량이 통과할 수 있도록 스스로 철책 문을 열었다. 그리고 다시 그랜저의 운전석으로 돌아왔다. 김호의 머리카락은 비에 젖어 뻣뻣하게 일어서 있었다. 새라 워튼이 조용히 물었다.

"어떻게 된 건가요?"

"나도 모르겠소."

"들어가요."

새라 워튼은 핸드백에서 권총을 꺼내 장전했다. 김호는 차를 출발시켰다. 차는 자작나무와 느티나무가 밀생한 울창한 숲을 얼마간 더 올라가서 경비센터 및 수용센터가 보이는 언덕에 도착했다. 모든 건물에 불이 꺼져 있었다. 빗소리에 잠긴 구치소는 음산했고 어두운 그림자 때문에 창문은 더욱 검게 보였다.

검은 벽돌로 견고하게 지은 경비센터는 주변에 제법 모양 좋은 돌이며 자갈을 배치했고 정원수도 심어놓았다. 건물 자체는 심플하고 청결했다. 특별히 중요한 용의자를 수용하는 시설인 만큼 회사에서도 돈을 들였던 것이다.

김호는 경비센터의 입구까지 가서 주차 구역에 차를 세웠다.

새라 워튼이 총구를 움직여서 재촉했다. 김호는 차에서 내려 계단을 올라갔다. 큰 소리로 사람을 불러보았다. 그러나 되돌아오는 것은 처마에서 떨어지는 낙숫물 소리뿐이었다. 할 수 없이 현관문의 커다란 철제 손잡이를 잡았을 때 김호의 표정은 보기 딱할 정도로 어둡고 경직되어 있었다. 현관문이 요란한 경첩 소리를 내며 열렸다. 안은 칠흑같이 캄캄했다.

복도의 불을 켜기 위해 앞으로 나가다가 김호는 뭔가에 걸려 넘어졌다. 김호는 순간 심장이 입 밖으로 튀어나오는 줄 알았다. 발끝의 물컹한 감촉은 그것이 사람의 몸이라는 것을 알려주고 있었다. 갑자기 경비센터 전체에 쓰러진 시체들이 가득하고 살아서 움직이는 것은 자신뿐이라는 생각이 엄습했다.

"일어나서 불을 켜요."

현관에 나타난 새라 워튼이 차분하게 말했다. 말은 차분했지만 그녀도 잔뜩 긴장하고 있다는 것이 억양에서 느껴졌다. 김호는 두 손을 뻗어 벽을 더듬었다. 간신히 스위치가 만져졌다.

조명을 켜자 가장 먼저 눈에 들어온 것은 경비센터 복도에 쓰러진 경비원이었다. 머리를 짧게 자른 건장한 삼십 대 남자였다. 그는 반팔 제복 셔츠의 단추를 다 풀어헤치고 차가운 인조석 바닥에 큰 대자로 누워 있었다.

그러나 그는 죽지 않았다. 의식을 잃은 것도 아니었다. 그는 마약에 취한 사람처럼 게슴츠레한 눈을 하고 완전히 얼이 빠져버린 허한 얼굴이었다. 가까이 가자 침이 흘러내린 그의 입에서 의미를 알 수 없는 희미한 소리가 흘러나왔다.

"그 사람을 만지지 마세요."

새라 워튼이 어두운 목소리로 말했다.

"그는 최면에 걸렸어요. 그냥 놔두세요. 자오얼은 어디 있죠?"

김호는 일어나 영치 및 계호 업무와 서류 관리 업무를 하는 사무실 쪽을 가리켰다. 사무실 안에는 다른 경비원 둘이 쓰러져 있었다. 그들도 똑같은 상태였다. 김호는 사무실을 가로질러 수용센터로 통하는 철제문으로 들어갔다.

수용센터는 강화콘크리트로 지어졌지만 외벽을 원목 나무로 마감했다. 얼핏 보면 펜션의 한 층처럼 보이는 중앙 복도에는 여섯 개의 철제문이 있고 각 문에는 배식구와 감시 구멍이 하나씩 나 있었다. 문 안쪽은 널찍한 독방인데 안에는 콘크리트 바닥에 깊이 박힌 철제 프레임의 침대가 하나 있었다. 침대는 움직일 수 없었고 콘크리트 벽과 일체로 만든 선반도 마찬가지였다.

김호는 자오얼이 갇혀 있던 방의 철제문을 열었다.

방은 텅 비어 있었다. 김호는 방구석의 움푹 들어간 곳에 있는 칸막이 뒤를 보았다. 용변을 처리하기 위한 좌변기가 있고 벽에는 샤워기가 달려 있었다. 천장에 설치된 에어컨에서는 아직 냉기가 흘러나오고 있었다. 방은 얼마 전까지 사람이 머물던 흔적이 있었지만 자오얼은 사라지고 없었다.

변신자

준경의 호위대는 노새 마흔 필과 말들을 끌고 천고의 신비에 잠긴 아메드 산을 넘었다.

고개까지 이르는 길은 한때 잘 닦였던 고대 도로의 일부였다. 땅을 일정한 깊이로 파서 자갈을 깔고 그 위에 큰 돌을 깔고 위에다 풀이 자라지 못하도록 석회를 뿌린 뒤 다시 넓은 판석과 작은 쇄석으로 마감한 그 길은 오천 년도 더 되어 보였다. 도로는 곳곳에 허리가 끊어진 채 퇴락해 있었고 무너진 방벽과 부서진 수로가 보였다. 지금은 모든 것이 인적이 사라진 폐허로 뒹굴고 있었다.

눈사태가 난 곳을 돌아가다가 벼랑길에서 말 두 마리가 떨어져 죽었다. 발끝을 보면 빙판길이었고 눈을 들어 보면 천지가 하얀 눈보라였다. 골짜기에서 불어오는 차가운 바람이 옷자락을 돛처럼 부풀리고 몸을 낚아채는 통에 걸음을 걸을 수 없을 지경이었다. 말과 노새에게 줄 귀리는 진작 떨어졌고 길에는 마른 풀도 없었다. 사람들도 이틀째 굶고 있었다.

하루는 바위동굴에서 자고 또 하루는 무너진 산막에서 잤다.

사흘째 되던 날 눈구덩이에 빠져 허우적거리는 멧돼지가 있어서 활을 쏘아 잡았다. 그러나 가파른 산비탈이었고 적군이 두려워 불을 피울 수도 없었다. 각자 자기가 먹을 부분을 칼로 잘라가지고 안장에 매달았다. 나흘째 되는 날 아침 드디어 끔찍한 설산이 끝나고 양지바른 구릉지대가 나타났다.

준경과 열일곱 명의 호위병들은 거기서 멧돼지 고기를 구워 먹으며 쉬었다. 고기는 누린내가 지독했고 양념은 없었다. 준경은 속이 거북해서 계속 끓인 차를 마셨다. 한국인의 식습관은 이렇게 최면의 가장 깊은 레벨까지 따라왔다.

그날 저녁 일행은 암마리에 도착했다.

우물을 하나 끼고 거무스레한 빛을 띤 움막집들이 쓰다 버린 장난감처럼 흩어진 작은 마을이었다. 그 광경은 설산보다도 더 쓸쓸하고 황량했다. 암마리의 빈 움막에서 모포를 덮고 자다가 준경은 벌떡 일어나 밖으로 달려갔다. 그리고 먹은 것을 다 토했다.

아침에 일어나자 머리가 깨질 듯이 아팠다. 그날은 날씨가 좀 풀렸지만 바람이 심했다. 준경은 머리도 들 수 없고 숨도 제대로 쉴 수 없

변신자

는 상태로 간신히 매달리다시피 안장에 앉아 화강암 절벽이 첩첩이 늘어선 협곡을 가로질러 나아갔다. 드디어 사막이 나타났고 멀리 노을이 번져가는 하늘 아래 짙은 산 그림자 같은 것이 보였다. 무라사키 산이었다.

파하, 파하, 바하, 파크리.

앞에 가던 옌보´ 노인이 산을 향해 지팡이를 던지며 소리쳤다. 그리고 말고삐를 버리고 땅에 엎드렸다. 뒤따르던 웨즈와 테하마도 엎드렸다. 준경을 호위하던 사람들이 모두 땅에 꿇어앉아 엎드렸다. 얼결에 준경도 따라 말에서 내려 땅에 엎드렸다.

파하, 파하, 바하, 파크리.

두렵고 두려운, 헤아릴 수 없고 지고하신 것이여. 그것은 아주 오랜 옛날, 이제는 바람만이 기억하는 인페르노 선사시대에 사멸해 버린 아와리어語였다. 옌보 노인은 무릎을 꿇은 채 눈을 감고 두 손을 머리 높이로 들어 올리고 구송을 시작했다.

아아아 아테이바넌 샤이바아아.

고대로부터 입에서 입으로 전해진 파크리 신앙의 구송시 〈라벽의 찬가〉였다. 인페르노 나인에서 3년을 보내고, 걸어서 인페르노 나인 곳곳을 두루 발섭한 준경도 파크리 교, 혹은 창생교蒼生敎라고 불리는 이 고대 신앙은 좀처럼 이해가 되지 않았다. 기록된 경전 하나 없는 신앙이 3400년에 걸친 천방교天倣敎의 탄압에도 불구하고 불가사의한 생명을 이어오고 있는 것이다.

3년 전 준경은 인페르노 나인에 알몸으로 떨어졌다. 그가 정신을 차린 곳은 탈랄의 황야라고 불리는 고대 도시의 폐허였다. 무너져버린 흙벽돌의 성들, 수없이 많은 모래언덕과 말라버린 물길, 거북이의 잔등처럼 금이 짝짝 갈라진 땅이었다. 낙타를 타고 지나가던 상인들이 구해주지 않았다면 준경은 아마도 추락한 그 자리에서 굶어 죽었을 것이다.

준경은 상인들의 허드렛일을 하면서 대도시 세트로 갔고 스틱시아강의 물길을 따라 여러 지방을 돌아다녔다. 동방군령이 지배하는 사이스 지방을 거쳐 고미타 해의 바다를 건너 북부 말라코타 지방에 이르렀고, 암흑의 땅이라 불리는 최북방 미르까지 가서 여러 가지 귀중한 지식을 배우기도 했다.

준경은 변경의 구석구석까지 거미줄 치듯 돌아다니면서 현실 세계로부터 떨어진 천사들의 행방을 탐문했다. 최면의 가장 깊은 레벨, 최면 유도자의 상상력과 최면 대상자의 무의식이 융합되어 형성된 인페르노 나인의 세계는 엄청난 전란에 휩싸여 있었다.

번영하던 스틱시아 제국은 제위 계승 분쟁으로 내전을 치렀고 그와중에 '군령'이라고 불리는 군벌 집단이 성장하였다. 다시 30년 동안 이어지는 군령 전쟁이 일어났고 현재는 네 사람의 대군령들이 살아남아 치열한 쟁패를 거듭하고 있었다. 설상가상으로 몇 년 전부터는 '창생교 반란'이라 불리는 민중 항쟁까지 일어났다.

오랜 전쟁은 인페르노 사람들의 생활을 크게 변화시켰다. 평화 시대 스틱시아 제국의 마을들은 성벽을 둘러친 도시의 형태를 취했고

변신자

규모도 방대했다. 도시는 곡물의 집적지였고 거래의 중심지였으며 대부분의 농민들이 거주하는 주택지가 되었다. 전국적인 동란 시대가 오자 굶주린 유랑민들이 창궐했고 도시는 이들의 약탈 대상이 되었다.

농민들은 점차 전란을 회피하고 목숨을 보전하는 방법을 발전시켰다. 그것은 도시에 사는 대신 자신의 경작지에 임시로 집을 지어 삼삼오오 무리를 짓는 야지 거주 형식이었다. 적의 습격이 있을 경우에는 곡물을 지하의 움에 숨기고 일시 다른 곳으로 도망간다. 음식물이 없는 곳에는 적이 오래 머물 수 없으므로 곧 물러간다. 그때 농민들은 다시 돌아와 파괴된 집을 수리하고 산다는 방식이었다.

그러나 일시적이라고 해도 생활의 본거지를 떠나는 것은 삶의 안정감을 크게 해쳤다. 야지에서 사람들은 누추해지고 비루해졌다. 이러한 생활은 지배 종교인 천방교를 약화시키고 고통을 긍정하고 내면의 신성을 강조하는 고대 창생 신앙의 부활에 유리한 조건을 만들어주었다.

그리하여 최근에는 새로운 도시 형태가 나타나기 시작했다. 전쟁의 규모가 커지면서 횟수가 줄어들자 사람들은 전략상의 거점에 작은 성채를 구축하고 식량과 무기를 저장하고 어느 정도의 자위력을 가진 부대와 상공업자와 교사들을 거주시켰다. 제국 안정기의 도시들보다는 훨씬 작지만 다시 도시 생활이 나타난 것이다.

이 독립적인 성채들은 대부분 천방교를 거부하고 창생교의 신당神堂을 건립했다. 이런 창생 신앙의 성채들이 민중 항쟁의 근거지였다. 이 성채들은 군령으로부터 내려오는 징용과 징발, 부역의 명령을 빈번히 거부했고 탄압이 닥치면 여러 도시들이 똘똘 뭉쳐 대항했다. 모든 지역의 평등과 상호 존중을 주장하는 창생교도들은 스스로를 황제와 군령들의 '신민'이 아닌 '시민'이라고 불렀다.

"도대체 파크리가 뭡니까?"

준경은 자신의 친구이며 창생교 반란의 지도자인 트리드와에게 심각하게 물은 적이 있다. 탁 트인 대기 속으로 별들이 총총히 빛나던 사이스의 밤이었다. 트리드와는 온화하게 웃으면서 말했다.

"파크리는 하늘과 땅의 마음, 우주의 마음입니다. 파크리는 생명의 에너지를 낳고 생명의 에너지는 형태를 낳습니다. 만물은 그들 각각의 형태에 따라 서로를 낳습니다."

트리드와의 본명은 로버트 예이츠. 암호명은 천사 파스카. 현실 세계에서 카마엘 부대의 공격으로 연락이 끊어졌던 5개 지부의 하나인 뉴욕 지부장이었다.

그는 훤칠하게 키가 크고 깡마른 남자였다. 사슴의 눈망울처럼 보이는 커다란 눈과 해쓱한 얼굴은 반란의 지도자로는 어울려 보이지 않았다. 그러나 인페르노 세계에서 그는 일개 상인의 몸으로 십 년 넘게 체포와 처형의 위기를 넘기면서 반란의 복음을 전파하고 있는, 의지가 굳고 강단이 대단한 인물이었다.

"이제는 아득한 옛날처럼 느껴지는 현실 세계에서 우리는 물리학을 배웠습니다. 그러나 물리학은 왜 우주가 인간의 생물학적 욕구에 정확하게 부응하는지를 해명해 주지 못했죠. 물리학은 빅뱅으로부터 우리의 우주가 나타났다고 설명했습니다. 그러나 빅뱅으로 공간이 팽창하는 속도가 손톱만큼만 더 빨랐거나 더 느렸다면 인류가 사는 지구는 존재할 수가 없었을 것입니다. 빅뱅으로 우리가 사는 그런 우주, 인간의 생물학적 욕구에 딱 적합한 우주가 생겨날 확률은 10의 59승분의 1이었죠. 그것은 통계학적으로 있을 수 없는 확률입니다.

이 세상의 존재에 대해 유일하게 논리적인 해명은 우리 인간의 마음이 매순간 선택을 통해 이 시간과 공간을 구성한다는 것입니다. 태초에 창생蒼生의 마음, 만물을 사랑하여 먹여 기르려는 고귀한 마음이 있었습니다. 만물을 생육시키는 그 마음이 바로 파크리입니다. 살고 사랑하고 아이를 낳고 아이에게 젖을 주어 기르는 사람의 마음은 우주의 마음의 일부입니다. 그래서 파크리는 당신의 가장 깊은 곳에 있는 신성神性인 것입니다."

트리드와는 강물처럼 맑고 흠이 없는 눈빛으로 말했다.

"우리가 보고 있는 이 세상은 모두 헛것입니다. 우리가 살았던 현실 세계도, 우리가 지금 살고 있는 인페르노 세계도 헛것이라는 의미에서 똑같습니다. 그러나 우리는 산봉우리에서, 양양한 대양과 아득한 협곡에서 자기 안 깊은 곳의 파도 소리를 듣습니다. 그것은 대자연의 고독 속에서만 들을 수 있는 인간 내면의 신성입니다. 그것은 물과 같이 만물을 기르고 물과 같이 계속 변하며 물과 같이 무한합니다."

그날 밤 트리드와의 얼굴에는 사그라지는 모닥불의 불빛을 받아 어떤 고전적인 빛이 배어들고 있었다.

옌보 노인의 구송이 모두 끝났다.

준경의 호위대는 이제까지 끌고 왔던 말에 모두 올라탔다. 일행은 다시 출발했다. 노새들도 목적지가 가까워졌음을 눈치채고 모처럼 기운을 내었다. 신나게 한 시간쯤 달리고 나니 낮은 산기슭이 나왔다. 비탈길을 치켜 올라가 꼬불꼬불한 모래의 오르막길로 들어섰다. 낙타들이 숨을 가삐 쉬며 걸었다. 사람들은 그 느릿느릿한 걸음걸이가 답답한 듯 연방 채찍질을 해댔다.

얼마 후 언덕길이 끝나자 어둠이 깃드는 내리막길 끝에 울창한 유칼립투스의 숲이 있고 나무들 사이로 모닥불이 보였다. 사방에 밥 짓는 연기가 자욱했다. 우후라 강의 강변 마을 카샨. 마을 사람의 몇 배가 넘는 군대가 있었다.

준경은 사람들을 뒤로 물러나 숨게 하고 웨즈와 테하마를 보내 무리의 정체를 알아오라고 했다. 몸에 신열이 있었다. 숨을 제대로 쉴수가 없었고, 입술과 목이 바싹 타서 말도 할 수가 없었다. 일행이 모두 비슷한 상태일 터였다. 그곳에 숨어서 기다리는 동안 완전히 밤이되었다. 반 시간쯤 지나 웨즈와 테하마가 헐떡거리며 돌아왔다. 그들은 숨찬 소리로 언덕길 아래 주둔하고 있는 것은 트리드와님의 부대라고 고했다.

준경 일행은 말과 노새를 끌고 언덕길을 내려가기 시작했다.

호위병들은 기분이 좋아 춤이라도 덩실덩실 추고 싶은 얼굴이었다. 어둠 속에서 수천을 헤아릴 것 같은 말 떼의 울음소리, 낙타 떼의 흥분한 울음소리가 요란하게 울려 퍼졌다. 움푹한 옥수수 밭을 오른편에 끼고 일렬종대로 줄을 지어 내려가자 온갖 지방의 사투리들이 들

변신자

려왔다. 길은 사람들과 낙타들, 말들이 뒤엉켜 떠들썩해졌다. 준경 일행은 그들 사이를 헤치며 강변의 넓은 광장으로 나아갔다.

강변에 모여 와글와글 떠들어대고 있는 사람들이 못해도 2만 명은 넘을 듯했다. 군데군데 모닥불이 수없이 피어오르고 있었고 불 둘레에는 밥을 먹고 차를 끓이는 사람들이 부산하게 서성거렸다. 그런가 하면 모포를 휘감고 불 옆에서 죽은 듯이 자빠져 자는 사람도 있었다.

준경은 그 북새질 치는 사람들의 물결 한쪽에서 트리드와를 발견했다. 준경은 그 앞으로 가서 낙타를 멈추었다. 트리드와는 모랫바닥 위에 주단을 깔고 부하들과 함께 조용히 앉아 있다가 맨발로 달려와 준경을 껴안았다. 둘은 진심으로 반가워했다. 헤어진 지 석 달 사이 피차 많은 곤경을 겪었던 것이다.

"식량이 걱정입니다. 이제 샤일란까지는 하루 거린데…… 우리 인원이 워낙 많아서요."

트리드와는 초조한 표정이었다. 트리드와가 무서워하는 것은 자발적으로 모인 민중들의 군대가 식량도 떨어지고 돈도 떨어져서 도둑질에 나서게 되는 상황이었다. 그렇게 되면 민심이 돌아서고 모든 것이 끝장날 터였다. 준경은 당장 노새를 가져오라고 했다.

"내가 노새 마흔 필에 금화 8만 두나를 싣고 왔어요. 식량과 말먹이를 잘 계산해서 쓰면 아마 두 달은 버틸 겁니다."

트리드와는 뛸 듯이 기뻐하며 덥석 준경의 손을 잡았다. 8만 두나는 준경이 암피온과 시에네의 중소상인 조합으로부터 얻어낸 돈이었다. 중소상인들은 군령과 결탁한 대상인들의 횡포를 막기 위해 창생교 반란에 희망을 걸고 있었다. 어쨌든 샤일란 점령을 위해 트리드와는 군대를 모으고, 준경은 군자금을 조달한다는 1차 목표는 달성된 셈이었다.

시에네 지방은 인페르노 나인 카이나 대륙의 서남부에 있지만 동방군령 휘하의 제14군단장 마베이타트 장군이 일찌감치 대도시 페타를 점령한 상태였다. 시에네의 대부분 도시들은 충성과 복종을 맹세했다. 그러나 시에네의 절대적 지배자를 꿈꾸는 마베이타트의 강압정책은 시에네 사람들을 격분시켰다. 그는 곳곳에 동방군 요새를 건설하고 무거운 세금을 물렸으며 영주들에게 인질을 요구했던 것이다.

암피온 지방에서 창생교 반란의 교군教軍이 출현하자 곧바로 시에네에서 그에 호응하는 반란이 일어난 것은 이 때문이었다. 시에네 교군을 주도한 것은 세 사람의 영주 두르지, 두그미, 마스투라였다. 이들은 페타로 가는 식량 보급을 끊고 마베이타트 군대를 괴롭혔으나 정면공격은 엄두를 내지 못했다. 전력이 너무 열악했기 때문이다. 이들은 결국 암피온 교군의 트리드와에게 지원을 요청했다.

트리드와와 준경은 기병 500기만 데리고 달려가서 페타에서 400킬로미터 서쪽에 있는 요충지 샤일란을 기습 점령한다는 계획을 세웠다. 동시에 창생교 반란의 또다른 지휘관 모메터가 암피온 교군 5만을 이끌고 남하하여 페타를 압박한다는 전략이었다. 이렇게 되면 동방군은 시에네로부터 패퇴하고 파크리 교군은 2개 주를 석권하게 될 것이었다. 트리드와와 준경 부대의 모자라는 병력은 시에네에서 여러 토착 부족의 지원으로 모을 생각이었다.

변신자

"트리드와님, 샤일란의 수비 태세는 어떤가요?"

"장창병, 중갑병, 궁병을 포함해서 보병이 약 5000, 기병이 900이라고 합니다. 그 밖에는 쇠뇌차가 100대, 투석기가 6문 있답니다."

"철기병은요?"

"철기병은 없습니다."

"우리 쪽은 기병이 주력이니 유리하군요. 적에게 원군이 오지 않는다면."

트리드와는 고개를 끄덕이고 준경의 앞에 지도를 펼쳤다. 그리고 손가락으로 샤일란 북방 30킬로미터 지점을 가리켰다.

"적이 우리의 내습을 눈치챈 것은 빨라도 일주일 전일 겁니다. 페타로부터의 원군은 불가능합니다. 그러나 샤일란 인근의 영주들, 특히 여기가 걱정스럽습니다."

트리드와의 손가락이 가리키는 곳은 우후라 강과 무라사키 산이 만나는 무라사키 요새였다.

"이곳 영주는 메이 장군이라고 불리는 여장부입니다. 49년 전 이 지역에 홀몸으로 들어와서 자수성가했습니다. 5개 군 31개 성채를 지배하고 있고 무장병 1만 5000을 동원할 수 있습니다. 강을 오가며 싸울 수 있는 얕은 흘수의 저현 철갑선도 30척이나 가지고 있습니다."

"저현 철갑선……"

"두르지, 두그미, 마스투라가 계속 접촉을 시도했고, 나도 서신을 보냈지만 생각해 보겠다는 대답뿐입니다. 우리가 샤일란을 공략하는 동안 던컨님이 무라사키 요새를 맡아주세요. 메이를 설득해서 참전을 권하고 안 되면 최소한 중립이라도 지키게 해야 합니다."

"완고한 여자 같은데, 설득할 수 있을까요?"

"던컨님이 가시면 의외로 쉬울 수도 있습니다."

트리드와는 정색을 하며 준경을 향해 몸을 앞으로 숙였다. 인페르노에서 준경은 '던컨', 즉 당근이라는 이름으로 불리고 있었다.

"메이는 155년 전 이십 대의 젊은 여자로 이 땅에 처음 나타났지요. 그런데 지금도 그녀의 외모는 여전히 이십 대라고 합니다."

준경은 눈살을 찌푸렸다. 또 그놈의 천사 군주 전설이냐 싶었다.

인페르노 사람들의 수명은 고대 오케아노스인의 경우 이백 세가 넘었지만 지금은 고대인의 아주 순수한 혈통을 유지한 몇몇 가문을 제외하면 백 살이 넘고도 원기를 유지하는 사람이 거의 없었다. 더구나 누구도 150년 동안 노화를 피해 갈 수는 없다.

그래서 천사의 헛소문은 늘 그렇게 늙지 않는 청년의 전설을 동반하고 있었다. 현실 세계로부터 추락한 공생당의 강화인간, 천사를 찾아 인페르노를 헤맨 지 어언 3년이었다. 그사이에 준경이 찾아가 직접 만나본 '천사'는 마흔 명이 넘었다.

모두 무식한 촌놈들의 착각이었고 마법과 요술 이야기를 좋아하는 양치기들의 거짓말이었다. 가장 나쁜 것은 스스로 천사 군주를 자처하는 사기꾼들이었다. 그들은 자신이 하늘로부터 떨어진 타락천사이며, 천사 영주의 땅에는 영원한 평화가 깃든다고 선전하면서 전란에 지친 백성들을 현혹했다.

"천사 군주라면 이제 넌덜머리가 나요."

변신자

준경은 고개를 절레절레 저으면서 쓰게 웃었다. 그의 임무는 절망적이었다. 이 넓으나 넓은 천지, 이 많고 많은 사람들 가운데 강화인간을 찾는다는 것은 바닷가 모래밭에서 바늘 찾기였다.

그러나 트리드와는 열혈 선동가답게 굴하지 않고 메이 장군이 진짜 천사일지 모른다는 이런저런 증거를 열심히 얘기했다. 준경은 입술을 깨물고 목을 쑥 뺀 심드렁한 얼굴로 자기 일행을 위해 준비되고 있는 저녁 식사를 힐끔거렸다. 그때 트리드와가 말하는 한마디가 이상하게 준경의 뇌리에 각인되었다.

"메이 장군이 의심스러운 점은 자기를 천사 군주라고 말하는 사람들을 싫어하고 그들에게 화를 낸다는 거예요."

늦은 저녁을 마친 준경은 광장의 가장 큰 모닥불로 나와 시에네 교군의 지휘관들을 만났다. 트리드와가 차례차례 사람들을 소개했다. 시에네의 영주들은 준경에게 정중한 자세로 일일이 경의를 표했다. 낯부끄러운 일이지만 준경과 트리드와는 창생교 반란군 사이에서는 가장 유명한 두 인물로서 민중의 숭앙을 받고 있었다. 사람들은 준경을 '예언자 던컨'이라고 불렀다. 두 사람을 구경하러 강변 마을의 아이들와 아낙네들도 몰려와 있었다.

준경은 부끄럽고 겸연쩍은 얼굴로 주위를 둘러보다가 문득 온몸이 얼어붙었다. 모닥불에 낯익은 얼굴 하나가 비쳤던 것이다. 소녀는 열여섯, 혹은 열일곱 살인 것 같았다. 이런 시골에는 흔치 않은 우유처럼 뽀얀 피부. 서늘하게 큰 눈과 귀엽게 살짝 올라간 들창코. 그것은 어리고 청순한 소녀로 다시 태어난 켈리였다.

트릭스터^{trickster}. 변신자였다. 최면의 가장 깊은 레벨에 사는 에로스 충동의 화신. 최면에서 깨어나기 위해 처단자와 함께 제거해야 하는 존재. 3년 만에 드디어 변신자를 만난 것이다. 그 소녀는 피와 살을 가진 진짜 인간이지만 사실은 솔라리스의 바다에서 태어난 아내처럼 준경의 기억에서 만들어진 여자였다.

준경의 골똘한 시선에도 불구하고 소녀도 열심히 준경을 보고 있었다. 준경은 오른손으로 쿵쾅거리는 가슴을 움켜잡았다.

3년 동안 이보다 더 무섭고 곤혹스러운 상황은 없었다. 변신자가 출현했다는 것은 킬러^{killer}, 처단자도 가까운 곳에 있다는 뜻이다. 트리드와를 제외하면 아직 강화인간을 한 명도 발견하지 못했는데 자기가 먼저 죽어서 최면으로부터 추방될 형편인 것이다.

왜 하필 지금인가. 변신자와 처단자는 최면 대상자가 옴짝달싹할 수 없는 곤경에 처했을 때 나타난다. 막다른 골목에서 구원받고 위로받고 싶은 욕망의 화신이 변신자라면, 스스로를 처벌하고 스스로에게 복수하려는 욕망, 자기 자신의 네메시스가 처단자이기 때문이다.

준경은 충격을 완화시키기 위해 뭔가를 해야 했다.

고함을 지르거나 울거나 눈앞에 보이는 저 강물로 달려갈 수도 있었다. 그러나 준경은 좀더 상황에 어울리는 행위를 선택했다. 군중들을 향해 돌아서서 입을 연 것이다. 그는 자기가 무슨 말을 하는지도 모르고 여러 마을에서 떠들고 또 떠들었던 창생교 봉기의 의의에 대해 연설을 하기 시작했다.

변신자

친애하는 카샨의 형제 여러분.

여러분의 따뜻한 환대에 무어라 감사의 말씀을 드려야 할지 모르겠습니다. 저희들이 잠시 여기 머무르는 인연이 카샨의 여러분들에게도 소중한 인연이 되었으면 하는 바람 간절합니다.

저희들은 포악한 군령을 몰아내기 위해 이곳에 왔습니다. 어둠의 세력이 점점 강해지고 있습니다. 이 평화로운 시에네에도 전운이 감돌고 있습니다. 군령의 횡포를 받아들일 수 없는 사람들은 죽든 살든 싸우는 수밖에 다른 도리가 없습니다. 그러나 여러분들은 혼자가 아닙니다. 여러분의 고민은 바로 모든 인페르노 세계가 안고 있는 고민입니다. 우리 모두가 맞부딪쳐야 하는 운명입니다.

우리들의 만남은 어쩌면 우연일 수도 있겠지요. 하지만 그런 게 아닙니다. 우리들은 같이 소명을 받았다고 믿는 편이 나을 것입니다. 이 위기를 극복하고 살아남아서 함께 더 나은 내일을 맞아야 한다는 소명. 바로 저 숲과 물과 산의 주인이자 우리의 주인인 지고한 파크리께서 우리에게 주신 그 소명 말입니다.

살아라. 끝까지 살아라. 살아서 많은 것들을 살려라.

저희는 바로 이렇게 말씀하시는 신성한 파크리를 믿고 받드는 사람들입니다.

군령과 군령을 지지하는 천방교도들은 저희를 이단자, 광신도, 미신에 사로잡힌 자라고 부릅니다. 저희가 야만적인 고대 신앙을 부활시켰다고 비난합니다. 저는 묻고 싶습니다.

도대체 무엇이 야만입니까. 지옥에 떨어진 주제에 천상을 베끼고 모방하는 천방교를 만들어, 사람들에게 믿으면 복을 받고 믿지 않으면 화를 입을 것이라고 협박하는 사람들이야말로 야만입니다.

천방교는 우리 인페르노가 타락천사 사건으로 생겨났다고 말합니다. 옛날 옛적 아득한 천상에서 한 천사가 추방되었다는 것입니다. 진실로 세마엘의 추방과 동시에 이 인페르노가 열렸는지도 모릅니다. 하지만 그 시기 인페르노에는 아직 세마엘이 없었습니다. 세마엘은 천상으로부터 이곳으로, 수천수만의 밤하늘을 지나면서 추락하고 있었으니까요.

세마엘이 마비되어 딱딱하게 굳어진 알몸으로, 차가운 밤하늘을 가로질러 추락하고 추락하는 동안 인페르노에는 3만 년이라는 시간이 흘러갔습니다. 인간이 번성하고 악령이 출몰했으며 크고 작은 왕국들이 발전했죠. 선과 악에 대한 판단이 생겨나 성숙했고 고귀한 파크리에 대한 신앙이 형성되고 발전했습니다. 그렇게 엄청난 역사가 있은 후에 비로소 세마엘이 나타났던 것입니다.

천방교도들은 세마엘의 추락을 '강림'이라고 말합니다. 마치 신이 이 땅에 내려오신 것처럼 강림했다는 것입니다. 천방교도들은 이 사건을 신성화해서 강림이 있기 전의 일들을 선사先史라고 부르고 그 이후에 일어난 일들을 역사歷史라고 부릅니다. 그래서 세마엘이 인페르노에 도착하던 해를 지옥력 1년이라고 하고 지금을 3395년이라고 말하고 있습니다.

여러분 선사라니오? 그렇다면 고대 타니스와 고대 암피온의 역사, 그리고 이곳 시에네의 아메드 산 주위에 남아 있는 저 무수한 유적들은 역사가 아니란 말입니까? 바위를 깎아 만든 숱한 고대 제왕들의 조각상, 지금도 아와리어로 불리는 〈라빅의 찬가〉, 〈아메드 찬가〉, 지옥선주민 카론 종족의 무수한 전설, 이 모든 것이 헛것이란 말입니까?

천방교도들은 이런 말도 안 되는 논리를 인페르노 사람들에게 강변했습니다. 그것은 야훼신이 세마엘을 통해 이 인페르노를 주재하고 있다는 거짓말을 유포해야 했기 때문입니다.

여러분, 지금부터 제가 사실을 이야기해 보겠습니다.

세마엘은 야훼신 때문에 인페르노의 황제가 된 것이 아닙니다. 파크리를 아는 인페르노 사람들은 천상의 허황한 이력 따위는 믿지도 않았고 인정하지도 않았습니다. 지금도 그렇지만 그때도 인페르노 사람들은 씩씩하고 적극적인 기풍을 갖고 있었습니다.

우리 인페르노에서는 본인 자신의 행동으로 주변 사람들의 인정을 받기 전에는 그 어떤 권력도 가질 수 없습니다. 민중들과 함께 먹고 민중들과 함께 걷고 민중들과 함께 생활하면서 자기 자신의 능력으로 두각을 나타내는 것이 아니라면 그 누구도 우리를 영도할 수가 없습니다. 세마엘은 바로 그런 방식으로 초대 황제가 되었던 것입니다.

인페르노에는 이미 3만 년의 역사를 겪으면서 면면히 이어온 파크리 신앙과 '영웅'이라고 불리는 토착 호족들이 있었습니다. 영웅들은 세마엘과 천사들이 오기 이전부터 독자적 권위를 가지고 각 지역에 할거하면서 국가권력의 역할을 대신해 왔습니다. 당연히 시에네에도 영웅들이 있었고 이들은 순순히 세마엘에게 협조하지 않았습니다.

세마엘 집단이 파멸하지 않고 시에네 제국을 건설하게 된 것은 오직 그들의 인간적인 힘이었습니다. 세마엘은 하느님에게 오만의 죄를 범했다고 알려져 있지만 실제로는 명예를 중요하게 생각하는 온화한 성품의 천사였습니다. 성격도 청렴결백하고 성실 그 자체였지요.

세마엘은 이 인페르노에서 죽을 때까지 야훼를 존경하고 사랑했습니다. 그가 인간에게 머리를 숙이지 않은 것은 야훼를 너무나 존경하고 사랑한 나머지 다른 존재를 경배할 수가 없었기 때문입니다. 부정되었으되 자신은 부정하지 않는 사랑의 인격. 가장 낮은 곳에 있되 가장 높게 살고자 하는 자존의 의지. 그것이 세마엘이었고 그것이 시에네 제국과 루시페르 왕조의 시작이었습니다.

변신자

여기에는 강림도 없고 야훼신도 없습니다. 단지 천상이라는 지역으로부터 온 유민 집단이 인페르노에 나라를 세우고 정착해 간 현실의 역사가 있을 뿐입니다.

아, 시에네 제국의 영광을 무슨 말로 이루 말할 수 있겠습니까. 한때 이 대륙의 주인이었던 시에네 사람들의 지혜와 용기를 어떻게 이루 재현할 수 있겠습니까. 필레^{Fille}, 로메나^{Romena}, 카센티노^{Casentino}, 스키키^{schichi} 이 도시들은 시에네의 심장이었고 이 세상의 소금, 이 세상의 등불이었습니다. 모든 학문과 예술과 상업과 영농이 여기서 나왔고 이리로 흘러들었습니다.

시에네는 너무나 아름답고 너무나 심오했습니다. 시인들이 노래했지요. 도시마다 수많은 장대에 걸린 등불. 등불 아래 영롱한 꽃 그림자. 꽃 그림자 아래 돌다리. 돌다리 아래 봄을 싣고 흐르는 물소리. 주점마다 음악 소리, 웃음소리, 박수 소리. 애끓는 버드나무와 서럽도록 흐드러진 복사꽃. 젊은 아가씨들이 그 아래서 노래하고 춤추며 한때를 보내노라.

시에네의 영광은 지금 어디로 갔을까요? 들판에 가을이 오면 꽃이 시들듯 제국도 덧없이 시들었습니다. 교신교도의 반란이 있었고 150년 넘는 종교 전쟁이 있었습니다. 바알세불 7세가 다시 대륙을 통일해 스틱시아 제국을 세웠지만 다시 제위 계승 전쟁이 일어났습니다. 그리고 오늘날의 이 군령 쟁패 시대가 되었습니다.

군령은 인페르노 역사상 가장 창조적이고 가장 파괴적인 지배계급입니다. 군령은 사람들에게 돈과 권력을, 그리고 출세를 약속합니다.

군령의 잔인함은 사람들에게 깊은 감명을 주고 복종을 이끌어냅니다.

그러나 결국 외롭고 가난한 대부분의 사람들은 추위 속에 버려지는 반면, 더럽고 난폭한 극소수의 사람만이 권력이 제공하는 모든 따뜻함을 즐기게 됩니다. 군령이 있는 한 우리 모두는 공포 속에서 살아가며 궁극적으로는 모두가 파멸하게 됩니다. 군령들의 저 만족할 줄 모르는 탐욕, 저 만족할 줄 모르는 파괴는 이 땅에 영원한 암흑을 가져오는 것입니다.

여러분, 군령들의 사탕발림에 속지 마십시오. 그들은 여러분들을 속이고 있습니다. 군령들이 보여주는 무한한 행동력, 혁명적인 힘과 대담함, 역동적인 창조력, 생기발랄한 인간성, 화려한 모험과 승리는 오로지 그들의 허무주의로부터 나옵니다. 군령은 윤리를 따지지 않습니다. 군령들은 미래를 따지지 않습니다. 군령이 건설하는 모든 것은 오로지 파괴하기 위해서 세워지는 것입니다. 그것이 이윤과 권력을 극대화하는 방법이기 때문입니다. 군령은 자신의 주문에 의해 불러낸 지하 세계의 악령들을 더 이상 통제할 수 없는 무당과 같습니다.

여러분, 천방교의 공갈에 속지 마십시오. 천방교는 여러분들을 속이고 있습니다. 우리는 죄를 타고난 것이 아니라 고귀함을 타고났습니다. 모든 사람은 밝고 정의로운 파크리의 화신입니다. 모든 사람은 천재이며 자연이 만든 창조적인 운명의 존재들입니다. 우리는 평등하고 자유로우며 지위 고하에 관계없이 고귀합니다. 우리는 군령들이 만든 난장판 속에서, 갈등과 비극 속에서 살다가 멸망할 수 없는 존재들입니다.

여러분, 저희들은 여러분에게 이 우주의 탄생에서부터 이어져온 세상의 비밀을 말씀드립니다. 우리가 간절하게 소망하면 이 세상은 우리의 소망에 맞게 변합니다. 우리가 간절하게 소망하는 것은 모두 이루어집니다.

시간과 공간은 매 순간마다 팽창하는 엄청나게 큰 비누 거품 같습니다. 세상은 매 순간마다 항상 새롭게 확장됩니다. 각각의 거품 방울은 모두 독자적인 세계로 부풀어 오릅니다. 우리는 그 거품 가운데 우리가 가장 소망하는 세계를 선택해서 살아가는 것입니다. 이 인페르노에는 190억의 인민들이 살고 있습니다. 세상은 이 190억 당사자의 계약으로 생겨나는 것입니다.

우리는 군령들의 쟁패에 휘말리기를 거부합니다. 군령들의 징용과 징발과 부역을 거부합니다. 우리는 종교의 이간질에 동조하기를 거부합니다. 파크리의 깃발을 든 우리는 천지가 우리에게 부여한 본연의 권리를 주장하는 바입니다. 우리는 이 세상에서 평화롭게 살 것입니다. 서로 아끼고 사랑하며, 가진 것을 서로 나누며 행복하게 살 것입니다. 우리는 그런 세상을 선택했습니다.

준경의 연설은 사람들의 함성 때문에 이어지지 못했다.

사람들은 숨 쉬는 것조차 잊고 준경의 말을 경청했다. 시에네의 황금시대를 추억하는 대목에서 늙은 남정네들은 향수와 감격에 잠겨 눈물을 흘렸다. 시에네 제국의 멸망을 이야기할 때는 여자들이 가슴을 치고 울었다. 준경이 징용, 징발, 부역의 거부를 외치자 모두가 불덩어리처럼 달아올라 두 주먹을 불끈 쥐고 발을 구르며 옳소, 옳소 소리를 질렀다. 아, 아, 던컨니임…… 던컨니임 하고 부르며 우는 할머니도 있었다.

준경은 양심의 가책을 느꼈다. 군령과 천방교의 폭정이 싫다고는 하지만 이 사람들은 얼마나 비참한 전쟁을 치러야 하는지를 모르고 있었다. 그런데도 그저 꾸밈없고 순박한 마음씨로 준경의 말을 무조건 믿으려 드는 것이었다. 한두 번 겪는 일은 아니지만 아무것도 모르는 이 착한 사람들을 반란으로 몰아넣고 있는 자기 자신에 대한 혐오감이 갈수록 깊어졌다.

최면의 가장 깊은 레벨, 인페르노에 떨어져 파크리 교를 알게 되고, 그들의 대의에 공감하고 전란에 고통받는 사람들을 동정하게 되었다. 그래서 3년 동안 전력을 다해 반란에 참여했다. 그런 참여 과정에서 공생당의 강화인간들을 발견하려는 속셈이었다.

아무 보상도 없이 사지에 뛰어들고 천리를 멀다 않고 달려가는 준경의 자기희생적인 모습에 사람들은 놀랐다. 그 때문에 준경은 전혀 생각하지도 않았던 민중의 신망과 숭상을 받게 되었는데 이것은 준경 입장에서 보면 참으로 딱한 일이었다. 준경은 몇 번이나 진실을 토로하고 싶었는지 모른다.

여러분, 제가 백일 아래 고백할 게 있습니다. 저는 진짜 인페르노 사람이 아닙니다. 사람조차 아닙니다. 저는 지금 최면의 세계에 들어와 꿈을 꾸고 있으니까요. 여러분은 저의 꿈속에 있는 사람들입니다……. 그러나 끝끝내 이 고백은 할 수가 없었다. 이것은 도저히 인페르노 사람들에게 이해받을 수 있는 말이 아니었다.

준경은 자신을 향해 박수 치고 환호하는 사람들 사이를 근심에 가득 찬 얼굴로 걸어갔다. 변신자가 사랑에 빠진 소녀의 황홀한 눈빛으로 준경을 보고 있었다.

설계도

오후가 되자 게놈 연구소 로비에서는 모발 이식 관련 세미나가 다시 시작되었다. 메인 로비에는 젊은 사람들이 자유롭게 서고 앉아서 한 남자의 프레젠테이션을 듣고 있었다. 뒤쪽의 회의실에는 중년 남자들의 회의가 진행 중이었고 내방객 라운지에는 과자와 차, 가벼운 음식들이 준비되어서 사람들이 떠들썩하게 환담을 나누며 먹고 마시고 있었다. 손님들은 전부 백 명 정도였는데 여러 도시에서 온 모발 이식 클리닉의 의사와 간호사들로 대개는 서로 아는 사람들인 듯했다.

김호는 로비 한구석에 앉아 혼자만의 골똘한 생각에 빠져 있었다. 세미나에 참석한 사람들은 구겨질 대로 구겨진 양복을 입고 와이셔츠에는 구둣발 자국까지 묻어 있는 이 중년 남자를 곁눈질했다. 누구지? 그의 몸에서는 축축한 비 냄새와 지독한 홀아비 냄새의 악취가 나고 있었다. 인생이 심하게 잘못되어 가고 있는 남자의 표본 같았다.

그러나 김호는 그런 시선을 신경 쓸 여유가 없었다. 그는 몇 시간째 모든 사물이 지평선 너머로 사라져버린 듯한, 텅 빈 느낌을 지울 수가 없었다. 그래서 지금은 돌부처처럼 앞줄에 앉은 사람의 등짝만 바라보며 앉아 있었다. 어젯밤부터 자기 안에 자리 잡은 어두운 고통과 절망적으로 싸우고 있었다.

오늘 새벽 새라 워튼은 그를 구치소에 남겨두고 떠났다.

딸과의 통화를 요구했지만 일언지하에 거절당했다. 자오얼을 놓쳐버린 새라는 잔인하고 냉혹무비한 분노만을 느끼는 듯했다.

가서 설계도나 찾아.

새라의 대답이었다.

허튼짓하지 마. 열다섯 시간 주지. 가서 설계도를 찾고 이유진 살인범을 잡아. 나 몰래 자오얼을 빼돌리면 당신 딸은 죽어. 오늘 밤 10시까지 살인범을 못 잡아도 딸은 죽어. 10시까지 내 손에 설계도가 안 들어와도 딸은 죽어.

새라는 그대로 그랜저 운전석에 타고 문을 쾅 닫았다. 김호는 달려가 필사적으로 차문을 열었다. 그리고 절규하듯 외쳤다.

내 딸의 이름은 연경입니다.

안에서 문을 끌어당기려던 새라 워튼이 김호의 눈에서 흐르는 눈물을 보고 잠시 움찔했다. 김호의 입에서 말이 폭포처럼 쏟아져 나왔다.

정말 착하고 너그러운 아입니다. 내 딸을 보내주세요. 내 딸을 온전하게 돌려보내 주세요. 당신은 그럴 수 있는 힘이 있지 않습니까. 장웨이. 그래요, 말씀대로 나는 당신을 알고 있습니다. 장웨이. 당신은 프로입니다. 무식하고 우둔한 폭력배가 아닙니다. 당신 같은 분이 필요도 없는데 사람을 죽이지는 않을 겁니다. 뭐든지 하겠습니다. 시키는 대로 다 하겠습니다. 정말입니다.

장웨이, 나는 당신의 업적을 압니다. 당신의 능력을 존경합니다. 당신은 험한 일을 많이 이겨낸 분입니다. 세상이 당신에게 대접한 것 이상으로 세상을 대접해 줄 수도 있을 만큼 능력이 있는 분입니다. 장웨이, 당신도 여자가 아닙니까. 같은 여자를 해치지 맙시다. 김연경, 이게 내 딸의 이름입니다. 연경이를 온전하게 돌려보내 주세요. 설계도를 가져오라면 가져오겠습니다. 자오얼을 잡아오라면 다시 잡아오겠습니다. 뭐든지 하겠습니다. 제발…….

김호는 왼손으로 차문을 잡고 덜덜 떨리는 오른손으로 양복 안주머니에서 지갑을 꺼내었다. 그리고 지갑의 내용물이 땅바닥에 떨어지는 것도 아랑곳하지 않고 사진 하나를 꺼내었다.

애가 연경입니다. 연경이 어린 시절 모습입니다. 착한 아입니다. 제발 연경이를 풀어주세요. 연경이를 온전한 모습으로 돌려보내 주세요. 제발. 당신을 위해 무엇이든 하겠습니다. 당신에게 적이 있다면 내가 싸워서 물리치겠습니다.

김호의 말은 더 이상 이어지지 못했다. 새라 워튼이 그의 왼손을 매몰차게 뜯어내었기 때문이다. 그녀는 문을 꽝 닫고 잠금장치를 내려버렸다. 그녀의 표정에 일말의 망설임이 떠올랐다고 여긴 것은 김호의 착각이었을까.

오늘 밤 10시까지요. 설계도를 여기 올려요.

새라는 차창 틈새로 명함 하나를 내밀었다. 김호가 그것을 받자 그랜저는 요란한 엔진 음을 내며 그대로 떠나버렸다. 명함만 한 크기의 빳빳한 종이에 적힌 것은 연락처도 이름도, 추적의 위험이 있는 이메일 주소도 아니었다. 미국의 파일 공유 사이트인 드롭박스의 로그인 아이디와 비밀번호였다.

세미나를 지켜보고 있던 김호가 조용히 일어섰다. 접수 데스크의 사무원 아가씨들이 유리문을 열고 나가 엘리베이터로 걸어가고 있었다. 김호는 그녀들을 따라가 엘리베이터에 올랐다. 아가씨들은 1층에서 내려 같은 건물에 있는 엔제리너스 커피로 들어갔다.

커피 전문점은 같은 건물의 결혼식장 때문에 한껏 차려입은 남녀들로 북적거렸다. 오랜만에 만난 대학 동창처럼 보이는 젊은 여성들이 아이스티 같은 것을 앞에 놓고 앉아 깔깔거리며 즐거운 활기를 일으키고 있었다. 들어오고 나가는 손님들로 가게 안은 정신이 없었다. 김호는 게놈 연구소의 두 아가씨들이 입은 연보랏빛 장식의 회색 원피스 유니폼을 놓치지 않으려고 애를 썼다.

두 아가씨는 카운터에서 테이크아웃 커피 열두 잔을 주문했다. 그리고 여고생들처럼 속닥거리고 깔깔 웃으며 본인들이 먹을 군것질거리를 고르고 있었다. 브라우니를 먹을까 치즈번을 먹을까. 젊은 여성들만이 발산하는 순진함과 명랑함이 그녀들 주변에 햇살처럼 번지고 있었다. 김호는 딸이 생각나 가슴이 저려왔다. 그러나 그는 일을 해야 했다.

"죄송합니다. 두 분 6층 연구소에서 일하시죠? 얘기 좀 할 수 있을까요?"

신분증을 보여주면서 김호가 말했다. 두 아가씨는 겁을 먹고 당황한 얼굴로 김호를 따라와 구석 자리의 나무 의자에 앉았다. 김호는 스마트폰으로 자오얼의 얼굴이 담긴 사진을 보여주었다.

"이 사람, 연구소에 온 적이 있죠?"

"네……"

"언제 왔나요?"

"그저께하고 그 전날요."

"누구를 만났나요?"

"부소장님 환자였어요."

"고맙습니다."

김호는 스마트폰을 집어넣으며 고개를 끄덕였다.

"환자 차트에는 이 사람 이름이 없더군요. 저를 만났다고 말하지 마세요. 혼이 날지도 모릅니다."

"네……"

김호의 충고는 쓸데없는 짓이었다. 두 아가씨는 낭패한 표정으로 눈을 동그랗게 떴다. 그리고 울상이 되어 서로를 마주 보았다. 김호는 그 자리에서 게놈 연구소에 전화를 걸었다.

설계도

"아까 수사 때문에 찾아갔던 사람입니다. 부소장님 면담을 부탁합니다. 네, 어려우신 줄 압니다. 그래도 지금 뵈어야 합니다. 매우 긴급한 용건입니다. 네. 네. 그럼 전화 기다리겠습니다."

김호는 커피 전문점을 나와 터덜터덜 거리를 걸었다. 오후 2시였다. 다시 찜통 같은 더위가 시작되고 있었다. 거리의 건너편에 검은색의 일방투시 창문을 달고 있는 승합차 한 대가 보였다. 바로 김호 자신을 감시하고 있는 감청조 요원들이었다.

서울에서는 검색조가 카니발과 그랜저 차량의 행방을 은밀히 추적하고, 연경이가 다니는 대학부터 현재 자취하고 있는 원룸, 서빙 아르바이트를 하고 있는 파스타집 인근의 CCTV를 체크하고 있었다. 새라의 경고가 있었던 만큼 공식적인 수배와 탐문 수사는 할 수 없었다.

오전 6시경 김호는 용인에서 회사로 전화를 걸어 구치소 상황을 알리고 지원을 요청했다. 임상최면요법을 전공한 정신과 전문의도 불러달라고 했다. 그리고 수사과장에게 전화를 걸어 한 시간 동안 모든 것을 털어놓았다. 그동안의 수사 경과, 기획관의 지시, 딸의 납치와 자신이 다시 대구로 내려가 수사를 하며 설계도를 찾아야 하는 사정도 설명했다.

회사는 이런 종류의 말썽이 극히 싫을 것이다. 그러나 김호가 달리 어떻게 할 수 있겠는가. 수배를 부탁했던 경찰에 납치 사실을 얘기한다면 범인들이 왜 딸을 납치했는지도 설명해야 할 것이다. 그런 식의 정보 누수는 용서받을 수 없었다. 달리 도움을 받을 사람도 없었다.

김호의 전처는 로스앤젤레스에 사는 처형 댁에 가서 3개월째 체류 중이었다.

이윽고 김호는 리젠트 호텔에서 20미터쯤 떨어져 주차한 스타렉스 승합차 앞에 섰다. 이 차는 김호의 수사팀이 호텔을 감시하기 위해 빌린 렌트카였다. 차문을 열어보니 지칠 대로 지친 조희수는 뒷좌석에 드러누워 자고 있었고 조수석에는 초췌한 얼굴의 정인영이 블랙커피를 홀짝이고 있었다. 이종민 요원은 증거 수집 때문에 모처에 가고 없었다. 정인영 요원이 속삭이듯 입을 열었다.

"조희수 씨가 좀 전에 뭔가 찾은 것 같습니다."

김호는 깜짝 놀라 조희수 요원의 눈곱 낀 얼굴을 돌아보았다.

"제게 부서진 스마트폰의 유심 메모리칩을 주셨지요."

조희수는 오른손으로 자기 관자놀이 부근의 파마머리를 곤두세웠다. 그리고 의미심장한 표정을 지으며 씨익 웃었다.

"현미경으로 꺾인 자리를 복구했죠. 표면의 잡티도 제거했습니다. 기적적으로 읽히더군요. 그런데 서류 파일은 아무것도 없었습니다. 그래서 이번엔 삭제된 파일의 복원에 착수했습니다. 이유진이 이미 오래전에 지웠거나 덧칠한 문서들을 드러내서 대조한 거죠."

조희수는 노트북을 열어 보여주었다. 김호는 너무 감동을 받아 얼떨떨했다.

"조희수 씨, 정말 대단한데! 기대 못 한 성과야."

김호가 솔직히 감탄했다. 조희수가 복원한 서류 파일은 무려 102종이었다. 대부분의 서류 파일이 이유진이 이용한 항공기의 모바일 티

설계도

켓이었다. 김호의 얼굴에 불길을 보는 짐승 같은 긴장이 떠올랐다.

이유진은 87장의 국제선 항공권을 모바일 서비스로 발권했다. 쿠웨이트, 사우디아라비아, 카타르, 두바이 같은 중동 지역과 필리핀, 인도네시아, 말레이시아 같은 동남아시아 지역이 많았고 유럽과 북미, 남미, 호주, 남아프리카공화국의 케이프타운까지 있었다.

김호는 턱에 주먹을 대고 몸을 웅크렸다. 그의 눈은 최근 2주 사이의 발권 기록에 오래 머물렀다.

싱가포르에서 샌프란시스코로 가는 캐세이퍼시픽 항공
싱가포르에서 서울로 가는 대한항공

똑같은 이유진의 이름으로 발권된 두 장의 항공권은 탑승 시간이 거의 같았다. 불과 십 분의 차이가 있을 뿐이었다.

마닐라에서 수마트라로 가는 타이 항공
마닐라에서 방갈로르로 가는 필리핀 항공

이 두 장의 항공권도 탑승 시간이 거의 같았다. 25분의 차이가 있었다.

"항공권에는 이름이 박혀 있어서 본인 외에는 사용할 수 없는데 두 번이나 중복으로 발권을 했어요. 누가 이유진의 여권을 하나 더 위조해서 사용하고 있다는 뜻 아닐까요?"

조희수는 일껏 점수를 따고 나서 멀컹한 소리를 했다. 김호는 딱하다는 표정으로 혀를 찼다.

"아니. 이건 이유진이 누군가의 미행을 눈치챘다는 뜻이야. 진짜 행선지를 노출하지 않으려고 일부러 엉뚱한 티켓을 하나 더 산 거지."

김호는 조희수에게 메모지 하나와 볼펜을 달라고 했다. 그리고 메모지 위에 네 사람의 이름을 휘갈겨 썼다.

"지난 2주 동안 이 사람들의 출장 기록과 출입국 기록을 체크해줘. 이 가운데 이유진이 항공권을 발권한 시각에 싱가포르와 마닐라에 있었던 사람을 찾는 거야."

메모지를 들여다본 조희수의 눈이 휘둥그레졌다. 하얀 얼굴은 열을 받아 벌게졌고 얇은 입술은 희미하게 떨렸다.

"이 사람들을 어떻게……."

"내 정보 접근 권한을 위임하지. 그래도 안 되면 되도록 해줘. 안 되도 되게 해야 해. 이건 반드시 알아내야 해."

김호는 단단히 일러두고 다시 노트북에 고개를 박았다. 항공기의 모바일 티켓을 한쪽으로 정리하자 이유진이 개인적으로 흥미를 느껴 다운로드했던 것 같은 논문과 책의 피디에프 파일들이 나왔다.

생태운동가 로버트 하트의 『숲 가꾸기』, 생물학자 폴 셰퍼드의 『자연과 광기』, 인도의 경제학자 J. C. 쿠마라파의 논문 「공공재정과 우리의 가난」, 소설가이자 반전평화운동가인 아룬다티 로이의 「제국 시대의 공적 권력」 등이었다. 그것들을 한쪽으로 정리하자 서류 파일이

설계도

나왔다.

파일 이름은 '14001'. 아무래도 이유진이 직접 작성한 파일 같았다. 김호는 숨이 막혔다. 이것인가? 그는 떨리는 손으로 노트북의 터치패드 마우스를 움직여 '14001'을 열었다.

대체 이게 뭐지?

제일 윗줄의 제목에 '갑오징어 먹물 리조토'라고 적혀 있었다. 제목도 황당했지만 본문은 더 이상했다. 밑도 끝도 없는 소설 같았다. 김호는 이야기의 첫 단락을 읽어보았다.

그 무렵 서울의 마포구 상수동에는 인근 대학에서 교수 노릇을 하다가 퇴직한 가난한 학자가 살고 있었다. 책을 좋아하고 만년필로 글쓰기를 좋아하는 옛날 기질의 노인으로 중요한 생활들이 전부 정신계(누스피어)로 옮겨진 그즈음에는 세상에서 잊혀진 사람이었다. 그는 조촐한 정원에 대추나무가 서 있는 낡은 단독주택에서 늙은 아내와 외동딸과 함께 외로운 나날을 보내고 있었다.

경희라는 이름의 딸은 구청 공무원 일을 하고 있었는데 배우를 지망하는 청년과 사귀고 있었다. 수연이라는 이름의 청년은 키가 훤칠한 미남에 마음씨도 착한 사람이었다. 딸을 진심으로 사랑하고 있는 것이 눈에 보였다. 노부부도 수연이 마음에 들어 친자식처럼 의지했다. 그 뒤로 이삼 년 동안은 무어라 말할 수 없이 행복한 시간이었다.

소설이군. 김호는 크게 실망했다. 삼류 연애소설의 첫 대목처럼 시작하는 그 파일은 십여 페이지에 달했다. 김호는 그 연애소설을 닫고 그 옆의 파일 '14002'를 열었다. 이번에는 종이에 뭔가 잔뜩 메모한 것을 스캔한 파일이었다. 이것인가?

제일 위에 '초감각적 지각을 사용한 투사^{Projection by Extra Sensory Perception}'라고 적혀 있었다. 그다음부터는 복잡했다. 아홉 개의 원이 겹쳐져 있는 동심원 좌표가 있고 네 개의 세로가 긴 직사각형 사면체 좌표가 있었다. 직사각형 좌표 안에는 네 개의 낯선 라틴어 단어와 맥락을 알 수 없는 수학 방정식이 적혀 있었다.

한참을 들여다본 후에야 그 방정식들이 거리와 깊이를 만들어내는 공간위상학 수식이라는 것을 알 수 있었다. 거리와 깊이 아래에는 빨강, 파랑, 노랑, 초록으로 이어지는 색채의 방정식이 있었고 하늘, 구름, 강, 시냇물, 산, 바위, 수풀, 나무, 덤불이 있었으며 촉각, 청각, 온도, 후각의 경험에 대한 방정식이 있었다. 이들 방정식 옆에는 깨알 같은 글씨로 수수께끼 같은 문장들이 씌어져 있었다.

하루는 21시간
일년은 1240일
자전주기 20시간 53분 02초
공전주기 1240일 5시간 11분 44초

새싹의 계절 - 물과 의지의 날들
불새의 계절 - 불과 몽상의 날들

설계도

서풍의 계절 - 공기와 고독의 날들

백색의 계절 - 대지와 비밀의 날들

파크리는 생명의 에너지를 낳고 생명의 에너지는 폼^{form}을 낳는다. 만물은 그들 각각의 폼에 따라 서로를 낳는다. 생명은 보이지 않는 파크리로부터 생겨나서 경계가 없는 파크리로 사라져간다. 생명은 문도 없고 방도 없는 광대한 공간 한가운데 홀로 서 있다.

하늘은 위에서 그를 돕고 땅은 아래에서 그를 돕는다. 파크리를 따르는 자는 살고 파크리를 범하는 자는 죽는다.

파크리가 제어하는 운명은 다섯 가지 과정으로 움직인다. 몰락하고 ^{down}, 상승하고^{up}, 나뉘고^{divided}, 변하며^{changed}, 자란다^{grown}.

파크리의 장미는 여덟 가지 모습으로 피어난다. 추적의 파크리, 모험의 파크리, 복수의 파크리, 변신의 파크리, 성숙의 파크리, 희생의 파크리, 결혼의 파크리, 발견의 파크리.

그 밑에는 단어마다 f1, f2, f3…… 같은 번호가 39번까지 매겨져 있고 그런 리스트 옆에는 EPMs(진화적 심리 기전), 시냅스, 세로토닌 같은 뇌신경의학 용어들이 곳곳에 박힌 방정식이 있었다. 리스트의 제일 위에는 이런 단어가 씌어 있었다.

f1. 자기 파괴 명령어 self-destruct command

    김호는 뚫어져라 문서를 들여다보다가 눈살을 찌푸렸다. 이것이 설계도일까. 그러나 새라 워튼은 설계도가 '연대기' 혹은 '옛날이야기' 같은 것이라고 말했다.

    이유진이 직접 쓴 메모 가운데 인페르노 나인이라는 단어가 나오는 게 있을 거예요. 우린 그걸 설계도라고 부르는데 옛날이야기나 연대기처럼 보이는 기록이죠……. 인페르노 나인이라는 단어는 없었다. 산만한 암기력을 사고력의 동의어로 착각하는 바보의 메모처럼 빽빽하게 써놓은 단어들을 아무리 들여다봐도 없었다. 김호는 지푸라기라도 잡는 심정으로 물었다.

    "이거 구글링해 봤나? 자기 파괴 명령어?"

    "예. 그건 최면학에서 가설로만 존재하는 이론인데요. 최면을 유도하는 유발 명령어 trigger command 가운데는 입에 담는 것만으로 마음을 파괴하는 단어가 있다고 해요. 사람의 마음에는 살고 싶은 에로스 충동만큼이나 자기를 파괴하고 싶은 타나토스 충동이 있는데, 그 타나토스 충동에 방아쇠를 당기는, 사람마다의 각기 다른 명령어가 있다는 거죠."

    "터무니없는 얘기군."

    "그런데 여기 이 단어들 말입니다."

    정인영이 네 개의 직사각형에 조그맣게 씌어진 네 개의 라틴어를 가리켰다. 카이나 Caina, 안테노라 Antenora, 프톨로메아 Ptolomea, 유데카 Judecca.

설계도

"이걸 구글에 넣어봤습니다. 이 네 개의 단어는 단테의 『신곡』지옥편에 나오는 인페르노 나인, 즉 지옥 9층의 네 지역입니다. 지옥의 제일 밑바닥, 사탄이 사는 곳이죠."

그러자 지칠 대로 지쳐 있던 김호의 몸에 찌르르 전율이 흘렀다. 어깨는 자기도 모르게 움츠러들었다. 그의 눈은 금방 신중한 경계의 빛을 띠고 자기 내부에 있는 것을 보호하려는 듯했다. 정인영은 그런 변화를 전혀 눈치채지 못하고 말을 이었다.

"그리고 저번에 부탁하신 검색 결과 말인데요. 이미지는 없고요. 헤어 로스hair loss를 넣어보니 이런 기사가 하나 나왔습니다."

독일에서 나온 신문 기사였다. 기사의 제목은 '중국의 불법 임상연구 조직'이었고 기사 내용은 중국에서 생명기술 규제의 국제적 규약을 지키지 않는 신약 임상실험이 행해지고 있다는 의혹이었다. 근거는 란저우 교화소에서 사망하여 화장 조치된 죄수들의 시체에 모두 비정상적인 탈모가 있었다는 목격자들의 증언.

"팀장님, 란저우는 자오얼이 민공 생활을 했던 곳입니다."

"그렇군."

김호는 건성으로 고개를 끄덕였다. 이 사람들의 눈을 피해서 이걸 드롭박스에 올려야 한다. 그러자면 먼저 이 파일을…… 무엇에 들씌워진 사람처럼 그런 생각만이 빙글빙글 돌고 있었다. 그때 김호의 스마트폰이 울렸다. 6층 게놈 연구소의 부소장이었다.

"커피 한잔하시겠습니까? 괜찮으시다면 맥주도 있습니다만."

부소장 이덕현 박사가 말했다. 자그마한 키에 붙임성 있는 사십 대 남자였다. 부소장실은 넓지도 좁지도 않았으며 자못 사무적인 느낌이 드는 공간이었다. 낮고 큰 책상 위에는 컴퓨터, 페이퍼 나이프, 작은 노트가 있을 뿐이었다. 그가 건네준 명함과 벽에 걸린 액자는 그가 연구소가 소속된 국립대 의과대학의 교수이며 존스홉킨스 출신의 면역학 박사라고 말해 주고 있었다.

"감사합니다만 근무 중이라서요."

김호의 목소리는 음울했다. 그의 마음은 수사 내용을 유출했다는 개운치 않은 기분 속에서 딸을 살릴 수 있다는 희미한 희망을 더듬고 있었다.

"고생이 많으시군요. 서울에서 여기까지 오셔서."

이덕현은 직접 커피포트를 들고 와서는 김호와 자신의 컵에 커피를 따랐다. 김호가 자초지종을 설명했지만 이덕현은 당황하지 않았다. 그는 의연하게 웃으면서 말했다.

"법원의 영장이 없으면 안 됩니다. 김호 팀장님."

이 교수는 커피를 대접하는 호의와 공적인 업무 사이에 단호하게 경계를 그었다. 9시 뉴스에 나오는 정치인들의 반이 그의 환자라는 소문답게 김호의 회사 신분증을 봤을 때도 심드렁한 얼굴이었다.

"모발 이식은 환자의 중요한 프라이버시입니다. 그 개인의 이름이 명시된 법원영장이 있어야 협조할 수 있습니다."

"교수님, 제가 여쭤보고 싶은 것은 수사와 관련된 아주 주변적인 내용입니다."

설계도

"모처럼 오셨는데 죄송합니다. 아무것도 확인해 드릴 수 없습니다."

"교수님, 오늘 새벽 자오얼이 구치소를 탈옥한 것은 아시나요?"

이 교수도 그 말에는 표정이 굳어졌다.

"영장은 신청하면 바로 나옵니다. 제가 수색영장과 함께 9시 뉴스 카메라맨들을 데리고 오면 좋겠습니까?"

두 사람의 찻잔 위에 미세한 먼지와도 같은 침묵이 머물렀다. 이 교수는 손가락을 코 밑에 대고 한참 찻잔을 들여다보다가 입을 열었다.

"수사와 관련된 주변적인 내용이라고 말씀하셨지요?"

"자오얼의 수술 예약은 특별 케이스가 아닌가요?"

"뭐 그렇게 말씀하시면 특별하다고 말할 수도 있습니다. 저희는 예약이 항상 밀려 있으니까요."

유리벽으로 격리된 복도에서 사람들의 부산한 움직임이 일어났다. 프레젠테이션과 회의가 다 끝난 듯했다. 사람들이 여기저기 떼를 지어 서서 저마다 지껄여대고 있었다. 이 교수는 일어서서 복도로 열린 문을 굳게 닫았다.

"자오얼 씨는 연구소에 연구비를 기부했습니다. 그래서 수술 날짜를 조금 당겨 잡아드린 거죠."

"자오얼 씨가 왜 돈을 기부한 거죠?"

"정확하게는 자오얼 씨 개인이 아니고 재단이었습니다."

"재단의 이름이 뭡니까?"

"SPF, 같이 사는 행성 재단Symbiotic Planet Foundation입니다. 자오얼 씨의 수술은 그 재단에서 부탁받았고요."

"재단이 연구비를 기부한 이유가 뭡니까?"

"저희는 세계 최고의 모발 이식 기관입니다. 그래서 다른 곳에서는 불가능하다고 하는 시술도 하죠. 자오얼 씨는 특별한 모발 이식이 필요했고 연구비는 그것 때문에 기부된 것입니다."

"특별한 시술이라는 것이 뭡니까?"

"아까 주변적인 내용이라고 하지 않으셨나요? 저희는 자오얼 씨와 진료 사실에 대한 비밀 유지 협약을 맺었습니다."

"교수님, 저는 지금 사법수사관으로서 묻고 있는 겁니다. 이런 경우 사기업의 비밀 유지 협약은 양해 사항이 되지 않아요."

이덕현은 김호를 한참 노려보았다. 그리고 책상에서 자신의 스마트폰을 가져와 음성 녹음 앱을 실행했다. 김호는 거기에 대고 연구소에서 취득한 정보는 수사 이외의 목적으로 사용하지 않겠으며 어떤 기관에도 진술 내용을 공개하지 않겠다고 약속했다. 그러고도 한참 동안 침묵이 이어졌다. 이윽고 이덕현 교수가 입을 열었다.

"자오얼 씨의 두부 후면, 뒤통수에는 복잡한 문신이 있습니다."

"네, 저도 압니다."

"그건 문신이 아니라 전자 탐침입니다."

"탐침?"

"머리카락보다 더 가는 백여 가닥의 탐침들을 두개골을 뚫고 대뇌 피질까지 삽입했더군요. 그건 저희가 자오얼 씨의 뇌를 촬영해서 확인한 바입니다. 이것 때문에 자오얼 씨는 다른 곳에서 모발 이식 시술을 받기를 꺼려했던 겁니다."

"자오얼은 왜 그런 전자 탐침을 삽입했나요?"

"듣기에 좀 이상하시겠지만…… 자오얼 씨는 인텔리전스 도핑을 위해 신경성장인자^{NGF}의 방출을 촉진시키는 신약을 복용했습니다."

"신경성장인자라고요?"

"예. 신경세포의 분화와 성장을 촉진하는 펩티드 인자입니다. 인간의 뇌에는 뉴런이라고 하는 가늘고 긴 신경세포들이 있지요. 이 뉴런과 뉴런은 시냅스라는 연접 부위로 연결되어 있고요. 뇌에는 대략 160억 개의 뉴런와 1조 개 이상의 시냅스가 있습니다. 그 신약은 신경세포와 시냅스를 증식시키는 것이었습니다. 말하자면 뇌 신경세포를 강화해서 머리를 좋게 만드는 약이라는 겁니다."

"그게 가능한 일입니까?"

"사실은 실현 가능성이 적은 이야깁니다. 두 가지 어려움이 있어요. 첫째는 신경세포도 세포라는 거죠. 세포는 산소와 포도당을 에너지로 먹고 이산화탄소를 버립니다. 신경세포와 시냅스가 많아지면 인체는 뇌에 더 많은 혈액을 보내서 더 많은 에너지를 공급해야 합니다. 인체라는 생물학적 구조물의 심혈관 체계상 이게 상당히 어렵습니다.

둘째는, 이 점이 더 중요한데요, 단순히 시냅스가 많아진다고 지능이 높아지지는 않는다는 겁니다. 지능이 높아지기 위해서는 시냅스가 증식되기만 해서는 안 됩니다. 증식되는 동시에 불필요한 시냅스들이 제거되어서 전체 뉴런의 연결망이 재조정되어야 합니다. 이걸 두뇌 가소성이라고 합니다. 제거와 재조정이 원활하지 못하고 시냅스만 자꾸 증식되면, 죽거나 정신분열증이 일어나죠."

"그렇다면 자오얼은 어떻게 무사했을까요?"

"그것은 자오얼 씨의 뇌 구조가 특이했기 때문입니다. 백 명에 하나 있을까 말까 한 구조이죠. 그는 심장과 뇌혈관의 용적이 대단히 크고 시냅스의 증식에 비례해서 두뇌 가소성이 증대되는 사람이었습니다."

그 말을 하고 나서 이덕현 교수는 잠시 착잡한 눈길로 자신의 스마트폰을 내려다보았다. 스마트폰에 대고 고해성사를 하는 사람 같은 모습이었다.

"임상실험 대상자 스물네 명이 신약을 먹었는데 다 죽고 자기만 살았다고 하더군요."

어지간한 김호도 그 말에는 충격을 받았다. 머리가 지끈지끈 아파서 조사의 맥락으로 되돌아가는 데 한참이 걸렸다.

"그렇다면 전자 탐침은 대체 무엇인가요?"

"자오얼 씨의 설명에 따르면 지능 강화에는 성공했지만 여전히 문제가 있었습니다. 지능에 비해 감각 능력이 너무 약했어요. 인간은 제한된 감각과 제한된 지능을 조화시켜서 간신히 감정적으로 안정된 정동情動 범위를 유지하고 있습니다. 이 상태에서 지능만 높아지면 감정 조절이 안 됩니다. 마치 좁은 독방에 갇힌 사람처럼 갑갑함을 느끼지요. 컴퓨터에 비유하면 중앙연산처리장치는 인텔코어 CPU 8기가 램인데 입력기는 1970년대식 카드천공기인 겁니다. 대뇌에 삽입한 탐침은 강화된 지능에 걸맞은 새로운 입력기이자 출력기였던 셈입니다."

"새로운 입력기이자 출력기라뇨?"

설계도

"원격 사고 전달. 텔레파시라고도 하죠."

"텔레파시라……"

"전자 탐침에 의한 텔레파시 전달은 2001년 미 국방성 고등연구계획국, 다르파에서 성공했습니다. 다르파 원숭이 실험이라고 하죠. 원숭이의 대뇌피질에 전자 탐침을 삽입해서 멀리 떨어져 있는 로봇 팔을 움직이게 했습니다. 자오얼 씨의 설명에 따르면 지능 강화를 한 사람들이 그 장치를 이용해 서로에게 자신의 감각 내용과 사고를 전달한다는 겁니다. 강화된 지능에 걸맞은 입력기를 마련한 거죠."

"그렇다면 그 전자 탐침을 보고 지능 강화 시술을 받은 사람을 식별할 수 있겠군요?"

"그렇지 않습니다. 자오얼 씨의 설명에 의하면 자신이 지능 강화를 한 후에는 신경성장인자 촉진제가 개선되어 훨씬 안전한 방식으로 지능 강화를 할 수 있게 되었다고 합니다. 감각 능력을 함께 강화하는 방법도 개발되어 더 이상 전자 탐침을 쓰지 않게 되었다고 하더군요."

"그렇다면 자오얼도 전자 탐침을 제거할 수 있었을 텐데요."

"자오얼은 전자 탐침이 의외로 편리하다고 말했습니다. 탐침을 조절하면 텔레파시를 수신할 수도 있지만 원하지 않는 텔레파시를 차단할 수도 있기 때문입니다."

김호의 눈이 반짝였다. 텔레파시를 차단하는 탐침…… 새라 워튼에게 들은 정보와 함께 그의 머릿속에서 사건의 윤곽이 다시 그려지기 시작했다.

"지능 강화, 전자 탐침. 도대체 누가 그런 실험들을 한 겁니까? 중국 정부인가요?"

"그런 얘기는 듣지 못했습니다. 묻지도 않았고요."

김호는 이덕현의 말을 듣다가 뭔가 이상한 기분을 느꼈다.

수사를 하다 보면 탐문을 중지하고 자신의 내부에서 들려오는 목소리에만 충실해야 할 때가 있다. 상호 관련성에 대한 강박을 버리고 목전의 사태와 범죄 사건을 별개로 보는 동시에 추론 능력을 발휘하는 것이다. 나는 지금 왜 이상한 느낌이 드는 것일까. 그것은…… 그렇다, 이덕현이 너무 많이 알고 있다는 사실 때문이었다.

전자 탐침, 신경성장인자 촉진제, 자오얼의 뇌 구조, 지능 강화 시술, 텔레파시……. 과연 이렇게 많은 지식이 중국인 환자가 수술을 위해서 한국인 의사에게 제공할 만한 정보량일까. 그러자 김호의 추론을 진전시키는 결정적인 의문이 머릿속에 떠올랐다.

"교수님, 이 질문은 반드시 정확하게 대답해 주셔야 합니다. 교수님은 자오얼과 같은 환자를 접하신 게 이번이 처음입니까? 말하자면 지능 강화를 하고 대뇌피질에 탐침을 삽입한 환자를 진료하신 것이 처음이냐는 말입니다."

이덕현의 눈빛이 흔들렸다. 그는 힘이 들어간 입술을 오물거리다가 마셔서 거의 비어 있는 커피 잔을 입으로 가져갔다. 김호는 그가 입을 열기를 조용히 기다렸다. 이윽고 그가 말했다.

"아닙니다."

"자오얼 이전에 만난 자는 누구였습니까?"

"그건 또다른 환자의 정보입니다. 절대로 말씀드릴 수 없습니다."

김호의 머리에는 회사 신분증을 보던 심드렁한 표정, 영장이 없으면 안 된다는 말, 스마트폰의 음성 녹취 같은 것들이 인상적으로 각인되었다.

"수사에 협조해 주셔서 대단히 감사합니다."

이것은 인생

인페르노력[※] 3395년, 물과 의지의 날들(봄) 제283일.

창생교 반란군은 트리드와의 지휘하에 시에네 지방에 뿌리박은 동방군단의 요충지 샤일란으로 진격, 공성전에 돌입하고 있었다. 이 군사행동이 훗날 '라우엔 대회전'이라고 이름 붙은 대규모 접전이 되리라는 사실은 누구도 예상하지 못하는 상태였다.

그날 준경은 쪽배를 타고 유유히 흐르는 우후라 강을 따라 무라사키로 향하고 있었다. 무라사키의 영주 메이 장군을 설득해서 샤일란 공성전을 돕도록 하기 위한 여정이었다. 두 명의 수행원과 뱃사공 부녀만이 동행했다.

엷은 저녁노을 속에 푸르름이 흐르는 시간이었다. 강변에는 울창한 나무들과 거친 바위, 그리고 끝없이 이어지는 모래사장이 일몰 직전의 부드러운 햇살을 받아 빛나고 있었다. 준경의 쪽배는 물푸레나무 숲이 무성한 고키덴 섬을 우현 너머로 보면서 천천히 강을 따라 내려갔다.

시천연 시우연 시망연是天然 是遇然 是惘然.

물비늘이 반짝이는 강물과 강변, 하늘을 보다가 준경은 갑자기 그 말을 떠올렸다. 사방을 둘러싼 천연의 푸른 생명, 그 앞을 우연처럼 덧없이 지나가는 인간, 그 영원과 순간의 낙차가 불러오는 슬픔의 망연이 있었다.

이런 슬픔은 신이 모르는 감정이었다. 하늘과 땅에 신으로부터 가장 거리가 먼 감정들이 미만해 있었다. 그러므로 지옥인 것이다. 지옥은 유황불이 떨어지고 악귀들이 날아다니는 감옥 같은 것이 아니다. 지옥은 어느 봄날, 봄빛을 받고 되살아나는 상실의 풍경이다. 말로 표현할 수 없는 상처와 회한, 반드시 있어야 할 것의 부재.

"반딧불이구마."

삿대를 젓던 예루타쉬 노인이 앞을 가리키며 누런 이빨을 드러내고 웃었다. 그 뒤에서 보조 삿대를 젓던 준도 웃었다. 흐름도 물결도 없이 고요하게 가라앉아 있는 강가의 어둠 위에 반디의 무리들이 반짝이고 있었다.

준경은 달콤한 환각 같은 그 불빛을 보다가 준을 돌아보았다. 반디가 준경과 준의 이마와 입술에 부딪치며 스쳐갔다. 가도 가도 끝이 없는 반딧불의 나라가 강의 밤물결 위에 춤을 추고 있었다. 준경은 준과 함께 불을 밝힌 둥근 등롱 속을 빙빙 돌고 있는 기분이었다.

준은 예뻤다. 저 세상과 이 세상에서 본 여자들을 통틀어 가장 예뻤다. 준경의 심층 심리에 숨어 있던 변신자. 그녀의 환하게 웃는 얼굴에는 강하게 마음을 끌어당기는 힘이 있었다. 수천 가닥의 눈에 보이지 않는 실이 그녀의 얼굴과 준경의 마음을 이어주고 있는 듯했다.

"등롱을 밝히남?"

예루타쉬가 담뱃대를 빨면서 물었다. 준경이 그러시라고 하자 그는 볼이 오목해지고 불그죽죽한 코에서 발심발심 연기가 나오도록 담뱃불을 돋우어 등롱에 불을 당겼다. 야간에 불을 밝히지 않은 배는 적으로 간주되고 있었다.

"전쟁만 없으면 천국이지라."

다시 삿대로 돌아온 예루타쉬가 혼잣말처럼 중얼거렸다. 저물녘인데 좌현의 수풀 우거진 언덕이 환하게 보였다. 눈처럼 새하얀 아몬드 꽃과 자줏빛 부겐빌레아 꽃이 구릉을 감싸 안고 있었다. 빛과 어둠이 뒤섞이고 있었다. 그럼에도 불구하고 강물은 미처 생각지 못할 정도로 맑아서 자디잔 물고기 떼를 볼 수 있었다. 물고기들은 뭔가를 찾듯이 나룻배 주변을 돌다가 먼 강 하구로 사라져갔다.

문득 준이 오른손을 들어 전방을 가리켰다.

"무라사키."

눈앞에 거대한 들소가 엉덩이를 땅에 붙이고 앞발을 쭉 뻗어 윗몸을 꼿꼿하게 든 상태로 그대로 석화石化되어 버린 것 같은 무라사키

이것은 인생

절벽이 있었다. 들소의 오른쪽 앞발 부위가 무라사키 요새였다. 배를 대는 선창을 제외한 나머지 부분을 견고한 화강암 성벽이 둘러싸고 있었다. 선창에서부터 다짜고짜 직선을 그리며 우뚝 솟은 성벽이 있고 원형탑의 호위를 받는 성문이 있었다.

요새의 양면은 강물이었고 다른 한 면은 천애 절벽, 남쪽만이 탁 트인 모래밭이었다. 거마창과 함정, 화살탑, 화살차, 투석기만 충분히 배치해 놓으면 난공불락의 요새가 되는 곳이었다.

요새로부터 물 위의 도시 같은 거대한 군선 하나가 휘황한 불을 밝히고 첨벙첨벙 시커먼 물을 가르며 나아가고 있었다. 배의 동체 부분에 층층이 평행으로 만들어진 3단 노실에는 벌거벗은 노잡이들이 노를 젓고 있었다. 요새의 예사롭지 않은 군사력이 느껴지는 장면이었다.

그러나 준경은 다른 것을 보고 있었다.

뱃전에 앉아 있던 그는 핏기가 가신 얼굴로 자리에서 일어섰다. 무라사키 요새 뒤쪽. 뭔가 준경의 내부에 불을 당기는 것이 있었다. 안개가 낀 듯 흐리멍덩하던 머릿속이 갑자기 환하게 밝아졌다.

강냉이 형.

무라사키 절벽의 모습이 고향 집처럼 눈에 익었다. 무라사키 절벽은 준경과 이유진이 자주 다니던 길드위 북방 영토의 자아가 빙퇴석을 부풀려놓은 것이었다. 무라사키 요새도 같은 북방 영토의 군나르 기지를 그대로 옮겨놓은 것 같았다. 무라사키 절벽의 모양, 텍스처, 주위의 풍경 하나하나에서 이유진의 흔적이 느껴졌다.

머릿속에서 이런 가상 세계를 하나씩 묘사하고 만들기 위해 이유진은 얼마나 고생을 했을까. 얼마나 전심전력으로 몰입했을까. 아무리 초인간적인 지능이라도 쉬운 일이 아니었을 것이다. 지옥의 대륙이 컴퓨터 그래픽이라고 가정하면 최소 천만 테라바이트가 넘으리라. 길드워의 세계는 전부 합쳐도 18기가바이트 정도에 불과했다.

게다가 이것은 컴퓨터 그래픽이 아니었다. 인페르노 나인은 물 냄새와 강바람과 따뜻한 대기를 거느린 완벽한 오감의 실제 세계였다. 이 세계의 갖가지 장려한 모습들이 준경의 영혼에 활기를 불어넣으며 약동하고 있었다. 거대한 산들이 그를 둘러싸고, 맑고 깊은 강물이 그의 눈앞에 가로놓였으며, 숲과 산들에 메아리가 울려 퍼졌다.

천상의 진정한 세계로부터 추락한, 구원받지 못할 그 모든 힘들이 대지의 밑바닥에서 서로 뒤섞이며 작용했다. 그렇게 창조된 온갖 생물들이 대지 위를 뒤덮고 하늘 아래서 꿈틀거렸다.

"영감님, 저 절벽을 왜 무라사키라고 부르지요?"

저건 자아가 빙뢰석인데.

"던컨님도 모르는데 내가 우째 아남. 어릴 때부터 저건 무라사키였지라. 〈해 질 무렵 무라사키〉라는 노래도 있지라. 아마 천 년 전에도 그랬을걸."

준경은 미간을 찌푸렸다.

이것이 혹시 범인의 흔적 아닐까. 인페르노는 천사들 자신의 세계다. 정확하게 말하면 천사들의 기억이 중첩되면서, 그들의 상처와 죄의식과 욕망으로 자가 증식하는 세계였다. 인페르노의 지형지물은 최면¹ 유도자 유진의 기억에서 나왔다. 그러나 이 절벽의 이름과 역사는 그 후에 이 세계로 들어온 형성자, 즉 다른 천사의 것이었다.

누군지는 모르지만 계모를 사랑하고 그녀와의 사이에서 낳은 아들 때문에 번민하며 살아간 사내의 이야기를 좋아하는 천사가 있었던 것이다. 그래서 그의 기억이 이 지역에 『겐지 모노가타리』의 작가 이름을 붙였으리라. 또 히구치 이치요의 소설에서 나온 민요를 유행시켰으리라. 그러나 절벽의 지명은 최면의 최초 이미지가 되기에는 너무 단순했다.

준경은 슬픈 눈으로 삿대를 젓는 준을 바라보았다. 수수한 올리브 그린의 베옷을 입고 나무 샌들을 신은 열여섯 살의 소녀. 그녀에 대한 사랑의 감정이 가슴 가득 퍼져 목구멍까지 차올라 왔다. 그러나 그럴수록 준경은 고독했다.

인페르노는 천사들의 세계였고, 그 일부는 준경의 세계였다. 준경이 트리드와의 부대와 합류하던 카샨의 강변 마을에서 만난 소녀 준. 준경이 다가가자 준은 웃었다. 다정하고 다정한, 너무도 부드러운 미소였다. 마음을 위로하는 미소였다. 준의 미소가 빙빙 돌아가는 세계의 한복판에서 준경을 위해 행복의 원을 그리고 있었다. 그 옆에는 소녀의 늙은 아버지, 뱃사공 예루타쉬가 서 있었다.

그때 준경은 첫눈에 두 사람을 알아봤다. 자신의 기억으로 점점 부풀어가는 지옥 인페르노. 준의 정체는 열여섯 살로 어려진 켈리였고 예루타쉬는 늙고 선량해진 바그다디였다. 두 사람은 피와 살을 가진 현실의 인간이었지만 동시에 준경의 기억에서 만들어진 인간들이었다.

이튿날 트리드와의 부대가 샤일란을 향해 출발했다. 그날 저녁 준경은 낮 동안의 햇살로 따뜻해진 풀밭 위에서 준과 사랑을 나누었다. 준은 준경이 자신의 첫 남자라고 말했다. 준의 속살은 꿈처럼 아름다웠다. 사랑이 끝난 후 준은 울었다. 그 눈물은 훈훈했으며 어둠은 진실로 우아하고 친밀했다. 둘의 사랑을 지켜보는 숲은 끝없이 그윽하고 관능적이었다.

마음속 깊은 곳에서 어지러운 도깨비불이 피어올랐다. 그 불빛을 따라가면 갈수록 고뇌의 수렁은 깊어졌다. 도깨비불은 사라져버린 과거에서 타오르고 있었다. 빛은 과거의 폐허를 더욱 쓸쓸하게 장식했을 뿐이다.

준이 죽고 내가 깨어나 현실로 돌아간다면 나는 살아갈 수 있을까. 그 생각이 준경을 고독하게 했다. 준경은 풀밭 위에 앉아서 오랫동안 곤히 잠근 준을 내려다보았다. 그리고 옛 편지를 읽는 사람처럼 두바이의 일들을 생각했다.

"어디서 오는 배냐?"

머리 위에서 고함 소리가 들려와 준경은 정신이 번쩍 들었다.

나룻배는 벌써 무라사키 요새의 선창에 도착하고 있었다. 선창은 돛과 노를 겸용하는 나룻배와 큰 돛을 쓰는 범선으로 북적거렸다.

이쪽을 노려보며 소리치는 사람은 금속 장식을 덧댄 가죽 흉갑을 입고 붉은 망토를 걸친 1성 장교였다. 선수를 접안하는 선착장은 그 장교와 투구를 쓰고 칼을 차고 둥근 방패를 등에 진 중갑병들이 통제하고 있었다.

"나는 파크리 기사단의 던컨이오. 메이 장군을 만나러 왔소."

경비병들 사이에 술렁임이 일어났다. 던컨이래, 던컨이 왔대 하고 떠드는 자도 있었다. 그를 구경하려고 달려오는 사람들도 있었다. 소란통에 깃발이 넘어져 요란한 소리를 내었다.

몸집은 크지만 어린애 같은 얼굴을 한 1성 장교는 이쪽이 무서워질 만큼 긴장해서 준경의 얼굴을 뚫어져라 보았다. 기분이 나쁘다는 표정이었다. 우쭐하는 장교의 위엄이 깨어지자 어쩔 줄을 몰라 하는 전형적인 1성 장교였다.

준경은 중갑병들을 동정했다. 저런 사나이가 전쟁터에 부대끼어 때를 벗게 되기까지, 부하 된 사람들은 어지간히 애를 먹지 않으면 안 된다. 2성 장교, 3성 장교, 4성 장교, 장령(5성 장교)도 특별히 다르다는 법은 없었다. 전란 시대를 살아가는 민초들의 애환인 것이다……. 1성 장교는 꿀꺽 침을 삼키고 준경에게 선창으로 올라오라 손짓했다.

장교가 앞장섰고 준경이 그 뒤를 따랐다. 준을 비롯한 준경의 일행은 중갑병들에 에워싸여 그들을 따라왔다.

해가 떨어진 뒤에도 선창에서 성문으로 통하는 길은 횃불을 밝히고 짐 나르는 사람들로 수선스러웠다. 행인 중에는 전국에 신용거래 조합망을 조직한 타니스 지방 상인들도 보였다. 짐을 짊어지고 허덕이며 그들 뒤를 따르는 것은 주로 변방 속주에서 잡혀온 노예들이었다.

남문을 통과하여 성 안으로 들어가자 잘게 부순 쇄석으로 길을 포장한 깨끗한 시가지가 나타났다. 부대들이 이리저리 바쁘게 이동하고 있었다. 서문 앞 광장에서는 한 무리의 군인이 함성을 지르고 있었다. 그러나 길 양옆으로 늘어선 가게들은 여전히 영업 중이었다. 손님과 흥정하고 있는 시장 상인들의 모습에서는 전쟁의 위기감을 찾아볼 수 없었다.

"잡아라! 잡아라! 하하하하"

맨발로 뛰노는 아이들이 준경의 옷자락을 치며 달려갔다. 그 뒤를 두 마리의 개가 쫓았고 맨 마지막에는 닭이 꺽꺽 울며 따라갔다.

시장 서편의 완만한 오르막길에는 대장간과 마굿간, 그리고 공방이 있었고 그 너머로 목책을 친 훈련소와 군영이 보였다. 오르막길 끝에 이르자 도서관과 창고 등이 자리 잡은 광장이 나왔다. 광장 정면 고지대에 거대한 성주 관저가 있었다.

관저는 넓은 잔디밭을 낀 은회색 석재 건물이었다. 현관의 계단 양쪽에는 무쇠항아리가 놓여 있고 문에는 방패 모양의 문장이 빛나고 있었다. 입구 좌우로 늘어선 탑에는 '장군'의 관직을 받은 영주를 표시하는 황금 갈기털 문양의 군기가 휘날리고 있었다.

체제라는 것은 아무리 쇠락해도 완전히 멸망하지만 않으면 그 자체의 관성으로 굴러간다. 제국은 천상의 관직 체계를 방방곡곡의 토착 영웅들에게 배분해서 그들을 체제로 편입시켜 왔다. 이 과정에서 제국은 영웅들이 사병을 거느릴 수 있는 권리와 일정하게 징세할 수 있는 권리를 인정할 수밖에 없었다. 그것이 시에네-스틱시아 제국의 고질적인 불안 요인이었다. 그럼에도 불구하고 관직 분배의 관행은 여전히 유지되고 있었다.

시민들은 중갑병과 함께 성주 관저로 들어가는 준경을 흥미로운 눈빛으로 지켜보았다. 차려입은 옷에서는 시에네 사람들 특유의 유복함과 세련미가 느껴졌다.

"어서 오십시오, 던컨님. 제가 행정관 세르게이입니다."

행정관의 집무실은 의외로 소박했다. 행정관은 경비대장, 기술관과 더불어 성과 주변 지역을 관리하는 실무 책임자였고 그중에서도 가장 높은 직책이었다. 세르게이는 준경에게 자리를 권하고 몇 가지 질문을 했다. 메이 장군을 만나려는 이유, 파크리 군의 움직임, 무라사키 주변 정세 등이었다.

어깨에 4성 장교의 견장이 빛나는 세르게이는 눈이 크고 이목구비가 뚜렷한 미남이었다. 젊음의 생기가 드러나면서도 거동에 자연스러운 위엄이 넘쳤다. 인품이 온화한 사람 같았고 처음 보는데도 이상하게 낯이 익다는 느낌이 들었다. 그와의 면담은 오래가지 않았다. 세르게이는 준과 예루타쉬를 대기실에서 기다리게 한 뒤 준경을 집무실의 다른 문으로 안내했다.

"장군님께서 구름협곡에서 기다리고 계십니다."

구름협곡은 무라사키 절벽의 꼭대기에 있다고 했다. 문을 열자 무라사키 절벽의 암굴로 통하는 복도가 나 있고 복도 끝에 절벽 꼭대기로 올라가는 승강기 시설이 있었다. 승강기에 올라서자 담당 병사들이 반대편 바구니에 무게추로 쓰이는 쇳덩어리를 밀어넣었다. 승강기는 빠른 속도로 상승했다. 두 사람은 그런 승강기를 세 번 갈아타고 절벽 위로 올라갔다.

무라사키 절벽은 화강암보다 더 단단하다는 키리코 석의 단애斷崖가 지상에서 거의 수직으로 581미터나 치솟아 있는 험봉이다. 동쪽 서쪽 북쪽은 등정 불가능하고 가까스로 접근 가능한 남쪽에는 무라사키 요새가 버티고 있었다. 구름협곡은 들소의 휘어진 두 뿔 사이 정수리에서 두개골을 따라 내려가다가 척추 시작 부분의 경추에 이르는 좁고 깊은 골짜기였다.

협곡에는 목책을 둘러친 파수대 하나가 거센 바람을 막고 있었고, 소대 정도의 병력이 주둔하고 있었다. 세르게이는 준경을 파수대로 데려갔다. 경비병이 파수대 2층을 향해 소리쳤다. 그러자 2층으로 이어지는 난간 없는 계단에서 한 사람이 천천히 내려왔다.

준경은 깜짝 놀라 숨을 멈추었다.

암호명 역천사, 루아메이劉阿梅였다. 코마 상태에 있다고 하던 공생당의 베이징 지부장. 그녀는 지금 은빛 찬란한 강철 흉갑을 입고 날렵한 몸에 눈부신 빛무리를 만들고 있었다. 오른팔에는 붉은 깃털 장식이 붙은 은빛 투구를 끼고 있고 왼손은 허리에 찬 장검에 가 있었다. 흑갈색으로 물결치는 머리카락이 풍성하게 어깨를 덮고 흉갑 위로 흘러내렸다. 엷게 탄 피부는 비취처럼 매끄러웠고 검은 눈동자는 강렬한 생기로 빛나고 있었다.

루아메이는 계단을 내려와 발을 멈추었다. 그리고 투구를 왼손으로 바꿔 들고 오른손을 내밀었다.

"오랜만이에요. 준경 씨."

"루아메이. 여기서 뵙는군요."

준경은 굳은 표정으로 그 손을 마주잡았다. 그녀는 현실 세계에서, 이사회가 열리는 스카이프의 영상통화 화면으로 매일같이 보던 그 얼굴 그대로였다. 인페르노 나인에서 만난 루아메이에게는 군인의 강인함과 여성의 부드러움이 하나로 어우러진 정체불명의 힘이 느껴졌다.

"좀 걸을까요."

루는 구름협곡을 향해 난 자갈길로 성큼성큼 걸어갔다. 그녀는 자기 집 정원을 산책하는 사람처럼 느긋한 모습이었다. 달빛에 드리워진 그녀의 그림자가 발아래 깔렸다. 달은 한 움큼의 물처럼 그녀의 머리 옆에 떠 있었다. 바람이 세차게 불어와 준경은 몸을 떨었다.

주변에 여기보다 높은 곳은 없다. 멀리 아래로 강물이 흐른다. 강물은 로메나와 카센티노를 거쳐 스키키까지 흘러가서 결국 바닷속 깊이 가라앉을 것이다. 바람에 나부끼는 키 작은 관목들의 소음이 들렸다. 은빛 물고기처럼 부서지는 달빛과 쑥부쟁이 이파리들이 퉁기는 소리도 어지러웠다. 준경은 몸에서 모든 것이 사라지는 느낌이었다. 연기를 담고 있는 느낌이었다. 이윽고 파수대에서 충분히 멀어졌을 때 준경이 입을 열었다.

"혹시 함께 최면에 걸린 다른 천사 소식은 모르십니까?"

"두 사람은 알아요."

루아메이는 아득한 옛날의 초등학교 동창 얘기를 하듯 무심하게 말했다.

"암호명 대천사. 본명 산자이 딜론. 인도 방갈로르 지부장이었죠."

"지금 어디 있습니까?"

"죽었어요. 그는 스틱시아 주에 살면서 마이트레야 교의 승려가 되었죠. 선지식으로 존경을 받았어요. 양민을 괴롭히는 남방군을 말리다가 학살당했죠."

준경은 침울해졌다. 최면으로부터 구출해야 할 사람이 만나지도 못한 상태로 죽었다. 공생당 사람들은 20여 시간의 코마 상태 후에 사망했노라고 말하고 있을 것이다.

"또 한 사람은요?"

"암호명 치천사, 본명 벤자민 S. 모리, 시애틀 지부장. 그는 잘 살고 있어요. 렘노스의 마보로시에 멋진 성을 짓고 아름다운 부인과 함께. 그 지역에서는 벤지님이라고 불리죠. 현명하고 자비로운 영주로 소문나서 힙시펠레 사람들이 그를 통령으로 추대하려고 한 적도 있어요."

렘노스의 높은 산악지대인 마보로시.

이곳 시에네에서 스틱시아를 거쳐 가면 정동향으로 2000킬로미터가 조금 넘었다. 준경은 마음의 지도 위에 붉은색의 잉크로 선 하나를 주욱 그었다. 무리하면 한 달 만에 갈 수 있는 거리. 준경은 마음이 바빠졌다.

"루아메이님 제가 여기에 온 것은……."

"알고 있습니다. 파크리 반란의 창생교군이 나의 가담을 원하고 있겠지요. 당신은 내가 최면으로부터 각성해서 현실로 돌아가길 바라고요."

"그걸 어떻게 아셨습니까?"

"인페르노에서 예언자 던킨을 모르는 사람이 있나요. 당신은 가던

에서 오합지졸 2000명으로 동방군령의 정예부대 3만을 물리쳤지요. 스틱스 해에서는 남방군령의 전함 백여 척을 불태웠고요. 또 현실 세계에서 당신은 각성자로 유명했죠."

"모두 과장된 소문입니다."

"바쁜 분이니 빨리 답변을 드리는 게 낫겠지요? 죄송하지만 내 대답은 노입니다. 나는 파크리 교군에 참여하지 못합니다. 그리고 당분간 각성하지도 않겠습니다. "

"어째서입니까?"

"나는 더 이상 세상으로부터 쓰임을 받고 싶지 않습니다. 이제 훌륭한 인재라거나 유능하다는 말은 듣기만 해도 역겨워요. 세상을 위해 나를 소모하는 건 과거의 인생으로 충분해요. 이제는 나 자신에게 충실하게 살고 싶습니다."

"현실을 도피하시는 건가요?"

"천만에요. 진짜 현실주의자가 된 거죠. 나는 공생당도 파크리도 다 잊었습니다. 자신이 원하는 인생을 살기에도 짧은 시간입니다. 왜 쓸데없이 세상을 위해 유용성을 발휘해야 한단 말입니까. 사람들은 왜 세상만 신경 쓰고 자기 자신을 잊어버릴까요. 그것은 그러지 않으면 세상으로부터 버림받을 것이라는 두려움 때문입니다. 그러나 성숙한 사람들은 그런 두려움을 극복할 수 있습니다. 자신과 타인을 모두 가차없이, 객관적으로 볼 수 있는 거죠."

"그 말씀은 좀 무책임하게 들립니다. 그렇게 자신에게 충실하다면 왜 여기서 영주 노릇을 하시는 겁니까? 게다가 당신은 황실에 줄을 대어 장군의 작위까지 얻지 않았나요?"

"자신에게 충실한 사람에는 세 가지의 레벨이 있다고 생각합니다. 세상을 버린 사람, 세상으로부터 버려진 사람, 세상 안에서 세상을 버린 사람입니다. 마음 내키는 대로 세상을 버리면 공동체로부터 비난을 받습니다. 최악의 경우는 조용히 숨어 사는 생활조차 지키지 못하게 됩니다. 그보다 더 지혜로운 선택은 세상으로부터 버려지는 것입니다. 이런 경우에는 사람들의 동정을 얻을 수 있고 마음도 편합니다. 그러나 가끔 궁지에 몰려 죽을 위험도 있습니다. 가장 바람직한 것은 세상 안에서 세상을 버리는 것입니다. 이것은 세상의 가치를 거부하고 개인의 자율에 충실하지만 매우 안전합니다. 주위의 이웃과 두루 원만하지만 어떤 것에도 얽매이지 않습니다. 나는 세 번째를 선호합니다."

"루아메이님, 세상을 버리시든지 세상 안에서 세상을 버리시든지 간에 이곳 인페르노 나인은 환각이고 비현실입니다. 각성하셔야 하지 않겠습니까? 현실 세계에 당신의 동지들이 기다리고 있습니다."

"현실 세계라고요?"

루는 입을 벌리고 남자처럼 하하 웃었다.

"현실은 뭐고 가상은 뭐죠? 우리는 전지전능한 유도자인 신에 의해 세상에 와서 형성자로 세상을 만들고 사랑과 죽음을 겪으며 변신자와 처단자를 만나요. 신은 우리의 드라마로 자신의 영원한 시간을 때우고 있죠. 그게 준경 씨가 말하는 현실 세계예요.

나는 그 세계에서 28년을 살았어요. 그중 3년은 감옥에서 살았죠.

이것은 인생

먹고살려고 안마시술소에 나갔는데 손님 심부름을 하다가 마약 사범으로 잡혔어요. 당신은 중국 감옥에 안 가봤지요? 돈 없는 사람 굶어 죽기 딱 좋은 곳이죠. 강냉이를 갈아서 찬물에 불린 죽 한 그릇을 무사히 먹으려고 하루 종일 노심초사해야 해요. 그러다가 풀려나 강화 인간이 되었고 인페르노에 오게 되었죠.

나는 여기서 159년을 살았어요. 그 159년을 가상이라고 말하면 안 돼요. 여기서 겪은 일도 나의 체험이고 나의 인생이란 말이에요. 그 꼴꼴난 현실 세계보다 훨씬 행복하고 보람 있는 인생이었어요."

루는 구름협곡 아래 펼쳐진 산하로 따뜻한 눈길을 보내면서 말을 이었다.

"지난 49년 동안 나는 이 요새에서 5개 군, 31개 현에 사는 840만 명을 다스렸어요. 나는 저녁마다 이 구름협곡에 올라와 장엄한 고요 속에 저물어가는 산하를 바라봐요. 하늘이 빛을 잃고 석양에 구름의 선들이 흐트러질 때까지 기도를 하죠. 하느님이 아니라 이 땅에 기도를 올리는 거예요. 내가 정복하고 사랑하고 가꾸어온 땅. 곳곳에 나의 추억이, 피와 땀이 스며 있는 이 산하에."

"만약 당신이 그렇게 이 땅을 사랑하신다면, 이 땅의 사람들과 길이 행복하게 살고자 하신다면 파크리 봉기에 힘을 보태주십시오. 저는 다 떨어진 남루한 옷을 걸치고 유리걸식하는 이곳 사람들을 차마 눈을 뜨고 볼 수가 없습니다. 그래서 창생교 반란에 몸을 던져 권력과 종교의 횡포가 없는 평등한 세상을 이루고자 하는 겁니다.

루아메이님, 당신도 21세기의 문명사회에서 나고 자란 사람 아닌가요. 우리에게 권력과 종교의 횡포보다 더 혐오스러운 것이 있습니까. 그리고 전쟁이라뇨. 수천수만의 사람들이 전투랍시고 서로를 찌르고 베어 넘기고 피가 튀도록 때리는 광경을 지켜보면서, 그걸 명령하면서, 어떻게 편안히 영주 노릇을 하실 수가 있습니까. 그런 일이 없는 세상을 만들어야 하지 않겠습니까."

"인페르노를 너무 쉽게 생각하시는군요."

루아메이의 표정은 냉정했다.

"권력과 종교의 횡포가 없는 평등한 세상이라고요? 그게 그렇게 쉬우면 웰링턴 공작은 왜 나폴레옹과 싸웠습니까? 나폴레옹 군대가 전 유럽에 자유, 평등, 박애의 이념을 전파하고 있었는데 왜 워털루에서 그를 격파했습니까? 당신네 한국인들은 왜 1950년 겨울에 중화인민공화국과 싸웠습니까? 중국공산당은 제국주의에 맞서는 동아시아 인민들의 투쟁을 돕고 있었는데 왜 미국 편에 서서 우리를 가로막았습니까?"

"그야 서로의 입장이 다르고 서로가 생각하는 이상이 달랐기 때문이죠."

"그렇죠. 전쟁은 어느 일방이 이해하는 단순한 대의로 일어나는 게 아닙니다. 서로의 이해가 상충될 때 그 상대방을 쓰러뜨리지 않고는 자기가 설 수 없는 것, 그것이 인생입니다."

"말씀대로 이상은 아직 멀리 있고 지금 루아메이님은 두 세력이 격돌하는 전쟁 중에 있습니다. 저희를 돕지 않으신다는 것은 동방군 진영에 서겠다는 뜻입니까?"

이것은 인생

"말씀드리지 않았습니까. 나는 세상 안에서 세상을 버린 사람이라고. 나는 누구의 편도 들지 않습니다. 가능한 한 마지막까지 중립을 지킬 겁니다. 그러나 언제까지 그럴 수 있을지는 잘 모르겠습니다."

"잘 모르겠다니요?"

"던컨님을 생각해서 당신들이 동방군에 의해 완전히 궤멸될 때까지는 중립을 지키겠습니다. 그러나 그 이후엔 나도 살길을 찾아야겠죠."

"우리는 연전연승하고 있습니다. 왜 우리가 궤멸되리라고 생각하십니까?"

그 말을 하자 루아메이는 우뚝 멈춰 섰다. 사방이 탁 트인 둔덕 위였다. 그녀는 준경을 노려보다가 오른손 집게손가락으로 파수대로 이어지는 목책 너머의 먼 서북방을 가리켰다. 그녀의 손가락을 따라 눈을 돌린 준경은 언뜻 이상한 것을 보았다.

밤안개에 싸여 흐릿하기만 한, 먼 서북방 지평선 위에 작고 노란 불빛이 하나 있었다. 마치 반딧불처럼 작은 불빛이었다. 준경은 정신을 집중하고 시력을 높여 그 불빛을 자세히 살펴보았다. 그러자 지평선에 해가 떠오르는 것 같은 광경이 나타났다. 노란 불빛의 일직선이 있었다. 그 일직선은 안개가 서서히 걷히면서 뚜렷한 선이 되어갔고, 지평선을 끝에서 끝까지 가득 메운 채 바다처럼 일렁거렸다.

"저게 뭡니까?"

"동방군령 직속의 동방군 17군단."

준경은 그 말에 얼어붙었다.

"정확하게 말하면 그 첫 번째 병단인 179사단입니다. 철기병 사단이죠. 두 번째 병단인 군단 직속부대와 181사단, 세 번째 병단인 180사단, 네 번째 병단인 보급대 및 화차 116여단은 아직 도착하지 않았습니다. 병력은 다 합해 십만이 넘습니다."

루는 담담하게 말했다. 준경은 유리창에 머리를 부딪치고 떨어져 사람의 손에 쥐어진 참새처럼 꼼짝도 할 수 없었다. 3200킬로미터 떨어진 로고도로에 있는 줄 알았던 동방군령이 무라사키 북방 지근거리에 와 있다. 이보다 더 무섭고 충격적인 소식은 없었다.

동방군령 드라기Dragy.

그는 인페르노 1대륙 카이나의 15개 주 가운데 5개 주에서 지지를 받는 가장 강력한 군령이었다. 불사의 군령. 군령 중의 군령. 전쟁의 신이라고 불린다. 그를 개인적으로 숭배하는 전사 집단 쿠쿨린Cuculain 의 수령으로도 유명했다.

몸에 갑옷과 함께 늑대 가죽을 걸치고 다니는 쿠쿨린들은 극단적인 잔인함 때문에 적군은 물론 아군도 무서워하는 집단이었다. 그들은 전쟁터에서 자신의 목숨을 도외시하는 비정상적인 용맹성과 적군에 대한 광적인 적대감을 표출했다. 쿠쿨린이 점령지의 남녀노소를 모두 학살했다든지, 포로를 산 채로 뜯어먹었다든지 하는 풍문은 흔히 접할 수 있었다.

쿠쿨린은 각 지역을 유랑하는 용병들의 결사에서 출발했다. 이들은 아주 오랜 고대부터 불가촉천민으로 취급받았고 사회로부터 소외되어 인간 세상의 외부를 떠돌던 죄인, 부랑자, 악당, 저주받은 자의 집단으로 알려졌다. 이처럼 더 이상 물러설 곳이 없는 집단이 역사를 통과하면서 하나의 전사 문화를 형성해 갔다.

쿠쿨린은 전우를 살리기 위해 자신이 대신 죽기도 하며 어떤 상황에서도 우두머리를 배신하지 않고 절대 복종한다. 드라기는 쿠쿨린을 진심으로 아끼고 사랑하는 지휘관, 이 집단의 전쟁 본능을 가장 잘 이해한 지휘관으로 알려져 있었다.

드라기는 사이스 주 전 지역을 지배하는 보타논 왕의 삼남매 중 막내로 고귀한 혈통을 타고났다. 보타논 왕의 가문은 인페르노의 전설 가운데 하나인 '팔란티르 왕자의 편력'에도 등장하는 오래된 가문으로 왕실 중의 왕실이라고 불리었다. 그들은 고대 오케아노스인의 피가 면면히 이어져온 명문가였다.

그러나 드라기는 일곱 살 때 자신의 친생자를 후계로 옹립하려는 계모에 의해 형과 누나가 독살되고 자신만이 유모 손에 구출되어 쿠쿨린 집단에 의탁되는 비극을 겪었다. 쿠쿨린 전사로 성장한 드라기는 디마즈리안 반란의 혼란기를 틈타 사이스로 돌아왔다. 그리고 의기투합한 친구들로 결성된 소수의 병력으로 사이스의 로고도로 왕궁을 기습 점령했다.

드라기가 이복형제들을 매달아놓고 채찍으로 때려 죽인 일화는 유명하다. 계모는 이 처형을 처음부터 끝까지 지켜보아야 했고 여자의 몸에 가해질 수 있는 모든 모욕을 당한 뒤 드라기에게 산 채로 뜯어 먹혔다. 계모를 추종했던 사람들도 모두 잔혹하게 죽임을 당했다.

인페르노에서 '로고도로의 혈하血河' 사건을 모르는 사람은 없다. 아름다운 우윳빛 대리석으로 유명했던 로고도로 왕궁 계단은 한 달 내내 붉은 피의 시냇물이 흘렀다. 성내의 백성들조차 이 끔찍한 학살 극에 충격을 받고 달아나서 사건 직후 로고도로에 남은 인구는 열에 한둘 정도였다고 한다.

로고도로를 확보한 드라기는 곧바로 동료 쿠쿨린들을 데리고 철수하여 멀리 떨어진 고원에서 막사 생활을 했다. 로고도로에는 행정관을 파견하여 다스렸는데 언제나 낮은 세금과 구휼로 선정을 베풀었다. 드라기는 시간이 지날수록 백성들의 신망을 모으게 되었고 경쟁 세력들에게는 극단적인 공포감을 불러일으켰다. 인근에 할거하고 있던 장군들이 하나둘 투항하여 드라기 군단은 거대 세력이 되고 마침내 사이스 전역을 장악하게 되었다.

동북방의 사이스 주는 본래 독립불기獨立不羈의 자주 정신을 자랑하는 지역이다. 이 지역에서는 수천 년 전부터 한 생애에 두 개의 제국을 무찌르고 사이스를 세상의 중심으로 만들 위대한 영웅이 탄생한다는 전설이 전해지고 있었다. 주민들의 기질도 소박하고 용감하며 무훈담을 좋아했다. 사이스에는 드디어 전설의 주인공이 나타났다는 신화가 유포되었다.

8년 전 드라기는 드라쿨 황제를 알현하러 간 황궁에서 근위대에게 암습당하고 사이스 땅이 황제파에 의해 장악되는 시련을 겪기도 했다. 그러나 수십 군데 칼을 맞고 죽었다고 알려진 드라기는 시체로 버려진 강물에서 충성스러운 쿠쿨린에 의해 구출되었다.

그는 중상을 입은 상태로 황궁 근위대의 추격을 따돌리고 천리를 주파하여 로고도로로 돌아왔다. 황제파들은 드라기가 귀환했다는 소문만으로 스스로의 목을 찌르거나 성벽에서 몸을 던져 자살했다. 달아날 용기가 있는 자들은 달아났다. 이때부터 '불사의 군령'이란 별명이 생겨났다. 그 뒤 드라기는 황제를 죽이고 지금의 황제 아나타심 1세를 추대했다.

드라기의 천재적인 군사적 재능은 크로이웬 전쟁과 가딘 전쟁, 아에록 토벌, 키니라스 원정의 거듭된 승리로 입증되었다. 그는 광전사의 뜨거움과 전략가의 차가움이 혼연일체의 조화를 이룬 희귀한 인격의 소유자였다. 인페르노 역사에서 드라기처럼 한 개인에게 카리스마가 집중되었던 지휘관은 없었다.

"준경 씨!"

루아메이의 부름에 준경은 움찔했다. 그리고 숨을 깊이 들이마셨다가 천천히 토해 냈다. 박쥐가 집 안을 날아다니듯이 흉벽에 머리를 부딪치며 날아다니던 공포가 겨우 잠잠해졌다.

"중립을 지키시겠다는 약속 감사합니다. 저는 가야 할 것 같습니다."

"어디로 가시나요?"

"동지들에게. 이 소식을 알려야 합니다."

"여기 계세요."

루아메이가 진정 어린 눈빛을 담아 말했다.

"내가 보호해 주겠어요. 나가면 죽습니다."

"승패는 모르는 거죠."

"아뇨. 당신들은 민중의 자발적인 봉기를 중요하게 생각했죠. 그래서 군대식 계급과 군사만능주의를 거부했어요. 그런 자발성과 순수성에는 한계가 있는 겁니다. 드라기에게는 안 통합니다."

참으로 루아메이다운 말이었다. 난공불락의 요새에 정예병을 준비하고 앉아서 날카롭게 형세를 관망하는 자의 냉철함. 그녀의 말이 옳다는 것은 준경 자신이 절절히 알고 있었다.

"질 것 같아도 싸워야 하고 죽을 것 같아도 나아가야 할 때가 있습니다."

"정말 슬픈 고집이군요."

"저를 걱정하신다면…… 한 가지 부탁드릴 것이 있습니다."

"뭐죠?"

"저를 여기까지 데려다 준 뱃사공 부녀가 있습니다. 싸움이 끝날 때까지 그 사람들을 좀 보호해 주십시오."

"그 뱃사공의 딸은 몇 살인가요?"

준경은 루아메이의 놀라운 통찰력에 가슴이 뜨끔했다.

"모, 모르겠습니다. 열여섯 살쯤인가?"

루아메이는 후후후 하고 웃었다. 그리고 준경의 말을 듣지 못한 사람처럼 허공을 쳐다보며 이야기했다.

"베이징에 살 때 난 한국을 좋아했어요. 우다커우五道口에도 자주 갔죠. 한국 영화를 복제한 씨디를 사려고. 돈을 많이 벌어서 아들을 한국으로 유학 보내는 게 꿈이었죠."

"아들이 있었습니까?"

"예쁜 애였죠. 크면 장동건을 닮았을 거예요."

루아메이가 하려는 말이 준경의 머릿속에 종소리처럼 울렸다. 행정관 세르게이. 아까 그가 왜 낯이 익다고 느꼈는지 알았다. '세르게이'는 영화 〈아나키스트〉에 출연했을 때 장동건의 극중 배역 이름이었다.

"아들이 죽었군요."

루아메이는 그 말에 대답하지 않았다.

"준경 씨, 그 소녀와 조용한 산골에 가서 살고 싶지요?"

준경은 아니라고 대답할 수 없었다. 루아메이는 어쩐지 애잔한 느낌을 주는 미소를 지었다.

"나는 그러고 싶었어요. 평화로운 산골, 먹고살 걱정은 없고, 사랑하는 사람과 생활하는 작은 집. 나무 위에선 새들이 노래하고 숲 속에는 착한 눈망울의 사슴들이 지나다니죠. 클로드 로랭의 그림 〈아르카디아〉(인류가 꿈꾸는 황홀경)처럼. 인생은 바다 같아요. 그러던 내가 이렇게 살고 있는 거예요."

"우리도 아르카디아에 갈 수 있는 날이 옵니다. 그날이 되면 당신도 저도 세상의 풍문으로부터 사라지겠지요."

루아메이는 쓴웃음을 지었다. 준경의 순진함이 안쓰러웠다. 루아메이가 보기에 군령 쟁패 시대는 우연히 나타난 것이 아니었다. 농업 생산의 발전, 화폐경제의 확대, 탈도시 귀농인의 증가 등 여러 가지 사회경제적 변화로 인해 영웅들이 정치적으로 부상했고 그들이 군령을 만들어낸 것이다. 개인의 가치를 존중하고 전원생활을 예찬하고 전제 군주제를 부정하는 것이 오늘날의 시대정신이었다.

그러나 이 길고 긴 전란이 말해 주듯 분권화 경향은 이상적인 사회 구조를 창출하기 힘들 뿐 아니라, 사회 통합의 논리를 마련하지도 못했다. 바알세불 7세. 스틱시아 제국의 황금시대에 대한 기억이 살아 있는 상황에서, 황제 지배의 이념은 쉽게 극복될 수 있는 연약한 논리가 아니었다. 루아메이는 군령 쟁패 시대가 결국 새로운 이념에 입각한 새로운 황제의 등장으로 끝날 것이라고 생각하고 있었다.

"정말 그럴까요?"

루아메이의 반문에는 냉소가 느껴졌다. 그럼에도 불구하고 준경은 힘차게 고개를 끄덕였다.

"그럼요. 저 드넓은 하늘과 무한한 달빛을 보세요. 이곳에는 충분한 공간이 있습니다. 심지어 새로운 신을 위한 공간마저 있습니다. 이런 세계가 허무하게 사라질 리 있을까요. 설사 전쟁에서 내가 죽어도 내 파크리의 일부는 여전히 여기에 있을 것입니다. 흐르는 물줄기에도, 평원의 풀포기에도, 길가의 돌멩이에도 신이 숨어 있는 이곳에. 이 땅은 3만 3000년 동안의 기도를 통해 성장해 왔습니다. 우리는 죽든 살든 이 땅과 하나가 되어야 합니다."

루아메이는 침묵했다. 최면의 세계 속에서 준경이 만든 또다른 최면에 걸린 것 같았다. 그녀는 준경의 말에 압도된 것이 아니었다. 인페르노에 대한 준경의 사랑. 준경의 순수하고 심오한 사랑에 압도된 것이었다. 그것은 온 마음, 온 영혼, 온 힘과 온 정성을 다하여 사랑하는 사람만이 던질 수 있는 최면이었다. 루아메이는 그 최면에 저항하듯 먼저 오른손을 내밀었다.

"잘 알겠습니다. 준경님, 행운을 빕니다. 다시 오실 때까지 뱃사공 부녀는 잘 보호하겠습니다."

이것은 인생

"감사합니다."

준경은 작별의 악수를 하고 돌아서서 파수대를 향해 걷기 시작했다. 그를 뒤따르는 루아메이의 눈가에 시에네의 달빛이 물밀 듯 쏟아져 들어와 출렁였다. 달빛은 그녀의 영혼 속으로 파고들며 그녀의 내면에서 진동했다. 밤공기는 오랑캐꽃 향기처럼 신선했다.

갑오징어 먹물 리조토

45도 상방의 쿼터백 시점으로 잡힌 화면.

밤의 정적 속에 한산해진 고속도로 휴게소, 오뎅을 파는 가게 앞에서 담배를 피우고 있는 택시 기사 셋. 부인을 기다리는 듯 여자 화장실 앞에서 어슬렁거리고 있는 오십 대 아저씨 하나. 그 밑으로 보이는 촬영 시각. '07(월) 26(일) 00:38'.

카메라 프레임의 오른쪽, 주차장 쪽으로부터 검은 양복을 입은 대머리 남자가 화면으로 걸어 들어온다. 건물 계단을 올라와 텅 빈 오징어구이 가게를 들여다본다. 그리고 천천히 CCTV쪽으로 몸을 돌린다…….

"그렇군요. 이 사람 자오얼이 맞습니다."

그 말을 한 뒤 김호는 자기도 모르게 몸을 세우고 음 하는 신음 소리를 냈다. 자신을 책망하는 듯한 소리였다. 뒤에서 차 경감이 의미심장한 미소를 지었다. 그들이 앉아 있는 곳은 중부경찰서 채증 자료실이었다. 김호는 다시 코를 갖다 대다시피 모니터로 얼굴을 가져갔다.

화면의 자오얼은 오뎅 가게 앞에서 도착이 늦는 누군가를 기다리듯 멈춰 서 있었다. 앞으로 걸어갔다가 다시 뒤로 걸었다. 특별히 뭔가를 하지도 않았지만 움직임을 멈추지도 않았다. 십 분쯤 지났을까. 자오얼이 걸음을 멈추고 팔짱을 끼었다. 차병선 경감은 영상 편집기의 조그 리모콘을 움직여 자오얼의 모습을 확대했다.

휴지통으로 뭔가가 들어가고 있었다. 카메라를 향해 등을 돌린 자오얼이 양복 주머니에서 뭔가를 꺼내서 휴지통에 집어넣었다. 차 경감은 십 초를 되감은 뒤 그 부분에서 영상을 멈추었다. 그리고 자오얼의 손 부분을 최대한으로 확대했다.

휴대폰이었다.

사용한 적 없는 피처폰에 추적 방지 장치를 달아서 한 번 통화하고 버리는 보안용 휴대폰. 자오얼은 그것을 휴지통에 넣은 것이다. 그리고 카메라 쪽으로 몸을 돌렸다.

자오얼의 얼굴은 창백했고 딱딱하게 굳어 있었다. 가게의 불빛이 닿지 않는 프레임 바깥으로 진짜 어둠을 보고 있는 듯한 무거운 표정의 남자. 그는 영화의 주인공처럼 오프닝 신과 동시에 스토리가 시작되는, 과거가 없는 존재처럼 보였다.

그때였다. 자오얼이 다시 반대편으로 몸을 돌렸다. 그는 담배를 피우고 있는 택시 기사들에게 다가갔다. 자오얼과 잠깐 이야기를 나눈 택시 기사 한 사람이 자리에서 일어섰다. 스포츠머리를 하고 유니폼을 입은 사십 대 남자였다. 둘은 화면의 프레임 밖으로 사라졌다. 두 번째 채증 자료. 주차장을 잡은 CCTV 화면의 오른쪽 상단을 3초가량 비스듬히 질러가는 자오얼과 택시 기사가 보였다.

"우리는 운이 좋았습니다."

차병선 경감이 의미심장하게 웃었다.

"칠곡 휴게소는 쓰레기 분리수거 규칙을 지키지 않는 고객들 때문에 쓰레기를 꼭 확인합니다. 26일 아침 청소부 아주머니가 저 휴대폰을 발견했습니다. 아주머니는 네 살 된 손녀딸이 장난감 휴대폰을 좋아하는 것을 떠올리고 저걸 챙겨서 관리실에 있는 자신의 로커에 두었습니다. 바로 이겁니다."

고요 속에서 증거품을 담은 비닐 주머니가 특유의 소리를 냈다. 김호는 주머니를 열지 않은 상태로 휴대폰을 켰다. 아직 참새 눈물만큼의 전력이 남아 있었다. 비닐 위를 더듬어 통화 내역을 살펴보았다. 별 소득이 없자 이번에는 문자메시지를 열어보았다. 26일 00시 16분에 문자가 하나 들어와 있었다.

69호, 살고 싶으면 당장 그 방을 떠나라

(六九號, 想活的話就 即刻 离开那个房间)

갑오징어 먹물 리조토

순간 한줄기 빛이 김호의 뇌리를 스쳐갔다. 그 한 줄의 문자는 이제까지 김호가 품어온 많은 의문들을 해결해 주고 일거에 환하게 밝혀주었다. 김호는 약간 상기된 얼굴로 말했다.

"차 경감님, 오늘 압수수색이 끝나면 사건의 윤곽이 나올 것 같습니다."

"그렇게 빨리요?"

"예, 순전히 차 경감님 덕분에 사건을 해결한 것 같습니다."

김호는 놀라는 차 경감에게 다시 한 번 사의를 표하고 채증 자료실을 나왔다. 자신의 스마트폰에 이종민 요원과 정인영 요원으로부터 똑같은 문장의 문자가 두 개 들어와 있었다.

손님 두 번째 분입니다

손님 네 번째 분입니다

미리 김호와 필담으로 약속한 암호였다. 비밀과 위험으로 둘러싸인 그의 세계에서는 말이 길 수 없었다. 김호는 잠시 문자를 들여다보다가 둘에게 같은 답문자를 보냈다.

오후 9시에 접대합시다

경찰서 현관으로 나오자 밖에는 부슬부슬 비가 내리고 있었다. 중부전선에 있던 기압골이 이제야 대구로 내려온 것 같았다. 시야를 가리는 빗물 너머 버스와 자동차들이 무질서하게 뒤엉킨 길이 보였다.

비 냄새에는 딸이 아직 어렸을 때 이 도시에서 살았던 날들의 기억이 묻어 있었다. 가정을 지키지 못한 아버지의 죄책감, 슬픔, 딸의 안전에 대한 걱정과 근심과 고통이 떠올랐다.

김호는 비를 맞으며 걷다가 9시의 접대를 위해 필요한 비품을 발견했다. 그 비품은 중국집 철가방이 놓인 배달 오토바이에 실려 있었다. 김호는 짜장면 그릇을 찾아오는 오토바이 주인에게 얘기를 하고 만 원권 열 장을 내밀었다. 그는 비품을 받아 옆구리에 끼었다. 조금 더 걸어가자 팬시용품 선물 가게가 보였다. 김호는 거기에서도 비품을 구입했다.

구입한 물건들을 핑크색의 쇼핑 비닐에 함께 넣어서 선물 가게를 나오는데 스마트폰이 울렸다. 액정 화면을 확인한 김호는 가슴이 덜컥 내려앉았다. 화면에 '발신자 표시 제한'이란 말이 떠 있었기 때문이다.

"김호 팀장님."

"네. 네."

김호는 자기도 모르게 쇼핑 비닐을 엉거주춤 겨드랑이에 끼고 두 손으로 스마트폰을 쥐었다. 새라 워튼이었다.

"업로드하신 문서는 설계도가 아니에요. 제가 연대기 같은 거라고 말씀드렸잖아요."

"그렇지만 인페르노 나인과 관련된 내용이 나옵니다."

"그 문서는 설계도가 아니고 그냥 스케치예요. 인페르노 나인의 구조에 대한 도해 같은 거라고요. 진짜 설계도에는 스토리가 있어요. 아시겠어요? 빨리 찾아요!"

새라 위튼의 전화는 바로 끊어졌다. 김호는 거센 불안에 휩싸였다. '통화 종료'라는 글씨가 뜬 스마트폰으로부터 공포가 올라왔다. 김호는 허둥지둥 다른 피처폰을 꺼내 감청조를 찾았다.

"국내에서 걸려온 전화가 아닙니다. 추적이 불가능합니다."

"통신사 발신위치 추적 말고, 일반 인공위성 위치 확인 시스템이 있지 않나!"

"그것도 안 먹힙니다."

김호는 잔뜩 긴장을 해서 일그러진 표정으로 전화를 끊었다. 그리고 입을 굳게 다물고 무엇에 쫓기는 듯한 총총걸음으로 거리를 걸어갔다. 한번은 튀어나온 보도블록에 발이 걸려 앞으로 고꾸라질 듯 비틀거렸다. 그의 동작은 힘이 없었고 다리는 마지못해 움직였다. 젖은 포장도로 위에 그의 발걸음 소리가 영원처럼 울렸다. 그는 그렇게, 택시를 잡는 것도 잊어버리고 수사팀의 스타렉스 승합차까지 걸어갔다.

그는 젖은 차체에 기대서서 강물 속에서 솟아올라 온 사람처럼 입을 크게 벌리고 헐떡거렸다. 쏟아지는 빗물이 눈을 가렸고 머리는 흠뻑 젖었다. 비구름으로 어두워진 거리 저 끝에서 대로변의 높은 건물들이 차갑게 빛났다. 김호는 피로와 한기, 그리고 딸을 잃어버리는 악몽에 몸을 떨고 있었다.

손거울을 앞에 놓고 여드름을 짜고 있던 조희수는 누가 차에 기대어 서는 인기척에 깜짝 놀랐다. 사이드미러를 보니 김호였다.

"팀장님?"

그 소리에 김호는 감전이라도 된 듯이 차에서 몸을 떼고 뒤로 물러섰다. 그리고 불안한 듯 눈을 깜박거리며 잠시 동안 그대로 서 있었다.

"팀장님, 왜 그러세요?"

그제야 김호는 길게 숨을 들이쉬었다. 그의 턱 근육이 팽팽해지고 아랫입술이 앞으로 튀어나왔다.

"아까 그거 좀 다시…… 이유진…… 그 스마트폰…… 메모리칩에서 복원한 거."

조희수는 얼른 무슨 말인지 알아듣지 못했지만 노트북을 열었다. 노트북이 부팅되는 동안 김호는 거친 숨을 몰아쉬었다. 젖은 머리카락을 얼굴에서 쓸어 넘기자 기침이 나왔다. 진짜 설계도에는 스토리가 있어요……. 소설! 그 삼류 연애소설! 김호는 떨리는 손끝으로 폴더를 찾아 그 파일을 다시 열었다. 그리고 이번에는 한 글자 한 글자 샅샅이 읽어가기 시작했다.

갑오징어 먹물 리조토

그 무렵 서울의 마포구 상수동에는 인근 대학에서 교수 노릇을 하다가 퇴직한 가난한 학자가 살고 있었다. 책을 좋아하고 만년필로 글쓰기를 좋아하는 옛날 기질의 노인으로 중요한 생활들이 전부 정신계(누스피어)로 옮겨진 그즈음에는 세상에서 잊혀진 사람이었다. 그는 조촐한 정원에 대추나무가 서 있는 낡은 단독주택에서 늙은 아내와 외동딸과 함께 외로운 나날을 보내고 있었다.

경희라는 이름의 딸은 구청 공무원 일을 하고 있었는데 배우를 지망하는 청년과 사귀고 있었다. 수연이라는 이름의 청년은 키가 훤칠한 미남에 마음씨도 착한 사람이었다. 딸을 진심으로 사랑하고 있는 것이 눈에 보였다. 노부부도 수연이 마음에 들어 친자식처럼 의지했다. 그 뒤로 이삼 년 동안은 무어라 말할 수 없이 행복한 시간이었다.

그러나 세상과 거의 격리되어 살아가는 가운데 노부부의 살림은 점점 기울어가기만 하였다. 노인이 매달 받는 사학연금은 3차 대전 이후 천정부지로 치솟은 물가 때문에 쌀값을 감당하기에도 벅찼다. 딸이 근무하던 구청은 지자체 부도를 겪었고 직원들은 모두 해고되었다. 그러한 와중에도 식구들은 딸을 만나러 드나드는 청년에게만은 내색하지 않고 의연하게 처신하였다.

수연은 그러한 형편을 알고 마음이 괴로웠다. 여자와의 애정이 깊은 만큼 결혼하여 처가를 부양하고 싶은 생각이 간절했다. 그러나 예술이라는 비정한 정열이 그러한 생각을 가로막았다.

나는 젊고 아직 이룬 것이 아무것도 없다. 매일 나가야 할 연습이 있고 마쳐야 할 학업도 있다. 연기 예술의 저 맹렬하고 심오한 경지에는 아직 들어서지도 못한 상태이다. 이 모든 것을 포기하고 결혼하는 것이 옳은 일일까.

잘나가는 친구들에 비해 한참 뒤처진 배우로서의 경력, 스승으로부터 매달 받는 질책의 고통, 한 번도 제대로 된 배역을 만날 수 없었던 데 대한 번민이 수연을 짓누르고 있었다.

그러던 어느 해 겨울이었다. 노교수는 갑자기 병이 들어 저세상 사람이 되고 말았다. 이어 어머니도 아버지의 뒤를 따라갔다. 경희는 슬픔 속에서 한동안 넋을 놓아버리고 말았다. 이제부터 무엇을 하면 될는지, 어디로 가면 좋을는지 알 수 없는 고독한 나날이었다.

갑오징어 먹물 리조토

수연은 날마다 찾아와 경희를 진심으로 위로하였다. 경희로서는 그 마음이 고마우면서도 불안한, 극도로 긴장된 심경이 있었다. 수연은 얼마 전 도나드 아카데미에 입학 허가를 받았다. 도나드는 당대 최고의 예술 교육기관이었고 배우로서의 빛나는 장래가 보장되는 중요한 기회였다. 수연이 도나드에 입학한다면 지금처럼 경희를 자주 볼 수 없을 것이고 그들의 관계도 어떻게 될지 몰랐다.

다시 봄을 맞이한 어느 저녁이었다. 경희는 수연에게 이즈음 늘 생각하고 있던 일을 말해야겠다는 결심을 하게 되었다. 경희는 프라이팬에 버터를 두르고 쌀을 볶아 수연이 좋아하는 갑오징어 먹물 리조토를 만들었다. 수연의 식사가 끝나자 경희는 떨리는 목소리로 입을 열었다.

"저 때문에 입학을 미루고 있는 걸 알아요. 그렇다고 해서 이렇게 머물러 있는 것은 당신을 위한 일이 못 되는 것 같아요. 당신은 저와 함께 누스피어로 들어갈 방법을 찾아본다지만 그게 말처럼 쉽지가 않을 거예요. 모든 상황이 여의치 못한데 이렇게 되어가는 대로만 있을 수도 없잖아요. 진심으로 하는 말이니 저는 아무래도 좋아요. 이제 그만 도나드로 가세요."

수연은 한동안 눈을 감고 듣고만 있었다. 그러다가 경희를 향해 차분히 웃는 얼굴을 보여주었다.

"조급하게 생각하지 말고 좀만 더 기다려봐요. 이렇게 두 세상이 갈려 사는 것이 얼마나 오래가겠어요. 우리 같은 사람이 한둘이 아닌데 무슨 수가 생기겠지요."

"이게 어제오늘의 일도 아니고 어떻게 금방 해결이 되겠어요. 그런 말씀 마시고 당신의 앞길만 생각하세요."

수연은 잠시 동안 아주 애처로운 듯한 눈으로 경희를 바라보았다. 지금껏 경희는 그의 눈에서 그런 사랑을 본 적이 없었다. 슬프지만 자랑스럽기도 했다. 다른 그 누구의 눈에서도 같은 사랑을 발견할 수 없으리라고 절망 속에서도 가까스로 생각했다. 경희는 수연의 소매에 얼굴을 묻고 울었다.

이즈음 경희 같은 단백질 생체 인간, 살과 뼈로 된 인간은 다섯에 하나도 되지 않았다. 대부분의 사람들은 수연과 같은 현대인, 즉 DNA 정보와 나노세포가 결합된 초신경 생체 인간이었다. 인간의 의식과 감정과 인격과 반사작용은 언제든지 저장할 수 있고 다른 생체로 전송할 수 있는 정보가 되어 있었다.

3차 대전 후 쓰나미, 대지진, 원전 폭발, 방사능 유출을 겪으면서 생명계(바이오스피어)는 오염되었고 치명적인 바이러스가 창궐했다. 식량 기근도 심각했다. 사람들은 아사와 병사를 피해 정신계로 이주해 갔다.

곳곳에 영구 가동될 수 있는 거대한 컴퓨터 서버 장치가 설치되고 220억 명을 수용할 수 있는 디지털 가상 세계가 만들어졌다. 누스피어라 불리는 순수한 정신계의 출발이었다. 사람들은 생명계에 존재하던 자기 두뇌의 가장 세세한 부분까지 완벽하게 복사하여 정신계의 전자기적 연결체, 아바타로 이식했다. 사람들은 모든 기억과 사고능력, 인격까지 그대로 가지고 이론적으로 불사의 존재가 되었다. 그

갑오징어 먹물 리조토

뒤 생명계의 인구는 계속 줄고 정신계의 인구는 늘어갔다.

정신계에는 공해와 전쟁과 질병이 없었고 감각적으로도 훨씬 풍부하고 아름다웠다. 인류 전체의 집단지성과 끊김 없이 연결되는 정신계 주민들의 지적 능력은 생명계 주민들이 상상할 수 있는 수준을 넘어섰다. 그러나 이것이 발전이라고 단정해서 말하는 사람은 별로 없었다.

정체성이 복사되어 정신계의 가상 세계에서 깨어난 사람들은 현실과의 괴리감을 느꼈고 자신이 불행하다고 느꼈다. 이 때문에 고통을 유발하는 과거의 기억들을 지우는 사람들이 많았다. 기억을 지워도 꿈에서 막 깨어난 것 같은 그리움은 남았다. 옛 시절을 그리워하는 사람들은 자주 초신경 생체의 몸을 입고 생명계를 방문했다. 생명계에서 운동하고 여행하고 사람을 만나고 고전적인 연애와 성생활을 즐겼다. 그리하여 경희와 수연 같은 연인들이 생겨났다.

이 연인들의 비극은 생명계 재건법에 있었다. 생명계의 인구가 줄어들어 최소한의 문명 유지가 어려워지자 세계 연방은 생명계에서 정신계로의 이주를 금하고 생명계에서의 정착을 장려했던 것이다. 이들이 여생을 함께할 수 있는 방법은 한 가지밖에 없었다. 즉 수연과 같은 정신계 주민이 생명계에 와서 사는 것이었다.

수연에게 이것은 미래를 포기하라는 말과 다름없었다. 과거 천만 거민居民이 살았다는 서울은 지금 80만 명 남짓이 살고 있는 소도시에 불과했다. 수연은 어릴 때부터 전자극 유희LED, Ludus of Electronic Drama의 배우를 꿈꿔 왔다. 유희 중의 유희라는 전자극 유희는 정신계에서만 가능한 예술이었다.

전자극 유희의 배우는 인류 문화의 모든 것, 인간이 경험으로 인식한 모든 것과 인간이 허구로 상상한 모든 것을 재료로 삼아 인간의 감정을 뒤흔드는 심오한 드라마를 구상한다. 이 드라마는 컴퓨터 공학과 디지털 아트와 디지털 스토리텔링의 도움을 받아, 배우가 실시간으로 불러올 수 있는 아주 작은 이야기 단위들의 데이터베이스로 저장된다. 그리하여 배우가 유희를 시작하면 게임과 영화와 뮤지컬이 융합된 웅대한 스토리가 관객의 의식으로 직접 전송되어 영상과 음향과 촉감과 냄새까지 동원된 압도적인 스펙터클이 펼쳐지는 것이다.

"배우 일을 못 해도 좋아. 나는 당신 곁을 떠나서는 살 수 없어요."

그러나 수연의 말에는 힘이 없었다. 수연은 그 말을 끝으로 아직 꽃도 피지 않은 대추나무의 봉오리를 언제까지나 바라보고 있었다.

그 일이 있은 뒤에도 수연은 경희를 찾아왔다. 그러나 수연은 이제 그들 사랑의 미래를 믿지 않았다. 그는 점점 더 쓸쓸해지고 음울해졌다. 그가 파고 있는 우물에는 어떤 여자도 들어와 버틸 수 없을 것 같았다.

세 달이 지나자 수연은 더 이상 경희를 찾아오지 않았다.

아득한 날들이 흘러갔다.

도나드에서 수연은 변했다. 여름 햇살에 어린 식물이 격렬한 호흡으로 자라나듯 수연은 갑자기 전자극 분야의 비범한 영재로 두각을 나타내었다. 시험과 성취, 칭찬과 명예와 또다른 도전이 숨 가쁘게 이어졌다.

　수연은 이제까지 살아왔던 그리운 세계가 시들고 낯설어지는 것을 느꼈다. 하루도 경희를 생각하지 않는 날은 없었다. 그러나 몸이 바쁜 데다가 말없이 떠나온 자신의 행동을 스스로 용서할 수 없었다. 그는 늘 경희가 눈에 밟히면서도 죄책감 때문에 아예 소식마저 끊고 있었다.

　첫해에는 몇 번이나 텔레포트 노드로 달려가 초신경 생체를 입고 생명계로 들어왔는지 모른다. 해 진 뒤의 시간을 택하여 경희가 사는 그리운 동네를 찾았다. 한창때에는 예술을 하는 젊은이들이 들끓었다는 이 멋스러운 거리도 곳곳이 망가져 돌투성이 길로 변해가고 있었다.

　아침저녁으로 눈에 익은 경희의 집이 가까워질수록 수연은 슬픈 생각에 잠겨 들었고 끝없이 흐르는 눈물을 주체할 수 없었다. 수연은 어둠에 싸인 경희의 집 문고리를 만지다가 그냥 되돌아갔다. 그러한 일이 되풀이되자 수연은 그녀와 헤어지지 않으면 안 되는 운명을 생각하고 자신의 비겁함과 남자와 여자의 가장 깊은 약속의 허무함을 생각하는 것이었다.

　두 번째 해부터 수연은 생명계로 들어오지 않았다. 그러나 때때로 바람 소리나 빗소리를 들을 때, 꽃이나 흐르는 물을 들여다볼 때 경희를 떠올리지 않을 수 없었다. 그녀가 자신의 옷소매에 얼굴을 대고 슬프게 울던 모습은 시간이 갈수록 또렷이 가슴에 새겨졌다.

　네 번째 해 봄 수연은 유희계의 가장 권위 있는 상인 디에스 비르투엔스Dies Virtuens(상상하는 사람들의 날) 신인상을 받았다. 그 상금은 노동자들과 영세 상인들이 사는 정신계의 빈민가에서 자란 수연에게 난생처음 보는 큰돈이었다. 수연은 경희에 대한 그리움을 참을 수 없어 마음먹고 생명계로 길을 떠났다.

그사이 경희의 동네는 더욱 황폐해져 있었다. 그 동네는 과거 은성하던 시절에 지하철이라는 것이 다녔는데 그 지하 공간이 침수되어 무너짐에 따라 불결한 물웅덩이가 드문드문 생겨나 있었다. 찻길 양쪽의 건물에도 들개가 어슬렁거렸고 쑥이 무성한, 사람이 살지 않는 집들이 많았다.

경희의 집 대문은 굳게 닫히고 문고리에는 벌건 녹이 슬어 있었다. 문 옆으로는 타래난초꽃이 무릎까지 자라고 깨어진 콘크리트 계단에는 쑥부쟁이가 피어 있었다.

오후 이른 시간이었는데 집 안에선 아무 소리도 들리지 않고 햇볕만이 따사로웠다. 수연은 경희가 이사를 가고 이제 이 집은 아무도 살지 않게 되었구나 생각했다.

주변이 이리 퇴락한 것을 보니 사람이 많은 다른 동네로 갔을 수도 있고 그사이 다른 남자를 만나 결혼을 했는지도 몰랐다. 그런 생각을 하자 경희를 그리는 마음이 더욱 간절해졌다.

경희야 나를 용서해 줘. 너를 사랑해. 얼마나 끔찍이 사랑하고 있는지 몰라……. 이성을 삼켜버릴 것 같은 부르짖음이 가슴을 찢어놓는 것을 느끼며 수연은 비틀비틀 경희의 집 주위를 걸었다.

대문 뒤쪽의 담이 눈높이에서 무너져 있었다. 수연은 그곳으로 고개를 들이밀어 보았다. 경희의 방에서 보던 정원의 대추나무는 잘리어 없어지고 지금은 풀만이 우거져 있었다. 아름답던 정원은 비둘기 똥으로 더럽혀졌다. 그 너머 단층집은 캄캄했고 사람의 기척이 없었다. 그래도 수연은 그 집을 향하여 경희의 이름을 불러보았다. 아무 대답도 없었다.

수연은 잠시 망연히 서 있었다. 그러나 아무래도 발걸음이 떨어지지 않아 한 번 더 경희의 이름을 불러보았다. 역시 아무 대답이 없었다. 수연은 눈을 아래로 내리깔고 뭔가 알아들을 수 없는 말을 중얼거리다가 터덜터덜 걸어서 왔던 길을 되돌아갔다.

그렇게 마지막으로 생명계를 방문하고 온 뒤 수연은 연습을 빠지고 한 달이 넘도록 자기 방에 칩거했다. 식사도 제대로 하지 않고 하루 종일 바소프레신에 취해 있었다. 과거 단백질 생체로 살던 시절의 뇌하수체 후엽 호르몬의 이름을 딴 이 약물은 기억을 부활시켰다. 수연은 과거 경희와 함께 지내던 시절에 자신이 했던 말, 그녀의 대답, 그녀의 숨소리, 그녀의 사랑스러운 옷자락 소리를 반추하고 반추하고 또 반추했다. 그를 아끼는 친구들이 아무리 달래도 대답이 없었다.

수연을 지도하던 요한 명인이 몸소 그의 방으로 찾아와야 했다. 이백 세에 가까운 이 덕망 높은 노인은 수연의 어깨를 두드려준 뒤 따뜻한 눈길로 그를 바라보았다. 그리고 수연이 권하는 의자에 앉아 매우 고단한 사람처럼 잠깐 눈을 감았다. 그리고 다시 눈을 뜨면서 말했다.

"잊을 수 없는 여자 때문에 괴로운 마음을 어떻게 혼자 삭이겠나. 살아서 숨 쉬는 것이 싫고 고통스럽겠지. 하지만 수연이 자네와 내겐

해야 할 일이 있지 않나. 그 일은 우리 자신보다 훨씬 더 중요하고 숭고하다네. 용기를 내주게."

"스승님, 솔직히 말씀드려서 저는 이제 이 일의 의미를 모르겠습니다."

"그렇게 흔들리면 안 되네. 유희는 인류에게 갈 길을 보여주는 행위야. 우리가 스스로 만들어 존중할 만한 참다운 예술이지. 우리를 봐. 우리가 마시는 공기, 우리가 먹는 음식은 모두 디지털 신호이고 우리의 육신 또한 그러하네. 우리 인간은 이제 물리적으로 영원히 살 수 있어. 그럼에도 불구하고 우리는 여전히 괴로워하다가 죽어가네. 음모와 시기와 불평등으로 가득 찬 인생에 염증을 느끼고 아무것도 할일이 없다고 말하며 스스로 생을 포기하지.

인류는 생명계의 좁은 세계를 벗어나 정신계에 도달했지만 아직도 신성계(테오스피어)의 바깥에 있어. 유희는 할 일이 아무것도 없을 때 인간에게 할 일을 주는 유일한 행위라네. 유희에는 생명의 맛이 있고 미래의 실마리가 있다네. 유희를 진지하게 구축하는 것이야말로 인간을 구원하는 유일한 방법이라네."

"유희가 진정 생명의 맛을 추구한다면 유희자는 더럽고 불편하더라도 생명계로 가서 살아야 하지 않겠습니까? 저는 비겁한 도피자입니다. 인생에서도 유희에서도 한 번도 진실을 살지 않았습니다."

"모든 문명은 그 자신의 정해진 길을 따라 성장하고 죽는다네. 문명은 들판의 꽃처럼 숭고한 무(無)목적성 속에서, 그 자신의 필연성 속에서 살아가지. 아무도 이 운명으로부터 빠져나올 수 없어. 생명계의 문명은 이미 죽었고 우리 앞엔 정신계의 일들이 남았네. 자넨 도피한 것이 아니라 순리를 따른 것이야.

나는 자네와 달리 생명계에서 태어나 정신계로 이주한 사람일세. 전자극 유희가 아직 생겨나지도 않아서 유희자들이 광대 같은 옷을 입고 프로게이머라고 불리던 시절에 청춘을 보냈다네. 난들 자네 같은 회한이 없겠나. 그러나 그것은 지나간 일이야. 과거를 돌아보지 말게. 유희에는 영원한 현재만이 존재한다네."

얼마 후 수연은 아카데미로 돌아왔다. 그리고 이제는 좀더 안정된 모습으로 자기가 갈 길을 걸어갔다. 문명의 가장 숭고한 형식이라고 존경받는 유희, 그것에 봉사하는 것이 자신의 천직이라고 느껴지는 유희, 그에게 고귀함와 영예를 약속하는 그 전자극 유희에 전념했다. 그러는 사이 이십 년이 흘러갔다.

엑소더스 112년 봄. 수연은 이십 년 만에 생명계를 방문했다.

그즈음 온 세상을 떠들썩하게 한 알렉스 리드코프와의 유희 대결을 위해서였다.

이제 수연은 김수연 명인이라고 불렸다. 은퇴한 요한 명인을 이어 42세에 유희 명인The Magister of Ludus에 오른 대배우였다. 특히 전략 시뮬레이션 드라마에서는 북극성 같은 존재라고 일컬어지고 있었다. 유희 명인이란 당대 최고의 유희자에게 바쳐지는 종신 명예로서 예순 이전에 유희 명인이 된 사람은 수연이 최초였다.

그러나 수연의 명성은 지금 급격히 퇴색해 가고 있었다. 갑자기 알렉스 리드코프라는 신진기예가 나타나 수연과 똑같은 전략 시뮬레이션 드라마 분야에서 수많은 상을 휩쓸었기 때문이었다. 수연과 알렉스, 두 사람은 같은 장르의 스타로서, 또 각기 정신계에 있는 아에록(한국)과 아수스(미국)를 대표하는 예술가로서 전력을 다해 싸우지 않으면 안 될 숙명이었다.

한동안 두 사람은 교대로 폭풍 같은 흥행 몰이를 하며 팽팽한 경쟁을 이어갔다. 그러나 엑소더스 110년의 〈스타크래프트〉 공연이 이러한 경쟁 구도를 무너뜨리고 말았다. 그해 봄 알렉스는 난해하기로 이름난 고전 〈스타크래프트〉를 무대에 올리고 스스로 주인공 짐 레이노 역을 맡았다.

1막에서 적을 정찰하고 건물을 짓고 자원을 채취하고 하나하나 빌드 오더를 정해 가면서 고조되는 육성과 조직의 긴장감. 2막에서 벌어지는 공격과 방어의 현란한 전개, 소규모 전투와 작은 승패의 재미있는 에피소드들. 3막에서 팽팽한 대립의 강도는 관객이 숨이 막혀 쓰러질 정도였고 마침내 승패가 갈리는 순간의 감동은 말 그대로 압권이었다.

알렉스가 분한 짐 레이노는 프로토스 종족에 맞서 가장 약한 테란 종족으로 싸우면서 초반의 난전을 치르고 2막 내내 전멸 일보 직전에서 버텼다. 계속되는 프로토스 종족의 공격으로 모든 본진이 파괴되고, 자원의 여력은 있지만 공격할 유닛이 거의 바닥난 상황에서 벌이는 짐 레이노의 투혼은 사람의 혼을 빨아들일 것 같은 박력이 있었다.

3막에 이르러 테란의 끈질기게 반복된 기습으로 프로토스 종족의 병력들이 괴멸되고 공중 유닛들이 차례차례 격추되자 관객들은 자리에서 일어서서 열광하기 시작했고, 마침내 프로토스의 마지막 공중 유닛이 격추되는 순간 극장은 우레와 같은 함성과 환호성의 도가니였다.

2만 5000석의 초대형 극장이 여덟 달 동안 전석 매진되었다. 모든 영상과 음향, 배우의 감각까지를 객석에서 보듯이 시청할 수 있는 대뇌 실감 전송의 시청자 수는 41억 500만 명에 달했다.

이 거대한 해일에 맞서 수연은 〈길드워〉를 무대에 올리고 자신의 장기인 루릭 왕자 역을 맡았다. 멸망 직전의 조국에서 이재민들을 구하려다 아버지로부터 파문당하고 백성들을 이끌고 백설이 애애한 쉬버 산을 넘다가 간교한 드워프들에게 척살당하는 루릭 왕자의 비극은 여전히 명연기였고 사람들의 눈시울을 뜨겁게 하는 것이 있었다.

그러나 〈길드워〉가 매년 무대에 오른 작품인 반면 〈스타크래프트〉는 천재적인 해석력이 없이는 불가능하다고 알려진, 근 오십 년 만에 공연되는 희귀작이었다. 관객들은 호쾌한 스토리와 유머, 화려한 스펙터클의 알렉스에게 열광했다.

〈길드워〉를 한 달 만에 내린 뒤 수연은 비장의 작품인 〈디아블로〉, 〈리그 오브 레전드〉, 〈리니지〉를 잇달아 올리고 또 내렸다. 수연이 네 편의 작품을 공연하는 동안 알렉스는 8개월이 넘게 〈스타크래프트〉를 공연했다. 여름이 끝나고 가을이 되어도 알렉스의 무대에는 관객들의 발길이 끊이질 않았다.

수연은 흥행에 참패했다. 더욱 뼈아팠던 것은 알렉스가 성공한 〈스타크래프트〉의 스토리가 본래는 수연의 스승 요한 명인의 작품이라는 것이었다.

　전자극 유희에서 배우는 배우이자 동시에 감독이다. 무대는 배우가 선택적으로 조작할 수 있는 월드(가상 세계)와 데이터베이스의 형태로 주어진다. 플롯, 즉 이야기가 어디에서 시작하고 어디에서 어떻게 끝날 것인가는 정해져 있다. 그러나 그 외의 모든 것은 배우의 주체적 연기에 맡겨진다. 배우는 배경음악, 음성, 영상, 비주얼 이펙트를 선택하여 매 순간의 극적인 표현을 만들고 작품의 예술성을 직접 결정하는 것이다.

　어떻게 요한 명인으로부터 연기를 직접 배워서 계승한 사람보다 전혀 모르는 타인이 더 뛰어난 기예를 펼칠 수 있는가. 이것은 유희자 종단의 수치다. 평소 수연을 시기하던 파벌들은 얼씨구 좋다면서 맹렬한 공격을 퍼부었다.

　김수연이 최근에 올린 네 편의 작품은 모두 전략 시뮬레이션이 아닌 역할유희 드라마였다. 이것은 리드코프와의 정면 대결을 회피하려는 전략이라는 비난이 비등했다. 수연을 소환하여 명인 위(位)를 반납토록 해야 한다는 주장이 제기되었고 지금 그 문제가 종단에서 심각하게 논의되고 있었다.

　친구들은 수연의 기사회생을 위해 파격적인 기획을 준비했다. 그것은 문화의 변방지대인 생명계에서부터 인기를 모아 정신계로 흥행을 몰아간다는 계획이었다. 첫 무대는 전자극 유희의 발상지로서 상징성과 대표성을 갖는 서울이어야 했고 무대에 올릴 작품은 반드시 전략 시뮬레이션 장르여야 했다……. 이런 우울한 사연이 수연이 이십 년

갑오징어 먹물 리조토

만에 다시 생명계를 찾은 이유였다.

생명계 방문 둘째 날. 수연은 어둠이 내리는 서울의 콘크리트 보도 위를 걷고 있었다. 방문 첫날에 이어 오전과 오후에는 공연을 홍보하는 공식 일정이 있었다. 저녁에야 겨우 개인적인 시간을 갖게 된 수연은 광화문을 찾았다. 코트 주머니에 두 손을 집어넣고 자동차며 행인들을 구경하면서 정처 없이 한 시간을 걸었다.

머릿속엔 공연 생각이 가득했지만 발길은 자기도 모르게 이십 년 전의 경희 집 쪽으로 향하고 있었다. 수연은 그 사실을 깨닫고 당황했다. 그는 잠시 고민하다가 손을 들어 택시를 잡았다.

"손님, 그쪽 동네는 이제 차가 다니지 않습니다."

행선지를 말하자 늙은 택시 기사는 고개를 저었다.

"7년 전 여름이던가요? 마지막 길이 사라져버렸어요."

"그러면 차가 갈 수 있는 곳까지 가주세요."

질이 나쁜 휘발유를 쓰는 고물차였지만 기사는 친절했다. 택시는 털털거리면서 인적이 드문 거리를 빠르게 지나쳤다. 이 근처는 그리 나빠지지 않았는데…… 생각할 때 거리의 외양이 일변했다.

옛날 신촌이라고 불리던 교차로에는 달빛에 드러나는 다섯 갈래 길이 있었다. 시내 쪽의 세 길은 가로등도 들어오고 상점도 좀 있었지만 서쪽의 두 길은 모든 건물에 불이 꺼져 있었다. 도로가 사라진 탓이었다.

서울의 도로 포장은 이미 오래전에 엉망이 되어 80만 인구가 모여

사는 광화문 일대와 강남을 제외하면 많은 구역들이 황무지였다. 2월 과 3월, 기온이 수십 차례 섭씨 0도 안팎을 오르내리면서 서울은 땅 이 얼었다 녹았다를 반복한다. 아스팔트가 갈라지고, 눈이 녹으면 갈 라진 틈에 물이 스며들고, 물이 얼면 틈은 팽창했다. 그 틈으로 토끼 풀, 민들레, 쑥부쟁이가 자라고 잡목이 들어서서 한때 서울을 촘촘히 연결했던 아스팔트 정글은 흔적조차 없어지고 만 것이다.

수연은 옛 기억을 더듬으며 서쪽으로 걸어갔다. 그러나 십 분도 안 되어 그 자리에 서라는 금속성의 목소리가 그를 붙잡았다. 경찰차였 다. 험상궂게 생긴 경찰 하나가 걸어와서 수연의 이름과 국적을 묻고 경찰 통신망으로 전과 기록을 조회했다.

"돌아가세요. 오후 5시 이후는 통행금지요. 들개 떼가 출몰해서 인 명 사고가 난단 말입니다."

수연은 울적한 심정으로 발길을 돌렸다. 다시 교차로 거리로 천천 히 걸어갔다. 4월이지만 밤바람이 찼다. 묵고 있는 호텔 말고는 돌아 갈 곳이라곤 없었다. 자신을 기다리고 있는 사람도 없었다. 달빛만이 이십 년 만에 보는 새로운 폐허와 정적을 지배하고 있었다. 모든 것이 공허하고 싸늘했다.

수연이 '주주브 트리(대추나무)'라는 파스타집을 발견한 것은 그때였 다. 초록색 간판을 노란 전등의 따뜻한 빛이 밝혀주는 그 식당은 왠 지 모르게 마음을 녹여주는 친밀감을 띠고 있었다. 문을 열고 들어 가니 테이블이 여섯 개밖에 없는 조그마한 식당이었다. 소박하지만 분위기가 아늑하고 정결했다. 스무 살 남짓한 처녀 하나가 홀에 있다

갑오징어 먹물 리조토

가 어서 오세요 하고 인사를 했다.

자리에 앉은 수연의 마음에 반가움과 불편함이 동시에 일어났다. 식당 벽에 이십여 년 전의 공연 포스터가 장식으로 걸려 있었다. 수연이 신인상을 받은 〈젤다의 전설〉이었다. 포스터의 중앙에는 무대의상을 입고 관객 앞에 선 이십 대의 수연이 있었다. 식당에는 수연의 출세작이었던 〈길드워〉의 주제음악이 은은하게 흐르고 있었다.

수연은 고개를 숙이고 시선을 피했다. 가끔 이런 상황에 처할 때면 부끄러워 어쩔 줄을 모르는 것이 배우답지 않은 그의 성격이었다. 그는 메뉴판에서 갑오징어 먹물 리조토와 화이트 와인 한 잔을 주문했다.

요리가 준비되는 동안 수연은 왼손을 펴서 뺨을 가리고 거리로 향해 있는 창밖을 내다보았다. 그리고 다시 자신의 공연에 대해 생각하기 시작했다.

세간의 논란에도 불구하고 수연은 알렉스 리드코프를 신경 쓰지 않았다.

이십 년 넘게 정상의 연기자로 배우 생활을 해왔다. 지금쯤 무서운 경쟁자가 나타나지 않는다면 그게 더 이상한 것 아닌가. 수연의 진짜 걱정은 자신의 예술에 대한 불안이었다.

언제부터인가 수연은 전략 시뮬레이션 드라마를 회피하고 있었다. 전략 시뮬레이션을 연기할 때마다 뭐라고 설명할 수 없는 공허감과 불쾌감이 찾아왔다.

전쟁이라는 소재에는 육성, 조직, 공격, 방어, 책략이라는, 인생을 지배하는 다섯 가지 근본 원리가 내포되어 있다고 한다. 그래서 전략 시뮬레이션 드라마는 전쟁을 묘사하면서 생명의 맛과 실질을 표현한다는 얘기였다. 수연은 그런 논리를 일일이 따져 부정하고 싶지 않았다. 단지 감정적으로 싫어진 것이었다.

그의 가슴 깊은 곳에 어둡고 우울한 구멍이 하나 생겨나서 점점 커져가고 있었다. 그 내면의 심연을 의식하면 할수록 수연은 전쟁의 감흥과 스펙터클에 몰입할 수가 없었다. 연기의 맛이 살아나지 않았다. 전략 시뮬레이션 따위는 참된 인생의 깊은 뜻과는 다른, 거칠고 유치한 과장으로 느껴졌다.

전쟁, 승리와 패배, 세계의 운명. 그런 사소한 것들은 다 개나 줘버리고 싶다. 인생의 수수께끼, 그것을 연기하고 싶다. 남자와 여자가 불행을 견디며 살고, 불행에 짓눌려 죽는 이유를 알고 싶다. 그런 생각 때문에 그는 역할 유희 드라마나 멜로드라마를 모색해 왔다. 그러나 새로 도전한 분야에서도 이렇다 할 깨달음이나 성취감을 얻지는 못하고 있었다.

이번에는 등을 떠밀려서 하기 싫은 전략 시뮬레이션을 무대에 올리지 않으면 안 된다. 그것도 전력을 다해 성공시키지 않으면 안 된다. 그 부담감과 불안감이 무겁게 수연을 짓누르고 있었다.

그런 생각을 하고 있을 때 식사가 나왔다. 와인과 구운 빵 한 조각과 양배추 절임과 리조토. 수연은 와인을 조금 마시고 몸을 살짝 당겨서 리조토를 먹기 시작했다. 리조토는 깜짝 놀랄 정도로 맛있었다.

정신계에서 먹는 리조토도 맛있지만 그 미각은 일정하고 변화가 없다. 절대다수의 취향을 디지털화한 레시피이기 때문이다. 아무리

갑오징어 먹물 리조토

먹어도 정이 들지 않는다. 완전한 것보다 약간 불완전한 것에서 느끼는 따스함이 없다.

대추나무집의 리조토는 양파의 단맛이 살짝 과도했다. 오징어 양념즙(마리네이드)이 조금 싱거웠기 때문이다. 다진 파슬리도 너무 많이 들어갔다. 그렇지만 훌륭하고 맛있는 리조토였다. 그때 음미하듯 오물오물 리조토를 먹던 수연의 안색이 변했다. 가슴을 찌르는 기억이 고개를 들었다.

"아가씨 미안하지만…… 이 요리 만든 분을 잠깐 불러주실 수 있나요?"

주방에서 나온 셰프는 경희가 아니었다. 긴 생머리를 맵시 있게 쪽 짓고 위생모자를 쓴 이십 대 초반의 앳된 여자였다. 수연은 이상하리만큼 긴장한 얼굴로 이 리조토 요리를 어디서 배웠는지 물었다.

"이 요리는 간단한 거라서 평소 어머님이 쓰시던 레시피를 그냥 썼어요."

"아가씨의 어머님께서는?"

"돌아가셨어요. 두 달 전에."

셰프는 수연을 유심히 바라보았다. 그리고 잠시 망설이다가 용기를 내어 입을 열었다.

"어머니는 옛날에 어떤 남자와 깊게 사귀셨대요. 하지만 그분은 당신의 꿈을 좇아 정신계로 떠났어요. 충격을 받은 어머니는 약물에 빠졌지요. 얼마 후에는 뼈만 남을 만큼 수척해지고 온몸에 붉은 반점이 생기고 말았어요. 몇 년 후 그 남자가 다시 집으로 찾아와서 어머니의 이름을 불렀는데 어머니는 그만 손발이 오그라드는 것 같았대요. 어머니는 자신의 볼썽사나운 모습을 남자에게 보이는 것이 두려워서 대답을 할 수 없었죠. 그 뒤 어머니는 기운을 내고 이곳에 식당을 차려 이십 년 동안 음식을 만드셨어요. 어머니는 언젠가 그 남자가 다시 찾아올 거라고 믿으셨거든요."

"그렇다면 아가씨 아버지는?"

"어머니는 저를 단성생식으로 낳으셨어요. 너무 외로워서."

그때 수연은 자신의 몸속에 무언가 억센 것이 흘러듦을 느꼈다. 불을 붙인 향의 연기가 허공으로 빨려들어 가듯 그의 존재 자체가 한 여자의 사랑 속으로 몰입해 들어가는 기분이 들었다.

경희가 아주 오래전부터 그를 걱정하며 하염없이 이 자리에 서 있었고 지금도 서 있다는 착각이 들었다. 그녀는 순간순간이 일 년 같은, 유리처럼 느리고 투명한 시간을 이 자리에 있었다.

오래전 그가 출발점이라 생각하며 세계를 가지기 위해 버리고 떠났던 사랑이야말로 그가 일생에 단 한 번 얻어 가질 수 있는 최댓값이었다. 수연은 그를 믿고 그를 기다려온 그녀의 사랑이 그가 그 후의 생애에서 두 번 다시 얻을 수 없을 고귀한 것이었음을 깨달았다.

그러자 그의 가슴속에 정체 모를 검은 감정이 번개처럼 나타났다. 그것은 그의 기억의 밑바닥으로부터 몸을 날리듯이 올라와서 그의 존재를 가득 채웠다. 그의 몸은 마치 발끝부터 손끝까지를 통과하는 어두운 빛에 의해 내부로부터 밝혀지는 듯했다.

그의 내부에 숨어 있던 지옥의 심연이 커다랗게 입을 벌렸다. 지금 일어나고 있는 일은 과거에 이미 일어났던 것이다. 정신계로 이주하면서 지웠던 수연의 기억들이 다시 살아났다.

나는 백여 년 전 어떤 여자와 함께 갑오징어 먹물 리조토를 먹었다. 나는 좋은 직장에 취직을 했고 여자와 함께 일생에서 가장 아름다운 저녁 시간을 보냈다.

요한 명인은 왜 많은 제자들 가운데 나만을 총애했던가. 그러고 보니 나는 마흔일곱 살이 아니다. 나는 요한 명인과 거의 같은 나이였다. 생명계에서 그가 스타크래프트의 게이머였을 때 나는 길드워의 게이머로 대회에 나갔다.

나의 아이를 가졌던 여자. 나를 믿고 나에게 모든 것을 주었던 여자. 그러나 그 여자는 나를 이해하지 못했다. 그녀와 나 사이에는 공유할 수 없는 어떤 부분이 있었다. 그녀는 그 거리감이 결혼 전에 내가 알았던 여자 때문이라고 오해했다. 여자는 심한 부부 싸움을 하고 집을 뛰쳐나갔고 며칠 후 교통사고로 죽었다.

기억을 되찾는 순간 수연에게 진정한 삶은 끝났다. 그에게는 더 이상 변할 것도 나아질 것도 없었다. 오로지 삶을 움직였던 욕망만이 행동으로 해소될 가능성이 없어진 채 지속되고 있었다. 영원 속에 고정된 욕망이며 영원히 허망한 욕망이었다. 지옥이었다.

여기까지 오지 말았어야 했다.

나는 그냥 생명계에서 죽었어야 했다.

며칠 후 서울에서 유희 명인 김수연의 마지막 공연이 열렸다. 이날의 공연은 훗날 수연의 일생일대의 명작으로 알려졌다.

지옥에 떨어진 천사들의 전쟁을 그린 이 작품은 발단부터 치밀한 설정과 완벽한 연기로 절정의 전투를 향해 치달았다. 절정 부분에서 짐승처럼 흉측하게 생긴 백만 대군을 앞에 두고 수연은 지옥의 동방 군령이 되어 외쳤다.

십자가에 매달린 저 숭고한 분을 보라
우주에 존재했던 모든 것 가운데 가장 신성한 존재가
자신의 가공할 힘을 포기하고
비천한 우리의 손에 비참한 고통을 맛보고 돌아가셨도다
누가 우리의 손에서 이 피를 지울 것인가
살인자 중의 살인자인 우리가 무슨 말로 스스로를 위로할 것인가
앞으로 일어날 일들은 과거에 이미 일어났던 것이다
우리는 그 어마어마한 죄를 감당할 능력이 있다
우리가 저 가소로운 무리들을 죽이지 못할 것 같은가
우리는 고통으로 가득 찬 이 지옥에서 스스로 신이 될 수도 있노라

관객들은 동방군령의 노호에 손발을 떨었고 전장의 비명과 포성이 물결치는 초토 한가운데에서 공포에 사로잡혔으며 천사들이 전멸하고 최후의 천사가 목이 잘릴 때는 부모님이 죽은 것처럼 가슴을 치며 펑펑 울었다. 전무후무한 감동의 걸작이었다.
김수연 명인은 공연이 끝난 뒤 자살로 생을 마감했다. 그의 마지막 공연은 전설이 되었다.

갑오징어 먹물 리조토

이유진의 소설 「갑오징어 먹물 리조토」는 여기서 끝났다.

날카롭게 긴장한 얼굴로 단숨에 읽어 내려간 김호는 아연해졌다. 지옥이라는 말이 몇 번 나온다. 그러나 그 묘사는 너무 짧다. 이것이 설계도일 수 있을까. 김호는 양미간을 찌푸리고 드롭박스의 로그인 화면을 쏘아보았다.

그러나 아무리 생각해도 지옥의 설계도라고 할 만한 파일이 더 이상은 없었다. 암울하고 절망적인 생각들이 꼬리를 물고 떠올랐다. 김호는 드롭박스에 「갑오징어 먹물 리조토」를 업로드했다. 그리고 두 손에 얼굴을 묻었다.

3

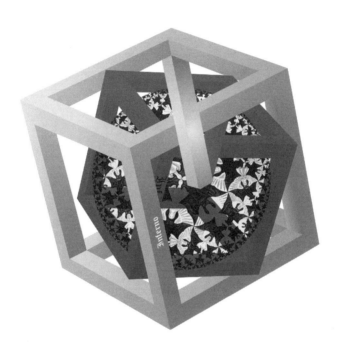

자오얼 추적

17

새라 위튼은 차창을 열었다.

사막의 냄새를 담은 유타 주의 황량한 바람이 코끝에 스며들었다. 새라는 왼손을 내밀어 김호에게 고함을 지르는 데 썼던 전화를 뱅거티 고속도로 위에 버렸다. 추적 방지 장치가 달린 그녀의 휴대폰은 뒤따라오는 차들이 잘 분쇄해 줄 것이었다. 그녀가 모는 도요타 렉서스는 조금도 속도를 줄이지 않고 68번 도로 분기점을 돌아 블러프데일 시로 들어갔다.

새벽 2시의 블러프데일.

여름밤의 어둠이 깔린 거리에는 차량이 거의 없었다. 렉서스는 모르몬 교회와 학교가 밀집되어 있는 연합 사도 형제단 구역의 스포츠 센터 옥외 주차장에 멈춰 섰다. 주차장에는 짙은 선팅을 한 포드 이스케이프 한 대뿐이었다. 렉서스가 들어오자 탑승자가 없는 것 같던 포드 이스케이프가 시동을 걸더니 천천히 다가왔다. 차창이 내려가고 손 하나가 나와서 묵직한 종이봉투를 건네주었다. 렉서스의 새라는 그걸 받고 다시 출발했다.

렉서스는 연합 사도 형제단 교회 본부 건물로부터 약 2킬로미터 떨어진 유타 데이터 센터^{UDC} 단지로 들어섰다. 유타 데이터 센터는 2013년 9월 완공을 목표로 한창 건설이 진행되고 있는 미국 국가보안국 산하의 세계 최대 규모 첩보감청센터였다. 연간 운영 예산 2조 달러, 면적은 백만 평방피트에 달했다.

12년 전 오사마 빈 라덴은 구름 위로부터 메시아처럼 나타나서 구조조정의 위기에 처한 미국의 16개 정보기관들을 구원해 주었다. 유타 데이터 센터는 그 직후 벌어진 수십 조 달러의 '포스트 911 예산 축제'에서 국가보안국이 받은 크리스마스 선물이었다.

렉서스는 곳곳에서 기초 공사와 담수 탱크 공사, 도로 공사가 진행되고 있는 거리를 지나 축구장 다섯 개를 붙여놓은 것처럼 거대한 5층의 복합 콤플렉스 건물로 들어갔다. 건물 옆 주차 구역에 차를 멈춘 새라는 종이봉투에서 필요한 물품들을 꺼내 착용했다. 마지막에는 연갈색 가발을 쓰고 '마릴린 셰프'라고 적힌 스마트카드 신분증을 목에 걸었다. 그리고 차문을 열고 나와 방문자 통제센터로 걸어갔다.

보도블록 주위의 잔디들이 먼지와 뙤약볕 때문에 갈색으로 말라가고 있었다. 어디에도 나무 그늘은 없었다. 시야를 가로막는 장애물 없이 사방을 경계할 수 있는 방문자 통제센터는 인근의 캠프 윌리엄으로부터 파견된 중무장 군인들과 경찰관들에 의해 경비되고 있었다. 이들 군인과 경찰관들은 신분증이 없는 사람의 통행을 제한했다. 새라는 센터 안으로 들어갔다. 경비원 여섯 명이 자정부터 출근하기 시작하는 세 번째 교대조의 감청요원들을 체크하고 있었다.

새라는 먼저 출입센터의 리더기에 목에 걸린 스마트카드를 긁은 후, 반도체 장치 소지품을 검색하는 보안 장치 앞에 서서 체크를 통과했다. 지문을 확인하는 키패드에 엄지손가락을 눌렀고 홍채 인식 캠코더 앞에 눈동자를 갖다 대었다. 그리고 다른 감청요원들과 함께 2층으로 올라갔다.

완공된 유타 데이터 센터 101동은 연면적 11만 평의 건물이다. 로비를 중심으로 미로처럼 복잡한 복도가 세 방향으로 뻗어가고 있다. 요원들이 들어가서 일하고 있는 사무실도 있고 비어 있는 사무실도 있다. 절대로 옆 사람에게 말을 걸지 않는 감청요원들, 정보 분석가들, 데이터 저장 기술자들이 수수한 옷차림을 하고 바쁘게 걸어다녔다.

새라 워튼은 각 분실별로 감청요원들이 근무하는 3층에서 화장실로 들어갔다가 2시 40분에 나왔다. 사전에 보안 시스템의 신호 확인 프로토콜을 해킹한 새라의 팀은 비상계단을 비추는 카메라 영상에 40분부터 42분까지 2분 동안 인위적인 사각死角을 생성했다.

비상계단을 올라 4층으로 간 새라 워튼은 여러 개의 복도를 매일 출근하는 사람처럼 태연히 걸어갔다. 그리고 방 번호 외에 아무런 표

자오얼 추적

시도 되어 있지 않은 문 앞에 섰다. 출입센터를 통과했던 스마트카드는 UDC 기술정보 과장인 '에이미 로젠베리'의 스마트카드로 바뀌어져 있었다. 그녀는 그것을 문 옆 리더기에 긁고 방으로 들어갔다.

사무용 책상, 책장, 옷장, 커피 주전자가 있는 사이드 테이블, 의자 두 개가 전부인 작고 살풍경한 사무실이었다. 장식이라든가 특별한 집기, 서류 따위는 전혀 눈에 띄지 않았다. 양변기와 샤워기, 세면대가 딸려 있는 간이 화장실만이 방의 중요성을 말해 주고 있었다.

새라는 벽에 몸을 붙이고 옆걸음으로 방의 구석으로 갔다. 그리고 화장실 천장에서 가져온 무선 화상 송출기를 벽면에 부착했다. 사무실 내부를 비추는 카메라의 디지털 신호를 자동으로 감청해서 사무실이 텅 비어 있는 화상을 반복해서 송출하는 기계였다. 새라는 가짜 데이터의 희미한 고주파 노이즈를 들으면서 사무용 책상에 앉았다.

새라에게 주어진 시간은 많지 않았다. 아침 6시가 되면 부지런을 떠는 정시 근무 직원들이 출근한다. 6시까지는 세 시간이 남아 있고 그 안에 해킹을 마쳐야 했다. 엄지손가락에 감은 마릴린 셰프의 라텍스 지문과 눈동자에 낀 홍채 정보 복제 렌즈가 찝찝했지만 그런 것을 신경 쓸 겨를이 없었다.

새라는 먼저 화장실 천장에서 가져온 삼성 노트북을 부팅하고 노트북에 미리 설치해 놓은 키-크래킹 프로그램을 구동시켰다. 그런 뒤에 내부 보안을 위한 브렌트 키가 삽입되어 있는 사무실 컴퓨터의 브렌트 전용선에 연결했다. 노트북의 크래킹 프로그램은 연결과 동시에 전용선의 브렌트 키를 무력화시켰다. 전용선으로 데이터를 검색해도 보안 부서에서 체크를 할 수 없게 만든 것이다.

새라는 마우스를 움직여 UDC의 데이터베이스를 열고 잠시 몸을 의자 등받이에 기댔다. 눈앞에 펼쳐지는 중후장대한 데이터베이스에 존경을 표하고 싶은 심정이었다.

유타 데이터 센터는 지구에서 가장 많은 첩보위성과 가장 방대한 도청망 및 감청망을 관할한다. UDC의 데이터베이스에는 미국의 잠재적인 적으로 분류되는 모든 개인들로부터 입수한 50해*(조의 10만 배) 페이지 분량의 이메일, 인터넷 사용 기록, 전화 통화 내역, 문자메시지 내역이 들어 있다. 새라는 이렇게 훌륭한 자료에 접근하는 방식이 정교하지 못한 것을 유감스럽게 생각했다.

이런 곳에 알에프아이디^{RFID} 해킹을 하는 건 우리밖에 없을 거야.

UDC의 모든 직원들은 스마트카드 신분증을 가지고 있다. 신분증에는 알에프아이디 센서 칩이 들어 있고, 센서 칩은 출입센터의 리더기에 닿으면 작동하는 아주 짧은 음파 신호를 발산한다. 리더기가 그 음파 신호를 허가된 아이디 넘버로 인식하면 출입이 승인되는 것이다.

새라 위튼의 팀은 손바닥에 구리 코일 전선으로 된 리더기 안테나를 달고 해킹 대상의 신분증 위로 손을 지나쳤다. 해커의 주머니에는 구강청정제 알토이즈 캔디의 알루미늄 캔과 비슷하게 생긴 소형 리더기가 들어 있었다. 해킹한 센서 칩 정보를 컴퓨터 실행 파일의 알에프아이디 마커 태그시스^{RFID-Marker Tagsys}에서 읽었고, 읽은 정보를 알에프디 엄프^{RFDump}라는 프로그램을 사용해 위조신분증에 복사해 넣었다.

이것이 말처럼 간단하지는 않았다. 국가보안국의 알에프아이디 칩에는 이중의 안전 장치가 되어 있기 때문이다. 신분증 센서 칩의 음파 신호는 국가보안국이 취급하는 특정한 리더기로만 읽을 수 있으며 이 칩의 음파 신호는 봉인된 암호로 보호되고 있었다.

그러나 봉인된 암호의 길이라는 것이 기껏해야 128비트였다. 10여 개의 센서 칩 정보를 해킹해서 암호의 패턴을 알아낸 뒤 컴퓨터에 초당 9000개의 패스워드를 쏘아대는 비밀번호 생성기를 깔아서 공격하자 암호는 15분 만에 풀렸다. 국가보안국이 취급하는 리더기의 기종과 내용을 알아내 리더기를 똑같이 최적화시켰다. 마지막 작업은 새라의 팀에 '협조'하는 감청요원이 건물의 지도를 그려주고 물품 관리 태그를 변조하여 폐기 물품으로 인식시킨 노트북과 화상 송출기를 화장실에 감춘 것이었다.

1만 달러도 안 되는 장비로 2조 달러짜리 시설을 뚫고 들어왔다.

무모하고 사리에 맞지 않는 방식이었다. 변장을 하기는 했지만 새라의 키는 진짜 마릴린 세프보다 5센티미터나 작다. 보안요원이 10센티미터 굽이 달린 새라의 킬 힐을 의심할 수도 있었다. 이 시간대에 출근하는 감청요원은 200여 명에 불과하기 때문이다. 또 만약 2층에 있어야 할 감청요원이 4층을 드나드는 모습도 유심히 보면 문제 삼을 여지가 있었다. 그럼에도 불구하고 이것이 새라의 방식이었고 이런 방식은 시간을 절약해 주었다.

자오얼은 어디에 있는가.

새라는 최단 시간에 이 문제에 대한 해답을 얻어야 했다. 탈옥한 자오얼은 이미 한국을 벗어났다. 그는 강화인간의 노회함으로 자신의 신원과 행방을 숨기고 있다. 새라의 한정된 인맥으로 지금 이 시간 자오얼의 소재를 수배할 수는 없었다. 유타 데이터 센터만이 유일한 해답이었다.

유타 데이터 센터^{UDC}는 국가보안국^{NSA} 산하에 있고, 국가보안국은 2004년 이후 미국의 16개 정보기관들을 총괄하는 국가정보국^{DNI} 산하에 있다. 새라는 이 세 기관의 정보가 모두 필요했다.

새라는 가장 어려운 작업부터 먼저 수행했다. 네트워크에 들어 있는 몇 개의 보안 장치들을 더 뚫고 올라가 국가정보국의 데이터베이스에 접근했다. 그리고 미합중국의 '우선 감시 대상^{priority watch}'이라는 영예를 누리고 있는 카마엘과 자오얼을 찾아내었다. 그녀는 각각 수백 페이지에 달하는 카마엘과 자오얼에 관한 보고서 본문들을 무시하고 실시간으로 업데이트되는 감청 정보가 모여 있는 '리얼 타임 인포메이션^{RTI}'으로 들어갔다.

카마엘이 입수한 것으로 추정되는 추적 방지 휴대전화 번호 11종
자오얼이 입수한 것으로 추정되는 추적 방지 휴대전화 번호 56종

다음에는 가장 아래 레벨에 있는 국제 테러 대응센터로 내려와서 지난 48시간 동안 해당 번호들이 감청된 휴대전화 통화 내역을 검색했다. 자오얼은 단 한 건도 없었다. 카마엘의 경우에 무려 다섯 건이 튀어나왔다. 그 다섯 건은 연방정부의 대테러 전쟁에 애국적으로 협력하고 있는 통신사 버라이즌의 통화 발신지 추적 장치에 잡혀서

UDC로 중계되어 있었다. 다섯 건 모두 다른 휴대폰을 사용하고 있었는데 그 가운데 세 건이 같은 주소였다.

41, 세컨드 스트리트, 커버데일. 77067. 캘리포니아

새라는 다시 국가보안국 레벨로 올라가서 커버데일 시에 있는 세컨드 스트리트 41번지의 주인과 현 거주자에 관한 모든 기록을 검색했다.

소유주 조셉 패트릭 창(45세)
현 거주자 조셉 패트릭 창(45세), 동거인 없음

이거라는 느낌이 왔다.

미스터 창은 2주 전 이 주소지로 도요타 캠리 2011년식 차량 한 대를 등록했는데 같은 시기에 신용카드 기록도, 은행예금 입출금 기록도 없다. 최신형 자동차를 현금으로 샀다는 이야기다. 이런 짓을 하는 사람 중에는 IRS(미국 국세청)에 찍힌 탈세 용의자나 범죄 수배자, 그리고 스파이가 많았다.

또 하나. 미스터 창은 최근 3년간 미국을 떠났다는 출국 비자 기록이 없다. 그런데 그의 치아 구조가 1년 전 상하이의 한 치과에서 촬영되었다.

DNA 지문, 손가락 지문, 홍채 패턴, 두개골 세부 골격 수치라는 네 가지 생물학적 신원 판별 자료는 자주 검사받기 때문에 누구나 신경

을 쓴다. 카마엘이나 자오얼이라면 그런 신원 판별 자료는 당연히 변조했을 것이다. 그러나 치열, 치근, 치아 손상이 나타나는 치아 구조 X선 사진만은 백 퍼센트 개인의 신원을 식별할 수 있으면서도 좀처럼 사람들이 챙기지 않았다.

리우샹우劉相武, 공무원, 30세

치아 구조 X선 사진을 찍은 환자의 신원이었다. 환자의 주소는 모간산루 50호 11-651번지. X선 사진을 찍은 치과 주소는 금융무역구 88-1번지였다. 상하이의 모간산루 50호라면 폐업한 공장들이 몰려 있는 동네다. 서민 주택, 가난한 화가들의 아틀리에, 싸구려 술집들이 찌그러져 있는 모간산루 50호에서 금융무역구의 번듯한 도심으로 스케일링을 받으러 오는 환자?

이건 가짜야. 나이로 보아 리우샹우는 자오얼의 가짜 신분이다. 그런데 자오얼이 왜 카마엘에게 제공된 휴대폰을 사용하고 있는가? 정보 분석상의 착오일 수도 있지만 뭔가 석연치 않은 느낌이 남았다.

캘리포니아 커버데일에 가보면 알겠지.

해킹은 끝났고 철수할 시간이었다. 새라는 화장실 천장에서 가져온 리모컨을 눌렀다. 아래층에서 희미한 폭발음이 들려왔다. 곧이어 화재를 알리는 사이렌이 각 복도마다 요란하게 울리기 시작했다. 새라는 침착하게 사무실을 정리하고 기기를 챙겨서 사람들이 당황한 표정으로 방을 뛰쳐나온 복도로 나왔다. 갈팡질팡하는 인파를 헤치고 3층으로 내려가 화장실에 들어갔고 다시 천장에 물건들을 넣었다. 천장의 물건들은 15분 후에 폭발될 것이다.

규정에 따라 대피하는 사람들을 쫓아 로비로 내려온 새라는 간단한 신원 확인 절차를 마치고 건물 밖으로 빠져나왔다. 차량이 들어올 수 있는 광장 입구에 포드 이스케이프가 기다리고 있었다. 새라가 타고 왔던 렉서스는 마릴린 셰프의 차였다.

"마릴린은 잘 데려다 줬나?"

새라가 물었다.

"예. 진정제를 주사해서 병원 응급실 앞에 내려놓았습니다."

운전석과 조수석에 앉은 남자들이 조심스럽게 새라의 표정을 살폈다.

"일은 잘되었나요?"

"음. 매우 감명 깊은 데이터베이스였어. 그런데 나는 이렇게 떠들썩한 침투를 안 좋아해."

"죄송합니다. 아시다시피 이번 공작은 시간이 없었어요."

"유타 데이터 센터는 소중한 시설이야. 미합중국이 미래 인류 사회에 헌정하는 선물 같은 거지. 더 평화적이고 지속적인 이용 방법을 생각해 봐."

"알겠습니다. 그리고 드롭박스를 확인해 주십시오."

"드롭박스?"

"김호가 또 하나의 파일을 업로드했습니다."

아메드 찬가

인페르노력 3404년, 대지와 비밀의 날들(겨울) 제113일.

새벽 2시, 준경은 차가운 북풍을 뚫고 벤의 지휘소를 찾아갔다. 지휘소는 눈과 얼음이 거무칙칙한 소나무를 덮고 있는 앙헬 산에 있었다. 음산하고 가파른 암벽을 따라 올라가면 정상이 나오고 정상에는 무너진 두 줄의 석조물로 양분되어 있는 고대 도시의 폐허가 있다.

벤의 지휘소는 산정의 폐허에 있는 작은 오두막이었다. 사방이 죽은 듯이 고요하고 바람이 나무 지붕을 뒤흔드는 소리만이 사람 사는 세상과 동떨어진 산정의 고독을 일깨우고 있었다. 문을 열어보니 열 평쯤 되는 단칸방에 삼사십 명이 정어리 통조림처럼 빽빽이 누워서 곤하게 자고 있었다.

벤과 참모들, 일반 병사들, 보급대 일꾼들, 그리고 원래 이 통나무
집에 살던 집주인 가족들이 뒤섞여 잠든 방 안은 온통 코 고는 소리
뿐이었다. 들어가서 벤을 깨워야 하는데 다리 한쪽을 끼워 넣을 틈이
없었다. 그때 참모 하나가 눈을 비비더니 준경을 알아보았다.

밖으로 나온 벤의 얼굴은 창백했고 이마에는 전에 없던 굵은 주름
살이 그어져 있었다. 준경은 벤도 자신과 똑같은 메시지를 전달받았
음을 직감했다.

벤과 준경은 통나무집의 굴뚝 쪽 벽에 붙은 마굿간으로 갔다. 그러
곤 방 안에서 가져온 이불을 하나씩 몸에 둘둘 감고 썰어놓은 건초
위에 웅크렸다. 한기가 계속 불어 들어왔지만 아쉬운 대로 이야기를
나눌 수는 있었다.

"벤, 새라 워튼이 보낸 텔레파시를 들었나요?"

"으음, 유희 명인의 이야기 말이지…… 자네도 들었군. 그거 설계도
같던데."

"당신도 그렇게 생각하세요?"

"새라 워튼…… 대단해. 죽은 이유진은 그녀를 항상 높이 평가했지."

벤은 곤혹스런 목소리로 중얼거렸다. 이렇게 둘만 있게 되자 현실
세계의 공생당에서 만나고 토론했던 일들이 가까운 과거처럼 느껴졌
다. 그러나 인페르노의 시간으로 그것은 벌써 백여 년 전의 일이었다.
벤은 인페르노에서 '벤지 장군'이라고 불리는 명망가였다. 그는 렘노
스 마보로시의 현명하고 자비로운 군주로 160년이 넘는 세월을 살고

있었다.

"준경이, 우리는 아무래도 이 골짜기에서 죽을 것 같군."

"뭐 특별할 것도 없어요. 드림 리얼리티를 완성하기 위해 최면은 스스로 방해자를 제거하려 하니까요. 인페르노가 진짜 세계가 아니라는 것을 아는 우리는 언제나 방해자였지요. 허허허."

입은 웃었지만 준경의 얼굴은 딱딱하게 굳어 있었다. 준경은 벤이 두말없이 그것을 설계도라고 말한 데에 충격을 받았다. 내심 벤이 부정해 주기를 바랐기 때문이다.

배우가 되고 싶은 남자와 애인의 이야기, 갑오징어 먹물 리조토 이야기, 사람들이 정신계에서 살게 된다는 이야기…… 설계도를 이루고 있는 이 어휘적 우주에는 그 자체의 자립적인 합법칙성에 의해 스토리를 자동으로 생성해 내는 일종의 '월드 모델'이 숨어 있었다.

「갑오징어 먹물 리조토」에는 생명계 인간, 정신계 인간, 스토리(전자극) 속의 인간이라는 3종의 행위자가 나온다. 또 마음을 감추다, 음식을 만들다, 위로하다, 이주하다를 비롯한 28종의 행위가 나온다. 그리고 진실을 숨기기, 허기 채우기, 행복, 위치 이동을 비롯한 20종의 행위자 목표가 나온다. 불안, 건강, 소유, 연민 같은 13종의 상태가 나온다. 이것이 월드 모델의 항목과 빈칸들slots이다.

행위자 목표에서 '진실을 숨기기'라는 항목을 가지는 이야기들은 "누가 어떤 상태에서 진실을 숨기기 위해 어떤 행위를 한다"라는 형식을 갖는 하위 이야기들을 만든다. 줄기와 같은 최상위 이야기로부터 잔가지같이 많은 하위 이야기들로 나무 구조가 만들어지면서 사

아메드 찬가

레 기반 추론Case-Based Reasoning이 발생한다. 인페르노에서 일어날 수 있는 모든 에피소드들의 베이스라인 리얼리티가 구축되는 것이다.

여기에 형성자들의 기억이 고유명사를 추가하면 그것을 최종 목표값으로 전제하는 후향 추론Backward Reasoning이 발생한다. 시간을 거슬러 올라가면서 처음 설정해 둔 상태에 도달할 때까지 사건을 연속으로 만들어내는 것이다.

1초에 1200조* 번을 계산할 수 있는 슈퍼컴퓨터의 연산속도로 이 사례기반 추론과 후향 추론을 진행한다고 생각해 보자. 0.1초도 안 되는 사이에 인페르노의 과거와 현재에 일어난 모든 일들, 인페르노 세계라는 완전한 드림 리얼리티가 만들어지는 것이다.

이렇게 만들어진 드림 리얼리티는 인과율 법칙에 따라 전진한다. 인과율 법칙이란 '사건-감정-행동Event-Emotion-Action'의 법칙을 말한다. 어떤 사건이 일어나면 그 사건 때문에 어떤 감정이 생겨나고 누적되며 그런 감정 때문에 주인공의 행동이 나타난다.

모든 이야기는 인과적이다. 인페르노 세계 전체의 이야기도 그러하다. 유희 명인 김수연의 이야기는 '사랑을 거부하고 다른 세계로 분리되어 나갔지만, 원래의 세계를 그리워하고 그리워하고 그리워하다가 죽는다'라는 법칙, 즉 '타락-동경 3중첩-죽음'의 구조를 보여주고 있었다.

여기서 중요한 것은 감정이다. 사건의 시작과 끝은 똑같지만 사건이 중간에 야기하는 감정은 저마다 다를 수 있다. 감정은 전체 이야기를 하나의 관념으로 구현하는 것이며 이야기의 주제를 이루는 것이다.

그렇다면 인페르노 나인의 주제는 '상실된 삶에 대한 동경'이다. 이 것은 죽음에 이르는 동경이다. 신의 사랑과 여자의 사랑은 사랑받는 사람에게 인륜성을 부여한다는 점에서 동일하다. 사랑을 거부한 남자는 인륜성의 범죄자가 된다. 그는 타인의 사랑을 부정했기 때문에 타인의 눈동자 속에 있는 자기 자신의 한 생을 부정하게 되며 죽는 날까지 상실한 삶에 대한 동경에 시달리게 된다. 인페르노 나인에서 는 이 동경이 반복해서 중첩되다가 천사들의 죽음에 의해 비극을 완 성시킨다.

"전 인페르노에 살면서 영혼의 깊은 곳으로부터 저 현실 세계를 동 경한 것이 세 번쯤 되는 것 같군요."

"난 이 전쟁이 시작된 후로 매일 삼백 번쯤 해. 언제 죽어도 할 말 이 없겠군."

벤은 허허허 하고 바람 빠지는 헛웃음을 웃었다. 난 아직 못 죽어. 준경은 마음속으로 이렇게 소리쳤다.

희망은 얼마나 튼튼한 이빨을 가지고 있는가. 동방군령과의 최후 전투가 꼭 이 전투라는 법은 없다. 살고 싶다. 이 전투에서 살아남기 만 한다면 우리는 군령들을 압도하고 이 땅에 새 질서를 가져올 수 있다. 나는 파크리 혁명을 위해 인생을 걸고 있는 것이다. 그런 목소 리들이 계속 준경을 물어뜯었다.

그러나 벤은 모든 집착을 버리고 생사를 달관해 버린 것 같았다. 그 는 쓸쓸한 목소리로 말했다.

아메드 찬가

"이유진은 처음부터 인페르노 역사에 동방군령이란 존재를 설계했어."

준경은 잠시 침묵을 지키다가 쓰디쓴 웃음을 지으며 말했다.

"다행스러운 것은 이제 이유진을 죽인 놈의 정체를 알 수 있게 되었다는 거죠. 이유진의 최면은 동방군령과 천사들의 전쟁을 상상의 시작 지점으로 하고 있어요. 동방군령을 직접 대면하면 거기에서 범인의 흔적을 읽어낼 수 있을 거예요."

"인페르노에 정이 들었는데 유감이군. 동방군령의 정체를 안 뒤에는 죽어야 하니 말야."

벤의 목소리는 말할 수 없이 애잔했다. 그는 감상을 떨쳐버리려는 듯 벌떡 일어서서 마굿간 입구로 걸어갔다. 그리고 이불을 두른 채 울타리 밖의 겨울 풍경을 바라보았다.

창생교 병사들이 진지로 쓰고 있는 이 앙헬 산 폐허는 잊혀진 고대인들의 걸작 미렌사가였다. 고대인들이 무슨 목적으로 이 도시를 건설했는지, 정말 사람들이 사는 도시였는지 아니면 일종의 사원이었는지, 아니면 왕들의 무덤이었는지는 아무도 모른다.

정체를 알 수 없는 고대의 폐허처럼 인페르노는 겹겹의 비밀에 감싸여 있었다. 인페르노 사람들이 모든 사물의 터전이라고 생각하는 이 세상은 사실 지옥이며, 깊은 땅속의 밑바닥이다. 이 인페르노의 모든 나무들은 사실 땅밑에서 자라고 있는 것이다. 그리고 우리는 조그마한 음식물을 먹고 괴상한 털이 돋은 옷을 입은 두더지들이다.

다만 영혼만이 우리가 살고 있는 이 밑바닥에서 진정한 하늘이 있는 아득한 곳으로 올라간다. 영혼은 이 깊은 지하 세계에서 먹이를 먹은 뒤에 힘을 얻어 위로 떠오른다. 그리고 갈매기처럼 빛 속을 날아 간다. 함께 땅을 파먹고 사는 두더지 동료들의 고통과 비명과 목숨을 먹이로 삼아 간신히 참다운 빛 속으로 뛰어나가는 것이다.

언제나 처단자가 승리한다. 따뜻하고 자유로운 육체의 결합을 주고, 자기의 존재를 확인하는 마지막 경련과 완전한 정열을 주는 변신자는 사라진다. 벤의 여자는 기리쓰보 성에서 십 년 전에 병으로 죽었다.

벤은 슬펐다. 그 비애는 냉혹한 전쟁터의 비애도 아니고 누군가와 더불어 나눌 수 있는 비애도 아니었다. 인페르노에서 이백 년에 가까운 한평생을 보낸 끝에 경험하는, 인생의 가장 깊은 곳에 숨어 있는 비애였다.

이유 없이 세상에 오고 이유 없이 세상을 떠나간다. 모든 것이 우연의 결과물이다. 우리는 우리 자신이 사는 세계와 역사를 선택하지 않았다. 우연히 세상에 들어왔기 때문에 우연이 만드는 불순한 혼합물을, 그 어지러움과 비극과 희망까지도 받아들이지 않으면 안 된다.

"벤, 우리가 반드시 여기서 죽는다는 법은 없어요."

준경이 눈길을 아래로 떨구고 말했다.

"우리는 모두 변신자를 만났지만 한 번도 처단자를 만난 적이 없어요. 이제야 그 이유를 알게 되었는데. 우리의 처단자는 똑같이 동방 군령이었던 거죠. 우리는 처단자를 죽이고 우리의 꿈을 이룰 거예요. 그리고 최면에서 각성해 이 세계를 빠져나가는 거죠."

아메드 찬가

벤은 고개를 끄덕였고 더 이상 넋두리를 늘어놓지 않았다. 그러나 준경의 말을 믿은 것은 아니었다. 아니, 준경 자신도 자기 말을 믿지 못했다.

두 사람은 지금 험준한 산봉우리들이 첩첩이 병풍처럼 들어선 별빛산맥에서 병들고 지친 병사 5만을 데리고 30만 명의 동방군 대군에게 포위되어 있었다. 추위 때문에 많은 활이 부러졌고 조리를 하면 금방 얼어붙는 음식은 심한 장염과 설사를 일으켰다. 동상에 걸린 병사도 많았다. 혼란과 굶주림과 공포에 사로잡힌 병사들은 오로지 벤과 준경 두 사람에게 안전과 생존을 의탁하고 있었다. 그 책임감만이 두 사람의 비애감을 단호하게 억누르고 있었다.

"벤지 장군님! 벤지 장군님!"

벤의 참모가 마굿간 거적을 들추고 들어온 것은 그때였다.

"벤지 장군님, 던컨 대장군님, 야습입니다. 지금 비케르 고지에 적군 4만 명이 쳐들어와서 전투 중이랍니다."

아직도 하늘이 캄캄한 새벽 3시 30분이었다. 준경은 잠시 생각하다가 엄숙한 표정으로 참모에게 말했다.

"메이 장군에게 조금만 버티라고 해. 당장 구원하러 간다고. 그리고 예비대를 전부 모아."

준경의 창생교 군대는 별빛산맥의 좁은 산악도로를 따라 전개된 총길이 55킬로미터의 전선에 5개 부대로 나뉘어 주둔하고 있었다. 5개부대의 위치는 영어 소문자 h자와 흡사했다.

첫째, h자의 제일 위쪽 끝 지점인 카치아 시에 북방군령 그리즐리의 1만 5000명.

둘째, 'ㅣ' 자와 'ㄱ' 자가 만나는 지점인 이곳 앙헬 산에 벤의 창생교 제1전대 1만 2000명.

셋째, 'ㅣ' 자의 제일 아래쪽 끝 지점인 비케르 고지에 루아메이가 거느린 창생교 제2전대 1만 명.

넷째, 'ㄱ'의 꺾어지는 지점인 플레브 마을에 준경이 주재하는 원정군 사령부 3000명.

다섯째, 'ㄱ'의 제일 아래쪽 지점인 후방 다보스 시에 트리드와의 창생교 제3전대 7000명.

이 다섯 개 점들을 제외한 모든 지역의 숲과 바위마다 동방군이 꽉 차 있었다. 비케르 고지는 앙헬 산의 남방에 있었고 직선거리로 11킬로미터 떨어져 있었다. 능선을 타고 최단 거리로 달려가면 세 시간 안에 도착할 수 있다. 그러나 누가 포위망을 뚫고 앞이 안 보일 정도로 캄캄한, 길도 없고 인적도 없는 산악지대를 횡단하여 비케르 고지를 포위한 동방군의 후방을 공격할 수 있을까.

"벤, 내가 갈게요."

"무슨 소리를 하는 건가. 준경님, 당신은 우리의 총사령관이야."

"지금 그런 걸 따질 때가 아니잖아요. 적은 우리를 공성차와 투석기, 화살차 같은 장비를 가지고 도로를 따라 행군할 뿐인 한가한 군대로 알고 있어요. 우리가 이렇게 산악 기동을 하면 놀랄 테고 기습의 효과를 얻을 수 있습니다."

"그 말은 맞지만……."

벤은 말끝을 흐렸다. 예비대를 전부 모아 꽁꽁 얼어붙은 캄캄한 산속으로 출동한다. 이는 가뜩이나 인원이 부족하고 지친 부대의 병력을 나누게 되는 셈이었다. 만약 준경이 죽는다면 모두의 운명이 어떻게 될지 몰랐다. 그러나 그런 만큼 준경의 생각도 간단명료하게 이해되었다. 지금은 어차피 절체절명의 위기였다. 준경이 직접 나서지 않으면 반격 자체가 불가능했다. 앉아서 제2전대의 전멸을 기다릴 수밖에 없는 것이다.

잠시 후 아직 날이 밝지 않은 보를리스 요새가 억눌린 흥분으로 어수선해지기 시작했다. 주변 산비탈에 산재한 막사들에 전령이 달려갔다. 바위틈, 큰 나무 밑, 제방 옆 곳곳에서 새우처럼 몸을 말고 서너 명씩 붙어 자고 있던 병사들이 깨워졌다. 보를리스 강 제방 옆 공터에 모닥불이 하나 피워지고 너무 피로해서 눈도 뜨지 못하는 병사들이 어기적어기적 그곳으로 모여들었다.

모두 늪에서 발굴된 시체 같았다.

머리끝에서 발끝까지 진흙투성이였고 갑옷은 피투성이였다. 모두들 몸의 어딘가에는 상처를 입고 있었고 몇 명은 걸으면서 신음 소리를 토하기도 했다. 너 나 할 것 없이 역겨운 냄새가 났다. 싸움과 고통과 막살이의 악취였다. 30년 군령 전쟁의 전란 속에서 갖은 시름을 다 겪고 날릴 것은 다 날려 목구멍만 남은 사람들이었다. 전쟁이 있기 전에는 그저 땅과 산과 냇물만 믿고 하늘 고마운 줄이나 알던 착한 농부들이었다.

준경은 정면에 차렷 자세로 서서 그 지친 병사들이 부대별로 정렬하는 것을 지켜보았다.

궁병 7200, 기병 970, 군수품 운반 부대 1800.

이것이 1전대가 동원할 수 있는 예비 병력 전부였다. 말들까지 등이 벗겨지고 발굽이 갈라졌다. 장교들은 장령급은 모두 죽거나 부상당해 하급 장교들밖에 없었다. 병사들은 어제 저녁도 먹지 못한 상태였다.

그러나 지치고 굶주린 병사들은 정면에 서 있는 준경을 보았다. 던컨 대장군이 직접 병력을 인솔한다는 것이 알려지자 병사들의 얼굴에는 놀란 기색이 역력했다. 바로 사기가 오르는 것을 느낄 수 있었다.

병사들은 준경을 존경하고 있었다. 지난 11년간의 창생교 전쟁에서 준경은 철저하게 자기 자신을 희생하며 이들을 이끌어왔다. 그 과정에 준경이 천사라는 소문이 널리 유포되었다. 병사들은 천사가 이렇게 비천한 인페르노의 전쟁에 뛰어들어 자신들을 위해 싸워주고 있다는 것이 믿어지지 않았다. 이런 곳에 자신의 귀중한 생명을 내던지겠다는 정열과 각오는 어디서 오는 것인지 도대체 이해가 안 가는 것이었다.

지난 11년. 하나의 생각지도 않은 사건은 다른 예측하지 못한 사건을 불러왔고 궁극적으로 무대의 배경을 완전히 바꾸어놓았다.

초창기 암피온과 시에네 2개 주를 석권하며 마른 들판의 불길처럼 일어났던 창생교 반란은 3395년 봄 동방군령의 참전으로 일대 전환을 맞았다. 동방군에 기습을 당한 창생교군은 정예부대를 잃고 암피온으로 퇴각했다. 이 와중에 교군은 다수의 지도자들을 잃었다. 총사

아메드 찬가

령관이었던 모메터도 병사했다. 반란은 여지없이 무너지고 말 것처럼 보였다.

그러나 살아남은 지도자들이 트리드와와 준경을 중심으로 다시 뭉쳤다. 무라사키 요새의 실력자 루아메이 여장군이 합류했다. 창생교는 군대에 대한 감상적인 거부감을 버리고 교군을 일사불란한 명령 체계로 재조직했다.

교군은 동방군과 싸우면서 장장 1300킬로미터를 동진하여 렘노스주로 달아났다. 여기서 마보로시의 실력자 벤지 장군이 창생교에 합류했다. 동방군령 드라기와 남방군령 카론의 전쟁이 격화된 틈을 이용해 렘노스의 깊은 산중에서 힘을 기른 창생교는 3401년 미라를 점령했고 렘노스 전역을 수중에 넣었다.

창생교는 북상하여 키니라스 주와 비센 주에서 서방군령 티데우스의 군대를 격파했고 최북단 말라코다 주에서 진출하여 북방군령 그리즐리와 동맹을 맺었다. 준경이 직접 말라코다의 헬켄으로 가서 북방군령을 만났다.

그리즐리는 말라코다 1개 주만 영유하고 있는 만큼 4대 군령 가운데 가장 세력이 약했다. 그러나 말라코다 주는 자원이 풍부한 산지가 많아 목재업과 채광업이 번성하였으며 험준한 산맥 곳곳에는 난공불락의 요새들이 있었다. 북방군은 숫자는 적지만 짙은 역청빛 피부에 거대한 체구, 사납고 잔인한 심성을 지닌 거인 종족 말레브랑케로 이루어진 강력한 부대로 유명했다. 말레브랑케^{Malebranke}(악의 발톱)라는 이름에서 '말라코다(악의 꼬리)'라는 지명이 유래했을 정도로 상무적인 지역이었다.

"북방군령께서는 시대의 변화를 이해하시리라 믿습니다. 우리는 더 이상 황제의 신민도, 야훼의 신민도 아닙니다. 군령의 신민은 더더욱 아닙니다. 앞으로의 사회는 모든 인간이 평등하다는 원칙 아래 재조직되어야 합니다."

그리즐리는 준경의 설득을 묵묵히 듣고 있다가 물었다.

"만약 우리가 동맹을 허락하면 창생군은 그다음 무엇을 하겠소?"

"크로이웬으로 진격합니다. 동방군령을 북부로부터 무너뜨릴 것입니다."

그러자 북방군령의 떡갈나무처럼 딱딱한 얼굴에 처음 변화가 일어났다. 나이보다 훨씬 더 늙어 보이는 그의 작고 신중한 눈이 날카롭게 반짝였다.

"크로이웬을 우리에게 준다면 북방군은 창생군을 돕겠소."

"우리가 크로이웬에서 하려는 사회 개혁을 방해하지 않는다면 북방군의 영유권을 인정하겠습니다."

이리하여 도저히 가능할 것 같지 않았던, 누구도 예측하지 못한 동맹이 성립했다. 그리즐리는 직접 군대를 이끌고 크로이웬 진출의 선봉이 되었다.

3404년 불과 몽상의 날들(여름)에 창생교와 북방군의 연합군은 크로이웬 지역 곳곳에서 승리했고 전쟁이 두 달째 접어들자 크로이웬을 맡은 동방군 22군단의 방어선은 해체되어 산산히 흩어진 수은 방울이 되었다. 동방군은 뿔뿔이 흩어져 패주했고 원정군은 크로이웬

아메드 찬가

의 주도 우사를 점령했다.

첩보를 종합한 결과 동방군령은 남방군령 카론과의 전선이 고착되면서 움직이지 못한다는 판단이 내려졌다. 공기와 고독의 날들(가을)이 시작되자 8만 명의 창생교 원정군이 크로이웬으로부터 가딘으로 진격하여 동방군 8군단을 격파하고 남진했다.

그러나 원정군의 승리는 여기까지였다. 동방군령 드라기가 다시 한번 자신의 장기를 발휘했다. 창생교의 가딘 진격과 동시에 동방군 30만 명이 19개의 부대로 나뉘어 엄격한 행군군기를 유지하면서 어두운 숲 속, 광산의 갱구, 버려진 민가, 황량하고 인적 없는 고지를 따라 가딘으로 이동해 왔다. 이동은 오후 8시에 시작해서 오전 4시에 끝났으며 주간 행동은 최소 규모의 정찰 활동만으로 제한했다.

이렇듯 철저히 기도비닉企圖秘匿을 유지하는 동방군의 끝없이 긴 행군 종대는 쥐도 새도 모르게 가딘 주로 들어왔다. 그리고 골짜기와 산비탈의 오솔길을 따라 창생교 원정군을 물샐틈없이 포위했던 것이다. 뒤늦게 동방군을 발견한 원정군은 130킬로미터 이상 전개되어 있는 병력을 모아 방어선을 구축하려고 했다. 그러나 각기 치열한 전투를 벌이며 집결하는 사이 동방군의 포위망은 완성되었다. 원정군은 3만 명이 넘는 병력을 잃은 채 앙헬 산 지역에 발이 묶였다. 그리고 이 상태로 전멸을 모면하기 위한 사생결단의 대전을 치르지 않을 수 없게 된 것이다.

준경의 계획은 앙헬 산과 비케르 고지의 전선을 유지하면서 최대한 빨리 카치아 시에 있는 북방군을 후퇴시켜 합류하는 것이었다. 북방군과 합류한 뒤에 전군이 한 덩어리가 되어 플레보 마을을 거쳐 다보스 시로 빠져나가 철수한다는 구상이었다.

앙헬 산과 비케르 고지는 원정군이 크로이웬 주로 향하는 탈출로의 한가운데에 있었다. 동방군이 비케르 고지를 점령한다면 앙헬 산이 위험했고, 이 두 곳이 무너지면 카치아의 북방군과 다보스의 3군단은 전멸당할 가능성이 컸다. 때문에 비케르 고지는 최후의 순간까지 사수되어야만 했다.

예비대가 모두 집결하자 준경은 부대장들을 불러 계획을 설명했다.

"우리는 일렬종대로 능선을 따라 이동해서 비케르 고지로 쳐들어온 적의 후방을 기습한다. 공격의 성공은 속도와 은폐에 있다. 화살을 세 다발씩 휴대하고 거마창과 무기를 제외한 모든 것을 두고 간다. 기병대도 말을 두고 장창을 들고 간다. 보급대도 마찬가지다."

"말을 두고 가면 적군 기병대는 어떻게 상대합니까? 이동 중에는 괜찮다고 해도 비케르 고지 주변은 숲이 없는 개활지입니다. 적은 기병으로 올 것입니다."

기병대장 피리엔펠트가 심각한 목소리로 반대했다. 궁병대를 각각 3600명씩 통솔하고 있는 웨즈와 테하마도 장창병과 중갑병이라면 괜찮지만 기병은 자신 없다고 중얼거렸다.

전쟁터에는 전장 위압감이라는 것이 있어서 키가 큰 말 탄 기병의 돌격이 보병에게 주는 공포는 압도적이었다. 군마는 보병을 짓밟도록 훈련받았다. 기병이 돌격해 오면 보병은 진형을 유지하지 못하고 흩어져 도주하는 것이 보통이었다.

아메드 찬가

오기 전에 활로 쏘면 되지 않느냐는 말은 안 먹힌다. 화살이 적군에게 치명타를 가할 수 있는 사정거리는 250미터가 채 안 된다. 기병대가 이 거리를 주파하는 시간은 30초이며 그 시간에 궁병은 최대 세 번밖에 사격을 할 수가 없다. 그 세 번을 쏜 후에는 파도 앞의 개미가 되는 것이다.

더구나 동방군은 보통 기병이 아닌 철기병 부대로 유명했다. 철기병은 전사와 말이 모두 철갑을 입은 기마 부대이다. 웬만한 화살은 튕겨내기 때문에 전열을 갖춘 철기병의 돌격은 더욱 큰 전장 위압감을 유발한다.

투창과 기병창, 기병도로 무장하고 강철 마면갑, 마흉갑, 마복갑을 번쩍거리며 달려오는 철기병의 모습은 실로 무시무시하다. 무거운 마갑으로 인해 말이 지치기 때문에 500미터 이상을 계속 달리게 하기가 어렵다. 군비와 유지비가 많이 들고 성질이 드센 철기병용 군마를 조련하는 것도 어렵다. 그런저런 이유로 아무나 운용할 수 있는 부대가 아니었다.

드라기는 이런 철기병 전술의 천재였다. 그는 어떻게 하면 철기대를 효율적으로 조직하고 훈련시킬 수 있는가를 알았다. 철기병이 언제 공격을 시작할 수 있고 어디까지 공격할 수 있는가의 작전 한계점을 본능적으로 이해했다. 아직까지 드라기의 철기병 앞에서 전투대형을 유지할 수 있었던 부대는 없었다.

"이 앞이 안 보이는 어둠 속에서 험준한 산을 넘어가야 해. 말을 데려갈 수는 없어. 대신 거마창을 가지고 간다."

거마창이란 병사의 키 높이 정도 되는, 양끝을 뾰족하게 깎은 나무 말뚝이었다. 기병이 없는 부대의 궁여지책으로, 돌진해 오는 적 군마의 가슴팍을 겨냥한 각도로 땅에 박는 것이었다.

"기병이 오면 죽을 각오로 버티는 수밖에 없다. 우리가 무너지면 비케르 고지의 아군은 전멸하고 이 앙헬 산도 위험해져. 우리가 이기면 포위망의 빗장이 열리고 아군은 한곳으로 결집할 수 있다."

상황은 단순했고 계획도 단순했다.

부대장들은 왜 준경이 직접 부대를 인솔하겠다고 하는지 이해했다. 전쟁이 일상화된 인페르노에서 병사가 참여하는 병종은 곧 사회적 지위를 의미했다. 병종의 지위는 철기병, 기병, 중갑병, 궁병, 장창병, 정찰병, 민병, 노예의 순이었다. 말이나 낙타가 끄는 차량을 운용하는 수송병, 화살차병, 공성차병, 투석기병은 기병과 중갑병의 중간쯤이었다. 준경의 권위가 아니라면 누구도 기병에게 장창을 들고 싸우다가 전사하라고 명령할 수 없었다.

이윽고 공격 부대가 출발했다.

새벽 5시경이었다. 동방군의 포위망 한가운데를 뚫고 들어가는 진격. 유일한 우군은 기온이었다. 아군과 적군 모두 추위 때문에 공격은 고사하고 몸을 움직이기도 어려울 정도였다. 동방군은 이쪽이 얼음덩어리같이 무거운 두 발을 끌면서 가파른 산비탈을 타고 공격을 해오리라고는 상상하기 어려웠을 것이다.

준경은 보를리스 고지를 놓고 고민했다. 앙헬 산 남방에 위치한 이고지는 공격 부대의 진로를 가로막고 있었다. 점령하지 않으면 앞뒤로 적을 맞게 될 위험이 있었다. 그러나 점령을 시작하면 시간이 걸리는 것은 말할 것도 없고 제2전대를 구원하기도 전에 상당한 전투력 손실을 각오해야 했다.

그런데 앙헬 산을 나서자마자 눈발이 날리기 시작했다. 그것을 본 준경은 운을 하늘에 맡기고 보를리스 고지를 그냥 통과하기로 결심했다. 잠시 후 차디찬 공기를 가르며 무수한 하얀 빗금들이 시야를 가로막았다.

소리를 죽이고 적의 전초병을 경계하면서 조심스럽게 이동하느라 시간이 걸렸다. 얼마를 걸었을까. 비케르 고지가 보이기 시작했을 때 앞서 보냈던 정찰병들이 낯빛이 새하얗게 질려서 달려왔다. 철기병과 중갑병, 중무장 보병이 섞인 적군이 바로 앞에 전투대형을 갖추고 다가오고 있다는 것이었다.

"그리고 패잔병들을 만났습니다. 비케르 고지는 함락되고 메이 장군은 전사하셨다고 합니다."

준경의 얼굴이 창백해졌다. 진짜 어둠을 보아버린 듯 그의 표정은 무겁고 엄격했다.

"전방의 적은?"

"그게 쿠…… 쿠쿨린 철기대입니다."

그 말을 들은 사람들은 얼어붙은 듯 꼼짝도 하지 않았다. 준경은 침착한 목소리로 물었다.

"숫자는?"

"철기병만 1만 명쯤 됩니다. 나머지가 2만 명 정도고요."

준경은 사방을 둘러보고 부대를 1킬로미터쯤 뒤로 후퇴시켰다. 그리고 큰 소리로 진을 치라고 명령했다.

"전투 준비!"

병사들은 비록 외견상으론 동요 없이 움직였지만 궁병대장에서 하급 병졸에 이르기까지 모두 마음이 무거운 얼굴이었다. 바람 소리도, 새 울음소리도, 풀도, 나무도 모두 적인 것만 같았다. 그 와중에 전방에서 간담을 서늘하게 하는 말발굽 소리가 들려오고 있었다.

준경의 부대가 진형을 갖추자마자 눈발이 흩날리는 전방에 검은 구름이 일어나듯 거대한 공포의 기운이 나타났다. 준경은 키 큰 군마와 무시무시한 철갑, 창과 칼의 거대한 진용을 주시했다. 정찰병의 말대로 동방군령을 호위하는 쿠쿨린 철기대가 분명했다.

준경이 부대를 멈추게 한 곳은 평탄한 계곡이었다. 멀리 전방에 비케르 고지로 올라가는 길이 보였다. 오른쪽은 깎아지른 듯한 절벽이고 왼쪽은 숲이었다. 잎이 다 떨어진 자작나무가 빽빽하게 들어차서 나뭇가지들이 북풍에 검은 그물처럼 흔들리고 있었다. 준경의 부대와 쿠쿨린 철기대 사이의 거리는 약 1000미터가 떨어져 있었다. 준경의 부대는 숲과 절벽 사이의 폭이 가장 좁아져서 900미터 정도 되는 지점에 자리 잡았다.

정면의 적군은 약 1000여 명씩 25열 횡대로 정렬한 중갑병들이었다. 그 모습은 마치 칼의 산, 칼의 바다 같았다. 철갑과 도끼창, 철갑과 둥근 방패와 야전대도로 무장한 이 중갑병들의 좌익과 우익을 검은 철갑에 검은 투구, 검은 마갑으로 무장한 쿠쿨린 철기대가 한 열에 50여 기씩 종대로 배치되어 있었다.

한편 아군의 중앙은 3000명이 채 못 되는 장창병이 500여 명씩 6열 횡대로 정렬했다. 중앙의 1열은 준경 자신이, 2열과 3열은 기병대장 피리엔펠트가 맡았다. 중앙의 좌익과 우익은 웨즈와 테하마가 맡은 궁병들이었다. 좌우의 궁병들은 각기 3600명, 14열 횡대였다.

궁병들은 준경이 명령하지도 않았는데 나무망치를 꺼내들고 자신의 옆 땅바닥에 서둘러 거마창을 박기 시작했다. 꽁꽁 얼어붙은 땅에, 그것도 돌진해 오는 군마의 가슴팍을 겨냥하여 60도 각도로 나무말뚝을 박아야 하는 까다로운 작업이었다. 그러나 죽음의 공포가 비상한 집중력을 발휘하게 했다. 궁병들은 이삼 분 만에 말뚝을 다 박고 단검을 꺼내서, 미친 듯이 망치질을 하느라 뭉툭해진 말뚝의 끝을 다시 뾰족하게 다듬었다.

바로 그때 적 진영의 후미에서 커다란 뿔나팔 소리가 일어났다. 그러자 철기병 각 부대와 중갑병 각 부대에서 이에 호응하는 나팔이 앞을 다투어 소리 높이 울려 퍼졌다. 곧이어 동방군의 함성이 계곡 전체에 폭풍과 우뢰처럼 들끓었다.

"오, 오, 오…… 옵니다."

"부대 5보 앞으로! 화살 준비!"

궁병들이 다섯 걸음 앞으로 걸어 나왔다. 떨리는 손으로 서른 개짜리 화살 묶음 한 다발을 풀어 등 뒤의 화살집에 넣었다. 그리고 그 가운데 네 개의 화살을 자신이 서 있는 발치의 땅바닥에 화살촉을 아래로 하여 꽂았다. 너무 무서운 나머지 화살을 죄다 흩뜨려놓고 어쩔 줄을 모르는 병사도 있었다. 일순 아군은 모두가 움츠러들고 공포에 짓눌린 것 같았다.

동방군의 철기대 진영에서 두 사람의 철기병이 달려 나왔다. 말을 탄 전사들은 아군이 지켜볼 수 있는 지척의 지점에 멈추어 섰다. 둘 다 투구를 쓰지 않고 있었다. 그들이 뭘 하려는지를 알고 병사들은 손발을 떨기 시작했다.

한 전사가 두 발로 말안장을 딛고 올라섰다. 먹물 문신을 한 얼굴, 사방으로 뻗친 긴 머리카락에 화살 셋을 비녀처럼 꽂은, 온몸에서 흉맹성을 발산하는 쿠쿨린 전사였다. 그는 말 등에 선 채로 단칼에 자기 옆에 있는 동료의 목을 잘랐다. 죽은 전사의 몸이 말에서 떨어졌다. 목을 자른 전사는 풀쩍 뛰어내려 분수처럼 뿜어져 나오는 동료의 피를 머리에 뒤집어쓰고 자신의 손에 발랐다.

인신공양.

쿠쿨린들이 중요한 싸움 전에 전쟁의 신에게 바치는 인신공양이었다. 자기 동료 가운데 한 사람을 골라 목을 자르고 그 피를 손에 묻혀 전신과 깃발에 바르는 출정 의식이었다. 이런 제의를 치르면 목 잘린 전사의 영혼이 전쟁의 악령으로 변해 적군을 저주한다는 믿음 때문이었다.

다시 한 번 동방군의 함성이 폭풍과 우뢰처럼 일어났고 곧이어 쿠쿨린의 전쟁 노래가 천지를 떠나갈 듯 우렁차게 들려왔다.

어글―런 게―레르 엔― 우긴

아메드 찬가

알트-멕 바얄락 두-우렌

고랍-만 사이하니 비- 오론

아르-완 일트 투흐겐

......

이제는 아무도 의미를 알지 못하는, 인페르노의 선사시대에 사멸해 버린 고대 아와리어 노래 〈아메드 찬가〉였다. 전설에 따르면 아득한 옛날 오케아노스인들은 위대한 영웅 나르칸을 따라 두 악신惡神을 물리치고 성스러운 산 아메드에 나라를 열었다. 〈아메드 찬가〉는 그 건국의 노래였다.

4분의 4박자, 내림나장조의 찬가는 웅혼하고 장중하고 신비로웠다. 비천한 용병 집단 쿠쿨린은 어울리지 않게 이 노래를 애지중지해서 전투 때마다 불렀다. 그들은 풍찬노숙하며 세상을 떠도는 자신들이 성스러운 아버지 국가를 잃어버린 고아들, 아메드의 유민遺民들이라는 속설을 굳게 믿었다.

준경과 병사들은 온몸을 긴장하고 모든 신경을 집중해서 찬가를 듣고 있었다. 노래의 마지막 음절이 끝나는 바로 그 순간, 그 어떤 군대도 막을 수 없었다는 동방군의 철기병 돌격이 시작되기 때문이었다.

그 순간이었다.

준경은 문득 자신이 저 노래를 알고 있다는 생각이 들었다. 충격이 엄습해 왔다. 망치로 뒤통수를 맞은 듯한 느낌이었다. 〈아메드 찬가〉는 벌써 몇 번이나 들었는데 전혀 의식하지 못하고 있었다. 저 노래는 바로 그 노래가 아닌가.

아침—은 빛—나라 이—강산
은금—에 자원도 가—득한
삼천—리 아름다운 내—조국
반만—년 오랜 역사에
......

전쟁터의 먼지로 초췌한 준경의 얼굴이 벌겋게 상기되었다. 한 사람의 생애에 두 악신을 물리치고 성스러운 산 아메드에 나라를 연……. 한 사람의 생애에 두 개의 제국주의를 물리치고 나라를 세운……. 범인의 흔적이었다. 죽은 이유진의 최면에 최초로 유도되어 인페르노 세계를 형성했던 범인의 무의식이 남긴 고대의 흔적. 준경은 순간적으로 전쟁터를 잊고 머리와 가슴과 온몸이 타는 듯한 감각에 휩싸였다.

새라에게 알려야 해.

그러나 〈아메드 찬가〉는 이미 끝났다. 살기와 죽음의 바다처럼 보이는 동방군의 좌우익 철기대가 오고 있었다. 철기대의 말발굽 소리는 지축을 뒤흔들며 속보로 다가왔다. 1000미터 정도의 거리는 눈 깜짝할 사이에 돌파되고 적군의 형상은 일 초 일 초 점점 커져갔다.

"사격 준비!"

궁병들이 철갑을 관통시키기 위해 대를 길게, 화살촉을 뾰족하게

아메드 찬가

만든 송곳바늘촉 화살을 겨누었다. 궁병들을 백 명씩 통솔하는 아군의 1성 장교들, 백인대장들이 미친 듯이 악을 쓰며 아직 쏘지 말라고 부하들을 단속했다. 기병의 돌격을 저지하기 위해서는 화살들이 화살 구름을 형성해서 매우 좁은 표적 구역을 똑같은 순간에 타격하지 않으면 안 되기 때문이었다.

"사격!"

철기대의 제1열이 300미터 선에 도달했을 때 두 궁병대장들이 심벌즈처럼 생긴 놋쇠 악기를 힘껏 부딪쳤다. 그 음성 신호에 따라 아군 장창병의 좌익과 우익에서 궁병들이 발사한 화살이 검은 구름처럼 날아갔다.

그와 동시에 노련한 동방군의 철기병들이 말의 배를 걷어찼다. 철기의 대군이 우렁찬 함성을 토하고 먼지의 폭풍을 일으키며 거대한 제방이 터진 것처럼 돌격해 왔다.

준경은 필사적으로 정신을 집중시키고 혼신의 기를 모아 불렀다.

새라!

뒤틀림

오후 6시 30분.

리젠트 호텔 앞은 퇴근길 인파로 넘쳐났다. 멀리 비슬산 위에는 파르르 진동하는 것 같은 새털구름이 석양에 물들어가고 있었다. 한차례 비도 퍼붓고 해도 기울어서 찜통 같았던 도시는 한결 숨쉬기가 수월했다. 버스 정류장으로, 식당으로, 영화관으로 몰려가는 사람들은 여유로운 표정으로 왁자지껄 떠들고 있었다.

그러나 리젠트 호텔 8층 로비에는 묘지 같은 정적이 감돌았다.

김호가 성큼성큼 데스크로 걸어와 영장을 제시하면서 일어난 정적이었다. 불안과 긴장을 동반한 이 정적은 5분 후 엘리베이터에서 우르르 쏟아져 나온 사람들로 깨어졌다. 잠시 후 로비는 김호의 지시를 받는 형사들과 경찰들로 넘쳐버릴 것 같았다. 경찰들은 종업원에게 질문을 퍼붓고, 방을 수색하고, 호텔 구석구석을 이 잡듯이 뒤지기 시작했다.

김호는 객실 관리 비품들을 두는 하우스 키핑 룸과 계단, 옥상과 지하 창고를 뒤졌다. 정인영은 지배인실과 데스크 룸을 맡았고 이종민은 CCTV를 제어하는 경비실을 맡았다. 진공청소기와 CCTV 디지털 녹화기는 모두 수거되어 조회수와 법의학팀이 자리 잡은 9층의 크리스털 볼룸으로 보내졌다.

사전에 계획한 조사가 끝나자 수색팀은 23층으로 모였다.

한 사람은 거실, 또 한 사람은 침실, 다른 사람은 욕실 하는 식으로 23층의 4개 특실이 샅샅이 재조사되었다. 모든 책상 서랍들을 빼서 안에 든 것을 넓은 시트지에 쏟아놓고 먼지와 부스러기를 야광 검색기로 다시 검사했다. 책상과 벽지를 살펴서 비밀 장치의 유무를 조사했다. 가구, 쿠션, 베개는 물론이고 마루, 천장, 그리고 벽까지 찾아보았다. 이런 작업이 진행되면서 리젠트 호텔은 회오리바람이 지나간 것처럼 어질러졌다.

투숙객들은 처음에는 로비에 나와 부산하게 움직이는 경찰들을 지켜보다가 어느새 삼삼오오 모여 수군수군 이야기를 나누기 시작했다. 압수한 물품을 넣은 박스를 든 경찰이 지나갈 때면 불쾌한 얼굴로 입을 다물었다.

채증반이 이유진이 죽은 2302호와 벤자민 모리가 투숙했던 2301호의 침대 밑 카펫에서 새로운 자료를 발견했다. 2302호만 조사했을 때는 모르고 지나쳤던 흔적이 2301호에 똑같이 있었다. 오백 원짜리 동전만 한 동그랗고 볼록한 것이 카펫에 붙어 있다가 제거된 자국.

두 장을 나란히 놓고 보니 너무나 낯이 익었다. 김호의 회사에서 쓰고 있는 음성 증폭형 무선 마이크의 흔적. 안에 감도가 높은 센서가 들어 있어서 소음이 일정한 수준을 넘어설 때만 증폭기가 작동하는 장치였다.

김호가 로비에서 사진을 들고 차병선 경감과 이야기하고 있을 때 호텔 총지배인 신한나가 다가왔다.

"팀장님, 저희는 이런 무지막지한 과잉 수사에 법적으로 대응하겠습니다. 사전 통보도 없이 오셔서 이 난리를 치면 저희는 어떻게 영업을 합니까? 저희더러 죽으라는 얘긴가요?"

격앙된 감정 때문에 그녀의 목소리는 떨리고 있었다.

"죄송합니다. 제가 이 수색에 대해 상세한 설명을 해드리겠습니다. 아울러 이제 더 이상은 호텔을 귀찮게 하지 않겠다고 약속합니다."

"정말인가요?"

"네, 조금 있다가 저랑 같이 9층으로 올라가시지요."

말을 하면서 김호는 손목시계를 힐끗 보았다. 오후 9시 1분이었다. 신한나는 여전히 쌀쌀한 목소리로 추궁했다.

"CCTV 녹화기와 호텔 집기는 언제 돌려주실 건가요?"

뒤틀림

"사건이 정리되면 오늘이라도 돌려드리겠습니다."

그때 뒤쪽에서 김호를 부르는 소리가 들렸다. 구재용이었다. 그는 입을 앙다물고 얼굴이 벌겋게 변한 채 뛰듯이 걸어왔다.

"김 팀장님, 이게 뭐하는 짓입니까?"

구재용이 격분한 목소리로 소리쳤다. 주위의 요원들과 경찰들은 움찔했다.

"우리와 의논도 없이 압수수색이라니. 수사 내용도 공유하지 않고. 아무리 수사권을 넘겼다지만 여기는 엄연한 우리 관할인데 누구 맘대로 이러는 거야! 우리가 뭐 바지저고리야!"

"미안하네. 내가 설명하지."

김호는 입가에 미소를 머금고 오른손을 들어 다독이는 시늉을 했다. 마음을 진정시키라는 뜻이었다. 곧이어 그는 구재용의 옆을 스쳐서 앞으로 걸어가더니 정중히 허리를 숙여 인사를 했다. 그러자 사람들도 그가 바라보는 곳으로 시선을 옮겼다.

기획관이 첼로, 비바체와 함께 로비로 들어오고 있었다. 기획관은 사람들이 김호를 둘러싸고 있는 모습을 보고 눈살을 찌푸렸다.

"사건의 결정적인 단서를 찾았다며 오라더니 이게 무슨 소란입니까."

"죄송합니다. 이제 다 마쳤습니다. 저와 함께 9층의 법의학팀으로 가주시면 설명 드리겠습니다."

"이렇게 사람들이 많은데 여기서 말인가요? 보안은 어떻게 합니까."

"기획관님, 그 문제는 걱정하실 필요 없습니다. 사건을 증언해야 하는 최소한의 인원으로 30분이면 됩니다. 9층에서 이 사건의 전모를 한 점 의혹도 남기지 않고 밝혀드리겠습니다."

김호는 기획관과 구재용, 신한나를 대동하고 차병선 경감과 형사 두 명과 함께 계단을 이용해 9층으로 올라갔다. 이종민 요원이 크리스털 볼룸 앞에서 그들을 기다리고 있다가 안으로 안내했다.

조명 스위치를 모두 올린 크리스털 볼룸은 대낮처럼 환했다. 안에는 세미나에 쓰는 직사각형의 긴 탁자들이 있었는데 김호의 팀은 그 탁자 여섯 개를 ㄷ자형으로 배치해 놓고 있었다. ㄷ자의 각 획 중간쯤에 각각 이종민, 조희수, 정인영의 노트북이 올라가 있었고 ㄷ자의 열린 쪽에는 의자 여섯 개가 나란히 놓여 있었다. 의자들 맞은편 탁자 너머에는 빔 프로젝터가 켜져 있는 스크린에 푸른색이 떠 있었다. 제일 끝의 의자에 짧은 머리에 무스를 바른 남자가 앉아 있다가 벌떡 일어났다. 호텔의 당직 지배인이었다. 당직 지배인은 신한나를 보고 변명하듯이 말했다.

"김 팀장님이 오라고 하셨어요……."

"잘 오셨습니다. 어서 앉으세요."

김호가 활기 띤 목소리로 당직 지배인에게 자리를 권했다. 그리고 기획관과 비바체, 첼로, 구재용, 신한나에게 그 옆의 의자를 권했다. 차병선 경감과 두 형사는 그 뒤에 섰다. 차 경감은 침착한 얼굴이었지만 두 형사들은 이 야릇한 모임이 당혹스럽기만 한 것 같았다. 김호는 ㄷ자로 배치된 탁자와 의자 사이의 위치에 서서 의자에 앉은 사람들을 마주 보았다.

"자 문을 닫으세요. 그리고 모두들 자리에 앉아주십시오. 정인영

씨 기록을 부탁합니다. 자, 기획관님도 자리에 앉아주시죠. 지금부터 7월 26일 오전 01시 10분 발생한 이유진 살인사건에 대해 브리핑하겠습니다. 먼저 사건 개요입니다."

김호는 나직한 목소리로 이야기를 시작했다. 그는 마치 카메라 앞에서 정해진 대본대로 녹화하는 사람처럼 차분해 보였다.

"이 사건은 2006년 3월로 거슬러 올라갑니다. 이때 중국 국가안전부 해외공작국은 티엔차이 퀴화, 천재규획이라는 프로젝트를 완료했습니다. 세계 최초로 인공적인 지능 강화에 성공한 것입니다. 쓰촨성 출신의 사형수 자오얼이 바로 그 최초의 강화인간이었습니다.

완전히 새 사람으로 변신한 자오얼의 모습은 공산당 수뇌부까지 감동시켰습니다. 자오얼은 미국의 금융 헤게모니를 공격하기 위한 국부펀드를 제안했고 그 제안은 받아들여집니다. 그리하여 2007년 7월 푸리마 캐피털이 설립됩니다. 때마침 금융 위기가 발생하고 푸리마는 눈부신 활약을 합니다. 아수라장이 된 미국의 전환사채를 사고팔아서 공산당과 국가안전부에 막대한 돈을 벌어줍니다.

그런데 2009년이 되자 자오얼은 다른 생각을 하게 됩니다. 이해 9월 자오얼은 비밀리에 제2의 강화인간을 탄생시킵니다. 그것이 이유진이었습니다. 막대한 인명 피해에 놀란 해외공작국의 연구가 답보되고 있는 사이 자오얼과 이유진은 약을 개선하고 계속해서 새로운 강화인간들을 탄생시켰습니다. 회사를 설립하고 국가안전부와 관계없는 별도의 펀드를 만들었습니다. 강화인간들의 지하당 조직도 만들었습니다. 이렇게 탄생한 강화인간은 열 명에 달하고 282억 달러, 한화 32조원에 달하는 비자금이 조성되었습니다.

올해 2011년, 사태는 새로운 국면으로 치닫습니다. 자오얼과 이유진 사이에 갈등이 시작된 것입니다. 자오얼과 이유진 두 사람은 서로의 퍼스낼러티가 너무 달랐습니다. 자오얼이 현실적이고 소심하면서 냉소적이었던 반면 이유진은 낭만적이고 정열적이며 사교적인 사람이었습니다. 주변의 어려운 사람들을 그냥 보아 넘기지 못했습니다. 돈을 만드는 일보다 돈을 쓰는 일을 좋아했지요. 지하당 조직에서 자오얼보다 이유진의 발언권이 더 강해졌고 이 또한 둘의 관계를 악화시켰습니다.

이때 카마엘이 모든 것을 알고 있고 지하당 조직에 대한 소탕을 준비하고 있다는 충격적인 사실이 알려집니다. 2011년 7월이 되자 이유진은 미행을 당하기 시작하고 암살의 공포를 느낍니다. 자오얼 역시 위험을 느끼고 즉각 행동에 나서서 금융시장을 공격해야 한다고 주장합니다. 그러나 두 사람 모두 강화인간을 속일 수 있는 함정은 없다고 생각하고 방심합니다.

2011년 7월 25일 저녁 자오얼은 이유진과 벤자민 모리를 이곳 리젠트 호텔로 부릅니다. 세 사람 사이에 언쟁이 벌어지고 자오얼은 잠깐 머리를 식히고 오겠다면서 호텔을 나갑니다. 벤자민은 샤워를 하고 오려고 자신의 방으로 돌아갑니다. 이때 카마엘의 암살 부대가 2302호에 들이닥칩니다. 비슷한 암살 부대가 잇달아 캔터베리, 로마, 방갈로르, 상하이, 베이징, 오사카, 모스크바로 출격합니다.

대구 부대의 특징은 카마엘만이 아는 의문의 강화인간이 직접 지휘하고 있었다는 것입니다. 그는 카마엘이 오래전부터 한국에 심어놓은 첩자였고 심복 중의 심복이었습니다. 한편 이유진은 강화인간에 어울리는 자기 보존 능력을 가지고 있었습니다. 전문적인 무술 수련자를 능가하는 물리적 대응력을 가지고 있었고 최면 공격을 통해 상대방의 신경 네트워크를 제어할 수도 있었습니다.

기습을 당한 이유진은 적이 다수인 것을 보고 최면 공격을 했습니다. 그것은 실수였어요. 이 의문의 강화인간은 최면 방어 능력을 특화시킨 사람이었기 때문이죠. 텔레파시를 사용한 이유진의 최면은 튕겨 나가 옆방에서 샤워를 하고 있던 벤자민 모리를 쓰러뜨렸습니다. 최면이 실패하자 이유진은 맨손으로 적과 맞섰습니다. 이유진의 타격 테크닉은 대단히 신속하고 강력해서 적들을 거의 무력화시켰습니다. 이 과정에서 암살 부대원 가운데 최소 한 명 이상이 중상을 입었습니다. 그러자 암살자 중 한 명이 등 뒤에서 권총을 쏘았고 이유진은 절명했습니다.”

김호는 잠시 말을 멈추고 좌중을 살펴보았다. 기획관의 표정에는 변화가 없었다. 그는 조용히 미소를 머금고 눈빛을 빛내며 김호의 설명을 경청하고 있었다.

반면 구재용의 얼굴빛은 창백했다. 그는 김호를 쳐다보지 않으려 했다. 심한 근시안처럼 자기 앞의 허공을 응시하고 있었는데 그 통통한 얼굴에는 분노가 서려 있는 것 같았다. 첼로도, 비바체도 어쩐지 비슷했다. 크리스털 볼룸의 환한 조명 아래 그들의 얼굴에는 휴지에 떨어진 잉크처럼 내면의 긴장이 번져가는 것 같았다. 김호를 노려보는 그들의 눈빛은 겁을 먹은 것 같기도 하고 위협하는 것 같기도 했다.

신한나는 조개처럼 입을 꼭 다물고 앉아 있었다. 두 팔로 자신의 몸을 감싼 그녀는 15도 정도 고개를 돌려 머리를 감추다시피 하고 있었다. 김호는 그녀가 희미하게 몸을 떠는 것을 눈치챘다. 거칠게 항의하던 조금 전을 생각하면 말할 수 없이 애처로운 모습이었다.

김호는 다시 입을 열었다.

"암살자들은 당황했을 것입니다. 예상외로 이유진이 강하게 저항하는 바람에 시끄러운 소란이 벌어졌고 다른 손님이 그 때문에 전화까지 했으니까요. 전화를 받고 30분이나 지체했다는 것은 거짓말입니다. 당직 지배인은 총지배인에게 바로 알렸고 둘은 그 즉시 올라갔습니다. 오상준 씨! 그렇지요?"

갑자기 이름이 불린 당직 지배인은 퍼득 고개를 들었다. 순간 그의 얼굴은 붉게 상기되었고 입술은 마치 쓰디쓴 풀이라도 씹는 듯 우물거렸다. 김호는 생각할 시간을 주지 않고 다그쳤다.

"살인사건이오! 지금 거짓말을 하면 공범이 되는 거야!"

그러자 당직 지배인은 반사적으로 외쳤다.

"전 아닙니다! 총지배인님이 혼자 올라가셨습니다!"

"야! 오상준이!"

신한나의 얼굴이 공포와 분노로 일그러지면서 입에서 욕설이 터져 나왔다. 김호는 조용히 하라고 소리를 질렀다. 구재용을 비롯한 다른 사람들은 이 순간의 의미를 파악하지 못한 듯 어벙벙한 표정이었지만 기획관은 눈살을 찌푸렸다. 그는 이것이 매우 많은 의미가 농축된

갈림길이라는 것을 알아차렸다. 김호는 한층 목소리를 높여서 말을 이어갔다.

"신한나 총지배인은 30분을 확보해 주었습니다. 그들은 전문가답게 두 대의 진공청소기를 가져와 현장을 청소했습니다. 요원 훈련소의 교범대로 아주 잘했습니다. 그 진공청소기를 23층 비상계단으로 가져가서 계단참에 새 린넨 시트를 펴놓고 진공청소기의 먼지 주머니를 쏟았습니다. 야광 검색기를 켜고 먼지 주머니에서 나온 파편을 닦았습니다. 완전히 깨끗해진 일부 파편은 다시 객실로 가져가서 흩어놓고 나머지는 잘 싸서 가지고 철수했습니다. 아마도 안전한 곳에 잘 버렸겠지요.

암살 부대가 이런 작업을 하고 있는 사이 다른 전문가는 경비실로 들어가서 CCTV 디지털 녹화기를 손봤습니다. 그는 노트북의 영상 편집 프로그램으로 현장에서 할 수 있는 조작, 즉 초치기를 했습니다. 그때 경비실에 있어야 했던 두 경비원들은 신한나 총지배인의 지시로 주차장에 내려가서 15분 동안 있지도 않은 번호판을 단 자동차를 찾고 있었습니다."

"잠깐!"

기획관이 자리에서 일어났다. 평소의 조용한 미소는 사라졌고 표정은 준엄했다.

"김 팀장, 여기서 끝내시오. 교범이라니. 잘못 들으면 사건에 우리 회사가 연관된 것처럼 오해할 수 있지 않소. 무슨 근거로 그런 터무니없는 용어를 쓰는 겁니까? 자, 여기서 끝냅시다."

선배님이라는 사적인 호칭은 없었다. 기획관의 말에는 상급자의 위엄과 무게가 실려 있었다. 기획관의 말이 떨어지기가 무섭게 첼로와 비바체가 일어나려고 했다. 그러나 그들이 엉덩이를 자리에서 떼려는 순간 손을 들어 김호가 제지했다.

"증거가 있습니다."

김호는 성큼성큼 기획관 앞으로 걸어갔다. 그리고 자신의 얼굴을 기획관의 얼굴 앞으로 가져갔다. 이 순간 김호의 존재감은 넓은 크리스털 볼룸을 가득 메우고도 남을 만큼 컸다. 구재용은 언젠가 자신이 조수로 있던 시절의 그 불가사의하고 자신만만하며 박력이 넘치던 사수를 다시 보고 오금이 저렸다. 사수는 십여 년 동안 어디론가 사라졌다가 오늘 밤 홀연 다시 돌아왔다.

"암살 부대는 모든 현장을 잘 처리했지만 한 가지 실수를 했습니다. 바로 자오얼이죠. 자오얼은 카마엘로부터 죽임을 당할지도 모른다는 공포를 느끼고 있었습니다. 그는 살인사건이 있던 밤 협박이 담긴 문자메시지를 보고 호텔방을 나와 도망쳤습니다. 아마도 자오얼은 살려두라는 카마엘의 지시였겠죠. 암살 부대는 자오얼을 범인으로 몰았다가 증거 불충분으로 풀어주면 될 거라고 생각했어요.

그러나 자오얼은 암살자들 이상으로 예리하고 교활하고 침착했습니다. 돌아와서 살인 현장을 보는 순간 그는 기관이 개입하고 있다는 것을 간파했습니다. 그는 수배령이 떨어진 대구에서 체포되지 않고 서울로 올라가서 잡혔습니다. 그리고 심문을 받을 때 일부러 많은 심각한 정보들을 털어놓음으로써 다른 수사팀을 끌어들였습니다. 말하자면 자오얼이 저와 우리 팀을 대구로 데리고 왔던 겁니다.

이제 게임은 수사팀과 암살 부대의 대결로 바뀌었습니다. 암살 부대는 수사팀의 사무실에 도청 장치를 설치했습니다. 리젠트 호텔에는 독일 카처사가 제작한 업소용 진공청소기가 스물다섯 대 있습니다. 객실 청소를 맡은 하우스 키퍼들이 관리하고 있죠. 수사팀장인 저는 어제 대구 지부 사무실에서 이 진공청소기를 언급하면서 호텔을 압수수색하자고 말했습니다.

암살자들은 꼼꼼하고 빈틈이 없는 사람들이었습니다. 우리가 문제의 진공청소기들을 검사하면 어떻게 될까요. 먼지 주머니는 교체했는지 모르지만 흡입구, 호스, 필터를 씻을 시간은 없었습니다. 루미놀 검사에서 핏자국이 나올 것이고 재수가 없으면 유전자 정보가 나올 수도 있죠. 그래서 오늘 아침 우리가 수색영장을 신청할 시간에 그들은 카처 대리점으로 달려가 같은 모델의 새 진공청소기를 현금으로 샀습니다.

영상 녹화기도 걱정이었습니다. 수사관들이 지워진 원본 파일을 복원하면 어쩌나. 그들은 경비실로 달려와 사건 당일과 비슷한 방법으로 경비원을 내보내고 영상 녹화기의 하드를 새것으로 갈아 끼웠습니다. 감사합니다. 덕분에 우리는 결정적인 증거를 얻을 수 있었습니다."

그 말에는 어지간한 기획관도 움찔했다. 구재용과 첼로, 비바체는 완전히 표정이 변해 혼란스러운 감정이 그대로 얼굴에 드러나고 있었다.

"대구에 카처사의 호텔용 대용량 모델을 취급하는 대리점은 두 곳밖에 없습니다. 대부분 온라인으로들 구매하니까요. 오늘 새벽 우리

요원이 그 두 가게의 문을 따고 들어가서 카메라를 설치했습니다. 영상 녹화기의 하드는 녹록치 않았습니다. 암살자들이 어디서 새것을 가져올지 확신할 수 없었거든요. 그래서 우리는 새벽에 경비실로 들어가서 경비실 천장에 카메라를 달았습니다. 이것이 그 결과입니다."

김호는 세미나 탁자 위에 덮어두었던 A4 용지 크기의 사진 두 장을 집어 들었다. 그리고 그것을 한 장씩 양손에 들고 천천히 앞으로 내밀었다. 몰래카메라의 해상도는 아주 좋았다. 한 장에는 청소용품 전문점 데스크 앞에서 지갑을 열고 오만 원권을 꺼내고 있는 구재용이, 다른 한 장에는 경비실의 영상 녹화기를 분해하고 있는 첼로와 비바체가 찍혀 있었다.

김호는 큰 소리로 총지배인을 불렀다.

"신한나 씨!"

아까부터 입술을 덜덜 떨고 있던 신한나는 자기도 모르게 벌떡 자리에서 일어났다. 공포가 그녀의 머리를 비집고 들어왔고 그녀는 반사적으로 소리쳤다.

"난 아니에요! 난 아무 잘못도 없어요. 구 반장님이 그자가 북한 공작원이라고 했어요. 죽은 사람이 간첩이라고 했다고요. 이건 국가 안보에 중요한 사건이니 협조하라고 했어요! 그래서 협조한 것뿐이에요!"

김호는 안도의 한숨을 내쉬었다. 사건이 해결되었다. 나는 죽을지 모르지만 연경이는 살 것이다. 김호의 생각에 화답이라도 하듯 기획관이 소리를 질렀다.

"이게 다 무슨 터무니없는 소리야. 김 팀장, 당신이 한 얘기는 다 엉터

뒤틀림

리야. 내가 수사를 하라고 했지 언제 호텔방에서 소설을 쓰라고 했나!"

방 안에 있는 모든 사람들이 그 목소리에 감도는 살벌한 분위기를 감지했다. 순간 김호는 머리가 어지럽고 숨이 가빴다. 눈앞이 빙글빙글 도는 것을 느꼈다. 기획관의 외침과 함께 김호의 혈압이 순간적으로 급상승했던 것이다. 김호는 썩은 통나무처럼 크리스털 볼룸의 바닥에 쓰러졌다.

기획관의 얼굴에 득의의 미소가 번졌다. 항상 하급자들에게도 파격적으로 공손한 태도를 취함으로써 내면의 거만함을 한층 더 실감토록 만드는 예의 그 모습이 되살아났다.

"김 팀장님, 실수를 하셨군요. 저는 선배님을 좋아했는데 정말 실망했습니다. 이런 방에 불러놓고 말도 안 되는 소리로 저를 몰아세운다고 해서 어이쿠 큰일 났구나 하고 벌벌 떨 줄 아셨나요. 인간은 평등하지 않으며 평등할 수도 없습니다. 세상에는 패배가 두려워서 싸워보지도 않고 도망치는 겁쟁이들만 있는 게 아닙니다. 드물지만 확고부동한 신념과 능력을 갖고 용감하게 앞으로 전진하는 사람도 있답니다. 저를 잘못 보셨다니 슬프군요. 하하하."

이종민이 달려와 쓰러진 김호를 일으켜 세웠다. 그러나 다음 순간 이종민도, 정인영도, 조희수도, 의자 뒤에 서 있던 차병선 경감과 두 형사들까지 김호를 엄습했던 것과 마찬가지 증상을 느꼈다.

정인영이 빔 프로젝터와 연결된 실시간 인터넷 TV 중계방송 화면을 누르지 않았다면, 그래서 영상이 1초만 늦게 떴다면 그들의 혈압은 뇌졸중 수준까지 상승했을 것이며 모두 뇌의 모세혈관이 파열되어 죽었을 것이다. 생각하면 목숨을 건 도박이었다. 기획관이 동시에 여섯 명에게 가한 바이오-피드백 루프의 공격이 상상을 초월할 만큼 신속하고 치명적이었기 때문이다. 조희수가 쓰러지면서 그의 앞에 있던 탁자 두 개가 엎어졌고 그 바람에 노트북 가운데 두 대의 인터넷 연결이 끊어졌다.

빔 프로젝터와 연결되어 있던 정인영의 노트북만이 기적적으로 온전했고 정인영만이 엔터키를 눌러야 한다는 정신력을 유지하고 있었다. 이 기적이 그들의 생명을 구했다. 그들이 부들부들 떨며 쓰러졌을 때 크리스털 볼룸 정면의 대형 스크린에 여러 명의 중년 남자들이 나타났다.

"일곱 명을 다 똑같은 증상으로 죽일 생각인가?"

화면 중앙의 오십 대 남자는 숨을 헐떡이며 말했다. 그는 두 손을 펼쳐 책상을 짚고 고개를 앞으로 내밀어 기획관을 노려보고 있었다. 분노가 불시에 엄습하여 스스로를 주체하지 못하는 표정이었다. 차장이었다. 옆에는 수사과장도 있었다.

크리스털 볼룸은 방이 아니었다. 그것은 중인환시衆人環視의 광장이었다. 탁자 위에 놓인 세 노트북의 내장 카메라와 UCC 개인방송 TV 중계 프로그램이 크리스털 볼룸에서 일어난 일을 처음부터 서울로 중계하고 있었던 것이다. 기획관은 당황했지만 금방 사태를 이해하고 대응했다. 그는 눈을 껌벅거리며 태연한 목소리로 대답했다.

"무슨 말씀을 하시는지? 지금 수사를 협의하는 중에 환자가 발생했습니다. 제가 구급차를 부르겠습니다."

뒤틀림

기획관은 어색한 미소를 지으며 방을 나가려고 했다.

"기획관! 우릴 바보로 아나! 당장 바이오-피드백 루프를 풀어!"

기획관은 그 말을 무시할 수도 있었다. 고집을 세워서 김호를 비롯한 일곱 사람을 모두 죽여버리고 나중에 재판에서 증거 불충분으로 석방되는 것이 그가 취할 수 있는 최선의 전략이었을지도 모른다. 그러나 오랜 위장으로 자기도 모르게 젖어든 상명하복의 공무원 근성과 최후의 비상수단에 대한 믿음이 그 전략을 포기하게 만들었다.

호흡 곤란으로 죽음 직전까지 갔던 김호는 갑자기 폐 속으로 신선한 공기가 들어오는 것을 느꼈다. 기획관이 텔레파시를 이용한 바이오-피드백 루프를 푼 것이다. 심장박동 수가 정상적인 상태로 돌아오고 몸의 혈관이 늘어났다. 과잉 방출되던 신경전달물질은 극적으로 분비를 멈추었고 시냅스와 시냅스 사이에서 가로막혀 있던 신경자극이 다시 활발하게 일어났다.

혈압 급상승 시간이 짧았던 다른 사람들은 의식과 신체 기능의 회복이 더 빨랐다. 정인영이 비틀비틀 걸어가 김호를 부축했다. 이종민은 제일 먼저 기획관에게 수갑을 채웠고 그다음으로 첼로와 비바체에게 수갑을 채웠다. 구재용은 미친 듯이 화를 내며 권총을 꺼내려 하다가 차병선 경감과 형사들에 의해 제압당했다.

김호는 다리가 뻣뻣하게 뭉쳐져 제대로 걸을 수 없는 자신을 발견했다. 그는 쓰러진 탁자들을 짚으며 홀 바닥을 기어갔다. 눈앞은 흐릿했고 머리가 깨지는 것처럼 아팠다. 그러나 그는 반드시 해야 할 일이 있었다. 쓰러지지 않은 탁자 밑에 그가 이 시간을 위해 준비한 비품이 있었다. 그는 핑크색 쇼핑 비닐을 열고 그것을 꺼냈다.

중국집 배달원에게 구입한 중고 오토바이 헬멧이었다.

세 시간 전 김호는 헬멧 안의 내피를 분리하고 외피 안쪽의 후면, 사람 머리의 뒤통수 부분에 작고 동그란 자석 오십 개를 테이프로 붙였다. 팬시용품점에서 다섯 세트를 구입한 개당 19800원짜리 벽걸이 회전 자석 다트에서 뜯어낸 자석들이었다. 그리고 다시 내피를 부착했다.

김호는 정인영의 부축을 받아 일어섰다. 그런데 등 뒤로 수갑이 채워진 기획관을 보자 김호의 마음속에는 이 더럽고 추레한 헬멧을 기획관에게 씌운다는 행위에 대한 망설임이 일어났다. 뜻밖의 연민이었다. 어쩌면 그것은 새라 워튼이 보낸 강화인간이 최면의 세계 속에서 들었다는 〈아메드 찬가〉 이야기를 들었을 때부터 싹튼 것인지도 모른다.

기획관은 공식적으로는 민족해방 이론가를 위장한 정부요원이었지만 내면적으로는 진짜 민족해방주의자였다. 같은 시대에 한국에서 대학을 다닌 사람들만이 이해할 수 있는 그 끔찍한 이중성. 수많은 위선과 거짓을 만들어낸 이중성. 김호는 기획관에게서 고통스러울 정도로 분명한 자기 세대의 이중성을 보았다. 그 자신 법의 수호자가 된 이 순간에도 기획관에 대한 동정심과 자신이 보호하려는 제도에 대한 혐오감을 느꼈던 것이다.

김호와 기획관은 민족주의와 민주주의라는 거대한 화폭 속에 펼쳐진 아름다움에 감동한 세대였다. 그들의 비전과 허영심은 어제의 천사가 오늘의 악마가 되는 역사의 변증법에 뒤틀렸다. 인민의 뜻으로 세워졌다고 생각했던 나라는 괴물이 되어버렸고, 친일파 인간쓰레기들의 역겨운 나라는 신흥공업국의 빛나는 모범이 되었다. 그리고 이 세대 전체가 자신이 젊은 시절 마음속 깊이 증오하던 체제의 충복이 된 것이다.

〈아메드 찬가〉는 1948년 시인 박세영이 지은 조선민주주의인민공화국의 '애국가'였다. 그것은 언제나 강인하고 길들여지지 않는 존재로 살기를 열망했던, 죽을 때는 두 눈을 부릅뜨고 죽기를 맹세했던 이 세대의 젊은 날의 시詩였다. 『해방전후사의 인식』과 『김일성 어록』을 읽으며 설레었던 내면 깊은 곳에 숨겨진 무의식이었다.

아침은 빛나라 이 강산

은금에 자원도 가득한

삼천리 아름다운 내 조국

반만년 오랜 력사에

찬란한 문화로 자라난

슬기론 인민의 이 영광

몸과 맘 다 바쳐 이 조선 길이 받드세

백두산 기상을 다 안고

근로의 정신은 깃들어

진리로 뭉쳐진 억센 뜻

온세계 앞서 나가리

솟는힘 노도도 내밀어

인민의 뜻으로 선 나라

한없이 부강하는 이 조선 길이 빛내세

얼마나 아름다운 노래였던가. 그러나 그것은 노래였고 시였으며 환각이었다. 현실의 태양 아래서는 어찌할 바를 모르는, 추하디추한 괴물이었다. 이 격차야말로 김호와 기획관의 세대가 짊어진 원죄였다.

사람은 자신이 경멸하는 일을 결코 오래할 수 없다.

스스로 다음 세대의 천사들에 의해 죽임을 당해 마땅한 악마라는 것을 승인하고 조그만 얼굴의 밥벌레로 살아갈 것. 그것을 승인하지 못하는 자리에 기획관의 행위가 있었다. 카마엘이 그를 포섭한 것이 아니라 아마도 그가 먼저 자청해서 카마엘의 심복이 되었으리라. 그리고 그 반역의 뒤틀린 고통 속에서 자기를 학대하면서 기쁨을 느꼈으리라.

김호는 눈을 질끈 감고 앞으로 걸음을 옮겼다. 그리고 등 뒤로 수갑이 채워진 기획관에게 직접 헬멧을 씌우고 목끈을 채웠다. 기획관은 얼굴이 하얘질 정도로 모욕감을 느끼는 것 같았다. 김호는 그의 눈길을 피했다. 그리고 차병선 경감을 보고 말했다.

"이 헬멧은 절대 벗기면 안 됩니다. 벗기면 아까 같은 일이 다시 벌어지고 사람들이 죽을 겁니다."

게놈 연구소의 이덕현 부소장은 김호의 회사 신분증을 보고도 태연했고 영장을 가지고 오라고 했으며 음성 녹취를 했다. 또 자오얼 이전에도 비슷한 환자를 진료한 적이 있다고 했다. 김호는 그 환자가 기획관이라는 것을 직감했다.

기획관은 카마엘이 직접 양성한 강화인간이었다. 그에게는 이유진의 강화에서부터 적용된 개량 버전의 약물이 적용되지 않았다. 이덕현의 진술은 기획관의 뒤통수에 자오얼의 그것과 똑같은 백여 개의 전자 탐침이 있다는 것을 암시하고 있었다. 탐침을 흐르는 대뇌의 전기신호를 교란해서 그의 텔레파시를 불가능하게 만들려면 자석이 필요했다.

아무도 김호의 말에 이의를 달지 않았다. 차병선 경감이 문을 열고 수색에 동원되었던 경찰들을 더 불러들였다. 기획관과 첼로, 비바체, 구재용, 신한나 다섯 사람은 이종민 요원과 경찰에 둘러싸여 엘리베이터로 걸어갔다. 지하 2층 호텔 주차장에 창문 없는 경찰용 밴 트럭이 대기하고 있었다.

"김 팀장, 내 말 잘 들어라. 이 사안은 매우 심각하다. 현장에서부터 엄중한 보안 조치를 취해야⋯⋯."

빔 프로젝트가 비춰지는 대형 스크린에서 차장이 뭐라고 떠들고 있었다. 김호는 정인영의 노트북과 연결된 인터넷 선을 뽑아버렸다. 그리고 다시 비틀거리며 탁자 뒤의 의자에 보이지 않게 설치해 놓은 자신의 노트북으로 걸어갔다. 내장 카메라가 좁은 시야각에서나마 방 전체의 영상을 잡아내고 있는 또다른 실시간 중계 프로그램이 있었다.

'대화 상대'를 누르자 새라 워튼의 얼굴이 나타났다. 그녀의 얼굴에

서는 한 번도 보지 못한 수줍은 느낌이 묻어났다. 그녀가 김호의 사
투를 모두 지켜보았다는 것을 알 수 있었다.

"정말 훌륭했어요, 김호."

"이제 당신이 약속을 지킬 차례요, 새라."

새라는 순순히 고개를 끄덕였다. 그리고 휴대폰의 버튼을 누르기
시작했다.

고독한 악마

인페르노력 3532년, 대지와 비밀의 날들.

혹한이 찾아오자 황제 에스페르 마이우스 1세는 죽기로 결심했다. 그래서 오랫동안 어의御醫로 곁에 있었던 최고 연락관 파데키피아를 은밀히 불렀다. 황제의 명령은 독약을 조제해 오라는 것이었다. 이튿날 그녀는 사직하고 종적을 감추었다. 황제는 자신이 가족도 친척도 없는 늙은 여자의 자리를 뺏고 엄동설한에 정처 없는 길을 떠나도록 강요했음을 알고 충격을 받았다.

관리들이 구석에 모여서 웅성웅성 이 사건을 수군거렸다. 현명하기 이를 데 없다던 황제도 결국 노망이 들었다는 중론이었다. 황제는 지굿지굿한 골병, 퇴행성 관절염에 화가 났고 공연한 분란을 일으킨 자기 자신에게 더욱 화가 났다. 해결 방법은 병을 치료하는 것이었지만 그것은 불가능했다. 황제의 나이 벌써 172세를 넘기고 있었다. 황제는 방에서 혼자 애꿎은 책을 집어던지며 터뜨릴 곳 없는 짜증을 부렸다.

"내가 미쳤다고? 흥. 사람은 늙으면 죽어야 한다고. 시간은 끊임없이 악마를 재생산하지. 어제의 천사는 오늘의 악마야. 계속 악마가 만들어지고 계속 새로운 세대가 악마를 퇴치하지. 이 반복적 당위가 인페르노의 법이야."

황제는 애견 방울이 앞에서 웅얼웅얼 끝도 없이 혼잣말을 하고 있었다. 여기서 죽으면 다른 세계에서, '현실'이라 불리는 세계에서 깨어나게 되는지 아니면 영영 무로 돌아가는지 알 수 없었다. 이렇게 오래 한 세계에 머물러본 적이 없었기 때문이다. 설사 하나의 세계가 선물처럼 더 주어진다고 해도 황제는 자신이 또 하나의 생을 살아낼 힘이 있을 것 같지 않았다.

며칠 후 순행巡幸이 발표되었다. 황제께서 수도 사카르의 말레볼제 황궁을 떠나 동북 지역들을 살펴보시고 사이스의 로고도로 성에 가서 머물게 되실 거라는 내용이었다.

사람들은 그런가 보다 했다. 황제는 친히 속주를 돌아다니며 속주민들의 목소리에 귀를 기울이는 것을 좋아했기에 순행은 항상 있는 일이었다. 그리고 로고도로는 에스페르 마이우스 1세의 고향 같은 곳이었다.

황제는 130년 전 '던컨 대장군'이라 불리던 시절에 동방군을 격파

한 뒤 동방군령의 거성이었던 로고도로에서 줄곧 살았다. 모든 군령 세력들을 소탕한 후에도 그는 한사코 제위와 왕위를 사양하고 로고도로에서 '파크리 교령'으로 머물렀다. 그러다가 황제 아나타심 1세가 죽고, 그의 아들 티볼 8세도 늙어 죽어 제위 계승자가 사라져버린 3511년에야 제위에 올랐던 것이다.

그러나 황제는 이번 순행에서 로고도로까지 갈 생각이 없었다. 멀리 앙헬 산이 보이는 다보스 별궁에 이르자 황제는 군대와 시종들에게 사흘 동안의 휴식을 명했다. 사흘 동안 황제는 모피로 몸을 감싸고 하인 네 사람이 걸머진 가마에 누운 채 인근을 돌아보았다. 황제의 몸은 이미 걸음이 자유롭지 못한 상태였다.

황제는 무겁게 떠도는 겨울 대기에 취한 황량한 평원과 두루미들이 나는 하늘을 보았다. 메마른 우물과 메마른 들녘, 자작나무 숲, 앙헬 산의 장밋빛 구름. 풍경이 불러일으키는 고독과 우수가 전에 없이 황제의 가슴 깊숙이 젖어들었다.

첫날은 플레브를 둘러보았고 둘째 날은 비케르 고지의 초입까지 가서 추모제를 올리게 했다. 비케르 고지는 130년 전 루아메이 장군이 전사하고 황제 자신이 동방군과 사투를 벌인 곳이었다. 노루 한 마리가 숲에서 나와 진지한 눈빛으로 황제 일행을 응시하고 있었다. 셋째 날은 벤지 장군이 전사한 앙헬 산 쪽으로 나갔다가 돌아왔다.

휴식의 마지막 날. 날이 저물자 황제는 방문을 닫아걸고 준비한 올가미를 꺼내었다. 양자이자 후계자인 부황제 테오도루스가 시종들에게 엄명을 내렸기 때문에 황제는 독약도 면도칼도 챙길 수 없었다. 그러나 다보스 별궁의 침실 벽에는 목을 매기에 적당한 등잔걸이가 있었다.

황제는 옷걸이 걸대에 올가미 끈의 끝을 걸어 몇 번의 실패 끝에 무사히 등잔걸이의 구멍을 통과시켰다. 그 움직임만으로도 숨이 가빠진 황제는 안락의자에 누워 잠시 쉬어야 했다. 기운이 돌아오자 황제는 마지막으로 자신이 좋아하는 포도주를 한 잔 따라 마셨다.

가까이서 늑대의 울음소리가 들려왔다. 추위에 쫓겨 산 밑으로 내려온 것 같았다. 다보스 별궁조차 한기가 방 안까지 감돌고 있었다. 황제는 한 잔을 더 마셨다. 알싸한 감미와 함께 서서히 3세기에 걸친 기억들이 눈을 떴다.

황제는 새삼스럽게 조금 서러웠다. 사라져간 세월들, 흙과 바람과 고뇌의 시간들은 얼굴의 주름살로 명멸하고 있을 뿐이었다. 인페르노에 와서 겪은 일들, 그래서 그의 내부에 침전된 감정들은 물에 녹은 소금처럼 형태가 없고 설명하기 어려웠다. 그것은 인간의 혀에는 너무 뜨겁거나 너무 차가워서 글자로 기록할 수가 없었다.

시간이 흘러갔고 모든 것은 변했다. 변화는 꼭 소중한 어떤 것을 가져갔다. 모든 시간의 밑바닥에 상실이 있었다. 그것은 마치 모든 강의 끝에 바다가 있는 것과 같았다.

황제의 인생에서 따뜻한 감정의 접촉이 사라져버린 것은 이미 오래 전이었다. 시에네의 카산 마을에서 만나 44년을 해로했던 켈리. 어리고 청순한 소녀로 다시 태어났던 켈리. 켈리는 죽었다. 그리고 루아메이, 벤, 수십 년간 사귀어온 친구들도 모두 죽었다.

고독한 악마

지금 곁에서 일하는 사람들은 황제에게서 개인적인 정분을 느끼지 못했다. 황제는 이제 누구에게나 두렵기 그지없는 절대 권력자이기 때문이었다.

아침이 없는 밤, 끝이 없는 고뇌, 친구 하나 없는 세상. 황제는 그 모든 것을 제국을 책임진 사람의 긴장으로 버텨왔다. 술이 황제의 어깨에서 그 같은 멍에를 벗기면 황제는 목이 조이는 느낌과 함께 가슴이 아프고 뱃속이 텅 비어버리는 감각을 주기적으로 느꼈다. 그러면 스스로가 작고 무력한 노인으로 여겨지고 인페르노는 단조롭고 우중충하며 추악한, 흥미도 없고 가치도 없는 곳으로 보였다. 밤이 인페르노를 감싸듯이 슬픔의 그늘이 노인의 영혼을 감쌌다.

황제는 저 다른 세계로부터 사랑하는 형의 복수를 하기 위해 이 세계로 왔다. 그러나 이제는 그 형의 이름조차 가물가물하다. 다만 형이 우리는 오늘 아침에 창조된 세계에 살고 있다고 말하던 것을 기억한다. 그 말이 맞는지도 모른다. 어차피 우리 자신의 의지와 무관하게 움직이고 있다면 150억 년의 역사를 가진 세상이건 오늘 아침부터 시작된 세상이건 무슨 차이가 있단 말인가.

운명의 물결은 한없이 많은 우연성으로 부침하고 변화한다. 세상에는 매일매일의 선택에 따라 태어나는 무한히 많은 우주가 있을지도 모른다. 황제는 어쩌면 자신이 130년 전 이곳에서 죽었고 그 후의 생애는 죽은 영혼이 꿈꾸는 환각일지도 모른다고 생각했다. 돌이켜보면 그만큼 그날의 승리는 뜻밖의 일이었다. 황제는 포도주 한 잔을 더 따르고 130년 전의 추억을 더듬기 시작했다.

사람들은 1만이 조금 넘는 병력으로 30만 명을 제압한 그 전투를 '앙헬 산의 기적'이라 불렀다. 준경을 '하늘에서 내려준 명장'이라 부르기도 했다. 그런 말을 들을 때마다 준경은 얼굴이 벌겋게 달아올라 고개를 숙였다. 숨이 막히고 손발이 오그라들었다.

　전쟁터에서 명장, 초인, 영웅 같은 말은 완전한 허구다.

　사리에 맞지 않는 명령을 내리는 병신은 존재할 수 있지만 명장은 처음부터 존재할 수가 없다. 실제의 전투에서는 영화에나 나올 법한 비현실적인 장면, 멋진 갑옷을 입은 잘생긴 주인공이 명령을 내리면 병사들이 그에 따라 일사불란하게 움직이는 장면 같은 것은 절대로 없다. 쌍방의 병사들이 흥분해서 미친 듯이 고함을 질러대는 그 엄청난 소음과 혼전 속에서 지휘관의 음성이 직접 들리거나, 입에서 입으로 전달된다는 일이 가능할 리가 없는 것이다.

　전투가 벌어지면 장군이 지휘권을 행사할 수 있는 명령 계통은 처음부터 존재하지도 않는다. 승패를 결정하는 것은 오로지 평범한 병사들의 집단지성인 것이다. 더듬이를 맞댄 개미들처럼 병사들이 본능적으로 전투의 흐름을 이해하고 움직이는 그 전술적인 집단지성의 뛰어남과 열등함에서 승리와 패배가 생겨난다. 그리고 그들의 집단적인 움직임은 우연과 행운에 좌우된다.

　인페르노력 3404년, 대지와 비밀의 날들(겨울) 제113일 오전 9시.

　준경은 비케르 고지 남방 3킬로미터 지점에서 3만 명의 적군 선봉대와 조우했다. 적군은 철기병 1만과 중갑병 2만, 아군은 갑옷이 없는 장창병 3000과 궁병 7000, 그리고 수송 부대 1000명이었다.

그 전투에서 준경이 한 일은 아무것도 없다. 단지 부대를 그 전장으로 데려갔다는 것, 적군의 숫자가 압도적으로 많은 것을 보고 그 계곡에서 가장 좁은 전장으로 진영을 옮기게 한 것뿐이었다. 모든 승리는 평범한 병사들이 이룬 것이었다.

철기병의 돌격으로 전투가 시작되었다. 아군 궁병은 철기대가 코앞에 다가올 때까지 용감하게 세 차례나 화살 세례를 퍼부었다. 아군 궁병이 사용한 송곳촉 화살의 타격력은 상당했다. 말의 마갑을 관통해서 말이 쓰러지고 철기병이 낙마했다. 철기병의 갑옷을 직접 관통해서 치명적인 타격을 입힌 경우도 많았다.

그러나 그럼에도 불구하고 철기대의 손실은 10퍼센트도 되지 않았다. 그것은 화살의 충돌 각도 때문이었다. 거리가 멀었기 때문에 화살들은 대부분 하늘 높이 솟구쳐 올라 6, 70미터 높이에 이르렀다가 급격한 커브를 그리며 철기대를 향해 내리 꽂혔다. 이런 화살에 철갑을 꿰뚫는 관통력을 기대할 수는 없었다. 철갑이 없는 부분에 맞은 일부 화살들은 유효했지만 갑옷에 맞은 화살들은 대부분 옆으로 빗나가 버렸다. 철기병이 코앞에 다가왔을 때 거의 수평의 각도로 발사한 마지막 한 차례의 화살 세례만이 위협적인 공격력을 발휘했다.

손실을 입지 않은 나머지 90퍼센트의 철기병들은 어디로 쳐들어왔던가. 철기병들은 두 갈래로 갈라졌다. 그래서 정면의 장창병 부대를 버리고 좌우 양 측면에 포진한 궁병을 노렸다. 궁병들은 수적으로 더 많았고 원거리 공격 무기로 자신들을 직접 타격하고 있었다. 철기병들은 자기 손으로 직접 이 밉살스러운 궁수들을 죽이고 정면의 한 줌도 안 되는 장창병 3000명은 뒤따라오는 2만의 중갑병에게 맡기려고 했다.

만약 반대로 철기병들이 장창병을 먼저 공략하고 좌우의 궁병을 중갑병에게 맡겼다면 어떻게 되었을까. 아군은 전멸하고 준경도 죽었을 것이다. 이것이 첫 번째 행운이었다.

첫 번째 행운에서 철기병 돌격으로부터 아군을 구한 것은 화살이 아니었다. 거마창이었다. 동방군의 쿠쿨린 철기대는 수십 년 동안 백전백승, 견적필살의 명성을 얻고 있었다. 그때까지 아무런 엄폐물도 없는 개활지에서 철기대에 맞서서 싸우려는 부대는 없었다. 심지어 접전 시점까지 대열을 유지하는 부대조차 없었다. 그들은 거마창을 걱정하지 않았고 그래서 허를 찔렸다.

철기병들은 거마창을 박아놓은 지점으로부터 다섯 걸음 앞으로 걸어 나와 도열한 궁병들 때문에 거마창을 볼 수 없었다. 웨즈와 테하마가 지휘하는 용감한 궁병들은 충돌 직전에야 달아났고 그제야 거마창이 눈에 들어왔다.

고슴도치처럼 말의 가슴을 겨누고 있는 거마창을 본 선봉 대열의 말들이 급정거했다. 아군 궁병들은 14열 횡대로 1열에 250명씩 도열하고 있었다. 그들이 거마창으로 만든 방어 말뚝의 대형은 좌우 각각 정면이 250미터, 폭이 14미터였다. 말이 뛰어서 넘을 수 있는 폭이 아니었고 무거운 마갑을 걸친 철기마의 경우에는 더더욱 불가능했다. 오른쪽은 깎아지른 듯한 절벽이었고 왼쪽은 자작나무가 밀생한 숲이었다. 전장이 너무 좁아서 좌측으로도 우측으로도 방향을 바꿀 수 없었다. 불쌍한 말들이 할 수 있는 유일한 행동은 급히 서는 것이었다.

말들이 갑자기 전진 속도를 줄이자 철기병들이 땅바닥에 내동댕이 쳐졌다. 선봉에서 달려온 철기마 가운데 상당수가 거마창에 찔렸고 거마창을 피하려고 멈춰 선 말들은 뒤이어 달려온 제2열의 철기마들과 부딪혔다. 후위로부터 끝없이 말들이 달려와서 선두에 서 있는 말들을 압박했다. 그러나 가뜩이나 좁은 전장은 낙마한 철기병과 쓰러진 말들로 여유 공간이 전혀 없었다. 이 순간의 혼란이 승패를 결정했다.

"저 쉑키들! 싸그리 쥑여버려!"

"쒸이발 놈들!"

발음도 불분명한 호전적인 외침들이 궁병들 사이에 파도처럼 번져 갔다.

전투는 살아 있는 짐승과 같다. 순간순간의 상황에 따라 반응이 급변한다. 덜덜덜 떨며 잔뜩 쫄고 있던 궁병들은 그토록 무서웠던 철기대가 허둥지둥하는 모습을 보자 갑자기 대담해져서 욕설을 퍼부으며 앞을 다퉈 화살을 쏘기 시작했다.

이때부터 병사들에겐 준경의 명령은 물론이고 궁수대장인 웨즈의 명령도, 테하마의 명령도 들리지 않았다. 20여 미터 거리에서 수평 궤도를 그리며 날아간 송곳촉 화살은 철기병들의 갑옷을 종이처럼 꿰뚫었다. 그것은 일방적인 학살이었다. 앞으로 나가지도 못하고 뒤로 물러나지도 못하는 철기병들은 이리저리 달리다가 계속 죽어갔다.

유능한 지휘관이 있었다면 이때 철기병들을 말에서 내리게 하여 거마창 사이로 돌격하게 했을 것이다. 적군 지휘관이 실제로 그런 명령을 내렸는지도 모른다. 그러나 혼란과 소음이 너무 심해서 명령은 전달될 수가 없었다.

살아남은 철기병들은 본능적으로 가장 자연스러운 행동을 취했다. 즉, 말을 탄 채로 달아난 것이었다. 그 결과 말머리를 돌린 철기병들은 장창병을 타격하기 위해 철기병의 뒤를 따라 전진해 온 자기 편 본대, 즉 중갑병들과 맞부딪치게 되었다. 이것이 두 번째 행운이었다.

철기병들이 달아나기 위해 돌아서자 갑옷을 두르지 않은 말 엉덩이가 아군의 전면에 노출되었다. 궁병들은 좁은 전장에 수백 마리씩 늘어선 그 말 엉덩이를 향해 격렬한 화살 공격을 퍼부었다. 추가로 말들이 쓰러졌고 살아남은 말들은 미친 듯이 앞으로 달려 나갔다.

천 명 이상의 중갑병이 자기편의 말발굽에 밟혀서 부상을 입었다. 그러나 적군은 2만 명이었고 그 정도로 진격이 저지되지는 않았다. 이쪽 장창병의 수가 불과 3000 남짓하다는 게 빤히 보이는 상황에 적군은 너무나 압도적인 수적 우위가 가져다줄 승리를 확신하고 있었다. 철기병 퇴각이 가져온 행운은 다른 곳에 있었다.

"야아아아…… 빌어먹을…… 야, 이 새끼들아, 밀지 마!"

좌우 측면으로 돌격해 들어갔던 철기마들이 갑자기 퇴각하면서 아군 대열로 뛰어들자 중갑병들은 말들에게 길을 터주기 위해 거칠게 옆으로 이동하지 않을 수 없었다. 대오가 흐트러지면서 좌우로부터 중앙을 향해 중갑병들을 옆 사람에게 밀착시키는 기이한 압력이

고독한 악마

발생했다. 이 때문에 안 그래도 좁았던 대열이 더 좁아졌다.

그러는 가운데에서도 후위에 오는 병사들은 어서 전투에 가담하고 싶어 전위의 병사들을 압박했다. 결과적으로 전위의 병사들은 좌우로부터, 그리고 뒤로부터 밀리면서 비틀거리며 앞으로 나아가 장창병의 무기 사정권 안으로 들어갔다.

파크리 교군의 장창병들은 길이 3미터 무게 2.5킬로그램의 싸구려 장창을 들고 있었다. 긴 나무에 뾰족한 창날을 하나 박은 장창(롱스피어)은 당연한 일이지만 찌르기 공격밖에 할 수 없었다.

반면 동방군 중갑병의 전위였던 제1전대는 길이 2미터 무게 3.5킬로그램의 값비싼 도끼창(할베르트)을 들고 있었다. 도끼창은 상단에는 뾰족한 창날, 그 몸통에는 도끼날, 도끼날 반대편에는 예리한 갈고리날이 달린 3중 구조의 만능 무기였다. 백병전 무기의 꽃이라고 불리던 도끼창은 베기, 찌르기, 걸기, 후리기의 네 가지 공격을 할 수 있었다. 그러나 도끼창의 이러한 살상 능력은 무기를 휘두를 수 있는 최소한의 운동 반경이 보장되었을 때의 이야기였다.

승패가 눈 깜짝할 사이에 결정되었다.

좌우의 압박으로 좁아진 대열에서 중갑병이 베기도, 걸기도, 후리기도 할 수 없었을 바로 그때, 준경도 포함된 장창병 제1열이 고함 소리와 함께 오른발, 왼발의 두 스텝을 내딛으며 찌르기 공격을 해왔다. 정상적인 상황 같으면 충분히 장창병의 창 자루를 옆으로 쳐낼 수 있는 평범한 찌르기였다. 그러나 공간이 충분치 않아 옆으로 쳐낼 수가 없었고 중갑병의 도끼창은 장창에 비해 1미터나 짧았다.

중갑병들이 낙엽처럼 쓰러졌다. 솜씨 좋게 장창병의 찌르기를 피하거나 비끼고 반격으로 상대를 쓰러뜨린 중갑병도 있었다. 하지만 그들은 극소수였고 대부분이 창의 사정거리 때문에 일대일 전투에서 패했다. 몇 초도 안 되어 중갑병 제1열은 전멸했다.

제2열이 왔다. 제2열은 발밑에 널브러진 제1열의 시체 때문에 전진이 방해받는 가운데 똑같은 찌르기 공격을 당했다. 제2열도 전멸했다. 제3열, 제4열, 제5열이 앞 열에서 무슨 일이 일어나고 있는지 살필 겨를도 없이 후위의 압력 때문에 차례차례 앞으로 밀려왔고 눈 깜짝할 사이에 죽어갔다. 도끼창을 든 중갑병 제1전대가 다 죽고 시체가 산을 이루는 동안 아군의 손실은 거의 없었다.

준경은 그리고 약 삼사 초 동안 전장에 정적이 지배했던 것을 기억한다. 쌍방이 모두 이 믿기지 않는 현실 앞에 눈을 끔벅거리고 있었던 것이다. 정적이 끝나자 장창병과 궁병들은 통제 불능의 광인들처럼 흥분했고 중갑병들은 늙은 파리처럼 쪼그라들었다.

"가자아아아아!"

"쥑여어어어!"

온몸에 싸움의 요령을 새겨 넣은 난세의 사나이들은 빨려 들어가듯이 창을 가지런히 꼬나들고 돌격하기 시작했다. 극단적인 흥분에 사로잡혀 모두가 사령관인 것처럼 고함을 지르고 있었다. 좌익과 우익의 궁병들도 전장 곳곳에 버려져 있는 칼, 도끼창, 기병창, 철퇴를 집어 들고 함께 악을 쓰며 달렸다. 준경이 명령을 내릴 여지는 없었다. 이 순간 준경의 존재 자체가 병사들의 머릿속에 없었기 때문이다.

고독한 악마

공포에 사로잡힌 중갑병들은 후열이 사태 파악을 못 하고 있는 사이에 전열부터 무너지기 시작했다. 중갑병 제2전대는 둥근 방패와 야전대도로 무장하고 있었다. 길이 80센티미터 무게 1.7킬로그램의 고급 야전대도(필선)를 든 제2전대는 제1전대의 도끼창이 흩어놓은 적진을 10인 1조로 유린하고 다니면서 밀집대형으로 베기 공격을 가하는 역할이었다. 일대일의 혼전에서 견고한 투구와 견갑, 둥근 방패와 야전대도로 무장한 중갑병의 전투력은 악령에 비견될 만큼 무시무시했다.

그러나 비케르 고지에서는 양상이 달랐다. 사기충천한 장창병들이 500명씩 6열로 창날을 나란히 겨누고 돌격하자 찌르기 공격이 어려운 중갑병들은 대번에 위축되었다. 양측의 충돌이 일어나자 중갑병 제2전대는 일격에 터진 물풍선처럼 부서져 흩어졌다. 제2전대는 흩어져 고립되었다가 장창에 찔리거나 중갑병 한 명에 두세 명씩 달려드는 궁병들의 마구잡이 공격에 죽어갔다. 장창병과 궁병들은 그대로 밀고 들어가 같은 야전대도의 제3전대까지 와해시켰다.

공포감이 동방군 부대 전체에 감염되었다. 그러나 중갑병 진영이 전부 와해된 것은 아니었다. 잘 훈련된 동방군 정예답게 제4전대는 대형을 유지하면서 후퇴하고 있었다. 교군이 동방군을 거의 일방적으로 도륙하는 엄청난 기세 앞에서도 그들은 상당히 침착해 보였다.

"정지! 정지! 이 자식들아! 말 좀 들어!"

준경도, 기병대장 피리엔펠트도, 궁병대장 웨즈와 테하마도 목이 터져라 소리를 질렀다.

전투가 시작된 지 한 시간이 지나고 있었고 동방군의 수는 거의 반으로 줄어 있었다. 그러나 그럼에도 불구하고 동방군은 아직도 수적으로 우세했다. 교군은 극도의 전장 흥분 상태에서 격렬한 전투를 치르느라 온몸의 기력이 소진되어 있었다. 너 나 할 것 없이 먼지와 땀 위에 적군의 피를 흠뻑 뒤집어쓴 귀신 같은 몰골이었다.

아군과 적군이 충돌했던 좁은 병목지점을 떠나 병사들이 돌격을 시작하자 전장은 대번에 넓어졌다. 이제 적에겐 도끼창과 야전대도를 휘두르기에 충분한 살상 반경이 주어진 반면 아군은 거마창의 보호로부터 너무 멀리 와 있었다. 만약 적이 제4전대를 중심으로 군을 재정비해서 조직적으로 반격한다면 이기고 있던 싸움의 양상이 단번에 뒤집혀버릴 찰나였다.

그때 마지막이자 결정적인 세 번째 행운이 나타났다.

준경이 알아차린 사실을 드라기도 알았다. 찌푸린 얼굴로 전투의 흐름을 관찰하던 드라기는 이 사실을 알아차리자 거의 본능적으로 말의 배를 걷어찼다. 공포도 비겁도 용납하지 않는 이 훌륭한 대장은 자신의 성격에 따라, 자신의 성격이 명하는 대로 행동한 것이다. 드라기의 준마 '붉은 화살'이 눈 깜짝할 사이에 주인을 전장 한복판으로 데려왔다.

"말을 세워! 말을 세우란 말이다!"

허겁지겁 패주하던 철기병들은 깜짝 놀랐다. 아침 내내 흐리던 겨울 하늘이 개이면서 먹구름 밖으로 눈부신 푸른빛이 나타났다. 그 빛 아래 십여 기의 친위병만 거느린 동방군령이 지휘권을 행사하기 위해 자기들 앞에 나타난 것이다.

드라기는 왼손으로 고삐를 잡고 오른 손바닥을 번쩍 들어 병사들을 막아서면서 주위를 노려보았다. 그 늠름한 모습은 시퍼렇게 간 칼날 끝에서 광채가 번뜩이는 듯한 느낌이었다.

앞뒤를 가릴 수 없는 혼전 중이었다. 적군과 아군의 고함 소리가 드라기 주변을 악다구니처럼 에워싸고 있었다. 성난 파도 같다는 드라기의 호령도 다 지워져 주위에만 겨우 들릴 정도였다. 그러나 그럼에도 불구하고 드라기의 카리스마는 주효했다. 방패도, 무기도 내던지고 썰물처럼 달아나던 동방군의 흐름이 거짓말처럼 멈춰 서기 시작했다.

"부끄러운 줄 알아야지! 적군은 화살도 다 떨어졌다! 갑옷도 없는 농투성이들이야! 부끄럽지도 않으냐! 전열을 갖춰라!"

이때 준경은 말도 없이 장창 한 자루를 들고 일반 병사들과 똑같이 피 칠갑을 한 상태로 전장에 서 있었다. 드라기와 그의 거리는 백 미터도 채 되지 않았다. 적군의 도주가 느려지면서 전방에 드라기가 출현했음을 깨닫는 순간 준경은 얼어붙었다. '이제 다 죽었다'라는 생각이 뇌리를 스치고 지나갔다.

그런데 그때였다.

궁병 중에 키니라스의 하자마에서 온 머튼이라는 농부가 있었다. 서른 넘은 노총각이었는데 성격이 순하고 굼떠서 항상 동료들의 업신여김을 받았다. 늘 주눅이 들어 있어서 누가 화를 내기만 하면 어리 뻥뻥한 얼굴로 눈만 끔벅거리다가 한구석으로 우그러지는 사내였다.

키니라스 속주 자체가 대륙 서쪽의 변방인데 하자마는 키니라스에서도 궁벽진 산골이어서, 그런 출신 탓도 있었을 것이다.

그때 머튼도 준경으로부터 그리 멀리 떨어지지 않은 곳에서 동방 군령을 보았다. 다른 궁병들은 모두 칼이나 도끼창을 붙잡고 싸우는데 어찌된 영문인지 머튼은 그때까지도 활을 들고 있었다. 여기서도 그는 굼떴다. 미처 쏘지 못한 화살 하나를 시위에 메기고 쩔쩔매던 그는 앞에서 적의 기마 무사 하나가 뭐라고 외치는 소리를 들었다. 거리는 불과 6, 70미터 앞이었다. 머튼은 본능적으로 그 기마 무사를 조준해서 활을 당겼다.

그리고 쏘았다.

다보스 별궁에는 밤이 깊었다. 황제는 소리 없이 신발을 벗었다. 사방의 정적이 파수꾼처럼 자신을 감시하는 것같이 느껴졌기 때문이다. 실제로 효심이 지극한 부황제는 시종들에게 24시간 황제를 살피라는 엄명을 내린 터였다.

황제는 고대 로마의 황제들처럼 독약을 먹거나 면도칼로 손목의 요골동맥을 긋고 싶었다. 그러나 그것은 불가능했다. 그래서 천사로 인페르노에 떨어진 이래 언제나 그러했듯이 황제는 주어진 여건에서 최선의 행동을 택했다.

황제는 하반신을 끌며 방바닥을 기었다. 고작 6미터를 기어서 올가미 끈의 끝을 돌기둥에 묶는 작업인데도 한참 걸렸다. 황제의 병든 몸은 땀으로 흠뻑 젖었다. 이제는 반대편, 즉 올가미가 드리워진 쪽으로 다시 기어가야 했다.

황제는 너무 피곤하고 짜증스러워 눈물이 날 것 같았다. 170여 년 동안 충실히 봉사해 온 육체는 생의 막바지에 이르러 지긋지긋하고 악랄한 배신을 하고 있었다.

심장이 크게 고동쳤다. 황제는 이를 악물고 격렬한 열정을 끌어올렸다.

나는 인페르노를 지배하는 자다. 악마다. 악마의 본질은 행동에 있는 것이다. 말이 앞서는 자는 악마가 아니지. 악마는 입장을 표명하기에 앞서 자신이 해야 할 필연적인 행동을 발견하고 행동으로 자신을 표현한다.

운명의 악랄한 폭력에 대항해서 악마는 자기 내부의 데몬을 부른다. 눈에는 눈으로, 이에는 이로 복수하는 것이 운명의 폭력 앞에 홀로 전쟁을 치러야 하는 악마의 권리다. 악마는 운명을 이기기 위해 수단과 방법을 가리지 않는다. 악마는 인습에 구애되지 않으며 어떠한 심연 앞에서도 비틀거리지 않는다.

황제는 드디어 올가미가 드리워진 침대 머리맡에 이르렀다.

최후의 힘을 다해 침대 위로 올라간 황제는 펠트처럼 빽빽하고 두툼한 담요를 말아 끈으로 묶어 만든 받침대에 몸을 실었다. 그리고 두 손으로 벽을 짚고 목이 올가미에 닿을 때까지 윗몸을 일으켜 세웠다.

승리가 눈앞에 있었지만 황제는 불안했다. 만약 자신이 잘못 알고 있는 것이라면?

130년 전 황제는 설계도를 알았고 자신의 천명을, 존재 이유를 인지했다. 스스로 신이 될 수도 있는 자신의 잠재된 신성을 깨닫고 이 지옥을 백성들의 소망대로 변화시켰다. 역사는 설계도대로 흘러가지 않았다. 모든 천사가 전멸하는 대신 자신이 살아남아 동방군령을 죽였기 때문이다. 자신의 소망 때문에 다른 우주로의 분열이 일어났다. 자신이 죽어 앙헬 산의 백골이 되어 있을 세상은 연기가 되어 사라졌고 살아남아 인페르노를 다스리는 현실이 고체로 응집되었다. 무한하게 많은 가능성들이 단 하나의 현실로 축소되었다. 그런데도 설계도에 있던 그 타락-동경-죽음의 구조가 여전히 작동할 것인가?

그러나 이제 소멸은 두렵지 않았다. 가장 끔찍한 것은 금방이라도 시종이 들어와서 자신을 방해하고 이 불퇴전의 눈물겨운 노력을 물거품으로 만드는 것이었다. 황제의 사지에 최후의 기력이 되돌아왔다. 황제는 올가미에 목을 걸고 몸을 던졌다.

목덜미를 인두로 지지는 듯한 뜨거움이 일어났다. 온몸이 뒤틀리는 고통과 경련이 찾아왔다. 잠시 후 모든 불안이 그쳤다.

고독한 악마

현실의 해변

겨울에서 봄으로 접어드는 제주 해안은 인적이 드물었다.

김호는 여느 때처럼 자전거를 타고 서귀포시 표선면의 끝없이 펼쳐진 검은 현무암 해변을 달려 북쪽으로 나아갔다. 자전거 뒤에는 점심으로 준비한 샌드위치와 비옷이 실려 있었다.

이날은 유난히 하늘이 어둡고 바람이 심했다. 물방울의 비말이 해안도로까지 날아와 얼굴을 때렸다. 별 목적이 있는 여행이 아니었기에 김호는 섭지코지에서 집으로 돌아가기로 결심했다. 그는 표선면 표선리에 있는 낡은 펜션에 넉 달째 장기 투숙 중이었다. 섭지코지에 도착하자 지니어스 로사이에 있는 카페에 자전거를 세우고 따뜻한 커피를 주문해서 샌드위치와 함께 먹었다. 카페는 쾌적했고 바다 쪽으로 전망이 좋은 창이 있었다.

산다는 게 도대체 뭐지. 꼭 이렇게 살았어야 했나? 고통스러운 질문이 또 머릿속에 떠올랐고 푸르른 제주 바다 앞에서 스러져갔다. 쿼트린을 생각할 때도 있었다. 그녀는 어느 골목의 처마 밑에서 흘러간 날을 생각하고 있을까. 그러나 그런 미련들도 제주 바다 앞에서 스러져갔다.

김호는 대도시에서 태어났고 쭉 대도시에서 살았다. 그래서 혼잡한 거리나 어수선한 커피 전문점에서는 마음이 편해지는 반면 등산을 하거나 시골길을 걸을 때는 이유 없이 불안하고 초조해지곤 했다. 의식이 대도시의 파도치는 소음 속에서 부유할 때만 고향을 느꼈던 것이다. 그런데 지난해 10월 직장을 사직한 뒤 김호는 뜻밖에도 자신이 이런 외진 바닷가에서도 평온을 느낄 수 있음을 발견했다.

제주라서 그런지도 몰랐다. 여러 해 전, 그러니까 딸 연경이 태어난 직후 아내와 여름 두 주를 제주에서 보낸 적이 있었다. 그의 인생에서 가장 행복했던 시절이었다.

지난해 여름 대구 리젠트 호텔 사건이 있은 후 김호는 연경이와 많은 시간을 보냈다. 피납의 충격으로 병원에 입원한 딸과 아버지는 오랜만에 대화다운 대화를 할 수 있었고 서로의 영혼에 깃든 심각한 상처들을 조금이나마 치유할 수 있었다. 연경이 다시 기운을 차리고 대학 생활을 하게 되었을 무렵 김호는 과장에게 불려가 사직을 권고받았다.

걱정과 달리 퇴직은 그리 큰 충격을 주지 않았다.

연말 인사 때 닥칠 일이 몇 달 앞서 닥쳐왔을 뿐이다. 김호는 22년 동안 익숙해진 직업 하나를 잃었고 앞으로 남은 20년 정도를 뭘 하고 살 것인지 생각할 시간을 얻게 되었다. 그것은 거의 당연한 운명처럼 느껴졌다. 내면 깊은 곳에서는 일종의 안도감이 일었다.

김호는 얼마 후 인터넷으로 방을 예약하고 제주행 비행기를 탔다. 새터민 출신의 아주머니가 경영하는 펜션에 여장을 풀었다. 아침 일찍 일어나 영어 공부를 하고 주변을 산책했다. 돌아와 아침을 먹고 자전거로 해안도로를 달렸다. 가을이 되면서 해변은 쓸쓸해져 길에서 마주치는 사람도 별로 없었다. 언제나 변화무쌍한 바다를 구경하면서 혼자 질주했다. 코스는 대개 표선면에서 성산 일출봉, 김녕해수욕장, 불사리탑까지 갔다가 다시 돌아오는 것이었다. 기분 내키는 날은 내처 달려서 섬을 일주하고 한밤중에 집에 오는 날도 있었다.

날마다 제주의 차고 청명한 대기와 높은 하늘을 보았다. 바다는 햇빛을 받아 반짝거렸고 갈매기들은 부드러운 바람을 타고 날아올랐다가 하강했다. 김호는 범죄 수사 외에는 아는 것이 별로 없는 쉰 살이 다 된 남자가 무엇을 할 수 있을지 곰곰이 생각해 보았다.

생각나는 것이 별로 없었다.

지금처럼 얼마 안 되는 연금으로 조용히 시골에서 살아가는 것. 꿈과 같은 헛된 희망들을 빼면 그것이 그나마 현실적인 방안 같았다. 지난 22년 동안 그는 공무원이었다. 돌아보면 보람은 느낄 수 없지만 그래도 그 세월 동안 뭔가를 열심히 하고 있었다. 놀고먹지 않았다.

연금 생활자가 된다고 해서 김호를 비난할 사람은 아무도 없다. 다만 인생이 더 이상 앞으로 나아갈 수 없다는 사소한 문제가 있을 뿐이다.

김호가 섭지코지에서 펜션으로 돌아온 것은 오후 2시경이었다.

펜션 마당에 자전거를 갈무리하고 나서야 몇 가지 생필품을 사야 한다는 생각이 떠올랐다. 김호는 헬멧만 벗고 쿨맥스 운동복을 입은 차림 그대로 펜션 옆의 구멍가게로 걸어갔다. 그때 펜션 앞으로 한 남자가 다가왔다.

"안녕하세요. 김호 팀장님이시죠?"

바람막이 등산 재킷을 입고 층을 내어 자른 레이어 컷 머리를 한 젊은 남자였다. 남자의 얼굴은 묘한 느낌을 주었다. 김호를 응시하는 남자의 눈빛에 세월의 더께 같은 것이 느껴졌다. 인생을 몇 번이나 되풀이해 살아본 사람 같은 눈빛이었다. 햇볕에 보기 좋게 그을린 피부는 2월의 한국에서 뭔가 이방인 같은 분위기를 풍겼다.

"퇴직했습니다만……."

김호가 신중한 경계의 빛을 띠고 온몸을 긴장시켰다. 자신이 아는 사람인 것 같은 근거 없는 예감이 들었다. 그러나 남자를 본 기억은 나지 않았다.

"알고 있습니다. 혹시 새라 워튼이라는 여자 기억하시나요?"

"기억…… 합니다."

김호는 심히 불쾌한 표정으로 몸서리를 쳤다. 너라면 딸을 납치하고 장기를 떼버리겠다고 협박했던 쌍년을 잊겠니.

"새라가 남긴 컴퓨터 파일들을 정리하다가 김 팀장님이 나오는 동

현실의 해변

영상을 봤습니다. 대구의 호텔에서…… 이유진 살인사건을 해결하시는……."

"그래서요?"

"김 팀장님께 감사하다는 말씀을 드리고 싶어 왔습니다. 저는 안준경이라고 합니다. 이유진은 제가 가장 좋아하던 형이었습니다. 살인범을 잡아주셔서 정말 감사합니다."

"내가 여기 있는 걸 어떻게 알았소? 또 새라 워튼의 정보망인가?"

김호의 목소리는 퉁명스러웠다. 새라 워튼 때문에 화가 났고 망망대해로 방벽을 쌓은 자신의 은신처가 발각된 것도 화가 났다.

"새라는 죽었습니다. 팀장님께서 사건을 해결하시고 나흘 후에."

김호는 머리를 한 대 얻어맞은 기분으로 남자를 응시했다.

"어쩌다가?"

"체이탁 저격소총이었죠."

두 사람은 구멍가게를 지나쳐 해변을 따라 걷기 시작했다. 이제는 인사를 하고 지내는 표선리 동네 사람들이 김호의 낯선 방문객을 물끄러미 바라보았다. 둘은 잠시 말없이 걸었다. 김호는 누가 옆에 있는 것이 익숙하지 않아서 이상했다.

"카마엘도 죽고 그 자리에 젊은 보스가 새로 왔습니다. 누군지 아십니까?"

"그런 거 알고 싶지 않습니다. 나는 퇴직했어요."

"자오얼입니다."

김호는 얼굴을 찌푸리고 그 자리에 멈춰 섰다. 두 손을 뒷짐 지고 흰 갈매기 한 마리가 물 위로 높다랗게 떠오르는 것을 응시했다. 그러나 바다도, 시끄럽게 떠드는 갈매기들도 눈에 들어오지 않았다.

"자오얼이 어떻게?"

"카마엘은 상하이방이었고 상하이방은 몰락하고 있습니다. 자오얼은 말을 갈아탔고 공을 세웠습니다. 새라를 이용해서."

넌 카마엘 부대의 공격을 알고 있었어. 그런데도 이유진에게 경고하지 않고 호텔방을 떠났지. 이 배신자! 이유진은 네가 죽인 거나 다름없어…….

새라, 새라, 내 말 좀 들어봐요. 그 일을 얼마나 후회하고 있는지 몰라. 정말이야. 양심의 가책 때문에 잠도 못 자고 있소. 새라, 새라, 난 무서웠소. 카마엘의 협박을 받고 있었단 말이오. 잠깐! 잠깐만! 날 용서해 달라는 게 아냐! 날 용서해 달라는 게 아니라고. 난 죽일 놈이오. 난 죽어 마땅해. 죽어야 돼. 죽어야 돼. 죽어야 되지만 그 전에 친구들에게 속죄할 기회를 주시오. 카마엘을 죽일 수 있게 해주시오. 나는 카마엘의 소재를 알고 있소! 그 악마 놈이 내일 오전 5시에 어디서 뭘 하려는지 알고 있단 말이오! 그놈을 죽일 수 있게 해주시오! 제발…….

캘리포니아 주 커버데일은 해수욕장으로 유명한 산타모니카 북서쪽의 고급 주택지였다. 집 하나가 4, 5에이커씩 되는 널찍널찍한 대지에 본채, 별채, 차고, 마구간, 온실, 관리인 주택까지 갖추고 사는 대저택들이 있었다. 숲이 울창하고 부지가 넓어서 동네 사람들도 이웃의 집이 어떻게 생겼는지 볼 수 없었다.

작업복과 안전모, 클립보드로 변장하고 정화조 용역회사의 트럭을 운전해서 현장에 나간 새라는 유타 데이터 센터에서 해킹한 이 주소를 의심하지 않을 수 없었다. 그러나 해외공작국의 예산을 생각하면 도저히 상상이 가지 않는 그곳에 실제로 카마엘의 안가가 있었다. 겹겹의 보안 장치를 뚫고 집 안으로 들어갔을 때 새라는 침실에서 자고 있는 자오얼을 발견했던 것이다.

자오얼은 새라에게 빌었다.

무릎을 꿇고 눈물을 펑펑 흘리면서 빌었다. 정말 손이 발이 되도록 빈다는 것이 무엇인지 보여주었다. 최초의 강화인간이었던 그의 권위와 자부심을 생각하면 도저히 가능할 것 같지 않은 변신이었다. 카마엘의 행방을 추궁해야 했던 새라는 일단은 살려주겠다고 말하지 않을 수 없었다.

다음 날 오전 5시, 로스앤젤레스 근교 에드워즈 공군기지.

선임보좌관 폴 덱스터와 수행비서, 그리고 다른 두 요인이 탄 메르세데스 벤츠 리무진이 격납고를 향해 달리고 있었다. 환하게 불을 밝힌 격납고에서는 공무수행용 8인승 비즈니스 항공기가 조그만 견인차에 끌려 승강 구역으로 나오고 있었다. 브라질산 엠브라에르 쌍발 제트기였다.

벤츠 리무진 안의 분위기는 크리스마스처럼 화기애애했다. 좌석이 서로 마주 보게 되어 있는 차의 운전석 쪽에는 폴 덱스터와 그의 수행비서 마틴 오드우드, 그리고 브라이언 포트 국가보안국 제1실장이 앉아 있었다. 맞은편 좌석에는 머리카락이 새하얗고 살집이 보기 좋은 중국인 노인과 사십 대의 중국인이 앉아 있었다. 폴 덱스터의 오른팔이라 불리는 브라이언 포트 실장은 노인을 향해 녹을 듯이 눈웃음을 지으면서 연방 고개를 숙였다. 그는 유창한 중국어를 구사했다.

"중국의 지배 엘리트들이 힘과 권위를 가지고 국민들을 영도하는 것이 미국의 국익에 가장 도움이 됩니다. 만약 지배 엘리트의 리더십이 약화되면 정부는 살아남기 위해 극단적인 민족주의를 표방하게 되겠지요. 그렇게 되면 중국은 민족주의적 독재국가가 되고 중국과 미국은 태평양에서 불필요한 군비경쟁을 해야 됩니다.

그런 의미에서 해외공작국이 공생당 조직을 제압한 것은 미국으로서도 기쁜 일입니다. 우리는 공생당에 네 개의 사업부가 있었다는 것을 알고 있습니다. 각각 빈민 금융, 지구 환경, 재정, 미래 연구를 담당했습니다. 의장과 세 개 부문의 사업본부장이 죽었고 재정위원장은 카마엘, 당신에게 충성을 맹세했습니다. 해외공작국은 공생당의 비자금으로 막강한 힘을 갖게 된 거죠."

"그렇게 말씀해 주시니 참으로 감사하고 몸 둘 바를 모르겠습니다. 저희같이 하찮은 사람들에게 과분한 관심이라고 생각합니다만. 저는 처음부터 우리가 마음이 잘 맞을 거라고 생각하고 있었습니다."

카마엘의 통통한 얼굴에는 진지한 표정이 서려 있었다. 올해 여든이 가깝다는 나이가 도저히 믿어지지 않았다. 덱스터 보좌관과 포트 실장을 보는 그의 검은 눈동자에는 심상치 않은 빛이 반짝였고 이십 대처럼 민첩하게 움직였다.

그때 폴 덱스터가 더듬거리는 중국어로 이야기했다.

"미스터 카마엘이 하시는 일이니 조금도 걱정하지 않고 있습니다 만…… 아직 새라 워튼이 잡히지 않고 있습니다."

카마엘은 크게 고개를 끄덕였다.

"덱스터 보좌관께서는 과연 예리하시군요. 사실입니다. 새라 워튼 은 치명적으로 위험한 인물입니다. 그녀가 잡히지 않는 것은 정보 때 문입니다. 솔직히 말하면 저희로서는 그녀의 행방을 파악할 능력도, 공생당 본부를 파헤칠 능력도 없습니다. 그래서 제가 거듭 여러분께 부탁드리는 것입니다."

"그 점 저희도 충분히 이해하고 있습니다. 다만 새라 워튼과 공생 당 본부 건은 저희의 능력으로도 어려운 부분이 있습니다. 공생당 본 부는 상선으로 위장하고 있다고 합니다. 새라와 그 배를 찾으려면 미 국관세청과 국경보호청까지 동원해야 하고 경찰에도 정보를 공개해 야 합니다."

"그건 안 돼."

폴 덱스터는 단호하게 고개를 저었다. 그의 움직임에는 박력이 있 었고 자기가 군림하는 세계에서 절대적 권력을 쥐고 있는 사람에게서 만 볼 수 있는 위엄이 엿보였다.

"새라 워튼의 정보가 공개되기 시작하면 인간 지능 강화기술이 중 국으로 유출되었다는 심각한 비밀까지 노출되게 됩니다. 사회적 혼란 은 말할 것도 없고 미국의 국익에도, 중국의 국익에도 심각한 문제가 생기죠."

카마엘은 덱스터에게 자신들이 갖게 될 공생당의 자금 가운데 1억 달러를 정보비로 약속했다. 지금 그 정도로는 안 되겠다고 말하는 거지……. 카마엘은 불쾌했다. 그의 눈빛이 번쩍이기 시작하자 차 안엔 긴장이 감돌았다.

조그만 키에 땅딸막한 몸집, 커다란 머리통을 가진 이 노인의 정체를 아는 사람들은 간담이 서늘해졌다. 카마엘의 검은 눈에 죽음의 냉기가 서리자 그의 늙은 얼굴은 살기로 가득 찬 것처럼 보였다. 그것은 법도 국가도, 자기를 둘러싸고 있는 사회도, 신이나 지옥도 두려워하지 않는 사람의 눈이었다.

"저는 덱스터 보좌관님의 신중성을 존중합니다. 미국 정보 계통 전체를 움직이는 분이시니 쉽게 판단하실 수 없다는 입장도 충분히 이해하죠. 하지만 너무 아까워서 그럽니다. 이 기회에 새라 위튼을 제거하지 않으면 자오얼도 공생당을 움직이기 어렵습니다. 특히 자금 문제는요."

기브 앤 테이크. 이야기는 아주 심플했다. 덱스터는 화제를 바꾸었다.

"미스터 카마엘, 저도 아깝습니다. 하지만 아직 작전이 끝나지 않았어요."

덱스터의 교활한 눈에는 잘 돌아가는 머리와 자신감이 내비쳤다.

"군데군데 누락된 항목들이 눈에 띕니다. 브라이언, 서부 지부의 킹 그리치에게 전화해서 벤자민 모리와 캘빈 라자크를 오늘 중에 체포하라고 하게. 죄목은 대테러방지법 위반으로."

현실의 해변

"사일러스 보좌관님께서 가셨지만 혐의가 없다고 말씀하셨지 않습니까?"

포트 실장이 고개를 갸웃거렸다.

"그러나 사일러스는 죽었어."

"뇌졸중이었습니다."

"그게 석연치 않아. 내 생각에 사일러스는 그놈들에게 당한 게 분명해."

"살아 있는 강화인간들은 모두 코마 상태입니다. 벤자민 모리도 마찬가지고요."

"그래도 매사를 확실히 해야 해."

"알겠습니다."

벤츠가 항공기 앞에 도착했다. 항공기는 이미 문이 열리고 사다리가 내려와 있었다. 사다리 앞에는 기장과 부기장이 서 있었다. 수행비서가 먼저 올라가 객실과 조종실, 화장실을 점검하고 머리 위의 짐칸 수납공간을 확인했다. 곧이어 폴 덱스터와 브라이언, 카마엘이 비행기에 올랐다. 기장이 시동을 걸었고 제트엔진이 회전하며 요란한 소리를 냈다.

활주로에서 고막 보호용 귀마개를 한 정비사 한 사람이 양손에 유도등 막대기를 들고 항공기를 승강 구역과 활주로가 만나는 지점까지 안내했다. 기장은 기체를 정위치에 놓고 브레이크와 계기판을 체크한 뒤 엔진 출력 레버를 서서히 앞으로 밀었다.

쌍발 제트기는 날렵하게 활주로를 차고 올랐다. 멀리 모하비 사막

끝에 로저 드라이 레이크의 물 마른 바닥이 보였다. 북동 방향으로 이륙한 항공기는 기체를 오른쪽으로 기울이면서 서서히 동쪽으로 선회했다. 고도는 4000피트를 돌파했다.

"선임보좌관님과 실장님의 조직력에 놀랐습니다. 지능이 보통 사람들의 열 배가 넘는다는 강화인간들의 전 지구적인 조직을 속속들이 파악하지 않으셨습니까."

카마엘이 덱스터에게 아첨하는 말을 건네었다. 덱스터는 고개를 저으며 깍듯하게 존경에 가득 찬 태도를 취했다.

"저희들의 정보력은 대수롭지 않습니다. 미스터 카마엘의 집행력이야말로 놀랍지요. 제 휘하에는 미스터 카마엘이 움직이시는 것 같은 부대가 없습니다. 대중 민주주의 국가의 한계지요."

"그렇지 않습니다. 저희가 강했던 것이 아니라 상대가 약했던 것입니다. 강화인간들은 세상의 변화를 꿈꾸었지만 세상은 항상 지키자는 쪽이 강하고 바꿔보자는 쪽은 약하지요. 지키려는 쪽은 가진 것을 잃는다는 게 죽는 것같이 느껴지지만 바꾸려는 쪽은 뭔가를 더 가져야 한다고 생각하기 때문에 좀처럼 절박해지지 못해요. 수비는 쉽고 공격은 어려운 법이니까요."

어느덧 항공기는 고도 8000피트를 넘겼다. 수행비서가 기내의 붙박이 냉장고에서 오렌지 주스와 생수를 가져왔다. 대화를 하던 사람들은 입을 축이기 위해서 음료수를 받아 들었다. 덱스터에게서 놓여난 포트 실장은 항공기 통신 시스템을 열어 서부 지국의 킹그리치에게 전화를 걸려고 했다.

그러나 다이얼을 다 누르기도 전에 어디선가 쿵 하는 소리가 들렸다. 좌석에 앉아 있던 사람들은 잠시 넋이 나간 표정으로 화장실을 바라보았다.

정비사 복장을 하고 눈에 은빛 고글을 쓴 여자가 화장실 앞에 서 있었다. 화장실 뒷벽의 칸막이 형태로 된 소화물 보관함에 숨어 있다가 화장실로 난 칸막이를 밀치고 나온 새라 워튼이었다. 포트 실장이 총집에서 권총을 뽑아 겨누자 새라는 의미심장하게 씨익 웃었다.

순간 포트 실장은 노도처럼 밀려오는 고소공포증 때문에 권총을 놓치고 말았다. 불꽃처럼 뜨거운 공포가 뒤통수에서 꽁무니뼈까지 짜르르 흘렀다. 곧 몸속의 기관들이 터져버리고 척추가 뒤틀려 척수와 무수한 신경들이 마비될 것 같았다. 포트 실장은 비명을 지르려고 했다. 그러나 비명은 나오지 않았다.

덱스터와 수행비서도 함께 권총을 뽑았다. 그러나 새라의 눈을 보는 순간 온몸에서 힘이 쭉 빠지고 신경이 둔해졌다. 덱스터와 수행비서, 그 옆에 앉은 카마엘까지 몸속에서 갓 개어놓은 석고가 굳는 것 같은 마비가 왔다. 손을 들어 올리는 것조차 불가능했다.

그들의 의식에는 제각기 극단적인 공황장애가 소용돌이쳤다. 심장은 늑골을 부수고 튀어나오는 게 아닐까 싶을 정도로 거칠게 뛰고, 눈앞은 캄캄했다. 한 번 숨 쉬는 동안 몸속이 텅 빌 정도로 식은땀이 흘렀다.

새라는 총에 맞은 암양들처럼 쓰러져 부들부들 떠는 객실의 사람들을 피해서 천천히 조종실로 걸어갔다. 조종실의 기장과 부기장 역시 마찬가지였다.

"공기를…… 공기를……."

기장은 얼굴이 일그러질 대로 일그러진 채 밀폐된 통에 갇힌 사람처럼 버둥거리며 고통의 절규를 내뱉었다. 곧 그 절규마저 거품처럼 부글부글 끓어올라 아무 뜻도 없이 길게 꼬리를 끄는 소리가 되었다.

부기장도 뭐라고 외치고 있었으나 소리가 너무 높고 가느다랗게 들려왔다. 확실하게 알아들을 수 있는 것은 순수한 공포, 그리고 그 공포에서 삐져나오는 애원뿐이었다. 두 눈은 높이 치켜뜨여 흰자위만 보였다.

새라는 조종을 자동항법 장치로 변경한 뒤 안전벨트를 풀고 기장과 부기장을 한 사람씩 조종석에서 끌어내어 객실로 데려갔다. 새라는 부들부들 떨고 있는 기장의 몸부터 뒤집었다. 그의 등에 자신의 왼쪽 무릎을 대고 올라타더니 오른손으로 그의 턱을 잡고 왼손으로 뒤통수를 눌렀다. 그리고 어깨와 다리의 근육을 이용해 힘껏 옆으로 비틀었다. 딱 하는 소리가 났다. 기장은 마지막으로 한 차례 경련을 일으키더니 바닥에 축 늘어지고 말았다.

새라는 밭에서 잡초를 뽑는 농부처럼 무표정하게 기계적으로 앉았다 일어섰다를 반복했다. 부기장, 덱스터, 브라이언의 목뼈가 차례차례 부러졌다. 카마엘의 몸을 뒤집었을 때 그의 악다문 입에서 신음 소리가 흘러나왔다.

"너……."

곧이어 카마엘의 몸도 맥이 풀렸다.

새라는 다시 화장실 문을 열고 들어갔다. 그리고 소화물 보관함에서 고공 낙하용 헬멧과 고글을 꺼내 쓰고 낙하산을 꺼내 어깨에 짊어졌다. 그런 후에는 조종실로 가서 이번에는 조종간을 힘껏 밀어 항공기 기수를 하강으로 변경했다. 새라는 객실로 돌아와 다시 한 번 여섯 사람의 죽음을 확인한 뒤 두 손으로 비상 탈출구의 레버를 힘껏 잡아당겼다. 그리고 허공으로 몸을 날렸다.

능천사의 마지막 활공이었다.

새라가 저격당한 것은 그로부터 27시간 후 산타모니카 교외 조깅로에서였다.

새라가 숨어들었던 엠블라에르 쌍발 제트기에는 실내 촬영 기능이 내장된 블랙박스가 있었다. 한 사람만이 그 존재를 아는 이 블랙박스의 영상은 기내 인터넷으로 지상에 전송되었다. 네 승객의 대화 내용, 새라의 출현, 새라의 살해를 담은 이 영상 파일은 두 개로 복사되어 신속하게 각각 다른 곳에 전달되었다.

하나는 중국공산주의청년단 제1서기에게, 다른 하나는 백악관 대테러 담당 선임보좌관에게.

8000만 중국 공산당원의 핵심 파벌인 공청단의 제1서기에게로 간 파일은 중국공산당 중앙정치국 상무위원에게로 전달되었다. 공청단 파벌은 상하이방의 최대 정적이다. 이 폭탄은 한 달 후 중앙정치국 비공개 회의에서 "카마엘은 미국이 중국 정보기관의 최고위직에 심어놓은 고정간첩이었다"라는 폭로와 함께 폭발했다. 국가안전부에서 카마엘 계가 줄줄이 숙청되었다.

백악관 대테러 담당 선임보좌관에게 전달된 파일은 더욱 신속한 효력을 발휘했다. 자오얼은 새라의 몸에 위치 추적 장치를 붙이지 않았다. 새라와 같은 파괴공작의 천재는 항상 모든 피습 가능성을 예측하고 실오라기 같은 낌새만 느껴도 바로 공격 계획의 전모를 눈치챌 수 있었다. 그런 어설픈 시도를 한다는 것은 자오얼의 죽음을 의미했다.

대신 자오얼은 새라가 숨어들 것이라고 예상한 쌍발 제트기 화장실 뒷벽의 소화물 보관함 바닥에 액체로 된 위치 추적 장치를 칠했다. 묽은 점액질의 이 액체 350밀리리터에는 추적파 발신 장치의 무선주파수 신호에 감응하는 초소형 실리콘칩이 4000개 이상 용해되어 있었다. 이 점액질 액체는 비행기로부터 낙하한 새라가 옷을 벗어 폐기하면서 대부분 떨어져 나갔지만 극소량이 새라의 신발에 남았다. 그걸로도 추적은 충분했다.

국가보안국과 CIA, 로스앤젤레스 경찰로 구성된 합동 추적팀은 14시간 동안 반경 10킬로미터의 예상 낙하지점을 뒤져서 새라가 폐기한 옷을 발견했다. 그 뒤부터는 일사천리였다. 신발에서 점점이 떨어진 실리콘 칩들을 추적해서 새라가 도로의 어느 지점에 서 있었는지를 알아냈다. 그녀가 히치하이킹을 통해 잠입했으리라고 예측되는 5개 도시에 추적파 발신 장치를 실은 차량들이 달려갔다.

추적팀이 실리콘칩을 발견한 것은 밤 8시였다. 신호는 열대 야자수가 늘어선 산책로가 완만한 언덕을 올라가 해변으로 이어지는 산타모니카의 한 조촐한 호텔에 정지해 있었다. 관광객도 많고 치안이 안정된 지역이어서 밤 8시인데도 조깅하는 사람들이 있었다. 활엽수에서 흘러 떨어지는 달빛이 오솔길에 얼룩진 무늬를 그려내는 운치 있는 동네였다. 새라 워튼이 이 호텔에 린지 글래드웰이라는 이름으로 투숙한 것이 밝혀졌다.

영상 분석 결과 백악관 대테러팀은 이런 초능력을 보유한 테러리스트는 생포가 불가능하다는 결론에 도달했다. 사살 명령이 내려졌다. 호텔 주변 거리에는 탐지조가, 호텔에서 1.8킬로미터 떨어진 카사 델 마르 호텔 옥상에는 저격조가 배치되었다. 저격수가 레더우드 24 조준경에 눈을 박았다. 권총은 표적으로부터 다섯 발자국쯤 떨어져서 쏘면 제일 정확하게 명중하지만 저격소총은 표적으로부터 2킬로미터 떨어져 있을 때 가장 정확하게 명중한다는 그 체이탁 저격소총이었다.

새라는 밤바다를 보며 조깅을 하고 있었다.

몸에 착 달라붙는 팬츠에 감싸인 긴 다리와 검은 모자 뒤로 일렁이는 금발 머리, 조각한 듯 날이 선 콧날이 남자들의 시선을 끌었다. 두 다리를 굽히지 않고 쭉 뻗은 채 팔이 아닌 허리를 사용해서 유연하게 걸어가듯 달리는 몸놀림이 숙달된 러너처럼 보였다.

호텔이 가까워왔을 때 새라는 이상한 낌새를 느꼈다.

주변을 걷고 있는 행인들의 피부에서 스며 나오는 페로몬과 근육 내부의 긴장이 만드는 전기장에서 이상한 감정이 감지되었다. 이런 신체방출물질은 강화인간에게 언어만큼이나 분명하게 그 사람의 감정을 말해 준다. 그때 새라가 감지해 낸 감정은 경계심, 두려움, 강퍅하고 사나운 집념이었다. 그러나 그 감정이 정확히 자신을 향한 것인지 확신할 수 없었다.

새라는 입술을 깨물었다. 확인을 해야 했다. 그녀는 속도를 높여 경계심의 신체방출물질을 발산하고 있는 중년 남자 옆에 바짝 따라붙었다. 남자는 중국인 관광객처럼 보였고 새라처럼 조깅을 하고 있었다.

"완상 하오. 추츠 젠멘. 워 린지(안녕하세요. 처음 뵙겠어요. 저는 린지라고 해요)."

갑작스러운 인사에 남자는 깜짝 놀라며 몸을 움츠렸다. 그리고 억지로 미소를 지으며 대답했다.

"하오. 하오."

새라의 얼굴이 일그러졌다. 남자의 표정은 많은 것을 말해 주고 있었다. 두려움, 당혹감, 그리고 이미 새라의 정체를 알고 있음으로 해서 발생하는 기시감. 그리고 다음 순간 남자의 오른쪽 귀에 꽂힌 살색 이어폰을 보았다.

추적당했다.

그 생각이 번개처럼 머리를 스쳐갔고 그녀는 본능적으로 주행 방향을 바꾸었다. 동시에 새라가 말을 걸었던 남자가 몸을 날려 바닥에 엎드렸다. 다음 순간 마치 말 한 마리가 전속력으로 달려와 가슴을 짓밟고 지나간 듯한 엄청난 고통이 그녀의 전신을 관통했다. 하늘이 자기를 중심으로 핑그르르 돌며 붉은 먼지구름을 일으켰다. 심장이 목구멍까지 튀어 올라오며 호흡을 틀어막았다.

레더우드 24 조준경에 두 손으로 자신의 가슴을 누르며 뜀뛰기 준비라도 하듯 구부러지는 새라의 모습이 잡혔다. 저격수는 한 번 더

쏠 필요가 없다는 것을 알았다.

새라는 떨리는 몸뚱이를 안고 고개를 떨구며 엎어졌다. 발밑의 땅이 눈앞으로 날아오다가 한쪽 옆으로 길게 퍼져나갔다. 땅에 옆으로 얼굴을 박고 입술을 옴짝거리며 새라는 마지막 숨을 토했다.

바람은 여전했지만 대기는 청명했고 곧 다가올 봄의 은밀한 숨결이 서려 있었다. 김호는 말없이 걸으면서 안준경이 해준 이야기들을 음미했다. 그리고 조금씩 그와의 간격을 넓혔다. 마치 길가의 덤불에 주의를 집중하면서 조심스럽게 후퇴하는 병사처럼. 그때 안준경이 뜻밖의 말을 했다.

"팀장님은 저희가 어떤 일을 하는지 아시지요. 저희를 좀 도와주실 수는 없을까요?"

김호와 눈이 마주치자 준경이 가볍게 미소를 지었다. 김호는 뜨끔했고 곧장 과민한 기분에 휩싸였다.

"돕다니 뭘 말이오?"

"자오얼은 이제 첩보 조직을 움직이고 있습니다. 우리에게도 경험이 있는 분이 필요합니다."

"취직 제안인가? 고맙지만 사양하겠소."

"왜 안 된다고 생각하시는지요."

"능력이 없어요. 경찰관이 범죄자가 되는 경우 대개 가장 어리석은 범죄자가 됩니다. 자신의 전문지식을 전혀 활용하지 못해요. 보통 사람들은 같은 지식을 자신이 처한 상황에 따라 각각 다른 틀로만 기억하고 상기하죠. 나와 함께 일하면 당신들은 망해요."

"저희는 범죄자가 아닙니다. 작년에는 이유진 형이, 올해는 제가 공생당을 이끌고 있는 것이 우연이라고 생각하시나요? 저희는 이 나라가 걷게 될 운명입니다. 이 땅의 가장 약하고, 어리석고, 못 가진 사람들 속에서 나타난 저희들은 반란에 나설 것이고 그것은 혁명이 될 겁니다. 우리의 돈을 노리는 자오얼과 이 나라와 세계 자본주의 체제야말로 진짜 범죄자죠."

"당신들도 범죄자요. 내 딸을 납치했지 않소."

"새라가 팀장님의 따님을 납치했던 건 본의가 아니었습니다. 어쩔 수 없이 급박한 상황 때문이었죠. 새라는 팀장님을 무척 존경했고 언젠가는 같이 일하게 될 날이 있기를 희망했습니다."

"우리는 대부분 자기 자신을 쉽게 받아들일 수 없지요."

말은 그렇게 했지만 김호의 목소리는 훨씬 누그러져 있었다. 김호가 앞장서서 걷자 안준경이 그 발뒤꿈치를 밟다시피 다가들었다.

"이유진이 무엇을 보았는지 아십니까? 이유진은 더 높은 지능으로 이 세상이라는 무대의 뒤를 보았습니다. 세상은 오직 생명을 위해 만들어진 우단 장막과 가설 판자의 무대일 뿐이라는 것을 알았단 말입니다. 우리 앞에는 무한한 세계가 있어요. 이 세계에는 한계라는 개념조차 없습니다. 우리가 간절히 원하면 이 세상은 우리의 소망에 따라 변합니다. 우리가 우리의 세상을 선택하기 때문이죠. 우리는 신을 십자가에 매달아서 죽인 사람들입니다. 우리는 그런 어마어마한 죄마저도 감당할 능력이 있는 사람들이에요. 팀장님과 저는 사람들에게 그걸 알려주어야 합니다."

하늘은 끝없이 파랬다. 봄이 되면 아름다운 꽃이 피고 해변은 바람에 흔들려 꽃잎으로 물들어 갈 것이다. 생명은 또 위험할 만큼 싸우고 서로 피투성이가 되는 가운데 새로운 질서가 태어날 것이다.

"나중에 다시 이야기해 봅시다. 하지만 기대는 하지 마세요."

다시 펜션 앞으로 돌아와 두 사람은 작별 인사를 나누었다. 공기에서 버섯 냄새와 흙 냄새, 그리고 축축한 비 냄새가 났다. 김호는 현무암 해변으로 사라져가는 자동차를 오래 바라보았다.

작가의 말

환멸에 빠진 중년 남자가 희망을 발견하는 이야기를 써보았습니다. 문장도, 묘사도, 미학도 모두 무시하고 원고지 2000매를 눈 깜짝할 사이에 써버렸습니다. 이렇게 내 마음대로, 닥치는 대로 뭔가를 써보기는 처음입니다.

오랫동안 나 자신을 젊어 한때 성공했던 작가의 초라한 잔해라고 생각해 왔습니다. 폐허에서 재활용 가능한 부품을 주워 살아보려 했습니다. 얼마 전 이상한 일이 생겼습니다. 가슴에서 폭풍 같은 감정이 흘러나왔습니다. 글이 수돗물처럼 쏟아지기 시작했습니다. 그것이 이 졸작입니다.

쓰면서 머릿속을 맴돌던 것은 8년 전의 전쟁이었습니다. 2004년 나는 '바츠 해방 전쟁'에 참전했습니다. 나는 거기서 한국이라는 나라의 가장 약하고 가난하고 우둔한 사람들이 갑자기 초인적인 지능을 발휘하면서 성자처럼 살고 성자처럼 죽어가는 모습을 보았습니다. 비록 온라인 게임이라는 가상 세계에서 발생한 전쟁이었지만 그것은 내 인생의 가장 잊지 못할 경험 가운데 하나였습니다.

그때 나는 나보다 스무 살 어린 전우들에게서 희망을 보았습니다. 사회가 폐인이라고 손가락질하는 그들은, 아직은 오지 않은 유토피아의 사람들이었습니다. 살아갈 가치가 있는 삶의 대변자들이었고 부재하는 이상에 헌신하는 순교자들이었습니다. 그때의 감동에 대해 소설을 써보겠다는 생각을 해왔습니다. 그러나 그것은 아무리 생각해도 터무니없는 망상 같았습니다.

만약 게임이 문학으로 들어와서 독자가 허구의 세계에 개입할 수 있게 된다면 독자는 그 세계의 갈등을 완화시키려고 할 것입니다. 누구나 자살하려는 줄리엣을 말리면서 로미오가 아직 죽지 않았다고 말할 것입니다. 이렇게 되면 문학은 상상력의 충격을 발휘하지 못할 것입니다.

반대로 문학이 게임으로 들어가서 게이머가 자신이 조작하는 세계를 성찰할 수 있게 된다면 플레이에 대한 몰입을 유지할 수 없을 것입니다. 마지막 공중 유닛을 격추시키고 본진을 섬멸하는 순간에 적군 테란 종족의 비극을 반성적으로 성찰한다는 것은 말이 안 됩니다.

그럼에도 불구하고 나는 이 졸작에서 그것을 해보았습니다. 게임과 문학을 하나로 이어보았습니다. 작가는 자신이 인생에서 발견한 것을 글로 쓰는 사람입니다. 그 발견이 아무리 하찮은 것일지라도 어쨌든 작가는 그것을 써서 발견자로서의 책임을 짊어집니다. 그러므로 아무리 무참한 실패작이 될지라도 나는 써야 했습니다.

게임과 문학은 둘 다 약하고 불완전한 인간이 불완전한 사회질서 속에 살아가면서 느끼는 생명의 맛을 표현하고 있습니다. 사람들은 게임을 플레이하면서, 또 소설을 읽으면서 일상에서는 느끼지 못했던 생명의 맛과 실질을 느낍니다.

중요한 것은 『지옥설계도』가 좋은 소설인가 아닌가의 문제뿐입니다. 독자 여러분께서 판단해 주시기를 빕니다. 무슨 주의, 무슨 주의 말은 많지만 세상에는 두 종류의 소설밖에 없습니다. 황당무계하고 졸렬한, 대중이 좋아하는 새빨간 거짓말만 씌어 있는 나쁜 소설과 어떤 사회 속에서 부대끼고 고민하며 살아가는 한 사람 인간의 진실된 모습이 그려져 있는 좋은 소설입니다.

소설 창작과 게임 개발을 동시에 진행한 탓에 여러 가지 어려움이 뒤따랐고 많은 분들께 폐를 끼쳤습니다. 이 자리를 빌려 이 소설을 원작으로 좋은 웹게임을 만들어주신 〈인페르노 나인〉 개발진 여러분들과 흔쾌히 퍼블리싱을 맡아주신 미국의 크루인터랙티브 임직원 여러분들께 감사드립니다. 언제나 좋은 게임을 만들어 이 어두운 나라의 상처받은 사람들이 마약 하지 않게, 본드 하지 않고, 부탁 하지 않게, 자살하지 않게 지켜주고 그 대가로 온갖 수모를 당하고 있는 이 땅의 개발자들에게 진심으로 사랑한다는 말을 전합니다. 감사합니다.

2012년 11월
이인화

부록

군령 쟁패 시대의 역사와 인간

인페르노 나인의 군령 쟁패 시대는 스틱시아 제국의 통일 왕조가 붕괴되어 사회 각 부문에서 분열과 갈등이 심화된 과도기였다.

인페르노력[註] 3365년에서 3511년에 이르는 이 시기에는 전란이 전 대륙에 걸쳐 진행되었다. 그 여파로 통치 이념이었던 천방교(야훼교)의 쇠락, 향촌 사회의 파괴와 관료제 및 지방행정제도의 붕괴, 고대 창생(파크리) 신앙의 부활, 대도시의 몰락과 성채 도시의 성장, 군령의 지배와 천사 영주의 출현 등이 잇달아 발생하여 전체적으로 전쟁, 파괴, 혼란을 특징으로 하는 시대였다.

이 가운데 역사적으로 가장 큰 의미를 갖는 사건은 천사 영주의 출현이다. '천사 영주'라고 불리던 특수 집단으로부터 에스페르 마이우스 1세가 출현함으로써 군령 쟁패 시대가 최종적으로 막을 내리고 새로운 황제 지배 이념이 나타났기 때문이다. 그러므로 군령 쟁패 시대의 역사와 사회상에 대한 고찰은 먼저 천사 영주 출현의 배경이 되는 타락천사 신화에서 시작되어야 한다.

타락천사 신화　　　　　　　　인페르노의 국가권력은 시에네 제국 건국신화로 존숭되는 소위 '타락천사 사건'에서 비롯되었다.

　시에네 제국의 실록은 "과거 천사들 중에서 가장 빛나는 존재였으며, 별들 가운데 가장 빛나는 태양보다도 더 빛났던 6억 천사 세마엘"이 아담을 경배하라는 하느님의 명령을 거역했다는 죄목으로 징벌을 받아 천상으로부터 어둠의 대심연으로 추방되었다는 신화의 이야기로 시작한다. 빛나는 아침의 아들, 천사들의 수장, 아라보트(제7천)의 지배인이 하루아침에 더러운 진흙 바닥을 뒹구는 괴물이 되었다는 것이다.

　신화에 따르면 인페르노의 시간은 천상계의 시간, 그리고 인간계의 시간과 다르다. 천상으로부터 추방된 세마엘이 차가운 우주 공간을 가로질러 추락하고 추락해서 인페르노의 대지에 닿기까지는 오랜 시간이 흘렀다. 이 때문에 '세마엘과 700천사들'이라는 타락천사 집단이 도착했을 때 인페르노는 그 세계가 열린 지 3만 년에 가까운 세월이 흘러간 뒤였다.

　사람들은 세마엘의 강림이 있기 전에 있던 일들을 선사先史라고 부르고 그 이후에 일어난 일들을 역사歷史라고 부른다. 세마엘 집단이 인페르노에 도착하던 해가 지옥력 1년이며 이때 나타난 천사 영주들을 1기 타락천사 혹은 제1차 천사 영주 집단이라고 부른다.

루시페르 1세와 시에네 제국　　　　인페르노의 국가권력은 황제권의 미약성과 지배 구조의 분권성을 특징으로 한다. 이러한 성격은 시에네 제국 정권 자체가 토착적 세력이 아니라 천상계로부터 징벌을 받아 지옥으로 추방당한 유민 집단이라는 사실에 기인한다. 제국의 국가권력은 타락천사들의 소규모 군사력과 야훼교에 토대를 둔 약간의 문화적 우월성을 기반으로 어렵게 성립하였다.

　추락 당시 사탄 세마엘이 직접 통솔하는 군대는 5익 천사 자드키엘 Zadkiel, 4익 천사 아니엘 Aniel, 카프지엘 Kafziel 등이 이끄는 700여 명의 호위병에 지나지 않았다. 이 세력이 시에네 주의 필레에 정착하고 제국을 선포한 초기에는 로메나 Romena 지방의 소규모 향촌 세력이었던 잔잔의 반란조차 처리할 수 없는 형편이었다.

　잔잔은 시에네의 토착 호족으로 타락천사 정권 수립 당시 루시페르 1세를 도왔던 인물이다. 지옥력 37년 잔잔은 군단을 이끌고 카센티노 지방에서 일어난 메메도의 반란을 진압하기 위해 출정하였다. 그는 반란을 진압한 뒤 필레로 귀환하지 않고 카센티노와 고향 로메나에 웅거하면서 루시페르 1세의 정권과 대립했다. 유민 집단을 이끌고 스틱스 강 유역에 진출했던 카프지엘도 필레로 귀환하지 않고 스틱시아에 독립 왕조를 개창했다. 당시 카프지엘은 '천상탈환 전쟁'의 추진을 놓고 루시페르 1세 및 자드키엘과 갈등 관계에 있었다.

　이렇게 볼 때 루시페르 1세의 시에네 정권은 로메나의 잔잔 세력, 스틱스의 카프지엘 세력, 필레의 자드키엘 세력 등 세 집단의 균형에 의거하여 간신히 국가권력을 유지하고 있었다고 할 수 있다.

실록은 시에네의 영웅 세력들이 협조하지 않자 세마엘과 5익 천사 자드키엘이 위의를 갖추고 야훼에게 번제를 드리면서 지옥의 민중들과 영웅들을 교화했다고 말한다. 이 일화는 초기의 타락천사 정권이 얼마나 정치적으로 취약했는지를 말해 주는 증거이다.

세마엘 집단은 자신들이 야훼를 거역했다고 말하지 않고 다만 자신들이 불운한 천사들이라고 선전했다. 야훼가 정적政敵 가브리엘의 모함 때문에 자신들을 벌했다는 것이다. 이것 또한 세마엘 집단의 신념을 말해 주는 동시에 천상으로부터 추방된 처지이면서도 더 천상의 권위에 의지해야 했던 정치적 위상을 말해 준다.

가까스로 주변 영웅 세력들을 포섭하는 데 성공한 타락천사 집단은 시에네 제국을 선포하고 루시페르 1세를 황제로 추대했다. 그리고 천상의 세련된 관직 체계를 지방에 웅거하는 토착 세력에게 배분하여 자신들의 체제로 편입시켰다.

이러한 체제 조직 과정에서 타락천사 집단은 영웅 세력에게 사병을 거느릴 수 있는 권리와 일정 지역에서의 징세권 등 부분적인 통치권을 인정할 수밖에 없었다. 그 결과 영웅 세력은 토착의 뿌리 깊은 힘을 그대로 유지한 채로 제국의 문벌 귀족으로 성장하게 된다.

천사 영주 전설의 성립　　　　　초창기 시에네 제국에서 황제는 권력자라기보다는 분권 세력의 통합자였다. 군신 관계에서 황제의 권위는 크게 붕괴되어 있었다. 이러한 현상의 원인은 일차적으로 천상계 유민의 군사력을 기반으로 한 연합 형태의 정권을 형성하였기 때문이지만 보다 본질적으로는 황제 권력이 갖는 유배 정권으로서의 성격 때문이었다.

시에네 제국 초기, "남의 땅에 의탁한 것을 항상 부끄럽게 생각한다"라는 루시페르 1세의 말과 "모두 황제를 도와서 천상계를 회복하자"라고 역설했던 자드키엘의 말에서 보듯, 타락천사 정권은 인페르노에 유배되었으되 궁극적으로 천상으로 귀환해야 할 세력의 성격을 갖고 있었다.

이러한 천상 탈환의 이념은 정권의 정통성을 지탱해 주는 버팀목인 동시에 숙명적인 부담이기도 하였다. 타락천사들 가운데 가장 강경한 천상탈환론자는 스틱스 왕 카프지엘이었다. 카프지엘의 강경론은 결국 루시페르 1세 정권과 화해할 수 없는 갈등을 만들었다.

과거 최고위직 천사였던 루시페르 1세는 죽을 때까지 야훼를 존경하고 사랑했다. 그가 인간에게 머리를 숙이지 않은 것은 야훼를 너무나 존경하고 사랑한 나머지 다른 존재를 경배할 수가 없었기 때문이다. 루시페르 1세는 야훼의 무정함을 원망하기는 했지만 천상으로 쳐들어가 그의 보좌에 도전할 생각은 추호도 없었다. 루시페르 1세의 시에네 정권에서 '천상 탈환'은 사실상 정치적 주도권을 위한 명분에 지나지 않았다.

천상 탈환의 이념은 분산적인 여러 군사 집단이 독립하여 정치 세력화할 수 있는 빌미를 제공했다. 황제와 중앙정권은 이론적으로 천상탈환 후에 인페르노를 떠날 세력이었기에 지방의 분권 세력에 군사력의 포기를 강제할 수 있는 논리와 힘을 갖지 못했다.

이렇게 모순과 딜레마로 가득 찬 집단이 사분오열되지 않고 제국의 건설에 힘을 합치게 된 원동력은 오직 루시페르 1세, 세마엘의 뛰어난 인품 때문이었다. 세마엘은 야훼에게 오만의 죄를 범했다고 알려져 있지만 실제로는 명예를 중요하게 생각하는 온화한 성품의 천사였을 뿐이다. 성격도 청렴결백하고 성실 그 자체였다.

인페르노의 황량한 땅으로 추방되어 신분이 격하되고 궁핍에 시달리던 700천사들은 불화가 심했다. 오직 루시페르 1세만이 자신을 버리고 다른 천사들을 위해 살았으며 자신의 힘이 다할 때까지 그들을 사랑하고 보살폈다. 그래서 어떤 천사도 지도자로서 세마엘을 경애하지 않을 수 없었다.

우리 황제만큼 심신이 모두 고귀한 이는 어디에도 없다.

이것은 개국공신인 4익 천사 아니엘이 한 말이다. 심지어 반역자 잔잔조차도 황제를 직접 비난하지는 않았다. 그가 적으로 지목했던 것은 궁정장관으로 출세한 또다른 천사 필라몬이었다.

역사의 흐름과 더불어 루시페르 1세의 이야기는 하나의 원형이 되어갔다. 불우하게 추방되어 고난을 겪는 고귀한 인물의 성격, 타인을 위해 자신을 희생하는 자애로운 군주의 성격, 자신을 추방한 신을 끝까지 사랑하는 신실한 천사의 성격이 강조된 신성한 전설이 형성된 것이다.

그것은 폭정과 혼란, 전쟁을 그치게 하고 인페르노에 평화를 가져올 천사 영주의 전설이었다. 인페르노 사람들은 난세가 닥칠 때마다 하늘에서 세마엘과 같은, 또다른 천사 영주가 강하하여 도탄에 빠진 민중을 구원해 줄 것이라는 일종의 메시아 대망론을 품게 되었다. 이러한 민중의 무의식을 현실적인 힘으로 구현한 사람이 군령 쟁패 시대를 종식시킨 에스페르 마이우스 1세였다.

시에네 제국의 성장   시에네 제국은 미약한 건국 세력과 강력한 토착 세력, 천상 탈환을 둘러싼 정권 내부의 갈등과 정체성 불안에도 불구하고 발전을 거듭했다.

　루시페르 1세, 루시페르 2세, 루시페르 3세, 사탄 1세, 아자젤 4세 등은 건국 초기의 5현제들이다. 5현제들은 관료 체제를 확립하고, 지역의 대표를 의회로 수용하였으며, 영웅 세력에 억눌린 유능한 평민들을 등용했다. 그들은 한편으로 여러 지역의 반란을 진압했으며, 각지에 황실의 정보원을 파견하는 등 강력한 중앙집권을 지향하는 노력을 계속했다.

　그리하여 아자젤 4세 시대에 이르면 단 한 명의 황제에 의한 일원적이고 통일적인 지배라는 황제권의 원리, 황제권의 기능적 대리자로서의 관료제, 황제권의 도덕적 배경으로서의 야훼교(천방교)가 정립되었다.

　시에네 제국은 2900여 년간 지속되었으며 시에네 제국이 만든 통치 구조는 에스페르 마이우스 1세가 군령 쟁패 시대를 종식시키고 새로운 종교와 새로운 통치 이념을 천명할 때까지 3500년간 이어졌다.

　황제^{Emperor}는 시에네 제국의 모든 대민 명령 체계가 수렴되는 분명하고 확고한 정점이었다. 5현제의 마지막 시대인 아자젤 1세 시대, 황제는 인페르노의 모든 지방에 절대적 권력을 행사했고 그 통치 공간은 인간형 거주 종족이 거의 없는 변방 속주의 오지까지도 포괄했다. 이 시기 황제는 인페르노 곳곳에 1500여 개의 행정 관청을 설립하고 63억 9000만 호구의 244억 명을 다스렸다.

만기주재원^{萬機主宰院, The Omnipotence}은 황제가 관리들에게 직접 명령을 하달하는 제국의 최고 통치기관이었다. 만기주재원 아래에는 재무 및 행정을 총괄하는 집행부^{執行部, The Administrata}와 군사력의 유지와 운용을 총괄하는 군무부^{軍務部, The Millitaria}가 있었다.

집행부의 장은 수상^{First Secretary of Administrata}이었으며 군무부의 장은 원수^{Supreme General of Millitaria}였다.

집행부 산하에는 재무국, 행정국, 교육국, 종교국, 연락국이 있었고 각각 최고 재무관, 최고 행정관, 최고 교육관, 최고 종교관, 최고 연락관에 의해 통솔되었다. 이들 관료 가운데 가장 강력한 권한을 가진 자는 황실과 집행부, 군무부를 연결하며 때로 황실과 일반 백성을 직접 연결하기도 하는 최고 연락관^{Comms Supremo}이었다.

군무부 산하에는 황제의 11개 직할 군단이 있었다. 군단장은 대개 대장군^{The Chief General} 직급이었으며 사단장은 장군^{General} 직급이었다.

황제는 각 지방에 총독^{The Governor}을 파견하여 다스렸다. 총독의 주거지는 총독궁이라고 불렸으며 각 주의 총독은 주 집행부와 주 군무부를 통제했다. 주 군무부 산하에는 주 수호군^{The Guard of State}이 있었다.

그러나 시에네 제국 시기에는 상대적으로 군사 분쟁이 적었고 군사력의 규모도 작았다. 스틱시아 제국 시대 말기처럼 하나의 군령 휘하에 여러 개의 군단이 합쳐진 집단군^{Army Group} 개념은 아직 나타나지 않았다.

시에네 제국의 멸망 시에네 제국 초창기 황제가 지방에
파견한 총독들은 강력한 지도력을 발휘하지 못했다. 총독으로 파견되
는 사람들은 대개 루시페르 1세와 함께 들어온 타락천사의 후계자들
이었다. 이들은 건국의 주체 세력이었을 뿐만 아니라 황제 권력의 첨
병이었다. 이 때문에 총독을 중심으로 한 관료 집단은 지역을 기반으
로 사회적 권위를 확보하고 있는 영웅 세력과 갈등을 피할 수 없었다.

초창기 지방민들은 중앙에서 파견된 관료 집단을 가해자 내지 억압
자로 인식했고 반란도 잦았다. 이에 따라 총독들은 엄격한 법령을 적
용하기보다 황제가 수여하는 작위를 이용해 유력 인사들의 도움을 얻
는 임시변통의 통치 방법을 구사했고 그 권력도 총독 개인의 정치적
역량에 크게 의존하고 있었다.

이러한 상황이 지역마다 수많은 문벌 귀족, 즉 '문벌'의 성장을 촉진
했다. 황제가 내리는 작위를 받아 귀족의 면모를 갖춘 토착 영웅 세력
은 국가의 법을 자신들의 기득권 유지를 위한 방패로 이용했다.

뿌리 깊은 토착의 힘 위에 중앙의 권위까지 등에 업은 문벌들은 거
대 장원을 형성하게 되었다. 문벌들은 이미 개간된 경지를 구매하는
데 만족하지 않고 자기 지역의 농민을 겁박하여 미개간의 토지를 획득
하고 그곳에 자신들의 별장을 지었다. 이와 같은 별장지에는 사치를
다한 별관과 산림, 채석지, 초원, 농토, 호수가 부속되어 다양한 산물
을 얻을 수 있었고 그 영토만으로 자급자족이 가능했다. 장원의 노동
력을 확보하기 위해 문벌이 가난한 농민들을 핍박하여 노예 상태로 만
드는 일이 빈번해졌다.

이와 같은 문벌의 대토지 소유는 빈부 격차를 확대시켰고 일반 민중의 생활을 크게 악화시켰다. 건국 초기에 발전했던 향촌 공동체가 관료의 수탈과 문벌의 토지 겸병으로 붕괴되자 민중들 사이에는 새로운 종교적 결사가 번져가게 되었다.

지옥력 2781년 아리만 6세는 문벌 개혁을 주창하는 학자들을 탄압하고 대규모 토목사업을 일으켰다. 스틱스와 레테의 양대 강을 정비하고 운하를 건설하는 토목사업은 황실에 대한 민중의 불만을 심화시켰다. 황실은 여러 가지 독점사업들을 실시하였고 이러한 사업에 참여한 대상인들은 건설을 빙자하여 사리사욕을 추구했다. 이 때문에 물가는 내리지 않았고 민중에 대한 대상인과 고리대금업자들의 착취는 점점 심해졌다.

이러한 상황에서 아리만 6세가 죽고 메모린 여제가 즉위하자 벨카심의 반란이 일어났다.

당시 카이나 대륙의 북방 미르 속주에는 거대 화룡과 불새를 비롯한 괴생명체가 크게 늘어나 인근의 비센, 가딘, 말라코다까지 침입해 오고 있었다. 아리만 6세는 데크밀 원수를 파견하여 이를 격퇴하고 화룡과 불새 등이 둥지를 트는 늪지대를 막고 물길을 돌리는 '대봉인'을 실시했다. 이 대봉인 공사를 위해 연인원 900만 명의 민중이 동원되었다.

아리만 6세가 죽고 극심한 대인기피증을 가진 메모린 여제가 즉위하자 황실은 정상적인 통치 기능을 상실했고 법령은 환관들에 의해 좌우되었다. 중앙정부의 혼미가 가중되는 상황에서 하급관리 벨카심이 대봉인 공사에 동원된 인부들을 선동하여 가딘의 마다인술라에서 궐기했다. 부역에서 이탈하여 고향에 돌아가자는 단순한 구호로 사람들을 결집시켰고 대륙 서북부 3개 주가 벨카심 집단의 지배에 들어갔다.

시간이 흐르자 반란 지도부의 불화가 나타나 휘하의 여러 장군들이 각지에서 할거하며 총독을 참칭했다. 분산된 반란 세력은 수도 필레로부터 파견된 정예부대에 의해 각개격파 되었고 마다인술라가 함락되면서 반란은 2년 만에 진압되었다.

벨카심의 난은 종식되었지만 반란의 소식은 전 대륙으로 전파되어 각지에서 이를 모방한 반란이 일어났다. 메모린 여제의 치세에 제국의 혼미는 가중되어 키십트의 난, 에스바의 난, 이프라힐레의 난 등이 이어졌다. 반란의 절정은 아테리아가 지도한 교신교 반란이었다.

제국 말기에 가속화된 문벌 귀족의 대토지 소유는 향촌 사회에 보존되어 온 공동체적 인간관계를 파괴했다. 나아가 극심한 자연재해는 기아와 질병으로 빚을 지고 객지를 떠도는 유랑민들을 증가시켰다. 독실한 천방교 신자를 자처하는 아리만 6세 시대에 사제 집단의 부패는 극에 달하여 천방교에 대한 민심의 이반이 촉진되었다. 이러한 상황에서 개인의 구원과 천상왕국의 도래를 외치는 다양한 종교들이 출현했는데 그 가운데 가장 세력이 큰 것이 교신교였다.

교신교는 천상과 소통한다고 일컬어지는 '교신자'를 믿는 신앙이다. 여사제 이네시지에 의해 시작되었으며 그녀의 딸 슬로소니아, 그녀의 외손녀 아테리아로 이어졌다. 2809년 교주 아테리아는 스틱시아 주 총독 글란티에 의해 오르시니 속주의 주도 스타티움의 통령에 임명되었다. 스틱시아의 안전을 위해 교신교를 변방의 오르시니로 추방하려는 것이 총독의 의도였다.

그러나 스타티움은 사방이 트렌토 산맥의 험산으로 둘러싸인 천연의 요새였다. 2831년 글란티가 죽자 아테리아는 글란티의 후계자인 피린티피티와 대립하고 오르시니에서 독립을 선포했다. 이 오만방자한 종교 왕국의 출현은 제국 중앙정부를 격분시켰다. 수도에 동원령이 내려지고 오르시니 토벌군이 조직되는 긴장 국면에서 황궁이 교신교를 믿는 근위대에 의해 점거되었다. 신앙의 성지를 지키기 위해 궐기한 근위대가 메모린 여제를 죽이고 황위 계승 자격이 있는 모든 황족을 학살함으로써 시에네 제국은 멸망하고 세상은 이후 150년간 지속되는 군웅할거의 종교 전쟁 시대로 변해갔다.

스틱시아 제국과 바알세불 7세의 개혁　150년이 넘는 무정부 상태의 전란은 2983년 바알세불 7세에 의해 막을 내렸다. 바알세불 7세는 대륙을 통일한 후 암피온 주의 사카르에 수도를 정하고 스틱시아 제국을 선포했다. 시에네 제국 말기의 폭정과 150년 전란은 너무나 고통스러웠기에 바알세불 7세는 민중들 사이에서 거의 신격화될 정도로 존숭되었다.

바알세불 7세는 화폐 개혁을 단행하여 새로운 금화 '두나'를 찍고 이것이 본위화폐로 기능하도록 했다. 200배 이상 올랐던 물가가 기적적으로 바로잡혔다. 세제 개혁도 추진해서 문벌에 의해 악용되었던 각종 세금들을 폐지하고 모든 세금을 소득세 하나로 정리했다.

바알세불 7세는 종교지도자법을 만들어서 교신교를 비롯해서 정치 세력화된 종교 분파들을 일체 금지했다. 법적으로 해체된 7개 교단을 존속 혹은 부활시키려고 시도하는 자는 사형 및 전 재산 몰수형에 처해졌다. 이런 강력한 조치에 의해 도저히 끝날 것 같지 않던 종교 갈등이 가라앉았다.

또 하나의 혁신 조치는 아라보트 시민권의 폐지였다. 아라보트 시민권은 천상계에서 지옥으로 떨어진 타락천사 집단의 신분 증명으로, 이들이 언젠가 다시 천상으로 돌아갈 것을 전제로 등록한 시민권이었다. 일종의 명예이며 특권이었기에 나중에는 인간계에서 태어나 일생을 보내고 지옥으로 떨어진 사람들도 이 시민권을 선호하게 되었다. 천상계 및 인간계 출신과 처음부터 지옥에서 태어난 인페르노 출신을 구별하는 아라보트 시민권은 중앙정부의 유배 정권으로서의 성격을 보여주는 증거였고 토착민의 불만이 표출되는 빌미가 되었다. 바알세불 7세는 2991년을 기해 모든 아라보트 시민권을 폐지했다. 이 조치의 결과 400여 년 후 제2기 천사들이 대규모로 강림했을 때 이들은 이미 완전히 현지화된 이전 시기의 타락천사들과 정치적으로 대립하는 입장에 놓이게 되었다.

바알세불 7세는 시에네 제국이 황제 지배의 약화와 지방 분권 세력의 성장 때문에 멸망했다고 판단했다. 그는 초창기 시에네 제국의 5현제 시대를 이상화하고 "모든 정치가 황실에서 나와야 한다"라는 원칙을 천명했다.

또 명재상 베데스타를 등용하여 중앙집권화 정책을 강력히 추진했다. 바알세불 7세의 시대에는 중신 각료를 거치지 않고 황제가 직접 내리는 '어필친서'와 일반 평민이 황제에게 직접 청원하는 '상고'가 성행하여 황제권과 각층의 사회 집단 사이에 교류가 활발했다. 한 도시

혹은 여러 도시들을 감시하는 '칙명 감찰관'을 파견했으며 지방의 분쟁에 황제의 특명을 받고 직접 개입하는 '칙임군'을 파견하기도 했다.

그러나 이러한 바알세불 7세의 개혁에는 명백한 한계가 있었다. 바알세불 정권은 문벌 세력과 정면대결 하지 않고 영웅이 아닌 한미한 평민 호족들을 중용하여 문벌 귀족을 견제하는 방식을 취했다. 이러한 조치는 약간의 효과는 있었지만 영웅 세력이 지방 향촌 사회와 맺는 고리를 근본적으로 끊어낼 수는 없었다.

개혁의 결정적인 후퇴는 군현 개혁의 실패에서 일어났다. 루시페르 1세 이래 지속된 군현郡縣, Provincia-Comune 제도는 문벌 귀족이 군성과 현성의 지배를 세습하면서 상호 정략결혼을 통해 거미줄처럼 얽힌 거대 지역을 출현시켰다. 문벌들은 지역 소농민들을 자신의 군성, 현성에 직속시켜 군사 충원의 기반으로 삼음으로서 강력한 향촌 지배력을 발휘했다.

바알세불 정권은 이러한 군현의 상호 연계를 폐지하려 하였으나 반발에 부딪혀 실패함으로써 문벌의 군사적 기반을 제거하지 못했다. 군사적 보호를 매개로 한 문벌 귀족의 소농민에 대한 사적 지배는 제국 말기까지 청산되지 못하고 결국 군령 쟁패 시대를 낳게 되었다.

스틱시아 제국의 위기와 군령의 출현　　영명했던 바알세불 7세가 죽자 스틱시아 제국은 유례없이 길고 치열한 제위 계승 분쟁에 휩쓸리게 되었다. 이것은 바알세불 7세의 치세 동안 권력이 황제 1인에게 집중되었던 정치 구조의 부작용이었다. 불과 50년의 기간 동안 열일곱 번 황제가 교체되었고 그중 한 명을 제외하고는 모두 불행한 죽음을 맞았다.

통치 구조는 유지되었지만 국가는 창의력과 활력을 잃어버렸다. 불신이 이 시대의 시대정신이 되었다. 누구도 믿을 수 없었다. 어디를 가도 안전하게 살 수 없었다. 잠정적으로나마 안전하고 싶다면 무슨 일을 봐도 입을 다물고 있는 것만이 상책이었다.

이 무서운 시대를 배경으로 '군령軍令'이라 불리는 새로운 지배 집단이 서서히 모습을 드러내기 시작했다.

군령은 인페르노에 존재했던 역사의 주인공 가운데 가장 혁신적이고 가장 파괴적인 지배 집단이다. 군령들의 지칠 줄 모르는 협상과 책략, 군비 축적, 군대 조직, 전쟁에 의해 수천만의 군중과 자원과 자본이 지축을 뒤흔들며 돌진했다. 그러한 돌진은 모든 사람들의 생활 기반을 파괴하고 폭파시켰다.

군령은 '문벌門閥'이라 불리던 이전 시대의 지배 집단과는 창조적 욕구의 차원이 달랐다. 문벌은 토지 겸병과 농노 확보, 대장원의 구축이라는 국지적이고 평면적인 탐욕에 사로잡혀 있었다. 군령은 담대한 모험심과 역동성, 철저한 윤리적 허무주의, 결코 만족할 줄 모르는 욕망에 기반해 상상 가능한 모든 것을 착취하는 세계적이고 입체적인 행동주의의 힘을 보여주었다.

군령 쟁패 시대 이전까지는 아무도 이러한 행동력이 인간 존재 속에서 잠자고 있으리라고 예감조차 하지 못했다. 군령은 조상이 누구냐에 근거한 것이 아니라 그들이 실제로 무엇을 하느냐에 근거한 최초의 지배계급이었다.

군령에게 가장 참을 수 없는 것은 자신이 정체되었다는 느낌이었다.

부록

그에게 안정은 죽음이며 적극적인 변신, 갈등과 전쟁, 승리만이 살아 있음을 느끼는 유일한 방법이었다. 인페르노의 전 대륙에 걸쳐 전개된 군령과 군령 간의 치열한 경쟁은 인간의 재능을 해방시켰고 세계를 영원한 불확실성 속으로 몰아넣었다.

애초에 군령은 군사적 필요에 의해 나타났다. 스틱시아 제국은 여러 방면에서 지역을 뛰어넘는 군사적 활동이 요구되었다. 초지역적인 군사 활동은 아래의 세 가지로 정리된다.

첫째는 악령, 괴수, 야만족에 대한 토벌.
둘째는 황제와 황족의 대립으로 인한 정변과 정쟁.
셋째는 총독의 권위로는 해결되지 않는 문벌 귀족 간의 영지 전쟁.

이러한 상황에서는 군현제도에 의해 편성된 군대보다는 중앙정부의 명령에 의해 재조직된 군단 조직이 필요했다. 이에 '군령'이라는 명칭이 나타났다.

군령은 독자적인 지휘권을 갖는 여러 장군들이 복수로 동일한 군사 작전을 수행할 때 그 전체 집단군에 통수권을 행사하는 장군을 의미했다. 이는 일정 지역의 몇 개 군단을 총괄하여 지휘한다는 의미가 강했다. 말하자면 다원화된 군사 체계에서 일원적 지휘가 필요할 경우 한시적으로 설정되는 '최상위 지휘관'의 지위였던 것이다.

최초로 군령을 활용하기 시작한 사람은 바알세불 7세였다. 바알세불 7세는 개혁 추진 과정에서 발생한 분쟁들을 해결하기 위하여 근위

무관 출신의 신임할 수 있는 젊은 장군들을 활발히 지방에 파견했다. 군령들은 평민 출신의 재능 있는 직업군인이라는 점에서 문벌과 달랐다. 그러나 이 시기 '군령'이라는 칭호는 실제로 여러 장수를 통솔 지휘한다는 의미가 아니라 황제의 명을 받고 특별한 임무를 띠어 파견되었다는 정치적 성격을 지칭하고 있었다.

군령이 독자적인 정치 세력으로 부각된 것은 제위 계승을 둘러싼 권력 투쟁으로 황제권이 불안해진 3100년대의 일이었다. 대부분의 주-군-현이 레테나 총독 올라프를 새로운 황제로 지지하는 상황에서 말락 1세는 휘하의 군사력을 군령 중심으로 재편성했다. 군령 락탄티우스가 지휘하는 정예의 말락 군은, 거대한 군세를 자랑했지만 분산된 세력일 수밖에 없는 올라프 군을 차례차례 각개격파 하고 정권을 장악했다. 말락 1세의 등극은 군령 출신의 정치적 위상이 높아지는 결정적인 계기였다.

말락 1세 이후의 제위 계승 분쟁에서는 추대 세력도 반발 세력도 모두 군령을 중심으로 군대를 편성하게 되었다. 일선 부대의 장군들은 물론 군단장들까지도 군령의 지휘 아래 편입되는 현상이 빈번해지면서 제국의 통치 체제는 실질적으로 와해되었다.

군령 집단의 발전과 군령 쟁패 시대　　　군령의 사회 지배는 3세기에 걸쳐 서서히 발전했다. 제위를 향한 경쟁이 격화되면서 제위를 노리는 야심가들은 민중에게 인기를 얻기 위해 노력했고 앞을 다투어 민중을 이상화했다. 이 과정에서 '문벌 개혁'이라는 말이 크게 유행했다. 미래의 권력자들이 거듭 문벌을 공격하고 법령을 제정하고 국고를 헐어 선심성 정책을 남발하자 문벌의 사회 지배는 점점 퇴조했다.

그러나 정치적 불안과 경제적 혼란, 조세제도의 문란은 계속되었고 문벌이 후퇴한 빈 자리는 문벌보다 훨씬 더 위험한 지배계급, 즉 군령이 차지하게 되었다. 군령 주도의 사회는 누구나 실력이 있으면 출세할 수 있는 여건을 조성했고 인간의 재능을 해방시켰다. 군령이 사회의 전면에 나서고 문벌이 후퇴하면서 계급적 특권은 사라졌고 교육은 자유로우면서도 보편적인 것이 되어갔다.

그러나 군령 주도의 사회에서 인간의 가능성은 완전히 왜곡되었다. 모든 사람들은 사회적 경쟁을 통해 자신을 발전시킬 수 있었지만 그 발전은 오로지 제한적이고 파괴적인 방법으로만 가능했다. 개인이 생산하는 자원과 기술과 정보와 자본과 노동력은 오로지 전쟁에 활용 가능하다는 조건 아래서만 수용되었다. 전력화될 수 없는 지식은 철저하게 배제되었다. 인간의 내면에 있는 것들, 심원한 이상과 인간애는 사회적 담론의 영역에서 추방되었다.

3300년대가 되자 14개 주의 거의 모든 지역을 군령들이 지배했다. 황제와 사적, 인격적으로 연결되어 출발한 군령은 처음부터 국가의 관료 체계 및 주-군-현의 행정 체계, 공식적인 군 체계와 조화되기 어려웠다. 군령이 독자적이고 지속적인 사회 세력이 되자 제국의 권력 구조는 형해화되어 껍데기만 남게 되었다.

3300년대 중반까지 군령의 권력은 주군현을 지배하는 총독, 태수, 현장 등 지방 장관들의 권력을 완전히 압도하지 못했다. 군령과 지방

장관들 사이의 핵심 갈등은 군사력 충원이었다. 인페르노에서 군사력의 충원은 징용徵用과 모병募兵의 두 가지 형태가 있었다.

징용은 상당한 저항이 있게 마련이지만 전란이 일상화된 제국 말기에는 당연한 일로 받아들여졌다. 징용은 보통 전쟁이 발발한 지역에 한정되었고 징용의 주체도 주군현의 지역 책임자가 맡는 것이 원칙이었다.

그러나 군령의 출현 이후 군과 현의 경계를 넘어선 광범한 지역에서 대규모 징용이 나타났다. 특히 지옥력 3327년 용의 바다 우미지 연안의 반란에서는 렘노스 주와 멀리 떨어진 아에록에서까지 대규모의 징용이 이루어져 지방관들의 반발과 민중의 소요, 징용자들의 탈영이 극심했다. 이를 무마하기 위해 군령은 남동 지방인 아에록, 오르시니에 대해서는 징용 대신 모병으로 전환했으나 사태는 쉽게 진정되지 않았다.

갈등은 모병에서도 나타났다. 모병은 루시페르 1세의 시에나 군단이 형성되는 고대부터 군사력 형성의 가장 보편적인 제도였다. 그러나 시급한 임무 수행을 위해 한정된 시간 안에 군대를 조직해야 하는 군령의 경우 모병은 대부분 개인 단위가 아니라 향촌 사회에 존재하는 사적 세력들이 집단적으로 응모하는 경우가 많았다. 이들 집단은 군령 군단의 공적 권력에 편입됨을 계기로 평소 주군현 체제에서 소외되었던 자신들의 사적 욕망을 추구하려는 사례가 많았고 군령의 모병은 자주 해당 주군현의 소요 사태로 이어졌다.

이러한 상황에서 스틱시아 제국의 통치를 명실상부하게 종식시킨 것은 3363년에 일어난 두 사건이었다. 이해 대군령 갈리에누스는 징용과 모병으로 갈등을 빚어온 오르시니 총독 리치를 붙잡아 처형했고 역시 대군령인 비오카는 시에네 총독이자 황제의 아들인 세베루스를 살해했다. 이 충격적인 사건들을 계기로 황실의 권력은 사라졌고 국가의 과세 체제는 붕괴되었으며 공식적인 법령은 거부되었다. 스틱시아 제국은 이름만 남고 역사는 군령들이 제국의 최고 권력을 놓고 싸우는 군령 쟁패 시대로 접어들었다.

4대 군령의 성격과 행동　　　　　3360년대 쟁패를 시작한 군령들은 이합집산과 합종연횡을 거듭하면서 치열한 전쟁을 벌였다. 3390년에 이르자 군령 집단은 가장 강력한 네 명의 대군령을 중심으로 결집하게 되었다. 이를 '4대 군령'이라고 하는 바 북방군령 그리즐리, 남방군령 카론, 서방군령 티데우스, 동방군령 드라기가 그들이었다.

4대군령이라고 해도 그 세력은 결코 동등하지 않았다. 일찍이 스틱시아 제국은 전국을 11개 주, 4개 속주로 나누고 총독을 두어 통치했었다. 4대군령들은 아직도 황제의 통치가 미치는 암피온 주, 보이지 않는 거대 상업 제국을 일구어 어느 군령도 침탈하지 못한 타니스 주를 제외한 13개 지역들을 장악하고 있었다.

이 13개 주 가운데 북방군령은 말라코타 1개 주, 서방군령은 비센, 미르 2개 주, 남방군령은 시에네, 스틱시아, 렘노스, 오르시니 4개 주, 동방군령은 크로이웬, 가딘, 사이스, 아에록, 키니라스 5개 주를 영유하고 있었다.

인구는 지옥력 3411년의 통계를 기준으로 하면 아래와 같다.

북방이 호구 1억 1000만에 인구 4억 8000만 명

서방이 호구 2억 7000만에 인구 11억 3000만 명

남방이 호구 3억에 인구 15억 9000만 명

동방이 호구 3억 3000만에 인구 19억 1000만 명

이 수치를 모두 합치면 군령 쟁패 시대의 호구 수는 10억 1000만에 인구는 45억 1000만 명으로 집계된다. 이러한 수치는 스틱시아 제국 전성기였던 지옥력 3117년의 통계인 호구 수 59억, 인구 358억 8000만 명과 비교하면 호구는 6분지 1로, 인구는 9분지 1로 감소한 것이다.

이 통계에는 황제 직할주 암피온과 중립주 타니스가 제외되었고 전란 중의 통계에 따른 오차를 감안해야 한다. 그러나 생산과 국방을 담당할 기본적인 인구 수가 감소하고 있었다는 것은 논쟁의 여지가 없는 사실이었다.

북방군령 그리즐리는 대륙의 동쪽 끝에 위치한 아에룩 변방 속주 출신이었다. 제국의 수도 사카르로 상경하여 마한^{Mahan} 육군사관학교를 나왔으나 가문의 배경이 없고 졸업 성적도 좋지 않았다. 당시 선망의 대상이던 전차 부대 지휘관을 지망했으나 거부되었고 미르의 서부 변방 요새에 배치되었다. 1성 장교, 2성 장교, 3성 장교 시절 모두 한직을 전전했다. 16년 동안 악령 사냥, 괴물 퇴치나 시키는 군대에서는 아무런 희망이 없다고 생각하고 3성 장교를 끝으로 전역했다.

제대 후 농사도 지어보고 사업도 해보는 등 이것저것 손을 댔지만

모두 실패하고 결국에는 아에록의 루오스로 돌아와 어머니가 운영하는 포목점에서 점원으로 일하면서 겨우 가족을 부양했다. 이 시기 그리즐리는 중년에 영락한 처지로 성격이 불같은 어머니 밑에서 마음고생을 많이 겪었다.

그러던 중 동방군령 드라기가 동북부 4개 주를 결집시킨 동방연합 전쟁이 일어났다. 아에록 행정관은 황제로부터 지원군 파병 요청을 받고 그 지역에서 유일하게 육군사관학교를 나온 그리즐리를 5성 장교로 복직시켜 군단을 맡겼다. 아에록 장창보병 연대를 이끌고 루오스를 떠나던 날 그리즐리는 차라리 전쟁터에서 죽으면 죽었지 절대 이 포목점 골목으로 돌아오지 않겠다고 결심했다.

그리즐리는 참전 직후 장군으로 서임되었다. 지옥력 3379년 신속하고 과감한 지휘력으로 시아라 요새, 카레 요새 등을 점령하여 황제군에게 감격적인 첫 승리를 안겨주었다. 뒤이은 시클로 대회전에서 수많은 사상자를 내었지만 마침내 승리를 거두었다.

동방연합의 점령한 타니스의 주도 세트의 탈환전에서 대장군으로 진급했고 세트 전구 사령관으로 토벌군 9개 군단 330만 명을 총괄 지휘하게 되었다. 탈환전을 승리로 이끌고 동방군령 드라기와 휴전 협정을 체결한 직후 황제의 칙명으로 원수가 되었다.

그러나 그 직후 드라기의 책략으로 황제가 시해되는 정변이 일어나 그리즐리는 보직 해임되고 체포와 처형의 위험에 처했다. 그리즐리는 휘하의 병력을 데리고 도망쳐서 말라코다를 점거하고 북방군령이 되었다.

남방군령 카론의 출생지는 타니스 주라는 설도 있고 암피온 주라는 설도 있다. 스틱시아 주는 아니지만 스틱스 강의 해운이 미치는 어느 지역이었음은 분명하다. 십대부터 스틱시아 주의 항구 도시 파신에서 잘생긴 얼굴, 윤이 나는 검은색 직모와 대물과 절륜한 정력을 가진 남창으로 알려졌다. 남창 시절의 이름은 모든 기록에서 삭제되었고 입에 담는 자는 즉시 처형되었는데 '야라보'였음이 확실하다.

파신이 스틱스 강 유역을 따라 번진 스티노신 교도의 반란에 휩쓸렸을 때 반란군에 가입했다가 전세가 불리해지자 관군으로 전향했다. 스틱시아 주 방위군에서 타고난 붙임성과 두뇌로 승진을 거듭해서 장교가 되었다.

1성 장교 시절 근무지를 무단이탈하여 일주일 동안 술잔치를 벌인 것, 영내에서도 곤죽이 되게 술을 퍼마신 것, 마약에 절어 문제를 일으킨 것, 사창가의 창녀 때문에 상관을 때려 반신불수를 만든 것 등으로 기소되어 종신노역형을 선고받았다. 수형지로 가던 도중 탈출하여 대군령 디마즈리안의 휘하로 들어갔다.

디마즈리안 군단에서 2성 장교로 출발한 카론은 승진을 거듭했고 5성 장교로 천상 탈환 전쟁에도 참전했다. 디마즈리안이 황제를 참칭했다가 부하들에 의해 교살되자 카론은 스스로의 사단을 이끌고 스틱시아의 주도 오보로스를 점령했다. 이후 방황하는 디마즈리안 군단의 잔당들을 흡수하고 사방의 영웅들을 초치하여 세력을 넓혔다. 스틱시아 전역을 장악한 뒤에는 대원수를 자칭했고 자신의 아버지를 황족의 서자로 날조하는 가짜 문헌들을 출판하기도 했다.

서방군령 티데우스는 본래 가딘의 클루니 대학에서 연구 활동을 하던 문헌학 교수였다. 아내와의 이혼을 겪은 뒤 학문에 염증을 느껴 방랑자가 되었다. 이 일화는 티데우스의 민감하고 섬세한 성품을 보여준다. 왜냐하면 인페르노 사회에서 이혼 자체는 전혀 이례적인 것이 아니기 때문이다. 인페르노에서 한 사람의 배우자와 계속 사는 사람은 흔치 않았다. 수명이 대개 백 년이 넘고 종족과 출신지에 따라 성장 노쇠 주기가 조금씩 틀려서 서로 간의 정서적 접촉을 잃는 일이 빈번했다.

티데우스는 천하를 편력하던 중 지하로 숨어든 교신교 교단에 들어가 세례를 받고 사제가 되었다. 훤칠한 키에 잘생긴 얼굴, 뛰어난 말솜씨와 정의롭고 온화한 성품 등은 그를 곧 교단의 지도자로 부각시켰다. 서부 비센에서 오트리그를 비롯한 교신교도들이 탕브란드 총독을 탄핵한 '오트리그의 항거'가 일어났고 그 결과 오트리그가 처형되었다.

티데우스는 교신교도와 비센의 반체제 집단과 연계하여 반란을 일으켰고 4개월 후에 바알스붐을 점령했다. 바알스붐에 웅거한 티데우스는 비센 주 전역에 부흥 집회를 열고 신앙 운동을 일으키며 과거의 교신교를 새로운 일종의 전사 종교로 개혁했다. 티데우스는 과거 교신교 반란의 실패를 거울삼아 교단 운영의 합리화와 군사화를 추진하였다. 그는 모든 군령들이 에스페르 마이우스에게 투항한 뒤에도 마지막까지 세력을 잃지 않던 백전백승의 사제 군령이었다.

너무나 유명한 동방군령 드라기에 대해서는 설명을 생략한다.

에스페르 마이우스 1세의 대개혁　　　지옥력 3390년대 에스페르, 혹은 에스퍼라고 불리는 2기 타락천사 집단이 인페르노에 유입되기 시작했다. 뛰어난 지혜와 단호하고 신속한 행동력을 갖춘 에스퍼들은 카이나 대륙 각지에 정주하면서 천사 영주로 각광을 받았고 파크리 교도들의 반란에 가담하여 지도자가 되면서 두각을 나타내었다.

　예언자 던컨이라 불리던 에스페르 마이우스 1세는 십 년여의 쟁투 끝에 앙헬 산 대전에서 동방군령을 처단하고 동북방의 패자가 되었다. 이후 치열한 남북전쟁을 전개해 남방군령을 몰아내고 11개 주를 장악한 뒤에는 로고도로에 웅거하여 수상 겸 파크리 교령으로 사실상의 황제가 되었으며 정치, 경제, 종교 전반의 대개혁을 단행했다.

　에스페르 마이우스의 개혁은 루시페르 황제 이래 4000년간 큰 변화가 없었던 인페르노의 사회구조를 일신시켰다.

　그는 세습 영주에 가까웠던 주군현의 지방 장관들을 임기 2년의 전문 관료로 대체하였다. 지방 장관들과 밀착되었던 토착 영웅 세력의 이권을 박탈하였으며 소농민을 보호했고 군령 집단과 문벌 집단에 예속되었던 유랑민들을 해방시켜 영웅 세력의 사회경제적 기반을 약화시켰다.

　또한 에스페르 마이우스는 영웅 세력의 완강한 저항을 무릅쓰고 모든 주군현에 '무력봉환령'을 관철시켰다. 이 법령은 주군현에 철기병 이상의 공격력을 갖는 군대 및 무기, 즉 철기병, 쇠뇌차, 공성차, 투석기의 보유를 금지할 뿐만 아니라 제조기술자의 거주조차 금지하는 엄격한 것이었다. 단 하나의 중앙정권이 핵심 군사력을 독점하자 정치는 안정되었다. 인페르노에는 인재와 정보, 물자의 교류가 활발해졌으며 황폐했던 대도시가 부활했다.

에스페르 마이우스는 파크리 교령이었지만 권력을 장악한 뒤에는 '조민평화법'을 발령하여 자신의 신앙을 포함한 모든 형태의 근본주의 종교를 억압했다. 종교 교리를 정치적 사회적 현실에 적용하려는 선동가들을 꾸준히 색출하여 처벌했다. 이 과정에서 '양성평등법'을 부정하는 천방교 귀의파歸依派와 군령 발호의 기반이 되었던 천방교 성자파聖子派는 철저한 탄압을 받아 공개적인 조직을 유지할 수 없게 되었다. 그의 통치 후반기에 이르면 다양한 지역적 인종적 민족적 정체성에 연결되었던 신앙 생활은 개인화되었고 종교 분쟁은 있을 수 없는 일이 되었다.

에스페르 마이우스는 황위 계승 자격자가 모두 죽고 서방군령 티데우스까지 노령으로 죽은 뒤에 비로소 황제의 위를 받았다. 이 시기에 이르면 인페르노에 군령 세력은 완전히 사라졌기 때문에 역사가들은 그가 즉위한 3511년을 군령 쟁패 시대의 끝으로 본다. 역사가들은 에스페르 마이우스를 원제元帝, The First Empire라는 존호로 부르며 실록에 이렇게 적었다.

원제께서 천사 영주 가운데서 궐기하시어 인페르노 전 대륙을 통일하셨다. 정의의 깃발을 들어 엄정한 법을 선포하시고 정벌의 칼을 들어 군령을 혁파하시니 존주비신尊主卑臣, 군주의 높음과 신하의 낮음이 분명해졌다.

교령 시절과 황제 재임 시절을 합치면 원제의 통치는 무려 1세기 가까이 지속되었다. 그의 치세는 인페르노 역사의 피할 수 없는 추세로 여겨졌던 분권화의 흐름을 되돌려 완전히 새로운 황제 지배 구조를 구축했다. 기왕에 존재하는 군사 세력을 황제 지배 아래 포섭하는 데 그치지 않고 분권적인 군사력 자체를 발본, 파괴했다. 향촌 사회에서 영웅 세력이 배제되었고 황제가 '조민고용법'에 의해 일자리가 없는 소농민에게 직접 일자리를 주고 장악하는 강력한 친정이 행해졌다.

원제의 인격에 대해서는 평가가 극단적으로 엇갈린다. 그를 서슴지 않고 천사 황제, 구세주, 성인이라고 규정하는 역사가가 있는가 하면 독재자, 마왕, 폭군, '가장 악랄한 군령', '변질된 사제 군령'이라고 규정하는 역사가도 있다. 마지막까지 원제와 정치적으로 대립했던 서방군령 티데우스는 이렇게 말했다.

나를 군령이라 비판하지만 던컨(원제의 속명)과 내가 과연 뭐가 다른가? 승리를 위해 끝없이 변신하는 것이 군령의 속성이다. 던컨은 민중이 군령 집단에 넌더리를 내고 있음을 재빨리 간파하고 자기 계급을 공격함으로써 대권을 잡은 군령이다. 그는 무력봉환령에 저항한 211개 도시를 초토화시켰다. 토벌전에서 죽거나 처형된 사람은 3억 명이 넘는다. 어떤 군령도 그렇게 잔인하지는 않았다.

인페르노 연대기

선사시대[PL-Prae Lucifer] : 세마엘 강림 이전

30000년경 아담을 경배하라는 하나님의 명을 거역한 6익 천사 세마엘, 하늘에서 추락하기 시작.

29900년경 스틱스 강 중류의 구릉지대에서 농경문화 발전.

25000년경 고대 오케아노스인들에 의해 다수의 신전 건립.

24500년경 고대 카론 종족(반인반수)에 의한 청동기문명 유적들.

22300년경 아메드 신화를 담은 갈라돈의 비석이 세워짐("아메드의 설산에서 태어난 영웅 나르칸이 오케아노스인들을 이끌고 악신[惡神] 자브와 아수스의 대군을 물리쳤으며 영원한 신성왕국을 세웠다").

18900년경 시에네[Syene]주 필레[Fille]에 데바 제1왕조 일어남.

17700년경 쿠쿨린[Cuculain] 유랑 집단에 대한 최초의 기록.

13900년경 미르^{Myrrh}에 알카린 왕조 최전성기.

13800년경 〈라빅의 찬가〉 고대 아와리어 문헌으로 기록됨.

11600년경 크로이웬^{Kroywen}에 고대 굴두르 문명 발달.

 9097년 시에네 주 로메나^{Romena}에 데바 제7왕조 시작.

8300년경 암피온^{Amphion}에서 말레볼제^{Malebolge}의 우물(현재의 판다모니움) 유적 출현.

 7455년 오르시니^{Orsini}에서 제1차 파크리의 제전 거행.

7100년경 렘노스^{Lemnos}의 힙시펠레^{Hypsipyle}에서 파크리 철학이 융성함(『파크리의 길』, 『파크리의 여덟 장미』 등 출판).

5730년경 시에네에서 구비서정시 〈무라사키의 사랑 노래〉, 〈해 질 무렵 무라사키〉 출현.

4640년경 이상 고온으로 비셴^{Bishen}의 바알스본^{Baal-zephon} 일대 사막화됨.

4500년경 레테나^{Lethena}에서 구비서사시 〈곰어머니의 편력〉 출현.

 2210년 시에네 주 카센티노^{Casentino}에서 신데바 왕국 시작.

 1935년 혜성 추락. 대도시 탈랄^{Talar}의 주민들 몰살되고 일대가 황야로 변함.

 1504년 사이스^{Saith}에서 고미타 해의 한가운데에 죽은 전사들과 왕자들이 제2의 삶을 사는 사과나무의 섬이 있다는 '먼 섬^{The Far Island}' 전설 출현.

 1108년 가딘^{Gardin}에서 마교의 경전 『펜겔의 책』 간행.

 860년 타니스^{Tanis}에서 스틱스 강 항만 상인들의 조합 조직 출현.

 646년 말라코다^{Malacoda}에서 괴종족 말레브랑케 집단 출현. 말레브랑케의 난 발발.

356년 키니라스^{Cinyras}에서 내륙 연합과 연안 연합 사이의 전쟁 발발.

113년 아에록^{Aerok}에 불사자 두두리의 전설 성립. 그의 얼굴을 새긴 기와 유행.

57년 암피온 주 사카르^{Saqqar}에서 사로 왕조 시작.

역사시대^{AL-Anno Lucifer} : 강림과 건설

1년 세마엘과 700천사들이 3만 년에 걸친 추락 끝에 인페르노의 시에네에 도착함.

12년 앙겔루스 집단(세마엘과 700천사들)과 토착민 집단 사이에 국지전 빈발.

30년 시에네 제국 개국 선포. 토착 영웅들에게 관직 수여.

31년 천상 탈환 논쟁 일어남.

37년 로메나에서 잔잔의 반란.

38년 스틱시아에서 카프지엘 반란.

40년 기존의 말레볼제 유적에 최초의 천방교 성당인 판다모니움^{pandamonium} 건립.

58년 대원수 자드키엘^{Zadkiel}이 잔잔의 반란 진압.

66년 자드키엘, 관직을 사퇴하고 13인의 사제들과 함께 인페르노 전역에 선교 여행.

89년 루시페르 1세 서거. 루시페르 2세 즉위.

역사시대 : 시에네 제국

104년   스틱시아의 카프지엘 왕조 정벌. 스틱시아 합병.

449년   아에록과의 제1차 루오스^{Luos} 전쟁.

592년   아에록의 루오스에서 내전 발발.

599년   시에네 제국, 아에록 합병.

1156년   가딘의 가딩고^{Gardingo}에서 종교 전쟁 발발.

1211년   가딩고에 황립 클루니 대학 건립. 마교와 천방교 사이에
          평화협정 체결.

1846년   엠비우스 황제, 천방교를 국교로 선포. 가단에서 마교 반
          란. 시에네에서 창생교 반란.

1852년   미르에서 여러 시체들의 합성체인 트뤼포를 비롯한 괴생
          명체 출몰.

1880년   오르시니에 서식하던 황금충이 전 대륙에 번져 치명적인
          역병인 황갈병을 일으킴.

1930년   크로이웬에서 창생교를 신봉하는 노예들의 반란.

2030년   키니라스에서 고대 티그라노켈타 유적 발견됨.

2771년   미르에 서식하는 불새^{Phoenix}가 전 대륙에 출몰하여 곳곳에
          대화재가 발생.

2780년   암피온, 비센, 레테나에서 문벌 귀족들을 습격하는 농노
          반란.

2791년   아리만 6세의 대봉인 사업.

2800년   가딘의 마다인술라에서 벨카심의 반란.

2809년 교신교 교주 아테리아 오르시니가 스타티움의 통령에 임
명됨.

2831년 오르시니에서 교신교 반란.

2832년 교신교를 신봉하는 황실근위대, 메모린 여제를 비롯한 황
위 계승 자격자를 죽임.

시에네 제국 멸망.

역사시대 : 스틱시아 제국

2983년 바알세불 7세 즉위. 재상 베데스타 등용.

2991년 아라보트 시민권 폐지됨.

3005년 바알세불 7세, '군현개혁령' 발표.

3007년 문벌 귀족 연합군, 사카르 점령. 바알세불 7세 라랑^{Ralang}으
로 피신.

3121년 올라프와 말락의 제위 계승 전쟁.

3327년 군령의 징용에 항거하는 우미지 반란 발발.

3363년 대군령 갈리에누스, 오르시니 총독 리치를 처형.

대군령 비오카, 황제의 아들 세베루스 살해.

군령 쟁패 시대 시작.

역사시대 : 군령 쟁패와 대개혁

3365년 클루니 대학 교수 메피스토에 의하여 지옥에 마이트레야
교 유입됨.

3373년 사이스에 동방군령 드라기^{Dragy, the commander of the East} 출현.

3380년 스틱시아에 남방군령 카론^{Charon, the commander of the South} 출현.

3389년 드라기에 의해 드라쿨 황제와 황태자 암살. 스틱시아 제국의 정통 왕조 붕괴.

3391년 창생교 반란. 트리드와, 던컨 등이 반란 지도자로 부각.

3392년 동방군령, 크로이웰 점령.

3397년 남방군령, 스틱시아의 협곡 에키드나^{Echidna}에서 게리온^{Geryon} 반란군과 내전.

3404년 창생군과 동방군의 앙헬 산 전투. 동방군령 전사.

3435년 창생군, 오보로스 점령. 남방군령 항복.

3466년 창생군, 바알스붐에서 서방군령에 대패.

3470년 창생교 교령 던컨, '무력봉환령' 선포. 반봉환파에 대한 토벌 전쟁 시작.

3487년 서방군령 티데우스, 노령으로 사망.

3492년 창생교 교령 던컨, 바알스붐 점령 후 서방군을 해체.

3499년 창생교 교령 던컨, '양성평등법' 선포. 천방교 귀의파와의 전쟁.

3504년 창생교 교령 던컨, '조민고용법' 선포. 천방교 성자파와의 전쟁.

3511년 창생교 교령 던컨, 에스페르 마이우스 1세로 즉위. '조민 평화법' 선포.

3532년 에스페르 마이우스 1세, 가딘에 순행 중 노환으로 서거.

지옥설계도

초판 1쇄 2012년 11월 12일
초판 5쇄 2013년 2월 20일

지은이 | 이인화
펴낸이 | 송영석

편집장 | 이진숙 · 이혜진
기획편집 | 박신애 · 한지혜 · 박은영 · 신랑 · 오규원
외부기획 | 고래방(최지은) · 양은영
디자인 | 박윤정 · 김현철
마케팅 | 이종우 · 허성권 · 김유종
관리 | 송우석 · 황규성 · 전지연 · 황지현

펴낸곳 | (株)해냄출판사
등록번호 | 제10-229호
등록일자 | 1988년 5월 11일(설립연도 | 1983년 6월 24일)

120-210 서울시 마포구 서교동 368-4 해냄빌딩 5 · 6층
대표전화 | 326-1600 **팩스** | 326-1624
홈페이지 | www.hainaim.com

ISBN 978-89-6574-360-6